Das Buch

Neuengland 1805. Als die Stimmung in dem kleinen Ort an der Ostküste, in dem die zugewanderte Familie O'Reilly mehr schlecht als recht lebt, gegen Ausländer und Einsiedler umschlägt und es erste Drohungen gibt, beschließt Ethan O'Reilly, mit seiner Frau und dem 13-jährigen Jack nach Kuba auszuwandern, wo die Familie über Ländereien verfügt. Doch nachdem die Familie die abenteuerliche Überfahrt überstanden hat, trifft sie in der neuen Heimat das Schicksal doppelt hart: Ein reicher Landbesitzer bringt die beiden Eltern um, nur der junge Jack überlebt schwer verletzt. Jack flieht und wird Matrose auf der *Perdido Star.* Er ist verbittert und entschlossen, seine Eltern zu rächen. Auf seiner Fahrt um die Welt – von der Karibik in den Südpazifik und zurück nach Havanna – erlebt er gewaltige Stürme, Piratenüberfälle und einen Schiffbruch. Am Ende der Reise ist aus dem Jungen ein Mann geworden, von dem in den Häfen der Welt als *Black Jack* erzählt wird.

Die Autoren

Gene Hackman, einer der erfolgreichsten Filmschauspieler der USA, wurde u.a. mit *Bonnie and Clyde* und *French Connection* weltberühmt. *Jacks Rache* ist sein erster Roman.

Daniel Lenihan, Taucher und Unterwasser-Archäologe, ist Mitherausgeber der ›Encyclopedia of Underwater Archaeology‹ des *British Maritime Museum.* Er hat diverse Sachbücher über Unterwasser-Expeditionen veröffentlicht. Dies ist sein erster Roman.

Gene Hackman
Daniel Lenihan

Jacks Rache

Eine abenteuerliche Reise
nach Havanna

Roman

Aus dem Amerikanischen
von Helga Herborth

WILHELM HEYNE VERLAG
MÜNCHEN

HEYNE ALLGEMEINE REIHE
Band-Nr. 01/13563

Titel der Originalausgabe
WAKE OF THE PERDIDO STAR

Umwelthinweis:
Das Buch wurde auf chlor- und säurefreiem Papier gedruckt.

Taschenbucherstausgabe 09/2002

Published by Arrangement with
Newmarket Publishing & Communications
Wilhelm Heyne Verlag GmbH & Co. KG, München
Dieses Werk wurde vermittelt durch die Literarische Agentur
Thomas Schlück GmbH, 30827 Garbsen
Printed in Germany 2002
Umschlagsgestaltung: Nele Schütz Design, München,
unter Verwendung eines Gemäldes von George Philip Reinagle, 1826
Satz: Buch-Werkstatt GmbH, Bad Aibling
Druck und Bindung: Ebner & Spiegel, Ulm

ISBN: 3-453-21087-5

http://www.heyne.de

Dieses Buch ist dem Meer gewidmet

Den unendlichen Rätseln, Abenteuern
und Schönheiten, die es birgt.
Und all jenen, die es befahren und
seine Tiefen ergründen.

»Wer auf Rache sinnt, erhält seine Wunden offen,
statt dass er sie heilen und gut sein lässt.«

Danksagungen

Während der drei Jahre, die es dauerte, bis dieses Buch Form und Gehalt annahm, wurden die Autoren von vielen ermutigt und unterstützt. Wenn wir hier nur einige nennen, so stellvertretend für alle, die uns halfen.

Wir danken unserem Agenten Noah Lukeman, dass er an unser Buch glaubte, als es noch in seinen frühesten und gröbsten Stadien war, und dafür, dass er uns mit seinem fachmännischen Rat sicher durch die Veröffentlichungsprozedur geleitete. Dank auch an Esther Margolis, dass sie auf Autoren setzte, die Neulinge in der Literatur sind, und dafür, dass sie und ihre Mitarbeiter in der Newmarket Press mit ihrem Elan dazu beitrugen, dass aus unserer Schöpfung der schöne Band wurde, den wir jetzt in der Hand halten.

Dank unseren Lektoren, eingeschlossen Dick Marek, der uns davon überzeugte, dass die Erzählperspektive nicht nur Ansichtssache ist. Zusammen mit John Cook von der Newmarket Press half er uns, jene Disziplin in unser Buch zu bringen, durch die aus einer wilden Geschichte ein lesbarer Roman wurde.

Ohne besondere Rangfolge wollen wir einige Personen nennen, die uns auf unserem Weg unterstützt haben: Larry Murphy, Patricia Lenihan, Kit Duane.

Wir danken unseren Frauen, Betsy und Barbara, für

viel Rat, Beistand und Leitung bei unserer Obsession mit Jack, Quince und den Jungs.

Zum Schluss möchten beide Autoren Betsy ihren besonderen Dank für die entscheidende Rolle aussprechen, die sie über das gerade Erwähnte hinaus bei der Fertigstellung dieser Arbeit spielte. Betsy fungierte als Förderin und Chefkoordinatorin bei unserem gemeinsamen Schreibunterfangen und verbrachte zahllose Stunden damit, lesbare Abschriften aus Genes Gekritzel und Dans PC zu gewinnen, der mit einer Software so alt wie das Manhattan Project ausgestattet ist. Ihre Hilfe war unverzichtbar für die Entstehung des Buches.

VEREINIGTE STAATEN
Salem
Kap Hatteras
ATLANTISCHER OZEAN
Key West
Havanna
MEXIKO
KUBA
Kap Maisi
AFR
SÜDAMERIKA
ATLANTISCHER OZEAN
der gut
Hoffnu
Desolción-Insel
Magellanstraße
Kap Horn

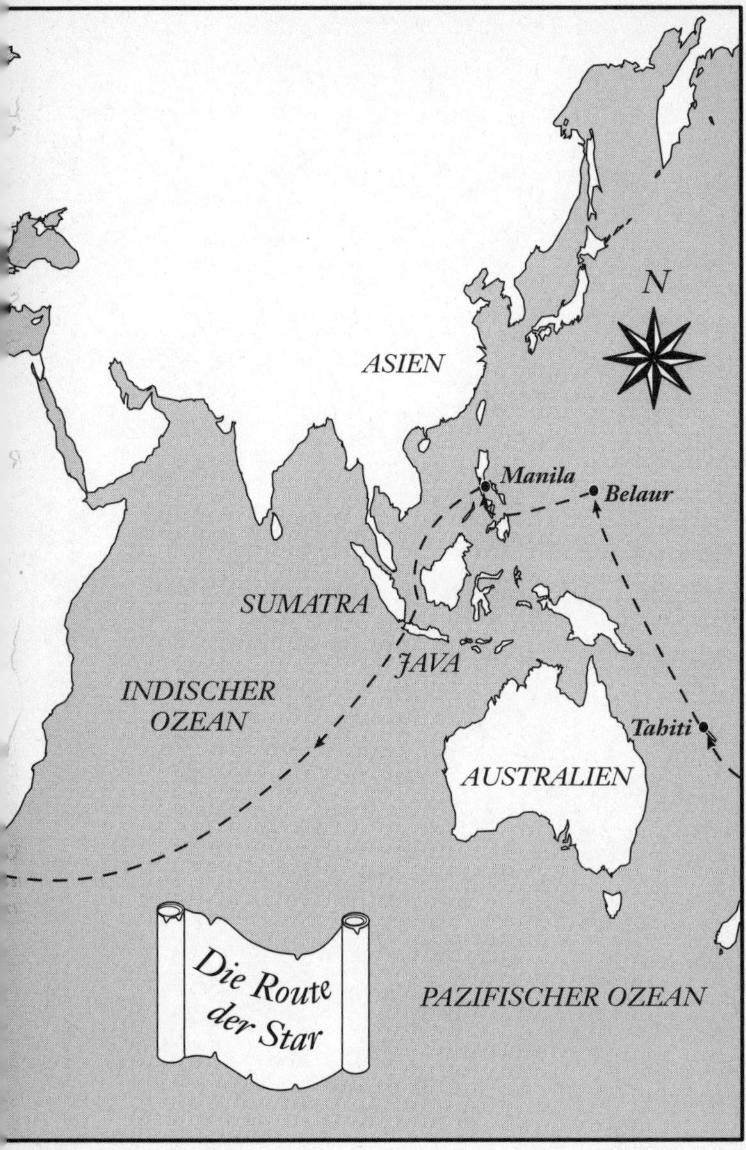
N
ASIEN
Manila
Belaur
SUMATRA
JAVA
INDISCHER
OZEAN
Tahiti
AUSTRALIEN
PAZIFISCHER OZEAN
Die Route
der Star

Erstes Buch

Neuengland

Hamden, Connecticut. 1805. Jack O'Reilly, Sohn des Büchsenmachers Ethan, ging einen Schritt hinter seinem Vater her auf die Erste Episkopalkirche zu. Ein kalter Wind blies ihnen entgegen, wirbelte die Blätter im Zwielicht auf und ließ die Laterne in der Hand des Pfarrers schwanken. Kurz vor dem großen Rundportal drehte sich Ethan zu seinem Sohn um.

»Du schweigst bei der Versammlung. Da du unbedingt mitkommen wolltest, setzt du dich auf die Empore und bist still. Verstanden?«

Jack spürte den vertrauten Kloß in seinem Hals. »Warum kann ich nicht bei dir …?«

»Du sitzt da, wo ich sage, oder du darfst überhaupt nicht mit hinein.« Da war sie wieder, die Härte in der Stimme seines Vaters, der, auf Ärger vorbereitet, zu der Versammlung ging.

Ethan O'Reilly sah wieder nach vorn und preschte an drei Männern vorbei, die sich vor dem Portal unterhielten. Jack bemerkte, wie sie seinem Vater hinterher starrten und tuschelten, dann folgte er ihm in die Kirche.

Als er die Stufen zur Empore hinaufstieg, verriet ihm ein Zupfen an seinen Kniebundhosen, dass auch anderer Väter Söhne gekommen waren. Jack drehte sich um und sah in ihre grinsenden Gesichter. Sie freuten sich auf die

Ausbrüche, die typisch für diese Versammlungen waren. Da er wusste, in welcher Stimmung sein Vater war, konnte Jack ihre Vorfreude nicht teilen.

Er fürchtete das, was kommen würde, und in schlimmer Vorahnung sank er gegen die harte Lehne der Holzbank. Am Ende der Empore ließen die anderen Jungen die Beine vom Geländer baumeln, so als sähen sie dem Treiben auf einem Schulhof zu. Jack blickte zur Decke hoch; wie immer wirkte die warme Farbe der rohen Eichenbalken wie ein Hohn auf die eisige Atmosphäre dieser Versammlungen. Jack senkte den Blick und ließ ihn über die Menge unten schweifen.

Die wichtigsten Stadtverordneten und Geschäftsleute hatten sich eingefunden. Jack entdeckte den spröden Lehrer, der eingekeilt zwischen zwei dicken Männern saß, die an ihm vorbeiredeten, als sei er nicht vorhanden. Der Mietsherr seines Vaters, der reiche Grundbesitzer Peter Slocum, saß steif wie ein Stock zur Rechten neben seinem verheirateten Sohn. Der junge O'Reilly wurde zappelig und wünschte, sie würden anfangen.

Schließlich stand Mr. Slocum auf, und die Menge verstummte. Mit lauter Stimme begann er sein übliches selbstgerechtes Wehgejammer: »Es muss ein Ende damit haben, dass immer mehr ausländische Heiden bei uns eindringen und den rechtschaffenen, gottesfürchtigen Bürgern dieses Landes die Arbeit wegnehmen. Ich jedenfalls werde keinen von diesem Pack anheuern und auch nicht beiseite treten, wenn sie betrunken unsere in Ehren gehaltenen Straßen hinunterwanken. Wenn wir eine starke Nation werden wollen, dann dürfen wir kein Unratplatz für dunkelhäutige Bastarde und Horden von Papisten sein.« Er machte eine Pause, schwelgte in dem Applaus, mit dem ihn seine Landsmänner bedachten, obwohl manche unbehaglich auf ihren Sitzen hin und her rutschten. Slocums Augen hefteten sich auf Ethan, und in noch strengerem Ton richtete er sich jetzt an den Büchsenmacher. »Wir genießen hier ein Privileg, das allerdings missachtet wurde. Der Pastor dieser Kirche hat uns die Ehre erwiesen, für unsere Zusammenkünfte diese heiligen und geweihten Mauern zu wählen. Aber dieses *Privileg*« – seine Stimme wurde noch dröhnender – »kann gewissen Mitgliedern leicht entzogen werden, wenn sie sich weiterhin so aufrührerisch und streitlustig benehmen …«

»Wie können Sie es wagen, von Ausländern zu sprechen, die ins Land einfallen!«

Der Menge stockte der Atem. Jack merkte, dass sein Gesicht heiß wurde; es war die Stimme seines Vaters. Als die einzigen Katholiken in Hamden, saßen die O'Reillys still im Hintergrund, wenn sie den Episkopalgottesdienst besuchten, und nahmen nicht am Abendmahl teil; was Jacks Gefühl nach den »braven Leuten« der Gemeinde nicht entging.

Ethan O'Reilly schleuderte dem Grundbesitzer seinen Arm entgegen. »Sie, Sir, sind selbst einst aus einem fremden Land hierher gekommen, genau wie viele andere in diesem Raum.«

Verschiedene Bürger sprangen von ihren Sitzen auf und erhoben laut Protest.

Jack spürte die Augen der anderen Jungen auf sich und wusste nicht recht, ob er verlegen oder stolz sein sollte. Die meisten der ungefähr fünfundsiebzig Männer im Kirchenschiff schrien aufgebracht herum, aber Ethans von Abscheu erfüllte Stimme übertönte sie alle.

»Ihr legt es darauf an, mir wegen der fremdländischen Herkunft meiner Familie das Leben schwer zu machen. Aber lasst euch eins sagen: Nie, und ich wiederhole, nie, werde ich mich von Frömmlerei und Engstirnigkeit aus dieser Stadt vertreiben lassen.«

Jacks Ohren wurden so rot, als hätte man ihm draufgeschlagen, aber er verzog keine Miene.

Von einer der hinteren Bänke erhob sich der Bürgermeister, ein hagerer Mann von bemerkenswerter Schläue. In seinem schwarzen Rock mit Stehkragen, dem gestärkten weißen Hemd und bunt gemusterten Halstuch war er der Inbegriff eines erfolgreichen Amts- und Würdenträgers. »Sie fallen aus der Rolle, Sir.«

Stille senkte sich über den Raum.

»Die Bemerkungen, Sir«, fuhr der Bürgermeister fort, »waren nicht auf Ihre Familie gemünzt, sondern auf das Gesindel und Strandgut des Lebens, das in letzter Zeit von den Küstenstädten her bei uns einfällt. Es stiehlt, betrügt und beschmutzt unsere Straßen mit seinem widerwärtigen Benehmen. Außerdem gebe ich Ihnen den Rat, Sir ...«

»Ich brauche Ihren Rat nicht«, fiel Ethan ihm in nur leicht gemäßigterem Ton ins Wort. »Genausowenig kann ich überhören, was in den Andeutungen steckt.«

Jack sah, wie das Gesicht seines Vaters dunkelrot angelaufen war; er beugte sich über das Geländer und ließ den Blick über die Menge schweifen, und da begegnete er einem Augenpaar, das eisig zu ihm hinaufsah. Es gehörte Slocum.

»Die Unabhängigkeit dieses Landes«, fuhr Ethan fort, »so frisch errungen, dass sie selbst Ihnen noch im Gedächtnis sein muss, wurde auf den Grundsatz aufgebaut, dass alle Menschen vor dem Schöpfer gleich und daher in unserem großen Land willkommen sind. Unsere ganze Nation ist von Ausländern bevölkert.« Ethan hielt inne, um Luft zu schöpfen. Jack wusste, dass sein Vater die ganze Versammlung gegen sich aufgebracht hatte, aber so wie er nun einmal war, würde er noch weiter vorpreschen. »Das ›Gesindel‹, wie Sie es nennen, wurde in anderen Ländern unterdrückt und hat das gleiche Recht, hier zu sein, wie ihr ehrenwerte Herren, die ihr da behaglich und selbstzufrieden auf den Bänken sitzt. Ihr scheint vergessen zu haben, wie diese Nation zustande kam.«

Einige Männer erhoben sich und schickten sich an, die Versammlung zu verlassen. Jack spürte die ohnmächtige Wut seines Vaters.

»Diese Nation wurde nicht gegründet, um die Idee von der Herrschaft über andere zu verbreiten, sondern um die Unterdrückten zu befreien, Redefreiheit zu gewähren und das Recht, dass jeder seinen gottgegebenen Talenten nachgehen kann.« Stille trat ein.

Plötzlich brach in verschiedenen Teilen des Raums Gelächter aus. Der Eisenschmied hatte seine Grenzen überschritten. Offenbar war Ethan das selber klar, denn er hielt inne und bahnte sich seinen Weg durch die Bänke zum Portal der alten Kirche, wo er einen Moment mit dem Rücken zur Versammlung stehen blieb, dann die Tür mit einem heftigen Ruck aufriss und hinter sich zuknallte.

Jack fühlte sich wie betäubt; seine Freunde rutschten unruhig auf ihren Plätzen hin und her. Er wusste, dass sein Vater die Wahrheit sagte, aber sie so deutlich auszusprechen, damit gewannen seine Worte sozusagen ein Eigenleben. Er hielt den Bürgern einen Spiegel vor, und das Bild, das sie darin von sich sahen, konnte ihnen kaum gefallen. Diese Kleinstädter hier steckten ihre Nase in alles und waren engstirnig, aber Jack hatte das Gefühl, dass die Leute andernorts wahrscheinlich auch nicht viel besser waren. Es war nur so, dass sein idealistischer Vater das Schlimmste in ihnen hervorlockte. Im Laufe der Jahre hatte Jack in drei verschiedenen Städten Kämpfe mit Schulkameraden ausgefochten, die sich über den Akzent seiner Mutter lustig machten oder seinen Vater verspotteten wegen seines glühenden Eifers für Gerechtigkeit und »rechtmäßige, auf dem Walten des Gesetzes und nicht auf Privilegien beruhende Obrigkeit«.

Jack erhob sich und fixierte die anderen Jungen so lange, bis sie den Blick abwandten. Dann stieg er die steile Treppe hinunter und folgte seinem Vater hinaus in die Nacht.

Von Natur aus war Jack ein Einzelgänger. Obwohl die Gleichaltrigen ihn im Allgemeinen mochten und respektierten, hatte er in all den Jahren in Hamden noch keine engen Freunde gefunden. Die meisten Stunden des Tages, die er nicht am Schmiedefeuer seines Vaters stand, saß er widerwillig über Büchern. Nicht zum Lernen geboren, mühte er sich noch mit seinen Lektionen ab, während die meisten jungen Männer in Hamden der Schule schon den Rücken gekehrt hatten und sich mit praktischeren Dingen befassten.

Während das trockene Laub unter seinen Füßen raschelte und er sich mit hochgezogenen Schultern gegen die Kälte zu schützen suchte, grübelte Jack mit schwerem Herzen über die Versammlung nach. Er hatte das Gefühl, dass sich die Ereignisse in seinem Leben auf eine Veränderung hin zuspitzten. Sein Vater hatte die Leute heute abend ernstlich verärgert. Tief in seinem Innern wusste Jack, dass seine Mutter trotz ihrer kubanischen Abstammung von den meisten Stadtbewohnern bereitwillig akzeptiert würde, wäre sein Dad nicht. Das Gesicht seiner Mutter war anziehend – braune Augen, volle Lippen und hell olivfarbene Haut; dazu strahlte sie eine Wärme aus, die die Leute entwaffnete, Akzent hin oder her. Aber Ethans Art verursachte vielen Leuten Unbehagen. Jack erinnerte sich an eine Begebenheit vor einigen Jahren, bei der sein Vater während einer öffentlichen Versammlung gegen die Sklaverei gewettert hatte. Obwohl viele der

Versammelten seiner Meinung waren, verschreckte sie sein anklagender Ton. Nach der Versammlung hatte ein junger Rüpel, der vielleicht gespürt hatte, dass der Büchsenmacher unbeliebt war, mit trockenen Pferdeäpfeln nach der Kutsche der O'Reillys geworfen, als sie heimfuhren. Einer traf seine Mutter am Hinterkopf. Jack, knapp dreizehn zu der Zeit, hatte ihr beschmutztes Haar ruhig mit einem Halstuch abgewischt, während sein Vater eine Schimpftirade vom Stapel ließ und dem flüchtenden Rotzbengel drohte, ihm die Knochen zu brechen. Die Passanten schüttelten die Köpfe. Zwei Tage später wurde der Junge gesehen, wie er sich mit einem blauen Auge und blutender Nase aus einem Misthaufen vor Harmons Ställen hochrappelte. Er hatte Angst, seinen Angreifer zu benennen, aber niemand zweifelte, dass es Jack O'Reilly war. Eine Genugtuung, die von kurzer Dauer war, brütete Jack.

Und die finanzielle Lage der Familie besserte sich auch nicht. Ein so talentierter Handwerker sein Vater auch war, die Arbeitsmöglichkeiten für Büchsenmacher schrumpften immer mehr, und sein aufbrausendes Temperament war auch nicht gerade eine Hilfe; es schien, als würde das Leben von Tag zu Tag härter.

Als Jack um die nächste Ecke bog, verhieß ein eisiger Wind frühen Schnee. Mit Groll sah er zu den Schildern hin, die anzeigten, daß er gleich zu Hause war: Slocum Textilwaren, Slocum Krämerwaren, Slocum Mietställe. Er beschleunigte seinen Schritt und trat nach Steinen und Erdklumpen. Die Familie wohnte in zwei kleinen Räumen hinter der Werkstatt seines Vaters, die sie von Slocum gemietet hatten. Viele Handwerker hätten nach so vielen Arbeitsjahren ihre Häuser und Werkstätten ihr eigen genannt, aber die O'Reillys waren noch nie länger als fünf Jahre an einem Ort geblieben. Jack mühte sich, seine düstere Stimmung zu vertreiben. Er begann zu laufen, um seinen Vater einzuholen, und fast gleichzeitig kamen sie zu Hause an.

Nach einem kargen Mahl aus gekochten Kartoffeln und gelben Kohlrüben, das sie kaum angerührt hatten, saßen die O'Reillys auf Stühlen mit steifen Lehnen dicht beieinander um das verlöschende Feuer herum. Ethan starrte grüblerisch in die Flammen. Jacks Mutter, Pilar, summte leise vor sich hin.

»Ethan, mi hijo, es gibt keinen Grund zum Verzweifeln. Alles wird wieder besser.« Pilars dunkle Züge legten sich in Sorgenfalten. »Sie beweisen bloß ihre Kleingeistigkeit, wenn sie uns aus ihrer Kirche vertreiben.«

»Sie haben ja nicht ausdrücklich gesagt, dass wir sie nicht mehr betreten dürfen, Mutter«, beschwichtigte Jack. »Aber du hast recht, ihre Absicht ist klar.« Jack wollte seine Eltern beruhigen. »Vater, wir könnten doch sonntags nach New Haven fahren und in die katholische Kirche dort gehen und …«

»Jackson, red nicht von Dingen, von denen du nichts verstehst.«

Jack verstummte, wie so oft mit dem Gefühl, dass sein Vater ihn wie ein Kind behandelte.

»Wir dürfen nicht zulassen, dass diese dumme Sache Streit in unsere Familie bringt … das darf nicht geschehen.« Pilars Stimme bebte, war aber voller Entschlossenheit.

Die drei saßen eine Weile in Gedanken versunken da. Plötzlich sprang Ethan auf und knallte seinen Stuhl auf die Holzdielen. »Zum Teufel mit ihnen!« Doch dann hielt er inne, denn ein Lichtschein fiel durchs Fenster und huschte über die Decke. Jemand näherte sich dem Haus. Ethan lugte zum Fenster hinaus.

Pilar sprang auf. »Ethan, lass Jackson zur Tür gehen. In deinem Zustand sollen dich die Nachbarn nicht sehen.« Ethan nickte seinem Sohn zu und griff nach seinem über dem Kamin hängenden Gewehr; er übertreibt mal wieder, dachte Jack. Ein Grölen kam von der Straße.

»Jack O'Reilly! Komm raus!«

Jack kannte die Stimme. Sie gehörte Billy Slocum, dem mittleren Sohn ihres Hauswirts. Als der junge O'Reilly die Tür aufriss, sah er zwei Gestalten auf der Straße, denen der Atem in der kühlen Nachtluft in Wolken aus dem Munde kam. Billy schwenkte die Laterne.

»Pa hat David und mich hergeschickt, damit wir dir dieses Schreiben hier geben.« Er warf einen kleinen zerknitterten Umschlag vor Jacks Füße und kicherte. Jack, der das Ganze nicht lustig fand, guckte auf das Papier hinunter.

Der kleinere der beiden höhnte: »Ich könnte dir sagen, was in dem Brief steht, aber damit würden wir dir den Spaß verderben, das Gesicht von deinem großmäuligen Pa zu sehen, wenn er ihn dir und deiner komisch aussehenden Ma vorliest.«

Jack wollte schon mit den Fäusten auf die beiden losgehen, sagte sich aber, dass damit nur alles noch schlimmer würde.

»Warum ist dein Vater nicht selbst hergekommen, Billy? War wohl zu beschäftigt damit, es mit den Schafen in der Scheune zu treiben?« Jack bückte sich, hob den Brief auf und glättete langsam die verkrumpelten Ecken. Die Slocum-Jungen schrien weiter herum, aber Jack stand nur da und grinste sie an.

Billy verzog sich die Straße hinunter. »Lies den Brief. Vielleicht wohnst du bald in einer anderen Stadt!« David hob einen Stein von der Straße auf und zielte damit auf Jack, der aber wich geschickt aus.

»Wer war das?« Jetzt, als der Wortwechsel zu Ende war, kam Ethan heraus.

»Die Slocum-Jungen.« Jack reichte den Brief seinem Vater. Ethan schnappte ihn und ging ins Haus.

Der ältere O'Reilly stellte sich an den Kamin, und beim schwachen Licht des Feuers las er vor:

Mr. Ethan O'Reilly, ich bedaure, Ihnen mitteilen zu müssen, dass ich dringenden Bedarf an den von Ihnen gemieteten Räumen Nummer 38 Hamden Town Road habe. Da der Vertrag eine monatliche Verlängerung vorsieht, hätte ich jedes Recht, Sie aufzufordern, am ersten Oktober auszuziehen. Da es bis dahin aber nur noch zwei Wochen sind, will ich Ihnen großzügigerweise bis zum ersten Tag des Novembers 1805 Zeit lassen, besagte Räume zu verlassen. Mit besten Empfehlungen, Peter Slocum.

Ethan wirbelte herum und sah Jack an. »Was zum Teufel hast du nur wieder angestellt? Weil du diese Bengel schikaniert hast, werden wir vertrieben. Jetzt lässt ihr Vater deine Mutter und mich dafür büßen. Was hast du zu deiner Verteidigung zu sagen?«

Jack stand wie betäubt mitten im Zimmer. »Pa, ich …«

»Nichts da, Pa, verflixter Kerl«, Ethan stürmte drohend auf ihn zu. »Antworte mir!«

Pilar trat zwischen die beiden und sah ihrem Mann ins Gesicht. »Die Sache hast du dir selbst eingebrockt.« Sie fasste ihren Mann beschwörend am Arm. »Es ist nicht Jacksons Schuld. Mein Lieber, du sagst immer, ›die Wahrheit macht frei‹, aber du vergisst, dass die meisten Leute die Wahrheit nicht vertragen können und ihre Verkünder kreuzigen.« Ihr Ton war beschwörend und eindringlich. Wie so oft, war Jack von der

Stärke und Klugkeit seiner Mutter überrascht, genau wie ihr Mann.

Jack beobachtete, wie der Zorn seines Vaters unter ihrem Blick verrauchte. »Es ... es tut mir leid, Jackson. Es tut mir wirklich leid.«

Jack sah, wie sein Vater auf seinem Stuhl zusammensackte, die Hände um den Kopf legte und ihn hin und her wiegte. Als er sich schließlich aufrichtete, sagte er: »Wie es aussieht, sind wir jetzt ohne Geld, Aussichten ... und wieder einmal ohne Heim.«

Obwohl Ethan meilenweit der beste Büchsenmacher war, wurde seine Fertigkeit weder geschätzt, noch war sie gefragt. Statt dessen musste er Scheunentor-Scharniere und Eisenteile für Wagen fabrizieren und gewöhnliche Musketen reparieren, die viel minderwertiger waren als die maßgefertigten Feuerwaffen, für die er berühmt war. Als Künstler seines Fachs wurde es immer schwieriger für ihn, mit Eli Whitneys Massenproduktion zu konkurrieren, die den Armeebedarf an Schulterwaffen abdeckte. Ethan war auf die Kentucky-Longrifle, ein besonders schönes und präzises Gewehr, spezialisiert, das nur an der Grenze zum Wilden Westen gefragt war; doch die Büchsenmacher aus Pennsylvania waren näher an der Wildnis und machten den größten Teil des Geschäfts.

Aber Jack wusste, dass die Niedergeschlagenheit seines Vaters noch andere Gründe hatte. Er war enttäuscht, dass er mit ansehen musste, wie schnell das Land der Freien und Gleichen seine eigene Klassengesellschaft errichtete.

»Wir haben immer noch unsere Ländereien in Kuba«, warf Jacks Mutter mit ruhiger Stimme ein. Ethan wandte den Kopf ab und schnitt eine Grimasse; aber Pilar trat auf ihn zu, und mit Hoffnung und Stolz in ihrer Stimme sagte sie: »Sie warten auf uns, Ethan. Kuba ist nicht Amerika und hat seine eigenen Probleme, aber wir würden dort, wie sagt man? ... zum Adel gehören. Ich liebe das Gut ... und Jackson würde es auch lieben lernen; schließlich ist er sein rechtmäßiger Erbe. Vor vielen Monaten versicherte mir der Graf in seinem Brief, in wenigen Jahren würde das Zuckerrohr gut gedeihen und ein Einkommen abwerfen. Und vergiss nicht, dass Dolores, meine Freundin aus der Kindheit, mir in ihren letzten Ostergrüßen schrieb, welchen Aufschwung die umliegenden Güter in Matanzas genommen haben.«

Dann sagte Pilar mit einer Entschlossenheit, wie sie Jack noch nie gehört hatte: »Unser Sohn hat gut Spanisch gelernt. In Kuba sind wir wohl gelitten. Und ich will die Finca wieder sehen.«

Es war für Jack immer ein Rätsel gewesen, warum seine Mutter ihr Heimatland hatte verlassen müssen. Sie sprach nie darüber, was zwischen ihren Eltern vorgefallen war, sagte nur, dass »Gott alles vergibt«. Sie hatte ihren Vater sehr geliebt, der nie wollte, dass sie mit ihrer Mutter nach England ging. Bei der Erinnerung an ihn strahlten Pilars Augen jedes Mal, und oft sagte sie: »Jackson, bei deinem Großvater trafen Freundlichkeit und Stärke zusammen.« Obwohl Jack ihn nie kennen gelernt hatte, war er stolz auf diesen starken und freundlichen Mann, den seine Mutter so verehrte und der sie zur Erbin der Finca eingesetzt hatte, auch wenn er selbst als Gutsherr, Landbesitzer und Ehemann versagt hatte. Seit seinem Tod vor fünf Jahren gehörte das Land offiziell Pilar, aber es war noch nicht in dem Zustand, dass es für sie und ihre Familie einen Lebensunterhalt abwarf. Für einen Anteil am Ertrag hatte Pilar den Freund und Nachbarn ihres Vaters, den Grafen de Silva, beauftragt, die unfruchtbaren Felder zu rekultivieren, aber

Jack wusste, dass seine Mutter nie die Hoffnung aufgegeben hatte, das Land eines Tages selbst bewirtschaften zu können.

Jack dachte oft über das Land namens Kuba nach. Seine Mutter hatte ihm Geschichten von ihrer glücklichen Kindheit dort erzählt, manchmal auf englisch, aber meistens in ihrer Muttersprache; von heißen, mit endlosen Spielen auf den Feldern erfüllten Tagen hatte sie geschwärmt und wie sie von morgens bis zur Dämmerung mit ihren Freundinnen von den anderen Gütern herumgetollt war.

Jack beobachtete seinen Vater, wie er in dem kleinen Raum auf und ab stapfte, offenkundig so in Gedanken vertieft, dass er seiner Frau nur halb zuhörte. »Ich verstehe nichts von Landwirtschaft, und inzwischen bin ich zu alt, sie noch zu erlernen«, sagte er schließlich, aber ohne rechte Überzeugungskraft. Die Aussicht, Land zu besitzen, ausnahmsweise einmal zu den »Privilegierten« zu gehören, statt zu der »sich abstrampelnden« Klasse, musste eine mächtige Lockung für ihn sein, dachte Jack. Als junger stolzer Mann war Ethan Freiheitskämpfer in Irland gewesen, und mit großen Hoffnungen für die neue amerikanische Republik hatte er als Soldat in der nordamerikanischen Kontinentalarmee gekämpft. Aber jetzt war er müde. Die Enttäuschungen und Rückschläge in der neuen Heimat hatten ihn verstört. Er wünschte sehnlichst, dass Amerika so wäre, wie Paine und Jefferson es versprochen hatten, aber in klaren Momenten schien er zu wissen, dass er sich zuviel erhoffte.

Jack, der seinen Vater die ganze Zeit aufmerksam beobachtete, merkte, wie in dessen abwesenden, resignierten Blick plötzlich etwas trat, das wie Hoffnung aussah. Land. Land konnte alles für einen Mann bedeuten, der keines besaß. Ethan war ein guter Büchsenmacher, aber zum ersten Mal fragte sich Jack, ob der Geist seines Vaters vielleicht zu stark für sein Fleisch war. Der radikale Wechsel in ein anderes Land mochte hart für ihn sein, aber vielleicht nicht so schwer, wie weiter in Amerika zu leben.

Nach einem langen schwermütigen Blick durch den kargen Raum und über die paar Habseligkeiten der Familie, einem Blick, der eine Ewigkeit zu währen schien, sagte Ethan mit so schwacher Stimme, dass Jack ihn kaum verstand: »Also gut. Wir packen unsere Sachen zusammen und reisen in dieses so genannte Paradies, in dem der Zucker fließt.«

Jack fühlte sich wie zusammengeschnürt, war so antriebslos, dass er seinen Eltern kaum eine nennenswerte Hilfe war. Die Abschiedsworte zu seinen Schulkameraden hatten falsch geklungen; vor lauter Beklommenheit hatte er auf den Boden gestarrt und mit den Füßen in der Erde gescharrt. Halb grollte er seinem Vater wegen seines Entschlusses fortzugehen, halb fühlte er sich von der Aussicht eigentümlich verlockt.

Da waren sie also – drei bescheidene Seelen, ihr ganzer irdischer Besitz auf einem knarrenden Wagen aufgetürmt – und stahlen sich wie Diebe in die Nacht hinaus.

»Jackson, hast du dich von deinen Freunden verabschiedet?«

Jack, der auf der hinteren Wagenklappe saß, antwortete nicht, sondern betrachtete, wie sich die Lichter der Stadt immer weiter entfernten, während sein Vater das Gespann über den gefurchten Weg lenkte.

»Jackson, ich weiß, du hast mich gehört.«

Seine Mutter saß resolut auf dem harten Kutschbock.

»Dein Sohn hat es plötzlich an den Ohren«, sagte Ethan.

»Bitte, Ethan. Lass ihn«, erwiderte sie hastig. »Er ist traurig. Und sprich bitte nicht von ihm als meinem Sohn. Er ist unser Sohn, mi hijo.«

Jack rutschte lautlos vom Wagen und starrte vom Wegesrand aus zu den wenigen in der Ferne noch erkennbaren Lichtern. Die Stimme seines Vaters vibrierte durch die Abendluft. Jack war klar, dass er einfach in die Nacht verschwinden und ins vertraute Hamden zurückkehren könnte. Oder er blieb und ließ sich auf das Abenteuer des Neuen ein, das beängstigend ungewiss war und gleichzeitig sonderbar aufregend. Er stand allein auf der Straße. Ein Ziegenmelker schwebte an ihm vorbei zum im Osten aufgehenden Mond hin.

»Jackson, komm jetzt bitte.«

Jack verfolgte den Raubvogel mit den Augen, lächelte in sich hinein und sagte ruhig: »Ja, Mutter. Ich bin bereit. Ich komme.«

Die Straße von Hamden nach Providence war von den kürzlichen Regenfällen aufgeweicht. Der Wind hatte das goldene, sich braun verfärbende Laub gegen die niedrigen Steinmauern geweht, die die Landstraße säumten. Auf den Feldern zu beiden Seiten hin raschelten trockene Maisblätter, und die Luft war erfüllt vom Aroma der reifen Kolben und von Altweibersommerdüften.

Die O'Reillys eilten zu einem Schiff in Richtung Kuba. Es waren fast zehn Tage, seit sie ihr Zuhause verlassen hatten, und das geheimnisvolle Providence war immer noch nicht in Sicht. Das Geräusch der über die Straße schleifenden Räder wurde Jack immer unerträglicher, genauso wie das monotone Hufegeklapper der Stuten und das Krächzen des Spantenwerks, das den Wagen zusammenhielt – schon nach dem ersten Tag ging es ihm auf die Nerven. Jack beugte sich über den Wagenkasten und versuchte, die Umdrehungen der Räder zu zählen, während die Sonne ihm in den Nacken stach.

Als sie East Haven erreicht hatten, nahmen sie die Küstenstraße in Richtung New London, wo es laut einem Fremden, dem sie auf ihrer Reise begegnet waren, »von der Stadt Providence aus Schiffe im Überfluss in Richtung südliche Gefilde gibt«.

Jacks Hintern war wund vom ständigen Rumpeln des Wagens; er rutschte hin und her, setzte sich abwechselnd auf Tücher, Bettzeug und Kisten, aber nichts half. Er starrte auf die Hinterköpfe seiner Eltern, den im Rhythmus mit dem schwankenden Wagen torkelnden Hut seines Vaters und auf die Haube seiner Mutter. Sie unterhielten sich, oder vielmehr murmelten, und Jack mühte sich erst gar nicht, sie zu verstehen.

Er sagte seinem Vater, er wolle ein Stück laufen.

Stunden später ging Jack immer noch zwischen den müden Pferden her. Die Hände am Zaumzeug der Tiere, spornte er sie sanft an. Vor ihnen erhob sich ein Hügel, der mehrere Meilen lang stetig anzusteigen schien.

»Providence liegt bestimmt direkt hinter dem Hügelkamm«, sagte sein Vater. »Wir wollen uns beeilen, dass wir vor Einbruch der Dunkelheit dort sind.«

In Providence verpassten sie das Schiff nach Kuba nicht um Stunden, sondern um Tage. Der Hafenmeister sagte ihnen, da es schon so spät im Herbst sei, ginge vielleicht vor dem Frühling kein anderes Schiff nach Süden. Dann erzählte er ihnen von einem Schiff, das in genau fünf Tagen von Salem aus nach Havanna und von da aus weitersegelte: die *Perdido Star*.

Die Strapaze der Reise erschöpfte die O'Reillys, und sie sorgten sich um ihre schrumpfenden Finanzen; aber sie eilten weiter. Ethan beschloss, die Stadt Boston zu umfahren, da sie sich keine Herbergen mehr leisten konnten. Bis sie in Salem waren, wollten sie im Freien übernachten. Er und Pilar schliefen in dem offenen Wagen, Jack auf einer zusammengefalteten dünnen Wolldecke neben einem schwachen Feuer. Jeden Morgen erwachte er bis auf die Knochen durchgefroren, umso mehr, wenn sie von Schnee überrascht wurden.

Eines Morgens, drei Wochen nach ihrem Aufbruch von Hamden, sahen sie eine Anzahl Masten aus dem Dunst aufragen: Salem.

Als sie in der Stadt ankamen, war Jack fasziniert von der Betriebsamkeit. Kinder rannten und schrien auf den Lehmstraßen; Fuhrleute transportierten Baumstämme, Felle und Fässer mit Walfischtran und riefen einander Scherze zu.

»Vielleicht sollten wir nach dem Weg zum Kai fragen, Pa«, sagte Jack.

»Alles zu seiner Zeit, Jackson. Alles zu seiner Zeit.« Ethan schien blind zu sein für das lärmende Getriebe der Hafenstadt. Wie ein Besessener spornte er die Pferde an.

Pilar sah ihren Mann lächelnd an. »Mi hijo, bitte frag nach dem Weg, damit wir die Schiffspassage buchen und uns ein Nachtquartier suchen können.«

Ethan hielt die Pferde an und stieg vom Wagen. »Wartet hier«, murmelte er und verschwand in einen Laden für Stoffe.

Nach ein paar Minuten merkte Jack, dass seine Mutter ungeduldig wurde, weil er so lange fortblieb. Sie rief einem vorübergehenden jungen Mädchen zu: »Entschuldigen Sie, Miss, könnten Sie uns den Weg zum India-Kai sagen?«

Sie drehte sich um, und für Jack war sie die Schönheit selbst. Er spürte, wie sich sein Gesicht zu einem dummen Grinsen verzog.

»Dann suchen Sie bestimmt die Derby Street«, antwortete sie mit einem starken irischen Akzent und einem Lächeln, das der Sonne glich, so warm war es, und in ihren Augen blitzten Schalk und Übermut.

»Es ist ein bisschen knifflig von hier aus. Aber wenn Sie gut aufpassen, finden Sie hin. Bleiben Sie auf dieser Straße bis zur North Street, dann biegen Sie wohl am besten nach rechts ab und fahren bis zur Summer Street. Links sehen Sie dann Norman – ich meine die Norman Street. Die fahren Sie immer geradeaus weiter, bis sie zur Front Street wird. Da überqueren Sie den Markt und halten Ausschau nach Fisch. Das wäre dann die Fish Street zur Rechten. Die Fish schwimmt links herum und wird zum Kai.«

Das Mädchen hielt inne, und Jack wurde rot, als er merkte, dass seiner Mutter sein Gesichtsausdruck nicht entging. Ihre Mundwinkel verzogen sich zu einem Lächeln.

»Dann fahren Sie am Norris- und Hodges-Kai und noch ein paar anderen vorbei, und dann kommt die Derby Street«, erklärte das Mädchen weiter. »Die fahren Sie bis ganz zum Ende, und wenn Sie meinen, Sie sind schon zu weit gefahren, dann sehen Sie Becket's Schiffswerft – und da ist dann der India-Kai.«

Ethan war inzwischen aus dem Laden zurückgekommen und hatte den größten Teil der Wegbeschreibung mit angehört. Trotz seiner Erschöpfung war sogar er angetan von dem Mädchen. »Vielen Dank, Miss. Sehr verbunden.« Er schwang sich auf den Kutschbock und trieb die Pferde an.

Jack kletterte hinten auf den Wagen. Er winkte dem Mädchen zu und sagte leise: »Ich bin Jack«, und zeigte auf sich. Zum ersten Mal schien sie ihn wahrzunehmen. Sie machte so große Augen, dass sich ihre hübsche

Stirn in Falten legte. Gut einsachtzig groß und für seine siebzehn Jahre ungewöhnlich kräftig, machte Jack eine gute Figur. Sein dunkles Haar reichte ihm bis zum Kinn, und seine großen Haselnußaugen wurden noch betont von seiner sonnengebräunten Haut. Eine Brise wehte dem Mädchen das glänzende Haar über die smaragdfarbenen Augen. Sie hob die Hand und strich es sich aus dem Gesicht. Ein Wort schlüpfte aus ihrem Mund: »Colleen.«

Jack saß wie versteinert da, so überwältigt war er. Der Wagen fuhr weiter, aber das Mädchen rührte sich nicht vom Fleck. Wegen eines anderen Wagens und eines Passanten verloren sie sich kurz aus dem Blick, und als der Wagen dann in die North Street einbog, konnte Jack sie nicht mehr sehen. Er sprang vom Wagen und rannte zur Ecke zurück, aber sie war verschwunden.

Plötzlich verloren ferne Länder jede Anziehungskraft für Jack; hier in Salem gab es weit Interessanteres.

Die Derby Street entlang kamen sie an zahllosen Kais vorbei, vor denen ein Segelschiff am andern lag und es vor lärmenden Dockarbeitern und Matrosen wimmelte, die die Schiffsladungen löschten oder mit Reparaturarbeiten beschäftigt waren. Auf der Straße war ein dichtes Menschengewühl, und ein starker Geruch nach Zimt und Kaffee hing in der Luft. Händler wogen Güter und feilschten laut. Gerade entladenes Bauholz war entlang der Straße aufgeschichtet. Die Luft war mit Meeresgerüchen erfüllt, die Jacks Phantasie beflügelten. Er war wie hypnotisiert. Dies waren die Düfte einer Welt, die er nicht kannte. Die Matrosen bewegten sich mit einem Gang über den Pier, dass Jack förmlich die schwankende See unter ihren Füßen sah. Selbst die armseligsten und einfältigsten dieser Seemänner hatten mit eigenen Augen Länder gesehen, die Jack sich in seinen kühnsten Träumen nicht auszumalen vermochte. Es war ein erstaunlicher Ort, dieses Salem.

Am meisten beeindruckte Jack die Überlegenheit, die von den Seemännern ausging, sogar gegenüber Leuten von Rang. Sie tippten sich an ihre Mützen und zollten ihnen den gebührenden Respekt, aber das war eindeutig Theater. Innerlich schienen sie von einer Selbstsicherheit zu sein, als seien sie im Besitz verborgener Weisheiten, die in keiner Bibliothek eines noch so vornehmen Herren zu finden waren.

Mit unverhohlener Begierde sahen die Matrosen den Frauen der Stadt nach. Nach Monaten auf See durchbohrten sie die züchtigen Neuengland-Kleider förmlich mit den Augen. Die Damen runzelten die Stirn und eilten weiter, aber Jack fragte sich, ob sie vielleicht absichtlich ihren Weg über den Kai nahmen.

Jack war es lieber, neben dem Wagen zu gehen. Ein Teil des Gerempels, dem er ausgesetzt war, ging wohl auf das Konto von Taschendieben, aber Jack störte sich nicht daran. Sie müssten schon Zauberer sein, um irgendwas von Wert an ihm zu finden.

»Entschuldigung, Sir«, fragte Jack einen Matrosen. »Können Sie uns sagen, wie's zur *Perdido Star* geht?«

»Die Star? Na, am besten immer direkt deiner Nase nach, mein Junge. Wenn du zum Ende des Kais kommst und der Gestank am schlimmsten ist, da liegt sie.« Der Matrose, der nach Gin roch, brach in ein gellendes Lachen aus, wobei er eine Reihe kleiner, gelber Stummelzähne entblößte.

Die O'Reillys tauschten Blicke aus, sagten aber nichts. Ethan trieb die Pferde weiter. Sie kamen an mehreren Schiffen vorbei, die gerade beladen wurden, und am Ende des Kais fanden sie die *Perdido Star*.

Jack blickte gebannt auf den schwarzen Rumpf des

Schiffs. Trotz der abblätternden Farbe und den durchgetretenen Decks hatte dieses ramponierte Meeresgefährt etwas Imposantes. Jack schlenderte den Kai entlang zum Heck und begann, mit seinen Schritten die Schiffslänge abzumessen.

»Sie wird hundertzwölf Fuß sein und vielleicht noch drei Fingerbreit mehr, Junge«, brummelte ein Matrose mit gewaltigen Zahnlücken ihm zu, der sich über die Reling beugte. »Eine Brigg mit Ruhm. Ein Handelsschiff von Ruf. Und ich, ich schimpf mich Hansumbob.«

»Guten Tag, ich bin Jack«, rief er zurück.

»Sehr erfreut, mein Junge«, er winkte Jack zu, dann stieg er unter Deck.

Jack kehrte zu seinem Vater zurück, der gerade einen vorbeihastenden Matrosen anhielt und ihn nach dem Kapitän fragte. Ein zum Achterdeck ausgestreckter Arm war die Antwort des Mannes. Jack ließ den Blick in die gezeigte Richtung wandern und sah einen beleibten grauhaarigen Mann mit wehendem Bart an der Reling stehen. Er schnitzte mit einem Matrosenmesser in dem Teakholz der Reling herum, eine sonderbare Beschäftigung, fand Jack, über seine Schulter aber stieß der Mann Befehle aus; er hatte also das Kommando hier. Und einen beachtlichen Schwips. Jack ging hinter seinem Vater her zu ihm hin.

»Kapitän Deploy?«

»Wer zum Teufel fragt da?« Der Kapitän sah Ethan finster an, während er verstohlen das mit seinem Messer bearbeitete Relingsstück mit einem Segeltuch bedeckte.

»Ich komme von Providence und noch weiter her, und man hat mir gesagt, Sie würden bald nach der Insel Kuba in See stechen. Genauer, nach Havanna.« Ethans Stimme klang verzagt.

»Aye, das stimmt. Aber ich bin bis zum Schanzdeck

voll geladen, falls es Fracht ist, die Sie mir mitgeben wollen.« Der Kapitän musterte den Schmied von Kopf bis Fuß.

»Ich möchte eine Überfahrt für mich, meine Frau und meinen Sohn buchen. Und auch für meine kleine Habe.« Ethan trat jetzt entschlossener auf.

Der Kapitän blickte zu dem Wagen auf dem Kai mit dem darauf geladenen Schmiedeherd des Büchsenmachers. »Es wird euch fünfundachtzig Dollar pro Person kosten plus fünfzig für die Fracht. Handeln lasse ich nicht mit mir. Wir laufen morgen abend mit der Flut aus.«

Jack konnte sehen, wie sein Vater schnell nachrechnete, wieviel Geld er noch hatte.

»Sie verlangen viel, Sir. Mir wurde gesagt, es kostete bloß die Hälfte.«

»Also gut, dann zweihundertfünfundsiebzig Dollar für alles zusammen. Und kein Wort mehr.« Kapitän Deploy warf den Kopf zurück und stolzierte zum anderen Ende der Reling, kehrte Ethan den Rücken zu, so dass er ihm nicht in die Augen sehen musste. »Ihr könnt jetzt an Bord kommen, eure Fracht und Habseligkeiten verstauen und euch eine Koje sichern.« Er drehte sich wieder um. »Mehr kann ich nicht für euch tun. Und wenn ihr mit mir kommt, dann behaltet eure Reisepläne für euch. Kein Wort darüber. Verstanden?«

Jack wusste, dass der Besitzer des Schiffs nie einen Pfennig von dem Fahrgeld sehen würde. Aber am Grinsen seines Vaters erkannte er, dass dieser sich nicht darum scherte.

»Erster Maat, kümmern Sie sich um die guten Leute.« Der Kapitän nahm Ethans Geld, während der Maat, ein großer, dunkler Mann, offenbar gemischten Bluts, die drei Landratten zu ihren Quartieren führte.

»Mutter, lass mich die Taschen tragen«, sagte Jack.

»Sie wiegen so gut wie nichts, Jack. Sind wie Federn in meinen Händen, weil ich so glücklich bin, endlich von diesem Wagen herunter zu sein«, erwiderte Pilar, und die drei müden Seelen stiegen langsam den Niedergang hinunter.

Als sie die Kajüten erreichten, drehte sich der Erste Maat zu ihnen um und verkündete: »Ich heiße Quince, Leute, und hier sind eure Kojen.« Die Pritschen waren in einem Halbkreis aufgestellt; traurig aussehende, von jahrelanger Benutzung fleckige Strohmatratzen lagen wie Klumpen auf den Eichenlatten. »Wenn ihr irgendwas auf der Reise braucht und ich helfen kann, will ich es tun.«

»Danke«, sagte Ethan. Quince antwortete mit einem gutherzigen Grinsen und verschwand; die Planken krächzten unter dem Gewicht des stämmigen Riesen. Jack war überrascht, wie geschmeidig er sich bewegte. Er strahlte eine Kraft und Zuversicht aus, die die ganze Familie beruhigte.

Nachdem ihre Habe unter Deck verstaut war und Ethan sich vergewissert hatte, dass seine Werkzeuge sicher vertäut im Laderaum waren, wechselte er ein paar Worte mit seiner Frau und verließ dann das Schiff. Jack folgte ihm bis zum Rand des Decks. Ethan wendete den Wagen auf dem Kai und rief Jack zu:

»Leiste deiner Mutter Gesellschaft. Ich bin bald zurück.«

Pilar tauchte von unten auf.

»Will Vater das Gespann und den Wagen verkaufen?«, fragte Jack.

»Ja.« Sie senkte den Blick. »Er hat keine andere Wahl.«

Die Pferde, Jen und Mary, hatten Jacks Obhut unterstanden; all die Jahre hatte er sie gefüttert und versorgt.

Zornestränen wollten ihm in die Augen steigen; es kränkte ihn, dass sein Vater ihn nicht ein letztes Mal über ihre weichen Mähnen hatte streicheln lassen.

»Ich möchte mit ihm gehen, Mutter.«

»Ja. Lauf und sag Jen und Mary von mir auf Wiedersehen.«

Jack rannte vom Schiff und den Kai entlang, wo sein Vater gerade um die Ecke gebogen war. Nach einer Seitenstraße holte er ihn ein und kletterte hinten auf den leeren Wagen. Sein Vater blickte sich zu ihm um, verzog aber keine Miene.

»Ma hat gesagt, ich dürfte mit dir kommen.«

Eine Weile schwieg Ethan. »Du wirst ziemlich eigenwillig, junger Mann. Was ich sage, zählt offenbar nicht für dich. Aber jetzt hör mir bitte sehr genau zu.«

Sein Vater beugte sich zu ihm hinüber.

»Ich sag es nur einmal. Misch dich nicht in den Verkauf der Pferde und des Wagens ein. Hast du verstanden?«

»Ja, Vater.«

Ethan schien zu wissen, wohin er wollte, denn von Zeit zu Zeit guckte er auf eine kleine handgezeichnete Karte, die man ihm anscheinend auf dem Schiff gegeben hatte. Am Rande der Stadt fuhren sie vor einem Mietstall vor. Neben Amboss und Schmiedeherd beschlug ein muskulöser Mann eine Stute.

»Schönen guten Tag, Sir«, rief Jacks Vater ihm zu. »Ich heiße O'Reilly. Ich bin auch von der Zunft.«

Der Mann würdigte ihn keines Blickes und arbeitete weiter.

»Ich hatte meine eigene Werkstatt in Hamden, Connecticut. Hab vor allem Gewehre und dergleichen gemacht.«

»Wie Sie sehen, hab ich zu tun«, brummte der Hufschmied. Er sah zu den Pferden und dem Wagen hin, dann wanderte sein Blick zu Jack. »Wenn ihr eure Pferde beschlagen lassen wollt, müsst ihr bis Donnerstag warten.«

»Nein, Bruder, neue Hufeisen brauche ich keine für meine schönen Pferde«, erwiderte Ethan freundlich, »aber ein neues Heim für sie und den Wagen. Meine Familie und ich segeln zu den südlichen Inseln und müssen unser Gespann verkaufen.«

Der Schmied ließ den Pferdehuf sinken, ging langsam um den Wagen herum und schüttelte den Kopf.

»Ich kann Ihnen da nicht weiterhelfen, Mister. Aber mein Bruder Cyrus vielleicht. Passen Sie auf, auf dem Rückweg in die Stadt liegt eine Taverne. Vielleicht sind Sie daran vorbeigekommen. Peele's mit Doppel-›e‹. Wenn Sie wollen, könnten wir zu meinem Bruder gehen und mit ihm reden. Er ist der Besitzer der Taverne. Übrigens, wann wollt ihr die Stadt verlassen?«

»Morgen am späten Nachmittag. Wir segeln mit der *Perdido Star.*«

Jack gefiel der Mann nicht, ihm kam er ungehobelt und gerissen vor, und er hoffte nur, dass sein Vater merkte, wie verschlagen der Kerl war.

Der Schmied führte die Stute hastig in den Stall; als er wieder zurückkam, knöpfte er ein Hemd über seinem dicken Bauch zu. »Mein Bruder hat die Taverne vor ungefähr einem Jahr gekauft, und alles in allem läuft das Geschäft gut.«

Die beiden Männer stiegen auf den Kutschbock, Jack hievte sich hinten auf den Wagen und beobachtete, wie der Mann, der sich als Jonah Peele vorstellte, auf seinen Vater einredete. Ethan nickte höflich und trieb schnalzend die Pferde an, taub gegenüber dem Geplapper des Mannes. Als sie die Taverne erreichten, hastete Peele eilig hinein, während Ethan die Pferde festband.

»Der Mann ist sehr überzeugt von sich«, sagte er zu Jack. »Aber er scheint eine ehrliche Haut zu sein.«

»Pa, der Bursche gefällt mir nicht. Ich glaube …«

»Denk dran, was ich dir gesagt habe, Jackson!«

Jack spürte, wie ihm eine heiße Welle ins Gesicht stieg, aber er verkniff sich auszusprechen, was er dachte. Er fragte sich nämlich, ob sein Vater diesmal wieder auf einen faulen Handel hereinfallen würde. Ethan war ein ehrlicher Mann, der glaubte, alle anderen seien genauso. Jack hatte schon mehrmals erlebt, wie er bei den simpelsten Geschäften übers Ohr gehauen wurde.

Das Innere der Taverne war dunkel und es roch sauer nach Bier und Urin. Bevölkert war sie von einigen sehr wilden Gestalten; Matrosen, Dockarbeiter, Tagelöhner, schätzte Jack. Der Hufschmied flüsterte mit seinem Bruder, der hinter dem Tresen stand. Jack und sein Vater standen beklommen mitten im Raum.

Der Wirt, ein breiter Mann mit einem roten fleischigen Gesicht, blickte schließlich über die Schulter seines Bruders zu ihnen hin und winkte sie zu sich heran.

»Was darf's sein, Freunde? Die erste Runde geht auf mich.«

»Nein, danke, wir möchten nichts«, sagte Ethan.

Das leutselige Grinsen des Mannes schwand. »Wenn wir ein Geschäft machen wollen, müssen wir darauf trinken.«

»Gut, dann einen Sarsaparillsaft für meinen Sohn«, sagte Ethan achselzuckend. »Und ich nehme ein Bier. Danke.«

Die anderen Gäste schienen zu spüren, dass etwas im Gange war, und drängten sich näher heran. Jack kam sich vor wie in einer Falle. Nachdem er Vater und Sohn ein paar Höflichkeitsschlucke gestattet hatte, lehnte sich der Wirt mit seinen nackten Armen auf den nassen Tresen.

»Was wollen Sie für Gespann und den Wagen haben? Mein Bruder Jonah sagt, es sind schöne Tiere und der Wagen ist in gutem Zustand.«

Ethan nahm einen Schluck von dem schaumigen Bier. »Ich möchte fünfzig Dollar für jedes Pferd und nochmal fünfzig für den Wagen.«

Die Männer am Tresen hörten gespannt zu. Der Wirt ließ den Kopf auf seine dicken haarigen Arme sinken, so als denke er nach. Jack gefiel das Ganze nicht; es kam ihm wie Theater vor. Dann schlug der Wirt mit der geballten Faust auf den Tresen und rief: »Abgemacht!«

Erschrocken von dem Knall, zuckte Jack zusammen, trotzdem bemerkte er, wie die beiden Brüder Blicke wechselten.

»Morgen um genau ein Uhr habe ich das Geld. Seid dann mit Gespann und Wagen hier.«

Erfreut wollte ihm Ethan über den Tresen hinweg die Hand schütteln, aber Cyrus Peele hatte sich bereits wieder seinen durstigen Gästen zugewandt. Mit einem Nicken zu dem Bruder hin verließen Jack und sein Vater das plötzlich still gewordene Lokal.

»Das hier ist ein anderer Menschenschlag«, sagte Ethan überschwenglich. »Nicht mit den Kleinstädtern zu vergleichen, die wir gewohnt sind.« Jacks Vater war bester Stimmung. »Sie sind laut und prahlerisch, aber ich bin sicher, wenn man durch all das Getue hindurchsieht, entdeckt man einen ehrlichen Kern.«

Jack war anderer Meinung. Auf ihn wirkten die Brüder verschlagen wie Füchse. Er hatte das Gefühl, dass der Handel viel zu schnell vonstatten gegangen war. Der Wirt war nicht einmal hinausgegangen, um sich das Gespann anzusehen; aber sein Vater hatte ihn geheißen, sich herauszuhalten, also schwieg er.

Aber er konnte die Begeisterung seines Vaters nicht

teilen, mit der dieser, zurück auf dem Schiff, seiner Frau vom Ablauf des Geschäfts erzählte. Es ärgerte Jack, dass seine nagenden Zweifel wegen der Pferde ihm seine ganze aufgeregte Vorfreude auf die Reise verdarben. Doch schließlich verscheuchte er seine Sorgen und ließ seine Gedanken zur hohen See, den geblähten Segeln und der Million Sterne schweifen, die sie nach Süden in Richtung Kuba geleiten würden.

Auf Deck wunderte Jack sich über das Gewirr von Tauen und Leinen, die bis zu den Mastspitzen hinaufreichten. Als er über die Landungsbrücke ging, um einen besseren Blick zu haben, entdeckte er am Ende des Kais zwei junge Frauen, die zu dem Schiff hinsahen. Die größere mit dem roten Haar kam ihm bekannt vor. Jack ging auf sie zu, aber da drehten sich die Mädchen schnell um und liefen kichernd die Derby Street hinab. Er rannte hinter ihnen her, und am Hodge's Kai holte er sie ein.

»Haltet mich bitte nicht für aufdringlich. Ich wollte mich bloß für die gute Wegbeschreibung bedanken, Colleen, so heißt du doch, nicht wahr?«

Die Mädchen sahen sich an und lachten.

»Ja, Colleen. Und dies hier ist meine Freundin, Prudence.« In Colleens leuchtenden grünen Augen blitzte der Schalk. »Und wie heißt du?« Jack war verdutzt, dass sie so tat, als erinnere sie sich nicht.

»Jackson, aber alle nennen mich Jack – nur meine Eltern sagen manchmal Jackson.«

»Jacksooon«, wiederholte Colleen so lang gezogen, als mache sie sich lustig. »Ich muss jetzt los. Ich wünsch dir einen sonnigen und gesunden Tag.« Sie fasste Prudence am Arm und setzte ihren Weg die Derby Street hinunter fort.

»Kann ich euch nicht zu einer Tasse Tee in das Wirtshaus dort drüben einladen?«, rief Jack den beiden nach.

Colleen drehte sich um. »Morgen, Jacksooon, morgen vielleicht.«

Mit zitternden Händen sah er ihr nach. Was, wenn sie meine Teeinladung angenommen hätten? überlegte er. Ich habe keinen Pfennig in der Tasche.

Am nächsten Tag um ein Uhr kehrten Jack und sein Vater mit den Pferden zu Peele's Taverne zurück. Die Gäste in dem Wirtshaus sahen für Jack genauso aus wie die vom Tag zuvor. Sie waren kaum zur Tür hinein, als Cyrus Peele ihnen schon entgegenrief. Sein Bruder stand reglos am anderen Ende des Raums.

»Mr. O'Reilly, gut, dass Sie kommen, Sir. Ich habe leider keine guten Nachrichten, fürchte ich. Sehen Sie, die Bank ist hinter mir her, und ausgerechnet heute morgen kamen unerwartet ein paar von meinen Lieferanten, kurz gesagt: Ich habe das Geld für das Gespann nicht. Ich weiß, dass ich Sie damit in Schwierigkeiten bringe, da Ihr Schiff in ein paar Stunden ausläuft und Sie keine Zeit mehr haben, sich nach einem andern Käufer umzusehen.« Der Wirt blickte sich um und vergewisserte sich seines Publikums. »Aber ich werde folgendes tun: Ich biete Ihnen fünfunddreißig Dollar für alles zusammen, und um euch so viel zu geben, muss ich den letzten Pfennig zusammenkratzen.«

Schon bei den ersten Worten des Mannes wich Ethan alle Farbe aus dem Gesicht. Die Gäste starrten ihn und seinen Sohn an. Jetzt merkt er, dass er reingelegt wurde, dachte Jack. Peele hatte bis zur letzten Minute gewartet, so dass sie keine andere Wahl hatten.

Jacks böse Ahnungen hinsichtlich der Peele-Brüder hatten sich bestätigt. Jene kalte Wut, die er so gut kannte, kroch ihm das Rückgrat hoch. Er blickte durch den Raum zu dem jüngeren Bruder hin, der ein unschuldiges

Gesicht machte, unter Jacks eisigem Blick aber allmählich nervös wurde. Jack überlegte, dem Wirt die Whiskyflasche dort auf dem Tresen über den Kopf zu hauen und sich dann den dicken Schmied zu schnappen, ehe er das Weite suchen konnte. Doch er besann sich eines andern, als er bemerkte, wie sein Vater den Kopf senkte und vor sich hin nickte; offenbar dämmerte ihm, wie man ihn betrogen hatte. Eine Welle von Mitgefühl durchströmte Jack.

»Ich glaube nicht, Sir«, begann Ethan mit leiser Stimme, »dass Ihr auf Treu und Glauben gehandelt habt.«

Die Augen des Wirts wurden kalt. »Entweder du nimmst mein Angebot an, oder du lässt es sein, Bauerntölpel!«

Die Beleidigung Ethans rief lautes Gelächter hervor. Die ganze Wirtsstube schien ihren Spaß daran zu haben. Jacks Gesicht brannte vor Zorn, und nur mit Mühe konnte er sich beherrschen.

»Ich nehme Ihr Geld, Sir«, sagte Ethan, »unter einer Bedingung.«

Der Wirt spreizte die Arme auf dem Tresen, sah sich um, kostete den Moment gründlich aus. »Nennt sie.«

»Sie haben mich hintergangen«, sagte Ethan. »Damit kann ich leben. Aber geben Sie mir Ihr Manneswort, dass Sie die Tiere gut behandeln. Versprechen Sie das?«

»Ich verspreche es, so wahr ich Peele heiße«, sagte der Wirt. Jack fragte sich, was das Wort eines Peele wohl wert war. Die Gäste klatschten laut Beifall, und die Vorstellung war zu Ende. Den beiden Fremden hatte man die Flausen ausgetrieben, und alle hatten sich auf ihre Kosten amüsiert.

Schweigend gingen Jack und sein Vater zurück zum Schiff. Während der letzten beiden Stunden schien Ethan um Jahre gealtert zu sein, sein Gang war zögerlich und sein Blick verschwommen. Jack wollte ihn trösten, etwas sagen, um seinen Schmerz zu lindern. Aber wortlos erreichten sie das Schiff, wo sich Ethan stumm unter Deck in die tröstenden Arme seiner Frau flüchtete.

Jack blieb auf Deck. Quince, der riesige Seemann, der ihnen ihre Kajüte gezeigt hatte, stand an der Seite und markierte Frachtkisten, während die Matrosen Proviant unter Deck trugen. Quince sah zu Jack hin.

»Freust du dich, dass wir bald auslaufen, Junge?«

»Ja«, antwortete Jack, der sofort eine Zuneigung zu dem Mann gefasst hatte. »Aber ich glaube, ein bisschen Angst habe ich auch.«

»Na, das ist ganz natürlich, Kleiner. Am Anfang haben wir alle ein bisschen Angst. Aber man gewöhnt sich daran, und wenn wir erst mal in voller Fahrt sind, dann gibt's nichts Schöneres auf der Welt.«

Jack dachte einen Moment nach. Er wünschte sich sehnlichst, sich diesem Mann anzuvertrauen, seinen Rat wegen etwas zu erbitten, das ihm seit einer Stunde durch den Kopf ging. »Entschuldigen Sie – Quince heißen Sie, nicht wahr?«

»Ja, Quince. Oliver Quince, aber alle rufen mich Big Q oder Quince. Du kannst dir's aussuchen.«

»Ich hab ein Problem, das ich lösen muss«, sprudelte es aus Jack hervor; er traute seinem Instinkt, was Mr. Quince betraf. »Wenn man von einem Schurken ins Unrecht gesetzt wird und nur begrenzte Zeit hat, die Sache zu bereinigen, man sie seinem Gefühl nach aber bereinigen muss, was würden Sie tun?«

»Man hat nur ein Leben. Und wenn man seinen Seelenfrieden haben will, dann muss man aus der Welt schaffen, was an einem nagt.«

Jack war erleichtert. »Wann genau laufen wir aus?«

In dem Moment kam Hansumbob vorbei und rief:

»Pünktlich beim sechsten Schlag der Kirchturmuhr, und wenn du nicht rechtzeitig an Bord bist, dann kriegst du eine Abfuhr.« Der alte Bob grinste breit, ein so hässliches Gesicht war Jack noch nicht untergekommen, aber eine nicht unterzukriegende Herzlichkeit stand darin. Jack überquerte das Deck und ging die Landungsbrücke hinunter.

Während Jack den Kai entlanglief, ging Hansumbob im Gleichschritt auf dem Deck neben ihm her.

»Wie heißt du, Junge?«

Jack schrie ihm seinen Namen zu, während er zu rennen begann.

»Auf so 'nen Namen kannste stolz sein, Jackson. Wir ham 'nen Haufen ulkiger Namen an Bord. Coop, Red Dog, Cookietwo. Eines Tags fragt Bootsmann Ben Mentor unsern Cookietwo, wie er zu so' nem Namen kommt, und Cookietwo, der wirft ihn beinah in die Bucht, westerwegen Mentor seine Suppe jetzt nur noch auf der Hut wie ein Luchs schlurft.« Hansumbob war am Ende des Schiffshecks angelangt, schwadronierte aber weiter. »Der Kapitän wartet nicht, und nach Kuba schwimmen ist ziemlich weit.«

Der Hufschmied hämmerte vor dem Stall auf seinem Amboss herum und summte leise vor sich hin. Jack wusste, die Hammerschläge würden jedes Geräusch übertönen. Also schob er den Riegel an der Hintertür des Stalls zurück. Jen wieherte, als Jack ihr das Halfter um den Hals legte. Er war erschöpft vom Rennen zur Schmiede, aber seine brennende Wut erstickte den Schmerz in seinen Beinen. Mary leckte ihm den Hals ab, als er auch ihr das Halfter umlegte und die beiden Stuten dann zur Hintertür hinausführte. Leise verriegelte Jack das Tor wieder, zog die Stuten die Straße entlang und rechnete jeden Moment damit, das Geschrei des Schmieds hinter sich zu hören. Er bestieg Jen, hielt Mary am Zügel und fiel in einen Galopp.

Nach mehreren Seitenstraßen gingen die Häuser in Felder über. Jack wusste nicht, wie weit er die Pferde noch führen musste, aber er war entschlossen, dass die Peele-Brüder sie niemals wieder sehen sollten. Fast eine Stunde galoppierte er dahin, bis er entdeckte, wonach er suchte: eine kleine Farm zu seiner Linken und jenseits davon eine große Wiese mit Pferden und Kühen.

Jack hielt neben einer ausladenden Eiche an und stieg ab. Während er die Tiere zu dem Weidegrund führte, verabschiedete er sich von ihnen, wie seine Mutter ihn geheißen hatte, und auf Jacks Zuruf hin trotteten Jen und Mary zu ihren Artgenosssen.

In atemloser Hast rannte Jack die Straße zurück. Beflügelt, denn jetzt hatte er nur noch eine Sache zu erledigen.

Die Hintertür von Peeles Taverne war nicht verschlossen, da sie zu dem nach hinten gelegenen Gästeabort führte. Wegen des Lärms und der Dunkelheit in der Taverne gelang es Jack, unbemerkt in den Lagerraum zu schlüpfen, den er bei seinem vorherigen Besuch entdeckt hatte. Bierfässer waren fünferweise übereinandergestapelt. Jack griff nach einem Holzhammer und machte sich daran, die Zapflöcher in den Fässern einzuschlagen; bei jedem Schlag durchströmte ihn eine wilde Freude. Das Bier schoß in Sturzbächen aus den Fässern hervor, und gerade als Jack sich die letzten beiden vornehmen wollte, stürzte Cyrus Peele durch die Tür.

»Was zum Teufel …«

Jack wirbelte herum und knallte Cyrus den Holzhammer mit voller Wucht gegen die Kniescheibe. Peele fiel zu

Boden wie ein Pferdeapfel; er umklammerte sein zertrümmertes Knie und schrie. »Du Hurensohn. Ich brech dir das Genick.«

Jack holte aus und ließ den Hammer auf die Finger des Wirts krachen.

»O Gott. Ich bring dich und deinen Vater um! Ihr Scheißkerle!« Obwohl der Mann Qualen litt, war er immer noch gefährlich.

Die Tür ging auf, und ein Hafenarbeiter stapfte herein.

»Was ist das für ein Krawall?« Er sah, wie Peele sich in der schäumenden Bierpfütze krümmte. »Was ist, Cyrus? Bist wohl ausgerutscht?« Ein breites Grinsen stand dem Mann im Gesicht, das ihm jedoch verging, als er Jack mit dem Hammer erblickte.

»Halt deine Säufernase da raus, oder ich verpaß dir einen Schlag wie deinem Freund hier«, schrie Jack, der sich unbezwingbar fühlte. Der Mann verdrückte sich schleunigst.

Jack setzte sich rittlings auf den auf dem Boden ausgestreckten Wirt. »Du hast meinen Vater beleidigt und uns um unser Gespann und den Wagen betrogen. Ich will eine Entschuldigung.« Seine Stimme war kalt. Er wusste, mehr Geld bekäme er nicht von Peele, aber er würde ihn auf andere Art zahlen lassen.

»Geh von mir runter, du Ratte. Wir haben einen Handel gemacht. Was kann ich dafür, dass dein alter Herr so ein Trottel ist!« Jacks linke Hand fuhr an die Kehle des Mannes, und mit der zur Faust geballten Rechten schlug er Peele in sein fettes Gesicht. Er wartete.

»Ich entschuldige mich nicht dafür, das s...« Er kam nicht dazu, den Satz zu beenden; mit einem gewaltigen Hieb schlug Jack ihm die Nase ein und schnappte sich den Holzhammer. In dem Moment pochte es an der Tür.

»Ich habe viel Zeit, Peele, und der erste, der durch diese Tür kommt, hat ein gebrochenes Bein.«

»Na gut, zum Teufel. Was willst du von mir hören?«

Jack starrte ihn an und wartete.

Schließlich murmelte Peele. »Ich glaube, es war ein Missverständni s…« Jack schlug Peele ins Gesicht. Das Blut aus seiner gebrochenen Nase vermischte sich mit dem Bier auf dem Boden des Lagerraums, und die Pfütze verfärbte sich rosa. Jacks Linke bohrte sich in Peeles Kehle.

»Ich entschuldige mich«, krächzte er.

»Wofür?«

»Worum du mich gebeten hast.« Dem Wirt wurde mulmig. »Na gut. Ich entschuldige mich dafür, dass ich deinen Vater übers Ohr gehauen habe.« Durch seine zersplitterten Zähne bekam er die Worte kaum heraus.

»Und wird sowas nochmal geschehen, Sir?«

»Nein, nie.«

»Gut.« Jack glitt von dem Mann. »Ich gehe jetzt mit diesem Holzhammer hier raus. Ruf deinen Freunden zu, dass sie mich nicht anrühren sollen. Ansonsten komme ich zurück und mach dich fertig.« Er öffnete die Tür.

»Lasst den Burschen in Frieden!«, rief Peele entsetzt in den Wirtsraum. »Wir haben unseren Streit beigelegt.«

An der Tür drehte Jack sich um. »Du bist schnell von Begriff, Bauerntölpel«, sagte er.

Als Jack zum India-Kai zurückraste, grinste er die ganze Zeit vor sich hin. Er kam gerade noch rechtzeitig; die Mannschaft machte das Schiff gerade klar zum Ablegen. Seine Eltern liefen ihm über den Steg entgegen.

»Jackson, wir haben uns zu Tode gesorgt«, rief Pilar.

»Wo in Gottes Namen warst du?« schimpfte Ethan.

»Tut mir leid. Ich wurde in der Stadt aufgehalten.« Jack merkte, dass er immer noch Peeles Holzhammer in der Hand hielt. Er ließ den Stiel in seinem Ärmel verschwinden und wölbte die Hand um den Kopf. Mit dem Rücken zur Reling ließ er das Tatwerkzeug dann über Bord fallen.

Pilar musterte ihn. »Mi hijo, dein Hemd ist triefnass. Was hast du angestellt?«

»Nichts Mutter …«, Jack verstummte. Er verabscheute es, sie anzulügen. »Kann ich es dir später erzählen?«

Pilar nickte. Ethan wandte sich ärgerlich ab.

Vom Achterdeck zum Kai hin hallten Rufe, die Ankerspring fallen zu lassen. Jack gefiel das hektische Treiben, unter dem das Schiff ächzte und stöhnte. Plötzlich spürte er ein Brennen im Nacken und drehte sich zum Kai um.

Eine Gruppe von Leuten drängte sich dort und verabschiedete sich von den in See stechenden Männern. Etwas abseits von ihnen stand Colleen. Als Jack sie erblickte, wurde ihm klar, dass er sich mit seiner Entscheidung, Rache zu nehmen, um die Chance gebracht hatte, eine Weile mit diesem hübschen Geschöpf zu verbringen. Jetzt starrte er, das Herz voll Sehnsucht, zu ihr hin. Sie hob die rechte Hand an die Lippen, und mit aufeinander gelegtem Daumen und Zeigefinger mimte sie Teetrinken; dann stellte sie den Kopf schräg, stemmte beide Fäuste auf die Hüften und streckte ihm die Zunge raus. Jack hob die Hände, bat um Entschuldigung.

Plötzlich preschte ein Haufen zorniger Männer den Kai entlang, angeführt von den Peele-Brüdern, der Wirt hinkte. Aber sie kamen zu spät. Auf ihrer Fahrt nach Süden war die *Perdido Star* schon fünfzig Yards vom Kai entfernt. Jack winkte den Peeles zum Abschied zu. Als die *Star* aus dem Hafen hinaussegelte, versuchte Jack, seine Erregung über die bevorstehende Reise neu zu entfachen. Matrosen enterten zu den Rahen auf; Rufe und Kommandos schwirrten über die dunkel werdende

Bucht. Jack griff in die Webeleine, schwang sich auf die Reling und blickte nach Süden. Aber dann zog es seine Augen zurück zum Kai. Sie stand immer noch dort, ganz allein. Jack winkte, aber sie wandte sich ab. Jack schwor sich, dass er zurückkehren würde. Und dann könnte er es sich leisten, sie tausend Tage zum Tee einzuladen.

Kap Hatteras

»Paß auf die Gischt auf, Junge! Sie ist kalt, du holst dir den Tod.«

Der alte Hansumbob sprach die freundliche Mahnung aus. Jack wusste nicht, wie lange er schon am Bug stand. Der Matrose hatte recht: Die Gischt war wirklich kalt, aber Jack empfand es als Wohltat, wie das Wasser auf seinem Gesicht ihn erfrischte. Während er die salzige Sprüh tief einsog, durchströmte ihn eine gewaltige Freude, und am liebsten hätte er sie hinausgeschrien.

Das Schiff tauchte kopfüber in einen riesigen Brecher ein. Jack umklammerte die Reling und begegnete der Welle wie einem Freund. Das Meer berauschte ihn, verlieh ihm das Gefühl von Abenteuer, nach dem er sich immer gesehnt hatte. Er war überwältigt davon, wie sicher er sich fühlte und zugleich als Teil der riesigen stürmischen Weite des Himmels und des Meers.

Aber ihm graute davor, unter Deck zu gehen; das Licht dort war schummrig und der Geruch nach Krankheit hing in der Luft. Bei dem schweren Seegang war die Niedergangsluke aufgesprungen und klapperte gegen ihre Halterung. Jack sog noch einmal tief die frische Luft ein, dann stieg er die schmalen Stufen hinab.

Unten im Logis schlug ihm sofort der üble Geruch entgegen. Da die O'Reillys keine Einzelkabine hatten, lagen ihre Habe und das Bettzeug über die drei ihnen zugewiesenen Kojen verstreut.

Das Gesicht seines Vaters war schweißüberströmt, seine Haut wächsern, sein Atem flach. »Wie fühlst du dich, Pa?«

»Es war ein Fehler, dieses Schiff zu nehmen, Jack.« Ethans Augen waren feucht, sein Kinn herabgesackt. »Wir hätten bis zum Frühjahr warten sollen; dann wäre uns dieses Wetter erspart geblieben.«

Seine Mutter saß auf Ethans Pritsche und hielt ihm die Hand. Jack war enttäuscht, dass sein Vater sich vor dem Meer geschlagen gab. Die sieben Tage, die sie an Bord waren, fühlte Ethan sich elend. Jack sah zu, wie seine Mutter ihm geduldig mit einem feuchten Tuch die Stirn betupfte. Abwechselnd grün und weiß im Gesicht, mühte Ethan sich um eine tapfere Miene.

»Bald wird es dir besser gehen, Liebling«, sagte Pilar. »Versuch, etwas zu essen. Ein bisschen Zwieback oder Suppe.«

Jack sank auf seine Pritsche und betrachtete die Szene mit traurigem Herzen. Er sorgte sich um seinen Vater. Er war fast fünfzig und immer noch stark, aber das Leben hatte ihm hart zugesetzt. Die Entscheidung, das Leben in Amerika aufzugeben, war ihm nicht leicht gefallen. Selbst seine Mutter mit ihren sechsunddreißig Jahren schien gealtert zu sein.

Pilar trat an Jacks Koje und nahm seine Hand. »Jackson, hör mir bitte zu.« Sie sprach leise, damit ihr Mann sie nicht hörte. »Dein Vater, die große und einzige Liebe meines Lebens, ist muy difícil. Ich vergöttere ihn, aber er hat uns in eine schreckliche Lage gebracht. Weil er außer Stande ist, den Charakter eines Menschen zu durchschauen, hält er einen jeden für ehrlich, bis er vom Gegenteil überzeugt wird. So war er schon immer.

Als ich als junges Mädchen in England zur Schule ging, sagte mir meine Mutter eines Tages, sie hätte beschlossen, nie mehr nach Kuba heimzukehren. Sie wolle nicht mehr mit meinem Vater zusammenleben, sondern nach Spanien zu dem Mann zurückkehren, den sie liebe. Sie sagte, ich sollte in England bleiben, bis ich die Schule abgeschlossen hätte, und dann selbst entscheiden, bei wem ich leben wollte. Ich verbrachte viele Tage mit Gebeten, dass das alles nicht wahr sei ... dass das Ganze nur ein Irrtum wäre ...«

Flüsternd fuhr sie fort: »Bald nachdem meine Mutter fortgegangen war, saß ein Ire, den ich nur flüchtig kannte, neben mir in der Kirche, und zum großen Entsetzen meiner Anstandsdame nahm dieser Mann meine Hand und sagte einfach: ›Für mich bist du die schönste Frau der Welt. Ich sehe, dass du unglücklich bist, deshalb möchte ich, dass du mit mir kommst.‹«

Das Schiff schaukelte plötzlich mehrmals heftig nach vorn, ehe es wieder ruhig dahinglitt. Pilar hob den Kopf, als sei ihr plötzlich eine Erinnerung gekommen. Sie sah Jack eindringlich an. »Auf dem Schiff von England nach Amerika lebten dein Vater und ich sechs lange Wochen so eng zusammen, als wären wir Mann und Frau. Damals war dein Vater noch schlimmer seekrank als jetzt. Bitte hab Verständnis für ihn. Im Augenblick geht es ihm schlecht, aber er steckt voller Kraft. In der Hinsicht bist du sein Ebenbild.« Pilar sah Jack mit solcher Liebe an, dass er lächeln musste. Aber gleichzeitig sah er die Besorgnis in ihren Augen.

»Was hast du, Mutter?«

»An deiner Stärke ist etwas ...« Wieder zögerte Pilar. »Du hast etwas im Blut, das wir Spanier Machismo nennen. Kennst du das Wort, mi hijo?«

»Ich habe es schon mal gelesen, aber noch nie gesprochen gehört.« Jack verstand nicht, worauf sie hinauswollte.

»Ich will nur sagen, dass du deinen Vater wegen seiner Schwächen nicht weniger lieben darfst. Denn du hast etwas in dir, was gefährlich ist, mein Sohn.«

»Was denn?«

»Du bist groß und kräftig wie ein Mann – aber dein Verstand ist noch längst nicht der eines Mannes.«

»Ich weiß nicht, wovon du sprichst«, sagte Jack, in dem plötzlich Zorn aufstieg. Ihm wurde unbehaglich bei ihren Worten.

»Als wir von Salem ausliefen und du zu mir sagtest, ›können wir später darüber reden‹, da wusste ich, dass du auf irgendeine Art Rache an dem Mann genommen hast, der deinen Vater um unsere Pferde betrogen hat.«

Jack wollte etwas sagen.

»Momento, por favor. Nicht nur dein Hemd war triefnass, ich sah es auch in deinen Augen. Sie glühten. Und deine Brust war vor Siegesgewissheit förmlich geschwollen. Die zornige Menge am Kai ist mir natürlich auch nicht entgangen, genauso wenig wie die tödlichen Blicke in den Augen der Männer. Was immer du getan hast, ich hoffe nur, es war gerecht. Vergiss nicht, dass die meisten Menschen nicht so begabt sind wie du, mi hijo.« Sie küsste ihn auf die Stirn. »Dein Vater ist ein wunderbarer Mensch. Aber während der nächsten Monate werde ich deine Stärke brauchen – und fast alles, was du an Klugheit besitzt. Es wird herrlich werden auf der Insel. Wenn du erst das Gut siehst, die welligen Hügel, die sich bis zum Meer hinziehen! Ich bin sicher, alles wird gut werden, und doch – habe ich manchmal Angst, daß wir vielleicht auf Schwierigkeiten stoßen. Und da werde ich deine Hilfe brauchen.«

»Ich bin dir alles, was du willst, mamacita«, sagte Jack,

dessen Zorn verraucht war. »Und wenn du möchtest, daß ich dir erzähle, was an jenem Tag in Salem vorgefallen ist, dann tue ich es.«

»Nein, lieber nicht.« Sie hob abwehrend die Hand. »Aber sag mir, warum das Mädchen, das uns den Weg so gut gewiesen hat, zufällig am Kai stand und gekleidet war, als wollte sie zur Kirche gehen?«

Jack grinste. Leise, um Ethan nicht zu stören, lachten sie, und Pilar umarmte zärtlich ihren Sohn.

Das Ruder der *Star* fing zu klemmen an, und während der nächsten beiden Tage wurde es immer schlimmer. Zwei kräftige, erfahrene Matrosen waren vonnöten, den Kurs zu korrigieren; jede Wende wurde von Mal zu Mal schwieriger. Auf dem offenen Ozean wäre das vielleicht kein Problem gewesen, da ein Schiff tagelang auf einem Bug bleiben konnte. Aber ohne intaktes Ruder nahe der Diamond Shoals vor den Sandbänken North Carolinas zu manövrieren, war äußerst gefährlich.

Von Hansumbob hörte Jack, dass der Kapitän vorhabe, das Schiff auf den Strand zu setzen, um das Ruder zu reparieren. Kapitän Deploy stand an seinem üblichen Beobachtungsposten zwischen Bugspriet und Backbord-Handlauf. Die Wogen peitschten, und ihre Schaumkämme tauchten das Wasser in einen überirdischen Glanz. In der Ferne erblickte Jack eine weit ins Meer reichende Landzunge. Die rote Sonne sprenkelte den bleigrauen Himmel mit purpurnen Wolken und sandte feine Lichtstrahlen über den Horizont. Doch zum Osten hin brauten sich dunkle Wolken zusammen, und so steuerten sie auf die schmale Bucht zu, um dort Schutz zu suchen.

Bei achterlichem Wind glitten sie schnell auf die Küste zu. Es schien, als wären hier zwei Sorten von Gewässern, die um denselben Ozean wetteiferten; zwei Meere verschiedener Farbe und Temperamente, die sich zu beiden Seiten des Meeresarms aber gleichermaßen wild aufbäumten. Die Temperatur sank und der Wind wurde stärker.

Jack hörte das scharfe Kommando, die Segel zu reffen. Es kam von Cheatum, dem Zweiten Maat, einem großen, herrischen Seemann mit einem Leberfleck auf der Backbordseite seiner Nase. Drei Matrosen schossen an Jack vorbei und hangelten sich zu einer unter dem Bugspriet verlaufenden Leine. Jack wäre am liebsten den Fockmast hochgeklettert, um den Matrosen zu helfen, die sich dort oben, sechzig Fuß über dem schwankenden Deck, mühten, die schlagenden Segel einzuholen.

Quince stand an der Steuerbord-Reling, eine lange Leine in der linken Hand. Mit einem mächtigen Schwung warf er die Lotleine über die Reling und ließ sie durch seine Hände gleiten, bis sie stockte. Dann beugte er sich über die Reling und rief: »Steuerbordseite, sieben Faden und tiefes Wasser.«

Von der Backbordseite kam ein ähnlicher Ruf, lautete aber nur »sechs Faden«. Die Landzunge lag immer noch mehrere Meilen südlich.

»Wir steuern die Drum Bucht an, Mister!« Der Kapitän war an Deck gekommen. »Nehmt fünf Strich weniger Steuerbord-Ruder.«

Jack schlich sich näher heran, um die Männer über dem tosenden Wind zu verstehen.

Cheatum schlug vorsichtig vor, das Schiff weiter nördlich zu steuern. »Der Wind dreht zurück, Käpt'n. Wir sind in Lee vom Hatteras Cap. Vielleicht müssen wir auf Ocracoke zuhalten, Sir.«

Jack spitzte die Ohren. Die Entscheidungen und Überlegungen der Seemänner waren ungeheuer aufregend für ihn.

»Na gut, haben Sie Ihren Willen«, sagte der Kapitän. »Aber laufen Sie bloß nicht auf Grund, ehe wir in der Bucht sind.«

Jack war, als betrachte Cheatum den Kapitän mit Verdruss, der ihm gerade seine zittrige Hand auf die Schulter legte und flüsterte. »Sie wissen, dass sich die *Star* nicht im Hafen von Portsmouth blicken lassen kann, nicht wahr?«

»Aye, aye, Käpt'n.«

Da richtete sich der Kapitän auf und schrie Cheatum an: »Wollen Sie mir den Gehorsam verweigern, Mr. Cheatum? Haben Sie meinen Befehl verstanden?«

»Aye, aye, Käpt'n.«

»Wiederholen Sie ihn wörtlich.«

»Ich glaube, Sie haben gesagt, dass sich die *Star* nicht im Hafen von Portsmouth blicken lassen darf, Sir.«

»Und warum ist das so?«

»Ich habe keine Ahnung, Sir.«

Der Kapitän stapfte zwischen Kompaßhaus und Backbord auf und ab.

»Keine Ahnung? Nicht den leisesten Schimmer?«

Jetzt blieb er stehen und blickte aufs Meer hinaus. Jack sah, wie er plötzlich die Hand hob, als wollte er jemandem auf dem Wasser zuwinken, dann genausoschnell seine Meinung änderte, umkehrte und auf wackligen Beinen zu seiner Kajüte wankte. Die wenigen von der Besatzung, die Zeuge des Wortwechsels gewesen waren, tauschten wissende Blicke aus und fuhren mit ihrer Arbeit fort. Jack hörte einen der Matrosen flüstern, dass der Kapitän losgegangen sei, um Trost bei seiner Rumflasche zu suchen.

Niedergeschlagen dachte Jack über den Vorfall nach. Anscheinend war den Männern nicht recht wohl mit ihrem Kapitän. Angst hatten sie offenbar nicht vor ihm, aber sie waren vor ihm auf der Hut. So, als ob irgend etwas nicht stimmte.

Von den hohen Wellen auf und ab getragen, hielten sie auf Land zu. Quince, der gerade an Jack vorüberkam, sagte ihm, sie würden North Carolina ansteuern, die Pamlico Bucht. Jack konnte die Sandbank und die beiden Meeresarme immer deutlicher erkennen, während das Schiff unerbittlich nordwärts trieb. Der gerade von den Lotleinen kommende Ruf warnte sie, dass sie sich seichtem Gewässer näherten. Cheatum stand ruhig neben dem Ruder und gab Befehle für leichte Kurskorrekturen. Jack wunderte sich, wie er so ruhig sein konnte, wenn doch eine Fehlentscheidung von fünzig Fuß in die eine oder andere Richtung zur Katastrophe führen konnte. Jetzt schrie Cheatum von der Backbordseite her: »Pinne hart nach Steuerbord!« Dann, nach einem Moment: »Jetzt, Ruder mittschiffs.«

Während seiner Woche an Bord kam Jack nicht aus dem Staunen heraus, wie gut die Besatzung das Schiff manövrierte. Die Männer wirkten rauh und bärbeißig – und doch gehorchten sie ohne Murren. Aber es lag auf der Hand, dachte Jack, dass sie jeden Machtmissbrauch übel aufnehmen würden.

Von seinem geschützten Platz aus sah Jack zu den Sanddünen zu beiden Seiten des Schiffs, das jetzt durch die schmale Einfahrt in die Bucht hineinsegelte. Die Dünen reichten direkt bis ans Wasser heran, und Jack wehte der Duft der hier heimischen Gräser entgegen, die sich im Winde wiegten. Der Wind trieb die *Star* voran, und geschwind glitt sie zwischen den beiden Landzungen dahin. Doch dann holten die dunklen Wolken sie ein, und plötzlich wurde das Wasser still. In der Ferne konnte Jack die Lichter eines am Südrand einer kleinen Insel versteckten Dorfes erkennen.

Während das Schiff südwärts segelte, warf Quince weiter die Lotleine aus. Nach einer halben Stunde nahm die *Star* direkten Kurs auf eine lange, schmale, ungefähr fünfzig Meter von der Küste entfernte Insel. Dichtes Gestrüpp bedeckte die Dünen, und eine Salzmarsch säumte den Strand. Dann war die Insel nur noch als schwarze Masse zu sehen, denn die Sturmwolken hatten die Sonne verdeckt. Im nächsten Moment setzte heftiger Regen ein, und die Besatzung eilte sich, die Luken zu schließen.

Cheatum steuerte das Schiff direkt auf den Strand zu, was Jack faszinierte. Als Landratte hätte er geglaubt, so was würde dem Schiff die Unterseite wegreißen. Der Zweite Maat rief dem Bootsmann Mentor zu: »Eine Wache ans Muringgeschirr! Ankern mit Bug- und Heckanker, so nah an Land wie möglich!«

Kurz vor dem Aufsetzen auf den Sand bremsten die Salzmarschen die Fahrt ab. Dann ein Ächzen, und das Einhundertneunzig-Tonnen-Schiff stoppte abrupt. Jack spürte, wie ihm flau im Magen wurde, als das Schiff plötzlich aufhörte, unter seinen Füßen zu schwanken. Mit schwindeligem Kopf ging er dann unter Deck.

»Mi caro«, sagte seine Mutter, als er an ihre Koje trat. »Was war das für Gepolter eben?«

»Wir haben das Schiff absichtlich auf den Strand gesetzt. Auf einer kleinen Insel in einer Bucht vor North Carolina – weil das Ruder repariert werden muss.« Jack streichelte ihre Hände. »Du und Vater solltet an Deck kommen und frische Luft schnappen.«

Sein Vater wachte auf und sah ihn missvergnügt an.

»Komm, Ethan. Komm an die Luft, por favor.«

»Bitte«, flehte Jack. »Versuch es!«

Langsam stiegen sie an Deck, das fest und nahezu waagerecht auf dem Ballastkiel ruhte. Ein paar Matrosen wurden abkommandiert, das Ruder zu reparieren. Die

Männer ließen die kleinen Boote herab. Laternen wurden am fächerförmigen Spiegel angebracht und warfen ein gespenstisches Licht über die Bucht.

Jack stand mit seinen Eltern an der Backbordreling und sog das Aroma der mit Gestrüpp überwucherten Dünen ein. Die Bucht war windgeschützt, und jetzt ließ auch der Regen nach und verwandelte sich in Dunst. Die Sonne war untergegangen, und im Zwielicht waren die auf Deck hin und her huschenden Figuren zu erkennen. Jacks Mutter genoss den Nieselregen auf ihrem Gesicht. »Jetzt, wo das Schiff mit seinem höllischen Geschaukel aufgehört hat, schöpfe ich Hoffnung, dass ich das Ganze vielleicht doch überlebe«, sagte Ethan, während er die Bucht überblickte.

Die drei standen schweigend da und sahen hinaus in die immer dunkler werdende Lagune.

Zum ersten Mal seit über einer Woche lag Jack friedlich in seiner Koje. Seine Eltern schliefen tief; während der vier oder fünf Stunden, die das Schiff festlag, schienen sie neue Kraft und Hoffnung geschöpft zu haben. Jacks Gedanken wanderten zu der Reise von Hamden nach Salem vor einer Woche, zu dem Kampf in der Taverne, zu der hübschen Colleen, deren Wegbeschreibung zum Kai er immer noch wortwörtlich im Kopf hatte. In seine Wolldecke eingekuschelt, fühlte er sich warm und sicher. Ein sonderbares Seegeschöpf mit langen Ranken huschte im Halbdämmer an seinen Augen vorbei, und als er es beiseite schob, da sah er rote Haare sanft über ein blasses Gesicht wehen. Behutsam strich er eine Locke von einer Wange und fiel lächelnd in Schlaf.

Um kurz nach vier Uhr morgens rollte ein gewaltiger Donner über die Pamlico Bucht. Jack hörte Schreie auf Deck, die Tritte hin und her rennender Matrosen, deren

Absätze auf die Planken über seinem Kopf hämmerten. Er rollte sich von seiner Koje. »Ein Gewitter«, erklärte er seinen Eltern beruhigend – fuhr in seine Stiefel und rannte zum Niedergang. Aber als er durch die Luke hochblickte, sah er, wie er erwartet hatte, einen klaren Nachthimmel.

Etwas stimmte nicht.

Sowie er auf Deck war, wusste er, was. Ungefähr eine Meile nördlich, inmitten der geschützten Gewässer der Bucht, schimmerten Segel im Vollmond. Ein Schoner, die Segel hart im Wind, steuerte mit großer Geschwindigkeit auf sie zu. Der Steuermann war offenkundig mit dem seichten Gewässer hier vertraut, ansonsten hätte er das heikle Manöver so nahe an den Dünen entlang wohl nicht riskiert. Der Schoner kam immer schneller auf die kleine Insel zu, auf der die *Star* festlag. Aber warum unter vollen Segeln und mit Kanonengedröhn, konnte Jack sich nicht erklären.

Plötzlich sah Jack direkt hinter dem Schoner eine Serie von Lichtern aufblitzen, kurz darauf folgte ein ohrenbetäubender Knall und dann ein schrilles Sausen, das die Nachtluft zerriss und über die Masten der *Star* hallte. Hinter dem Schoner war ein weiteres Schiff, das eine Salve abgefeuert hatte, die die *Star* beängstigend knapp verfehlte. Dann war der Schoner auf gleicher Höhe mit ihnen; in hundert Yards Entfernung fuhr er vorbei, ganz offenbar ohne die *Star* zu bemerken. Wenn er nach einer Fahrrinne aufs offene Meer suchte, so hatte der Schoner sie verpasst, er fuhr zu weit südlich.

Praktisch die ganze Besatzung der *Star*, mit Ausnahme der Männer im Boot, hatte sich entlang der Reling aufgestellt, um sich das Spektakel aus Feuerblitzen und Getöse anzusehen. Jack fragte Quince, was da vor sich ging.

»Ich weiß es auch nicht genau, Junge«, erwiderte

Quince und starrte wieder wie gebannt auf das sich vor seinen Augen abspielende Drama. »Wie's scheint, haben da zwei Schiffe eine Abneigung gegeneinander.«

Jack ging zurück zum Achterdeck, wo der Zweite Maat Cheatum stand und dem Arbeitstrupp Befehle gab. »Löscht die Laternen und zieht die Köpfe ein, Jungs – sonst bekommt ihr noch eine verirrte Ladung ab.«

Jack stellte sich dicht neben zwei der älteren Matrosen.

»Der Schoner ist bestimmt ein Kaperschiff«, sagte einer. »Und wie's aussieht, ein verflixt schnelles.«

»Kannst du erkennen, unter welcher Flagge es segelt?«

»Nein, wahrscheinlich unter der von John Bull, ist bestimmt ein englisches Schiff.«

Genau da halste der Schoner, und als er breitseits zu der offenen Lagune war, feuerte er eine ohrenbetäubende Salve ab. Die Geschosse sausten über die Bucht, und im nächsten Moment war ein Feuer auf dem anderen Schiff zu sehen, das jetzt seinerseits nach Osten drehte, um den viel schnelleren Schoner unter Beschuss zu nehmen, worauf der wiederum mit voller Kraft auf die hilflose *Star* zusteuerte.

Jetzt war klar, dass der Schoner nach der tiefen, direkt achtern von der *Star* liegenden Fahrrinne suchte. Mr. Quince war plötzlich hoch alarmiert und korrigierte Cheatums früheres Kommando, die Laternen zu löschen. »Zündet sie wieder an, Männer! Die Schufte dort wissen nicht, dass wir hier sind, und die Passage hinter uns ist verdammt eng. Macht schnell!«

Das Verfolgerschiff in der Lagune feuerte seine Kanonen zu früh ab, und die Kugeln sausten, ohne Schaden anzurichten, in die Dünen auf dem Inselwall. Unerbittlich hielt der Schoner jetzt auf die *Star* zu, so als lege er es darauf an, das festliegende Schiff zu rammen, aber in letzter Sekunde sah er offenbar die wieder angezündeten Laternen, und dreißig Yards achteraus wendete er nach Backbord. Der Schoner war so nahe gekommen, dass Jack die verblüfften Gesichter der Mannschaft erkennen konnte, die im Vorüberfahren zu der festliegenden *Star* hinstarrte. Als der Schoner wendete, las Jack den Namen *Helena* auf seinem Spiegel. Die Besatzung hatte alle Hände voll damit zu tun, zwischen Riff und Insel hindurch zu steuern, so dass keine Zeit war, die Kanonen abzufeuern. Schnell vergrößerte die *Helena* ihren Abstand zu dem Verfolgerschiff. Die Kommandos, die die Offiziere der Besatzung zuschrien, klangen französisch. Jetzt wendete das Verfolgerschiff wiederum und feuerte eine Breitseite auf die fliehende *Helena* ab. Diesmal zielten die Geschosse höher, trafen die Großsegel-Gaffel und zerrissen das Segel unterhalb; aber so, als sei nichts geschehen, wendete die *Helena* im engen Fahrwasser.

Während sie sich immer weiter die Bucht hinunter entfernte, schlich das gegnerische Schiff an der *Star* vorbei und verfolgte hartnäckig die *Helena*. Das Feuer, das auf dem Schiff ausgebrochen war, hatte schon ein Viertel des Decks verzehrt. Rauch quoll aus mehreren Vorderluken. Jack konnte sehen, wie die Männer auf Deck fieberhaft mit Wassereimern hin- und herliefen, um das Feuer zu löschen.

»Der Käpt'n ist ein Sturkopf«, hörte Jack Quince brummen, der hinter ihn getreten war. »Lass von der Verfolgung ab und lösch lieber dein Feuer, Mann ...« Quince, der zu sich selbst sprach, schüttelte verdrossen den Kopf. Plötzlich bemerkte Jack seine Eltern neben ihm an der Reling; ihre Gesichter leuchteten im Widerschein der Flammen auf dem vorbeifahrenden Kriegsschiff.

»Was geht hier vor? Mein Gott – das Schiff brennt.«

Ethans Stimme verriet seine Bestürzung. Pilar machte das Kanonenfeuer solche Angst, dass sie unter dem um ihre Schulter geschlungenen Wolltuch zitterte. Jack legte ihr beruhigend die Hand auf den Arm. Kurz darauf war das brennende Schiff nur noch ein fernes Glühen.

»Pass auf, dass du der Mannschaft nicht im Weg herumstehst«, mahnte Ethan seinen Sohn. »Geh lieber hinunter und schlaf ein bisschen.« Behutsam geleitete er seine Frau zum Niedergang zurück.

»Ja, Vater. Gleich. Ich bleibe nur noch einen Moment auf Deck.« Jack hatte nicht die Absicht, seinen Eltern in die Kojen zu folgen. Sein Herz klopfte heftig, denn die Aufregung der letzten halben Stunde war noch zu frisch, als dass er hätte schlafen können.

Die Männer des Arbeitstrupps riefen zum Deck hinauf, ob sie mit ihrer Arbeit fortfahren sollten. »Legt los!«, rief Quince ihnen zu, denn sie hatten nicht einmal zwölf Stunden Zeit, wenn sie mit der Abendflut auslaufen wollten. Jack beschloss, die Zeit zu nutzen, einen kleinen Erkundungsgang zu unternehmen. Er brannte vor Neugier, welches Geschick die beiden Schiffe ereilt hatte.

Jack hangelte sich den Bugspriet entlang bis zum Ende des dreißig Fuß langen, über die Salzmarsch bis auf den trockenen Sand reichenden Klüverbaums. Dann schwang er sich vom Stampfstock und ließ sich die sechs Fuß hinunter auf den Sand fallen. Zurück an Bord zu kommen, war vielleicht nicht so einfach, aber darüber wollte er sich später Sorgen machen. Er kletterte einen kleinen Hügel hinauf, und während ihn ein Insektenschwarm umsummte, blickte er zurück zur *Star*. Es war ein gespenstischer Anblick, wie die Mannschaft auf dem Deck des reglosen Schiffs hin und her hastete. Wie sollten sie je wieder von hier fortkommen?

Eine trügerische Morgendämmerung tauchte die Dünen in graues Licht. Jacks Beine schwankten, als er südwärts die Insel entlanglief. Nach so vielen Tagen an Bord fühlte sich die Erde unter seinen Füßen sonderbar an. Zwanzig Minuten später, als er immer noch durch den weichen Sand stapfte, hörte er den fernen Kanonendonner der Schlacht. Von einer der höheren Dünen aus sah Jack, dass sämtliche Deckaufbauten des Kriegsschiffs den Flammen zum Opfer gefallen waren. Die Segel brannten lichterloh und erfüllten den Morgenhimmel mit ebenholzschwarzem Rauch. Die Donnerschläge, die er vor ein paar Minuten gehört hatte, waren in Wirklichkeit die Explosion des Pulvermagazins gewesen.

Als Jack um eine Gruppe von Weihrauchkiefern herumging, sah er plötzlich eine Herde wilder Ponies vor sich, die im Sande scharrten. Aufgeschreckt stoben die Tiere auseinander und verschwanden zwischen den Dünen. Es war ein unheimlicher Ort hier, wo man praktisch mitten im Ozean Sandstrände entlanglaufen konnte und wo direkt vor ihm wahrscheinlich viele der immer noch erbittert kämpfenden Männer starben. Wo sich hinter ihm andere Männer an einem Schiff zu schaffen machten, das sie absichtlich auf Grund gesetzt hatten, und wo Ponies um einen herumsprangen wie die Hunde auf dem Marktplatz von Hamden. Aber von all den Merkwürdigkeiten hier war es das Feuer auf dem Schiff, von dem er angelockt war wie eine Motte vom Licht.

Und so lief er bis an den äußersten Rand der Dünen und blickte durch die Zweige der abgestorbenen Pinien, die mit ihren skelettartigen Ästen wie eine Mahnung an die Kämpfer dort unten wirkten. Das in Flammen stehende Schiff sank mit dem Bug zuerst. Matrosen sprangen aus dem Inferno ins Meer und schwammen zu beiden Seiten des Sandwalls. Mehrere erreichten den Strand, einige trieben bäuchlings auf dem Wasser, wieder andere schwammen hinter dem aufs Meer hinaussegelnden Kaperschiff her. Gerade ging die Sonne auf und warf mit ihrem ersten Strahl einen Lichtstreifen vom Schoner mit den zerfetzten Segeln zu dem sinkenden Schiff, von dem ein wildes Gezische zu hören war, als das Feuer mit dem brausenden Gezeitenwasser der Drum Bucht in Berührung kam.

So faszinierend das Schauspiel vor ihm war, Jack sorgte sich plötzlich, dass man ihn auf der *Star* wahrscheinlich längst vermissen würde. Er wusste, dass er eine weite Strecke gelaufen war und die Zeit aus dem Auge verloren hatte. Widerwillig kehrte er um und machte sich schleunigst auf den Rückweg.

Als er zum Ankerplatz der *Star* kam, watete er zur Backbordleiter. Zugegeben, sein Ausflug in die Dünen war wohl kaum mit Columbus' Entdeckung der Neuen Welt zu vergleichen, aber trotzdem war Jack stolz auf sein kleines Abenteuer, das immerhin etwas war, das er noch nach Jahren im Geiste durchleben konnte. Seine Neugier über den Ausgang der Schlacht war gestillt. Das Sinken des Schiffs hatte ihn gleichzeitig erregt und traurig gemacht; ehe der Bug im Wasser verschwand, hatte Jack gerade noch einen Marinewimpel und eine amerikanische Flagge gesehen. Als er den Schauplatz verließ, hatten noch zwanzig Fuß vom Großmast und ein Teil vom Fockmast in schiefem Winkel mitten aus der Bucht herausgeragt und die zerfetzten Segel sanft im Winde geweht. Als Jack sich aus seinen nassen Hosen und Stiefeln schälte, fragte er sich, was wohl aus der Besatzung des gesunkenen Schiffs geworden war. Er hatte gesehen, wie einige sich schwimmend oder in Booten an den Strand retteten. Wegen der Nähe zum Land hatten es bestimmt die meisten geschafft, zumindest hoffte er das. Todmüde stieg Jack in seine harte Koje.

Ihm war, als hätte er kaum ein Auge zugemacht, als ein Ruckeln des Schiffs ihn weckte. Die Männer hatten das Ruder wahrscheinlich repariert – aber wie setzten sie das Schiff in Bewegung? Trotz seiner Müdigkeit zog er sich seine nassen Kleider über und stieg auf Deck, um nur nichts Aufregendes zu verpassen.

Die Flut setzte ein, und die *Star*, die ihr Gewicht wieder selbst tragen musste, begann zu ächzen und zu stöhnen. Sie trieb auf dem Wasser! Jack hörte das geschäftige Hin und Her der Matrosen auf Deck, die Festmacher einholten, Segel setzten und alles, was nötig war, taten, damit die *Star* segelklar war. Der Wind konnte günstiger nicht sein und trieb sie mitten in die Fahrrinne, auf der sie die Dünen entlang, die Jack entlanggelaufen war, in Richtung Süden ausliefen.

Als Jacks Eltern an Deck erschienen, sahen sie schon viel erholter aus, wenn auch ein wenig ängstlich vor einer womöglich rauhen See. Aber es wurde ein herrlicher Tag mit klarem Himmel und frischer Herbstluft.

Während die *Perdido Star* die Fahrrinne hinuntersegelte, überlegte Jack, wie sie ihren Weg ins offene Meer finden wollte; doch gewiss nicht zu der von dem gesunkenen Schiff versperrten schmalen Bucht hinaus? Plötzlich fiel ihm ein, dass er ja der einzige war, der überhaupt von dem untergegangenen Marineschiff wusste, denn vom Liegeplatz der Star aus hatte ja niemand etwas von dem sich mehrere Meilen entfernt abspielenden Drama mitbekommen. Er sollte wohl besser jemandem davon erzählen, sagte sich Jack und ging nach hinten aufs Achterdeck, wo er den triefäugigen und zerzausten Kapitän stehen sah, der zu dem Inseldorf zurückblickte, das sie in der vergangenen Nacht gesehen hatten.

»Verzeihung, Sir. Ah ... Kapitän Deploy ... ich möchte mit Ihnen sprechen.« Der Kapitän sah ihn finster an.

»Sir. Ich weiß etwas, das sehr wichtig sein könnte.«

Erst kam ein Brummen und dann ein kurzes Lachen von dem alten Kapitän.

Jack war sich nicht sicher, ob Deploy ihn überhaupt hören konnte, also ging er zaghaft ein paar Schritte auf ihn zu. »Ich bin gestern abend die Dünen entlanggelaufen, Sir, und habe da etwas gesehen, was Sie meiner Meinung nach unbedingt wissen müssen, Sir.«

Als Antwort bekam er ein abweisendes Kopfrucken.

»Ich heiße Jackson O'Reilly, Sir. Ich bin einer der Passagiere. Zusammen mit meinen Eltern.«

Der Kapitän drehte sich um und richtete sich an seinen Zweiten Maat. »Cheatum, wenn ich nicht irre, gehört es zu den eisernen Regeln an Bord dieses ...«, der Kapitän hielt inne und warf sich in die Brust, als wollte er die Bedeutung seiner nächsten Worte unterstreichen, »dieses illusch ... illwust ... illustren Schiffs, dass Passagiere, auch wenn's zahlende sind«, und jetzt hob er die Stimme zu einem Dröhnen, »zum Teufel noch mal, nichts auf meinem Achterdeck zu suchen haben!« Dann wandte der Kapitän seine Aufmerksamkeit wieder dem Dorf zu. Cheatum gab Jack ein Zeichen, sich zu verziehen.

Jack sprang vom Achterdeck und schrie: »Ob Sie nun auf mich hören wollen oder nicht, Sir. Durch die nächste Bucht kommen Sie nicht aufs offene Meer hinaus. Sie ist verstopft von einem gesunkenen Schiff, und diesen Rat bekommen Sie gratis von einem zahlenden Passagier!«

Die Besatzung hatte dem Wortwechsel gelauscht und brach jetzt in schallendes Gelächter aus. Jack spürte, wie ihm die Zornesröte ins Gesicht stieg. Sogar der Kapitän lächelte, und mit einem verstohlenen Blick zu seinem Zweiten Maat hin tat er die ganze Sache ab.

Doch Jack ließ sich nicht beirren. Seine Eltern sahen ihn verwundert und fragend an, warum er so zornig war.

»Gestern abend bin ich vom Schiffsbug gesprungen und die Insel entlang gewandert«, erklärte Jack ihnen schließlich. »Ich sah das Ende der Schlacht. In der Bucht liegt ein gesunkenes Wrack.«

»Du hättest das Schiff nicht verlassen sollen.« Ethan schüttelte den Kopf und klopfte Jack auf die Schulter. »Aber gleich wie, vergiss nicht, dass der Kapitän hier das Kommando hat und für das Wohlergehen aller an Bord verantwortlich ist. Ich bin sicher, er wird einen Ausweg finden.«

Jack ignorierte seinen Vater und starrte auf die Pinien, die den Blick zum Buchteingang versperrten. Als die *Star* nach Backbord zu wenden begann, um aus der Drum Bucht zu fahren, schrie der Ausguckposten auf dem Bugspriet, »Wrack voraus!« Alle Mann liefen an die Reling und sahen die aus dem Wasser ragenden Maste. »Ruder hart Steuerbord! Alle Mann klar zum Wenden!« Das Schiff begann eine langsame Drehung. Die Ellbogen auf die Backbordreling gestützt, die Beine gekreuzt und mit hoch erhobenem Kopf sah Jack den Kapitän an, der neben dem Ruder stand. Schließlich fing er dessen Blick auf, und über die ganze Schiffslänge hinweg spürte Jack die Wut des Mannes.

Jetzt würde es mehrere Stunden dauern, einen zweiten Anlauf zu machen, um zur nächsten Bucht zu gelangen. Jack, der immer noch empört war, dass der Kapitän ihn so schnöde abgefertigt hatte, genoss seine süße Rache. Er nahm seinen üblichen Beobachtungsposten am Bug ein und hatte das Gefühl, er sei einer von der Mannschaft.

Warum auch nicht, dachte er, schließlich war er älter als viele der Schiffsjungen.

Als es zwei Uhr morgens schlug und Jack hinunter in seine Koje steigen wollte, fiel sein Blick auf etwas im Wasser. Fünfzig Yards seitlich vom Steuerbordbug hüpfte dort etwas in den meterhohen Wellen auf und ab, das aussah wie ein kleines Boot. Dann wurde es von den Wellen verschluckt und verschwand aus Jacks Blick. Hatte er wirklich etwas gesehen, oder war es bloß der Schaumkamm einer Welle gewesen?

»Mann über Bord, an Steuerbordseite!« Der Schrei kam von einem Matrosen auf dem Ausguck. Jack sah staunend zu, wie die Mannschaft sich in Bewegung setzte, eine Gig herabließ und kurz darauf einen Mann an Deck der *Star* hob. Nein, nicht einen. Zwei. Jack fühlte sich von dem Anblick angezogen und abgestoßen zugleich. Er wusste, er durfte der Mannschaft nicht im Weg stehen, konnte aber nicht dagegen an, sich unter sie zu mischen.

Smithers, ein großer, grobknochiger Seemann, stieß den älteren der beiden Männer mit dem Zeh an. »Der hier ist zu gut durchgeschmort, würd ich sagen.« Der Schiffsarzt schob ihn beiseite und untersuchte die Männer.

»Der ältere der beiden ist ohne Zweifel tot«, sagte er. »Am ganzen Körper verbrannt.«

Ein Raunen ging durch die Mannschaft, aber niemand sprach.

Während alle anderen ihre Aufmerksamkeit auf den älteren Mann richteten, kniete Jack sich neben den jüngeren und berührte sein Handgelenk – und war verblüfft, als die Hand ihrerseits seine ergriff. Der junge Mann öffnete kurz die Augen und starrte Jack an, dann schloss er sie wieder. Jetzt traten die anderen heran und und schoben Jack beiseite.

»Ich glaube, der Bursche hier ist nur erschöpft.« Der Arzt fasste ihn am Kinn und schüttelte ihn leicht. »Wach auf, Matrose, wach auf.« Blass und todesgleich blinzelte der junge Mann zum Doktor auf.

»Wie heißt du, Junge?«

Die Lippen des Matrosen bewegten sich, aber kein Wort kam heraus. Er versuchte es noch einmal: »Paul.«

»Wohl Paul der Apostel, was?«

»Wenn's genehm ist, Sir.«

Dann sank der junge Paul in Ohnmacht.

Paul

Martins Schreie hallten in Pauls Kopf nach, obwohl Martin inzwischen zweifellos tot war. Paul hatte gesehen, wie aufgedunsen sein Gesicht und seine Hände von den Verbrennungen waren, und er hörte noch, wie er sogar, als sie schon auf das Schiff zutrieben, noch um Wasser flehte.

Paul erinnerte sich kurz, wie er auf dem Meer trieb, Hände ihn hinauszogen und ein junger Mann ihn mitfühlend ansah, ehe er wieder das Bewusstsein verlor. Als er wieder halb zu sich kam, sah er wie durch einen Schleier Menschen um ihn herum, hörte verschwommene Geräusche, Stimmen und unverständliche Worte. Schweißgebadet lag er da, und seine Tränen vermischten sich mit dem seinen Körper hinabrinnenden Meerwasser. Er zwang sich, klar zu denken. Wie bin ich hierher gekommen? Wie bin ich …

Das klackende Geräusch von Absätzen auf dem Marmorboden verriet Paul Le Maire, dass jetzt gleich der Zorn seines Vaters über ihn kommen würde. Er hatte eine Stunde allein im Wohnzimmer verbracht, gewartet und zugesehen, wie die Schatten auf dem polierten Boden länger wurden. Das Haus war still. Die Vorhänge wehten gegen die funkelnden Fenster. Staubpartikel wirbelten in den letzten Sonnenstrahlen. Paul war klar, dass sein Vater inzwischen wusste, dass man ihn vom College verwiesen hatte. Angewidert durchlebte er die ganze Szene jetzt noch einmal. Dekan Nathaniel J. Clark hatte ihn schroff zu sich bestellt.

»Junger Mann, das College von William und Mary hat eine über hundertjährige Tradition. Der Vater unserer Verfassung erhielt seine Bildung hier. Bei allem, was heilig ist …«

Der Dekan schob seine Brille hoch und senkte dann den Kopf, um über sie hinwegzusehen; die Hände hatte er die ganze Zeit tief in den Taschen vergraben, wo er das dunkle Innere seiner Hosen erforschte. »Was in Gottes Namen ist in dich gefahren, junger Mann?«

Au contraire, was ist in *Sie* gefahren, Monsieur? dachte Paul.

Dekan Clark glühte so vor Zorn, dass es beängstigend anzusehen war. Die Studenten nannten ihn Vogelscheuche. Lang, knochig und mit schlenkernden Gliedern. Ein hässliches, verunstaltetes Gesicht, das von einer mit Blutblasen bedeckten Nase beherrscht war. »Du bist bereits wegen deiner letzten Aufsässigkeit nur noch auf Bewährung hier«, verkündete er.

Paul konnte sich nicht mehr beherrschen. Er begann zu lachen.

»Wie kannst du es wagen, mir ins Gesicht zu lachen!« In seinem rechtschaffenen Zorn holte der Dekan tief Luft und stieß sie laut durch die Nase aus. »Du, der an genau dieser Stelle vor mir standest und gebettelt hast, ich solle es noch einmal mit dir versuchen.«

Da wusste Paul, dass alles vorüber war.

»Was hast du zu deiner Verteidigung zu sagen, junger Mann?« Die Füße des Dekans stampften auf die Eichendielen. »Du hast den Clown in der Klasse gespielt, dich über deinen Professor lustig gemacht – nicht nur dieser Schule, sondern auch deinem Vater Schande gemacht, der, wie du sehr wohl weißt, unser Institut mit einer großzügigen Spende bedacht hat. Aber bilde dir bloß nicht ein, dass seine Großzügigkeit mich auf irgendeine Art davon abhalten wird, dich zu verweisen, wenn ich es für nötig befinde.« Er hielt inne und wartete mit erhobenem Haupt auf eine Antwort.

»Wenn Sie erlauben, Sir, möchte ich zuallererst eins richtig stellen. Ich hatte nicht die Absicht, Professor Dawes lächerlich zu machen. Das hat er ganz allein getan«, sagte Paul.

»Wie kannst du dich unterstehen, mir gegenüber so aufzutreten!«, schrie der Dekan. »Ich wollte dir die Möglichkeit geben, etwas zu deiner Verteidigung zu sagen, und du besitzt die Unverfrorenheit, mir gleich mit der nächsten Unverschämtheit zu kommen?«

»Nein, Sir, dem ist nicht so. In aller Bescheidenheit möchte ich Ihnen den Vorfall nur so schildern, wie er war. Denn ich fürchte, er wurde Ihnen vielleicht anders dargestellt.«

Der Dekan knallte seine knochige Faust auf den Schreibtisch. »Ich werde sofort deinen Vater benachrichtigen! Du besitzt die unglaubliche Frechheit, hier zu stehen und mir zu sagen, dass Professor Dawes mich bezüglich des Vorfalls angelogen hat?«

»Nein, Sir. Ich bezweifle, dass er wissentlich lügen würde. Es ist nur so, dass er vielleicht den Kern unseres kleinen Wortgefechts nicht verstanden hat und es ihm peinlich war, das einzugestehen …« Paul machte eine Pause und strengte sich an, eine unschuldige Miene aufzusetzen. »Denn sehen Sie, Sir, obwohl das Zitat, das Professor Dawes anführte, im Wesentlichen korrekt war, hat er es nicht nur im falschen Zusammenhang gebraucht, sondern es auch noch dem verkehrten Autor zugeschrieben. Irrtümlicherweise sagte er, es sei Isaac Newton gewesen, der als erster die Worte aussprach: ›Wenn ich weiter gesehen habe, dann weil ich auf den Schultern von Riesen stand.‹ Sie und ich, wir beide wissen natürlich, dass der Satz schon sehr viel früher, und zwar 1126, von Bernard von Chartes zitiert wurde, der sich damit auf die alten Römer bezog. Allgemein wird der Satz in der Tat dem kurz nach Christus lebenden Dichter Lucan zugeschrieben, und er steht, im Gegensatz zu Professor Dawes' Ansicht, in keinerlei Zusammenhang damit, dass die Väter unserer Verfassung einander stärkten. Das mag so gewesen sein oder auch nicht, hat aber absolut nichts mit dem Zitat zu tun. Sie werden also leicht meine missliche Lage verstehen, Sir: Ich war hin- und hergerissen. Sollte ich den Ruf des Professors wahren oder mich auf eine spannende Diskussion mit ihm einlassen, um sowohl mich selbst als auch die Klasse anzuregen?«

Dekan Clarke hatte ihm schweigend zugehört. Jetzt sprühten seine Augen Zornesfunken. »Sind Sie zu Ende, Master Le Maire?«

»Ja, Sir. Ich möchte nur noch sagen ...«

»Kein Wort mehr! Bitte!« Der Dekan saß reglos an seinem Schreibtisch und wich Pauls Blick aus. »Du schwelgst offenkundig in deiner Klugheit«, sagte er schließlich. »Und dass du gescheit bist, ist nicht zu leugnen. Aber lass dir eins gesagt sein, junger Mann.« Seine Stimme hob sich zu einem Tremolo, das einem Tenor Ehre gemacht hätte. »Du wirst vom College verwiesen. Du kannst dich als gescheitert betrachten, weil du unfähig warst, eine Sache, die du angefangen hast, zu Ende zu bringen. Und ich entlasse dich mit einem Zitat, das deinem Leben vielleicht eine Richtung zu geben vermag:

›Wer A sagt, muss auch B sagen.‹ Dies, Master Le Maire, ist ein nützlicher Lehrsatz fürs Leben und einer, der außerdem sehr nahe liegt, denn er stammt von einem früheren Dekan unserer Universität, nämlich George Washington.«

Der Dekan stand triumphierend auf. »Du bist von der Universität verwiesen, junger Mann.« Er trat ans Fenster und blickte stolz auf den Campus hinaus. Paul zog sich zur Tür zurück, hin- und hergerissen zwischen dem Wunsch zu sprechen oder darauf zu warten, dass der Dekan sich umdrehte und sich eines anderen besann. Als offensichtlich war, dass er sich nicht erweichen ließ, versuchte Paul es noch einmal.

»Ich danke Ihnen, Sir, dass Sie mir erlaubt haben zu sprechen.« Er hielt inne. »Ich weiß, dass ich ein schwieriger Student für Sie war und dass Sie sich bemüht haben, gerecht zu sein.« Er schwieg und blickte sich im Raum um, sich im klaren, dass er wohl zum letzten Mal hier war. »Auf Wiedersehen, Sir. Und oh, übrigens, obwohl unser berühmter erster Präsident und Dekan dieses Zitat bemühte, so stammt es doch aus Edward Ravenscrofts *Der Kelch des Schicksals*.«

Ohne sich umzudrehen, den Blick weiter zum Fenster hinausgewandt, schrie Dekan Clark: »Raus! Verschwinde! Auf der Stelle! Kein einziges Wort mehr! Raus!«

»Sechzehnhundertfünfundneunzig.« Paul schlüpfte aus dem Zimmer, steckte aber dann noch einmal den Kopf durch die Tür.

»Was?«

»Sechzehnhundertfünfundneunzig. Ravenscroft. Das Zitat. Er schrieb es sechzehnhundertfünfundneunzig.«

Bei der Erinnerung musste Paul gegen seinen Willen lächeln, wurde aber schnell ernst, als sein Vater den Raum betrat. Le Maire senior pflanzte sich eine Armeslänge vor seinem Sohn auf, der sich erhoben hatte, um sein Schicksal zu empfangen. Die in der Luft tanzenden Staubpartikel verzogen sich schnell, so als fürchteten sie sich vor einer feindlichen Macht.

»Sieh mich an.«

Paul junior wagte nicht, den Blick zu heben.

»Ich sagte, sieh mich an, zum Teufel mit dir!«

»Ich kann nicht, Vater, weil ich zu beschämt bin. Ich habe Sie enttäuscht ...«

»Ferme la bouche.«

Eine tiefsitzende Furcht beschlich Paul. Er wusste, wenn sein Vater ins Französische wechselte, war er kurz davor, die Beherrschung zu verlieren.

»Tu te délectes à m'embarrasser.«

»Nein Vater, ich ergötze mich nicht an Ihrem Kummer.«

»Je ne posais pas une question, imbécile. Es war eine Tatsachenfeststellung.« Der ältere Mann lächelte den jüngeren an, aber es war ein düsteres, unheilvolles Lächeln.

»Ich denke, ich habe dir deutlich genug gesagt, was passiert, wenn du mir wieder Anlass zu Ärger gibst en regard de l'université?« Der Mann stand drohend vor Paul, mit glühenden Augen, hochgerecktem Kinn und Händen, die an seinen Hosennähten zerrten.

Paul hob den Kopf und mühte sich, dem eisigen Blick seines Vaters standzuhalten.

»Sie haben mir erklärt, Sir, dass Sie mich züchtigen würden, wenn es noch einmal Probleme mit dem College geben sollte. Aber damals war ich fünfzehn. Ich hoffe doch, Sir, dass ich jetzt, mit siebzehn, als Mann mit Ihnen über die Sache sprechen kann.«

Paul sah nicht einmal, wie die Hand auf sein Gesicht zuschnellte. Der Schlag kam ohne Vorwarnung. Sein

Kopf flog zur Seite, seine Wange brannte und seine Augen wurden trüb.

»Bâtard!« Die Schläge prasselten in schneller Folge herab. Als sei sein Sohn ein Fremder, hatte Paul senior ihn mit einer Hand am Jackenkragen geschnappt und schlug mit der anderen auf ihn ein. »Tu as humilié cette maison. Tu fais honte à toi-même et à cette famille.« Seine kerzengerade Haltung wankte keine Sekunde.

»Ich habe nur mir selbst Schande gemacht, Vater. Bitte, erlauben Sie mir, es wieder gutzumachen.« Paul versuchte verzweifelt, die Schläge abzuwenden, gleichzeitig wollte er die, wie er wusste, verdiente Strafe hinnehmen.

»Ah bon! Plötzlich willst du wie ein Mann behandelt werden? Tu veux seulement réparer tes erreurs?«

»Ja, Vater. Darf ich sprechen?«

»Pourquoi est-ce que je te permettrais de parler? Es ist dein Gerede, das dich in diese Lage gebracht hat.«

»Vater, schlag mich nicht noch einmal. Oder ich werde dein Haus für immer verlassen.« Paul sank auf die Knie, vollkommen untertänig. Nie zuvor hatte er so deutlich zu seinem Vater gesprochen und erwartete den nächsten Hagel von Schlägen.

Aber der ältere Le Maire schnappte Paul bei beiden Jackenaufschlägen und zog ihn an seine Brust. »Tu es bâtard. Tout littéralement. Du bist illegitim. Die Frau in Paris, die du für deine Tante Jacqueline hältst, ist deine Mutter. Und ich bin nicht dein Vater. Genausowenig wie die bedauernswerte Frau, die wir beide gerade in der Küche weinen hören, deine Mutter ist.«

Wie im Traum starrte Paul den älteren Mann an, dem es Genugtuung zu bereiten schien, dieses Geheimnis zu enthüllen.

»Warum erzählst du mir solche Lügen, Vater? Ich bin

dein Sohn. Du erfindest das alles bloß, weil du mich bestrafen willst. Aber du kannst nicht erwarten, dass ich dir glaube.« Pauls Gesicht schmerzte immer noch von den Schlägen. Durch einen Schleier von Tränen sah er den Mann an, der gerade sein Leben zerstört hatte.

»Va à ta chambre. Vas-y. Und sprich nicht davon, dass du dieses Haus verlassen willst. Du wartest, bis ich es dich heiße!« Mit heftigen Stößen bugsierte Paul senior den Jungen gewaltsam durch den Raum.

Dieser Mensch, den er doch liebte, konnte unmöglich die Wahrheit sagen. Ausgeschlossen. Mein Gott, schließlich sah er seiner Mutter ähnlich. Alle sagten das. Aber andererseits ähnelte er auch seiner Tante Jacqueline, die ihm so zärtlich übers Gesicht gestreichelt hatte, als er ihr das erste Mal begegnete. Jacqueline – seine Mutter. Konnte das sein?

Paul hatte das Gefühl, er sei mitten in einem absurden Albtraum. Aber eigentlich hatte der düstere Traum schon lange vor diesem Tag begonnen – diese Einsamkeit, die er immer gefühlt hatte und die er nie ganz verstehen konnte. Gewiss, fast alle Väter in Neuengland waren streng, aber seiner war mehr als das, legte eine Kühle an den Tag, die Paul nie überbrücken konnte, selbst in den intimsten Momenten nicht. Er spürte, dass er von seinem Vater nie Anerkennung bekäme, gleich wie erfolgreich er seine Studien betrieb oder wie er sich bei seinen Bemühungen um Mannestugenden anstrengte. Paul war es noch deutlich in Erinnerung, wie er beim Boxen von einem Sparringspartner geschlagen wurde. Während ihm das Blut aus der Nase strömte, war er wieder und wieder aufgestanden, statt sich die Niederlage einzugestehen, bis der Ringrichter darauf bestand, den Kampf abzubrechen. Als er zum Platz seines Vaters hinblickte, mit der Hoffnung auf ein kleines Zeichen von

Anerkennung, sah er nur, wie der Mann, den er so verehrte, verdrossen hinausging.

Und seine Mutter. Seine Mutter? Die Frau, die … ja, seine Mutter. Sie war immer gut zu ihm, aber nie wirklich warmherzig oder verständnisvoll, zeigte ihm nie die Liebe, nach der er sich sehnte – vielleicht zu Unrecht, aber vielleicht doch mit Recht. Paul starrte auf die Stelle, wo der Mann, sein angeblicher Vater, gestanden hatte.

Sie haben recht, Sir. Ich werde nicht mehr davon sprechen, dieses Haus zu verlassen. Aber ich werde gehen.

Die Reling war glitschig vom Regen und der Salzkruste auf dem verwitterten Holz. Jack fielen vor Müdigkeit fast die Augen zu, und seine Beine fühlten sich wackelig an vom ständigen Geschaukel des Schiffs. Das Deck war praktisch leer, bis auf den Rudergänger und die paar Matrosen, die an Deck Wache hielten. Er musste zusehen, dass er etwas Schlaf bekam, sagte sich Jack.

Aber es fiel ihm immer noch schwer, unter Deck zu gehen. Als er sich zwischen den Kojen hindurchschlängelte, hörte er ein Stöhnen. Der Gerettete – Paul hieß er – war in eine schmutzige Wolldecke eingehüllt. Jack blieb vor der Mittelkoje stehen, die genau auf seiner Brusthöhe war. Der Mann stank nach Urin und war schweißgebadet. Seine hellblauen Augen waren offen und starrten auf die Unterseite der Koje über ihm. Er schien ungefähr im gleichen Alter wie Jack zu sein, war aber kleiner und viel zarter gebaut. Obwohl er im Augenblick so elend dalag, konnte Jack sehen, dass er gut aussah. Er ist seekrank, schloss Jack.

»Der Koch hat mir gesagt, es gibt Stockfisch und ein Stück Käse zum Abendessen«, sagte er. »Wenn du willst, hol ich dir etwas.«

»Red mir nicht vom Essen, oder ich sterbe auf der Stelle.« Die Worte kamen sehr ernst zwischen den rissigen, aufgesprungenen Lippen hervor. Es entstand eine lange Pause. Jack wartete gespannt. Schließlich wandte ihm Paul langsam sein aschfahles Gesicht zu.

Jack kicherte, schämte sich aber sofort deswegen; er wusste schließlich selbst, wie übel einem das Meer mitspielen konnte und was es hieß, seekrank zu sein.

»Entschuldige, dass ich lache, aber du stehst noch längst nicht an der Schwelle zum Tod – fünfzig Jahre oder so hast du noch Zeit, würde ich sagen.«

Verdrossen sah der matte Matrose Jack an, als wolle er sagen: Wage nicht fortzufahren.

»Du bist doch der Bursche, den sie vor zwei Nächten aus dem Meer gefischt haben, nicht wahr?«

»Gefischt ist das richtige Wort, ja.«

»Du hast mehr tot als lebendig ausgesehen. Aber jetzt scheinst du ja wieder unter den Lebenden zu weilen.«

»Was ist mit Martin? Meinem Schiffskameraden? Ist er … tot?«

»Ich fürchte, ja. Seine Verbrennungen waren zu schlimm.« Jack wusste nicht, ob es richtig von ihm war, dem jungen Mann die Nachricht zu überbringen, aber jetzt war es heraus und nicht mehr zu ändern.

Mit einem Seufzen zog sich der bleiche Matrose die Wolldecke über den Kopf.

Jack trat näher heran und zog an einem Zipfel der Decke. »Steh auf und komm an Deck mit mir. Los, raff dich auf.« Jack wusste, dass es riskant war, diesem Fremden so zuzusetzen, aber er hatte etwas an sich, das Jack fesselte, und er war sich sicher, dass es ihm nicht schadete, wenn er hart angepackt wurde.

»Was willst du von mir?« Pauls Stimme war schwach.

»Tu, was ich dir sage. Beweg deinen nassen Hintern aus diesem Dreckloch. Wir machen einen Spaziergang.«

»Bist du verrückt? Siehst du nicht, wie elend mir ist?«

»Steh trotzdem auf, Freundchen.« Jack schob die Hände unter den Jungen, hob ihn aus der Koje und stellte ihn auf die Beine, während Paul sich die Wolldecke an die Brust presste. Kaum hatten seine Füße den Boden berührt, da knickte der geschwächte Junge prompt zusammen, worauf ihn sein neuer Freund schnell um die Taille fasste, behutsam zwischen den Kojen hindurchschleifte und den Niedergang hinauf an die frische Seeluft.

»Mir wird gleich wieder schlecht.«

»Dann kotz über die Reling.« Jack führte ihn zur Reling und stellte sich neben seinen Schützling, während der sich erbrach.

»Warum tust du das?«, fragte der Junge und schnappte nach Luft.

»Ich dachte, du fühlst dich besser, wenn dir ein bisschen frischer Wind gegen dein sommersprossiges Gesicht weht«, lachte Jack und machte eine abwehrende Handbewegung. »Übrigens siehst du ziemlich verdreckt aus, Matrose.«

»Nenn mich bitte nicht Matrose. Bis vor kurzem war ich Student, der, von seinen Phantasien fehlgeleitet, glaubte, das Meer sei der richtige Ort, seinen Kummer zu ertränken. Womit kein Wortspiel beabsichtigt ist. Na, es wäre mir ja tatsächlich um ein Haar gelungen.« Mit einem Frösteln drehte er sich um und blickte zum Horizont. »Ich heiße Paul Le Maire.« Er machte eine Pause. »Danke für deine Hilfe. Ich fühl mich schon viel besser. Aber sei in Zukunft bitte nicht so grob zu mir. Sowas ist unhöflich.«

Jack musterte das mitleiderregende heimatlose Kerlchen, das einen ganzen Kopf kleiner war als er, und sagte dann, so ernst er konnte: »Ich heiße Jack O'Reilly, und du, Sir, bist der komischste Anblick, der mir seit langem untergekommen ist. Dein Hintern hängt dir halb aus der Hose. Du hast Kotze auf deinem Hemd, dein Haar steht dir zu Berge, und du stinkst wie ein übergelaufener Abort. Warum sollte ich also in Gottes Namen nicht Matrose zu dir sagen?«

»Ich bin kein Matrose.« Paul stellte den Kopf schräg. »Ich war nur zwei Wochen auf einem Schulschiff auf See, als wir in der Bucht von Hatteras einen Freibeuter attackierten. Wir verfolgten und beschossen ihn, aber im Großen und Ganzen waren wir unerfahren und wurden von den Kanonenkugeln des Freibeuters zerfetzt und sanken dann in einer Bucht nahe des Strandes.«

»Ja«, sagte Jack. »Ich habe das meiste der Schlacht gesehen.«

»Unser Schiff brannte und dann sank es. In dem Rauch und Gewirr landete ich schließlich in einem Beiboot, zusammen mit Mr. Martin, dem Dritten Maat, und ein paar anderen von der Besatzung, die ich nicht kannte. Ich hab mich um Mr. Martin gekümmert, so gut ich konnte. Die anderen Matrosen müssen vom Boot gesprungen und zum Strand geschwommen sein. Ich und Mr. Martin sind wohl im Boot einfach mit der Strömung hinausgetrieben.« Er schwieg nachdenklich. »Man wird mich wohl für tot erklären. Auf See umgekommen. Vielleicht bringt das meinen Vater zum Lächeln.«

Jack hob die Brauen bei dieser letzten Bemerkung, sagte aber nur: »Was geschehen ist, ist geschehen. Und jetzt hast du nur die Wahl, entweder weiter mit uns zu fahren oder über Bord zu springen. Wenn du meinst, dass niemand dich vermisst, spring über Bord. Wenn nicht, segel mit uns weiter.«

Jack nahm die schmutzige Wolldecke und schüttelte sie kräftig über der Reling aus. Der Wind blähte sie einen

Moment wie ein Segel auf und blies die braune Wolle dann in die Waagerechte, wo Jack sie eine Weile flattern ließ. Frisch gelüftet wickelte er sie dann um Pauls Schulter. »Wenn dir irgendwann nach Reden ist, ich bin normalerweise vorn in der Nähe vom Bugspriet zu finden – denn schließlich will ich als erster in Kuba sein.«

Havanna

Zuerst schwarz, dann dunkelgrün und sandig weiß tauchte Kuba wie ein sattelartiger Buckel am Horizont auf. Im Verlaufe des Tages, während dessen die *Star* bei hartnäckigem Gegenwind durch das türkisfarbene Wasser auf ihr Ziel zuschlingerte, wechselte die Insel noch mehrmals ihre Gestalt. »Fast eine ganze Woche lang habe ich nichts anderes als Meer und wieder nur Meer gesehen«, rief Jack von der Reling aus der gleichgültigen Salzgischt zu. »Das Meer und ab und zu eine flache Sandbank oder ein Korallenriff.«

Das Schiff umsegelte vorsichtig, was die Seemänner die Floridas nennen. Als es dann wieder auf südlichem Kurs war, fiel Jack auf, dass die Matrosen im Ausguck besonders auf der Hut vor Gefahren von Steuerbord und zum Westen hin waren. Der alte Hansumbob erklärte ihm, das Kunststück sei, sich westlich vom nördlichen Sog des Golfstroms zu halten, aber gleichzeitig östlich genug, um nicht in die seichten Gewässer um die Riffe herum zu geraten.

Bis zum Abend hatte Jack von Backbord der *Star* aus Kuba voll im Blick. Gespannt blickte er zu der tropischen Insel hin, die sich mit jedem Eintauchen des Bugs in Richtung Küste deutlicher zeigte. Jack fand, dass das Schiff sich genau wie ein Betrunkener fortbewegte, der unbedingt in sein Lieblingswirtshaus zurückwill, die gerade Linie aber nicht mehr schafft und erst nach links wankt und dann nach rechts.

Je näher sie kamen, desto mehr sah Kuba wie ein von kühnen grünen Pinselstrichen beherrschtes Gemälde aus, das hier und da mit warmen Rot- und Brauntönen gesprenkelt war. Die Berggipfel waren von einem Glorienschein weißer Wolken umgeben, hinter denen sich bedrohlich dunkle zusammenballten. Außerdem stiegen dichte Rauchfahnen zum Himmel auf, und von den Feldern her drang Jack ein scharfer Brandgeruch in die Nase – ein Matrose sagte ihm, er komme von der angezündeten Spreu der Zuckerrohrernte.

Wegen des stetigen ablandigen Windes konnte die *Star*, als sie auf Havannas Hafen zusteuerte, ungewöhnlich nahe an der Küste wenden. Die Palmen am Strand neigten und beugten ihre Wedel wie Tänzer, und das hellgrün schimmernde seichte Gewässer kräuselte sich im Rhythmus dazu. Doch als es um die Einfahrt in den Hafen ging, erwies sich die ablandige Brise als Hindernis. Aber Jack genoss die Widrigkeit des Windes: Auf die Weise näherte er sich der neuen Welt in kleinen Schritten und konnte sie genüsslich in sich aufsaugen.

Bei Einbruch der Dunkelheit schließlich glitten sie in Lee der Insel in den Hafen ein und ankerten in so ruhigem Gewässer, dass sogar Ethan und Pilar sich auf Deck trauten, um die frische Luft ihrer neuen Heimat einzuatmen. Jack bemerkte noch jemanden, eine Gestalt, die während der letzten beiden Tage immer öfter an Deck aufgetaucht war – der irgendwie nicht mehr ganz so zerlumpt aussehende Paul Le Maire.

Jack freute sich, ihn zu sehen, unterdrückte aber seinen Drang, zu ihm hinzugehen. Paul kämpfte anscheinend mit Dämonen, denen er sich nur allein stellen konnte.

Jack hielt es für das Beste, ihn in Frieden zu lassen, bis er von sich aus auf ihn zukam.

Er gab aber immer noch eine komische Figur ab, wie er da stand, mit seinem viel zu großen gestreiften Hemd, so engen Kniebundhosen, dass sie, damit seine Beine Platz hatten, an den Seiten aufgeschlitzt waren. Außerdem trug er Schuhe, was Jack überraschte, denn als man ihn an Bord zog, war er barfüßig gewesen. Aber dann fiel Jack ein, woher sie stammten. Von Martin. Der hatte Schuhe angehabt. Die Mannschaft hatte es offenbar richtig gefunden, sie dem Jungen zu geben.

Gedankenverloren hockte Paul sich jetzt direkt gegenüber Jack auf die Steuerbordreling, wo er den Matrosen aus dem Weg war, die Segel refften und beiholten inmitten dieses heillosen Gewirrs von Leinen an Deck, so musste es zumindest jeder Landratte vorkommen. Aber offensichtlich gab es für die Tausende Handgriffe der Matrosen irgendeinen geheimnisvollen Plan, der sich Jack jedoch trotz seiner Wochen an Bord nicht erschloss. Als er zu dem ihm gegenübersitzenden Paul hinsah, fiel ihm auf, dass er heute viel munterer wirkte und immer wieder verstohlen zu ihm hinblickte, so als ränge er innerlich um irgendeinen Entschluss betreffs Jack.

Plötzlich sprang Paul von der Reling und begann um die geschäftigen Matrosen herum in Jacks Richtung zu reden. Er wagte sogar ein Lächeln. »Wie du siehst, hab ich beschlossen, nicht über Bord zu gehen.«

»Ja, und du siehst sogar so aus, dass man dich fast mit einem menschlichen Wesen verwechseln könnte.«

»Ich weiß. Beim letzten Gewitter hat mir der Koch erlaubt, einen Topf heißes Wasser aufs Speigatt mitzunehmen, und da habe ich im Regen eine Dusche genommen und mit dem warmen Wasser nachgespült.«

»Und die Kleider?«

»Das sind abgelegte Sachen, die der Küfer und der Bootsmann für mich aufgetrieben haben, aber sie tun ihren Dienst.«

»Na, inzwischen kann man wenigstens mit dir reden – ich meine, jetzt wo du nicht tot und all das bist ... Wie findest zu Havanna?«

»Es ist Balsam für die Seele. Nicht so einfach, in sich selbst abzutauchen, wenn draußen so eine bunte Welt winkt.«

»Ja«, sagte Jack. »Es ist Nacht und immer noch so heiß wie in der Hölle. Diese Stadt scheint nicht schlafen zu gehen, wenn die Sonne sinkt.«

»Siehst du die Lichter überall? Und ich glaube, diese Musik, die ich gerade höre, kommt nicht aus meinem eigenen Kopf.«

»Nein, mein Junge, das tut sie nicht. Sie kommt aus einer der Tavernen, wo es schöne, glutäugige Damen gibt, die noch nicht mal ahnen, dass der wieder auferstandene Paul Le Maire angekommen ist, um sie aus ihrem tristen und faden Leben zu erretten.«

Paul grinste. »Bei solchen Gedanken kann ein Mensch seinen Kummer fast vergessen. Was meinst du, wann wird der Kapitän uns wohl an Land lassen?«

»Ich glaube, vorher müssen noch alle möglichen Inspektionen gemacht und eine Quarantäne eingehalten werden. Es wird ein paar Tage dauern, ehe Passagiere und Fracht das Schiff verlassen dürfen. Was allerdings mit unterwegs aufgelesenem menschlichem Treibgut geschieht, weiß ich nicht. Könnte Wochen dauern, ehe du an Land darfst.«

Zum ersten Mal hörte Jack seine neue Bekanntschaft lachen. Der plötzlich munter gewordene Paul hatte etwas an sich, das Jack gefiel – vor allem die Art, wie seine Ernsthaftigkeit und Verbissenheit durch ein Zwinkern in seinen Augen wettgemacht wurde – Augen, die die Welt in verschiedenen Schattierungen von Ironie zu sehen schienen.

Während der nächsten drei Tage, die sie so quälend nah an Land vor Anker lagen, verbrachten die jungen Männer viel Zeit zusammen, beobachteten, wie wichtigtuerische Hafenbeamte übers Schiff stolzierten und sich Bestechungsgelder von den Offizieren zustecken ließen, woraufhin die Mannschaft fast jedes Mal eine Frachtpartie zum Entladen auf Deck schleppte – Felle, Talg, Walfischtran, maschinell gefertigte Werkzeuge, jedenfalls sahen sie für Jack so aus, und Bauholz – das alles wanderte aus dem Laderaum, und zwar mit einer Geschwindigkeit, die eher im Verhältnis zu den unterm Tisch herfließenden Silbermünzen zu stehen schien als zu den Geldern, die oben auf dem hastig aufgestellten Dokumententisch für Zoll und Hafengebühren gezahlt wurden. Diese letzteren, offiziellen Transaktionen waren von dem ordnungsgemäßen Kratzen der Schreibfedern über steifes Pergament und dem Eindrücken von Wachssiegeln begleitet, zuerst vom Schiffskapitän, dann von den schnurrbärtigen spanischen Hafenbeamten.

Paul und Jack, die das Geschehen aus gebührendem Abstand beobachteten, kannten sich natürlich nicht aus mit den Einzelheiten der Vorgänge, aber eins wussten sie mit Sicherheit: dass das Ladungsverzeichnis des Schiffs und das, was es tatsächlich an Fracht trug, zwei völlig verschiedene Dinge waren. Während dieser Tage der von den Behörden verhängten Gefangenschaft begann Paul, sich Jack gegenüber zu öffnen, und Jack hatte das Gefühl, vor seinen Augen entblättere sich ein schönes Instrument aus einer mit Sägemehl gefüllten Kiste. Paul war ein wahrer Quell von Wissen und Kenntnissen, die bei einem so jungen Mann überaus erstaunlich waren.

In der Nacht, ehe man ihnen endlich die Erlaubnis gab, an Land zu gehen, entlockte eine einfache Bemerkung Jacks über ein wie ein W aussehendes Sternbild Le Maire einen Monolog über »den Himmelsstuhl für Cassiopeias wohlgeformtes Hinterteil«, dem dann eine Flut von Weisheiten folgte. Paul konnte die Planeten erklären, die Sternbilder, den Himmel als Mythos und physikalische Realität. Jack hatte keinen Grund, an seiner eigenen Intelligenz zu zweifeln, erkannte aber, dass er hier einen wirklich bemerkenswerten Verstand vor sich hatte. Jack nahm sich vor, so viel Zeit wie möglich mit seinem neuen Freund zu verbringen, wenn sie an Land waren.

Früh am nächsten Morgen, als den O'Reillys auf das Boot geholfen wurde, das sie an Land bringen sollte, blickte Jack zurück zu seinem Freund, der einsam und verlassen an der Reling stand. Paul, ein geretteter Heimatloser ohne einen Pfennig, war als einer der letzten an der Reihe bei der Bootszuteilung. Und hätte er sich als Schiffsjunge anheuern lassen, eine Möglichkeit, die er mit Quince besprochen hatte, stünde er noch weiter hinten auf der Liste. Pauls trauriges Gesicht und sein zarter Körperbau bildeten einen starken Kontrast zu dem robusten Ersten Maat, der neben ihm an der Reling stand und den Männern, die sich an den Booten zu schaffen machten, Kommandos zurief.

Jack sah flehend seine Eltern an. »Vater, Mutter – kann Paul nicht mit uns kommen? Ich hätte so gern, dass er bei uns ist, wenn wir kubanischen Boden betreten.«

»Nein«, sagte sein Vater. »Du wirst ihn schon noch früh genug sehen, wenn er mit einem späteren Boot an Land kommt. Wir haben *viel zu tun.*«

»Aber ...«

»Nein, Jack!« Die harsche Stimme seines Vaters duldete keinen Widerspruch. Seine Mutter, die gerade etwas hatte sagen wollen, schwieg.

An diesem Punkt rief der Erste Maat zum Boot hinunter. »Mr. O'Reilly, Sir, hätten Sie etwas dagegen, noch einen Passagier in Ihrem Kahn mitzunehmen?« Seine Hand lag auf Pauls Schulter. »Dann hätten wir ein Problem weniger, die Leute auf die Boote zu verteilen.«

»Gewiss, Mr. Quince, gerne, wenn es Ihnen hilft«, antwortete Ethan. »Schicken Sie den Jungen runter.« Jack unterdrückte ein Lächeln, denn er fürchtete die Schelte seines Vaters. Seine Mutter warf ihm ein verschwörerisches Augenzwinkern zu und legte den Finger an die Lippen.

Paul kletterte die Bordleiter hinunter, und Ethan streckte die Hand aus und half ihm ins Boot. Jack wagte einen Blick zu Quince hin, der ihm zublinzelte, ansonsten aber keine Miene verzog.

Die Matrosen an den Riemen wühlten das Wasser mit einem Elan auf, den Jack noch nie bei ihnen erlebt hatte; selbst diese gestandenen Seemänner konnten ihre Aufregung, an Land zu kommen, nicht verbergen. Das Beiboot hüpfte förmlich durch die kurzen rauhen Wellen auf den Kai zu, wo es vor alten Seebären und jungen Männern wimmelte, die den Neuankömmlingen gespannt und mit großen Augen entgegensahen.

Der Lärm Havannas schlug ihnen in dem Moment entgegen, als die Bulin einem am Anlegeplatz wartenden Matrosen zugeworfen wurde. Weiß getünchte Häuser säumten wie eine kontrastreiche Kulisse die schmuddeligen Straßen, auf denen das Pflaster kaum zu sehen war, ein so dichtes Menschengewühl schob sich hindurch. Fast alle hier hatten ihre weiße Baumwollkleidung mit farbenfrohen Schärpen geschmückt und verbreiteten einen Glanz und ein Leuchten, wie es bestimmt nur unter tropischer Sonne zu finden war, dachte Jack.

Sobald sie alle am Kai versammelt waren, richtete Paul das Wort an Jacks Eltern. Er war ihnen zwar schon auf dem Schiff vorgestellt worden, aber sie hatten bloß ein paar Höflichkeitsfloskeln miteinander gewechselt. Pilar war sofort von dem jungen Mann bezaubert, und auch Ethan schien ihn zu mögen. Aber Jack sah, dass sein Vater mit den Gedanken woanders war, weil er unbedingt mit dem Kapitän sprechen wollte, der ganz in der Nähe stand und mit den Männern von der Hafenbehörde verhandelte. Und Pilar war voller Ungeduld, den Grafen de Silva zu treffen. Sie hoffte, er hatte ihren Brief erhalten. Am Tag zuvor hatte sie einen Hafenbeamten bestochen, ihn de Silva schnellstens zuzustellen. Sie wusste, dass ihre Ankunft eine große Überraschung für de Silva war. Als Verwalter ihres Guts und dessen nächster Nachbar könnte er ihr am ehesten einen genauen Bericht über den Zustand ihrer Ländereien geben und gewiss die guten Nachrichten über die Ernte bestätigen, die der Osterbrief ihrer Freundin Dolores enthalten hatte.

Ethan und Pilar ließen die beiden Jungen stehen und entfernten sich in entgegengesetzte Richtungen.

Jack gab Paul zu verstehen, dass er dabei sein wolle, wenn sein Vater mit Deploy verhandelte, und so stellten sich die beiden ein paar Schritt von den älteren Männern entfernt hin.

»Kapitän Deploy, haben Sie einen Moment Zeit, Sir?«, sagte Jacks Vater.

Das wettergegerbte Gesicht des Kapitäns zeigte keine Reaktion bei der Frage Ethans, der für ihn gradsogut eine um den Kai herumschwirrende Fliege hätte sein können.

»Wie Sie wissen, sind meine Schmiedewerkzeuge nicht leicht zu transportieren. Und da ich gehört habe, dass Sie nicht sofort für den nächsten Hafen Fracht laden wollen, bitte ich Sie um den Gefallen, dass ich mein Werkzeug und die Gewehrteile noch ein paar Tage unter Ihrer Obhut lassen kann?«

»Ausgeschlossen. Mit der Morgenflut laufen wir nach Boston aus.«

»Boston? Sir, ich … nun, mir wurde gesagt, Sie würden Güter zu den Walfänger-Flotten in der Südsee bringen und vor vierzehn Tagen nicht auslaufen.«

»Was zum Teufel redest du da, Schmied? Boston? Ich sagte, wir fahren nach Papeete – wahrscheinlich in zwei, drei Wochen.«

»Ahhm, also gut dann.« Ethan war eindeutig verwirrt. Hatte ihn der Kapitän überhaupt verstanden? »Kann ich also meine Sachen vorläufig an Bord lassen?«

»Hab nichts dagegen, solange sie im vorderen Laderaum sind und aus dem Weg, wenn wir anfangen, neue Fracht zu laden.«

»Ich danke Ihnen sehr, Sir …«

»Ihr Dank und fünf Dollar Platzmiete sind mir willkommen.«

»Fünf …« Ethan fiel das Kinn herab. »Ich dachte, es wäre eine Gefälligkeit.«

»Spielt keine Rolle, was du gedacht hast, Schmied. Du hast meine Bedingungen gehört. Jetzt mach, was du willst.«

Ein Mann, der noch bei Vernunft war, wäre bestimmt fairer mit seinem Vater umgegangen, tröstete sich Jack. Aber so wurde er wieder einmal übers Ohr gehauen, diesmal von diesem betrunkenen alten Despoten. Und Jack und Paul mussten zusehen, wie Ethan niedergeschmettert fortging. Jacks Muskeln spannten sich an, mit jeder Faser seines Wesens wollte er Vergeltung. Paul legte ihm die Hand auf den Arm. »Wen die Götter zerstören wollen, den strafen sie zuerst mit Wahnsinn«, sagte er.

Und so schritt Jack nicht ein; außerdem wusste er, dass

er sich damit nur den Ärger seines rechtschaffenen Vaters einhandeln würde. Aber von all dem, schwor er sich, wollte er sich nicht die Freude über die Ankunft in seiner neuen Heimat verderben lassen. »So ist er nun mal«, sagte er zu Paul, der offensichtlich verstand.

Auf der anderen Seite des Plankenwegs erkannte Pilar den Grafen sofort. Ein Hafenbeamter hatte sie zu dem Mann geführt, der dort aufgeputzt an der Mole stand, als wolle er zu einem Ball, mit langer Brokatweste angetan, glänzenden Pantalons, die zum Rosa der Weste passten, einem Hemd mit batistenem Stehkragen und umgeben von einem Gefolge, das um seine Gunst buhlte. Die Sonne glänzte auf dem Gesicht des Edelmanns, als er Pilar schließlich ansah, die ihn von ihrer Jugend her kannte und fand, dass er sich nicht viel verändert hatte. Nur ein wenig älter sah er natürlich aus, und er wirkte noch großspuriger, als sie ihn in Erinnerung hatte. Mit klopfendem Herzen, aber doch resolut, trat Pilar auf die vornehme Gestalt zu und stellte sich vor. Sofort schenkte der Graf ihr seine ganze Aufmerksamkeit und begrüßte sie überschwenglich, sagte ihr, dass er hergeeilt sei, sowie er ihren Brief bekommen habe. Als nächstes bot er ihr und ihrer Familie großzügig seine Stadtvilla an, bis sie zu ihrem eigenen Gut weiterreisen konnten. Im Handumdrehen hatte er seinen Dienern befohlen, Pilars Gepäck zu holen und ihre Familie herzubringen. Dann ließ er die Habe der O'Reillys auf eine Kutsche laden, schickte sie zur Villa voraus und lud Pilar, ihre Familie und Paul ein, in seine einzusteigen. Doch als die Neuankömmlinge hörten, dass es nur eine kurze Strecke war, lehnten sie höflich ab und wollten das kurze Stück lieber laufen und hatten ihr Vergnügen daran, dass sie immer wieder ins Stolpern kamen, weil fester Boden ihren Füßen noch so ungewohnt war. Jack und Pilar amüsierten sich über Ethans betrunkenen Schritt und sein Taumeln, während der Graf, der im Schritttempo neben ihnen herfuhr, ständig das Wort an Pilar richtete. Jack beobachtete, wie seine Mutter sich mit diesem spanischen Granden unterhielt, der den Oberkörper aus dem Kutschenfenster lehnte und bemüht war, die heitere Stimmung der O'Reillys zu teilen. Krampfhaft bemüht war, fand Jack, und sein Hochgefühl, Havanna zu sehen, wurde gedämpft, weil sein Instinkt ihn warnte, auf der Hut zu sein vor diesem Mann.

Die Villa passte für Jacks Geschmack eher in ein Märchen aus Tausendundeiner Nacht als in die Wirklichkeit Havannas. Ein breites und mindestens zehn Fuß hohes zweiflügeliges Eichenportal bewachte das Grundstück. Sechseckige Keramikfliesen führten zu einem riesigen, mit exotischen Pflanzen und Blumen bezaubernd dekorierten Atrium. Kunstvolle Holzschnitzereien umgaben Fenster und Türen. Und als die O'Reillys zu ihren Zimmern geführt wurden, standen dort Diener, die kühle Getränke bereithielten. Welch andere Welt als Hamden, dachte Jack. In der Tat, eine andere Welt.

Als sie sich in der Villa des Grafen eingerichtet hatten, sagte Jack zu seiner Mutter, er und Paul wollten losziehen, um Havannas Straßen zu erkunden. Mit der Mahnung, vorsichtig zu sein, entließ Pilar sie, und die beiden liefen aufgeregt los, begierig in die exotische Stadt einzutauchen.

Überall sahen sie Heiterkeit, aber ihre jungen Augen konnten sich der überall lauernden Barbarei nicht verschließen. Die Straßen waren voller Afrikaner, die, manchmal aneinander gekettet wie Vieh, durch die Gassen getrieben wurden. Jack bemerkte, dass Paul wie gebannt in eine Seitengasse sah, wo es zu einem Handgemenge zwischen den Aufsehern und einem Sklaventroß gekommen war. Einem Sklaven, der gegen die Misshandlung protestierte, wurde von einem stämmigen Spanier zweimal die Reitpeitsche übers Gesicht gezogen. Mehrere Fußtritte eines anderen Spaniers beförderten den wütenden und vor Blut blinden Sklaven zurück in den Zug. Die Hände vor das Gesicht gepresst, so als läge hinter seinen Fingern die Hoffnung auf eine andere Welt, taumelte er zurück zu seinen Leidensgenossen.

Jack war verstört, wie offen der Sklavenhandel betrieben wurde. Hier wurde die Sklaverei nicht einfach als Übel hingenommen wie in Neuengland – oder als althergebrachte Tradition, wie in Virginia. Hier war sie ein blühendes Geschäft, das alle anderen Formen des Handels beherrschte. Fast alle Schiffe, die im Hafen ein- und ausliefen, hatten Gewinn bringende menschliche Fracht an Bord.

Paul hatte Jack davon erzählt, wie sehr ihn die Sklavenhaltung seines Vaters abgestoßen hatte; deshalb, und weil er selbst ähnlich empfand, versuchte Jack, seinen Freund von allen Stellen fortzulotsen, wo etwas vom Sklavenhandel zu spüren war. Da er größer war als Paul, konnte er weiter über die Köpfe der Menge sehen, und als er kurz darauf einen Pferch erspähte, in dem man eine Gruppe Sklaven zum Auspeitschen zusammengetrieben hatte, lenkte er Paul schnell in eine andere Richtung, worauf sie prompt auf einer Plaza landeten, wo eine Versteigerung abgehalten wurde. Die Verkäufer behandelten die Afrikaner wie Vieh, rissen ihnen die Münder auf, um die Menge potentieller Käufer und Schaulustiger hineinsehen zu lassen, die gekommen waren, die letzte Lieferung Lebendfleisch in Augenschein zu nehmen. Es quälte Jack, dass das meiste von dem Schachern und Feilschen auf englisch geschah.

Der Auktionator befahl den Frauen, sich auszuziehen, und obendrein presste dann einer die Brüste zusammen, um die hervorschießende Milch vorzuführen und zu zeigen, dass sie gesund und gebärfähig war. Die Tatsache, dass ihr gerade geborenes Kind irgend woandershin verkauft würde, schien außer ihr niemanden zu kümmern. Jack würde nie ihren verzweifelten Blick vergessen; zugleich lag darin auch eine Gleichgültigkeit gegenüber der Erniedrigung, die nur aus ihrem viel größeren Schmerz darüber rühren konnte, dass sie ihr Kind nie wieder sehen würde.

Der Verkäufer fasste sich an die Schamteile und zwinkerte. »Stellt euch vor, wie gut die sich eignet, eure Herde zu vermehren.«

Jack war empört über das Grölen der Männer und das schamhafte Kreischen einiger Frauen. Aber trotz seines wachsenden Unmuts war er entschlossen, die Wunder Havannas zu genießen. Er wusste, er musste Paul von hier fortbringen, sonst würde er sich gleich nicht mehr beherrschen können und auf den Auktionator losgehen. Er fasste seinen Freund an der Schulter und lenkte ihn in Richtung der am Strand gelegenen Casa.

Dort sollte am Abend ein Fest stattfinden. Die Casa, die Kurzform für Casa de la Contratación, Handelshaus, hatte zweihundert Jahre lang über dem gesamten spanischen Handel in der neuen Welt gewacht und war der iberische Vorläufer der später in England und Holland entstandenen East and West India-Handelsgesellschaft. Der Graf – nicht in Kuba, sondern auf der iberischen Halbinsel geboren – war ein hochrangiger Beamter der Casa, und die Feier am Abend wollte er zu Ehren der Neuankömmlinge ausrichten, die, in seinen Worten, »gekommen waren, Pilars rechtmäßiges Erbe anzutreten«. Die O'Reillys sollten offiziell in Havanna willkommen geheißen werden, das Menschen aus aller Herren Länder eine Heimat geworden sei, genau wie die kürzlich gegründeten Vereinigten Staaten.

Jack und Paul, die sich für den Abend in saubere, wenn auch abgetragene Kleider geworfen hatten, saßen auf der langen Veranda der Casa und waren weit mehr von der Schönheit der spanischen und kreolischen Damen beeindruckt als von der ehrwürdigen Geschichte des Handelshauses. Doch Jack stellte fest, dass die Mädchen hier eine sonderbare Art hatten, einen entweder gar nicht zu sehen oder mit erstaunlicher Gleichgültigkeit durch einen hindurchzugucken. Er konnte blinzeln und zwinkern wie er wollte, zog damit aber höchstens die feindseligen Blicke der Anstandsdamen auf sich. Doch das machte nichts; die dunkeläugigen Schönen waren eben unerreichbare Traumgeschöpfe, und Jack und Paul genossen einfach ihre Gegenwart.

Jack sprach mit Leichtigkeit spanisch, und auch das Übersetzen für Paul fiel ihm nicht schwer. Er sah, wie seine Mutter zum andern Ende des Saals blickte, wo ein hochgewachsener Mann gerade zwei Männern die Arme um die Schulter legte. So als spüre er, dass er beobachtet wurde, hob er den Kopf und wandte ihn langsam um. Die schwer zu übersehende, die Köpfe fast aller überragende Gestalt war natürlich der Graf, der wieder gekleidet war, als sei er bei Hof: himmelblaue Weste und Strümpfe, rote Kniebundhosen und glänzende schwarze Halbstiefel. Das ganze Ensemble war eine Spur zu grell und zeugte von keinem guten Geschmack: Das Himmelblau war unpassend für einen Fünfzigjährigen, und Kniebundhosen und Halstuch wirkten übertrieben theatralisch.

Jacks Mutter klammerte sich am Arm ihres Mannes fest, als sie sich ihren Weg durch den riesigen Saal bahnte und nach rechts und links nickte. Als er die beiden auf sich zukommen sah, entschuldigte sich der Graf bei den Umstehenden und schritt dem Paar entgegen, das in dieser neuen, eleganten Umgebung verloren und eingeschüchtert wirkte.

Als sie einander gegenüberstanden, begann de Silva, auf englisch mit Ethan zu scherzen und zu plaudern.

Jack war abgestoßen von der herablassenden Art des Mannes und seiner pompösen Kleidung. Er ist noch selbstgerechter als die Stadtväter von Hamden, dachte Jack. Und außerdem hält er sich noch für unwiderstehlich mit seinem pomadisierten und gezwirbelten Schnurrbart. Dabei roch er nach billigem Parfüm und Schweiß. Jack schwor sich, den Mann genau im Auge zu behalten.

Als der Graf sich dann an Pilar wandte, setzte er eine betrübte Miene auf und rang die Hände. »Señora, kann ich kurz mit Ihnen über Geschäftliches sprechen?«, sagte er und fuhr, ohne die Antwort abzuwarten, fort: »Es tut mir leid, Sie jetzt damit zu bedrängen, aber mich dünkt, ich muss einiges richtig stellen.« Er verstummte, und seine Augen flitzten Hilfe suchend durch den Saal.

»Offensichtlich schrieb Ihnen eine alte Freundin, dass Ihre Zuckerrohrfelder inzwischen reichen Ertrag abwerfen.« Dem Mann war sichtlich unbehaglich. »Ihre werte Freundin ist natürlich frei, Ihnen zu schreiben, was sie will, besonders, da sie ja Ihre Freundin aus der Kindheit ist. Aber worauf ich hinauswill, Señora …«

»Mein lieber Herr, bemühen Sie sich nicht! Ich bin sicher, meine Frau versteht, dass die Leute gern übertreiben«, unterbrach Ethan ihn. »Ich wollte Sie nicht in Verlegenheit bringen, als ich Dolores' Brief erwähnte. Pilar war so glücklich, von ihr zu hören, und hofft, sie sehr bald wieder zu sehen. – Möchtest du ein kühles Getränk, Liebes?«

»Ja, Ethan, und sei so freundlich und hol unserem Gastgeber auch eines«, sagte Pilar, ohne den Blick vom Grafen abzuwenden. Jack sah seinen Vater den Saal zum Büfett hin durchqueren.

»Que dijiste?«, fragte sie leise auf spanisch.

»Dios mío, Señora«, erwiderte de Silva. »Ihre Freundin hat den Ertrag der Zuckerrohrfelder weit übertrieben. Sie kennt sich nicht aus mit solchen Dingen. Wenn ich recht verstanden habe, so hat sie Ihnen zum guten Gedeihen Ihres Guts gratuliert ...« Der Graf machte eine Pause. »Aber glauben Sie etwa, ich hätte Sie angelogen, was die Ernte betrifft?« Wieder fuhr er, ohne ihre Antwort abzuwarten, fort: »Ich versichere Ihnen, die Lage ist genau so, wie ich sie Ihnen in meinen Briefen geschildert habe. Wie sollen Felder Profit abwerfen, die so viele Jahre lang brachlagen?« schloss der Graf und wandte den Kopf ab.

Seine letzten Worte konnte Jack nicht verstehen, aber die Art, wie de Silva gehetzte Blicke durch den Saal schoß, verriet, wie sehr er in der Bredouille war, und beinahe hätte der Mann Jack leid getan. Tiefes Schweigen herrschte plötzlich zwischen Pilar und dem Grafen. Dann machte er eine Verbeugung, trat vor und zog einen kleinen Dolch aus der Scheide an seinem Gürtel. Jacks ganzer Körper spannte sich an, aber Paul beruhigte ihn mit einem unauffälligen Klopfen auf die Schulter. Mit einem Lächeln zu Pilar hin drehte der Graf die Klinge langsam hin und her, bis sich das Licht darauf verfing, setzte das Spiel noch einen Moment fort, ehe er mit der Dolchklinge an sein Kristallglas schlug.

»Señores y Señoras, ich bitte um Ihre Aufmerksamkeit.«

Die Menge verstummte sofort.

»Wie Sie alle wissen, ist heute ein besonderer Tag. Wir

haben uns hier versammelt, um unsere frisch aus den Estados Unidos de America eingewanderten Freunde willkommen zu heißen. Darf ich Ihnen Señor y Señora Ethan und Pilar O'Reilly und ihren Sohn Jackson vorstellen.« Mit ausgebreiteten Armen schritt der Graf jetzt auf Pilar und Ethan zu, die in der Mitte des Saals standen. Die Festgäste applaudierten, riefen den beiden ein herzliches Willkommen zu, und die kleine Kapelle spielte einen Marsch auf. Jack beobachtete, wie der Charme des Grafen die Menge verzauberte. Keine Frage, dachte er, der Mann ist nicht zu unterschätzen.

»Die Tafel ist eröffnet«, verkündete der Graf über den Festlärm hinweg. »Wir wollen essen, trinken und nicht an morgen denken, denn wem die Gedanken dahinfließen, der kann den Augenblick nicht genießen.«

Die Menge drängte in den Speisesaal, entzückt vom Grafen, von dessen Esprit das Fest zu leben schien. Als Jack den festlich geschmückten Raum betrat, machte ihn der Duft der Blumen fast benommen. In alle Wandtäfelungen waren bis zur Decke reichende Spiegel eingelassen, in denen die Lichter der zahllosen Kerzen auf dem ganze acht Fuß breiten Lüster tanzten. In allen Erkern standen üppige Blumenständer, neben denen schwarze Diener sich bereithielten, der fröhlichen Menge aufzuwarten.

An der Festtafel wurden Jack und Paul Plätze gegenüber Jacks Eltern zugewiesen. Neben Pilar saß eine olivhäutige junge Frau mit rabenschwarzem Haar, die sofort die Augen der beiden jungen Männer gefangen nahm. Der Platz des Grafen war am Kopfende des Tischs, wo er die dunkle Schönheit zu seiner Rechten hatte.

In seinem besten Spanisch rief Jack mit gedämpfter Stimme aus: »Santa María! Qué pinta trae la niña!«, und lachte dann leise.

»Trotz meiner begrenzten Spanischkenntnisse vermute ich wohl zu Recht, dass du von den göttinnenhaften Eigenschaften der hübschen Maid dort drüben sprichst«, sagte Paul und sah verstohlen über den Tisch hinweg zu besagter hin. »Aber ich frage mich, ob du wirklich weißt, wovon du sprichst?«

»Nein, aber du wirst es mir bestimmt gleich erklären«, erwiderte Jack grinsend.

»Deine Gedanken sind keineswegs originell, wie du bestimmt selber weißt, mein junger Freund. Aber ich überlege gerade, ob du dir im klaren bist, dass du dich mit deinem hübschen Ausspruch auf den hochgeschätzten Erforscher und Entdecker unseres Heimatlandes, Christopher Columbus, beziehst?«

»Wenn du von der Entdeckung neuer Welten sprichst, verstehe ich, was du meinst«, sagte Jack. »Sie lässt dich an die Rundheit der Erde denken, die im Universum tanzenden Planeten, an Täler des Entzückens. Ja, ich weiß, was du meinst – sie ist ein köstliches bocadito.«

»Zum Anbeißen, ja. Aber was ich meinte, ›niña‹ bedeutet junges Mädchen, nicht wahr? Niña war aber auch der Name von … nun ja, ist egal. Ich sehe, wie hingerissen du bist und nicht in der Stimmung zum Philosophieren.«

Aber schließlich wurde Jack durch das traurige Gesicht seiner Mutter von der olivhäutigen Schönheit abgelenkt, und er flüsterte über den Tisch zu ihr hin: »Geht es dir gut?«

Pilar nickte zögernd.

Die Diener räumten die Appetithäppchen vom Tisch und servierten dampfende Schüsseln mit Conejo in Salsa Sabrosa. Die Gäste genossen das köstliche Essen, und alles in allem war es ein gelungenes Fest. Dem Kaninchenragout folgten so große Portionen zart rosa Schweinebratens, dass der Fleischsaft über die Ränder der feinen Porzellanteller floß.

Zum Schluss klopfte der Graf wieder an sein Weinglas, um die Aufmerksamkeit der Gäste zu erlangen, erhob sich und verkündete: »Und jetzt möchte ich auf das Wohl aller anstoßen. Nicht nur auf das unserer neuen Freunde hier wie auch unserer alten, sondern auch auf den König, Havanna und die glorreiche Karibik.«

Die Gäste antworteten mit Prosit-Rufen, und alle hoben die Gläser und tranken, nur Pilar nicht, die, wie Jack bemerkte, das Glas zwar an die Lippen setzte, aber nichts hinunterbekam.

»Auf das Gedeihen dieses mächtigen Landes, dessen Wirtschaft in den letzten zehn Jahren aufs Dreifache angewachsen ist!«, rief der Graf. Wiederum führten die Gäste ihre Gläser zum Mund, leerten sie und ließen sie nachfüllen. »Und darauf, dass wir genügend Fremdarbeiter bekommen, damit unsere Zuckerrohrfelder nicht unbewirtschaftet bleiben.« Wieder ein Chor zustimmender Rufe und erhobene Gläser.

Mit zitternder Oberlippe stierte Paul auf den Teller vor ihm. Jack sah, wie der Zorn in seinem Freund aufstieg, er abwartete, bis der Lärm verebbte, und sich dann mit beherrschter und fester Stimme an den Grafen wandte.

»Mit Verlaub, Sir, darf ich Ihnen zu Ihren großen, hehren Worten gratulieren, auch wenn ich gestehen muss, dass sie mich in Erstaunen versetzen.«

Der Graf setzte sich und sah Paul herablassend an. »Verblüfft sehen Sie eigentlich nicht aus, junger Mann, eher verloren und ratlos. Entspannen Sie, Freund. Essen und trinken Sie und seien Sie fröhlich, denn morgen sterben wir.«

Paul legte beide Hände auf sein Weinglas, »Buch Jesus Sirach und Jesaia.«

Der Graf schluckte kurz, dann konterte er: »Die Bibel ist viele Dinge, junger Mann. Poesie, Prosa, Fabeln, Wahrheiten, Unwahrheiten und mehr. Und manchmal verstehen wir sie falsch.«

»Ja, Sir, aber Hoffnung regt sich ewig in der menschlichen Brust.« Paul holte tief Luft.

»Was bedeuten soll?«

»Dass ich nie die Zuversicht verliere, was die von Menschen geschaffenen Zustände betrifft, Sir.«

»Fahren Sie fort.«

»Ich bin mir sicher, dass, als der englische Dichter Alexander Pope diesen Satz schrieb, er viele Dinge damit meinte. Und bei Ihrem Trinkspruch, Sir, regte sich in meiner Brust die Hoffnung, dass ein gebildeter Mann wie Sie die Wahrheit spricht.«

Das Muskelzucken, das das Lächeln des Grafen begleitete, verriet Jack, wieviel es den geschniegelten Herrn kostete, seinen Zorn zu unterdrücken. Der Graf war es offenbar nicht gewohnt, dass jemand so mit ihm sprach – schon gar nicht ein so junger Bursche wie Paul.

Doch Paul schien wild entschlossen zu sein, diesen Egoisten in ein Streitgespräch zu verwickeln. Jack bekam es zwar mit, wie Paul sich in Schwierigkeiten brachte, aber da er so hingerissen von der südamerikanischen Schönheit ihm gegenüber war, versetzte er seinem Freund nur einen leichten Tritt gegen das Schienbein, als er das Gefühl hatte, er wage sich zu weit vor.

»Sie sprechen von der Wahrheit, als hätten Sie sie für sich gepachtet.« Der Graf gab sich zwar immer noch amüsiert, wirkte aber angespannt und auf der Hut. »Ich sage dir eins, mein Bürschchen: du bist zu jung, um so mit mir zu reden. Aber da ich ein geduldiger Mann bin, erwidere ich dir auf deinen Vorwurf, ich sagte nicht die Wahrheit, nur dies: Wenn du so denkst, so stimme ich deinen Gedanken zwar nicht zu, aber dein Recht, so zu denken, würde ich mit meinem Leben verteidigen.«

Der Rest der Gesellschaft bekam allmählich mit, dass am Kopfende des Tischs ein Streit ausgebrochen war. Das höfliche Geplauder ging weiter, aber die Gäste hörten ihren Gesprächspartnern kaum noch zu, sondern lauschten gespannt auf den Schlagabtausch zwischen dem Grafen und diesem dahergelaufenen Niemand.

»Ich verstehe nicht, Sir.« Paul, der jetzt sehr aufrecht dasaß, kniff Jack ins Bein, damit er zuhörte.

»Ein französischer Schriftsteller, dessen Namen ich vergessen habe und der auch weiter nicht von Belang ist«, und hier lächelte der Graf heimtückisch, »erklärte, dass er die Gedankenfreiheit eines jeden Menschen mit dem Leben verteidigen würde. Also kurz gesagt, junger Mann, du kannst denken, was du willst, aber«, und jetzt schwoll dem Grafen förmlich die Brust, er blickte sich Beifall heischend um, wölbte dann die Hand über den Mund wie zu einem Flüstern, posaunte jedoch laut heraus: »behalte es lieber für dich.«

Die Menge lachte, applaudierte heftig und entspannte sich sichtlich.

Pilars unangetasteter Teller wurde fortgeräumt und das Dessert aus gebratenen Bananen und ein starker schwarzer Kaffee dazu serviert. Jack ertappte seine Mutter, wie sie düster auf ihren Nachtisch starrte.

Als die Tafel aufgehoben wurde, zogen sich die Männer in den von Fackeln beleuchteten Garten zurück, um ihre Zigarren zu rauchen.

»Ich bin überrascht, Sir.« Paul hatte sich zusammen mit Jack neben den Grafen gestellt.

De Silva drehte sich um und sah diesen lästigen Burschen an. »Ist es eine Biene, die mich umschwirrt? Oder eine Wespe, die unablässig summt? Überrascht? Ich würde doch meinen, einen so welterfahrenen Mann wie dich kann nichts mehr überraschen!«

Die im Garten versammelten Männer grinsten insgeheim bei der Aussicht auf die Fortsetzung des Streits.

»Nein, Sir. Es überrascht mich bloß, wenn gebildete Männer falsch zitieren, um ihren eigenen Zwecken zu dienen. Dass Sie Voltaire als von weiter keiner Bedeutung abtun, finde ich schon erstaunlich genug, viel überraschter bin ich aber, dass Sie den großen Schriftsteller falsch wiedergeben. Voltaire schrieb, dass er mit den Schriften eines gewissen Mannes nicht einverstanden sei – um Gedanken ging es nicht –, aber sein Recht, so zu schreiben, verteidigen würde.«

Jack stellte sich neben seinen Freund und lächelte ihn bewundernd an.

»Was ein recht großer Unterschied ist, meinen Sie nicht?«, fuhr Paul fort. Der Graf nickte kaum merklich, nicht aus Einverständnis, eher so, als hätte er innerlich gerade eine Entscheidung über jemandes Schicksal getroffen. Nach einer kleinen Atempause fuhr Paul fort.

»Wenn ich Sie in Verlegenheit gebracht habe, Sir, verzeihen Sie bitte. Aber um auf meine ursprüngliche Frage zurückzukommen. Ich bin verblüfft darüber, warum Sie den schönfärberischen Begriff ›Fremdarbeiter‹ für die Menschen benutzen, die sich auf den Feldern dieses Landes abplagen, wo es doch in Wirklichkeit – schlicht und einfach – um Sklaverei geht.«

Der Graf stand reglos da und befingerte den kleinen Anhänger an der Kette um seinen Hals. Unruhe verbreitete sich; die meisten Männer sahen aus, als wollten sie Paul gern verprügeln und hätten es ohne weiteres tun können. Einer der Compadres des Grafen stürzte auf den jungen Mann los.

»Deine Unverschämtheit, mein Freund, wird nur noch von deinen lumpigen Kleidern übertroffen«, sagte der Graf. »Wenn du nur ein klein wenig älter und kräftiger wärst, würde ich dir eine Grabschrift in deinen Sarg schnitzen und dich heim zu deiner Mama schicken.«

Paul sah den Mann ungerührt an, aber Jack merkte, dass sein Freund in der Klemme saß. Paul hatte mit dem Mann über ein Thema diskutieren wollen, das ihm auf den Nägeln brannte, aber es war ihm bloß gelungen, den Zorn der Männer um den Grafen herum auf sich zu ziehen, ganz zu schweigen vom Grafen selbst. Die Tatsache, dass de Silva einen großen Schriftsteller falsch zitiert hatte, schien hier für niemanden von Bedeutung zu sein. Jack fand, wenn Paul es weiter auf einen Streit anlegte, würde das wahrscheinlich die Beziehung seiner Familie zu dem Grafen gefährden. Vielleicht war es Zeit, es gut sein zu lassen und sich zu verabschieden.

Anscheinend war Paul zu demselben Schluss gekommen. Er lächelte seinen Gegner an und machte einen Rückzieher. »Graf de Silva, darf ich nur noch das folgende sagen: ›Begüterte Männer, die ihren Reichtum gut nutzen, legen die Saat für den Wohlstand aller.‹ Ich bin Gast in Ihrem Haus und wurde gut bewirtet. Danke sehr und gute Nacht.«

Paul und Jack machten kehrt und wollten den Garten verlassen.

»Einen Moment noch, Kleiner.« Der Graf steckte sich seine Zigarre an und stand lässig da. »Von wem stammt dieses letzte Zitat? Ich kenne es nicht.«

»Paul Le Maire. Kuba. Achtzehnhundertfünf«, anwortete Paul, ohne sich umzublicken.

Jack und Paul gesellten sich zu Ethan und Pilar.

Am Ende des Abends stellte sich der Graf an der Tür

auf, um seine Gäste zu verabschieden. Als die O'Reillys an die Reihe kamen, verbeugte er sich huldvoll.

»Wären Sie so freundlich, noch ein paar Minuten zu warten, bis die anderen Gäste gegangen sind? Ich würde gerne mit Ihnen sprechen.« Wieder war Jack von der geschliffenen Art des Grafen abgestoßen; außer seinem Titel gab es wenig, was ihn von den Widersachern seines Vaters in Hamden unterschied. Aber Jack blieb nichts anderes übrig, als geduldig neben seinen Eltern in der großen Halle zu stehen. Dabei bemerkte er, wie Paul sich seinen Weg durch das Menschengewühl zur gut bestückten Bibliothek des Grafen bahnte, die an die Halle angrenzte.

Die sich verabschiedenden Gäste wurden von einem jungen Mann aufgehalten, der jedem, ob er es hören wollte oder nicht, umständlich erklärte, wie er in isolierten Schiffen Eis nach Kuba und zu anderen Häfen in der Karibik brachte. Die Gäste blieben zwar höflich, die meisten hatten es aber eilig, zu gehen.

Jack sah Paul immer noch in der Bibliothek herumlungern; ihm den Rücken zugewandt, beugte er sich über ein Buch, wahrscheinlich irgendein klassisches. Jack rief ihm zu. Paul drehte sich halb zu ihm um, legte den Finger auf den Mund und blätterte dann weiter in dem Buch. Schließlich waren nur noch die O'Reillys, Paul und der Graf in der großen Halle.

»Tut mir sehr leid, dass ich Sie aufhalte, aber es haben sich einige Schwierigkeiten ergeben, auf die ich keinen Einfluss habe. Betreffs des Grundbesitzes Ihres Vaters gibt es eine Menge Papiere, die Sie überprüfen und unterzeichnen müssen«, sagte der Graf.

Die O'Reillys standen beunruhigt da.

»Normalerweise würde es zwei oder drei Tage dauern, Ihnen all die Dokumente vorzulegen, aber gerade eben habe ich die Nachricht bekommen, dass es in Ihrem Fall viel länger dauern wird.«

»Aber woran sollte die Verzögerung liegen?«, unterbrach Pilar ihn. »Uns wurde gesagt, dass die Papiere in Ordnung sind.«

»Anscheinend ist die Sache komplizierter als gedacht und dauert womöglich mehrere Wochen. Es scheint einige Fragen hinsichtlich der Besitzurkunden zu geben. Aber kein Grund, sich zu sorgen. Ich schlage Ihnen vor, in Havanna zu bleiben, bis die Papiere in Ordnung sind. Sie sind herzlich eingeladen, so lange, wie Sie es für nötig erachten, in meinem Haus zu leben.«

Paul, der sich zu ihnen gesellt hatte, hörte die letzten Worte. Vielleicht war sein Freund doch zu weit gegangen mit seiner Stichelei gegen den Grafen, dachte Jack. Sie hatten zwar ihren Spaß gehabt, aber es gab immer noch viel zu regeln zwischen dem Grafen und seiner Mutter. Jack studierte das Gesicht de Silvas auf Anzeichen, ob die gerade von ihm verkündeten Schwierigkeiten vielleicht seine Reaktion auf die Vorfälle des Abends waren; soweit Jack beurteilen konnte, schien es nicht so zu sein.

Jack merkte, wie bestürzt seine Eltern über die Nachricht waren. Kleinlaut dankten sie dem Grafen, standen dann unschlüssig da und machten keine Anstalten zu gehen. Jacks ungutes Gefühl, was diesen Mann betraf, verstärkte sich immer mehr, und er sah, dass auch seine Mutter misstrauisch geworden war. Trotz der glatten Fassade des Edelmanns spürte Jack, dass er irgend etwas im Schilde führte.

»Wir nehmen Ihre Gastfreundschaft dankbar an«, sagte seine Mutter. »Aber morgen würden wir gern nach Matanzas Province fahren. Ich möchte die Ländereien mit eigenen Augen sehen. Könnten Sie uns eine Kutsche besorgen?«

Der Graf wirkte abwesend, als er sie zur Tür geleitete. »Möchten Sie die Kutsche beim ersten Hahnenschrei, Señora?«

»Sieben Uhr in der Früh wäre uns sehr recht, gracias.«

»Da Sie seit so vielen Jahren nicht mehr auf Ihrem Gut waren, darf ich Ihnen eine Wegbeschreibung mitgeben?« Pilar nickte dankend. Mit einem Fingerschnippen zu einem in der Nähe stehenden Diener hin orderte der Graf Stift und Papier. Auf dem großen Tisch in der Eingangshalle zeichnete er schnell eine Karte, hielt dann kurz inne und setzte zum Schluss ein X auf die gewellte Linie der Zeichnung. »Entschuldigen Sie das Gekritzel, aber ich denke, es wird ausreichen.«

Der Graf übergab Jack die Karte. »Würden Sie das bitte für Ihre Eltern an sich nehmen, Señor?«

»Natürlich. Gerne.«

Dann wandte sich de Silva an Paul. »Werden Sie die O'Reillys auf ihrer morgigen Reise begleiten?«

»Nein. Das Vergnügen habe ich nicht. Ich muss zu meinen Pflichten auf der *Perdido Star* zurück«, antwortete Paul schlicht.

»Schade.« Der Graf grinste. An Pilar und Ethan gewandt sagte er: »Ihre Kutsche steht bereit. Ich werde Sie dann in der Villa wieder sehen.« Das Paar nickte und ging, die beiden jungen Männer im Gefolge.

Auf der Rückfahrt hörte Jack, wie sein Vater Pilar fragte: »Warum bist du so nachdenklich, Liebes? Wir sind zu Gast in diesem Haus des Überflusses. Morgen sehen wir unser Gut. Und als Krone des Ganzen«, bemerkte er scherzhaft, »stehe ich kurz vor meiner Verwandlung in einen Landwirt, der von der Morgen- bis zur Abenddämmerung auf den frisch sprießenden roten Zuckerrohrfeldern arbeitet, denen ich mit Hilfe meines eigenwilligen Sohnes ein gutes Auskommen für meine schöne

Pilar entringen werde. Nicht lang, und die Felder werden reiche Ernte tragen.«

Jäh beendete er seinen halbherzigen Versuch, humorvoll zu sein, denn seine Frau weinte leise. »Es ist nichts, Lieber«, sagte sie. »Ich bin nur müde von der langen Reise.«

Als die Kutsche vor dem großen Portal der Villa hielt, fragte Jack Paul: »Was hältst du davon, wenn wir noch einen Streifzug machen, ehe wir ins Bett zu wilden Träumen sinken?«

»Träume sind der Stoff, aus dem das Leben ist. Und ob nun wild oder ruhig, sie alle wollen erfüllt werden.«

»Paul und ich gehen noch ein Stück«, sagte Jack zu seinem Vater.

»Bleibt nicht zu lange«, antwortete Ethan, der gerade seiner Frau aus der Kutsche half. Sie verabschiedeten sich von Paul und gingen ins Haus.

Die beiden jungen Männer gingen schweigend nebeneinander her. »Glaubst du, dass ich heute abend zu weit gegangen bin?«, fragte Paul schließlich.

»Ein bisschen vielleicht. Ich halte den Grafen für gefährlich. Trotzdem, dieser aufgeblasene Laffe hat es verdient, dass ihm der Hochmut gestutzt wurde.«

Ein herrlicher Friede lag über den verlassenen Straßen. Ab und zu bellte ein Hund in der Ferne. Ganz nahe das Klappern eines Fensters, das gegen die kühle Nachtluft geschlossen wurde. Der Mond tauchte die weißen Häuser in ein weiches Licht und ließ sie mit der gepflasterten Straße verschmelzen. Beide jungen Männer waren ganz in Gedanken bei den Vorfällen des Abends, und so hörten sie nicht das Zischen in der Luft, ehe zwei dicke Holzknüppel sie auf die Hinterköpfe trafen.

Paul knickte in der Taille ein und fiel, mit dem Gesicht voran, auf die Straße. Jack wirbelte bei dem Schlag herum, ließ sich instinktiv gegen eine Ladentür fallen und hob schützend die Hände vors Gesicht. Vom Boden her hörte er das Stöhnen Pauls und sorgte sich um die Verletzungen seines Freunds. Aber schon holte Jacks Angreifer zum zweiten Schlag aus, der jedoch daneben ging. Jack schnappte den Jackenärmel des Mannes und verdrehte ihm blitzschnell den Arm hinter dem Rücken. Mit einem Schmerzensschrei ging der Mann auf die Knie. Mit seiner freien Hand versetzte Jack ihm einen gewaltigen Schlag auf den Kopf. Da stürzte der zweite Mann auf Jack zu und hieb auf ihn ein, bemüht, nicht gleichzeitig seinen Kompagnon zu treffen.

Jack trat blind um sich und traf den Mann direkt in der Leistengegend, worauf dieser seinen Knüppel fallen ließ, sich krümmte und würgte. Dann wankten die beiden finsteren Gestalten in die Nacht fort.

Jack holte den größeren der beiden ein. »Du bist ein erbärmlicher Stümper«, zischte er ihm ins Ohr. »Wenn du dich als Dieb über Wasser halten willst, musst du dich besser auf dein Handwerk verstehen.«

Er schnappte sich den Mann, wirbelte ihn herum, und mit einem gewaltigen Stiefeltritt in den Allerwertesten beförderte er ihn seines Wegs. Der zweite Mann, der sich immer noch mit beiden Händen die Weichteile hielt, humpelte die Straße hinunter; ein paar Mal drehte er sich noch um und stieß Drohungen aus. Doch als Jack ein paar Schritte hinter ihm herlief, verging ihm die Kampflust, und er humpelte seinem flüchtenden Kumpanen nach. Paul richtete sich auf. Blut strömte ihm übers Gesicht.

»Alles in Ordnung?«, fragte Jack.

»Ja, natürlich. Ich habe mich noch nie so gut gefühlt«, keuchte Paul durch geschwollene Lippen und schaukelte vor Schmerzen vor und zurück.

»Ich helfe dir hoch. Sind deine Rippen verletzt?«

»Nein, nur mein Gesicht. Und mein Stolz.«

Jack half Paul auf die Beine. »Nun, mein Freund, wenn du glaubst, du schaffst es, bringe ich dich zurück zur *Star*.«

Langsam gingen sie in Richtung Hafen.

»Es war ein schöner Abend«, sagte Jack. »Wir haben großartig diniert, hatten lauter schöne Frauen vor Augen, einen munteren Wortwechsel mit einem Grafen und zur Krönung des Abends ein Handgemenge mit einem Paar stümperhafter Diebe.«

»Stimmt«, sagte Paul, schon etwas munterer. »Das Essen war gut, der Wein köstlich, die Frauen atemberaubend und der Graf ein würdiger Gegner.« Er wischte sich über seine blutende Nase. »Aber die beiden Kerle waren keine Diebe. Jemand hat sie auf mich gehetzt, um mir mein vorlautes Mundwerk zu stopfen.«

»Nur wegen eines kleinen Streits scheint mir das eine übertriebene Revanche.« Jack warf einen schnellen Blick die Straße hoch; die Raufbolde hatten längst das Weite gesucht.

Paul rieb sich den Hinterkopf. »Jedenfalls eins steht fest, dass der Graf es übel aufnimmt, wenn jemand anderer Meinung ist.«

Jack fragte sich, ob der Graf hinter dem Überfall steckte. Wenn ja, was mochte er sich wohl sonst noch während der kommenden Woche einfallen lassen? Er sorgte sich plötzlich, ob seine Eltern in der Villa sicher waren.

An einer Kreuzung blieben die beiden Freunde stehen. Sie sahen den Bug der *Star* hinter einem Haus am Ende der Straße hervorlugen. Paul lüpfte sein Hemd und zog zwei kleine Bücher aus seinem Gürtel hervor.

»Mir ist klar, dass du nie ein Buch gelesen hast, o du Ungebildeter, aber das nächste Mal, wenn ich dich sehe, werde ich dich über die hier befragen.«

Jack hielt die beiden Bücher ins Laternenlicht. *Das verlorene Paradies* und *Die Pilgerreise*. »*Das verlorene Paradies* haben wir im letzten Schuljahr gelesen, aber ich musste Pa so oft mit seinen Gewehren helfen, dass ich es nicht bis zu Ende geschafft habe.« Er kickte einen Stein so heftig die gepflasterte Straße hinab, dass sein Aufprall von den Häusern widerhallte. »Ich beneide dich, Paul, dass du so sorglos weitersegeln kannst. Halb wünschte ich, ich könnte mit dir kommen.«

»In ein oder zwei Tagen laufen wir wahrscheinlich aus.« Paul senkte den Blick, wollte noch nicht gehen. »Ich hasse lange Abschiede, warum sagen wir uns nicht jetzt auf Wiedersehen? Ich fürchte, ich habe schon für genug Spannungen zwischen deiner Familie und dem Grafen gesorgt, und je weniger ich mich in der Nähe der Stierscheiße-Hacienda blicken lasse, desto besser. Und was mein Weitersegeln betrifft, in Wirklichkeit beneide ich dich, alter Freund – du beginnst ein neues Leben mit Leuten, mit denen du nichts gemeinsam hast, ackerst von Sonnenaufgang bis -untergang auf den Feldern. Spürst die satte Erde in deinen Händen, Schuhen, Haaren und deinen Nacken hinunterrieseln … ja wirklich, ich beneide dich. Ich werde natürlich nicht in den Genuss von so was kommen, sondern auf irgendeiner exotischen Südseeinsel dahinvegetieren und mich von nackten Maiden befächeln lassen, während ich Körbe flechte und Kokosmilch trinke.«

»Nos divertismos como locos!«, lachte Jack.

»Ja, wir hatten wirklich eine herrlich verrückte Zeit. Au revoir.«

»Vaya con Dios.«

Paul schlenderte die Straße zur *Star* hinunter, Jack in Richtung Villa, die beiden Bücher fest gegen die Hüfte gepresst. Welch wundervolle Geste von Paul, dachte er und fragte sich, wann sein Freund die Zeit gefunden hatte, die Bücher zu kaufen – doch dann dämmerte es ihm. Dieser kleine Dieb! Jack blieb stehen und lachte. Sie waren aus der Bibliothek des Grafen geklaut! Jack drehte sich um, um Paul nachzurufen, aber er war verschwunden.

Als Jack in die Straße einbog, die zum Hause des Grafen führte, hörte er von einem Hauseingang her ein Geräusch. Auf der Türschwelle dort kauerte eine zerlumpte Gestalt, die sich hin und her wiegte und murmelte.

»Wie bitte?« Jack blieb stehen und lauschte.

»No viene hoy sino mañana.«

»Wer kommt? Quien?«

»Jesús.«

Die Gestalt schaukelte weiter hin und her, und Jack ging langsam an dem Mann vorüber. Als er ein Dutzend Schritte entfernt war, hörte er die Worte »Cuidado, mi amigo!«

»Cuidado?«, rief Jack zurück. »Wachsamkeit ist mir in die Wiege gelegt, Señor!« Sein Mund war plötzlich trocken.

Die Strasse nach Matanzas

Die Karte des Grafen in der Hand, betrachtete Jack von seinem Platz neben dem Kutscher aus, wie die andalusischen Pferde leichtfüßig und sicher über die gefurchte, einsame Landstraße setzten. Der satte Geruch Kubas umwehte ihn. Der kurze Regenschauer hatte sich in eine Dunstwolke aufgelöst, die schwül und schwer in der Luft hing, und der Duft der Vielfalt tropischer Früchte und Blumen – Jasmin, Mango, Papayas – vermischte sich mit dem Geruch der satten, feuchten Erde.

Hinten in der Kutsche wurden seine Eltern durchgerüttelt, und hin und wieder drang die Stimme seines Vaters durch das geschlossene Dach. Jack wunderte sich über die Geduld seiner Mutter. Er wusste, dass sie ihrem Mann verschwieg, wie sehr sie beunruhigt war. Doch Jack hatte am Morgen die dunklen Ringe unter ihren Augen gesehen. Sein Vater schien es nicht gemerkt zu haben, dass sie kein Auge zugetan hatte, sondern hielt weiter an seiner Überzeugung fest, dass Verzögerungen bei notariellen Dokumenten weiter nichts Ungewöhnliches seien und kein Grund zur Sorge bestehe.

Vielleicht hat er ja recht, dachte Jack. Kuba war immerhin ein zivilisiertes Land, eine Kolonie, in der man sich strikt an die Gesetze hielt, zumindest, wenn es um die Rechte der Herrschenden ging. Jack hatte das Gefühl, dass die Behörden sogar mehr als streng waren. Und wenn der Graf irgendeine Betrügerei im Schilde führte, würden die zuständigen Ämter, wie sein Vater meinte, bestimmt einschreiten. Was war es wieder, worüber sein Vater auf diesen Neuengland-Versammlungen so gerne gesprochen hatte? Rechtmäßige Obrigkeit; ja, die blinde Gerechtigkeit des Gesetzes, das keine Privilegien kannte. Nun, die Zeit würde es erweisen.

Jack lehnte sich zurück und beschloss, sich an der Landschaft zu erfreuen. Gespräche über Besitz, Steuern und Geld fesselten seine Aufmerksamkeit nur kurz, wenn er das Leben aus erster Hand genießen konnte. Doch so herrlich die Anblicke waren, die sich ihm boten, sie wurden durch eine plötzliche Erinnerung – nein, eine Vision überboten: die Vision roten, über ein Gesicht mit lachenden grünen Augen wehenden Haars.

Der ergraute Kutscher bemerkte das Lächeln, das um Jacks Lippen spielte. »Si. Es muy bonito, no?«

Erschrocken, dass der Mann offenbar seine Gedanken lesen konnte, antwortete Jack: »Que dijiste?«

Der alte Mann zeigte auf die Landschaft, machte eine Bemerkung über die sanften Hügel, die Rot- und Grüntöne. Sanfte Hügel in der Tat – rotes Haar über einem Mieder voller, weicher Hügel. Gott, wie sehnte er sich danach, unter dem Blick jener Augen hinzuschmelzen. »Sí. Es muy, muy, muy bonito.«

Der alte Mann lachte in sich hinein. Jack merkte, dass der Alte die Symptome kannte, wenn ein Bursche »vom Blitz getroffen« war, wie man in der alten Heimat sagte. In dem Moment erblickte Jack einen Gemarkungsstein am Wegesrand, in den die Zahl 27 gehauen und mit blauer Farbe ausgemalt war.

»Pare por favor, señor. Es aquí, no?«

Der Kutscher verlangsamte die Fahrt. »Aiee, es la finca.«

»Was ist los, Jack? Warum halten wir?«, kam Ethans Stimme von hinten.

»Nach dieser Karte hier bezeichnet der Gemarkungsstein dort die nördliche Grenze … Ich glaube, wir sind da, Vater. All die eineinhalb Meilen Felder zu unserer Rechten müssten zu Mutters Gut gehören.«

Ethan stieg aus der Kutsche. »Unser Land.« Er ließ die sich vor ihm erstreckenden Felder mit schwarzen Spitzen gesprenkelten Grüns auf sich wirken. »Wie herrlich! Komm, meine Liebste, und sieh dir unsere Zukunft an, wie sie vor uns erglänzt.« Er stürmte ein paar Schritte nach vorn und konnte sich kaum halten vor Freude.

Jack spürte, wie ihn plötzlich ein Frösteln durchrann. Das Zuckerrohr! Er sprang von seinem Sitz herunter, und als er durch das Kutschenfenster den Ausdruck im Gesicht seiner Mutter sah, wusste er, dass er recht hatte mit seinen Befürchtungen. Bleich im Gesicht, die Hand über den Mund gelegt, war seine Mutter vom Fenster zurückgewichen.

»Mutter!«

»Jack«, sagte sie tonlos. »Steig wieder auf und sag dem Kutscher, er soll umkehren. Ich … ich möchte zurück in die Stadt.«

»Aber Mutter …«

Sie beugte sich vor und sagte mit rauer Stimme und einer Eindringlichkeit, wie Jack sie nicht von ihr kannte: »Die Felder sind fruchtbar, Jack. Ich bin mit Zuckerrohr aufgewachsen und sehe es, dass die Felder schon seit vielen Jahren abgeerntet werden.« Ethan kam wieder zur Kutsche zurück, und Pilar sprach leiser, den Blick aber weiter auf ihren Sohn geheftet.

»Jack, man hat uns angelogen. Ich habe Angst. Vorläufig wollen wir deinem Vater nur sagen, dass mir nicht gut ist und ich umkehren will.«

»Sorg dich nicht, Mutter, alles wird in Ordnung kommen ...«, sagte Jack, griff durchs Kutschenfenster und drückte seiner Mutter fest die Hand, dann drehte er sich schnell um. Er konnte sie nicht anlügen. Auch er hatte Angst. Angst und noch etwas. Er spürte, wie Zorn in ihm aufstieg.

Wieder war seine Familie betrogen worden, vielleicht über viele Jahre. Man hatte seine Mutter in dem Glauben gelassen, dass die Zuckerrohrfelder brachgelegen hätten und man sie erst seit kurzem so weit kultiviert hatte, dass sie eine Ernte abwarfen. Irgend jemand profitierte seit langem von diesen Feldern. Jemand Mächtiges, dachte Jack. Schlimmer noch, wer immer seine Mutter getäuscht hatte, würde sie jetzt als Bedrohung sehen. De Silva? Aber warum hätte er sie dann mit Kutsche und Straßenkarte ausstatten sollen, damit sie die Finca sehen konnten? In Jacks Kopf wirbelten die Gedanken durcheinander. Das satte Aroma, das ihn heute morgen so bezaubert hatte, roch für ihn plötzlich sauer und gärig.

Als Ethan zur Kutsche zurückkam, erklärte ihm seine Frau, sie müsse in ihr Zimmer zurück. Jack hockte sich an den Straßenrand und starrte düster auf die Felder. Der Kutscher sagte, er könne erst bei dem kleinen Wäldchen ein Stück vor ihnen umdrehen. Das Wegstück bis dorthin war aufgeworfen, und tiefe Wassergräben verliefen zu beiden Seiten. Jack wartete, bis sein Vater neben seine Mutter eingestiegen war, und kletterte dann zu dem Kutscher hoch. Der Mann musste den dramatischen Stimmungswechsel seines jungen Fahrgasts spüren, aber er sagte nichts.

Sie hatten kaum hundert Meter zurückgelegt, als Reiter vor ihnen auftauchten. Jack sah, wie der Kutscher unter den Sitz nach seiner Pistole griff. Eine instinktive Vorsichtsmaßnahme, so schien es. So weit von Havanna entfernt hatten Straßenräuber bestimmt ein leichtes Spiel, aber man hatte ihnen versichert, in der Gegend hier habe die Guardia alles Banditentum unterdrückt.

Als die Reiter näher kamen, steckte der alte Mann, sichtlich erleichtert, die Waffe in ihr Halfter zurück. Denn die blau-roten Uniformen der Männer waren jetzt deutlich zu erkennen. Guardia Civil. Sie ritten an die Kutsche heran.

»Buenos días«, sagte der schnurrbärtige Sergeant mit der forschen, schneidigen Stimme der Obrigkeit.

»Buenos días, Sargento. Comó está usted?«

Beim Anblick der sich hinter dem Sergeanten formierenden Soldaten wurde Jack beklommen; sie wirkten außerordentlich bedrohlich, beim besten Willen nicht wie Beschützer, eher wie Banditen. Jack hörte, wie sein Vater die Kutschentür öffnete.

»Buenos días, Sargento, gibt es ein Problem … uh … un problema?« Jack wusste, dass sich damit das Spanischrepertoire Ethans erschöpfte, was ihn jedoch nicht davon abhielt, seine Rolle als Familienoberhaupt zu behaupten.

»No, no problema, señor. Sargento Matros, zu Ihren Diensten.« Dann zum Kutscher: »Quién es?«

»El caballero y la señora son norteamericanos.« Der alte Kutscher wollte gerade erklären, seine Fahrgäste seien die Besitzer der Ländereien zur Rechten, als sich Jack Vater wieder einschaltete.

»Wir sind die O'Reillys, Sergeant. Meine Frau ist die Besitzerin von allem, was Sie zum Osten hin sehen.«

Der Mann guckte auf ein Stück Papier in seiner Hand. »Sí, Sí … bueno eh, su nombre … ah, Irr Name ist O'Reilly, sí? Y los otros, eh, Irre Frau heißt Pilar? Und Irr …«

Jack erstarrte wie zu Stein. Sein Vater ließ sich nicht in seinem stolzen, leutseligen Geplauder mit dem Manne beirren. Er schien sich überhaupt nicht zu wundern, woher der Anführer irgendeiner Polizeipatrouille den Vornamen seiner Frau wissen konnte.

»Ja, Sergeant, meine Frau Pilar, und mein Sohn Jack, frisch aus Neuengland. Es freut uns zu sehen, dass Sie und Ihre Männer die Straßen hier kontrollieren. Wir haben viel von den … eh … Bandidos gehört.«

»Sí, bandidos.« Der Sergeant sprach zu Ethan, wandte den Blick aber nicht von Jack. Ihm schien klar zu sein, wenn er mit Ärger zu rechnen hätte, dann von Jack. Schließlich wandte er den Blick wieder Ethan zu. »Bienvenidos, Señor y Señora O'Reilly, bienvenidos a Cuba.«

»Gracias«, sagte Ethan lächelnd.

»Vámonos.« Der Sergeant winkte seinen Männern, als wolle er sie weiterführen, aber gleichzeitig gab er, ohne zu ihnen hinzusehen, den Soldaten, die sich rechts von der Kutsche direkt hinter Jacks Sitz aufgestellt hatten, ein anderes Zeichen.

Jack gab sich größte Mühe, sich nichts anmerken zu lassen, aber er wusste, der Sergeant war auf der Hut. Jacks Freunde in Neuengland hatten oft gesagt, seine Gefühle stünden ihm in die Augen geschrieben, und gewitzelt, dass sie lieber nicht zur Zielscheibe einer seiner »Blicke« würden. Bei dem Zeichen des Sergeanten zu den Männern hinter ihm dachte Jack keine Sekunde nach; sein Körper reagierte von ganz allein, schnellte hoch wie eine überspannte Sprungfeder, und im selben Moment hörte er einen Säbel durch die Luft zischen und in das Holz des Kutschbocks hinter ihm krachen. Ohne einen Blick zurück zu dem Angreifer warf Jack sich über den Kutscher.

Der Schlag war von einer der Bestien hinter ihm gekommen, aber Jacks Instinkt sagte ihm, dass der Sergeant der Kopf des Ganzen war. Der alte Kutscher warf sich in Todesangst die Hände über den Kopf und duckte sich, womit er den Zugang zur Pistole versperrte, also musste sich Jack mit dem behelfen, was ihm zur Verfügung stand. Er sprang hoch und rammte dem berittenen Soldaten den Fuß in den linken Oberschenkel, der daraufhin so heftig zusammenzuckte, dass das Pferd scheute und ihn abwarf. Doch bei dem Tritt hatte Jack selbst das Gleichgewicht verloren und fiel von der Kutsche in den Schlamm, nur wenige Meter von dem hochgewachsenen Guardia entfernt. »Bist du verrückt geworden?«, schrie Ethan. Jack wusste, dass sein Vater nichts von dem gesehen hatte, was außerhalb der Kutsche vor sich ging. Jack schrie ihm vom Schlamm des Wassergrabens aus zu: »Lauf fort, Vater! Nimm Mutter! Sie sind nicht gut!«

»Was! Um Gottes willen, Jack, es sind Polizisten …« Sein Vater wollte aus der Kutsche steigen, aber seine Frau schrie ihm zu, er solle wieder hineinkommen und Jack mitbringen.

Andere Soldaten kamen auf Jack zu, aber es gelang ihm, sich hochzurappeln und auf den Kutschentritt zu springen. »Andale! Andale!«, schrie er dem Kutscher zu. Als er wieder von dem Tritt hinuntersprang, hielt er den Eichenknüppel in der Hand, der als Hebel für den Kutschenhemmschuh diente. Der gut ein Meter lange Knüppel mit Handgriff hatte lose an seinem Platz in dem Metalltornister gelegen, wo Jack ihn flink herausgezogen hatte.

Ein junger Soldat, der neben dem Sergeanten ritt, hatte seinen Säbel aus der Scheide gezogen und näherte sich Jack. Sein kurzes Zögern gab Jack die Gelegenheit, an seine linke Seite zu schnellen und den Knüppel fest auf die weiche Schnauze des Pferdes zu hauen. Winselnd vor Schmerz sprang das Tier zurück, und Jack knallte das Holz mit voller Wucht auf den Arm eines anderen Soldaten, sprang dann zur Seite und schlug wie ein zweihändiger Schwertkämpfer wild um sich. Eins der Pferde stieß ein schrilles Wiehern aus und warf seinen Reiter ab, denn Jack hatte sein linkes hinteres Fesselgelenk getroffen.

Die Hölle brach unter den berittenen Männern aus. Der junge Mann dort mit den blitzenden dunklen Augen hatte sich in einen Dämon verwandelt, einen wild um sich dreschenden Rächer. Während Jack kämpfte wie ein in die Enge getriebener Tiger, bekam er halb mit, wie die Kutsche sich in Bewegung setzte. Er hörte die Stimme seines Vaters gegen den Ansturm von Hufen und Männern wettern. »Hört mich doch an, zum Teufel, das ist mein Sohn! Lasst ihn in Frieden. Kutscher!«

Zwei der Gardisten waren zu Boden gestreckt. Aber Jack hatte den Sergeanten vergessen, und im nächsten Moment taumelte er unter einem Schlag auf den Hinterkopf nach vorn und krümmte sich. Der Hieb fühlte sich an, als käme er von dem Griff eines Schwerts. Als Jack sich umdrehte, um sich zu vergewissern, traf ihn eine stählerne Faust mit voller Wucht im Gesicht. Auf spanisch oder englisch – Jack konnte es nicht verstehen, aber es lief auf dasselbe hinaus – schrie der Sergeant zweien seiner Soldaten zu: »Tötet den Hund! Werft seinen stinkenden Kadaver in den Graben. Ihr anderen, kommt mit mir.«

Jack sah, wie die meisten Männer losritten und der Kutsche nachsetzten. Denen, die er verletzt hatte, war der Auftrag erteilt, ihn zu erledigen. Einer von ihnen schnappte ihn und zog ihn von der Erde hoch. Der auf seinem Pferde stöhnende Mann, dem der Arm schlaff aus der Gelenkpfanne hing, schrie seinen Kameraden zu, sie sollten ihm die Augen ausstechen und die Eier abschneiden, worauf der Mann, der Jack festhielt, zurückschrie, er solle sein Maul halten, und dann kalt zu dem auf dem Boden ausgestreckten Mann fortfuhr: »Schlitz ihm den Bauch auf und erledige ihn.«

Spanisch – es war eindeutig Spanisch, was sie sprachen,

und Jack kam der sonderbare Gedanke, dass er lieber auf englisch getötet würde. Er merkte, wie ihm das Blut über Hinterkopf und Gesicht strömte. Trotzdem sammelte er seine Kräfte für einen neuen Sturm auf seine Gegner, aber da stieß ihn der Mann, der ihn umklammerte, plötzlich von sich fort. Für den Bruchteil einer Sekunde sah Jack es noch, wie er mit der Rückhand ausholte und ihm dann sein Schwert über die Rippen zog. Der Mann sah ihm in die Augen, während er sein Werk vollendete und die Klinge die Schnittlinie entlang wieder zurückzog, Jack dabei herumdrehte, so dass ihn der Stiefel des nächsten Mannes direkt in den Rücken traf und ihn zu Boden warf. Ehe Jack ohnmächtig wurde, sah er den mit Wasser gefüllten Graben auf sich zukommen.

Als er wieder zu sich kam, wusste er, dass nur Sekunden verstrichen sein konnten, da die Männer immer noch über ihn diskutierten. Der auf dem Pferd feuerte seine Freunde an, Jack wenigstens die Kehle durchzuschneiden, wenn sie schon auf seine Eier als Trophäe verzichteten. Jack war klar, dass ihn sowieso nur noch Momente vom Tode trennten, und er hoffte, es sei um ihn geschehen, ehe der Schreihals seinen Willen bekam. Die anderen sagten zu dem auf dem Pferd, er solle den Mund halten und seine Schmerzen tragen wie ein Mann; wozu sollten sie in einen Graben kriechen, um einem Schwein, das sie gerade ausgeweidet hatten, die Kehle durchzuschneiden? »Soll er die Erde mit seinem Blut bewässern. Soll er langsam sterben.«

Nein! Moment, verdammt noch mal! Mein Leben … es hat gerade erst begonnen. Das hier kann nicht das Ende sein. Und diese schnurrbärtige, spitzgesichtige Mörderbande … Wer soll Rache an ihnen nehmen? … Nein, meine Stunde ist noch nicht gekommen.

Jack hörte wie von fern, dass die Männer weiterzogen.

Wie lang dauert das Sterben mit den eigenen Eingeweiden in der Hand? sinnierte er. Die Furcht, was die Kerle vielleicht seiner Mutter antaten, gab ihm die Kraft, sich aufzurichten. Er blickte hinab auf das blutige zerfetzte Fleisch unterhalb seiner Rippen und schüttelte sich, hörte wieder das Geräusch des Schwertes, wie es sein Fleisch aufschlitzte. Die Hand fest gegen die Rippen gepresst, versuchte er, auf die Beine zu kommen. O Gott! Sein Magen fiel auseinander; wie die Seiten eines aufgeblätterten Buchs ragten rote und weiße Hautlappen aus ihm heraus. Sonderbar – er hatte doch nur einen Schnitt abbekommen. Und dann wurde ihm klar, dass es wirklich die Seiten eines Buches *waren*, und sein Herz machte einen Freudensprung. *Die Pilgerreise* hatte die Schärfe der Klinge abgefangen.

Die Erkenntnis, dass er vielleicht doch nicht dem Tod geweiht war, trieb Jack an. Seine Eltern! Keuchend stopfte er einen Packen blutgetränkte und aufgeweichte Buchseiten in die tiefste Stelle der Schnittwunde. Dann wickelte er sich sein zerrissenes Hemd um die Taille, damit der behelfsmäßige Verband nicht verrutschte. Obwohl er sich so schwach fühlte, dass er sich kaum von der Stelle rühren konnte, war er erleichtert, dass der schlimmste Blutstrom jetzt gestillt war. Von oben bis unten mit Schlamm bedeckt begann er, entlang dem Abflussgraben neben der Straße der Kutsche nachzulaufen.

»Seht her, ihr Mörderbande, ich lebe noch. Ich wusste, es konnte nicht sein, dass ich schon sterbe.« Keuchend sprach er zu sich selbst. »Wenn ihr meinen Eltern was antut … hilf mir Gott, wenn ihr meine Mutter anrührt … O Gott, ich muss mich beeilen … in dem Graben hier können sie mich nicht sehen.«

Nach ungefähr fünfzig Schritt erblickte Jack ein Bündel oberhalb des Wassergrabens am Rande der Landstraße. Er streckte die Hand danach aus in der Hoffnung, es sei ein im Tumult von der Kutsche gefallener Sack, der vielleicht etwas enthielt, das er als Waffe benutzen konnte. Aber dann merkte er, dass es der barbarisch verstümmelte Körper eines Mannes war. Jack gab sich einen Ruck, erhob sich zu seiner vollen Höhe, riskierte es, von der Straße aus gesehen zu werden, und sah nach, wer der Mann war und ob er noch lebte. Es war sein Vater. Tot.

»Was ... haben sie dir angetan? Nein!« Jack wollte schreien, aber die Worte kamen als Krächzen heraus.

Hin- und hergerissen zwischen dem Wunsch, seinen Vater an sich zu pressen, und dem Drang, sich entsetzt abzuwenden, starrte Jack nur reglos auf ihn hinab, während sich das Schreckensbild in seinen Hinterkopf eingrub. Wie viele Verwundungen Ethan hatte, konnte Jack nicht erkennen, aber das spielte auch keine Rolle mehr. Die leblosen Augen seines Vaters starrten zu ihm hoch, halb fragend, halb vorwurfsvoll. Jack zog die Hand seines Vaters zu sich heran und küsste sie. In verzweifeltem Zorn sagte er leise, »Vater, jetzt hast du deinen Willen. Endlich wurdest du von der rechtmäßigen Obrigkeit erhört. Sieh – sie hat ihren Arm nach dir ausgestreckt.«

In Jacks Hirn wirbelte ein Kaleidoskop von Bildern: sein Vater, wie er bei Stadtversammlungen sprach, seine mitleiderregende Suche nach Gerechtigkeit bei den vornehmen Herrschaften, die ihn hinter seinem Rücken verlachten. In Kuba versteckte sich die Ungerechtigkeit gar nicht erst. Hier erdolchten einen die Herrschenden im offenen Tageslicht. Dass die Mörder seinen Vater obszönerweise auch noch vor den Augen seiner Frau hingemetzelt hatten, war wie ein Hohn auf seine naive Gutgläubigkeit.

Nachdem er seinem Vater die Augen geschlossen hatte, zwang Jack sich zum Weitergehen; wie in einem Albtraum wankte er zu der Stelle, wo er die Kutsche stehen sah. Sie mussten den Kutscher überwältigt haben, dachte Jack. Nicht weit entfernt hörte er erregte Stimmen.

Jack kam zu dem Wäldchen, auf das der Kutscher zugesteuert war, und suchte sich dort im Gebüsch ein Versteck, von wo er alles im Blick hatte.

Nur ungefähr zwölf Schritt vor ihm erkannte er deutlich, wie der Sergeant und die Soldaten seine Mutter umzingelten, die neben der Kutsche stand. Oben, quer über den Kutschbock, lag die Leiche des alten Mannes. »Ihr Höllenhunde«, murmelte Jack. »Gebe Gott mir die Stärke, euch alle zu töten.«

Der Sergeant stritt offenbar mit seinen Männern. Sie sprachen davon, wie sie sich vorher an seiner Mutter vergnügen könnten, ehe sie ihr Leben auslöschten, als wäre sie ein Stück Vieh.

Meine Mutter, ihr Schweine! Die Frau, die mich Tausende Male an ihr Herz zog, wenn ich verletzt oder ängstlich war. Ihr sprecht über meine Mutter.

Ein Soldat schnappte Pilar am Haar und zog sie in Jacks Richtung.

Sie war halb ohnmächtig. Der Schock, mit anzusehen, wie ihr Mann getötet wurde, und die Gewissheit, dass auch ihr Sohn nicht mehr lebte, waren zuviel für sie gewesen. Nur ein paar Meter von Jacks Versteck entfernt ließ der Soldat sie los. Sie sank auf die Knie, starrte mit leeren Augen vor sich hin und murmelte leise. Jack wusste, dass sie betete.

Obwohl halb wahnsinnig vor Zorn, war Jack klug genug, sich nicht zu rühren. Trotz seiner Tarnung aus Schlamm, Blättern und Büschen konnte man ihn immer noch erspähen, wenn jemand in seine Richtung schaute. Seine Augen flitzten hin und her auf der Suche nach einem Stein, einem Stock, irgendwas, das er als Waffe benutzen konnte.

Die Guardia waren sich immer noch uneins, was sie mit ihrem Opfer tun sollten. Einige von ihnen sagten zu dem Sergeanten, sie wollten ihren Spaß mit ihr »über dem Fass« haben. Zu diesem Zweck hatten sie bereits die Wassertonne von der Kutsche geholt, aber der Sergeant untersagte es ihnen. »Ich habe meine Befehle, und davon war keine Rede«, fauchte er einen der Männer an, der gerade dabei war, Pilar das Mieder herunterzureißen.

Jack war machtlos. Er betete um Stärke, aber Gott schien ihm nicht günstiger gesonnen, als es die Guardia Civil war. Als plötzlich aus der entgegengesetzten Richtung eine andere Kutsche heranpreschte, verstummte das Gezänk der Männer. Mit vor Verzweiflung weit aufgerissenen Augen sah Jack dann einen Mann aussteigen und auf den Sergeanten zutreten. »Qué pasó, nombre del Diablo, qué pasó?« Der Mann war mit einer eleganten Weste und einem wehenden Cape bekleidet.

»Nada, Señor de Silva. Es finito, todos están muertos, solamente ella …« Der Sergeant zeigte auf Jacks Mutter als die einzige, bei der die Rechnung noch offen war.

Jacks Glieder wurden bleischwer. Er konnte keinen Finger rühren, um seine eigene Mutter zu retten! Er war wie gelähmt, aber sein Geist arbeitete noch schnell genug, so dass er sich alles zusammenreimen konnte. Die Karte, die Liste mit Namen, die frischen Wagenspuren auf der Straße – de Silva hatte all das geplant!

»Gott im Himmel, erhöre mich«, murmelte Jack. »Du unwürdiger Heiland, ich vergebe dir alles, wenn du mir nur eine Donnerbüchse gibst und die Kraft, sie zu benutzen.«

Seine Mutter hörte zu beten auf und starrte fassungslos direkt in Jacks Augen. Er sah, wie ihr langsam zu Bewusstsein kam, dass ihr Sohn lebte. Die Freude in ihrem Gesicht war unbeschreiblich, doch dann trat etwas anderes in ihre Züge – Entschlossenheit, kalte Wut, der Blick einer Wölfin, die ihre schon verloren geglaubte Chance sieht, ihr Junges zu verteidigen. Und zum ersten Male wurde Jack klar, dass er seine körperliche Stärke zwar seinem Vater zu verdanken hatte, ihm von dieser Frau jedoch etwas viel Tiefergehendes vererbt worden war. Er fühlte, wie sie ihm durch schiere Willenskraft aufzwang, sich ruhig zu verhalten.

»Nun, Señora O'Reilly, genießen Sie Ihren morgendlichen Ausflug?«

De Silva war an ihre Seite getreten. Sie starrte ihn mit solcher Wut an, dass er den Kopf abwandte und in Jacks Richtung sah. Doch in dem Moment kämpfte Pilar sich vom Boden hoch, vervollständigte zielstrebig den Riss in ihrem Mieder und bot ihre herausfallenden Brüste den Blicken der Männer dar.

Versteinert und wie angewurzelt stand die Horde da. Pilar hob die Hand und legte sie dem Grafen an die Wange, so als wolle sie ihn anflehen.

»Oh, meine liebe Dame, Sie entzücken mich, aber …«

Da stieß Pilar dem Grafen den Zeigefinger ins linke Auge. Das Echo seines Schreis hallte von dem Wald zurück.

Der Sergeant, der völlig überrumpelt war, sprang nach vorn, schnappte Pilar um die Taille, warf sie zu Boden und presste seinen Fuß auf ihren Rücken. Pilar drehte das Gesicht zu ihrem im mehrere Meter entfernten Gebüsch versteckten Sohne hin. Der Sergeant zog ihr an den Haaren den Kopf zurück und zückte seinen Dolch.

»Nein!«, schrie der Graf. Die Hand auf sein schmerzendes Auge gepresst, wankte er zu ihr hin. Jack sah, wie er sein eigenes Messer zückte und es seiner geliebten Mutter in die Kehle stieß. Er hörte das Seufzen ihres Fleisches und sah sie, mit dem Gesicht zuerst, zu Boden fallen. Zum letzten Mal blickte sie zu ihrem Sohn hin, während das Leben aus ihr wich. Er sah in ihren Augen etwas aufblitzen, das nur Triumph sein konnte. Triumph und Liebe. Dann verschleierte sich ihr Blick.

Er musste das Bewusstsein verloren haben, für wie lange, wusste er nicht. Als er die Augen öffnete, war die Straße vor ihm leer; keine Mutter, keine Guardia – natürlich, er hatte geträumt. Und doch wusste er in seinem Herzen, dass es kein Traum war. Dort vor ihm war der blutverklebte Staub. Als er sich rühren wollte, durchzuckte ihn ein stechender Schmerz. Trotzdem fühlte er sich kräftiger als vorher und kämpfte sich auf die Beine.

Ich muss weiter, aber wohin? Er spürte einen Druck auf seiner linken, unverletzten Seite. Es war – er begann zu lachen. Na, was hältst du von dieser Symbolik, Paul? *Die Pilgerreise* wurde niedergestreckt, und was blieb? *Das verlorene Paradies*, natürlich. Das Lachen kostete ihn so viel Kraft, dass er wieder in Ohnmacht fiel.

Als er nach – waren es Stunden oder Minuten? – wieder zu sich kam, sammelte Jack all seine Kräfte. Er stand auf und machte sich auf den Weg, lief durch den Wald und kämpfte sich durch die Felder. Das Zuckerrohr schnitt ihn an hundert Stellen, aber er spürte es kaum, sondern nur den brennenden Schmerz unterhalb seiner Rippen. Er wusste nur ein Ziel, wohin er sich wenden konnte: Havanna. Zu Paul. Vielleicht erreichte er die *Perdido Star* noch.

Rückkehr zur Star

»Lay-Mar, Paulie Lay-Mar. Du wirst an Deck gebraucht, mein Junge. Heehee. Deine Gegenwart ist erwünscht, ja sehnlichst erwartet.«

Es war die Stimme des alten Hansumbob, die über die in ihren Kojen schlafenden Matrosen hinwegdröhnte. »Dein Name geistert durch die Nacht. Paulie, wo steckst du – hoch mit dir!«

Gebrumme und Geschimpfe drang aus dem Dunkel zurück, aber der alte Hansumbob störte sich nicht daran.

»Hier bin ich, alter Trottel!« Paul war aufgewacht und in keiner guten Stimmung. »Was ist? Habe ich Wache? Wie spät ist es? Und mein Name ist Le Maire. Le Maire.«

»Ja, die Zeit deiner Wache ist nahe, alter Knabe. Und ich schwör dir, da draußen hab ich deinen Namen wie Möwen durch den Nebel schweben hören. Und das nahm ich als Omen, also raus aus der Koje! Ja, ein Omen war's, mein Junge.«

Paul hatte keine Ahnung, was Hansumbob da faselte; aber es hatte keinen Sinn, mit dem Alten zu streiten. Er schlüpfte in seine weichen Schuhe, eine dünne Jacke, setzte sich seine Mütze auf den Kopf und machte sich auf den Weg nach oben.

Ein leichter Regen hüllte Havanna ein, dämpfte seine

Lebensgeister aber nicht. Die Decks der *Star* glitzerten, und in der von Norden kommenden tropischen Brise riss das alte Schiff sanft an seinen Festmacherleinen.

Paul blickte hinaus in die nächtliche Stadt. Er hatte sich an das Leben an Bord gewöhnt und inzwischen genoss er diese stillen Stunden seiner Wache an Deck sogar. Sie gaben ihm Zeit zum Nachdenken. Mit einem Klipper hatte er seinem Vater in Virginia die Nachricht zukommen lassen, dass er in Sicherheit war, eine knappe Notiz, aus der weder Zorn noch Liebe sprach.

Die Nacht verstrich langsam. In der Ferne zupfte eine Gitarre ein wehmütiges Lied, während die Tavernenlichter entlang des Hafens allmählich verloschen. Matrosen in Gesellschaft von den Schönen der Nacht schlenderten die Straßen entlang, hier und da hallten streitende Stimmen zu Paul, und so manchem Betrunkenen musste von seinen Kumpanen geholfen werden, seine Unterkunft wieder zu finden.

Paul wurden die Augenlider schwer. Seine Gedanken schweiften ab, und er war kurz davor, einzunicken, als er plötzlich seinen Namen hörte. Hansumbob hatte recht! Sofort wieder hellwach, suchte der mit den Augen die ganze Breite und Länge des Schiffs ab. Niemand war an Deck zu sehen. Dass er seinen Namen rufen hörte, war wohl ein Trick seines eigenen Gehirns, um ihn wach zu halten. Ein Weg, mit dem Gott sich um junge Matrosen kümmerte, die gern in die Gewohnheiten ihres Landrattenlebens zurückfielen.

Nebel kam von der Bucht und hüllte das Hafengebiet ein. Die wenigen Gestalten, die noch auf den gepflasterten Straßen unterwegs waren, schienen zu schweben wie Geister, so als berührten ihre Füße den Boden nicht. Pauls Blick blieb auf einer gebeugten Gestalt haften, die reglos auf der Straße stand. Es sah aus, als hätte der Mann sich seit Minuten nicht vom Fleck gerührt. Noch ein Trunkenbold, sagte sich Paul.

Er beschloss, seine obligatorische Runde durchs Schiff zu machen, sich zu vergewissern, dass alle Leinen fest und keine losgerissen war. Die Nachtwache galt vor allem dem Schutz vor Dieben, nicht der Wartung des Schiffs; solange seine Bilgen regelmäßig ausgepumpt wurden, könnte es wahrscheinlich jahrelang ohne jede Instandhaltung stolz am Pier schaukeln. Aber Patrouillengänge gehörten zu den Gesetzen der See. Pauls Schuhe klatschten über die nassen Decks, während er jeden einzelnen Festmacher entlang der Steuerbordseite überprüfte.

Ein paar Straßen weiter schlug eine Uhr vier. Die Nacht war dabei, ihren Kampf mit dem Tag zu verlieren.

Die Ellbogen auf die feuchte Reling gestützt, blickte Paul schläfrig über die Bucht. Noch drei Stunden, und die *Star* erwachte zum Leben. Heute, endlich, würden sie die Segel setzen, mit der Morgenflut auslaufen und nach Süden segeln, das Kap Horn umschiffen, dann westwärts zum Südpazifik. Bei dem Gedanken an die vor ihm liegenden Abenteuer wurde Paul so aufgeregt, dass alle Müdigkeit von ihm abfiel.

»Paul.«

Wieder sein Name. Jetzt wusste er, dass es keine Einbildung war. Er sah in den Nebel hinaus, und dort sackte die Gestalt von vorhin zu Boden. Eine Hand an die Rippen gepresst, mit der anderen den Kopf vom Boden abgestützt, rief sie leise zu ihm hin. »Paul.«

»Jesus Christus! Jack!«

Mit einem Satz war Paul die Laufplanke hinuntergesprungen und lief zu seinem Freund hin, der ausgestreckt auf dem Pflaster lag.

»Bist du betrunken? Oder bloß müde und machst es

dir auf dieser schmutzigen Straße hier bequem?« Paul war belustigt.

Keine Antwort. Nur keuchendes, mühsames Atmen.

»Schon gut, mein Junge. Ich helf dir auf die Beine und führ dich ein bisschen herum, damit du wieder nüchtern wirst.«

Als Paul seinen Freund hochheben wollte, spürte er eine klebrige Nässe. Selbst im Dunkeln konnte Paul erkennen, dass Jacks Hemd vorn zerrissen und die Feuchtigkeit Blut war.

»Jack, komm zu dir! Was hast du? Was ist passiert?«

»Schiff«, murmelte Jack.

»Was?«

»Bring mich an Bord.«

»Wir müssen einen Arzt holen. Bestimmt ist einer wach. Du hast eine Wunde am Bauch – eine tiefe.«

»Kein Arzt. Bring mich nur an Bord.«

»Warum?«

»Bitte. Versteck mich.«

»Jack. Wir laufen mit dem ersten Morgenlicht aus. Du brauchst einen Arzt.«

Zum ersten Mal hob Jack den Blick zu Paul. Seine Augen waren fiebrig, seine Haut heiß und feucht. Verkrustete blutige Schrammen bedeckten sein Gesicht, und um seinen Mund war getrockneter Schlamm. Paul sah die Dankbarkeit im Blick seines Freundes, und sein eigenes Herz schlug ihm ein Willkommen entgegen.

»Keine Sorge«, sagte er. »Ich helfe dir.«

Drei Tage lang segelte die *Perdido Star* die Nordküste Kubas entlang, auf dem Wege nach Cabo Maisi, von wo sie südlichen Kurs zu den jamaikanischen Schifffahrtsstraßen und dem karibischen Meer nehmen würde.

Seit sie in See gestochen waren, schenkten die Matrosen dem kranken blinden Passagier, um den Paul sich zwischen seinen Pflichten an Bord kümmerte, wenig Aufmerksamkeit. Aber Paul wusste, dass es nur eine Frage der Zeit war, ehe einer der Offiziere die Anwesenheit dieses unerwünschten Gastes bemerken würde.

Jacks Fieber sank am vierten Tag, und obwohl er immer noch keine feste Nahrung bei sich behalten konnte, schluckte er ein bisschen von Pauls Haferbreiration und große Mengen Wasser. Paul war es nicht gelungen, Jack eine zusammenhängende Geschichte zu entlocken. Und während sie sich immer weiter von Kuba entfernten, zerbrach er sich den Kopf darüber, welch entsetzliche Sorgen sich Jacks Eltern machen würden.

»Wie ich sehe, hast du mein Buch zu einem guten Zweck genutzt«, sagte Paul, als es Jack wieder so gut ging, dass er ansprechbar war. »Gute Worte waren schon immer dafür bekannt, Seelen zu retten.« Er zögerte. »Ich finde, es ist an der Zeit, dass du mir erzählst, wie du zu den Verletzungen gekommen bist. Jetzt bist du vier Tage fort, und ich bin sicher, deine Eltern sind krank vor Sorge.«

Jack schwieg, starrte mit leerem Blick vor sich hin.

»Hör zu. Du kannst doch nicht einfach lossegeln, ohne deinen Eltern ein Wort zu sagen.«

Jack wandte den Kopf und sah seinen Freund an. Zum ersten Mal seit Tagen waren seine Augen klar. »Ich kann es ihnen nicht sagen, Paul.«

»Natürlich kannst du. Sie haben bestimmt Verständnis. Sag's ihnen einfach geradeheraus.«

»Du verstehst nicht. Ich kann es ihnen nicht sagen – weil sie tot sind.«

Paul sackte auf die Planken des Vorschiffs. Er saß wie betäubt da, außer Stande zu sprechen. Sein Atem ging schwer; er hatte das Gefühl, ihm selbst hätte man den Bauch aufgeschlitzt.

Jack wandte den Kopf ab und verfiel wieder in sein stummes Starren.

Paul ging auf Deck und schöpfte tief Luft. Es gab nur eine Möglichkeit. Er musste einem der Verantwortlichen an Bord von Jack erzählen, vielleicht dem Bootsmann oder dem Ersten Maat, und um Hilfe bitten.

Unter denen, die auf dem Schiff etwas zu sagen hatten, schien ihm Mr. Quince der freundlichste zu sein. Trotzdem zitterten Paul die Knie, als er ihn ansprach und dann den Niedergang hinunter zu seinem kranken Freund führte.

Quinces riesiger Bauch presste sich gegen Jacks Mittelkoje.

»Du siehst aus wie der Vetter vom Tod, kleiner Jack«, sagte er in mitfühlendem Ton. »Hast keine Farbe mehr im Gesicht und stinkst wie ein ein Jahr toter Hund. Wenn der Kapitän Wind von dir bekommt, gehst du über Bord.«

Jack beguckte den Leibesumfang des Ersten Maats. »Und dich hol der Teufel, Seemann«, antwortete er. »Ich werde noch neben diesem lecken Kahn herschwimmen, wenn man dich längst für dein letztes Bad in einen Sack mit Steinen gesteckt hat.«

Quince sah ihn eine Sekunde entgeistert an, dann wurde er so von Lachen geschüttelt, dass er sich an Jacks Koje festhalten musste.

»Ich tu, was ich kann, Jackson.« Er machte eine Pause. »So hat dich doch deine Mutter immer gerufen, nicht wahr? Ich versuch mein Bestes beim Kapitän. Versprechen kann ich dir aber nichts.« Geschmeidig und kraftvoll glitt er zwischen den Kojen hindurch zum Niedergang. »Wenn es dir ein Trost ist, kleiner Jack, du hast mein Mitgefühl.« Dann schleppte der Erste Maat sein Schwergewicht die Stufen hoch. »Alle Rechnungen werden beglichen auf dieser Welt, mein Junge. Darauf hast du mein Wort.«

Paul drückte seinem Freund schnell die Hand, dann ging er an Deck. Hinter den Wolken am östlichen Horizont leuchtete der Himmel rot, als stünde er in Flammen. Jacks Eltern tot? Was war geschehen? Wer hatte Jack verwundet? Paul fielen verschiedene Leute aus seiner jüngsten Vergangenheit ein, die ein solches Schicksal weit eher verdient hätten.

Als Paul wenige Tage später an Deck arbeitete, kam Quince auf ihn zu.

»Der alte Mann sagt, er würde deinen Freund gern in Port au Prince in Haiti absetzen.«

Paul warf den Kopf zurück. »Der Kapitän ist ein Narr, wie er schon bei verschiedenen Gelegenheiten bewiesen hat. Ich schulde ihm wohl Dankbarkeit, weil er mich aufgelesen hat, als ich mitten im Atlantik trieb, aber ich kann ihn beim besten Willen nicht verstehen.«

»Du hast mir nicht zugehört«, lachte Quince. »Ich sagte, er würde ihn gern absetzen. Nicht, dass er es tun wird. Ich habe mit ihm gesprochen, und wenn Jack in zwei Tagen mit der Arbeit beginnen kann, ist er einverstanden, ihn als Schiffsjungen an Bord zu behalten. Wofür er zu schwach ist, wirst du für ihn tun. Neben deiner eigenen Wache übernimmst du seine und springst auch sonst für ihn ein. Verstanden?«

»Ja, Sir. Mr. Quince. Vielen Dank. Wir werden Sie nicht enttäuschen, Sir.« Zum ersten Mal seit Jacks Ankunft war Paul leicht ums Herz. »Sie werden stolz auf uns sein, Sir. Das verspreche ich.«

Zweites Buch

52. Breitengrad

Als Ausguckposten hoch oben am Fockmast eingeteilt, ließ Jack die Beine über den Rand des Krähennests baumeln und seine Gedanken schweifen. Die atemberaubende Schönheit des Meers lag im Wettstreit mit dem Zorn tief in seinem Innern, seiner Verbitterung über den Grafen. Wenn die quälenden Bilder vom blutenden Körper seiner Mutter ihn bestürmten, kannte Jack nur einen Gedanken: seine Rache an de Silva. Jack schwor sich, nach Kuba zurückzukehren. Ständig hatte er das Bild seiner um den Hals des Grafen gepressten Hände vor Augen, ein Bild, das ihn am Leben hielt.

Unten auf Deck ging jemand unruhig hin und her. Es war Quince. Der Mann war seine Rettung gewesen. Stundenlang hatten Jack und Paul dagesessen und Quince's Geschichten über das Meer gelauscht; in den letzten Tagen hatten sie jedoch ein anderes Thema gehabt: das seltsame Benehmen des Kapitäns. Die meiste Zeit war der alte Mann betrunken, andere Male wirkte er, als hätte er den Verstand verloren; dann stand er an der Reling, stierte aufs Meer hinaus und lachte vor sich hin. Jack fragte sich, wie es mit dem alten Mann noch enden sollte. Wie diese Reise für sie alle wohl enden würde?

Der Erste Maat wirkte besorgt, wie er da auf dem Achterdeck stand und zusah, wie der Rudergänger das Rad leicht bewegte, um das Schiff auf Kurs zu halten. In letzter Zeit hatte er mehr und mehr Zeit an Deck verbracht, dauernd auf der Suche nach einer aufgescheuerten Leine, losen Planke oder einem nicht getrimmten Segel. Aber offenbar beschäftigten ihn noch ganz andere Sorgen.

Verbissen verfolgte die *Perdido Star* ihren südlichen Kurs; alle vierundzwanzig Stunden wendete sie, drehte von 165 Grad Südsüdost auf 190 Grad Südsüdwest, aber immer mit raumem Wind südwärts zum Kap Horn.

Paul, der gerade an Deck gekommen war, sah zu Jack hinauf. Er torkelte, mimte einen betrunkenen Seemann, der seine Essensration über die Reling reiert. Gegen seinen Willen musste Jack lachen; Pauls gute Laune hatte ihn während all der vergangenen Wochen am Leben erhalten. Jacks Besessenheit, nach Kuba zurückzukehren, stand in krassem Gegensatz zu Pauls Ziellosigkeit. Trotz seiner großen Klugheit schien Paul nur von einem Tag zum andern zu leben.

Smithers, ein bärbeißiger Decksmann, kam die Wanten hochgeklettert, um Jack abzulösen, und Jack glitt hinunter und stellte sich neben Paul an die Reling. Quince rief sie aufs Achterdeck.

»Kommt mal hoch zu mir, Jungs. Ich muss mit euch reden.«

»Na, welchen Morast hast du wieder aufgerührt in dem Hexenkessel, den du so vermessen dein Hirn nennst?«

»Geh zum Teufel«, brummte Jack. Sie überquerten das Deck zu der Leiter, die zum Achterdeck hochführte.

Quince's Besorgnis war offenkundig. »Der Kapitän hat die ganze Besatzung zu einer Lagebesprechung in seine Kajüte bestellt.« Quince machte eine Pause und holte tief Luft. »Natürlich passen wir nicht alle hinein. Aber alle, die keine Wache haben, sollen in einer halben Stunde hinuntergehen und sich auf dem Niedergang versammeln. Wir lassen die Tür offen.« Quince fluchte vor sich hin. »Sperrt die Ohren auf. Wenn mich nicht alles täuscht, könnt ihr gleich eine Lektion über das Meer und das Leben lernen.«

Jack, Paul und der Rest der Steuerbordwache drängten sich auf der schmalen Treppe. Jack stand seitlich von der Tür zur Kapitänskajüte und konnte sehen, in welch heillosem Durcheinander sie war. Der kleine Tisch war voller Flecken und Dellen, die Mahlzeiten und Getränke über die Jahre hinterlassen hatten. Der alte Mann hatte versucht, seine Unterkunft vorzeigbar zu machen, indem er seine dreckigen Kleider und die Essensreste mit einem Fußtritt unter seine Koje befördert hatte. Drei große Heckfenster wiesen nach achtern auf das schäumende Kielwasser der *Star*, waren aber nicht zu öffnen, und so stank die winzige Kajüte nicht nur nach den Körperausdünstungen des verschrumpelten Siebzigjährigen, sondern auch nach denen der auf engem Raum zusammengedrängten Offiziere. Wegen der niedrigen Decke standen die Männer leicht gebeugt und unbequem.

Der Kapitän als einziger saß.

»Ich habe Sie hergerufen, um Ihre Meinung zu meinen Plänen zu hören.« Er nahm einen tiefen Schluck aus seinem Groghumpen. »Ich habe das Horn viele Male umschifft, Leute, und es ist kein Kinderspiel. Wenn man Glück hat, schafft man es in drei Wochen, von fünfzig Grad südlicher Breite im Atlantik auf fünfzig Grad Süd im Pazifik. Aber so ein Glück hat noch keiner gehabt. Es sind zwölfhundert Meilen, und diese zwölfhundert sind die härtesten auf der Welt.« Die blutunterlaufenen, glasigen Augen des Manns blickten erwartungsvoll zum Halbkreis der Männer um ihn herum. Er sprach nicht weiter, erwartete offenkundig ihre Reaktion. »Steht verdammt noch mal nicht so dumm rum. Sagt eure Meinung!«

Alle blieben stumm. Jeder wartete auf die Antwort des anderen.

Dann hörte Jack die Stimme von Quince, dem erfahrensten und tapfersten Seemann an Bord. Er räusperte sich. »Wenn Sie gestatten, Kapitän ...«

»Ja, Mann. Spuck es aus, um Gottes Willen.«

»Bei allem Respekt, Sir. Wenn Sie fragen, ob wir auf das Horn vorbereitet sind, dann ...«

Der Kapitän sprang von seinem Stuhl auf, hörte Quince überhaupt nicht zu, sondern machte einen Satz nach vorn, so dass er mit dem Gesicht zu den Heckfenstern stand, und verschränkte die Hände hinterm Rücken. »Wir kommen flott voran. Wär ich 'ne Spielernatur, würd ich wetten, acht Knoten, bei Gott.« Dann wirbelte er zu seinem Ersten Maat herum, als wolle er ihn bei einer Hinterlist ertappen. »Wie heißt du, Seemann?«

»Ich heiße Quince, Sir.« Quince's Bestürzung war offensichtlich. Jack wusste, dass er seit fünf Jahren an Bord der *Perdido Star* war und fast drei davon unter diesem Kapitän gedient hatte.

»Natürlich kenn ich deinen Namen, Mann. Das hab ich dich nicht gefragt, du Narr. Ich sagte, ›Was ist unser gegenwärtiger Kurs?‹«

Ein neben Paul stehender Matrose flüsterte: »O Gott, jetzt ist er völlig übergeschnappt. Wir sind verloren.«

Der Kapitän sah die Männer der Reihe nach an. Mit dem Grinsen auf seinem Gesicht schien er ihnen sagen zu wollen, dass er sie alle überrumpelt hatte und als nächstes noch eine Überraschung parat hatte.

»Keiner von euch Landratten hat je das Kap umschifft, und dafür dankt eurem Gott. Aber ich habe es mehr als einmal umsegelt, und ich versichere euch, es ist die schiere Hölle. Deshalb hört euch meinen Plan an. Wir meiden das Kap und schmuggeln uns durch die Magellanstraße. Das spart uns dreihundert Meilen und zum Teufel mit der East India Company und ihren Zöllen! Zeit ist Geld, wie ich immer sage.«

Der Kapitän drehte sich wieder zu den Heckfenstern um und begann, zu ihnen zu sprechen.

»Wenn es dem Untersuchungsausschuss genehm ist, Sir, wir sind nicht durch die Straße gekommen, sondern um das Horn herum. Es dauerte fünf Wochen genau bis auf den Tag, so wie es in meinem Logbuch eingetragen ist, Sir.« Jack sah, wie der alte Mann gestikulierte, als spräche er zu einem Gericht. Er mimte das Öffnen eines Logbuchs und zeigte dem imaginären Ausschuss, wie vorbildlich es geführt war und eindeutig ihre lange Umsegelung des Kaps bewies. Dann wechselte er abrupt in einen Befehlston und herrschte seinen Ersten Maat an: »Mr. Quince, nehmen Sie Kurs auf die Magellanstraße und halten Sie ein paar hundert Meilen Abstand von der südamerikanischen Küste. Ich will nicht, dass eins der East India-Küstenwachboote uns ausspäht.«

Der Kapitän hatte seinen Disput mit dem phantasierten Untersuchungsausschuss beendet. Ein Kurswechsel von mehreren hundert Meilen von der Küste ab würde sie auf Gedeih und Verderb den Westwinden aussetzen und dann noch weiter aufs Meer hinaustreiben.

»Verzeihung, Sir«, hob der Navigator Boyer mit leiser und zaghafter Stimme an. »Ein so gravierender Kurswechsel, Sir, bedeutet eine Gefahr für …«

Plötzlich warf der alte Seebär wütend mit seinem Groghumpen nach Boyers Kopf. Der Krug zischte an dessen Ohr vorbei auf den Niedergang zu und landete in den Händen von Hansumbob, der ihn verdutzt anblickte.

»Du wagst es, dich meinen Befehlen zu widersetzen!

Du stellst dich vor mich hin und untergräbst vorsätzlich meine Autorität bei diesen braven Männern, du unverschämter Kerl! Ich lasse dich am Rahnock aufknüpfen!«

Ruhig und gelassen schritt Quince jetzt ein. »Mit Ihrer Erlaubnis, Sir, werde ich diesen aufrührerischen Seemann an Deck bringen und ihm dort die Behandlung zukommen lassen, die er verdient.«

»Ich habe von euch allen genug. Geht mir aus den Augen.« Zitternd sackte der alte Mann auf seinen Stuhl. »In wenigen Tagen sind wir in Boston. Dann kümmere ich mich um diesen Meuterer.« Die Männer auf dem Niedergang blickten einander an und flüsterten wie im Chor: »Boston?«

Mit zitternder Hand drehte der Kapitän am Zapfen des Grogfasses und sah dann der kostbaren Flüssigkeit nach, wie sie eine Lache auf dem Boden bildete. Quince trieb alle aus der Kajüte und hoch auf Deck, wo die Männer sich im Mittschiff versammelten. Paul und Jack standen am Rand und spitzten die Ohren.

»Schnell geschaltet, Quince.« Mr. Boyer zitterte. »Ich glaube nicht, dass ich je schon mal in einer so teuflischen Lage war. Mein Gott, der Hurensohn hat völlig den Verstand verloren.« Boyer sah die erschütterten Seeleute um Zustimmung heischend an; ein beifälliger Chor war die Antwort.

»Ein den Göttern würdiger Wettstreit. Tapfere Männer in der Not zusammengeschweißt«, sagte Paul, während er und Jack sich von den beunruhigten Männern entfernten.

Jack stieß Paul in die Rippen. »Du klingst, als säßest du hoch oben auf einer Wolke und würdest auf alles hinabblicken.«

Paul nickte. »Wenn es nur so wäre, Jackson. Wenn es nur so wäre.«

Eine düstere Stimmung senkte sich auf die *Star*. Die Unterhandlung mit dem Kapitän wurde endlos erörtert. Die Offiziere waren im Grunde zu nichts mehr zu gebrauchen. Der Erste Offizier Mancy verließ sich praktisch ganz auf Quince, obwohl er einen niederen Rang hatte. Das Schiff segelte weiter südwärts und hielt an seinem geplanten Ziel Tahiti fest.

Hin und wieder kam der Kapitän an Deck, manchmal nur halb bekleidet, machte seinen Verdauungsspaziergang und führte Selbstgespräche. Jack fühlte sich dieser gequälten alten Seele auf sonderbare Weise verwandt.

Obwohl in der Antarktis Sommer war, wurde das Wetter mit jedem Tag kühler. Die Besatzung wappnete sich für raue See. Jack erledigte die ihm zugeteilte Arbeit und half, das alte Schiff zu rüsten. Sie waren zweihundert Meilen von der argentinischen Küste entfernt, passierten den 53. Längengrad und nahmen westlichen Kurs auf die Magellanstraße.

Paul und Jack arbeiteten zusammen auf dem Vorderdeck und spleißten Taue. Paul mühte sich weiterhin, Jack aufzumuntern, wenn er wieder einmal in sein brütendes Schweigen verfiel. »Na, mein lieber Freund, wie gefällt dir das Matrosenleben?« Jack antwortete nicht, sondern widmete sich noch verbissener seiner Aufgabe, stieß seinen Marlspieker wütend in ein verknotetes Tau. Paul gab nicht auf. »Es wird dir gut tun, wenn du dich aussprichst.«

Wieder keine Antwort von Jack. An manchen Tagen war er beinahe fröhlich, an anderen, wie heute, war er düster und ganz in sich selbst gekehrt. Jack hatte das Gefühl, dass körperliche Anstrengung seine einzige Rettung war.

Als die *Star* nur noch fünfzig Meilen von Espíritu Santo entfernt war, schlug das Wetter um. Die Winde drehten, kamen von vorn, und die Mannschaft musste mehrere Male den Kurs ändern. Sie segelten mit voller Kraft voraus, in der Hoffnung, nahe der Küste bei Tierra del Fuego Schutz zu finden.

Es sollte nicht sein. Der Sturm wurde so stark, dass ihnen nur noch die Wahl blieb, sich entweder aufs offene Meer zu wagen und auf ein Umspringen des Windes zu hoffen oder in einer kleiner Bucht Schutz zu suchen und auf besseres Wetter zu warten. Schließlich fanden sie eine kleine Bucht namens Punta de Arenas. Das Schiff lag neun Tage vor Anker. Der wilde Sturm peitschte gegen die nackten Rahen, und es sah jeden Moment so aus, als würde er sie hinaus aufs offene Meer treiben.

Ab und zu ging Jack an der Kajüte des Kapitäns vorbei und hörte ihn dann irre vor sich hin reden, mit der hohen, hellen Stimme eines viel jüngeren Mannes immer wieder denselben Satz sagen. Doch die meiste Zeit verbrachte Jack in seiner Hängematte. Sie war in einer Ecke nahe der Bugkanone aufgehängt, neben der eine mit Eisenkugeln gefüllte Holzkiste stand. Der Flaschenzug zum Transportieren der Kanone zur Geschützpforte war ordentlich angebracht, glänzte aber vor Teer und Fett. Zu Jacks Pflichten gehörte es, dafür zu sorgen, dass das Feuermaul der dicken Berta sauber und einsatzbereit war, die wie ein treuer Hund zu seinen Füßen lag, wenn Jack sich zu seinem Vier-Stunden-Schlaf vor der nächsten Wache in die Matte legte. Jetzt hatte er schon zwei Wochen in diesem Vierstunden-Takt hinter sich und war völlig ausgelaugt. Die See erwies sich als strenge Schule.

Jack wußte, daß Paul ihn bewegen wollte, mehr über das, was in Kuba geschehen war, zu reden, aber es fiel ihm schwer, mehr als ein halbherziges Brummen oder ein Nicken zustande zu bringen. Während der kurzen Erholungspausen, in denen die Männer herumsaßen, sich ihre

Abenteuer auf See erzählten und Pfeife rauchten, saß Jack still und grüblerisch dabei.

Im Mittelpunkt der Männer stand immer Quince, den die Verantwortung, die man ihm stillschweigend aufgebürdet hatte, mit gemischten Gefühlen zu erfüllen schien.

Nach Rücksprache mit dem Ersten Offizier Mancy verkündete der Erste Maat an ihrem neunten Tag in der Bucht, beim ersten Morgenlicht würden sie den Anker lichten und ihr Glück auf der stürmischen See versuchen.

Wieder war Jack hoch oben im Takelwerk der *Star*, als sie um die lange Landzunge von Punta de Arenas segelten. An Deck und in der Takelage mühte sich die Besatzung, das Schiff in den Wind zu treiben. Nach mehreren Stunden kam eine Windstille auf, der leichter Regen und dann Nebel folgten.

Außerstande, das Mittagsbesteck zu erhalten, musste Mancy die Position des Schiffs koppeln, indem er die gesegelte Zeit plus Geschwindigkeit und Kompaßkurs berechnete.

Jack holte eine Leine ein; neben ihm auf dem Vorderdeck überspielte Paul den Schmerz in seinen wund gescheuerten, blutenden Händen. Jack strengte sich an, zu hören, was Quince zu dem Ersten Offizier sagte.

»Mr. Mancy, Sir.« Jack erkannte, dass Quince seine Worte sorgfältig abwog.

Der Offizier drehte sich zu ihm um und nickte bloß.

»Sir, meiner Einschätzung nach sind wir fast fünfzig Meilen von dem Punkt, wo wir die Magellanstraße verließen und uns südwärts zur Bucht wandten.« Er blickte hinunter auf den Kompass in seinem Holzgehäuse. »Bei allem Respekt, Sir, ich glaube nicht, dass wir mit dem Wind von vorn mehr als dreißig Meilen gesegelt sind.«

Bereit, sich so gut wie jeden Ratschlag anzuhören, antwortete der Offizier schnell. »Was schlagen Sie vor?«

»Wir nehmen Kurs aufs offene Meer, bis der Nebel sich verzieht und wir klarere Sicht haben, Sir.«

»Ich will mich mit den Männern beratschlagen«, antwortete Mancy.

»In sehr naher Zukunft werde ich wahrscheinlich zu den wenigen wahren Landratten gehören, die zweimal in einem Zeitraum von zwei Monaten Schiffbruch erleiden«, sagte Paul.

Mit verstärkter Kraft holte Jack die Leine ein. Er sah seinen Freund an, und zum ersten Mal seit Tagen sprach er zu ihm. »Ich finde, je näher wir an die Felsen kommen, desto besser gefällt es mir. Seit letzten Sommer bin ich nicht mehr geschwommen, und das war in einem Bächlein in den Hamden-Wäldern.« Jack fragte leise: »Willst du ewig leben, Le Maire?«

Paul sah ihn an, sein blasses und erschrockenes Gesicht ganz nah an Jacks. »Du machst mir Angst, wenn du so redest. Ich dachte, wir wären Freunde.«

Jack konnte sich zu keiner Antwort durchringen; statt dessen stürzte er sich wieder in seine Arbeit.

Der Erste Offizier versammelte die anderen höheren Ränge um sich, um Quince's Einschätzung zu erörtern, dass sie nicht südlich genug seien, in die Magellanstraße zu gleiten. Keiner schien eine Antwort zu wissen. Jack und Paul blickten auf, denn auf seinem Weg vorn zur Steuerbordwache hastete Quince an ihnen vorbei. Und genau in dem Moment schrie der Backbord-Ausguck, »Land in Sicht!« Der Mann an Backbord hatte sich nach vorn gestreckt, ein Bein um die Reling geschwungen und beide Hände über die Augen gelegt.

»Welche Richtung?«

»Zwei Strich achterlicher als Backbord.«

Quince rannte nach hinten aufs Achterdeck. Der Rudergänger wendete bereits nach Steuerbord. Der Nebel lichtete sich plötzlich, und riesig wie Scheunen ragten die Küstenklippen vor ihnen auf. Sie kamen mit knapper Not an ihnen vorbei, und Jack war fasziniert von der Unruhe, die ihn durchrann; diese Felsen hätten seine Probleme gelöst.

Als sie wieder zurück aufs offene Meer zusteuerten, meldete sich Jack freiwillig zu den gefährlichsten Aufgaben: eine an der Spitze des Großmasts verhedderte Leine wurde flink von ihm entwirrt; die Fockschot, die sich am zwölf Fuß über die Wellen ragenden Bugspriet verfangen hatte, befreite er im Handumdrehen. Der Rest der Besatzung schüttelte bloß vor Verwunderung den Kopf.

Wenn Jack keine Wache hatte, lag er in seiner Hängematte oder schritt ruhelos zwischen den Kojen auf und ab. Manchmal machte er Klimmzüge an einem der Querbalken, bis er mit dem Kopf unter die Decke stieß – so lange, bis er völlig erschöpft war.

Mit achterlichem Wind segelte die *Star* schnell südwestwärts, während die Besatzung mit aller Kraft versuchte, zurück in die Magellanstraße zu kommen.

Paul hatte Quince angesprochen und gefragt, wo sie seien und welcher Kurs geplant sei. Quince antwortete: »Wir streifen in den Gewässern der südlichen Hemisphäre herum. Wo ist dein Freund Jackson?«

Paul zeigte auf Jack, der auf dem Vorderdeck Taue spleißte.

»O'Reilly, komm her, beeil dich, Junge.«

Jack ließ das Tau fallen und gesellte sich zu den beiden.

»Ich möchte euch Jungs auf Stand bringen, was unsere Lage betrifft.« Quince erklärte, dass sie vor einigen Tagen überlegt hatten, entweder weiter südwestwärts in Richtung Küste zu steuern oder versuchen sollten, die

Position zu halten, die sie hatten. Sie entschieden sich fürs erstere, versuchten wieder in der Windschattenseite der Klippen die Küste entlang zu segeln. Aber sie waren ständig weiter nach Süden abgekommen, und jetzt war das Schiff zwischen zwei Landmassen gefangen. Staten Island und dem Festland. Wind und Strömung trieben sic in die Drake Passage, die sie unweigerlich ums Horn führen würde. »Ihr Jungs, behaltet den Himmel im Auge. Er hält einiges für uns parat, glaubt's mir.«

Sobald sie Staten Island Backbord passierten, schlug das Wetter tatsächlich um, und inmitten der stürmischen See gerieten sie zwischen Nueva und den Wollaston-Inseln in eine Flaute. Wieder kam Nebel auf, und es gab wenig oder keinen Wind. Das Schiff dümpelte tagelang dahin, außer Stande, sich fortzubewegen. Sie waren in der Nähe einer Gruppe kleiner Inseln – die der Friedhof von unzähligen Schiffen waren, wie Quince ihnen makabererweise erzählte. Die Besatzung war unablässig auf der Hut. Quince befahl, das Beiboot zu Wasser zu lassen. Zehn Männer legten sich in die Riemen und versuchten, das Schiff von den Felsen fortzuziehen.

Jack und Paul saßen zusammen und beobachteten die Anstrengungen der Männer, Paul das Gesicht zu einer Grimasse verzogen, Jack zu einem Grinsen.

Die das Schiff und das Beiboot verbindende Leine verschwand im Nebel; von Deck aus war auch das Boot selbst die meiste Zeit nicht zu sehen. Der Ausguckposten auf dem Bugspriet gab ständig die Richtung an, und die *Star* bahnte sich langsam ihren Weg südwestwärts.

Nach mehreren Wachwechseln wurde die erschöpfte Besatzung des Beiboots zur Nachtruhe an Bord gerufen. Um zwei Uhr hörte Jack einen Schrei durch die Niedergangsluke.

»Steuerbordwache an Deck! Sturm kommt auf!«

So war es in der Tat. Über ihren Köpfen löschte eine riesige dunkle Wolke die Sterne aus, und ein peitschender Graupelschauer prasselte auf das Schiff.

»Alle Mann in die Takelage! Holt die Bramsegel ein, refft die Topsegel!«

Hektisches Treiben herrschte jetzt auf dem Schiff, die Männer schossen die Wanten hinauf. Die langen windstillen Tage und Nächte hatten sie träge gemacht, und jeder Meter Segel war gesetzt, als das Unwetter losbrach. Wenn sie die Segel nicht schnell genug einholten, würden sie mit einem gebrochenen Mast oder Schlimmerem zahlen.

Die Winde drehten fast minütlich; die Decks waren gefährlich glitschig von dem herabgefallenen matschigen Schnee. Als das Schiff ins Schlingern kam, stürzte ein Matrose, der gerade eine Leine an der Backbordreling belegte, und sauste durch die nach achtern gelegene Niedergangsluke.

Quince stand neben dem Ruder und behielt die Klippen der Wollaston-Insel genau im Auge. Dichter Schnee lag auf den Masten und Segeln, als er das Kommando gab, nach Steuerbord zu wenden. Nach zwölf geschlagenen Stunden flauten die Winde vom Westen her ab – aber nur wenig, und das Schiff machte kaum Fahrt voraus.

Jack, der Dienst am Ruder hatte, beobachtete, wie die auf dem Achterdeck versammelten Offiziere mit lautem Geschrei diskutierten. Jack fing Quince's Blick auf. Quince schüttelte leicht den Kopf, als wolle er sagen, »Lern was draus.« Drei Offiziere stießen fast mit ihren Köpfen zusammen, während sie einander übertönten mit ihren Ansichten, was zu tun sei.

»Wenn weiter Disziplin auf dem Schiff herrschen soll, dürfen wir nicht zulassen, dass die Mannschaft unsere Uneinigkeit sieht.«

»Jeder, mit dem ich gesprochen habe, hat mir versichert, wer das Horn besiegen will, muss gegen es anstürmen.«

»Wir brauchen eine Doppelstrategie: es bestürmen, wenn es erforderlich ist, und den Rückzug antreten, wenn es weise ist. Mein Rat ist jedenfalls, dass wir uns nördlich halten und im Schutze dieser Bucht hier versuchen, uns um die Innenseite des Horns zu schleichen.«

Während des ganzen Disputs stand Quince stumm da, die Beine gespreizt, die Hände auf dem Rücken verschränkt, und lauschte.

Mr. Mancy drehte sich zu ihm um und sprach ihn an. »Quince, keiner von uns hat diesen Teufel umsegelt. Weshalb sagen Sie uns also nicht, was Ihre Meinung ist.«

Quince blickte Backbord zu den verschwommenen Umrissen der Wollaston-Küste, die Männer sah er nicht an. »Ich habe viele Passagen gemacht, Sir, und wenn Sie wirklich meine Meinung hören wollen, dann sag ich Ihnen, dass das Horn einen guten Kampf liebt und einen nur vorn an ihm vorbei passieren lässt, und das auch nur, wenn man ein würdiger Gegner ist.« Der Erste Maat drehte sich zu der traurigen Gruppe unerfahrener Seemänner um. »Ich sage, nehmt den Kampf mit der Hexe auf. Zeigt ihr die Zähne!«

Mr. Boyer sprach als erster. »Wenn ich mich recht erinnere, Quince, hat unser Kapitän bei unserem kürzlichen Zusammentreffen bemerkt – meiner Meinung nach zu Recht –, dass keiner von uns ›Landratten‹ je um das Horn gesegelt ist. War das nicht so?«

Der Erste Maat wischte sich den Schnee von seinem roten Gesicht und blies auf seine gefrorenen Finger. »Darf ich offen sprechen, Sir?«, fragte er.

»Natürlich. Ich bitte darum.«

»Erstens, keiner von uns würde hier stehen und herumpalavern, wie wir das Horn umschiffen, wenn der Kapitän recht hätte.«

Dem stimmten die drei Seemänner sofort zu.

»Zweitens sind wir uns wohl alle einig, dass der Kapitän nicht bei vollem Verstande war, als er mit uns sprach.«

Wieder zustimmendes Gemurmel.

»In den letzten fünfzehn Jahren habe ich das Kap zehnmal umschifft. Keine Passage war leicht, und zwei davon machte ich mit Kapitän Deploy. Die Tatsache, dass er sich weder an meinen Namen erinnert noch daran, dass wir zusammen gesegelt sind, betrübt mich sehr.« Quince trat ans Ruder und blickte auf den Kompass. »Du bist zwei Strich von deinem Kurs abgekommen, Matrose; bring sie an den Wind.«

Jack befolgte den Befehl schnell.

Die Offiziere standen gespannt da und warteten, dass Quince fortfuhr.

»Wenn wir diese Fahrt überleben wollen – und ich sehe keinen Grund, warum wir es nicht sollten –, so empfehle ich euch, tut, was Kapitän Deploy in seinen besseren Tagen getan hätte. Behandelt diese Passage als eine schwierige, aber geht die Sache als Segelproblem an, nicht als einen Mythos, der besiegt werden muss.« Er pausierte einen Moment, ehe er weitersprach. »In diesem Zipfel der Welt blasen die Winde aus allen Richtungen und anscheinend alle zur gleichen Zeit. Sich im Windschatten der Insel zu verstecken, mit dem Risiko, an den Felsen zu zerschellen, ist tollkühn. Wir müssen aufs Meer hinaus und mit aller Kraft Luvraum gewinnen. Den Kurs jede Minute ändern, wenn's sein muss, aber vorwärts, vorwärts, bis wir Seeraum genug haben, die Spitze zu umsegeln. Und wenn wir halb bis zur Antarktis hinunter kreuzen müssen, sei's drum.« Quince sah die Männer der

Reihe nach an. »Kapitän Hans Peter Deploy zu Ehren wollen wir uns nicht wie ängstliche Schiffsjungen verstecken, sondern die Sache bei den Hörnern packen.«

Quince's Gedankengänge und seine Kenntnis des Meers hatten eine überraschende Wirkung auf Jack. Ein sonderbares Hochgefühl überkam ihn und Stolz darauf, auf der *Star* zu sein – zusammen mit diesem Mann, der nie die Beherrschung verlor mit diesem Haufen schwacher Seemänner. Vielleicht lohnte es sich, am Leben zu bleiben, und sei es nur, um zu sehen, wie alles ausging.

Die Männer brauchten nicht lang, um zu einer Entscheidung zu kommen. Die *Star* glitt aus der Leeseite der Wollaston-Insel heraus, kam aber nicht nach Westen voran, also zeigte sie ihre Breitseite dem Wind und kreuzte südwärts in Richtung Antarktis. Nach mehreren Stunden erbarmungslosen Hagels, Regens und Schnees wendete sie und startete zurück zum Kap, hoffte mindestens eine halbe Meile auf ihrem Holebug zu machen. Aber der Wind wurde noch stärker, und sie mussten die Segel reffen, womit sie eine Meile verloren, statt eine halbe zu gewinnen.

Die Offiziere auf dem Achterdeck waren von grimmiger Entschlossenheit. Immer und immer wieder versuchten sie, das Schiff in diesem berühmten Zipfel der Welt vorwärts zu treiben. Schließlich, gerade ehe die Dunkelheit einsetzte, ließen sie es gut sein, um es beim ersten Morgenlicht wieder zu versuchen.

Die Sonne ging nicht auf am nächsten Morgen, der Himmel wurde nur eine Schattierung heller. Aber das reichte, die Felsklippen des Kaps zu sehen, also segelten sie wieder los. Als sie nur noch zwanzig Meilen von der Antarktisküste entfernt waren, versuchten sie von Westen her einen direkten Ansturm, aber bei den fünftausend Meilen offenen Ozeans vor ihnen bäumten sich die Brecher zu solcher Höhe auf, dass es sie nach Osten zurückschlug. Als er wieder um Rat gefragt wurde, schlug Quince diesmal mehr Segel vor, nicht weniger, so dass sie besser manövrieren konnten – und es schien zu funktionieren. Mit mehreren Schlägen waren sie in der Lage, höher am Wind zu laufen, und näherten sich schnell dem Horn, als eins der Fockstags brach. Wie eine riesige Fahne flog es nach Osten und krachte im Wind.

»Durchtrennt das Segel, Jungs.«

Jack und Paul schossen die Wanten hinauf.

»Schneidet es ab! Macht schnell!« Weniger als eine halbe Meile entfernt ragte das Horn bedrohlich am Horizont auf. Wenn es ihnen gelang, weiter hoch am Wind zu laufen, konnten sie mit ein bisschen Glück direkt westlich vom Kap wenden und es sicher hinter sich bringen.

Die Offiziere standen wie gelähmt da und starrten zu den beiden, am gerissenen Fockstag hantierenden Jungen hinauf. Wenn sie es schafften, würden sie immer noch ein Stück schwieriges Segeln vor sich haben, aber dann könnten sie die wenigen Meilen chilenischer Küste umrunden und nördlich der Inselgruppe entlang kreuzen.

Das Schiff schaukelte gewaltig auf und ab in den Wogen. Unter der enormen Anstrengung ächzend, zeigte sein Bug abwechselnd oberhalb, dann unterhalb vom Kap. Sie schienen direkt auf die Klippen zuzusteuern. Nur zwei Dinge konnten sie noch retten: ein plötzliches Umspringen des Winds und eine ruhige See. Dann hatten sie keine Wahl mehr – sie waren festgenagelt. Mit nur hundert Meter Abstand zu den Klippen sah es nicht aus, als könnten sie es schaffen.

Quince stand wacker an der Achterdeckreling. Als es so aussah, als verlören die Offiziere hinter ihm den Mut, schrie er dem Rudergänger zu: »Recht so! Halte sie nicht höher am Wind, oder wir können nicht mehr wenden. Recht so, mein Junge!« Sie hörten die Brandung gegen die Klippen peitschen, als eine Welle das alte Schiff hochhob und seinen Bug weiter westwärts drehte.

Dann, wie durch Zauber, drehte der Wind nach Norden und brachte das Schiff herum. Sie hatten dic Klippen von Cabo de Hornos passiert und segelten westwärts.

Einer der jüngeren Offiziere, dem übel war, beugte sich über die Leereling, während der Rest der Besatzung wie angenagelt dastand und zu den sich im Kielwasser entfernenden Klippen blickte. Hätten die Matrosen zu Quince hingesehen, wären sie beschämt gewesen, denn dem stämmigen alten Seebär stand ein enormes Grinsen im Gesicht. Sie hatten das Horn besiegt. Wie Quince gesagt hatte, war es lediglich ein Segelproblem.

Jack legte sich kräftig in die Riemen und genoss das Spiel seiner Rückenmuskeln. Hansumbob stand am Bug des Beiboots, eine Hand in die Innenseite seiner Jacke gesteckt, mit der anderen wies er auf den immer näher kommenden Strand.

Im Frühjahr '76, da war Eis auf der See.
Ein Haufen von uns ging auf Walfang, juchhe!

Die rudernden Männer im Boot stöhnten, als Bob seinen Vers aufsagte. Aber der alte Mann ließ sich nicht beirren und tat, als hätte er ihre Proteste nicht gehört.

Doch nichts auf der Fahrt lief, wie's sollte, o weh!
Denn Jim Larue und sein Bruder Bill gingen verschütt auf See.
Wir suchten die ganze Nacht bis zum Morgengrauen, hunderte Wale in Lee.

Aber wir fingen sie nicht,
Wir ließen sie leben, denn zwei von uns gingen verschütt auf See.

»Reimt sich ja nicht mal anständig, Bob, dein Gedicht. Und Sinn ergibt es auch keinen«, brummte Smithers, während er sich in die Riemen legte. Die anderen hörten schweigend zu, denn den alten Bob veräppeln war für alle ein Spaß.

»Es brauch sich auch nich reimen, Dummkopf«, schmollte Bob, beide Hände tief in seinen Jackentaschen vergraben. »Es is 'ne Geschichte, Smithers. Will gar kein Gedicht nich sein, un deshalb brauch sichs auch nich so hübsch reimen.«

»Na, da hast du mal recht. Ein hübscher Reim war's wirklich nicht.«

Bob schwieg einen Moment, grübelte offenbar nach, wie er sein Gedicht verteidigen konnte.

»Das Dumme bei dir, Smithers, ist, dass du kein Feingefühl in dir hast.«

»Halleluja!«, prustete Smithers los und spornte die Besatzung an, in sein Gelächter einzustimmen.

»Ich könnt dir Geschichten erzählen, bei denen dir die Haare zu Berge stehen würden.« Bob überlegte eine Sekunde und riss dann Smithers schnell den Hut vom Kopf. »Wenn du welche hättst.«

Die Besatzung grölte. Bob hatte Smithers' wunden Punkt getroffen. Jack wusste, dass mit der Glatzköpfigkeit des Kerls nicht zu spaßen war.

»Der Kern von der Geschichte is, da sin diese Männer. Und sie alle ham sich dem Walfang verschrieben, aber zwei gehn im Meer verschütt und die andern suchen nach ihnen, aber es soll nich sein. Sie sehn Mengen von Walen, un die sind natürlich das, was sie schließlich wollen. Aber sie ham nich das Herz, die Wale zu töten, wo sie doch zwei von ihrer eignen Art verlorn ham. Hastes jetzt verstandn, was die Geschichte sagn will? Na, un sowieso, wenn man 'ne Geschichte erst erklären muss, da weiß man, dass die Zuhörerschaft geistig nich auf der Höhe ist.« Bob blickte wieder zum immer näher kommenden Strand hin. »Erst wenns am alten Kap 'nen heißen Tag gibt, werd ich euch Landratten wieder 'ne Geschichte erzählen – darauf könnt ihr eure Grogration verwetten.« Der alte Bob bekräftigte seine Rede, indem er seinen Tabak in hohem Bogen über Bord spuckte, und dann setzte das Beiboot auf den sandigen Strand.

Quince stellte einen Trupp zusammen, der frisches Wasser holen sollte. Durch die hohen Klippen des Archipels entstanden enorme Wasserfälle, die wiederum Teiche bildeten, in denen die Seeleute ihre Fässer füllen konnten. Nebel verhüllte die Klippen, so dass es aussah, als kämen die Wasserströme direkt vom Himmel herab. Die Männer waren gelassen und zufrieden nach der bestandenen Feuerprobe am Kap. Danach waren sie vorwärts geprescht, um dem schlechten Wetter zu entkommen, hundert Meilen die chilenische Küste zur Desolation Insel hinaufgesegelt, die am westlichen Zugang zur Magellanstraße lag. Hier waren sie in einer kleinen Bucht vor Anker gegangen, um ihre Wasservorräte aufzufüllen.

Jack rollte ein Fass das Boot entlang und ging wieder zurück, um das Nächste zu holen, als er das Geschrei von den Männern um den Teich hörte.

Bootsmann Ben Mentor hüpfte und hopste wild herum und zeigte auf Hansumbob, der den Strand erkundete. »Bob!«, schrie er, außer Puste von seinem Gehopse. »Suchst wohl nach Walen da unten.«

Bob hob einen Stoßzahn auf. »Is kein Wal, wenn du's

so genau wissen willst, aber vielleicht von einem Seelöwen.«

»Na, ist er noch essbar, Bob? Oder muss er ein bisschen geköchelt werden?«, fragte Smithers.

Jack merkte, wie es immer noch an Smithers nagte, dass die Matrosen ihn ausgelacht hatten. Der Kerl kam Jack wie eine ältere Version von Billy Slocum vor, dem Schulhof-Schikanierer in Hamden – immer auf der Suche nach einer schwachen Stelle bei den anderen, und als Opfer pickte er sich immer kleinere und schwächere Jungen heraus. Jack holte tief Luft, entschlossen, sich um seine eigenen Angelegenheiten zu kümmern.

»Bob, was hältst du von einem Ringkampf?«, rief Smithers ihm zu.

»Nix da. Ich ringe nich, keine Lust dazu. Schon gar nicht mit 'nem Glatzkopf, der so dickhäutig ist.«

»Komm, drück dich nicht, altes Haus. Wenn du so gut ringen kannst, wie du Beleidigungen austeilst, bist du sowieso fein raus.«

Ein Raunen ging durch die Männer, die spürten, dass ein Kampf im Anzug war.

»Schönen Dank, Mr. Smithers. Ich weiß das Angebot zu schätzen, aber ich lehn höflich ab. Und ich lass meine Bemerkungen sein – war alles nur Spaß. Bloß Spaß.« Der alte Bob lieferte seine Rede ruhig und ernst ab. Jack wusste, dass in engen Quartieren zusammengepferchte Männer manchmal ein Ventil brauchten, und Hansumbob hatte keine Lust, die Zielscheibe von Smithers' Wut zu sein.

Aber Smithers fühlte sich ins Unrecht gesetzt und wollte Genugtuung. Mit gespreizten Beinen, die Hände auf die Hüften gestemmt, stand er da. »Ich forder dich zum Kampf, Bob. Aber du kneifst den Schwanz ein wie ein Hund. Jetzt nimm meine Hand, verdammt, und sei ein Mann.«

Smithers streckte seine rechte Hand aus. Bob blickte sich Hilfe suchend um und lächelte dabei auf eine Art, bei der jeder anständige Mann es sich zweimal überlegen würde, dieser sanften Seele weh zu tun. Langsam ging Bob auf seinen Gegner zu.

»Ich schüttel dir gern die Hand, aber zu sagen, ich wollt ringen, wär eine Lüge. Es wär ein zu leichtes Spiel für dich.«

Er streckte die Hand aus. Smithers packte sie und Bob flog in hohem Bogen, mit dem Gesicht zuerst, in den Sand. Die Männer johlten.

»Noch mal, Bob. Jetzt geb ich dir eine bessere Chance. Steh auf, Mann.«

Die Männer grölten wieder. Smithers zog Bob vom Boden hoch.

»Rechter Fuß gegen rechten Fuß, Bob. Rechte Hand um rechte Hand.«

Bob wich zurück.

»Gib mir deine rechte Hand, verdammt!«

»Er hat gesagt, es ist ein zu leichtes Spiel für dich.« Bei Jacks plötzlichem Einwurf zuckten die Männer zusammen und verstummten.

»Wer war das?« Smithers fuhr wütend herum, offenbar bereit, es mit der ganzen Schiffsbesatzung aufzunehmen.

Die Seemänner wichen zurück und gaben den Blick auf Jack O'Reilly frei, der ruhig auf einem Sandhügel saß.

Smithers entblößte die Zähne, sein Mund ein grimmiger Schlund. »Halt deine unausgegorene Klappe, Junge, oder ich stopf sie dir mit Sand und verprügel dir deinen rosa Hintern.«

Beim Anblick dieses rasenden, brutalen Kerls sah Jack plötzlich wieder die gewalttätige Szene auf einer Straße in Kuba vor sich. Seine Augen verengten sich zu gefährlich schmalen Schlitzen, und mit einer Schärfe in der

Stimme, die die andern frösteln ließ, sagte er: »Wage nicht, mich anzurühren!«

Smithers erstarrte und guckte dann wie vom Donner gerührt zu Jack hin, so als sähe er die imposante Gestalt zum ersten Mal. Dem Rest der Männer hatte es vor Staunen die Sprache verschlagen. Oben von seinem Hügel herab durchbohrte Jack Smithers weiter mit seinem Blick. Dem Raufbold verging sichtlich die Kampflust; er zögerte noch einen Moment, dann zog er eine Grimasse und spuckte vor sich in den Sand. »Aaach, ein Würstchen wie du ist die Mühe nicht wert.« Die anderen Männer regten sich und machten sich wieder daran, die Wasservorräte aufzufüllen.

Nachdem alle Fässer gefüllt und verstaut waren, stieß die Besatzung widerwillig von der chilenischen Küste aus wieder in See. Als die Männer zurück zur *Star* ruderten, grub Smithers Jack seinen Ellbogen in die Rippen. »Entschuldige, alter Freund, war aus Versehen.« Dann kletterten sie einer nach dem andern die Jakobsleiter hoch aufs Schiff. Jack hatte aufgepasst, dass er vor Smithers an der Reihe war, und, schon halb die Leiter hoch, hängte er sich mit beiden Händen an eine Sprosse über ihm und stieß Smithers mit voller Wucht die Füße ins Gesicht, worauf beide ins Boot zurückplumpsten, Jack bäuchlings auf Smithers landete und ihm das Knie in die Brust bohrte. Ein Stöhnen drang aus den aufgeplatzten Lippen des Seemanns, und ein Zahn hing ihm lose aus dem blutenden Mund. Jack sagte kein einziges Wort, sondern starrte dem Seemann nur in die Augen. Mordlust lag in seinem Blick, was Smithers nicht entging.

Neujahrstag, 1. Januar 1806. Die *Star* war schließlich mit gutem Wetter gesegnet gewesen; ein günstiger Wind hob sie auf seine Schultern und trug sie praktisch die

Wellen entlang. Graziös glitt sie durch die ruhige See, und mit einer Durchschnittsgeschwindigkeit von neun Knoten legte sie die fast dreitausendfünfhundert Meilen vom Chonos Archipel an der chilenischen Küste bis zu den Gesellschafts-Inseln in dreißig Tagen zurück.

Die Besatzung war bester Laune; jedem hatte man seine Extraration Grog zugeteilt, um das neue Jahr zu feiern, und der reichliche Alkoholgenuss sorgte dafür, dass alle in Hochstimmung und zufrieden waren – mit der Ausnahme von Jack, der brütend dasaß. Seit seinem Zusammenstoß mit Smithers vor über einem Monat fühlte er sich deprimiert und verletzlich; die meiste Zeit lief er wie in Trance herum. Ein Grimm hatte ihn übermannt, den er nicht abschütteln konnte. Und er wollte es auch nicht. Er fand Trost in seiner Besessenheit: Sie erweckte in ihm den Ehrgeiz, besser als alle anderen Matrosen zu sein, aber gleichzeitig spürte er eine tiefe Angst in sich, die Angst vor den düsteren und immer wiederkehrenden Albträumen, die ihn in eine ständige Unruhe versetzten. Und da er nicht darüber sprechen konnte, nagte sein Kummer in einem fort an ihm.

Bei günstigem Wind würden sie in sieben Tagen Papeete erreichen; das alte Schiff schien die Hafennähe zu wittern und hielt sich wacker und aufrecht, wie eine stattliche Matrone. Die mit Bimsstein gescheuerten Decks glänzten, und die frisch mit Firnis gestrichene Reling leuchtete. Die Matrosen waren in kleinen Gruppen über die Decks verteilt, reparierten Segel, spleißten Taue und polierten das Messing, nur um etwas zu tun. Die Segel waren übel zugerichtet worden am Kap, sahen jetzt aber von Tag zu Tag wieder eleganter aus. Das Messing war zerdellt, erfüllte aber trotzdem seinen Zweck, und die von der langen Zerreißprobe am Kap beschädigten Leinen waren fast alle wieder geflickt. Alles in allem verwandelte sich die *Star* zusehends in ein mustergültiges seetüchtiges Schiff.

Paul und Jack waren hoch oben im Großmast und holten die Segel ein. »Vor sechs Monaten waren wir beide noch in der Schule«, sagte Paul. »Hättest du dir je träumen lassen, dass du einmal dreißig Meter hoch in der Luft in der sanften Brise schaukelst?«

»Ich weiß nicht«, brummte Jack und mühte sich weiter, Hand um Hand das schwere Segeltuch einzuholen.

»Er spricht!« Paul spielte Überraschung. »Erst achtzehn Jahre alt und die Worte purzeln ihm nur so aus dem Mund!«, rief er zu den Matrosen hinunter, die im Fußpferd hingen und Segel einholten. »Habt ihr gehört, Jungs? Er sagte ›weiß nicht‹ oder etwas in der Richtung.« Dann fuhr er an Jack gewandt fort: »Ein kleiner Hoffnungsschimmer besteht vielleicht doch noch bei dir, du schwatzhafter kleiner Teufel, du.«

Jack räusperte sich. »Ich möchte jemanden umbringen, einen Belegnagel in ein grinsendes kubanisches Gesicht stoßen oder jemandem einen Arm abreißen und ihn damit erschlagen. Ich kriege einfach diese schrecklichen Bilder nicht aus dem Kopf. Ich hasse sie, aber gleichzeitig brauche ich sie. Ich ...« Jack hielt inne, um das Schluchzen, das ihm die Kehle hochstieg, zu unterdrücken.

Da schämte sich Paul, dass er über Jacks Kummer seine Scherze gemacht hatte. Aber auf irgendeine Art hatte das seinem Freund die Zunge gelöst. Während Paul weiter an dem nassen Segel zog, sagte er: »Warst du je glücklich, Jack?«

»Nein.«

»Das glaube ich dir nicht.« Paul versuchte es noch einmal. »Seit ich dich kenne, gab es Zeiten, in denen du ausgelassen und fröhlich warst. Komm, gesteh es dir ein.

Gib dir einen Ruck und sag dir: ›Ich war glücklich und werde es wieder sein.‹«

»Na gut. Wahrscheinlich war ich schon mal glücklich – na und?« Jack schoß Paul einen bösen Blick zu.

»Na und? Wenn du so gut wie möglich durch deine Tage kommen willst und diese Fahrt überstehen, ohne dass du ein Vollidiot wirst, denk an bessere Zeiten!«

Jack wandte sich verärgert wieder seiner Arbeit zu.

»Ja, denk an glücklichere Zeiten. Das gibt dir Kraft, damit du gesund an Körper und Seele bist, wenn du nach Kuba zurückkehrst – *dann* kannst du jemand den Arm ausreißen und ihn totschlagen.«

Tahiti

Die *Star* lag im Hafen von Papeete vor Anker. Beide Wachen hatten Landgang, und so war das Schiff praktisch leer. Die einzigen Männer an Bord waren Jack, Hansumbob und die beiden Köche.

Hansumbob saß auf dem Oberdeck, den Rücken gegen den Großmast gelehnt, und schnitzte an einem kleinen Stück Knochen. Jack mochte den alten Seemann, aber jedes Mal, wenn Bob ihn ansprach, wich er ihm aus. Er war nicht direkt unfreundlich, mied aber jeden näheren Kontakt. Doch davon ließ Bob sich nicht erschüttern.

Wenn du 'ne Seele brauchst, dich auszusprechen,
und nicht weißt, wie du's anfangen sollst,
lass dir dein armes Herz nicht brechen,
sprudel's heraus, und du nicht mehr grollst.
Sieben Meere bin ich gesegelt und nie abgesoffen,
hab alles gesehn und nichts ausgelassen,
aber noch nie hab ich 'nen Seemann getroffen,
der nicht aufgeheitert wär beim Essenfassen.
Sie essen und trinken und lästern,
und erzählen so manche Mär,
aber noch keinen Seemann traf ich bis gestern,
der zum Hauptgericht zu spät gekommen wär.

Bob kicherte und klopfte mit den Füßen auf den Boden, aber je mehr er sich anstrengte, eine Reaktion von Jack zu bekommen, desto mehr zog sich Jack in sich zurück. Schließlich lehnte sich Bob schweigend gegen den Mast und fuhr mit seiner Schnitzerei fort.

Ich sollte ins Wasser springen und an Land schwimmen, dachte Jack. Lachen, trinken, meine Sorgen vergessen. Ich bin sicher, alle an Bord haben mich über. Noch besser wär's vielleicht, ich sagte diesem alten Narren Bob auf Wiedersehen und schwimme zur Bucht hinaus und gucke, wie weit ich ich in Richtung Kuba komme. Wenn ich zwei Meilen in einer Stunde schwimme und mich alle drei Stunden ausruhe, würde ich in vierundzwanzig Stunden ungefähr vierzig Meilen schaffen. Ungefähr an dem Punkt würde ich's gut sein lassen, Pauls Rat befolgen und glücklich sterben. Jack schwelgte in seinen düsteren Gedanken. Ihm war, als seien seine Sorgen seine einzigen Gefährten in letzter Zeit. Immer treu an seiner Seite.

Seit einiger Zeit schon stiegen ihm Dünste aus der Kombüse in die Nase. Die Art, wie sich der Rauch des Holzfeuers mit dem Duft tropischer Blumen vermischte, stimmte ihn plötzlich heiterer. Aber dann wurde die Nachmittagsstille plötzlich durch einen Schrei aus dem Schiffsinnern zerschnitten.

Bob sprang auf, rannte zur Niedergangsluke und riss sie auf. Eine Wolke dichten Rauchs quoll heraus, die ihm den Atem nahm, und er wich zurück.

Der Aufschrei schreckte Jack aus seinem Brüten auf. Ein Matrose stolperte hustend und spuckend auf Deck. Jack lief zum Niedergang hin und sah, dass die Kleider des Mannes versengt waren und qualmten.

»Der Koch ist dort unten! Holt ihn raus! Mein Gott, holt ihn da raus!«

Jack schnappte ein Stück Segeltuch und warf es sich

über den Kopf, wusste nicht, was er vorhatte, nur, dass er etwas tun musste. Er stürzte die engen Stufen hinunter, konnte kaum sehen vor Rauch und schlängelte sich in Richtung Kombüse vor. Als er sie erreichte, züngelten die Flammen wild gegen die Decke, als wollten sie alles verzehren. Der Koch lag auf dem Boden und trat und schlug um sich, um das Feuer zu löschen, das ihn bei lebendigem Leibe zu verbrennen drohte. Ein großer Kessel lag umgekippt auf dem Boden, und der Koch lag mit dem Kopf in einer Lache brodelnden zerlassenen Fetts.

Jack schob die Arme unter den Koch und hob ihn hoch, wobei das siedende Fett seine Arme versengte. Das schwache, durch die Niedergangsluke fallende Licht leitete ihn, als er sich mit seinem schreienden Bündel im Arm die schmalen Stufen hinaufkämpfte. Bei der Berührung mit Luft oben auf Deck loderten die Kleider des Kochs in einer Stichflamme auf, die Jack direkt ins Gesicht schlug. Jetzt brannten sie beide lichterloh.

Jack machte einen Satz und sprang, seinen Schiffskameraden im Arm, über die Steuerbordreling. Für den Bruchteil einer Sekunde sah er die verblüfften Gesichter der Männer im Beiboot, über deren Köpfe er haarscharf hinweg segelte. Noch vor Bob und Jack hatten die Matrosen vom Hafen her den Rauch gesehen und sich schleunigst auf den Rückweg zum Schiff gemacht.

Die beiden Männer wurden schnell aus dem Wasser gefischt und an Bord gehoben. Jack kühlte seine eigenen Verbrennungen mit Wasser, während er zu dem zitternden, an die Backbordreling gelehnten Cookietwo hinsah. Noch einige Stunden lang hörte er ab und zu ein Stöhnen von ihm. Wenn der Koch die Augen geöffnet hatte, starrten sie sehnsüchtig in irgendeine Rettung versprechende Ferne. Jack tauchte ein Tuch in kühles Wasser und legte es dem Mann sanft auf die Stirn.

»Vielleicht hast du mir keinen Gefallen getan, kleiner Jack«, flüsterte er mit brüchiger Stimme.

Jack nickte, ließ aber nicht ab, das wunde Gesicht und die geschundenen Glieder des gemarterten Kochs zu kühlen, der, nur halb bei Bewusstsein, Gebete murmelte.

In den kommenden Wochen verheilten Jacks Verbrennungen ohne Narben, während Gesicht und Arme von Cookietwo entsetzlich verunstaltet waren und Infektionen in den immer noch offenen Wunden wüteten. Aber wie es aussah, würde der Koch am Leben bleiben.

Mehrere seiner Schiffskameraden wollten Jack dafür danken, dass er den Koch gerettet hatte, aber er blieb hartnäckig bei seinem Entschluss, sich gegen alle abzuschotten.

Schließlich ruderten die Offiziere das Beiboot zur Siedlung, um einen neuen Koch anzuheuern, und kehrten mit einem kleinen, flinken chinesischen Gentleman namens Quen-Li zurück. Jack stand am Vorderdeck und sah, wie der Asiate sich behände hoch zur Reling schwang, sich kurz umblickte und dann aufs Deck sprang, eine solche Geschmeidigkeit hatte Jack noch nicht gesehen.

Jack beobachtete den schmalen Chinesen mehrere Tage; das Faszinierende an ihm war die Kraft und Agilität seines Körpers, die sein Alter Lügen strafte. Er bewegte sich, als schwebe er; nie stieß er mit dem Kopf irgendwo an. Aber am beeindruckendsten waren seine Augen, in denen zugleich etwas Stechendes und Freundliches lag.

»Mich dünkt, dieser Bursche hat vielerlei Talente«, sagte Paul zu Jack, der zustimmend nickte. Die beiden betrachteten den Chinesen gerade, wie er Gemüse klein hackte. Man sah ihm seine langjährige Erfahrung an, ein Messer zu handhaben, und nicht nur in einer Schiffskombüse.

Sturm

Im Laufe der Wochen wurden die Gemüter immer gereizter. Die Steuerbordmannschaft hatte gerade eine aufreibende Wache hinter sich, und als an der Back schon wieder nur eine Portion schaler Schiffszwieback und eine Pinte rationierter Grog herumgereicht wurden, brachen mehrere Männer in lauten Protest aus. Seit zwei Tagen schufteten sie jetzt schon ohne eine einzige warme Mahlzeit, weil das Wetter zu stürmisch war, um ein Feuer in der gerade wieder instand gesetzten Kombüse anzuzünden.

Als Jack zu seiner Hängematte und seinem Seesack kam, war er vom Gestank auf dem Vorschiff wie betäubt. Die engen Mannschaftsquartiere auf dem Kanonendeck zwangen einen zu einem spartanischen Leben. Talglampen schwärzten die Deckenbalken über ihm, und die Planken unter seinen Füßen waren mit einer klebrigen Schicht aus Teer und Salz überzogen. Ihm war, als ob das Geschaukel des Schiffs immer schlimmer würde. Einmal hob es sich, dann tauchte es ab, und weißer Schaum spülte über den Bug und das Vorderdeck hinunter. Als nächstes schoß eine Welle über das Schanzdeck und klappte das Speigatt hoch.

Die eine nach der andern über Deck schwappenden Wellen bahnten sich bald ihren Weg durch die Ritzen der

Vorderdecksluke und bespritzten Hängematten und Seesäcke, die sowieso schon nach Schimmel und muffigen Kleidern rochen. Jack schälte sich aus seiner nassen Jacke und richtete seine Hängematte her. Mehrere Matrosen von seiner Wache schliefen bereits fest; offenbar waren sie in dem Moment weggesackt, als die Maschen sie umschlossen.

Das hölzerne Gerippe des alten Schiffs knarrte bei der rauhen See. In einem 30-Grad-Bogen drehte es auf den höchsten Brechern, und der Kapitän hatte die Segel immer noch nicht reffen lassen. Seit Tagen hatte niemand außer Quince ihn gesehen.

Als Jack sich in seiner Matte ausstreckte, schmerzten ihm die Glieder noch von den Schlägen, die er vor zwei Tagen bezogen hatte, weil er zu spät zu seiner Wache gekommen war. Der Vorfall lief jetzt wieder vor seinen Augen ab und hinderte ihn am Einschlafen. Wild wirbelten die Bilder durch seinen Kopf, und manchmal war ihm, als sei er selbst Zuschauer bei dem Ganzen gewesen.

»Na, ich freß 'nen Besen. Wen haben wir denn da?«, wurde er von dem Zweiten Maat Cheatum zur Rede gestellt, der meist in Fragen sprach, so wie der Herr in Gleichnissen, und in diesem Moment mehr Macht über Jacks Schicksal hatte als Gott. Jack hastete an seinen Platz in der Reihe, während seine Schiffskameraden sich mit Mühe ihr Lachen verkniffen. Sie freuten sich auf das kommende Donnerwetter wie über alles, was das eintönige Leben auf See unterbrach.

»Ich habe dir eine Frage gestellt, kleiner Jack. Oder träumst du schon wieder?« Jack wusste, das »klein« bezog sich nicht auf seine Statur, sondern auf seine Jugend und seinen Platz in der Rangordnung des Schiffs. Der Zweite Maat musterte ihn einen Moment, trat dann nach vorn und versetzte ihm einen Schlag mit dem Handrücken, worauf Jack Blut im Mund schmeckte.

Jack schlug mit solcher Geschwindigkeit zurück, dass die beiden Hiebe fast wie einer klangen. Cheatum war wie vom Donner gerührt, genau wie alle andern an Deck. Er war so verdutzt, dass er eine Weile mit offenem Mund dastand.

»Wie kanst du es wagen, die Hand gegen einen Vorgesetzten zu erheben! Ich verprügel dich, dass dir Hören und Sehen vergeht. Zieh die Hosen runter und bück dich.«

»Nie«, antwortete Jack.

»Habe ich recht gehört? Hast du ›nie‹ gesagt?«

Jack starrte den Maat an, seine Haltung eine einzige stumme Herausforderung. Gedämpftes Gemurmel kam von den anderen Matrosen, von denen einige ihn insgeheim ermunterten, andere verschreckt waren von seiner Aufsässigkeit.

»O'Reilly, du bist mir schon lange ein Dorn im Auge. Ich hab die Nase voll davon, wie du stolz und eigenbrödlerisch über die Decks stolzierst. Mut hast du, keine Frage. Wie du dir die Finger verbrannt hast und alles. Aber ich sag's nicht zweimal: Lass die Hosen runter, Junge, oder du kriegst so viele Peitschenhiebe auf den Rücken, bis du mich anbettelst, dir den Arsch zu versohlen.«

Jack zuckte nicht mit der Wimper. Cheatum gab zwei Matrosen ein Zeichen, ihn in ausgestreckter Haltung am Bugkorb neben dem Großmast festzubinden.

Von irgendwo hinter sich hörte Jack Pauls Stimme. »In der Bibel steht ›Auge um Auge, Zahn um Zahn‹. Und wenn man sich an die Sprüche der Heiligen Schrift halten will, wäre es dann nicht besser, Strafen nach diesem Leitsatz zuzumessen?«

»Halt den Rand, Le Maire, oder du bist der Nächste«, brüllte Cheatum.

»Zum Beispiel«, fuhr Paul fort, »wenn einer zu spät zur Wache oder zum Anwesenheitsappell kommt, dann wäre es doch folgerichtig, daß man ihm auferlegt, zu spät zum Essen oder zu seiner Grogration zu kommen oder ...«

Der Schlag an seine Schläfe haute Paul flach aufs Deck. Cheatum stand über ihm. »Das hat dir hoffentlich dein Mundwerk gestopft, Freundchen.« Dann stürzte er sich wieder auf Jack. »Ich sag es noch einmal: Rücken oder Hintern? Was soll's sein, mein Junge?«

Jack antwortete nicht, sah aber, wie der Matrose namens Red Dog Cheatum eine Klopfpeitsche reichte, die dieser in einen Eimer mit Salzwasser tauchte, das dann von dem nassen Leder aufs Deck der *Perdido Star* tröpfelte.

Jack zuckte kein einziges Mal zusammen unter den Peitschenhieben Cheatums. Beim vierzehnten Hieb drang eine Stimme vom Achterdeck her.

»Mr. Cheatum, das reicht.« Es war Quince, der die Worte sprach. »Stecken Sie die Peitsche weg und binden Sie den Mann los.«

Jack war, als halle das Wort »Mann« über dem ganzen Schiffsdeck wider; eine tiefe Stille senkte sich herab, während jedem Matrosen an Bord klar zu werden schien, dass dieser Junge, ohne mit der Wimper zu zucken, viel mehr ertragen hatte, als die meisten von ihnen ausgehalten hätten.

Jacks Gesicht war rot, und obwohl er mit aller Macht dagegen ankämpfte, strömten ihm Tränen über die Wangen.

»Sie sind das Salz der Erde, kleiner Jack. Leck sie auf«, rief jemand von irgendwoher. Aber Jack lehnte die Einladung ab. Irgend etwas Schwarzes wuchs in seiner Seele, etwas, das ihn zugleich tröstete und ängstigte.

Als er jetzt in seiner Hängematte lag, leierte Jack wieder seine Gebetsmühle ab: Ich muss einen Weg finden, diese Reise zu überleben. Einen Weg zurück nach Kuba. Während er einschlummerte, fanden seine Gedanken Halt an der neuen Härte in seinem Wesen. *Ich will leben. Ich will einen Weg finden, den Grafen zu stellen, und in der Zwischenzeit werde ich nicht zulassen, dass er mich zerstört.* Das Gesicht des Grafen schwebte ihm nebelhaft vor Augen, und es quälte Jack, dass es nicht zu fassen war. Während der Schiffsrumpf durch das endlose Meer glitt, hörte er die leisen Schlafgeräusche um sich herum.

»Steuerbordwache an Deck!«, dröhnte Cheatums Stimme durchs Mannschaftsquartier.

Jack wusste nicht, ob er Minuten oder Stunden in seiner Matte gelegen hatte.

»Alle Mann Beeilung. Schnell, schnell, die Segel reffen. Es bläst ein verdammt ordentlicher nördlicher Wind.« Cheatum hielt inne, um einem Matrosen, der sich in seiner Hängematte nicht regte, einen Fußtritt zu versetzen. »Bug und Heck sind überspült, also heißt es Schlechtwetterausrüstung, und alle Mann an die Arbeit.«

Sein Rücken steif vor Schmerzen, schoß Jack aus seiner Hängematte hoch und stieß sich den Kopf an einem dicken Eichenbalken. Er holte tief Luft und hielt sich an einem Pfosten fest, der von den vielen haltsuchenden Händen glatt geschliffen war.

Das Schiff schaukelte gewaltig; es krängte nach Backbord und schien dort festzustecken. Als Jack spürte, wie seine Füße und Unterschenkel plötzlich schwerer wurden, wusste er, dass sich das Schiff mit einer riesigen Dünung hob. Genauso schnell schwand das Schweregefühl wieder, und die *Star* tauchte nach unten.

Als Jack an Deck kam, übergab sich Paul am Backbordspeigatt. Jack konnte nachfühlen, wie es ihm ging; seit sie vor drei Wochen Tahiti verlassen hatten, war ihm übel.

»Ich glaube, ich schaff es nicht, Jack.« Paul konnte Jack nicht ansehen, als er auf ihn zukam. »Seit zwei Tagen kotz ich, und ich habe einfach keine Kraft mehr.« Sein Gesicht hatte die gleiche graue Farbe wie der hellste Fleck am Himmel.

Cheatum hangelte sich mit einem Ruck durch die Niedergangsluke aufs Hauptdeck hoch. »Aufs Achterdeck, ihr Landratten! Meldet euch bei Mr. Quince – oder wollt ihr meinen Stiefel spüren?«

Wieder stellte der Zweite Maat Fragen, auf die er keine Antworten wollte; vielleicht machte es das Leben leichter, wenn man sich nie auf eindeutige Aussagen festlegte.

Jack stellte sich zwischen Paul und den Maat, damit der Pauls Übelkeit nicht sah. Dann zerfetzte ein Knall die Luft; in dem heimtückischen Wind war ein riesiges Stück Segeltuch zerrissen. Schoten und Fallen schlugen gegen den Mast, und scharfe Böen zerrten an den Segeln. Entlang der Strecktaue, die die Backbordwache gespannt hatte, während die anderen schliefen, kämpften sich die beiden jungen Männer nach achtern.

Als sie dort ankamen, gab Quince Kommandos. Peters und Smithers kämpften mit dem Steuerrad. Wie ein Geisterpferd bäumte sich das Schiff gegen den menschlichen Willen auf. Das Ruder drehte abwechselnd in einem Moment hart nach Steuerbord und drehte im nächsten schnell nach Backbord. Jack wusste, dass dies eine gefährliche Situation war, weil das Schiff einmal 20 Grad nach dieser, dann nach der anderen Seite vom Kurs abwich. Wenn Brecher über das Heck kamen und eine riesige Welle über das Achterdeck rollte, dann war es in Gefahr, seitlich in einen der Wellenberge abzudriften, die sich zehn Fuß über dem Bugspriet brachen. Und wenn es erst einmal in einem Wellental war und ein gewaltiger Brecher über es hinweg spülte, würde es bestimmt quer schlagen.

Mit einer Gruppe anderer Matrosen warteten Jack und Paul auf Befehle. Schließlich kommandierte Quince sie auf den Fockmast hoch, damit sie anfingen, die Segel einzuholen. Der Wind schien aus verschiedenen Richtungen zu kommen, und die Luft war schwer wie Wasser. Das Stampfen von Schiff, Wind und Wellen sorgte für einen höllischen Lärm. Ein Albtraum von kontrastierenden Farben verdunkelte den Himmel im Norden. Zum Süden hin waren noch einige blaue Flecken zu sehen und im Westen rote Sprenkel der untergehenden Sonne. Aber der Norden war pures Schwarz, um das sich violette Wolken zusammenbrauten.

Der Wind verstärkte sich auf vierzig Knoten, und das große Schiff tauchte und schnitt von einer Welle zur nächsten.

»Bei solchem Wetter gefällt es mir nicht besonders hoch oben in den Bäumen.« Paul griff in die Webeleine und stieg sie hoch, bis er auf dem Steuerbord-Schanzdeck stand. »Mir ist schlecht, Jack. Wirklich übel.«

»Na, sieh es doch einfach so.« Jack kletterte hinter Paul die Wanten hinauf. »Je fixer wir die Segel einholen, desto schneller können wir in unsere Kojen zurück.« Jack ging es allmählich besser; Zorn gärte immer noch in ihm, aber er bändigte ihn jetzt durch Willenskraft. Er hatte eine tiefe Zuneigung zu Paul gefasst und würde immer in seiner Schuld stehen für sein Verständnis.

Jack liebte es, bei schlechtem Wetter in der Takelage zu sein. »Vergiss nicht, eine Hand fürs Schiff, eine für dich.«

»Ich hab lieber beide Hände für mich, danke.« Paul versuchte ein Grinsen.

Sie waren kurz vor der ersten Rahe. Einige von der Backbordwache hatten das Vorderbramsegel eingeholt und enterten vor ihnen in die Takelage auf. Dann wandten plötzlich alle Mann den Kopf, denn hinter ihnen war ein lautes Reißen zu hören; das untere Schratsegel war gebrochen. Der Wind drehte zurück, der Baum brach sich los und sauste über das Brückendeck.

Ein Matrose, der sich auf ein Achterstag über dem Schratsegel hochgezogen hatte, wurde über Bord gefegt. Jack sah, wie er in den Wellen strampelte und seinem davonfahrenden Schiff nachschwamm. Die ihm zugeworfene Leine verfehlte ihn. Ein Blitz zerriss den Himmel. Wieder wurde die Leine geworfen, und wieder verfehlte sie ihr Ziel. Bedeckt vom Schaum der peitschenden Wellen, tauchte der Kopf des ertrinkenden Mannes ein letztes Mal auf, ehe er im Meer versank.

Jack schluckte sein Entsetzen hinunter. Aber er konnte den Blick in den Augen des ertrinkenden Mannes nicht loswerden, in denen zugleich Staunen und Todesangst stand. Paul klammerte sich an den Rahen fest.

Mr. Quince gab den unglücklichen Matrosen als verloren auf und schrie den anderen seine Kommandos zu. »Schnell, Männer. Hoch den Mast und Beeilung, oder ich zieh euch das Fell über die Ohren.«

Jack spürte, wie die Gefahr seine Sinne schärfte. Er konnte Pauls Angst förmlich riechen.

»Mein Gott. Dieser Matrose – er hatte keine Chance.« Paul versagten die Beine. »Kanntest du ihn?«

»Nein.« Jack erinnerte sich nur, dass er ein älterer Matrose von der Backbordwache war. »Hoch die Wanten, oder wir kommen in die Bredouille!«

Paul schielte zum Deck hinunter, holte tief Luft und stieg weiter die Wanten hinauf. Als er und Jack die Rahe direkt unterhalb der allerobersten erreichten, erhielten sie das Kommando, sich in der Takelage zu verteilen und die Segel einzuholen. Jack nahm seinen Posten am äußersten Ende der Rahe ein. Das Schiff legte sich gewaltig auf die Seite, und hoch oben von den Rahen wirkte die Krängung noch beängstigender.

Die Matrosen kämpften sich so mit den schweren Segeln und den glitschigen Reffleinen ab, dass ihnen bald Rücken und Arme weh taten. In seinem Eifer, es den älteren Matrosen gleichzutun, vergaß Jack manchmal, eine Hand für sich zu behalten. Er war erleichtert, dass Paul so nahe am Mast war, wo er ein Bein durch die Leiter gehakelt hatte und das andere in die Webeleine geschlungen. Wieder drehte der Wind und kam jetzt vom Südosten her.

In seiner kurzen Zeit auf See hatte Jack schon Kap Horn umsegelt. Aber dieses Unwetter erschien ihm viel gefährlicher. Sein Rücken war nass vom Blut aus den wieder aufgesprungenen Grinden, in denen die kalte Salzgischt höllisch brannte. Aber Jack fand das alles aufregend. Er fühlte sich lebendig. Einer der älteren Männer neben ihm war wie zu Stein erstarrt und blickte mit schreckgeweiteten Augen hinaus auf die stürmische See. Er schien außer Stande, sich zu rühren.

»Los, beweg dich, mach weiter und hol die Segel ein – eine andere Wahl hast du nicht«, rief Jack ihm zu.

Ohne eine Miene zu verziehen, starrte der Mann in die Tiefe.

»Der Maat reißt dir den Arsch auf«, schrie Jack.

Der Matrose blickte ihn nicht an. Er hatte zwei Schritte nach unten getan, als eine plötzliche Sturmböe den Mast über Jacks Kopf erfasste. Dem Krachen des berstenden Holzes folgte das Geschrei der Matrosen an der obersten Rahe. Der Mast war gebrochen.

Für den Bruchteil einer Sekunde sah es so aus, als

schwebe die Rahe freistehend in der Luft, dann sausten Rahe, Webeleinen, Schoten und Fallen an Jacks Augen vorbei hinunter aufs Deck. Jack streckte die Hand nach einem an ihm vorbeifliegenden Matrosen aus, der mit den Armen ruderte, als wolle er den Wind hinaufsteigen, um sich zu retten. Jack erwischte den Jackenärmel des Manns, spürte einen scharfen, kurzen Ruck in den Händen, dann war die Erscheinung verschwunden. Es hätte ein Traum sein können, wäre da nicht der Fetzen eines blauweiß gestreiften Hemds gewesen, den Jack in der Hand hielt.

Die verhedderten Leinen verlangsamten den Fall der Rahe. Aber jedes Mal, wenn sie sich irgendwo verfingen, dann mit einem so gewaltigen Ruck, dass der Matrose, der sich gerade an der Stelle befand, sich nicht mehr festhalten konnte und auf Deck oder über Bord geschleudert wurde. Jack suchte nach irgendeinem Ort tief in seinem Innern, wohin er sich vor der Verwüstung und dem Tod um ihn herum flüchten konnte. Dann spürte er, wie eine sonderbare Ruhe ihn überkam. Einen kurzen Moment wanderten seine Gedanken zu den Peitschenhieben, dem Mut seiner Mutter, dem Gesicht seines Vaters, aber Sekunden später war er wieder mitten in der bedrohlichen Wirklichkeit.

Vorsichtig einen Schritt neben den andern setzend, bewegte er sich die Webeleine entlang, bis er neben Paul war. Dann fiel ihm ein, dass er eigentlich an dem älteren Matrosen hätte vorbeikommen müssen. Aber das war er nicht. Auch diesen armen Kerl hatte der heruntersausende Mast also mit in die Tiefe gerissen. In der Tat, nur er und Paul waren noch da – und Paul war offenbar verletzt. Einen Arm durch das Lattenloch und ein Bein durch die Leiter gestreckt, hing er schlaff in den Seilen, die ihn vor dem Hinabstürzen bewahrten.

»Kannst du mich hören?«

Keine Antwort.

Von unten schrie jemand zu Jack hoch, ob er verletzt sei.

»Nein, mir fehlt nichts. Aber mein Kamerad ist schwer verletzt.«

»Ist er tot?«

»Nein, Sir, er hat nur was auf den Kopf gekriegt. Ich will versuchen, ihn festzubinden und hinunterzulassen.«

»Na, dann mach schnell, Junge. Hier unten ist der Teufel los, und wir brauchen jeden Mann.« Jack war klar, dass Quince Paul für tot hielt, sich aber offenbar sagte, dass er mehr Zeit sparte, wenn er Jack zur Rettung seines Freundes ermutigte, als wenn er ihn zu überreden versuchte, ihn im Stich zu lassen. Jack blickte hinab auf das Trümmerfeld unter ihm, das zersplitterte Holz der Maste, das Gewirr aus verheddertem Segeltuch, Klötzen und Leinen, auf das Blut und die zerschmetterten Körper – mindestens fünf auf dem Deck und mehr über Bord.

Jack sah einen Mann im Wasser, der sich an einem Ende der Rahe festhielt, deren anderes Ende noch in den Trümmern an Deck feststeckte. Die Matrosen, die auf dem Achterdeck aufräumten, konnten ihren Kameraden nicht sehen. Jack schrie ihnen zu, aber bei dem heulenden Sturm hörten sie ihn nicht. Der Mann klammerte sich mit aller Kraft an die Rahe, aber dann entglitt sie ihm, und er trieb fort und wurde von den Fluten verschluckt.

Jack drehte sich wieder Paul zu und redete auf ihn ein. Wäre er bei Bewusstsein, wäre es leichter, ihn durch das Gewirr von Holzstangen hindurch hinunterzulassen, aber Paul war besinnungslos und würde ihm keine Hilfe sein. Jack trat von der Rahe in die Webeleine und stieg sie bis unterhalb der Stelle hinab, wo Pauls Bein zwischen den Sprossen steckte. Eine Leine der herabgestürzten

Aufbauten hatte sich an dem Rahnock neben Paul verfangen, und Jack schlang sie unter Pauls Hinterteil und Rücken, wickelte sie dann noch einmal herum, um die behelfsmäßige Gondel sicherer zu machen. Dann schnitt er die Leine durch, machte eine Schlinge und einen festen Knoten vor Pauls Bauch.

Dann warf er die Leine über die Rahe und wickelte sie noch einmal herum, damit sie mehr Lauffläche hatte. Pauls Bein aus der Webeleine zu ziehen war nicht so leicht wie gedacht, weil Jack seinen Freund hochstemmen musste, um es herauszubekommen. Das getan, hob er ihn wieder hoch und befreite Pauls zwischen Segel und Rahe steckenden Arm. Jetzt schwang sein Körper frei in der Luft und schaukelte mit den Bewegungen des Schiffs. Die Leine um Pauls Rücken war zu tief angebracht, und so hing er in der Taille abgeknickt in den Seilen. Als das Schiff sich auf die Seite legte, schwang Paul von Jack fort und im nächsten Moment, mit dem Kopf zuerst, wieder zurück. Jack stürzte sich zwischen den Mast und Paul.

Plötzlich glitt die über die Rahe geschlungene Leine Jack mit rasender Geschwindigkeit durch die Hände, und sein Freund sauste sechs Fuß in die Tiefe, ehe Jack die Leine wieder fest im Griff hatte. Den brennenden Schmerz, mit dem das Tau in seine Hände schnitt, ignorierte Jack und er ließ Paul weiter auf Deck hinab. Die Matrosen unten konnten ihm nicht zu Hilfe kommen, denn fünfzehn Fuß über Deck war die Webeleine von dem hinabstürzenden Mast zerrissen.

Jack probierte aus, ob er genug Kraft hatte, sich mit der linken Hand festzuhalten und mit der rechten die Leine auslaufen zu lassen. Ja, es würde gehen – wenn er nur Paul von dem Mast fern halten konnte. Er wartete, bis das Schiff sich in einem Wellental aufrichtete, und gab der Leine dann schnell mehr Lauf, in der Hoffnung, Paul würde von den unten wartenden Händen aufgefangen. Zentimeterweise hangelte er sich bis ganz nah an die Rahe hinauf und ließ dann der Leine noch mehr Lauf. Immer noch fünfzehn Fuß über Deck, schwang Paul jetzt gefährlich nahe an den Mast. Jack umgriff die Rahe mit dem Tau darum und ließ es langsamer laufen. Paul glitt wieder ein Stück tiefer, war aber immer noch mehrere Fuß von den ausgestreckten Händen der Matrosen auf Deck entfernt. Plötzlich legte sich das Schiff auf die Seite, und das schlaffe Bündel Paul schwang nach achtern.

»Fangt ihn auf!«, schrie Jack. Quince, der oberhalb der Matrosen auf dem Brückendeck stand, schnappte Paul mit einem Arm und ließ ihn auf Deck herab. Erleichterung durchflutete Jack, als er sah, dass Paul in Sicherheit war. Als der Schmerz seiner aufgeschürften Hände sich den Weg in sein Bewusstsein bahnte, brauchte er einen Moment, seine Kräfte neu zu sammeln.

»Mach dir eine Schlinge um die Brust und komm hier runter«, rief Quince. Aber Jack war schon auf dem Weg. Wieder war die Leine zu kurz, aber die Arme von einem Halbdutzend bereitstehender Matrosen fingen ihn auf. Ein paar flüsterten ihm »gut gemacht« zu, ehe sie weiterhasteten, um sich um die Verheerung ringsherum zu kümmern.

Jack sah zum Brückendeck hoch, wo Quince und Hansumbob Paul gegen das Kompaßhaus gelehnt hatten. Verdutzt guckte Paul ihm entgegen.

Eine gespenstische Stille breitete sich über das Schiff. Sie waren plötzlich in völlig ruhigem Gewässer. Mehrere Matrosen hielten in ihrer Arbeit inne und blickten aufs Meer hinaus. Nur wenige Meilen entfernt quollen schwarze Wolken am Himmel, und darunter brodelte und tobte das Meer immer noch. Wie vom Grund einer tiefen Schüssel aus sah Jack die Sterne direkt über ihm. Es schien, als dümpelte das Schiff auf einem stillen Teich, um den herum sich riesige Wasserberge auftürmten. So müde, wie noch nie in seinem Leben, sank Jack auf die Knie.

Auf dem Brückendeck regte sich etwas. Jack wandte den Kopf. Eine Gestalt ganz in Weiß kam wie ein Geist achtern den Niedergang herauf. Im nächsten Moment erkannte Jack, dass es der Kapitän war – er war nackt, und seine bleiche Haut zeichnete sich gegen den dunklen Himmel hinter ihm ab. Sein langes Haar hing ihm wirr um den Kopf, und an seiner linken Schläfe hatte er eine große, blutverkrustete Wunde, die wie ein verschnörkeltes Schmuckstück aussah. Getrocknete Kotze zierte seine Brust. In der linken Hand hielt er einen Humpen mit Rum und in der rechten seinen noch in der Scheide steckenden Säbel. Die Leichen und Trümmer um ihn herum schien er nicht zu sehen.

»Mr. Quince, warum laufen wir mit eingeholten Segeln? Verdammt noch mal, Mann, wir sind in einer Flaute. Setzen Sie die Segel, Mister.«

Mehrere Matrosen senkten die Köpfe. Jack wurde zum ersten Mal klar, wie tief der Glaube seiner Kameraden an die Rangordnung eines Schiffs auf See war. Das Wüten des Sturms und der Tod ihrer Kameraden hatten sie erschüttert, aber die Erkenntnis, dass sie keinen wirklichen Kapitän mehr hatten, war viel niederschmetternder für sie.

»Smithers, sorg dafür, dass der Kapitän sicher zurück in seine Kajüte kommt. Lasch ihn auf seiner Koje an«, sagte Quince. Er trat auf den alten Mann zu und nahm ihm den Säbel aus der Hand. Der Kapitän stotterte einen Fluch.

Eine heimtückische Woge vom Heck hob das ganze Schiff und wirbelte es herum. Die Wassermassen schleuderten Jack über das halbe Achterdeck. Als er das Salzwasser über die Achterreling ausspuckte, berührten seine Hände die Schnitzerei, die er den Kapitän dort hatte anbringen sehen, als sie in Massachusetts und Kuba vor Anker lagen. Salem – wie weit lag das zurück – da war er noch ein Junge gewesen. Jack ließ die Finger über die verschnörkelten Buchstaben gleiten: »Kapitän Hans Peter Deploy. 1730–1806.« Der Kapitän hatte gewusst, dass dies seine letzte Reise war.

Niemand war am Steuerrad. Es drehte sich träge, so als habe es sich selbstständig gemacht. Dann merkte Jack, dass es in der Tat so war. Die Fingerlinge waren aus den Ösen gesprungen, und das Ruder hatte sich vom Schiff gelöst. Mein Gott, dachte Jack. Wir treiben auf diesem Teich wie ein Spielzeugboot.

Quince stand an der Steuerbordreling und starrte in die Schwärze hinaus. In dem Wissen, dass er jetzt alle Verantwortung trug, richtete er sich mit gebieterischer Stimme an die Mannschaft: »Schnell, Jungs, tut was ihr könnt für das Schiff. Dann lascht euch am Korb um den Groß- und Fockmast an und betet … denn wir sind eindeutig im Auge des Taifuns.«

Jack band Paul am um den Großmast herumführenden Korb fest und stieß die Belegnägel verkehrt herum in die Leinen, die er um sie beide geschlungen hatte, so dass sie mit einem schnellen Ruck nach unten zu lösen wären. Dann saß er still gegen das Holz gelehnt, während auch die anderen Matrosen um ihn herum sich an Masten, Relingstützen und der Kanone festbanden.

Kaum einer redete bei diesen Vorbereitungen. Quince warf einen letzten Blick über das Schiff, ehe er sich selbst festband. Die Winde wurden stärker.

Die über Bord hängenden Trümmer der Maste zogen das Schiff nach Backbord, aber der Sturm und die Wellen schoben es wieder nach Steuerbord, und in diesem Hin und Her ereilte der Taifun die *Perdido Star*. Sie trieb hilflos in der hochgehenden See.

Haushohe Wogen schossen über den Bug bis zum Achterdeck und spülten dann über die auf dem Hauptdeck festgebundenen Matrosen hinweg, die sich nicht vom Fleck rühren konnten, um den Tonnen von Wasser zu entgehen. Jack hörte die Schreie der Männer, wenn sie Luft schnappten und sich für die nächste Wasserflut wappneten. Bei dem erbarmungslosen Stampfen lockerten sich einige der Spanten des Schiffs, und das Tosen von Wind und Wogen vermischte sich mit dem Krachen des zerberstenden Holzes. Die *Star* drohte auseinander zu brechen.

Mit einem Krachen, das für Jack klang, als würden Bäume gefällt, fegten die Wogen über das achtern gelegene Deckshaus hinweg. Die Wassermassen ergossen sich durch den Niedergang bis hin zur einstigen Kapitänskajüte. Die nächste Woge schoß über Jacks und Pauls Kopf hinweg, klatschte gegen das Achterdeckschott und ergoss sich ins Mannschaftsquartier. Als die *Star* in die nächste Welle eintauchte, wurde das Wasser zusammen mit den Trümmern vom Deckshaus wieder hochgespült. Die zurückflutende Welle schwappte der entgegen, die gerade über den Bug kam, und sie trafen sich in der Mitte des Hauptdecks, wo die Matrosen um ihr Leben kämpften.

Jack fand inzwischen, dass das Anlaschen keine sonderlich gute Idee gewesen war. Er konnte kaum Atem holen zwischen den Wellen, und als er sich umblickte, sah er, wie viele seiner Kameraden mit aller Macht kämpfen mussten, um nicht zu ertrinken.

Einmal, als Jack zwischen zwei Wellen den Kopf über die Korbstrebe hob und zum Achterdeck hinsah, hörte er einen lauten Schrei. »Jack, über dir!«

Mit einem Gewirr von Leinen kam eine Rahe in hohem Bogen auf den Bugkorb zugeschossen und schlug eine Sekunde später nur Zentimeter über Jacks Kopf ein. Allein der Aufprall war genug, Jack zu betäuben, der Paul blitzschnell mit sich heruntergezogen hatte. Und als die nächste Welle über sie spülte, waren sie zwar ordentlich durchgerüttelt, aber unverletzt. Spuckend sah Jack in die Richtung, aus der die Warnung gekommen war. Dort lag der ertrunkene Cookietwo. Er hatte seine Schuld zurückgezahlt.

Gegenüber von Jack versuchten drei Matrosen, die zwischen den Kanonen angelascht waren, sich loszubinden, weil eine der Kanonen sich losgerissen hatte und hin und her schlitterte; wie ein Pendel schwang sie an dem noch haltenden Leinenende vor und zurück. Ein bewusstloser Matrose lag der zweitonnenschweren gusseisernen Mordmaschine im Weg. Jack konnte nichts tun als hilflos zusehen, wie der Mann zu Brei gedrückt wurde. Um Matrosen das Leben zu nehmen, musste das verdammte Ding nicht mal geladen werden.

»Alles in Ordnung?«, schrie Jack Paul zu.

Paul musste im Delirium sein, denn seine Antwort ergab keinen Sinn.

»Sag's noch mal. Ich hab dich nicht verstanden.«

»Ich sagte, lass dich nie wieder in der Nähe von unserm Schiff blicken, alter Mann ...« Lachend zeigte Paul auf den Ozean.

Dort, festgeschnallt auf den Überresten seiner Eichenkoje, trieb der Kapitän in den Wogen, eine Öllampe in der Hand, Silberbart und Haar vom Wasser zerwühlt, und starrte in den schwarzen Himmel hinauf. Er hob die Hand und winkte noch einmal kurz, ehe das Meer seine Bahre in die Nacht forttrug.

»Sind wir schon tot? Haben wir das verdient?« Eine vernünftige Frage, die Paul mit nüchterner Stimme stellte.

Jack spuckte Salzwasser aus und antwortete: »Noch sind wir nicht tot. Aber nahe daran. Sehr nahe, Paulie.«

»Paulie? Nur Hansumbob nennt mich so. Ich weiß noch, als er mich zum ersten Mal so rief, das war in der Nacht, als ich dich von der Straße in Havanna aufgelesen habe. Erinnerst du dich noch?«

Jack beobachtete die wilde See. Er erinnerte sich.

Der peitschende Sturm warf sie hin und her. Nach der endlosen Hölle der an seinen Fesseln zerrenden Wassergüsse war Jack sowieso schon so durchgerüttelt, dass er kaum noch bei Bewusstsein war. Dann, plötzlich, flaute der Sturm ab. Langsam richtete sich die *Star* wieder auf und begann, in ihren eigenen Trümmern zu kreisen. Jetzt waren nicht nur direkt über ihnen Sterne zu sehen, sondern am ganzen Himmel. Vom Bug bis zum Heck standen die Decks unter Wasser; die Backbordreling war vier Fuß abgetaucht, und das Schiff lag da wie ein harpunierter Wal. Aber sie hatten den Sturm überlebt.

Und jetzt sinken wir wahrscheinlich, schoß es Jack durch den Kopf. Das Meer war von einer Ruhe, die noch vor ein paar Momenten jede Vorstellungskraft überstiegen hätte – und so, wie die *Star* auf einmal schlingerte, sah es aus, als wären sie im Windschatten von Land.

Verwundete und ertrunkene Matrosen waren überall um ihn herum; einige der Überlebenden schienen allmählich aus ihrer Starre zu erwachen. Jack wusste, dass die an der Backbordreling angeseilten Matrosen alle tot waren, denn der Teil des Schiffs war die meiste Zeit unter Wasser gewesen.

Jack spürte, wie eine wilde Freude durch seine Adern strömte. Es war das Aufregendste und Entsetzlichste, was ihm je zugestoßen war.

Quince band sich los und begann, den Matrosen, die sich noch rühren konnten, Kommandos zu geben. Doch im nächsten Moment wurde er von einem mahlenden, schauerlichen Geräusch unterbrochen. Die Steuerbordreling entlang hastete er zum Achterdeck und schrie: »Wir sind hart auf Grund gelaufen, Jungs. Schnappt euch schnell alles, was auf dem Wasser treibt, und macht euch fertig, das Schiff zu verlassen.«

Jack zog die Belegnägel aus den Leinen und band Paul und sich los. Dann schnappte er sich die Tür der Kapitänskajüte.

»Was ist los? Sind wir zu Hause?«, fragte Paul mit schmerzverzerrtem Gesicht.

»Nein, Paul, wir sind noch nicht zu Hause. Wir werden dieses Stück Holz hier nehmen und lospaddeln. Wir sind auf einem Riff aufgelaufen, oder einer Landzunge, und wenn wir Glück haben, mein Junge, dann hängt vielleicht eine Insel dran.«

Gestrandet auf einer Südseeinsel

Fest an die Tür geklammert, trieben Jack und Paul von den Überresten des Schiffs fort und beteten, festen Boden zu finden. Sie konnten hören, wie sich die Wellen irgendwo an einem fernen Strand brachen, aber bei der rauen See war unmöglich zu erkennen, in welche Richtung er lag. Sie hatten kaum noch Kraft. Zweimal hatte Jack die Sicherheit ihres Rettungsfloßes verlassen, um den Hilferufen eines Matrosen zu folgen, aber beide Male kam er zu spät. Das Meer forderte einen hohen Zoll in dieser Nacht.

Dann schrien ungefähr ein Dutzend Männer sich etwas zu, versammelten sich kurz darauf an einem Korallenriff, und auf der verzweifelten Suche nach Land kletterten sie über zerklüftetes Gestein und wateten durch Seichtgewässer. Dem Peitschen der Brandung nach musste das Land nah sein, aber es zu erreichen war hoffnungslos schwer. Einen Moment waren sie zwei Fuß unter Wasser auf einer Erhebung des Riffs, im nächsten strampelten sie sich in tiefem Gewässer ab, das über ihren Köpfen zusammenschlug. Jack und Paul mussten so aufpassen, dass die Tür nicht an dem Riff zerschellte, dass sie nichts um sie herum bemerkten. Schließlich trieben sie ihr Rettungsfloß durch eine Lücke im Riff und landeten in einer winzigen Bucht, von der aus sie den schaumigen Meeresrand sehen konnten. Dahinter, in der Lichtung eines Mangrovenhains, meinte Jack sich etwas bewegen zu sehen. Vielleicht ein großes Tier oder ein Mensch.

Endlich stolperten sie an Land. Wenige Meter vom Wasser entfernt entdeckte Jack Spuren von Menschen – eine rauchgeschwärzte Feuerstelle. Er und sein Freund begannen, alles brauchbare Treibgut an den Strand zu ziehen, sogar hin und wieder einen übel zugerichteten Matrosen.

»Sieh mal, Jack, in einigen von diesen Dingern sind verkohlte Tierknochen«, sagte Paul. Er rollte ein Fass voll rätselhaften Inhalts ein Stück weiter den Strand hinauf.

»Ja, scheinen vor allem Fischknochen zu sein.«

Der Mond hatte sich durch die Wolken geschoben, und so schafften die Männer es leichter an Land. Sie kamen allein oder zu zweit, schnappten einmal kurz nach Luft und brachen dann zusammen. Plötzlich tauchte Quince so gut wie unversehrt aus dem Nirgendwo auf und begann sofort, Kommandos zu geben.

»Die *Star* sinkt und ist verloren, Männer, aber dort draußen treibt noch eine Menge Plunder herum, der uns morgen wie ein Schatz vorkommen wird – also rührt euch!« Mit der Barkasse der *Star* hatte er es bis kurz vor den Strand geschafft und war das letzte Stück an einer anderen Stelle durch das Riff gewatet. In seinen gewaltigen Armen hielt er ein seltsames Sammelsurium persönlicher Habe, darunter ein Pistolenhalfter, ein Entermesser und eine zusammengefaltete rote Schärpe, die Jack über seiner Koje auf der *Star* hatte hängen sehen.

Als Jack hinauswatete, um eine im Wasser treibende Kiste an Land zu ziehen, versuchte er so viel wie möglich von der Umgebung im Mondlicht zu erkennen. Die Insel, auf der sie gestrandet waren, wirkte klein und schwer zugänglich, außer durch die Lücke im Riff, die er und Paul entdeckt hatten. Da er die Hände um die Kiste geklammert hatte, ruckte er mit dem Kinn seewärts und sagte zu Paul: »Sieh dir das an.« Paul, der ein Brett an den Strand zog, blickte hin. Selbst im Dunkeln waren die Umrisse größerer Inseln in der Nähe zu sehen. Jacks Phantasie arbeitete fieberhaft, während er dem Meer die Bruchstücke der *Star* entriss. Indianer, Kannibalen, Geschichten von Schiffbrüchigen.

»Gut so, Männer. Jetzt könnt ihr verschnaufen.« Quince gab den Überlebenden ein Zeichen, sich mehrere Meter vom Strand entfernt zu versammeln. Das meiste des leicht erreichbaren Treibguts war eingesammelt, und Jack sagte sich, dass Quince es für wichtiger hielt, den Männern jetzt eine Pause zu gönnen. Außerdem mussten sie sich ausruhen und, wenn irgend möglich, aufwärmen, was das wichtigste war. Sie hatten so lange im Meer getrieben, dass sie trotz der tropischen Nacht ernsthaft unterkühlt waren.

»Männer, wir brauchen ein Feuer.«

»Dann können die Eingeborenen uns sehen«, krächzte Smithers, der ein Stück entfernt auf dem Boden ausgestreckt lag.

»Das stimmt«, antwortete Quince und blickte zu den nahen Inseln. »Aber warum sollten wir auf ein Feuer verzichten, um unsere Anwesenheit hier zu verbergen, wenn im Morgengrauen der Mast der *Star* meilenweit zu sehen sein wird.«

Er hat recht, dachte Jack. Das Schiff mochte unter Wasser sein, aber sein Großmast war es nicht, und die durchnässten, erschöpften Männer brauchten Wärme und Ruhe, wenn sie sich verteidigen wollten.

»Der Rauch würde uns auch ein bisschen vor diesen verdammten Insekten schützen«, brummte Coop, der Küfer und Schiffszimmermann. »Aber wie wollen wir Feuer machen, wo alles durchgeweicht ist?«

»Hat vielleicht jemand in dem Durcheinander eine funktionierende Pistole oder ein Gewehr mit an Land gebracht?«, fragte Jack.

Bootsmann Mentor antwortete, dass Quince eine in seinem Gepäck hätte, worauf Quince nickte und fragte: »Wozu soll sie gut sein?«

»Ich möchte etwas ausprobieren«, antwortete Jack. Er erklärte seinen Plan, und kurz darauf ließ Quince die Männer einen Haufen Späne aus dem vergleichsweise trockenen Innern des nassen Schiffsholzes abhobeln. Aus der Mitte eines an Land getriebenen Schießpulverfasses schöpften sie etwas Pulver, und Paul kippte das Öl aus dem Behälter einer zerbrochenen Schiffslampe, die er gerettet hatte. Inzwischen schlotterten die Männer förmlich vor Kälte. Die erste Aufregung und Freude über ihre Rettung legte sich allmählich, und die Auswirkungen der langen Zeit im Wasser machten sich immer deutlicher bemerkbar.

Sie verteilten die Holzspäne auf einem geretteten Messeteller und häuften das Schießpulver darauf. Paul goss das Öl darüber, das eine Lache unter den Spänen bildete.

»Tretet zurück, Jungs!« Jack hatte Kugel und Ladung aus der Pistole entfernt, so dass nur im Zündhütchen Pulver war, und hielt die Pistole seitlich, wobei das Steinschloß fast die leicht entzündliche Mischung auf dem Teller berührte. Er drückte ab, und ein greller Blitz schoß auf den Teller. Die Männer jubelten, als eine zischende Flamme aufloderte, die dann in ein stetiges ruhiges Feuer überging. Paul stellte den Teller in die alte Feuerstelle am Strand. Es hatte beim ersten Versuch geklappt. Viele Kisten waren aus dem Meer geholt worden oder von allein an den Strand getrieben. Die Männer brachen sie auf, und alles, was brennbar war, wurde geopfert.

Quen-Li, den Jack in all der Aufregung bisher nicht bemerkt hatte, erschien mit einem Arm voll alter Kokosnußschalen, die er unter einer Palmengruppe in der Nähe aufgelesen hatte. Hervorragende Idee, dachte Jack. Sie brannten herrlich und ersparten es ihnen, Dinge zu verbrennen, die sie später vielleicht brauchten. Die Stimmung der Männer hob sich in direktem Verhältnis zur Höhe der lodernden Flammen. Jack spürte, wie das Licht und die Wärme wieder ein Gefühl von Sicherheit in die Welt zurückbrachten, die in ihnen zerbrochen war.

»Na, vielleicht entdecken die Wilden uns und verschlingen uns morgen früh. Aber dann haben wir wenigstens eine warme Mahlzeit für sie abgegeben. Nichts ist schlimmer als ein kaltes Frühstück, finde ich«, sagte Paul.

Die um das Feuer kauernden Männer dachten einen Moment verdutzt über Pauls Bemerkung nach, dann verzogen sich ihre Gesichter zu einem Grinsen. Aus dem Grinsen wurde ein vernehmbares Prusten, das schließlich zu einem schallenden Gelächter anschwoll, bei dem auch Jack seine sonstige Zurückhaltung aufgab und einstimmte.

Der Bann war gebrochen. Jack staunte, was ein Feuer und ein bisschen Galgenhumor alles bewirken konnten. Zum Teufel und zur Hölle, sie lebten! Sie hatten festen Boden unter den Füßen, und das Blut rann noch durch ihre Adern. Sie trieben nicht als leblose, bleiche Gestalten auf dem Meeresgrund, oder, noch schlimmer, strampelten sich verzweifelt in den Wellen ab, um nicht den Ozean zu verschlucken.

Quince wartete, bis sich das mit ihrer ganzen Nervenanspannung aufgeladene Gelächter der Männer gelegt hatte; dann sagte er ihnen, ehe sie sich alle schlafen legten, müsste noch eine Bestandsaufnahme ihrer misslichen Lage gemacht werden. Jack und Quen-Li, die sich am schnellsten wieder gefangen hatten, standen auf, um Quince dabei zu helfen, die über die Lichtung verstreut liegenden Seemänner zu zählen und zu sehen, in welchem Zustand sie waren.

Sie zählten sechzehn Überlebende vom Untergang der *Star*, zwei davon ernsthaft verletzt. Jacob, der jüngste Vollmatrose, stand unter Schock. Hautfetzen hingen von der Stelle herab, wo vorher der kleine Finger seiner linken Hand gewesen war. Von Kopf bis Fuß hatte er schlimme Prellungen, und sein rechtes Bein sah wie gebrochen aus.

Mancys eine Kopfhälfte war in der Form der Großmastrahe ausgebuchtet, die sich aus ihrem Stütztau losgerissen und ihm in den letzten Momenten des Sturms einen gewaltigen Schlag versetzt hatte. Sein linkes Auge hing halb aus der Höhle heraus, und alles darum herum war ein Brei aus Blut, Knochen und Schädel. Er schien bei Bewusstsein zu sein, denn mit dem rechten Auge folgte er den Bewegungen seiner Kameraden. Seit dem Schiffbruch hatte er keinen Ton von sich gegeben, aber seine Kameraden wussten nicht, ob er nicht konnte oder nicht wollte. Sabber floß ihm aus dem Mund, und die rechte Seite seines Gesichts – die unverletzte – zuckte heftig. Paul flüsterte Jack zu, das läge an seinen Hirnverletzungen. Die Männer kümmerten sich so gut es ging um ihn. Jeder schien zu wissen, dass Mancy nur noch für einen kleinen Zwischenaufenthalt auf seiner Reise in die Ewigkeit unter ihnen weilte.

Quince glaubte, dass Jacob überleben würde, wenn die

Wunde an seiner Hand sich nicht infizierte und sein Bein nicht kompliziert gebrochen war. Der junge Matrose hatte überhaupt keine Erinnerung daran, wie er seinen Finger verloren hatte, wusste nur noch, dass es passiert war, als er und die andern sich abstrampelten, bei ihrer letzten Fuhre zum Strand ein kleines Trinkwasserfaß und andere lebenswichtige Dinge in die Barkasse der *Star* zu bekommen.

Außer Mancy und Jacob zählte Quince Jack, Paul, Cheatum, Mentor, Smithers, Hansumbob, Coop, Peters, Klett, Brown, Red Dog, Dawkins und sich selbst zu den Überlebenden. Und Quen-Li. Insgesamt waren elf Männer beim Schiffbruch der *Star* umgekommen. Und alle, die noch lebten, saugten sich das Blut aus den Wunden, die sie sich an dem zerklüfteten Korallenriff zugezogen hatten, besonders an Beinen und Händen. Jack fiel auf, wie sich um die meisten Abschürfungen ein roter entzündlicher Rand bildete. Bestimmt würden sie nur langsam heilen.

Wenig später sanken die Männer um das Feuer herum, und die meisten schliefen sofort ein. Die ganze Nacht wurde Wache an dem ruhigen Gewässer der kleinen Bucht gehalten. Es gab häufige Wachablösung, da die erschöpften Matrosen die Augen nicht länger als eine Stunde offen halten konnten. Und einer übergab dem andern glücklich die einzige funktionierende Pistole, wenn sich das Stundenglas endlich drehte. Dass sie dieses einfache Instrument gerettet hatten, das ihnen ein Zeitmaß gab, war schon ein Trost an sich und wie ein Verbindungsglied zur *Star* und ihrer vom Schiff her gewohnten Routine.

Beim Morgengrauen fiel warmer Nieselregen. Doch sowie die Sonne aufging, umhüllte die Männer die Hitze eines Südpazifik-Tags. Aber mit den Sonnenstrahlen verzogen sich immerhin die Insekten, die sie die ganze Nacht geplagt hatten. Jetzt konnte man sich vom schützenden Rauch des Feuers entfernen, ohne »einen guten Liter Blut an die verdammten geflügelten Bestien zu verlieren, die, bei allen Heiligen, eine gottverfluchte Kreuzung aus einer Fliege und einem Mastiff« waren, jedenfalls Quince's Einschätzung nach.

Quince ließ die Männer eine Bestandsaufnahme ihrer Besitztümer machen und sie dann den Strand und das Seichtgewässer nach allem absuchen, was vielleicht noch angespült worden war. Jack sah mit Freuden, dass es dem Ersten Maat gelungen war, eine Ladung Kugeln und verschiedene Horngefäße mit trockenem Schießpulver für die Pistole zu retten; dazu hatte das Meer aus eigener Laune gut ein Dutzend Fässer mit Schießpulver angeschwemmt.

Die *Star* hatte sich freigebig gezeigt und den Schiffbrüchigen eine beachtliche Menge Gaben überlassen, aber ihr Wrack lag jetzt auf dem Lagunengrund, und alles andere müsste ihr unter Mühen entrungen werden. An Essbarem war nur sehr wenig gerettet worden. Im Laufe des Tages gelang es den Männern noch, ein Mehlfaß und mehrere Säcke Reis zu ergattern – alles nass. Der Reis begann schon zu quellen, weshalb Quince befahl, ihn zu kochen. Das Salzwasser, mit dem er durchtränkt war, machte ihn fast ungenießbar. Und die kleine Insel hielt wenig Nahrung bereit. Keine Zitrusfrüchte und nur wenige Kokosnüsse, die nicht alt und ausgetrocknet waren und noch so viel weißes Fleisch hergaben, dass es die Mühe lohnte, sie zu spalten. Zur großen Erleichterung aller hatten sie wenigstens ein großes Fass mit Trinkwasser, das Quince befohlen hatte, um jeden Preis zu retten.

Die Männern schürten den ganzen Tag die Feuerglut und schichteten daneben einen stetig wachsenden Haufen trockenen Holzes auf, den sie mit einem Segeltuch bedeckten. Es gab reichlich Fische in der Lagune, aber sie zu fangen war schwieriger als gedacht. Doch jeder wusste, dass Verdursten die größte Gefahr war, und so forderte Quince Jack, Paul und Coop auf, sich etwas auszudenken, das Regenwasser aufzufangen, aber ihnen fehlten passende Behälter, aus denen das einmal gesammelte Wasser nicht auslief.

Schon in der dritten Nacht hatten die Männer zu einer Art Routine gefunden. An erster Stelle standen die Sicherung von Wasser- und Essensvorräten und Wache zu halten. Nachts konnten sie auf den benachbarten Inseln Feuer sehen und wussten, dass die Eingeborenen ihres gleichermaßen sahen. Die brennenden Schnittwunden an Füßen und Händen der Schiffbrüchigen waren nicht nur lästig, sie entkräfteten sie auch.

Am vierten Tag starb Mancy. Weil sein eines unversehrtes Auge immer offen stand und sein Atem ohnehin flach war, kam Paul erst auf die Idee, ihn sich näher anzusehen, als er merkte, dass kein Speichel mehr aus Mancys Mund floß. Und da hatte zu Pauls Entsetzen die Leichenstarre bereits eingesetzt, was bedeutete, dass die Männer fast den ganzen Tag lang einer Leiche tröstende Worte zugemurmelt hatten.

Den Toten zu bestatten war ein Problem. Ein Grab in der dünnen Erdschicht zu schaufeln, die das Korallen- und Kalkgestein ihrer neuen Heimat bedeckte, war unmöglich. Den Seemann verbrennen würde sie mehr Holz kosten, als sie entbehren konnten. Also blieb nur noch das Meer als Grab. Die meisten Männer waren geschwächt, und ihren Kameraden ans Wasser und hinaus zur Barkasse zu ziehen, würde sie kostbare Kraft und außerdem einige hart errungene Kettenstücke kosten, um ihn in die Tiefe zu lassen. Aber eine verwesende Leiche konnte auf dieser winzigen Insel eine große Gefahr für die Gesundheit der Männer bedeuten, und so sagte Quince, es müsse sein. Als die Leichenstarre sich löste und seine Arme beweglich waren, zogen sie Mancy die Jacke aus, da sie, wie sich alle einig waren, den Lebenden mehr nutzte als den Toten. Und so wurden die sterblichen Überreste Mancys ohne ihre Kleider an den Rand des Riffs gerudert und der Tiefe übergeben.

Die Beschaffung von Fisch erwies sich als knifflige Angelegenheit. Manchmal waren die Männer mit Angelleine und Haken erfolgreich, die sich aber zu oft am Grund verfingen. Paul und Jack warteten mit einem phantasievollen Lösungsvorschlag auf: Man müsse eine Sprengladung austüfteln, die unter Wasser detonieren konnte, und dann hoffen, dass die Explosion die Fische töte. Denn wenn es etwas gab, das sie im Überfluss besaßen, so war es Schießpulver.

Mit den richtigen Zutaten, sagte Paul, könnten sie einen Zünder konstruieren, der unter Wasser losging. Sie brauchten bloß Salpeter erhitzen.

»Nein, das ganze Gemisch muss erhitzt werden«, entgegnete Jack. »Nitrat, Schwefel, Holzkohle. Ich habe gehört, dass es während des Kriegs so gemacht wurde, als die Armee und dieser Bushnell im Hafen von Boston mit Unterwasserminen und -torpedos experimentierten, um die Blockade der britischen Rotröcke zu durchbrechen. Mein Vater sagte, es wäre ganz leicht, wenn man eine Paste aus dem Schießpulver macht und sie um die Zündschnur schmiert. Dann brennt das Feuer von Blase zu Blase, und die Luftkammern sorgen dafür, dass die Flamme nicht ausgeht.«

»Hat er es je ausprobiert?«

»Dazu hatte er keinen Grund. Aber wenn er gesagt hat, es funktioniert, dann stimmt es.«

Sie arbeiteten den ganzen Tag an dem Projekt. Nachdem sie das Gemisch schließlich in dem einzigen Topf erhitzt hatten, der nicht zum Auffangen des Regenwassers benutzt wurde, tauchten sie eine Schnur hinein und suchten nach einem Behälter, der als Bombe zu gebrauchen war. Sie einigten sich auf einen Apothekerkrug, den sie mit dem trockenen Schießpulver füllten und mit Kerzenwachs versiegelten. Dann trugen Jack und Paul die hausgemachte Bombe zu einem flachen Riff nahe der Bucht, wo sie einen Schwarm Fische gesehen hatten. Sie zündeten die Schnur und warfen die Sprengladung mitten in den Schwarm. Mächtige Funken sprühten, brannten im Wasser weiter und hinterließen eine sonderbare Spur weißen Rauchs, aber dann verloschen die Funken. Ein Fehlschlag.

Am nächsten Tag versuchten sie es mit einem Bohrer aus den Überresten des Arztkoffers. Mancy hatten all die Instrumente nichts mehr genutzt, aber dieser Bohrer diente zur Schädeleröffnung, um bei Kopfverletzungen das Wundwasser aus der Schädeldecke zu drainieren. Sie benutzten ihn, um ein Loch in eine Bullaugenklappe zu bohren, die unter dem Treibgut gewesen war. Sie füllten sie bis zum Rand mit schwarzem Pulver. »Press es so fest hinein, wie du kannst, stampf es wie der Teufel«, drängte Jack.

Paul sah ihn skeptisch an. »Ist das nicht ein bisschen riskant?«

»Wenn ich's mir überlege, ja. Nimm lieber ein Stück Holz, um es festzudrücken. Wenn Metall auf Metall trifft, könnten Funken entstehen, was gefährlich wäre.«

»Danke für die Warnung.« Paul warf den verbogenen Eisenlöffel beiseite, den er gerade verwendet hatte.

Als das Gemisch festgestampft war, führten sie eine Schnur durch die Öffnung, versiegelten sie mit Wachs und warfen ihre neueste Konstruktion schließlich ins türkise Wasser. Ein gedämpfter Knall war zu hören, und innerhalb von Sekunden trieb eine Hand voll kleiner Riff-Fische an die Oberfläche. Das war ihr ganzer Fang. Ein halber Fehlschlag. Wie es schien, war diese Technik nicht geeignet, die Männer zu ernähren, selbst wenn sie sie noch weiter verbesserten.

Als sie an jenem Abend um das Feuer saßen, schlug Jack vor, nachts eine der benachbarten Inseln zu erkunden und dort auf Nahrungssuche zu gehen.

»Glaubst wohl, die Wilden merken nicht, dass du kommst, weil's dunkel ist?«, fragte Quince. »Nein, Jack, um Gottes willen, ich brauche dich hier und will dich nicht wegen irgendeiner irrwitzigen Unternehmung verlieren. Die wissen, dass wir hier sind – ausgeschlossen, dass sie unser Feuer und alles nicht bemerkt haben. Weiß der Himmel, warum sie noch nicht aufgetaucht sind … als Freund oder Feind.«

Paul grinste spöttisch. »Ja, die armen Teufel können sich offenbar nicht entscheiden, ob sie uns begrüßen oder auffressen sollen.«

»Genug, Paul. Sieh zu, ob du aus dem Segeltuch dort nicht was herrichten kannst, um das Feuer abzudunkeln.«

»Aber«, beharrte Jack, »wenn sie sowieso wissen, dass wir hier sind, was ist dann dagegen einzuwenden, dass ich ihnen einen Besuch abstatte?«

»Nein.« Quince klang gereizt, aber Jack wusste, die anderen wollten genauso eine Antwort auf die Frage wie er. »Unsere Stärke ist nicht zu unterschätzen«, fuhr Quince schließlich fort, »auch wenn wir nur eine Pistole besitzen. Wir haben Entermesser, sind ein Haufen Männer, und es gibt nur einen einzigen Zugang zur Insel.

Aber wenn wir uns spalten, geben wir einen Vorteil aus der Hand.«

»Und wenn sie freundlich sind?«

»Vielleicht sind sie es, aber das glaube ich erst, wenn wir ihnen die Hände schütteln und mit ihren Damen ein Menuett tanzen – vorher nicht.«

Jack wusste, dass Quince recht hatte, aber Geduld und Untätigkeit fielen ihm nicht leicht, selbst wenn sie vernünftig erschienen, und innerlich begehrte er gegen die Entscheidung des Ersten Maats auf.

»Noch etwas, Jack. Diese Feuer sind wahrscheinlich wirklich die von Eingeborenen, aber was, wenn sie es nicht sind? Malaiische und chinesische Piraten machen die Küste Asiens unsicher, die mit dem Segelschiff in ein paar Tagen zu erreichen ist, und wahrscheinlich brechen sie irgendwo in diesen Gewässern zu ihren Überfällen auf.«

Jack nickte. Er verstand. »Es könnten genausogut Europäer sein, Mr. Quince«, warf Paul ein. »Auch die Handelsschiffe der John Company durchstreifen dieses Gebiet. Die Mistkerle könnten uns schwarz anmalen und verkaufen, so wie alle, mit denen sie auf keine andere Art Gewinn machen können.«

»Genug! Sieh zu, dass du endlich aus diesem Segel da eine Verdunklung hinkriegst.« Jack unterdrückte ein Lächeln, als er Quince murmeln hörte. »Manchmal ist der Kerl wirklich unerträglich.«

Quen-Li erwies sich als wahres Genie im Beschaffen von verzehrbarem Grünzeug. In den Mangrovenhainen sammelte er Knollen und saftige, fleischige Blätter und zerstampfte sie zu einem Brei, der zwar einigermaßen nahrhaft war, aber, in Coops Worten, schmeckte, »wie schon zweimal gegessen«. Dem Chinesen selbst schien der Mansch gut zu bekommen; er war der einzige unter den wenigen Überlebenden, der keine Zeichen körperlicher oder seelischer Pein zeigte. Jack war immer faszinierter von der Gelassenheit und Stärke dieses Mannes, der in seinem vergangenen Leben zweifellos andere Dinge getan hatte, als Brei für Matrosen zu stampfen.

Mit Jacob schien es aufwärtszugehen. Seine Hand, die von Quen-Li in heißem Salzwasser gebadet und wenn nötig von Mentor mit einer Lanzette bearbeitet wurde, heilte allmählich. Wieder waren ihre reichlichen Schießpulvervorräte hilfreich. Von Anfang an hatte Mentor darauf bestanden, etwas von dem Pulver in die offene Wunde zu stäuben. Und mit der Zeit war sogar Jack davon überzeugt, dass der alte Volksglaube stimmte: die Wunde entzündete sich nicht. Paul, der den Heilungsprozess besonders gespannt beobachtete, war der Meinung, dass vielleicht die hohen Anteile von Schwefel oder Kaliumnitrat in dem Pulver dafür verantwortlich waren.

Jacobs Bein war nicht gebrochen, wie ursprünglich befürchtet. Er begann, ein wenig herumzuhumpeln, und die Schwellung ging allmählich zurück. Seine körperliche Genesung schien dem jungen Mann zu helfen, seine tiefe Niedergeschlagenheit wegen des Verlusts seines Fingers zu überwinden. Ein Leben ohne kleinen Finger sei weiter nicht schlimm, versicherten ihm seine älteren Kameraden mit ihrem typischen rauhen Humor. Klett, ein Matrose skandinavischer Abstammung, wartete mit einem besonders interessanten Blickwinkel auf.

»Mein Gott, Junge, hätt' dein Schnippel sein können, der dir verlor'n gegangen wär. Mal dir das mal aus! Beim Teufel, ohne Schnippel wärst du besser tot – aber 'n Finger? Junge, das is' gar nix. Musst bloß 'en bisschen weiter zurückreichen, wenn du dir den Arsch abwischen willst.«

»Elegant ausgedrückt, mein lieber Klett«, sagte Paul lachend. »So eine gefühlvolle Bemerkung, und in so hübsche Worte gesetzt ... vielleicht erwägst du ja eine Karriere als Literat, wenn wir erst wieder ins zivilisierte Leben zurückgekehrt sind?«

»Halt's Maul, Paul, eh ich dir eine runterhaue«, brummte Klett.

»Sachte«, schaltete Jack sich ein. »Pauls Zunge ist nur mal wieder schneller als sein Hirn – wie so oft. Ich glaube, deine Worte waren Jacob ein wirklicher Trost.«

Auch von Klett war Jack fasziniert. An Bord der *Star* hatte er dem riesigen Skandinavier wenig Beachtung geschenkt, der von Natur aus still und ein bisschen einfältig war. Während und nach dem Sturm jedoch hatte sich der Mann in Jacks Augen durch Mut, fröhliche Schicksalsergebenheit und große Stärke ausgezeichnet.

Ihre zweite Woche auf der Insel brach an. Alle lebten noch und waren einigermaßen bei Gesundheit, aber an ihrer Lage hatte sich nichts verändert. Der beständige Regen nahm ihnen ihre größte Sorge – frisches Wasser. Die Nahrungsbeschaffung – besonders die von Obst und Gemüse zu Vermeidung von Skorbut – war weiterhin ein Problem. In der Lagune wimmelte es vor Fischen, aber sie zu fangen gelang ihnen immer noch nicht. Außerdem hatten die meisten Männer mehr oder weniger eiternde Wunden, besonders an den Füßen. Und ganz allgemein war der Elan, der sie alle nach dem Überleben des Schiffbruchs beflügelt hatte, abgeflaut. Jack sah, dass Quince besorgt war. Was, wenn die Eingeborenen schließlich doch auftauchten und die Männer einen so kraftlosen Anblick boten?

Aber Jack machte sich keine Sorgen. Obwohl ihre Lage immer noch heikel war, hatten sie den Schock über den erlittenen Schiffbruch überwunden und waren jetzt eindeutig keiner unmittelbaren Gefahr ausgesetzt, an Durst, Hunger oder durch die Hand feindlicher Wilder zu sterben.

Jack wagte es allmählich, sich weiter vom Lager zu entfernen, um die Umgebung zu erforschen. An einem sonnigen Nachmittag und bei außergewöhnlich ruhigem Meer paddelte er auf einem Floß, das er aus mehreren angespülten Holzplanken gezimmert hatte, zur *Star* hinaus. Er kletterte den halb versunkenen Mast hinauf, um sich ein klareres Bild von der Größe der benachbarten Inseln zu machen, und sah dann, dass sie zu einem weitläufigen Archipel gehörten, der sich so weit erstreckte, dass sein Ende nicht zu erkennen war. Die Kette kleinerer und größerer flacher Inseln war von einem Riff gesäumt, an dessen Windseite entlang der Schaum der Brecher wie eine weiße Halskrause blitzte.

Wer waren diese Menschen, die sich in diesem sonderbaren Zipfel der Welt niedergelassen hatten? Waren sie freundlich oder gefährlich? Und sahen sie wie die Eingeborenen von Polynesien aus? Jack hatte gehört, dass diese Gegend unbekannter und primitiver als die Fidschi und anderen Inseln im Pazifischen Ozean wäre, aber er wusste, das waren bloße Vermutungen. Anscheinend hatten nur wenige Walfänger und Missionare die Inseln in diesem Teil der Welt besucht, und wie Quince gesagt hatte: »Walfänger! Die Hälfte von denen lügt und die andere sagt nicht die Wahrheit … im Ganzen sind sie aber ehrlicher als die Missionare.«

Als Jack Paul beschrieb, was er oben vom Mast der *Star* aus gesehen hatte, sagte sein Freund, er vermute, dass sie auf einem Atoll seien, vielleicht den Palau Inseln oder etwas nördlich davon. Das Fehlen jeglicher Vulkankegel bedeute wahrscheinlich, dass sie nicht in den östlichen Karolinen gestrandet waren, sondern weiter westlich, »verdammt nahe an Asien«, wie Quince sich ausdrückte.

»Der breite Saum hellgrünen Wassers, den du beschrieben hast, ist sehr seicht«, sagte Paul. »Wahrscheinlich nicht tiefer als höchstens zehn bis dreißig Faden. Das Dunkelblau jenseits der weißen Brandung jedoch, das ist Tausende Faden tiefes Meer – wir hatten Glück, dass die *Star* hindurch war, ehe sie sank, denn dann wäre sie nie mehr für uns zu erreichen gewesen ... jedenfalls nicht in diesem Leben.«

Jack wusste nicht, was er davon halten sollte. »Was steht denn in deinen schlauen Büchern, wie lange es gedauert hat, bis all diese Korallen sich gebildet haben? Du hast selbst gesagt, das Wasser überall um sie herum ist Tausende Fuß tief.«

»Ja, mein Freund, das ist eine interessante Frage, nicht wahr?«

Jack lauschte seinem belesenen Freund, wie er ihm die neuesten Theorien gewisser Leute schilderte, die sich »Uniformitaristen« nannten, insbesondere die eines Burschen namens James Hutton, der ein Buch mit dem Titel *Theorie der Erde* geschrieben hatte.

»Seiner Ansicht nach waren diese Inseln ursprünglich vulkanisch«, erklärte Paul. »Einst ragten sie weit über den Meeresspiegel hinaus, wurden aber von Wind und Brandung weggefressen, und als sie tiefer als der Wasserspiegel waren, bildete sich Koralle auf ihnen.«

»Wind und Brandung? Das würde Tausende Jahre dauern!«

»Eher Millionen. Ja, wenn du die Bibel wörtlich nimmst, dann müsstest du davon ausgehen, dass die Erde ungefähr 4004 v. Chr. entstand, jedenfalls laut der Ussher-Lightfoot-Zählung.«

»Ussher-Lightfoot?«

»Das sind zwei Kirchenmänner, die alle ihre Zahlen aus der Bibel gewinnen. Der Punkt ist nur, dass man ihnen zufolge glauben müsste, dass die Erde so von Gott erschaffen wurde, wie man sie heute sieht, denn in weniger als 6.000 Jahren verändert sich nicht viel; es sei denn, es hätte eine ganze Serie von Katastrophen gegeben, Sintfluten und sowas. Diese Uniformitaristen dagegen behaupten, dass über die Zeitalter hinweg große Veränderungen passierten, aber nur ganz allmählich, in winzigen Schrittchen. Egal, wer nun recht hat, ich habe heute abend Küchendienst ... wir sehen uns dann am Essenstrog.«

Als Paul gegangen war, saß Jack auf einem Stück Treibholz, fuhr mit den Zehen durch den Sand und versuchte sich vorzustellen, dass der Sand nichts weiter als losgelöste Partikel von Koralle und Fels war, und was es bedeutete, in einer Welt zu leben, die Millionen Jahre alt war. War er selbst deshalb wichtiger oder unwichtiger? Und war es in diesem großen Plan der Dinge unbedeutend, was seinen Eltern in Kuba widerfahren war?

Er wünschte, dieser Gedanke wäre ihm nicht in den Kopf gekommen. »Es gibt Vergeltung«, hatte Quince ihn getröstet. Aber wie? Wie könnte es die je geben? Als die Traurigkeit in seinem Herzen überhand nehmen wollte, sprang Jack schnell auf, ging den Strand entlang und versuchte, sich auf etwas Freundliches und Lebendiges zu konzentrieren. Colleen – nun, die war lebendig.

Wie fern von ihr war er jetzt ... Teufel – er kannte das Mädchen ja kaum. Warum spazierte sie durch seine Phantasie, als gehöre sie ihr? Er hatte kaum mit ihr gesprochen, aber, verdammt, das Mädchen sprach Bände mit den Augen. Das Strahlen, die Wärme ... wie seine Mutter auf eine Art. Ihr irischer Akzent. Es verwunderte Jack, dass seine Erinnerungen an das Mädchen mit der Zeit nicht verblassten, sondern immer lebendiger wurden.

Er kam an einer der lange verlassenen Eingeborenen-Feuerstellen vorbei und sagte laut: »Hunderte von Jahren, Tausende, Millionen. Ich wette, ihr Leute hier habt nie die *Theorie der Erde* gelesen … Warum zeigt ihr euch nicht?«

Begegnung mit den Eingeborenen

Der erste Kontakt mit den Eingeborenen ließ nicht mehr lange auf sich warten. Im frühen Dämmerlicht des nächsten Tages tauchte direkt vor Jack ein Mann aus dem Morgennebel auf. Er trat aus dem Gestrüpp, das die rauhe Windseite der Insel säumte und in genau der entgegengesetzten Richtung lag, aus der die Schiffbrüchigen Besuch erwartet hätten. Jack erledigte gerade am Rande des Lagers sein Geschäft, als er merkte, dass der menschenförmige Busch, zu dem er mit verschlafenen Augen hingesehen hatte, in Wahrheit tatsächlich ein Mensch war.

Der Eingeborene betrachtete Jack mit ungerührter Miene. Den Speer in seiner rechten Hand hatte er auf den Boden gestützt, und eine Art Streitaxt trug er lässig über seiner linken Schulter. Nichts Bedrohliches lag in seiner Haltung, eher Vorsicht und Zurückhaltung. Jack trat einen Schritt zurück. Er hatte sofort das Gefühl, dass der Mann nicht allein war; und sein Verdacht bestätigte sich, als im nächsten Moment mehrere andere Gestalten in dem sich lichtenden Nebel sichtbar wurden. Jack konnte nicht gegen den Gedanken an, dass ihm so sonderbar aussehende Menschen noch nie unter die Augen gekommen waren, und er fragte sich, wie er und seine schiffbrüchigen Kameraden diesen Wilden wohl vorkamen.

Die Eingeborenen hatten eine dunkle, kupferfarbene Haut, und was sie am Leib trugen, schimmerte noch dunkler. Doch als Jack auf ihre entblößten Genitalien blickte, wurde ihm klar, dass sie in Wirklichkeit völlig nackt waren und ihre Körper mit Farbe bemalt hatten.

Er wagte nicht, zurück zu seinen Kameraden zu eilen, um sie zu warnen – er fürchtete, es könnte als Angst, oder, schlimmer noch, aggressiver Akt verstanden werden. Stattdessen blieb er ruhig stehen und ließ die bizarren Erscheinungen auf sich wirken, während sie ihn genauso unverwandt anstarrten. Dann fiel ihm auf, dass er sich wieder geirrt hatte; die Männer hatten sich nicht mit Farbe bemalt – es waren Tätowierungen.

Ihr Haar war pechschwarz und oben auf dem Kopf zu einem Büschel zusammengebunden. In den Augen des Mannes, der am nächsten zu ihm stand, versuchte Jack abzulesen, welche Absichten er hatte. Doch die dunklen Augen begegneten seinem Blick, ohne die geringste Regung zu verraten, weder Angst noch Feindseligkeit, höchstens leichte Neugier und vielleicht eine Spur Belustigung. Aber was immer auch in ihm vorgehen mochte, der Mann gab eine beeindruckende und phantastische Figur ab.

Während Jack die neuen Eindrücke in sich einsickern ließ, merkte er, dass aus dem Lager hinter ihm der erste Morgenlärm plötzlich verstummt war. Ohne sich umzudrehen wusste er, dass seine Schiffskameraden inzwischen gemerkt hatten, dass Besucher auf der Insel eingetroffen waren.

Da Jack den Eingeborenen direkt gegenüberstand, sagte er sich, dass es wohl an ihm war, den ersten Schritt zu machen. Er hielt eine Handfläche hoch, lächelte die Männer an und lud sie mit einem Winken ein, ihm zu folgen. Dann ging er voraus, wandte ihnen mit Absicht den Rücken zu, weil er sich sagte, dass jede menschliche Rasse dies als Zeichen von Vertrauen und Arglosigkeit verstehen würde. Während er auf seine Schiffskameraden zuging, betete er trotzdem, dass er nicht als nächstes von einer Speerspitze durchbohrt würde. Als er merkte, dass die Eingeborenen sich nicht vom Fleck rührten, winkte er ihnen wieder zu und ging dann ruhig bis zum Lager voraus. Mit Erleichterung sah er, dass die Wachen von der Bucht abberufen worden waren und in weiser Voraussicht die Pistole verbargen.

Mit demonstrativer Gelassenheit trat der Anführer auf die Schiffbrüchigen zu, den Speer inzwischen über der rechten Schulter als Gegenstück zu der Axt auf seiner linken. Quince stellte sich neben Jack und sprach die ersten Worte der Begegnung.

»Uh ... okole maluna. Freunde.«

Jack wusste, dass Quince auf früheren Seereisen Bekanntschaft mit den Hawaii-Inseln gemacht hatte, aber offenkundig sagten seine Worte dem tätowierten Mann nichts. Quince ließ seiner Begrüßung eine Geste folgen, die in Jacks Augen eine glückliche Wahl war. Er band sich sein rotes Halstuch ab, jenes, das er vom Schiffbruch gerettet hatte, und übergab es dem Mann, der allem Anschein nach der Führer war.

Ein breites Lächeln erschien auf dessen Gesicht. Er winkte seinem Gefolge zu, wobei er in ein wildes Geplapper ausbrach, das wie von einem anderen Stern klang. Plötzlich vertrauensselig strömten die anderen herbei, und einer von ihnen zauberte aus dem Nirgendwo einen Fisch von beachtlicher Größe hervor. Jack staunte, wie gut die Wilden für alle Eventualitäten gewappnet waren – Kampf oder Tausch.

Der Anführer tippte sich mit dem Finger auf die Brust und sagte: »Gan Jawa.« Dann zeigte er fragend auf Quince. Impulsiv kam Jack dem Ersten Maat zuvor, wies auf ihn und stellte ihn mit fester Stimme vor: »Gan Quince.« Ein Schuss ins Blaue – aber er traf. Die Eingeborenen schlenderten durch das Lager, aber nicht, ohne vorher zu Quince hingeblickt zu haben, so als wollten sie die Erlaubnis dieses fremden Häuptlings einholen. Jack sagte sich, eine fest gefügte Rangordnung würde einem so bunten, wilden Haufen wie diesem bestimmt Respekt einflößen. Wir mögen zwar Schiffbruch erlitten haben, aber wir sind keine führerlose wilde Horde, schien die richtige Botschaft zu sein.

Die Eingeborenen waren entweder überaus verschlagen oder wirklich freundlich gesinnt. Sie waren fasziniert von den behaarten Brustkörben der Amerikaner und Europäer, die nirgends ein Tintenschnörkel verzierte; viele traten heran, um die nackten Oberkörper genau zu betrachten. Obwohl sie barfuß waren, liefen sie leichtfüßig über die scharfe Koralle, die den Füßen der Matrosen so zusetzte. Nach einer Weile trat Gan Jawa wieder auf Quince zu, machte mit dem Arm einen großen Bogen über die nahen Inseln, den Ozean und Himmel und sagte leichthin: »Belaur.« Quince nickte, als verstünde er, aber als Jawa sich umdrehte, zuckte er die Achseln. Sie wussten jetzt den Namen des Ortes, an dem sie sich befanden, aber Quince hatte nie zuvor davon gehört.

Jack flüsterte Quince zu, insgesamt hätte er nur neun Eingeborene gezählt. Aber Quince erspähte jetzt mehrere Kanus, die auf die kleine Bucht zupaddelten, an der die Schiffbrüchigen bisher ihre Wache aufgestellt hatten. In jedem Kanu waren drei Männer – und keine Spur von einer Frau. In der Sprache der nordamerikanischen Indianer hätte das eindeutig geheißen, dass man auf dem Kriegspfad war. Es entging Jack nicht, wie geschickt die Eingeborenen sich verteilt hatten. Die Männer in dem Gestrüpp mussten einen den Schiffbrüchigen unbekannten Zugang zur Insel gefunden haben, von dem aus sie sich leicht mit ihrem Verstärkungstrupp zu Wasser verständigen konnten. Die Neuankömmlinge glitten geschmeidig in die Bucht; der letzte Mann aus jedem Kanu sprang heraus und hielt es für die anderen fest, die die weißen Männer nur für den winzigen Moment aus den Augen ließen, der nötig war, ihr Gewicht zu verlagern und aus den schlanken Booten ins knöcheltiefe Wasser zu springen.

Jack bemerkte außerdem, dass auch die Neuankömmlinge sich dem Anführer der ersten Gruppe beugten, was bedeutete, dass er der Anführer aller war und beschlossen hatte, sich selbst der womöglich gefährlichen Expedition auszusetzen, statt die Aufgabe einem Stellvertreter zuzuteilen.

Während die beiden Gruppen einander musterten und zaghaft ihren guten Willen signalisierten, gingen einige Gegenstände von Hand zu Hand. Alteisenstücke und Nägel von einem Fass wurden gegen geflochtene Matten und beinerne Angelhaken getauscht. Bald ging ein schwunghafter Handel vonstatten. Doch Quince schien dieses wahllose Geben und Nehmen nicht zu gefallen und setzte ihm ein Ende, indem er einen mit Federn geschmückten Hut hin und her schwenkte, um die Aufmerksamkeit der Männer auf sich zu ziehen. Mit entschlossener, energischer Stimme, aber einem Lächeln im Gesicht verkündete er: »Schluss jetzt, ihr dämlichen Seehurensöhne, verschleudert keine Sachen, die wir vielleicht zum Überleben brauchen.« Doch als er mit seiner Tirade zu Ende war, überreichte er dem Anführer den Hut als Geschenk, ließ seine Männer in Reih und Glied antreten und salutieren. Ein kluger Schachzug, dachte Jack. Der Handel war unterbunden, aber ohne böses Blut.

Die Eingeborenen blieben fast den ganzen Tag und untersuchten das Wrack der *Perdido Star*. Der vordere Teil war leicht zu sehen in dem seichten Gewässer, und gebannt starrten sie auf die aus dem Meer ragenden gebrochenen Masten. Immer mehr Grüppchen dunkler Männer und schließlich auch Frauen und Kinder kamen in Kanus an, um sich das Treiben der Weißen anzusehen, das für sie offenbar ein fesselndes Schauspiel war. Gan Jawa gab seinen Männern ab und zu das Zeichen, mit anzufassen, wenn ihm bei einer der schwierigeren Arbeiten der Amerikaner eine hilfreiche Hand vonnöten schien.

Ein älterer Mann guckte verdutzt, als ein paar der Weißen sich daranmachten, den Fisch auszunehmen, den die Eingeborenen ihnen mitgebracht hatten. Als kurz darauf ein weiteres Kanu ankam, marschierten mehrere Frauen zur Feuerstelle und übernahmen ohne weitere Umstände die Essensvorbereitungen. Keine Frage, in diesem Teil der Welt mochten die Männer die Tiere zwar erlegen oder fangen, aber sie zuzubereiten hatte Gott eindeutig den Frauen zugedacht.

Bis zum Abend hatten die Eingeborenen, die viel bessere Schwimmer als die Matrosen waren, den Schiffbrüchigen geholfen, mehr Gegenstände aus dem Wrack zu holen, eine Mahlzeit gekocht und sogar etwas frisches Obst hervorgezaubert – was Anlass zu nicht geringer Freude war. Die pazifischen Inseln waren bekannt für die Vielfalt und ihren Überfluss an essbaren Früchten. Und wo es reichlich frisches Obst gab, war die Gefahr von Skorbut gebannt.

Wie auf ein geheimes Zeichen hin begannen die Inselbewohner dann, zu ihren Kanus zurückzukehren. Ihre dankbaren Gastgeber begleiteten sie an den Strand, um sie zu verabschieden. Und an diesem Punkt ereignete sich ein noch größerer Glücksfall. Ein ins Boot steigender Mann rief einer der Frauen etwas zu, das bei Brown wilde Aufregung auslöste. Brown war genau das – ein braunhäutiger Malaie, den der Kapitän in Papeete angeheuert hatte und dessen wirklicher Name für seine Kameraden unaussprechbar war.

»Quince!«

»Ja, wo liegt das Problem, Brown?«

»Nirgends ist ein Problem, Sir. Dieser Mann hat der Frau zugerufen, sie soll ihm schnell das Paddel bringen.«

»Na, und was zum Teufel ...« Quince hielt inne. »Du hast ihn verstanden?«

»Ja, Sir. Er hat malaiisch gesprochen – einen Dialekt, den ich verstehe.«

Quince wandte sich schnell an Jawa und gab ihm durch Gesten zu verstehen, er solle das letzte Kanu zurückrufen.

Als es zurückkam, plapperte Brown aufgeregt mehrere Sätze in einer Singsang-Sprache zu dem Mann, der gerufen hatte. Und sofort antwortete der Belaure in derselben Sprache, die ansonsten niemand verstand.

»Mon dieu«, murmelte Paul zu Jack. »Wir haben einen verdammten menschlichen Stein von Rosette gefunden.«

Der Tag hatte den Schiffbrüchigen eine Fülle von Segnungen gebracht. Als das letzte Kanu fortgepaddelt war, rief Quince die Männer um das immer noch glühende Feuer zusammen, um Rat zu halten.

»Nun, Jungs, ich bin kein frommer Mann, trotzdem finde ich, wir sollten Gott danken. Gestern abend sah unsere Zukunft noch düster aus, und jetzt sitzen wir hier mit vollen Bäuchen unter freundlichen Menschen, und dank unserem Brown können wir sogar mit ihnen sprechen.«

Die Männer senkten die Köpfe, und Quince sprach ein kleines Gebet mit ihnen, beklagte den Verlust der Kameraden und dankte Gott für ihr Glück.

»Was ist der nächste Schritt, Männer? Was brauchen wir am dringendsten, und wie beschaffen wir es uns?«

»Schuhe«, war die prompte Antwort Pauls, der ein zustimmender Chor folgte.

Wenn die Männer überhaupt im Besitz von Stiefeln gewesen waren, so hatten die meisten sie abgeschüttelt, als sie an Land schwammen. Selbst den Matrosen, die es gewohnt waren, barfuß die Schiffstakelage hochzuklettern, wurde von den spitzen Korallen übel mitgespielt, die fast überall auf der Insel aus dem Boden ragten.

»Es gibt kaum 'ne verdammte Sand- oder Erdschicht auf diesem Gestein, Käpt'n«, sagte einer. »Jesus Christus, es ist, als würde man über Glasscherben laufen.«

Jack fiel auf, daß der Mann Quince als »Käpt'n« angeredet hatte, was eine unausgesprochene Bedeutung enthielt: insgeheim hatten die Männer eine neue Rangordnung aufgestellt. Auch Quince selbst war das nicht entgangen. Die ganze Zeit über hatte niemand die Führerschaft des Ersten Maats in Frage gestellt, aber in der Seemannswelt war der schiere Gebrauch dieser Anrede der Hinweis darauf, dass Quince zum Kommandeur befördert war.

»Ihr nennt mich ›Kapitän‹, Jungs, aber dafür gibt es keinen zwingenden Grund, denn die *Perdido* ist ein Handelsschiff und keins, das unter einer Landesflagge segelt; außerdem befinden wir uns in keiner unmittelbaren Gefahr vom Meer her ... Nun, gibt es irgendwelche Einwände dagegen, dass ich das Kommando habe?«

Allgemeines Schweigen folgte. Niemand schien einen Grund zu sehen, an dem bewährten Gefüge etwas zu ändern, und keiner hegte mehr Groll gegen Quince, als es Vorgesetzten gegenüber zuweilen üblich ist.

»Nun gut, Schuhe also! Wir haben Wasser und zu essen, und, beim Teufel, wir brauchen wirklich dringend was, um unsere Füße zu schützen.«

»Wir könnten uns Mokassins machen«, sagte Red Dog. »So ein Jammer, dass wir nicht an die Fracht herankönnen! Denn ich weiß genau, dass wir da mindestens eine ganze verdammte Kiste davon haben.«

»Und auch Werkzeuge«, stimmte Mentor ein. »Einige haben wir zwar, könnten aber viel mehr gebrauchen.«

»Und Gewehre«, fügte Coop hinzu. »Vergesst eins nicht. Die Wilden waren anständig zu uns, aber was, wenn sich das ändert?«

»Ja. Gewehre«, sagte Smithers. »Wir schwimmen in Schießpulver und Blei, aber solange wir nur eine Pistole haben, sind wir allen Angreifern auf Gedeih und Verderb ausgeliefert.«

»Wir hatten ein gutes Dutzend Musketen an Bord«, bemerkte Quince nachdenklich, »aber sie waren im Deckshaus eingeschlossen, und das ging auf den Meeresgrund, als diese Woge die ganzen Aufbauten vom Achterdeck mit sich riss. Der größte Teil des Rumpfs liegt in seichtem Gewässer, aber der Rest ist im tiefsten blausten Meer.«

»Ich habe eine Idee«, sagte Jack.

Alle sahen ihn an.

»Das Vorschiff ist nicht tief gesunken und noch intakt. Und dort ist wahrscheinlich noch meine Habe.«

»Willst du damit etwa sagen, dass du Gewehre im Mannschaftsquartier aufbewahrt hast, Junge? Du weißt verdammt gut, dass das gegen die Schiffsregeln ist.«

»Nein, ich habe keine Gewehre aufbewahrt, aber meine wertvollsten Besitztümer waren dort, und dazu gehörte eine Tasche mit Messingteilen für zwanzig der besten Schlosse, die man sich denken kann. Ich weiß es, weil ich meinem Vater half, sie zu machen. Und als ich sie eines Tages unter den Sachen meines Vaters fand, die er in Kuba unter der Obhut des Kapitäns gelassen hatte, nahm ich mir die Freiheit, sie aus dem Laderaum zu holen.«

»Und Gewehrläufe …«, warf Bootsmann Mentor ein, »… jaah, ich weiß, worauf du hinauswillst …«, er hatte oft unter Deck gearbeitet und die Fracht überprüft, »es sind immer noch zwanzig schöne Gewehrläufe im zweiten Laderaum. Die von deinem Vater.«

»Ja. Ich nehme an, sie sind wohl mein Erbe. Da die Mechanismen aus Messing sind, kann es ihnen wenig anhaben, wenn sie lange im Meerwasser liegen. Die Gewehrläufe sind aus dickem Kanoneneisen und gut geölt, so dass auch sie keinen Schaden nehmen – wenigstens eine Weile nicht. Und angesichts unserer Lage wären sie nicht mit Gold aufzuwiegen für uns, wenn wir an sie herankönnten.«

»Jesus Christus«, sagte Coop. »Wenn wir an die Teile herankämen und aus Mangrovenholz Schafte machen, dann hätten wir zwanzig funktionierende Gewehre und könnten uns gegen alle Wilden in der Schöpfung behaupten. Stellt euch vor, wie gut wir erst mit ein paar Kanonen dastünden.«

»Nein, Coop«, sagte Quince. »Gewehre nützen uns mehr. Kanonen sind gut, ein Schiff zu verteidigen oder eine Festung zu errichten, aber für unsere Zwecke sind sie viel zu schwer zu heben und zu bewegen. Nein, Gewehre wären genau das richtige.«

»Und was das Beste ist«, fuhr Jack fort. »Diese Gewehrteile sind nicht für gewöhnliche Büchsen gedacht. Die Schlosse und Läufe sind für Kentucky-Longrifles zugeschnitten, mit denen man auf zweihundert Schritt Entfernung Moskitos die Augen ausschießen kann.«

Quince kramte nach seiner Pfeife und seinem Tabaksbeutel. »Mag sein«, sagte er und nickte in Richtung *Star*. »Aber fünf oder zehn Faden tief im Wasser dort draußen nützen sie uns ungefähr so viel, als wären sie auf dem Mond.«

»Aye, und was ist mit unserer Heimkehr?« fragte Smithers. »Was in Gottes Namen wollen wir unternehmen, um hier wegzukommen, möcht ich wissen?«

»Sachte, sachte«, antwortete Quince. »Wir werden eine ganze Weile hier sein, und in der Zwischenzeit müssen wir uns verteidigen können.«

»Er hat recht«, sagte Mentor und sah Smithers scharf an. »Wir können nur eins nach dem anderen machen. Ich weiß nicht, wann wir diese Gegend hier verlassen, aber wahrscheinlich eher nach unseren eigenen Wünschen, wenn wir Schuhe an den Füßen und Gewehre in der Hand haben.«

Alle blickten schweigend aufs Meer hinaus. Wichtiger als dieses Thema war den Männern plötzlich ihr Schlaf. Und als sie sich hinlegten, fühlten sie sich so gut wie lange schon nicht mehr, trotz ihrer nagenden Sorgen über die Zukunft. Bald war es still im Lager, und die überlebende Besatzung der *Star* schlief so friedlich wie noch nie seit dem Schiffbruch. Nur Jack war wach, außer Stande, die Gedanken an den Grafen oder an Colleen aus seinem Kopf zu vertreiben. Mit geradezu beängstigender Entschlossenheit schwor er sich, beide wieder zu sehen.

Übersiedlung nach Belaur

Wenige Tage später waren alle Gedanken an die Bergung der Gewehre oder an Schuhe fast vergessen, weil die schiffbrüchigen Männer sich anschickten, ihr Lager im Dorf der Belauren aufzuschlagen. Auf der kleinen Insel, an der sie gestrandet waren, gab es wenig Nahrung und nur begrenzten Zugang zur Lagune. Abgesehen von ihrer Nähe zur *Star* hatte sie kaum etwas, das für sie sprach. Jawa meinte, es sei einfacher, den Männern der *Star* den Schutz seines eigenen Stamms – und den des Oberhäuptlings der ganzen Inselkette – zu bieten, wenn sie nach dem auf der Hauptinsel gelegenen Belaur übersiedelten.

Der Tag wurde damit verbracht, für die einstündige Paddelfahrt zum Hauptdorf Fracht von der *Star* in den Auslegerbooten der Eingeborenen festzuschnallen.

Von großem Wert waren Segeltuch, Nadeln und Faden. Viele Dinge hatten den Schiffbruch überlebt, aber weit mehr war noch im Laderaum des versunkenen Schiffes. Der größte Teil von den Werkzeugen des Küfers war leicht zugänglich, darunter seine Holzhämmer und ein großes Sortiment von Reifen und Dauben, die sich wahrscheinlich als nützlich für die Lagerung frischen Wassers und andere Zwecke erweisen würde. Von nicht so unmittelbarem Nutzen – aber Anlass zu großer Heiterkeit – war eine unbeschriftete Kiste, in der, als sie hastig geöffnet wurde, über vier Dutzend Reifen für Frauenkleider zum Vorschein kamen; eine andere Kiste enthielt vierzig Pfund Pferdehaar zur Herstellung von Zahnbürsten – genug für eine kleine Armee.

Das meiste Schießpulver ließen die Männer auf der kleinen Insel zurück, damit es austrocknete, denn in unmittelbarer Zukunft bestand kein Bedarf danach.

Die ersten drei Tage auf der Hauptinsel verbrachten die Männer damit, das geborgene Material zu sichten und sich von den Anstrengungen auszuruhen. Sie hatten ihr Lager am Rande des Dorfes aufgeschlagen, aber die Frauen und Kinder brachten ihnen zu essen und zu trinken und halfen ihnen, behelfsmäßige Hütten zu bauen – obwohl das Wetter so angenehm war, dass es kaum nötig schien. Sie wurden gebeten, nicht ins Dorf zu kommen, weil dieser Moment mit großer Feierlichkeit begangen werden sollte. Bisher war jede Verständigung über Gan Jawa gelaufen. Doch die Begrüßung durch den Stammeshäuptling Yatoo sollte das Symbol dafür sein, dass sie offiziell von den Belauren willkommen geheißen und im Dorf aufgenommen waren.

An einem Sonntag legten die Überlebenden das Beste an, was sie an Kleidern gerettet hatten, darunter Teile von Frauenkleidern, die in noch einer anderen Kiste gewesen waren. Die Eingeborenen erschienen in Muschel-, Perlen- und Federschmuck. Jack war fasziniert davon, dass sogar in ihrem festlichsten Aufzug die »Intimitäten« der Inselbewohner bestenfalls zufällig bedeckt waren. Die jüngeren Frauen waren mit Farbmustern bemalt, die eher dazu angetan waren, ihre Brüste und Geschlechtsteile zu betonen als zu verbergen. Ein Trommelwirbel, und das Gefolge wurde von Jawa ins Dorf geführt, den die Seemänner inzwischen für eine Art Unterhäuptling oder Kriegsherrn hielten.

Jawa trug den Federhut, den Quince ihm geschenkt hatte, und hielt seine Axt in der rechten Hand, aber keinen Speer in der linken. Jetzt fiel Jack auf, dass die Krieger, die ihn begleiteten, Speere trugen, aber keine Axt. Jawas Axt hatte offenbar irgendeine rituelle Bedeutung, sagte sich Jack, als er auf die rasierklingenscharfen Zacken an beiden Seiten der Schneide blickte, die heimtückisch in der grellen Sonne blitzte.

Brown, der frisch ernannte Hauptübersetzer von »Der sehr Ehrenwerten Bruderschaft der schiffbrüchigen Männer der *Star*«, ging gewichtig einen Schritt links hinter Quince.

Als die Prozession die größte Hütte im Dorf erreichte, hielt sie an und wartete. Häuptling Yatoo trat heraus und blieb vor Quince stehen, der keine Kopfbedeckung trug, dafür aber einen Offiziersrock mit Messingknöpfen. Niemandem schien aufzufallen, dass die dem verstorbenen Ersten Offizier Mancy ausgezogene Jacke ihm viel zu klein war. Quince's Entermesser mitsamt Scheide hing ihm an einer leuchtend roten Schärpe über die Schulter. Jack wusste, dass es zwar ein schönes Entermesser war, aber nicht Quince's bestes, das er in seiner behelfsmäßigen Unterkunft außerhalb des Dorfes gelassen hatte.

Obwohl kleiner als Quince, tat Yatoo es ihm an Leibesfülle gleich. Sein linkes Ohrläppchen war durchstochen, und ein Ring aus Knochen oder Muscheln hing daran. Der Häuptling war mit Tätowierungen bedeckt wie die anderen, hatte aber außerdem dunkelbraune Flecken auf seinen Zähnen, von denen zwei aussahen, als seien sie hineingeschliffen worden. Am meisten erstaunte Jack, welch königliche Haltung dieser Mann in seinem bizarren Aufzug hatte. Jack hatte sofort den Impuls, sich vor ihm zu verbeugen – einen solchen Drang hatte er in der Nähe der Hohen und Mächtigen von Hamden nie verspürt.

Yatoo hielt beide Handflächen hoch und ließ Quince durch seinen malaiischen Sprecher Graman und den Übersetzer Brown sagen, dass die Mannschaft in seinem Dorf und auf der ganzen Inselkette namens Belaur willkommen sei. Er sagte, die weißen Männer seien in einem schönen Schiff gekommen und stammten zweifellos von einer herrlichen fernen Insel. Ein solches Wunder wie ihr versunkenes Schiff habe er noch nie von nahem gesehen, obwohl sie in der Ferne schon zweimal die weißen Segel eines riesigen Kanus erblickt und sich gewundert hätten, woher es käme. Man habe ihm von Männern mit weißer Haut erzählt und von großen Tauben, die liefen, aber nicht fliegen konnten. Sogar von einem riesigen Mann mit vier Füßen und zwei Köpfen hätten seine Leute gehört, der über den Sand des Strandes lief und aus lärmenden Stöcken Feuer blies. Ob Gan Quince von diesen Dingen wüsste?

Gan Quince wusste in der Tat davon und sagte, er würde den Belauren gern alles erzählen, was er von der Welt kenne, die jenseits der Kriegskanus liege. Er, Gan Quince, sei in Wahrheit ein Prinz aus einem fernen, fernen Land, erklärte er, und er rechne damit, dass eine große Flotte von Schiffen so prächtig wie das vor der Insel versunkene vom König ausgeschickt würde, um nach ihm zu suchen. Es gäbe große Belohnungen für jene, die ihm geholfen hätten, und grausame Bestrafung für alle, die ihm oder seinen Männern Leid angetan hätten. Er sei dankbar, dass Häuptling Yatoo sich ihm und seinen Männern gegenüber von solcher Liebenswürdigkeit zeige.

Yatoo machte eine ausholende Geste und wies in Richtung des fernsten Teils der Siedlung. Dort waren acht frisch mit Binsen gedeckte Hütten, die auf ihre neuen Bewohner warteten, sieben für jeweils zwei Matrosen und eine eigene für den Häuptling – jetzt »Prinzen« – Quince.

»Man will es kaum glauben«, flüsterte Paul Jack zu.

»Was?«

»Kannst du dir vorstellen, alter Freund, dass diese Leute, wenn sie in unserem Land, oder in Europa, in einem großen Kanu Schiffbruch erlitten hätten, mit solcher Liebenswürdigkeit und Menschlichkeit behandelt würden? Da fragt man sich doch, wer die eigentlichen Wilden sind.« Jack nickte nachdenklich bei Pauls Bemerkung, wandte aber die Augen keinen Moment von dem Geschehen ab. Yatoo versicherte, er und seine Leute würden den Amerikanern helfen, noch mehr Dinge aus dem Schiff zu bergen, und ihnen beistehen, ein neues zu bauen, wenn sie wollten. Als Gegenleistung wolle er nur, dass sie Freunde seien, einigen seiner Leute ihre Sprache beibrachten, ihnen vielleicht etwas Metall schenkten und dem Dorf halfen, sich gegen Angriffe von Yatoos Feinden zu verteidigen.

Quince erklärte sich sofort mit Yatoos Bedingungen einverstanden. Dann machte er seinen Freundschaftsbeweis – stand in Bereitschaft, während Mentor mit gut einstudiertem gemessenen Schritt an seine Seite trat, ihm die rote Schärpe mit dem daran hängenden Entermesser von der Schulter nahm und ihm in die ausgestreckten Hände legte. So militärisch, wie es ihm nur möglich war, schlug der alte Seebär Mentor dann die Hacken zusammen und kehrte an seinen Platz in der Reihe zurück. Quince verbeugte sich und überreichte Yatoo das Entermesser.

Der Häuptling war sichtlich beeindruckt von dem Säbel. Er trat zurück, zog langsam die glänzende Schneide aus der Scheide und ging zielstrebig auf den Stützpfosten einer nahen Hütte zu. Den Griff fest umklammert, holte er aus und hieb auf den Pfosten ein, wobei er gleichzeitig in lautes Kriegsgeschrei ausbrach. Der Pfosten spaltete sich in der Mitte und fiel zu Boden, zusammen mit fast der ganzen Hütte. Yatoo schüttelte sich vor Lachen, und sein Stamm stimmte wiehernd und prustend ein.

Das ganze Dorf brüllte vor Lachen. Dann steckte der Häuptling den Säbel in die Scheide zurück, reichte sie einem Gefolgsmann, ging zu Quince hin, und mit Tränen in den Augen drückte er ihn in einer großen Bärenumarmung an seine Brust. Kurz darauf begleiteten die Dorfbewohner die Weißen unter Jubel zu ihren Hütten. Rotznasige Kinder, die lärmend die Hiebe und Kriegsschreie des Häuptlings nachmachten, liefen dem Zug hinterher.

Paul sah Jack an. »Ich glaube, jetzt ist der formelle Teil vorüber.«

»Ja, jetzt heißt es essen, trinken und fröhlich sein.« Sie kamen zu einer leeren Hütte. »Wie wär's mit dieser hier? Ist es nicht eine elegante Hacienda? Und bist du einverstanden mit mir als Hüttengenossen?«

»Ich würde mich sehr geehrt fühlen, Lord O'Reilly«, bemerkte Paul. »Wenn Quince ein verdammter Prinz ist, dann können wir, zum Teufel noch mal, Lords sein.«

»Aye, Lord Le Maire.«

Die von den Belauren vorbereiteten Wohnstätten waren bequem und sehr praktisch für die tropische Welt. Jack ließ sich auf eine vom Boden erhöhte Pritsche sinken, wo er sicher vor Hundertfüßern und anderem Ungeziefer war, und merkte, wie das Binsendach so geschichtet war, dass eine Brise des vorherrschenden Windes hindurchging und jetzt leicht über seinen Körper strich. Ehe sie wieder hinausgingen, um sich zu den anderen zu gesellen, bemerkte Jack zu Paul: »Weißt du was, alter Knabe. Es ist hier wirklich so komfortabel wie in einer vornehmen Hacienda.«

»Tu as raison, mon ami«, antwortete Paul. »Wir sind vor Regen und Sonne geschützt, kommen in den Genuss einer frischen Brise, haben eine praktische Feuerstelle, und man braucht nicht den Dreck vom Boden kehren, weil er aus Dreck *ist*. Das einzige Problem ist, dass es schwierig sein wird, Nägel in die Binsen zu schlagen, um Gemälde und dergleichen aufzuhängen.«

»Komm, du Narr«, Jack versetzte Paul einen Knuff. »Es ist Zeit, sich unseren Kameraden anzuschließen – sogar Lords haben gesellschaftliche Verpflichtungen.«

Das Festgelage ging bis weit in die Nacht; man schwelgte in Essen und Gesängen und genoss ein eigenartiges Getränk – eine Flüssigkeit, die mit großem Zeremoniell aus Pfefferbaumwurzeln gestampft wurde und dann durch Hibiskusrinde in eine Kokosnußschalenhälfte tröpfelte, die unter den Matrosen herumgereicht wurde. Die an Rum gewohnten Männer der *Star* fanden, es sei ein ziemlich harmloses Getränk, bis ihre Lippen taub wurden. Die Eingeborenen nannten den Trank Sakau; es war ein einheimisches Rauschgebräu, und wenn es in Mengen konsumiert wurde, dann konnte ein durchschnittlicher Matrose leicht seine Sorgen vergessen, und vielleicht auch seinen Namen.

Als die Männer schließlich zu ihren Hütten zurückkehrten, stellten die meisten fest, dass sie Frauen an ihrer Seite hatten. Auch Jack und Paul hatten weibliche Begleitung, aber während der junge Le Maire strahlte, als sei er im Schlaraffenland, zeigte sich Jack sonderbar zurückhaltend gegenüber der attraktiven jungen Dame namens Wyalum, als sie sich in der Hütte zu ihm gesellte. Sie hatte seine Schüchternheit bald satt und ging – um sich in einer anderen Hütte einen willigeren Gastgeber zu suchen, nahm Jack an.

Noch lange, nachdem sie hinausgeschlüpft war, lag Jack wach auf seinem Lager. Es war nicht so, als hätte er sie nicht gewollt – sein ganzes Wesen begehrte eine Frau; er fühlte nur eine Traurigkeit in sich, die ihn fast lähmte; warum, wusste er nicht. Schließlich verließ er die Hütte, um Paul nicht zu stören. In ihrer Hacienda gab es keine getrennten Schlafzimmer; und obwohl Pauls Gefährtin sich nicht im geringsten an Jack zu stören schien und seinen Freund in einer Ein-Frau-Orgie vernaschte, wusste Jack, dass Paul ein bisschen Privatsphäre schätzen würde.

Jack ging bis zu einem einsamen Strandstück, wo er den Lärm des Gelages nur von ferne hörte. Er konnte immer noch keinen zusammenhängenden Gedanken fassen, spürte aber, wie sich Tränen langsam den Weg seine Wangen hinunter bahnten.

Etwas war in Matanzas mit ihm geschehen, das so tief ging und ihn auf eine Weise verändert hatte, die er noch längst nicht verstand. Er wusste, Frauen könnten ein großer Trost sein, aber nicht auf diese Art. Die unbeschwerte Lust, die diese Eingeborenenfrauen zeigten, machte ihm aus irgendeinem Grunde Angst. Bilder von seiner Mutter wirbelten ihm durch den Kopf – das Bild der lüstern auf ihre Brüste starrenden Soldaten, wie seine Mutter ihre Nacktheit zur Schau stellte, um sein Leben zu retten. Die Ironie all dessen war fast zu viel. Er konnte Angst hinunterschlucken und jedem Feind gegenübertreten; aber Frauen, sie lehrten ihn mit ihrer Stärke das Fürchten.

Später sollte ihm klar werden, dass dieser Tag der 4. Juli 1806 war. Bei Sonnenaufgang kehrte das Dorf zu einem Anschein von Normalität zurück, wenn auch nur sehr zögerlich. Den meisten Amerikanern war nicht danach zumute, ihre Hütten zu verlassen. Mit schwerem Kater, gesättigt und befriedigt, erholten sie sich den ganzen Tag von ihrem Glück. Quince erklärte ihn nachträglich zum Feiertag im Gedenken an die amerikanische Unabhängigkeitserklärung. Paul bemerkte, dass diese Ehrerbietung gegenüber der republikanischen Demokratie wirklich erstaunlich war, da sie ja von einer »königlichen Hoheit« komme.

Vorstoss in die Tiefe

Jack hatte keine Ahnung, wie lange zweieinhalb Minuten sein konnten, ehe er mit angehaltenem Atem auf die Sanduhr starrte. Er war nicht der einzige, der die Luft anhielt und sie nach einer Lungen zerberstenden Weile mit einem Seufzer ausstieß. Die Männer guckten alle gebannt ins Wasser hinunter. Drei Minuten war der Eingeborene jetzt in der Tiefe, nachdem er im Mittschiffs-Laderaum der *Star* verschwunden war, der in bedenklicher Schräglage im zwanzig bis fünfundzwanzig Fuß tiefem klaren Wasser ruhte.

Als alle schon dachten, der Mann müsse ertrunken sein, regte sich etwas: Ein Strudel winziger Luftblasen wirbelte dem Eingeborenen voraus, der jetzt ohne Eile an die Oberfläche kam. Als er aus dem Wasser auftauchte, machte er einen gewaltigen Atemzug, dem, wie Jack auffiel, kein Ausatmen vorausgegangen war. Irgendwann während des Tauchens musste er eine riesige Lungenladung voll Luft ausgestoßen haben.

Paul fiel es auch auf. »Er hat unter Wasser langsam die verbrauchte Luft abgelassen – hilft wahrscheinlich, den Atemdrang zu bezähmen.« Paul hatte die Stirn in nachdenkliche Falten gelegt und sprach halb zu Jack und halb zu sich selbst.

Jack wusste, wenn es um irgend etwas Literarisches

oder Philosophisches ging, lohnte es sich immer, seinem Freund zuzuhören. Doch was Technik und Mechanik betraf, war Paul ein hoffnungsloser Fall. Aber wie er behauptete, hatte er sich auch mit chemischen und physikalischen Studien befasst.

»Wie sollte das helfen?«, fragte Jack. »Es kann doch bloß weniger Luft für die Lungen des Mannes bedeuten.«

»Es ist nicht die Luft, die dich am Leben hält, sondern der Sauerstoff in der Luft. Wenn du den erst einmal verbraucht hast, wird die Luft giftig und dein Körper strebt danach, sie loszuwerden. Jedenfalls behauptet Lavoisier das. Und in den Worten des alten Priestley wäre das dephlogistierte Luft – du weißt schon, und immer noch verbrennbar ... oder etwas in der Richtung.«

»Etwas in der Richtung? Warum hast du immer nur deinen Shakespeare gelesen statt Physikbücher?«

»Na, na, ich bezweifle, dass die den Menschen formen. Descartes hat nie gesagt: ›Ich denke, deshalb bin ich.‹ Er sagte: ›Ich zweifle, deshalb denke ich, deshalb ...‹«

»Ach, zum Teufel damit.« Jack war nicht nach Philosophieren zumute. Ihm stand der Sinn nach jenen Gewehrteilen.

Fast alle Überlebenden der *Star* und viele von den Dorfbewohnern, darunter ihre besten Taucher, waren zu der kleinen Insel zurückgepaddelt und gingen jetzt bis an die Grenzen ihrer Kraft, um aus dem gesunkenen Schiff zu retten, was zu retten war.

Viele nützliche Dinge lagen inzwischen am Strand, darunter ein paar hundert Fuß Hanftauwerk, ein Dutzend Blöcke, mehrere Jaffer und Ketten. Einige der eichenen Schiffsspanten selbst hatte man mit Hilfe von Tauen losgerissen. Sogar eine Axt hatten sie ergattert, mehrere Breitbeile und außerdem eine rätselhafte Kiste.

Als letztere ungeduldig am Strand geöffnet wurde, kam ein zwölfteiliges Service feinsten Porzellans zum Vorschein.

»Mein Gott, ihr Dummköpfe, guckt euch doch die Beschriftungen an, ehe ihr ein Menschenleben riskiert, um das Zubehör für eine verdammte Teegesellschaft zu bergen«, schimpfte Quince.

Trotz seiner Geringschätzung des Tafelgeschirrs nahmen Paul und Quen-Li die Kiste vom Haufen der Funde fort und trugen sie in die Hütte des Kochs.

Shram und Maril, zwei der besten eingeborenen Taucher, war es gelungen, ein Ende eines Hanftaus an das Glied einer Kette zu binden, die im vorderen Laderaum verstaut war. Durch unablässiges Ziehen an dem Tau von der Wasseroberfläche aus hatten sie fast hundert Fuß Eisenglieder losreißen und hochziehen können. Das Tau wurde sofort wieder befestigt, aber nichts rührte sich, und Shram tauchte wieder hinunter in den Laderaum, um es von dem Hindernis zu befreien, in dem es festklemmte.

Trotz all der beträchtlichen Errungenschaften waren die Matrosen enttäuscht, dass unter ihren Funden nur ein einziger Seesack war, der obendrein bloß ein einsames Paar kaum zu gebrauchender Stiefel enthielt. Die Mannschaftsquartiere mit ihren wertvollen Schätzen an Schuhwerk und Schlossen waren in ungefähr zehn Faden tiefem Wasser und so gut wie unzugänglich. Die eingeborenen Taucher konnten in sechzig Fuß tiefem Wasser zwar so lange untertauchen, um Fische zu harpunieren, aber von ihnen zu erwarten, sich in dieser Tiefe durch ein Gewirr unvertrauter Dinge zu kämpfen, um Stiefel und komplizierte Messingteile zu suchen, stand außer Frage. So wie das Wrack lag, war der hintere Laderaum mit den Gewehrläufen am leichtesten zugänglich. »Volle fünf Faden tief liegen die Gewehrläufe von deinem Vater«, erklärte Paul. »Wir müssen sie herausholen, ehe das Meer eine wundersame Verwandlung an ihnen vollzieht.«

Da die eingeborenen Taucher erstaunlich lange die Luft anhalten konnten, würden sie die Gewehrläufe vielleicht schließlich finden, ein viel einfacheres Unterfangen als irgend etwas aus den Mannschaftsquartieren zu bergen.

Jack zog sich zu seiner Hütte zurück und beobachtete Quen-Li eine Weile. Der Koch hieb gerade sein Messer durch ein Stück Fisch, und auf der Feuerstelle brodelte ein Topf mit seiner jüngsten Kreation von Inselbrei.

»Tag, Bruder Li. Wie läuft die Küchenschlacht?«

»Recht gut, Jackie. Bis zum Abend Quen-Li haben was Gutes zusammengebraut – brauchen keine Braunhäute-Fraun, die für uns kochen.«

Jack lächelte. Obwohl Quen-Li sich im Dorf darein fügte, dass die eingeborenen Frauen die Mahlzeiten zubereiteten, begehrte er gegen diese Sitte auf, wenn sie auf der »Star-Insel« waren, vor der das Schiffswrack lag. Er war der Schiffskoch und kulinarische Chef hier auf der kleinen Insel, die in seinen Augen so etwas wie ein Außenposten des Schiffes war. Quen-Li blieb die meiste Zeit für sich, aber für Jacks Freundlichkeit und Pauls nicht unterzukriegenden Humor hatte er immer ein Ohr und war den beiden gegenüber offener als zu allen anderen, die in ihm nur den chinesischen Koch sahen. Jack und Paul behandelten ihn als einen Mann, der kochte und Chinese war.

»Hast du manchmal Heimweh?« fragte Jack, während das Messer des Kochs mit atemberaubender Geschwindigkeit durch eine Brotfrucht hackte.

»Nein, Jackie. Ich *bin* zu Hause. Und du?«

Diese einfache Frage verdutzte Jack; er merkte, dass er keine Antwort darauf wusste.

»Ja, natürlich … na ja … auf eine Art …« Ich weiß wirklich nicht mehr, wo mein Zuhause ist, dachte Jack, und während das Messer im Hintergrund weiter sein rhythmisches Hickhack machte, dachte er über die Worte des Chinesen nach: »Ich bin zu Hause.« Jack schien, dass dieser Koch keine Energie verschwendete, weder in seinen Bewegungen noch in seinen Worten. Sein Geist war so scharf wie jene Klinge dort, die er mit solcher Präzision führte.

Jack verbrachte so viel Zeit wie möglich außerhalb des Dorfes, teils aus einem Grund, den er sich selbst nicht gern eingestand. Frauen waren leicht zugänglich auf Belaur – unglaublich leicht. Aus irgendeinem Grund jedoch lag in ihrer Gegenwart Jacks Fleisch mit seiner Seele in Widerstreit. Sein Verlangen war mächtig und beherrschte seine Träume, aber seit den düsteren Geschehnissen in Kuba war es ihm unmöglich, eine Frau auch nur zu berühren. Wyalum – Marils Schwester – hatte eine Zuneigung zu ihm gefasst, und das Hin und Her in seiner Seele, wenn sie in der Nähe war, quälte ihn. Er sehnte sich verzweifelt danach, in ihr weiches braunes Fleisch zu sinken. Der Gedanke, dass Wyalum seiner sonderbaren Zurückhaltung überdrüssig wurde und sich anderen Matrosen zuwandte, verstörte ihn zutiefst, aber er konnte sich dem hartnäckigen Ruf der Natur einfach nicht hingeben. Er konnte noch nicht einmal mit Paul darüber sprechen. Jack wusste, dass sein Hüttengenosse sein Problem kannte, aber er brachte es nicht fertig, sich ihm anzuvertrauen.

Eines Nachts phantasierte er im Halbschlaf, Colleen hielte ihn im Arm, und wie durch einen Zauber verwandelte sie sich in Wyalum, die auf ihm saß und rhythmisch auf seinen Lenden ritt.

Jack dachte wieder über das Bergungsproblem nach. Quince hatte dafür gesorgt, dass die Ankerwinde gehoben wurde, damit sie deren Hebelkraft nutzen konnten; das war zweifellos eine gute Idee, half aber wenig, an die wichtigsten Materialien heranzukommen.

Quen-Li hatte den Tisch mit einem Teil des geborgenen Porzellanservices gedeckt. Es würde die Stimmung der Männer bestimmt heben, wenn sie zum Abendessen heimkehrten und sich plötzlich wie in einem gepflegten englischen Gasthaus fühlten. Jacks Blick fiel auf die Teekanne, um deren Deckel die Metallkette mit dem wie ein Sieb durchlöcherten eisernen Tee-Ei hing. Irgend etwas an der Vorrichtung …

Er ging hinüber zu dem behelfsmäßigen Küchenschrank, holte ein Wasserglas heraus, zog ein trockenes Stück Tuch aus einer Kiste, stopfte es auf den Boden des Glases, drehte das Glas dann herum und steckte es in einen Eimer mit Wasser. Wahrscheinlich hatte er das als Kind einmal gesehen. Dann zog er das immer noch umgedrehte Glas heraus und untersuchte das Tuch. Es war trocken. Eine Idee nahm Gestalt an in seinem Kopf. Er verließ die Hütte.

Aber Jack kam nicht dazu, seine Idee weiterzuverfolgen. Mit wildem Alarmgeschrei näherte sich ein Kanu der kleinen Insel. Offensichtlich hatte man vom Dorf auf der Hauptinsel aus eine kriegerische Flotte aus dem dreißig Meilen nördlich gelegenen Papalo erspäht. Sie waren schon früher in die belaurischen Gewässer eingefallen. Alle Eingeborenen, die auf der kleinen Insel arbeiteten, sprangen in ihre Kanus, um zur Hauptinsel zurückzukehren. Nach einer kurzen Unterredung wies Quince die Weißen an, die Pistole zu laden und schussbereit, aber gut verborgen mitzunehmen.

Er war entschlossen, sein Versprechen gegenüber Yatoo

zu halten. Jack stimmte ihm von Herzen zu, steckte sich ein Messer in den Gürtel und hoffte, dass im Dorf wirksamere Waffen vorhanden waren, Speere zum Beispiel oder Äxte. Ihm war fast übel vor Aufregung, aber gleichzeitig freute ihn die Aussicht, die Leute zu verteidigen, die ihn und seine Kameraden wie eine Familie aufgenommen hatten.

Ihr Plan war, durch das Seichtgewässer zum Hauptinseldorf zurückzukehren und es zu verstärken. An Browns Gesten und schnellen Übersetzungen erriet Jack, dass inzwischen ein weiteres Kanu das Dorf in Alarmzustand versetzt hatte, wo Gan Jawa und die meisten seiner Krieger Stellung bezogen hatten. Schnell wurden aus drei Kanus die Fischereiausrüstungen und alles andere Überflüssige geräumt, so dass sie, zusammen mit dem Kanu, das sie alarmiert hatte, über vier wendige Boote verfügten.

Die Kanus glitten schnell durch das Wasser. Die gleichmäßig auf die vier Boote verteilten Amerikaner hatten ihre Paddel eingelegt, denn dem eingespielten Rhythmus der Eingeborenen, deren Gesichter vor Aufregung und Sorge glühten, waren sie nicht gewachsen.

Jack, dem das Blut vor gespannter Erwartung genauso siedete, blickte zu Paul in dem Kanu neben ihm: Er war blass vor Angst, hatte aber nicht auf der kleinen Insel zurückbleiben wollen. Da Flut war, entschieden sie sich, ihren Weg durch die Sumpfgewässer zu nehmen, die bei Ebbe unpassierbar waren. Manchmal glitten sie haarscharf über schilfbewachsene Sandbänke und Korallenriffs hinweg, die nur einen Fingerbreit unter dem Rumpf ihrer Boote lagen.

Doch dem glatten, ruhigen Gleiten der Boote folgte ein Schock: Unvermittelt sahen sie sich einem Dutzend papaloischer Kriegskanus gegenüber, die sich in einer kleinen Bucht zusammengezogen hatten. Die Krieger hatten sich über eine Muschelbank verteilt, eine knappe viertel Meile vom Dorf entfernt; einige von ihnen standen an der höchsten Stelle und spähten in Richtung Dorf, wohl um auszukundschaften, ob man sie entdeckt hatte.

Das Auftauchen der kleinen belaurischen Streitmacht war völlig überraschend. Beide Gruppen waren wie zu Stein erstarrt. Der papaloische Kriegsherr erkannte die Lage sofort: Diese Belauren kamen nicht vom Fischen; sie waren bewaffnet und bereit zum Angriff. Jemand musste sie gewarnt haben. Den Vorteil eines Überraschungsangriffs hatte er also verloren und musste sich jetzt entscheiden, ob er es mit einer schwachen Streitmacht von vier Kanus aufnehmen wollte oder mit einem großen Dorf, von dem er annehmen musste, dass es inzwischen alarmiert und zum Kampf gerüstet war.

Der große Mann, den Jack für den Anführer der Papaloen hielt, stieß einen wilden Schrei aus, und mit hochgeschwungener Keule gab er seinen Männern das Zeichen zum Angriff.

Nach kurzem Zögern paddelten die in der Minderzahl befindlichen Belauren und Weißen zum Strand, um sich vom Land aus zu wehren – oder zu flüchten, wenn die Lage bedenklich wurde. Die ersten, die den Strand erreichten, forderten die kriegerischen Papaloen mit lautem Geschrei heraus und griffen zu ihren Schleudern, während die Pfeile und Speere des Feindes ihnen um die Ohren zischten.

Jack überlegte, wo Yatoos Krieger wohl waren. Sie hatten bestimmt genug Zeit gehabt, sich zur Verteidigung zu rüsten, ansonsten hätten sie nicht das Kanu losgeschickt, um die Männer vom Wrack der *Star* zurückzuholen. Jack hoffte, dass Jawa die Entwicklung des

Kampfgeschehens nicht entging, weil er womöglich auf der zum offenen Meer hin gelegenen Seite der Inselkette Stellung bezogen hatte in dem Glauben, der Feind würde es vorziehen, den weiten Ozean im Rücken zu haben. Gan Jawa würde zweifellos den Kriegszug anführen, und er war nicht die Sorte Mann, die einen solchen Fehler beging. Jedenfalls hoffte es Jack von Herzen.

Ein Stein flog eine Handbreit an seiner Schläfe vorbei, und ein Hagel von Wurfgeschossen sauste um ihn herum, die von den Männern in der Mitte der angreifenden Kanus kamen, während ihre Mitkrieger im Bug und Heck paddelten. Jack spürte die Unsicherheit um ihn herum; die Männer, die Jawa losgeschickt hatte, um die Amerikaner zu holen, waren einfache Soldaten und führerlos. Zwei von ihnen waren bereits getroffen, und die anderen, eingeschlossen die Amerikaner, bekamen es mit der Angst – es ging alles so verteufelt schnell. Da keiner der Belauren Anstalten machte, das Kommando zu übernehmen, schrie Quince seinen Männern zu, ihre Dolche zu ziehen und die Reihen zu schließen – letzteres war besonders wichtig, fand Jack, da nicht einmal alle Männer richtige Waffen hatten.

Obwohl sein Herz raste wie verrückt, hatte Jack einen klaren Kopf und war absolut konzentriert. Die banalen Kleinigkeiten des Lebens kümmerten ihn nicht mehr. Er stand einem Feind gegenüber. Jack fiel auf, dass einige der Papaloen sich absonderten und offenbar einen anderen Zugang zum Strand suchten. Er meinte zu hören, dass Quince ihm etwas zurief, aber Jacks Aufmerksamkeit war ganz von dem Gesicht des Anführers im ersten feindlichen Kanu gefangen genommen. Der wild aussehende Mann stand direkt über zwei Belauren, die gestürzt waren, als sie versuchten, an Land zu kommen. In einem der hingestreckten Männer erkannte Jack Maril;

der andere war ein schwergewichtiger Mann mit einem ansteckenden Lachen, der bei den Bergungsarbeiten geholfen hatte.

In diesem Moment schrie der schwere Mann vor Schmerzen auf, denn ein Speer hatte sich durch seinen rechten Oberschenkel gebohrt. Obwohl Maril seinen Kameraden nicht verlassen wollte, blieb ihm nichts anderes übrig, als untätig mit anzusehen, wie der Papaloe sein Paddel einlegte, nach seiner Keule griff und mit einem gewaltigen Hieb dem verwundeten Belauren den Schädel einschlug. Mit einem teuflischen Grinsen im Gesicht blickte der Angreifer dann direkt zu Jack hin, offenbar noch unschlüssig, ob er sich als nächstes Maril vorknöpfen sollte oder lieber den sonderbar aussehenden jungen weißen Mann, der abseits von seinen Kameraden am Strand stand. Dieses wölfische Grinsen, diese mörderischen Augen ... irgendwie kannte Jack diesen Blick. Und irgend etwas in ihm geriet außer Kontrolle.

Mit einer Entschlossenheit, die ihn selbst überraschte, schoß Jack durch das wadenhohe Wasser direkt auf den Feind zu und fuhr mit der Hand in das Kanu, das Quince und seine Männer gerade verlassen hatten. Wie er erwartet hatte, lag die Pistole noch in dem Korb, den seine Kameraden dort vergessen hatten, als sie Hals über Kopf an den Strand stürzten.

Jack holte die Waffe heraus, entsicherte sie und machte zwei Schritte auf das führende Kanu des Feindes zu. Wieder stand dem Papaloen sein wildes, zahnlückiges Grinsen im Gesicht, während er einen Fuß über die Kanuseite setzte und seine blutverschmierte Keule in Jacks Richtung schwang. Mit klopfendem Herzen, aber sonderbar ruhig, wartete Jack, bis sein Gegner fast auf Armeslänge herangekommen war. Gerade als der Krieger ausholte, um seine Keule auf den Kopf des jungen Mannes niedersausen zu lassen, drückte Jack ab. Der Knall war enorm. Die Eisenkugel durchbohrte die Brust des Mannes, und er stieß einen entsetzlichen Schrei aus, als er auf die Knie sank.

»Jetzt hast du was zum Grinsen, du mörderischer Hund.«

Überall um ihn war jetzt verdutztes Schweigen. Jack trat nach vorn, schnappte sich den Haarbüschel des gefallenen Papaloen und hieb mit dem Kolben der Pistole wieder und wieder auf seinen Kopf ein.

Jacks weiße Kameraden, die der Pistolenknall nicht so verschreckt hatte wie die Eingeborenen, stürzten ins Wasser an seine Seite, angeführt von Quince, der sein Entermesser in der linken Hand schwang. Das zweite papaloische Kanu kam jetzt zu dem Kampfgeschehen geeilt, aber die Krieger waren noch völlig verdutzt von dem Knall und der sonderbaren Erscheinung ihrer Gegner. Ihr Kampfgeist war gebrochen, und im nächsten Moment durchbohrte vom Strand her ein Hagel belaurischer Speere mehrere der Papaloen in dem zweiten Kanu.

Einen Moment wichen die Papaloen zurück, um neue Kräfte zu sammeln. Ihre Vorhut, die ausgeschickt war, die Belauren am Strand in der Flanke anzugreifen, eilte zu ihren Kanus zurück, um mit ihren Kampfgefährten zu flüchten, doch als sie wie wild aus der Bucht hinauspaddelten, sah Jack den wirklichen Grund für ihren Rückzug. Die Hauptstreitmacht der Belauren rückte zum Angriff an.

Für die Männer in Jacks Trupp war damit der Kampf zu Ende. Quince nahm Jack die Pistole aus der Hand. »Ist gut, mein Junge«, sagte er. »Ich glaube, jetzt ist er tot genug.«

Unter Qualen stapfte Jack zurück zum Strand. Seine Füße waren zerschunden von den Korallen, und inzwischen war es ihm rätselhaft, wie er es geschafft hatte, über das messerscharfe Gestein zu dem Kanu hinzupreschen. Als er schließlich am Strand niedersank, war alles Gefühl aus ihm gewichen. Er blutete, aber keine seiner Schrammen stammte vom Feind. Und wie er jetzt bemerkte, war das wenigste von dem blutigen Schleim, der ihn bedeckte, sein eigener.

Er und seine Kameraden blickten aufs Meer und sahen zu, wie das Drama sich entfaltete. Es war im Großen und Ganzen eine enttäuschende Vorstellung; die Papaloen schrien den Belauren kriegerische Drohungen zu und kamen nah genug heran, um Speere zu werfen, aber sie hatten eindeutig nicht vor, Gan Jawas überlegene Streitmacht anzugreifen. Jacks Kameraden fragten ihn, wie es ihm ginge, und klopften ihm auf den Rücken, außer Cheatum und Smithers. Aber keine Frage, sie sahen den kleinen Jack jetzt mit anderen Augen. Er konnte es an ihren Gesichtern ablesen, als er in ein Kanu stieg, um zurück zu der kleinen Insel zu paddeln.

Jack wusste, im belaurischen Dorf würde der Sieg ein oder zwei Tage lang ausgiebig gefeiert, und der Trupp weißer Männer stünde im Mittelpunkt der Festlichkeiten. Schließlich hatten sie einen Überraschungsangriff abgewehrt, auch wenn ein Belaure getötet worden war, ein papaloischer Krieger von Jack zurück zu seinem Schöpfer geschickt und mindestens zwei von Jawas Männern ernstlich verwundet waren. Jack für seinen Teil war erleichtert, dass er zurück zur stillen kleinen Insel fuhr.

»Paul, ich hätte nie geglaubt, dass es dir je die Sprache verschlägt«, sagte er zu seinem Freund, der neben ihm im Kanu saß, leichenblass und zitternd. Jack selbst spürte bloß eine sonderbare Taubheit in sich und wusste nicht, ob das eine gute Sache war oder nicht.

Paul beugte sich über den Kanurand und erbrach sich. Die Paddler verlangsamten ihren Schlag, bis er sich wieder gefasst hatte. Jack legte ihm sanft die Hand auf die Schulter, wusste aber im selben Moment, dass er es war, der Trost brauchte.

Es gab keine Moskitos in der Abendbrise, die warm vom Wasser her wehte. Die Nacht umhüllte Jack, und seine Lider wurden schwer. Dies ist ein sonderbares Land, ein eigenartiger Zipfel der Welt, dachte er. Ich war noch nie an einem so fremdartigen Ort. Eine Wolke musste weitergezogen sein, denn oben am Himmel war plötzlich hell und deutlich das Kreuz des Südens zu sehen. Wenn sogar andere Sterne am Nachthimmel stehen, dann weiß man wirklich, dass man in einer anderen Welt ist. Ich habe heute einen Menschen getötet. Sonderbar. Töten ist eine sonderbare Sache. Im Eifer des Gefechts fühlte ich Zorn, und dann was? Verzweifelte Freude, dass dieser Mann nie mehr grinsen würde beim Gedanken daran, mich oder meine Freunde zu töten? Aber warum fühle ich mich jetzt so leer? Keine Freude, keine Trauer. Und der Krieger, den ich getötet habe, wo ist er jetzt – nur noch eine Erinnerung, ein Gedanke? Meine Mutter und mein Vater, sind sie bloß Erinnerungen? Heute morgen hat ein Mann die feuchte Luft seiner Heimat eingeatmet, die erfüllt ist vom Duft der Mangrovenholzglut in den Feuerstellen, den ich so liebe. Und heute abend ist dieser Mann Nahrung für die Würmer. Er wird niemals mehr seinen Magen knurren hören, einen Witz erzählen, eine Frau haben ... Ich empfinde keine Reue, aber irgendwie ist es traurig.

Meine Freunde halten mich jetzt für einen wilden Mann, einen großen Krieger. Was würden sie denken, wenn sie wüssten, dass dieser große Krieger in diesem

Moment nichts anderes möchte, als zu seiner Mutter ins Bett kriechen? Dass sie ihn in den Armen hält, so wie sie es tat, als er sechs Jahre alt war. »Mi hijo«, würde sie zu ihm sagen, »alles wird gut.« Töten ist eine sonderbare Sache. Aber ich lebe, um zu töten, oder nicht? Um mit dem Grafen dasselbe zu tun wie mit diesem Mann.

Die Bergung

Es war hell. Ein Geräusch hatte Jack aufgeweckt. Die Palmwedel auf seinem Lager raschelten, und er erblickte Wyalum neben sich. Sie hatte eine Kokosnußschale mit einer wundervoll besänftigenden Salbe dabei, die sie behutsam auf seine Wunden strich.

Einen Moment vorher hatte er von ihr geträumt, wie sie ihn auf eine Weise liebkoste, die es ihm jetzt unmöglich machte, bei ihrem Anblick nicht zu erröten. Als sie mit dem Einsalben fertig war, hantierte sie auf dem Lager um Jacks Leistengegend herum und beobachtete neugierig und schamlos die Regungen in seiner Hose. Jack zog schnell die Knie hoch und bedeckte sich verlegen mit den Händen. Das Mädchen ließ sich nichts anmerken, aber Jack wusste, dass sein Gesicht dunkelrot angelaufen war.

Die Augen Wyalums waren braun, ihr Haar rabenschwarz. Hohe Wangenknochen über einem leichten Lächeln, das ihr wie ins Gesicht gegraben schien und noch betont wurde von den vollen Lippen. Sie streichelte ihm leicht über die Brust, während er sich mühte, den Tumult in seinen Lenden und das flaue Gefühl in seinem Magen zu ignorieren. Er nahm ihre Hand und schob sie sanft fort. »Ich muss gehen.« Er zeigte in Richtung Strand.

Immer noch das leichte Lächeln.

Jack erhob sich mit zittrigen Knien und machte ein paar Schritte von ihr fort. Dann hörte er, wie sich jemand der Hütte näherte, und erriet gleich, wer es war, jedenfalls kein Inselbewohner. An den schweren Stiefeln und dem Pfeifenqualm erkannte er den Besucher.

»Na, Junge, machst dir's Leben wohl immer noch schwer, was?«

Quince lächelte beim Anblick, wie Wyalum auf dem Lager saß und Jack verschämt von ihr abgerückt war. Jack gestand sich niedergeschmettert ein, dass er für den Ersten Maat in einer Hinsicht immer noch ein kleiner Junge war. Jack O'Reilly – der Ausreißer, Matrose, Überlebende eines Schiffbruchs, der Krieger und die scheinbare Führernatur – hatte sein Mannestum immer noch nicht unter Beweis gestellt. Quince paffte nachdenklich an seiner Pfeife und bemerkte mit so sanfter Stimme, wie Jack es nie bei ihm für möglich gehalten hätte: »Keine wärmt dir den Bauch, was, Jack? Hast nie 'ner Frau die Schenkel auseinander gemacht?« Ohne auf Jacks Sprachlosigkeit zu achten, fuhr er fort: »Lass dir Zeit, Junge. Nimm sie leicht, langsam und leicht.« Dann drehte er sich um und signalisierte Jack mit einem Kopfrucken, mit ihm zum Strand zu kommen.

Während er neben Quince herging, hörte Jack vom Strand das laute Krachen von Holz. Die Männer hatten die Ankerwinde vom Wrack losgerissen, die jetzt unter Mentors Aufsicht von den Belauren an einem behelfsmäßigen Floß befestigt wurde. Fast die ganze *Star*-Besatzung hatte sich am Ufer versammelt und diskutierte hitzig. Quince und Jack gingen nah genug an ihnen vorbei, um ihre Worte zu verstehen.

»Der hintere Laderaum liegt sechzig Fuß tief unter Wasser. Könnten gradesogut tausend Fuß sein«, brummte Dawkins.

»Weißt du noch, wie diese Dunkelhäute in der Tiefe gefischt haben? Ich wette, sie könnten noch weiter runter«, warf Red Dog ein.

»Vielleicht«, sagte Quince und trat zu den Männern. »Aber sie hätten gerade Zeit für ein schnelles Ave Maria, ehe sie wieder hochkommen müssten.«

»Aye, ich hab einmal was gesehen, das die Engländer für Schiffsbergungen benutzen«, sagte Mentor.

»Was denn?«, fragte Brown.

»Eine Lethbridge nennen sie es. Eine Art Fass, in das ein Mann steigen kann wie in seinen eigenen Sarg. Sie lassen ihn tief ins Meer hinunter, und er greift sich alle möglichen Dinge oder befestigt sie zum Heben an Tauen.«

»Wie soll einer was aus einem Wrack holen, wenn er in einem Fass steckt?«, fragte Jacob.

»Es hat Löcher für die Arme, das Fass.« Zur Veranschaulichung schwenkte Mentor wild mit den Armen auf und ab, wobei er das Interesse seiner Schiffskameraden offensichtlich genoss. »Der Bursche steckt seine Arme durch die Löcher, die mit Ledermanschetten abgedichtet sind, damit kein Wasser hereinkommt und sein Arsch nicht auf Grund geht. Und was glaubt ihr, sehen konnte er durch ein Glasbullauge direkt im Boden vom Fass. Jaah, und er konnte Stunden unten bleiben – Stunden.«

Jack führte sich das Bild vor Augen. Er bezweifelte, dass ein Mann Stunden unter Wasser bleiben konnte, aber die Idee einer Tauchvorrichtung war bestechend. Alle Matrosen wussten, dass seit Urgedenken eine Unzahl von selbstmörderischen Apparaturen benutzt wurde, um wertvolle Güter aus gesunkenen Schiffen zu bergen. Aber kaum einer wusste Genaueres darüber, und die meisten waren sowieso der Meinung, nur ein Verrückter könnte sich freiwillig in die Tiefe eines Ozeans herablassen. In der Tat konnten nur sehr wenige von Jacks Kameraden mehr als ein paar Züge schwimmen, nur so viel, um ihr Leben zu retten – und ihr Leben zu retten war für sie der einzige hinreichende Grund, überhaupt zu schwimmen.

Doch die Lethbridge-Sache fesselte Jack. Während sich die anderen weiter Geschichten über Wagemut und Schiffbruch erzählten, dachte Jack über Mentors Bericht nach und bemerkte, dass er auch Quince durch den Kopf ging, der ebenfalls schon von dieser Erfindung gehört hatte.

Jack wusste, dass es unmöglich wäre, eine solche Tauchvorrichtung auf einer primitiven Insel zu bauen, aber von den Abbildungen in einem Buch hatte er eine grobe Vorstellung davon, wie eine Taucherglocke funktionierte. Unter den Überlebenden war ein Küfer, und in der Schiffsfracht gab es alles erforderliche Zubehör für die Herstellung von Hunderten von Walfischtranfässern. Jacks Gedanken wanderten zurück zu seinem kleinen Experiment mit Wasserglas und Tuch in Quen-Lis Eimer.

Jack trat auf seine Kameraden zu. »Wir könnten eine Taucherglocke bauen«, sagte er nüchtern.

Die anderen sahen ihn sprachlos an.

»Und was soll das sein, Junge?«, fragte Mentor.

»Eine Glocke. Eine Taucherglocke. Vielleicht könnten wir uns eine bauen.« Inzwischen lachten die Männer nicht mehr so leicht über Jack. Während einige grinsten und den Kopf schüttelten, warfen Cheatum und Smithers ihm spöttische Blicke zu. Der Rest sah ihn erwartungsvoll an.

Nur Smithers gab seinen Kommentar ab. »Klar, O'Reilly, wir gründen einfach eine Fabrik, machen ein Dutzend von diesen Dingern, und die, die wir nicht selber brauchen, verkaufen wir.«

Cheatum stimmte in Smithers' Gelächter ein. Jack würdigte die beiden keines Blickes.

Auch Quince überging die Stichelei. Er sah Jack über den Rand seines Kneifers an. »Leg los, mein Junge.«

»Wir brauchen nichts weiter als ein großes Fass voll Luft, damit ein Mann darin in der Tiefe atmen kann. Der Küfer könnte eins machen, nicht wahr, Coopie?«

Mit offenem Mund, weil er plötzlich im Mittelpunkt des Interesses stand, antwortete Coopie: »Na, ich denk, 'n Fass issen Fass.« Als die anderen ihn weiter gespannt ansahen, fuhr er fort: »An Reifen und Dauben haben wir schon alles mögliche aus der *Star* geholt. Und 'ne Menge Werg. Wenn meine Fässer das Wasser drinbehalten können, dann können sie's auch abhalten, würd ich meinen.«

»Aber wie zum Teufel willst du es hinkriegen, dass es unten bleibt? – Hast du je probiert, ein Fass voll Luft in die Tiefe zu senken?«, fragte Quince sofort.

Jack hatte richtig vermutet: Quince verfolgte denselben Gedankengang.

»Er hat wohl noch nie Anlass gehabt, ein Fass voll Luft unterzutauchen«, warf Jack ein. »Aber ich wette, wir könnten einen Weg finden, wenn es bedeutet, dass ein Mann eine Stunde statt zwei Minuten unten bleiben kann«, fuhr er fort.

»Wir könnten ein paar Kanonenkugeln mit Tauschlingen und Kettengliedern an dem Fass anbringen«, war Mentors Vorschlag. »Wir haben Verholklampen da, um das Ganze zu befestigen – jaah, Eisenkugeln wären genau das richtige. Jesus, wenn einer es dreißig Minuten unter Wasser schaffen würde, was könnte der nicht alles zum Bergen vertäuen!«

Jack war plötzlich voller Überschwang.

»Er könnte im Fass Luft holen und ein oder zwei Minuten arbeiten, dann das kurze Stück zur Glocke zurückschwimmen«, fuhr Mentor fort. »Dort ein paar tiefe Atemzüge machen und wieder ans Wrack. Denkt doch bloß, was er in der Zeit alles holen könnte, vielleicht sogar die Seesäcke mit den Gewehrteilen und Schuhen.«

Quince seufzte. »Die verdammten Säcke und andere wichtige Dinge liegen über zehn Faden tief. Jack, glaubst du, wir könnten die Dunkelhäute dazu bringen, in diesem Sarg da unten zu atmen?«

»Nein, und sie wüssten ja auch gar nicht, wonach sie suchen sollten. Ich dachte nicht an die Eingeborenen ... Ich dachte an mich. Schließlich kann ich schwimmen.«

»Zehn Faden ist schrecklich tief. Da geht dir der Arsch auf den Meeresgrund«, erklärte Coopie feierlich.

»In Southport sind sie so tief getaucht«, sinnierte Mentor. »Bis in diese Tiefe haben sie sich gewagt, und da unten war es so feucht und kalt, dass sie sich alle teuflisches Rheuma geholt haben.«

»Na, davor brauchen wir hier wenigstens keine Angst zu haben«, sagte Coop. »In dem Wasser hier ist es wärmer als in einem Damenmuff.«

Quen-Lis Gong ertönte hinter ihnen. Die Männer trotteten zum Abendessen, Jack und Quince bildeten das Schlusslicht. Keiner sprach. Aber Jack wusste, was dem Ersten Maat im Kopf herumging.

Der Schmerz in seinen Ohren war unerträglich. Wenn er nicht nachließ, würde Jack die Eisenkugel, die von einem Gurt um sein Handgelenk hing, fallen lassen und zusehen, dass er an die Oberfläche kam. Verschwommen sah er die Spitze der Glocke unter sich, die ihm von mehrere Faden tiefer zuwinkte. Wieder versuchte er, den Schmerz zu lindern, wie die Eingeborenen es ihm gezeigt hatten. Er schlang seinen linken Arm um die zu der Glocke führende Hanfleine, mit der rechten Hand presste er sich die

Nasenflügel zusammen und prustete aus. Aber so sehr er sich mühte, es nutzte nichts, und so zog er sich mehrere Fuß nach oben, wollte nur noch die Gewichte loswerden und zur Sonne hin, aber da schwand plötzlich der Druck aus seinen Ohren. Mit einem zischenden Geräusch ließ der Schmerz in seinem Kopf nach; seine Ohren fühlten sich wund an, aber frei vom Gewicht des Meeres.

Jetzt musste Jack entscheiden, ob er es zur Glocke schaffen würde oder hochgehen sollte. Er hatte kaum noch Luft in den Lungen. Plötzlich entglitt ihm die Leine aus der linken Hand, und die Eisenkugel zog ihn in die Tiefe. Er hätte sich von ihr befreien können, aber er war einverstanden damit, dass die Kugel die Entscheidung für ihn getroffen hatte. Während er immer tiefer auf die Glocke zu glitt, spürte er, wie der Schmerz in seinen Ohren wieder begann.

Panik machte sich in ihm breit, weil er kaum noch Luft hatte, kämpfte aber gegen den Drang an, zur Oberfläche hochzuschießen. Doch dann hatte er es geschafft. Das Fass war ein vertrauter Freund in dieser fremden Welt, und er ließ sich die glatte hölzerne Wand entlanggleiten, mit der er so vertraut geworden war in den Tagen, da er Coopie geholfen hatte, das Wunder zu bauen.

Er hielt sich am Unterrand des Fasses fest und versuchte, sich hineinzuschieben in die lebensspendende Luft. Stattdessen zog es ihn zu seinem Schreck mehrere Fuß in die Tiefe auf den Meeresgrund. Ihm war, als stecke er hier fest. Als er hochblickte, sah er das Fass nur eine Körperlänge über ihm.

Es war sein Unbewusstes, das ihm sagte, dass er nicht feststeckte; er hielt bloß die schwere Kugel wie im Todesgriff. Wie im Traum befreite er seine Hand davon, und mit dem letzten Quentchen Energie strampelte er hoch zur Öffnung des Fasses. Plötzlich war er in der Glocke und hechelte nach Luft, ehe er einen tiefen, tiefen Atemzug machte. Ungläubig sog er das süße Gemisch ein, das von der Welt dort oben gestohlen war. Auf irgendeine Art waren bei dem ganzen Schreck seine Ohren wieder frei geworden, und ihm dämmerte, dass er jetzt zehn Faden unter Wasser war und immer noch lebte.

Im ersten Moment hatte er nur einen Gedanken: genug Atem holen, an die Oberfläche hochschießen und nie wieder so leichtfertig mit seinem von Gott geschenkten Leben zu spielen. Aber dann bekam er wieder einen klaren Kopf, und damit kehrte auch sein Mut zurück. Von der künstlichen, vom Fass gebildeten Luftblase aus machte er eine Bestandsaufnahme seiner Umgebung. Es war dunkel, aber das von den Korallen reflektierte Licht schien schwach bis ins Glockeninnere. Er konnte die Axt und das Brecheisen erkennen, die immer noch an den Stangen hingen, wo sie vor dem Versenken der Glocke befestigt worden waren. Jack probierte, ob er das Brecheisen losbekam, und hielt es im nächsten Moment in der Hand.

Er stemmte seine Füße auf den unteren Rand der Glocke, schob sich mit dem Rücken ein Stück hoch und war im nächsten Moment mühelos im oberen Teil seiner neuen Behausung. Und hier entdeckte er einen Vorteil des Unterwasserseins, an den er noch nicht gedacht hatte – solange er nicht ganz aus dem Wasser auftauchte, hatte sein Körper so gut wie kein Gewicht. Bald hatte er genug Atem geschöpft, und seine Stimmung wurde geradezu euphorisch. Er war in Sicherheit, und er würde einen Versuch wagen.

Jack holte tief Luft und entfernte sich eine Körperlänge vom Fass. Alles verschwamm vor seinen Augen, aber ringsherum war es hell, und fast sofort stieß er auf eine Frachtkiste, wahrscheinlich aus dem Vorschiff. Nach mehreren Ausflügen bemerkte er, dass er beim Tauchen von der Glocke aus den Atem länger halten konnte, als wenn er von der Oberfläche aus tauchte. Das Experiment war ein Erfolg. Jack schnappte sich ein Entermesser und einen Stoffballen, die wertvollsten Gegenstände in seiner Reichweite, klemmte sie sich unter die Arme und hangelte sich Hand um Hand nach oben.

Das ganze Dorf drängte sich im seichten Wasser um die Tauchoperation. Wie es Jack schien, hatten die Amerikaner in den Augen der Belauren bisher schon allerhand Wunder vollbracht, aber all das reichte nicht an ihre Fähigkeit heran, so lange in der Tiefe zu bleiben. Die Belauren richteten ihr Leben nach dem Puls der Gezeiten; sie waren eins mit dem Meer, weshalb sie die unbestreitbare Meisterschaft der weißen Männer umso mehr verblüffte.

Jack, Paul, Coop und Mentor arbeiteten wie besessen. Quince hatte offiziell das Kommando, ließ Jack aber genügend Freiraum, seinen eigenen Weg zu gehen. Seit dem ersten Versuch hatten sie einige Neuerungen eingeführt. Eins der üblichen Fässer hing jetzt fünf Faden tief und war ähnlich ausgerüstet wie das riesige, das zehn Faden unter Wasser war. Das kleinere Fass diente als eine Art Zwischenstation, wenn die Ohrenschmerzen unerträglich wurden oder wenn einem die Luft ausging, so wie es Jack bei seinem ersten Tauchversuch fast passiert war. Trotzdem wagten nur Jack und ein anderer Matrose, Klett, sich in die Tiefe. Paul hatte sich angeboten und es sogar versucht, aber sein unbezähmbarer Geist wurde von seinem schwachen Fleisch besiegt. Shram und Maril, die besten eingeborenen Taucher, halfen, wenn sie in großer Tiefe auf Beutezug gingen.

Für das Sichtproblem hatten sie immer noch keine befriedigende Lösung ausgetüftelt. Unter Wasser wirkte alles sehr verschwommen, was sich nachteilig auf die Ergebnisse der Tauchoperationen auswirkte. Das Salzwasser brannte besonders den Amerikanern in den Augen. Sie versuchten es mit einer Lederkapuze, in die auf Augenhöhe zwei sorgfältig geschliffene Glasscheiben eingesetzt waren, die vom Kapitänsfenster stammten. Dieses Modell war aber hoffnungslos undicht. Dann probierten sie eine aus Holz geschnitzte Konstruktion mit der geretteten Linse einer zerbrochenen Brille auf einer Seite, während die andere abgedichtet war. Ein Gestell für 'nen Einäugigen, bemerkte Coop. Diese Konstruktion war wasserdicht und funktionierte wunderbar bis zwei oder drei Faden tief. Aber sowie er mit dem Gestell tiefer tauchte, spürte Jack, wie ihm die Augäpfel förmlich aus dem Kopf gesaugt wurden, und er musste auf die Erfindung verzichten.

Doch jeder Erfolg spornte sie weiter an, und bald wagten sie es, sich weiter von der Glocke zu entfernen und noch schwierigere Bergungsarbeiten anzugehen. Schließlich sagten sie sich, wenn zwei Männer zusammen von der Glocke aus operierten, dann könnten sie mehr Hindernisse beseitigen, größere Gegenstände bergen und einander in Notfällen helfen.

Dann begannen die Unfälle.

Probleme

»Lieber Gott, nicht schon wieder!« Quince riss sich die Pfeife aus dem Mund und patschte über den sandigen Grund, um den beiden Eingeborenen zu helfen, die Jack aus dem Wasser zogen. Jacks Augen quollen hervor, und Schleim lief sein blaues Gesicht hinab. Die Eingeborenen legten ihn über ein Fass und begannen mit ihren Wiederbelebungsversuchen, pressten auf seinen Rücken und rollten ihn vor und zurück. Schon bald hustete und röchelte Jack und würgte nach jedem Atemzug seinen Mageninhalt heraus.

Später erzählte Jack seinem Freund Paul alles, an das er sich von seinem beinahe tödlichen Unfall noch erinnern konnte. Die Hilfstaucher hatten mindestens zweimal soviel frische Luft zur Glocke befördert wie in der Vergangenheit, womit eigentlich genügend Vorrat für den zweiten Mann, Shram, hätte da sein sollen, der jetzt mit hinuntertauchte. Aber warum war es dann zweimal passiert, dass beiden Männern ernstlich schwindlig und übel wurde? Beim ersten Zwischenfall hatte der bewusstlose Shram in höchster Eile an die Oberfläche gebracht werden müssen. Und jetzt war Jack ohnmächtig wieder aufgetaucht, obwohl Klett, der über ihm in der Glocke war, nicht die geringsten Probleme hatte. Paul stand vor einem Rätsel.

Irgend etwas musste beiden Zwischenfällen gemeinsam sein – aber was? Wäre die Beute aus dem Wrack nicht so wichtig gewesen, hätten sie erwogen, das Ganze wegen der großen Risiken aufzugeben.

»Verdammt, Jack. Du musst dieses Mal irgendwas anders gemacht haben als sonst, etwas, das auch Shram heute morgen getan hat. Was war es?« Paul war aufgeregt und sichtlich erschüttert, weil er fast seinen Freund verloren hätte. »Erzähl mir noch mal genau, was geschehen ist, Schritt für Schritt.«

Zum vierten oder fünften Mal beschrieb Jack seinen letzten Tauchversuch, wie er unten ankam, Klett das Brecheisen hochreichte, wie er ein paar Mal tief Luft geholt hatte, inzwischen eine Routine für die Taucher, ehe sie die Glocke verließen und sich an die Arbeit machten. Jack stockte in seinem Bericht, denn Paul stand plötzlich ein völlig veränderter Ausdruck im Gesicht. »Was ist?«

»Du hast gesagt, beim ersten Tauchen hättest du dir das Brecheisen von Shram geben lassen.«

»Was zum Teufel soll es für eine Rolle spielen, wer wem das Eisen in die Hand drückt?«

»Du hast gesagt, er hätte es dir *hoch* gereicht.«

»Natürlich hat er es hochgereicht. Ich war ja über ihm. Er ...« Jack hielt inne, denn jetzt dämmerte ihm, worauf Paul mit seiner Frage hinauswollte. »Na ja, du hast wohl recht. Das zweite Mal war ich auf der unteren Stange des Glockengerüsts ... aber was für eine Rolle sollte das spielen?« Wieder kam er ins Nachdenken. »Und es stimmt, dass Shram beim ersten Tauchen auf dieser Stange war, aber wirklich ...«

»Da haben wir's! Bei dem Tauchen, das Shram beinahe umbrachte, war er unter dir.«

Paul hatte recht, was Jacks Ungeduld noch erhöhte. Welche Auswirkungen sollte das gehabt haben?

»Und wo warst du, als du Luft geholt hast? Immer noch auf der unteren Stange?«

»Ja.«

»Du warst also unterhalb von Klett, und Shram war unter dir, als er sich die Lungen aufpumpte?«

»Ja ... aber ...«

Paul sprang auf und ging auf und ab. »Das ist es! Irgendwie muss sich die verbrauchte Luft am Grunde der Glocke sammeln.«

Jack dachte nach. »Ich glaube, du hast recht.«

Noch etwas anderes war bei Jacks letztem Tauchgang passiert, das er bis jetzt für sich behalten hatte. »Ich glaube, ich habe deinen Seesack da unten gesehen.« Pauls Gesicht leuchtete genauso vor Aufregung wie Jacks. Beide wussten, dass das Bedeutungsvolle dieser Nachricht nicht das Auftauchen von Pauls Seesack war, sondern dass Jack seinen immer in der Nähe von Pauls aufbewahrt hatte: und wenn sie beim Schiffbruch nicht auseinander gerissen worden waren, dann konnten die Schlosse für die Gewehre nicht weit entfernt sein.

Den ganzen nächsten Tag dachten die beiden noch darüber nach, wie es zu den beiden Unfällen gekommen war, und erörterten die Sache mit Quince, Coop und Mentor. Paul fasste ihre bisherigen Erkenntnisse zusammen.

»Ehe die Probleme begannen, war uns klar, dass ab einer Tiefe von ungefähr drei Faden der Druck des Ozeans die Luft auf ihr halbes Volumen zusammenpresst, weshalb die Glocke in dieser Tiefe schwerer wird und es eine Menge Arbeit kostet, die Luft mit Eimern von der Oberfläche aufzufüllen.«

Allgemeines Nicken in der Runde.

»Das alles ließ mich an Robert Boyles Abhandlungen über die Gesetze chemischer Gase denken. Er fasste die

Arbeit von Galilei, Pascal, Torricelli zusammen, den Mittelmeer-Größen, die …« Paul verstummte, als er sah, wie die anderen ihn verständnislos anstarrten. »Der Punkt ist jedenfalls, dass der Druck, den die ganze Luft der Welt auf einen ausübt, sich verdoppelt, wenn man ungefähr zweieinhalb Faden unter Wasser ist.«

»Stimmt«, sagte Quince. »Aber was heißt das?«

»Wir haben herausgefunden, dass die zusammengepresste Luft von Vorteil ist, weil die Taucher länger unten bleiben können, wenn sie die Luft von der Glocke einatmen statt an der Oberfläche Luft zu holen, richtig?« Wieder Nicken.

»Also. Wir wissen auch, dass die Taucher ihre Lungen am besten so hoch wie möglich in der Luftblase der Glocke auffüllen müssen. Die Frage ist nur, wie werden wir die verbrauchte Luft los? Sollen wir jedes Mal, wenn die Luft verbraucht ist, die ganze verdammte Glocke hochkurbeln und wieder runterlassen? Vielleicht könnten wir eine Öffnung mit irgendeiner Vorrichtung machen, durch die wir die schale Luft loswerden?«

»Mir scheint, ehe wir uns mit dem Problem befassen, wie wir die Luft loswerden, müssen wir zuerst die Frage lösen, woran wir erkennen, wann die Luft verbraucht ist.«

Quince zündete ein Streichholz an und blies es theatralisch aus. »Jungs«, sagte er und sah Jack und Paul scharf an, »ich weiß, was wir da unten brauchen – einen verdammten Kanarienvogel!«

»Aye, Käpt'n. Sie denken an die Minen, was?«, warf Mentor ein, worauf sich die anderen fragten, wo sie nicht aufgepasst hatten in der Schule.

»Kanarienvogel?«, fragte Paul.

»Ja, jeder, der mal mit Bergleuten zusammenkam, weiß Bescheid. Die Bergleute nehmen 'nen Kanarienvogel mit in die Grube, damit se wissen, wenn's brenzlig wird mit der Luft.«

»Und woher wissen sie es?«

»Na, das kleine gefiederte Kerlchen hört auf zu singen, legt sich hin und stirbt.«

»Genau, Paul, sie reagieren empfindlicher ...«

»Aber Käpt'n.« Klett hatte sich für das Thema erwärmt. »Vögel wie diese Kanarien gibt's auf dieser Insel hier mehr als genug, aber die kleinen Kerlchen wären schon ertrunken, ehe sie zwei Faden tief sind.«

»Das stimmt. Aber vielleicht können wir unseren eigenen Kanarienvogel machen«, sagte Paul und stierte Quince eindringlich an.

»Was guckst du mich an mit Augen wie 'ne Schleiereule, mein Sohn. Was ist?«

»Keine Eule. Ich guck auf einen möglichen Kanarienvogel.«

Ehe Klett protestieren konnte, dass es nicht richtig wäre, Quince mit in die Glocke zu nehmen, um zu sehen, ob er starb, lächelte Quince Paul an und sagte: »Es ist meine Pfeife, was? Du denkst, dass meine Pfeife vielleicht zu gebrauchen ist?«

»Nein, ich denk an das Streichholz, Käpt'n«, sagte Paul. »Wie wäre es, wenn wir unten in der Glocke eine Kerze anzünden würden? Wenn sie schneller auf verbrauchte Luft reagiert als die Taucher, dann würde sie uns hervorragend als Kanarienvogel dienen.«

»Aber wie sollen wir wissen ...«

»Genau – woher wir wissen wollen, dass die Flamme empfindlicher ist?« Pauls Gedanken rasten jetzt wie ein Klipper vor dem Wind, und seine Kameraden hatten schwer zu kämpfen, an Bord zu bleiben. »Tatsache ist, wir wissen es nicht. Aber ich glaube, ich kann ein Experiment machen, um es herauszufinden.«

»Aber die Kerze verbraucht Luft. Was ist damit?«, fragte Mentor.

»Ich glaube, das ist kein Problem, aber auch das können wir nachprüfen.«

Quince warf ein: »Selbst wenn sie zu viel Luft verbraucht, so würde sich das von allein lösen. Wenn sie ausgeht, wissen unsere Taucher, dass es Zeit ist, an die Oberfläche zu gehen.«

»Es wird eine Riesenanstrengung sein, die ganze Glocke hochzuziehen, nur um diese Kerze dort unterzubringen«, gab Coop zu bedenken.

»Das brauchen wir nicht«, sagte Jack. »Wir stecken Kerze und Streichhölzer in ein Tuch und pressen es auf den Boden von einem der umgedrehten Lufteimer, die die Eingeborenen hinunterbringen. Statt die Luft auszukippen, können wir den immer noch umgedrehten Eimer in die Luftblase der Glocke heben und Kerze und Streichhölzer herausholen, ohne dass sie nass werden.«

»Schön und gut«, sinnierte Quince. »Aber da wären wir wieder bei der Frage, woher wir wissen wollen, dass die Flamme rechtzeitig ausgeht, ehe unsere Taucher in Ohnmacht fallen?«

Alle starrten Paul an.

»Meine Herren, holt bitte eins von diesen Weinfässern her, die neulich an den Strand gespült wurden. Bringt auch gleich einen Teil von unserem Streichholz- und Kerzenvorrat mit, und dann stürzen wir uns in ein wissenschaftliches Experiment.«

»Ist sie schon aus?«

»Noch nicht, Käpt'n«, kam Pauls Antwort.

Quince thronte hochherrschaftlich auf einem großen Stein, und seine ungestopfte Pfeife baumelte ihm aus dem

Mund. Pauls Stimme drang aus einem umgestülpten Weinfass, dessen Boden ein Fuß tief unter Wasser reichte und das mit mehreren großen Steinen beschwert war, um es zu stabilisieren.

Eine kleine Gruppe belaurischer Männer betrachtete das Geschehen stumm, einige kauten Betelnuß, andere standen mit verschränkten Armen da, so als spiele sich vor ihren Augen ein höchst merkwürdiges fremdländisches Ritual ab. Wenn die Sanduhr im Minutentakt kippte und man in den letzten Sekunden nichts von Paul gehört hatte, klopfte Jack an das Fass. In den meisten Fällen erübrigte sich diese Vorsichtsmaßnahme, weil Paul Le Maire sich meist keine ganze Minute lang beherrschen konnte, ehe er seinen Kameraden über sein Befinden und das der Kerze berichtete.

Unmittelbar nach dem achtundzwanzigsten Kippen der Sanduhr erklärte Paul von innen, dass die Flamme erloschen war. »Mir geht es noch gut, obwohl ich ein bisschen kurzatmig bin.«

Danach vergingen noch ganze elf Minuten, ehe Paul von innen an das Fass klopfte und rief: »Gut, Freunde, lasst mich raus.« Schweißüberströmt, ein bisschen blass und mit von der Dunkelheit erweiterten Pupillen kam Paul aus dem Fass hervor. Gegen das grelle Sonnenlicht blinzelnd, verkündete er mit schriller Stimme: »Jungs, ich glaube, wir haben unseren Kanarienvogel.«

»Hoch lebe Benjamin Franklin Le Maire«, jubelte Jack.

Erfolg und Tragödie

Sie waren bereit für die große Offensive – den Vorstoß zu den Schlossen der Gewehre. Das Gefühl, dass sie sie dringend brauchten, verstärkte sich noch, als Quince erklärte, Jawa habe ihm von Yatoos Wunsch nach einem Vergeltungsschlag gegen die Papaloen erzählt, der noch vor Ablauf eines Mondes vonstatten gehen sollte. Jetzt war es unabdingbar, dass sie an diese Schlosse gelangten. Jack wollte um keinen Preis, dass sie sich so schlecht ausgerüstet wie beim letzten Mal in eine weitere Schlacht begaben. Quince rief die Männer zusammen, um sich mit ihnen zu beraten. Er erklärte ihnen, sowie Jawa ihm das Kriegsvorhaben unterbreitet habe, hätte er die Entscheidung getroffen, Jack zum Kriegsherrn der Amerikaner zu ernennen. Auf die Weise könne er selbst über den Vorgängen stehen und seine Entscheidungen durch Jack übermitteln lassen. Dadurch sei er Yatoo ebenbürtig, und er finde, dass es wichtig sei, auf solche Rangordnungsfragen zu achten.

Die Männer erklärten sich einverstanden. Trotz Jacks Jugend fanden die meisten es richtig, dass er eine gewisse Befehlsgewalt zugesprochen bekam, besonders wegen seines tapferen Verhaltens während des Schiffbruchs und des Kampfes gegen die Papaloen. Sogar Smithers und Cheatum widersprachen nicht angesichts der uneingeschränkten Zustimmung der anderen. Jack war bewegt von diesem Vertrauensbeweis seiner Kameraden, war sich aber seiner selbst nicht sicher. Er wusste, die Männer sahen in ihm einen klugen und tapferen Kämpfer, aber sie lebten nicht mit seinen Träumen jede Nacht. Auf eine Art machte es ihn krank, zu töten.

Quince fasste die Unterhandlung mit Jawa zusammen: im Prinzip habe er sich einverstanden erklärt, seine Männer an dem Vergeltungsschlag teilnehmen zu lassen, da sie ihm ja das Versprechen gegeben hatten, das Dorf verteidigen zu helfen – und ein Präventivschlag gegen einen offensichtlich kriegslüsternen Feind ihrer Gastgeber sei ja im Grunde nichts weiter als eine offensive Verteidigung. Paul, Coop und Mentor standen der Entscheidung zwiespältig gegenüber, bis Quince Jack die Bedingungen schildern ließ, die sie für den Überfall festgelegt hatten.

»Ich habe gefordert, dass es keine Folterung von Gefangenen gibt, keine Vergewaltigung von Frauen und keine Ohr- oder Kopftrophäen genommen werden. Ich weiß, unsere Freunde hier haben andere Ansichten über das Leben und die Kriegsführung, aber Grausamkeit gegenüber einem geschlagenen Feind geht mir einfach gegen den Strich, und ich finde nicht, dass wir unsere eigenen Prinzipien aufgeben müssen. Jawa hat allen Forderungen zugestimmt, bis auf die Letzte. Ich nehme an, mehr war nicht zu erreichen. Mir gefällt es zwar nicht, Leichen zu verstümmeln, aber es ist nicht annähernd so schlimm, wie die Lebenden zu quälen – also, was sagt ihr, Männer, ja oder nein?«

Nach einer kurzen Besprechung erklärten sich alle mit den Bedingungen einverstanden.

Wenn Jack von der Glocke aus tauchte, hatte er das Gefühl, am Rande eines wundersamen Reichs zu sein – einer blauen Unterwelt zwischen der von Menschen bewohnten Erde und dem schwarzen, von Geschöpfen der ewigen Nacht bevölkerten Abgrund. Auch in dem hölzernen Gebilde selbst fühlte er sich anders, seit eine Kerze darin untergebracht war. Er sah zu Klett hin, auf dessen Gesicht Schweiß und Wasser einen glänzenden Film bildeten. Auch die Geräusche in dem Behälter hatten sich verändert, wenn sie sich zwischen den Tauchgängen zusammen darin ausruhten; zugleich laut und intim. Ihre Stimmen hallten sonderbar in der gepressten Luft, so als seien ihre Stimmbänder eine Oktave höher gestimmt.

Heute war ein wichtiger Tag. Der gestrige Nachmittag hatte für große Aufregung gesorgt: die Fünf-Faden-Taucher hatten die Gewehrläufe gefunden. Wie sich herausstellte, waren sie seit Wochen an ihnen vorbeigeschwommen. Niemand wusste oder erinnerte sich daran, dass sie, in Tücher eingewickelt und mit Bindfaden verschnürt, in einer Holzkiste waren. Die Eingeborenen hatten eine Leine um die unbeschriftete Kiste geschlungen, damit sie hochgezogen wurde und ihnen bei ihrer Suche nach Werkzeugen aus dem Weg war.

Beim Öffnen der Kiste konnte der verdutzte Le Maire nur den Mund aufsperren: »Die Gewehrläufe, beim Blute Jesu – die Gewehrläufe!« Und seines Wissens war es das einzige Mal, dass er Quince die Pfeife aus dem Mund fallen sah.

»Heiliger Bimbam, sieh sie dir an«, sagte Quince ergriffen.

Mentor und Jack hoben behutsam ein langes Rohr aus der Kiste, so als handele es sich um kostbares Porzellan. Nach einem kurzen prüfenden Blick bestätigte Jack, dass die lange Zeit unter Wasser keinen nennenswerten Schaden angerichtet hatte. Die Läufe wurden über eine Stunde in kochendes Quellwasser gelegt, um das Öl und Salz abzulösen, wobei einer der Männer sie in regelmäßigen

Abständen herausnahm und mit Hilfe eines Drahtes ein Tuch hindurchzog.

Beruhigt konnten sich Jack und Klett für ihre Unterwasser-Ausflüge bereitmachen, denn sie wussten, dass man sich oben um die Gewehrläufe kümmerte. Quince hatte Coop, Mentor und Hansumbob damit beauftragt, Mangrovenholzblöcke zurechtzuschnitzen, um Gewehrschafte daraus zu machen. Den vorderen Teil, wo die Abzüge angebracht würden, sollten sie unbearbeitet lassen, bis sie diese in der Hand hatten, um dann jedes einzelne Steinschloß in den hölzernen Schaft einzupassen.

»Ich ziehe eine Leine zu der Stelle, wo ich ich diese Schärpe gesehen habe«, sagte Jack zu Klett. »Wenn ich nicht zurück bin, bis du bis dreißig gezählt hast, zieh mich wieder zurück.«

Klett nickte. Die Männer wussten, sowie sie sich von der Glocke entfernten, bestand ein beträchtliches Risiko, dass sie ihren Weg nicht zurückfanden, da ihre Sicht trübe war und auch Geräuschsignale nichts nutzten, denn wie sie herausgefunden hatten, gaben sie unter Wasser keine Richtung an. Den Weg zur Glocke zu verfehlen konnte lebensgefährlich sein, da sie sich normalerweise erst auf den Rückweg machten, wenn die Luft in ihren Lungen verbraucht war. Ein Herumirren würde bedeuten, dass sie sich so schnell wie möglich an die Oberfläche retten mussten, um nicht zu ertrinken. Obwohl sie sich schon mehrmals verirrt hatten, waren sie am Schluss immer zur Glocke gelangt. Einmal, als ein Hilfstaucher sah, wie Shram verzweifelt danach suchte, ließ er seinen Lufteimer fallen, um seinen Stammesbruder zur hölzernen Zufluchtsstätte zu geleiten.

Jack nahm das lose Ende der Leine, glitt durch den Unterrand der Glocke in die Tiefe und bewegte sich langsam über den Meeresgrund. Je gezielter seine Bewegungen, so schien es, desto länger konnte er den Atem halten. Er hatte sich bestimmte Gebilde auf dem Meeresgrund gemerkt, um den Weg zur Schärpe wieder zu finden. Ein Klumpen großer, kopfsalatartiger Koralle zu seiner Linken, daneben ein Stein, der, wenn Jack ihn als Halt benutzte, ähnlich wie eine Qualle an seinem Handgelenk brannte. Schließlich ragte das Wrack selbst über ihm auf, und er schwamm drei Züge nach rechts über eine zerbrochene Relingstütze, um zu den Mannschaftsquartieren zu gelangen, wo er die Schärpe gesehen hatte; auf dem Weg dahin entdeckte er eine weiße Segeltuchtasche mit einem hindurchgezogenen Seil – ein Seesack von einem der anderen Matrosen.

Da er wusste, dass seine Zeit bald um war, beschloss Jack, die Leine, die ihn mit der Glocke verband, um einen dicken Holzpfahl zu wickeln und schnell mit einem Palsteg zu sichern, ehe er unsanft zurückgezogen würde. Schon im nächsten Moment wurde die Leine stramm, das Zeichen, dass Klett mit aller Kraft zog, um ihn zurückzuholen. Hand für Hand hangelte sich Jack die Leine entlang und staunte, wie schnell er die Strecke zur Glocke zurückgelegt hatte. Er fragte sich, warum es so lange gedauert hatte, bis sie auf diese einleuchtende Idee gekommen waren.

Da die Leine am Wrack festgebunden war, sagte Jack zu Klett, er solle losschwimmen und versuchen, den Seesack zu holen, den er gerade gesehen hatte. Er selbst wolle direkt unterhalb der Glocke auf den Meeresgrund tauchen und das in der Glocke befindliche Ende der Leine an einem Korallenkopf festmachen. Auf die Weise brauchte die Leine nicht mehr von einem Taucher gehalten werden.

Momente später kam Klett keuchend durch die Unterseite ihrer hölzernen Luftblase. »Ich hab ihn, und verdammt, ich glaub, es sind Stiefel darin.« Jack war in

Hochstimmung. Endlich kamen sie weiter. Nach all ihren Mühen – gestern die Gewehrläufe, heute Schuhe und eine Leine, die zu ihrem Hauptgewinn gespannt war – den Schlossen der Gewehre.

»Meinst du nicht, wir sollten jetzt lieber hoch? Wir sind schon gut über eine Stunde hier unten, mein Junge.« Klett, normalerweise genauso wagemutig wie sein Gefährte, war erschöpft.

»Ich bleibe noch. Wir sind ganz nahe dran. Ich weiß, ich habe diese verdammte Schärpe gesehen – und wir brauchen die Schlosse jetzt dringend.«

»Wenn du bleibst, bleibe ich auch, Jack.«

»Nein, Maril soll dich ablösen und Shram in Bereitschaft stehen.«

»Jack, du wirst dich noch umbringen für diese Gewehre …«

»Geh jetzt. Du verbrauchst bloß die Luft hier unten. Du bist müde. Ruh dich oben aus und sag Maril, er soll runterkommen. Oben am Strand nutzt du mir mehr, falls irgendwas schief geht. Ich glaube, du könntest die ganze verdammte Glocke ganz allein heben, wenn es nötig ist.« Widerstrebend holte Klett tief Luft und machte sich auf den Weg an die Oberfläche.

Jack ruhte sich einen Moment aus, denn das Schwimmen und Reden hatten ihn angestrengt. Trotzdem spürte er, wie die Entschlossenheit in ihm wuchs, jetzt, wo er so nah am Ziel war. Er fühlte sich ein wenig benommen und brauchte länger, wieder zu Atem zu kommen, aber er bemerkte, dass die Kerze in der Glocke immer noch flackerte. Der Kanarienvogel flattert noch, dachte er lächelnd. Guck ihn dir an, wie er mit den Flügeln schlägt – Teufel – jetzt nicht mehr. Lag bestimmt an dem Aufruhr, den Klett beim Verlassen der Glocke verursacht hatte. Es war schon vorher passiert, dass die Kerze wegen irgendwelcher Unruhe in der Glocke ausgegangen war, und wenn ich sie wieder anzündete, hat sie noch eine gute halbe Stunde gebrannt. Sollte sie wieder anstecken, aber … puuuh – da kommt ja schon wieder ein Eimer frischer Luft oben von den eingeborenen Tauchern! Schon gut, schon gut, Freunde, jetzt geht's los … wohin zum Teufel, ah ja, natürlich, zur der Schärpe.

Jack pumpte seine Lungen noch einmal auf und ließ sich zu der Leine hinuntersinken. Auf geht's – immer die Hanfstraße entlang. Seit die Leine gespannt war, ging alles viel schneller. Jack schien, dass er mit zwei Zügen wieder am Wrack war. Teufel, dieses Relingstück dort, es ist das neben der Schärpe. Er ließ die Leine los und schwamm zu der Reling, und tatsächlich, direkt unter sich erblickte er Le Maires Seesack! Leicht erkennbar an der legendären Schmuckschärpe. Jack schnappte nach dem Sack und verfehlte ihn. Da. Jetzt berührte er ihn. Komm her, du Biest. So! Jetzt hab ich dich. Hoffentlich schaffe ich es zurück, mir ist so übel.

Wieviel später, wusste Jack nicht genau, aber er war wieder in der Glocke.

»Dyak, Dyak«, sagte Maril.

»Ja, ich bin's, Freund. Was zum Teufel tun wir hier? Wo zum Teufel ist der Sack, Pauls Seesack? Warum zum Teufel ist es so dunkel hier? Gott, ist mir schlecht.«

»Dyak! Keine Flamme. Wir müssen hoch!«

»Du bist schnell von Begriff, Maril. Weißt du was, ich würde deine verdammte Schwester gern so lange bumsen, bis sie so gut englisch spricht wie du, zum Teufel noch mal – so gut wie der verdammte verflixte König von England. Aber mein Schwanz macht nicht mit, tut mir leid.«

Ein weiterer Eimer mit Luft schoß in die Glocke und sofort darauf noch einer.

»Ah, jetzt ist mein Kopf ein bisschen klarer. Zwei

Eimer … Le Maire da oben muss sich ganz schöne Sorgen machen.« Wieder ein Scharren und Kratzen außen am Holz, und im nächsten Moment merkte Jack, dass sich noch jemand zu ihnen ins enge Glockeninnere gesellt hatte.

Es war Shram. Jack hörte ihn auf belaurisch mit Maril reden und dann zu ihm: »Pol sagt, ›Hoch! Geh hoch!‹ sagt Pol.«

Das war es also, diese Schwarzhäute sollen mich an die Oberfläche zerren. Verdammter Le Maire. Gerade habe ich meinen Seesack gesehen, direkt unter seinem. Jack fasste an den unteren Faßrand, schob sich unter die beiden Eingeborenen und hangelte sich dann wild die Leine entlang zum Wrack. Er blickte zurück. Die beiden folgten ihm. Keine Zeit zu reden – brauchen die Gewehrteile jetzt. Als Jack kurz vor dem Wrack war, zog er sich das letzte Stück zu ihm hin und tauchte direkt nach dem Seesack. Plötzlich bekam er Angst. Er drehte sich schnell um und erblickte Marils ausgestreckte Hand. Er fasste nach ihr und presste sie fest auf seinen Seesack, dann kehrte er um und schwamm zurück. Er sah noch, wie Maril zögerte und Shram zuwinkte, der Jack schnappte und in die Glocke zurückzog. Außer Atem glitt Jack hoch in die Luftblase und hoffte inständig, dass Maril den Seesack mitbrachte. Obwohl er jetzt in der Luftblase war, bekam er nicht genug Luft, um zu atmen. Würgend und keuchend stammelte er das Wort »hoch«. Er spürte, wie Shram ihn um die Taille fasste und ihm beim Aufstieg half. Gott, war es weit bis nach oben …

In der Nähe knisterte ein Feuer. Jack hörte Moskitos summen und roch ein Holzfeuer. Er fühlte sich wie gerädert, konnte sich nicht erinnern, je so müde gewesen zu sein. Man hatte ihm sein Hemd ausgezogen, und Paul und Quince starrten auf ihn hinab.

»Kannst du mich hören, Junge?«, fragte Quince.

»Aye.«

»Master Le Maire hier musste mir versprechen, dass er dich nicht umbringt.«

Paul hatte sich offenbar zu Tode geängstigt um ihn. Jack versuchte zu lächeln. »Sei mir nicht böse, alter Freund. Es musste sein.«

»Deine ganze Brust ist mit Ausschlag bedeckt«, sagte Paul. »Wie fühlst du dich?«

»Ich hab ein Kribbeln in allen Gliedern, fürchterliche Kopfschmerzen und bin müde, uh, wirklich, wirklich müde.« Ehe er wieder in Tiefschlaf fiel, hörte er Quince sagen: »Hat keinen Sinn, sich einen Kanarienvogel zu halten, wenn man nicht zuhört, wann er singt. Aber wir haben sie, Junge. Maril hat die Schlosse hochgebracht.«

Die Woche, die Jack brauchte, sich von seinem letzten Tauchabenteuer zu erholen, sah er Mentor und Coop zu, wie sie ihre ganze Schnitzkunst einsetzten, um die Messingteile in die Holzschafte einzusetzen, die sie vorgefertigt hatten. Fast den ganzen ersten Tag lang brachten sie die Gewehrläufe und Schlosse an sein Lager, um sich zu vergewissern, dass sie die Teile richtig zusammensetzten. Aber Jacks Rat war meistens überflüssig; die Teile passten gut zusammen, und Coop war ein Meister darin, die Aufsatzstücke für die Läufe zu fertigen. Die beiden Männer waren eindeutig bessere Zimmerleute als er.

Jack fühlte sich sonderbar verzagt. Und seine Stimmung wurde natürlich nicht besser, als am dritten Tag ein Unfall passierte. Wie zu erwarten war, hatte Quince beschlossen, die tiefe Glocke zu heben. Sie musste an die Luft, damit Konstruktionsfehler auf dem Ausruhgestänge korrigiert werden konnten. Außerdem hatte ihr wichtigster Taucher laut Mentor »Taucher-Rheumatismus«.

Obwohl Paul nicht sicher war, ob Jack wirklich an Rheuma litt, war auch er davon überzeugt, dass sein Freund sich irgendeine Taucherkrankheit geholt hatte.

Außerdem hatten sie die dringend benötigten Dinge geborgen. Die meisten Männer, fiel Jack auf, trugen inzwischen Schuhe. Seine eigenen Stiefel aus seinem Seesack lagen am Fußende seines Lagers. Man hatte sie in Quellwasser eingeweicht und gründlich mit Tierfett eingeschmiert.

Sie stellten sich vor, dass es einfach sei, die Glocke zu heben. Teufel, wenn sie nicht durch die Gewichte unten gehalten wurde, müsste sie von allein hochkommen. Shram und zwei von der Seichtgewässer-Mannschaft tauchten hinunter, um die Leinen mit den größten Gewichten durchzuschneiden. Nach nur zwei Schnitten setzte die Glocke sich in Bewegung. Und im nächsten Moment kam sie mit einer Geschwindigkeit in Fahrt, die keiner der Männer erwartet hatte. Rael, ein junger eingeborener Taucher, der gerade das Atmen in der Glocke ausprobieren wollte, wurde von einem Teil des Faßgestänges in die Mitte der Glocke gestoßen, die mit rasender Geschwindigkeit an die Oberfläche sauste. Jack sah verdutzt zu, wie das riesige Fass die Wasseroberfläche durchstieß und mit seiner oberen Hälfte herausragte.

Die Männer befreiten Rael aus dem Fass und halfen ihm an den Strand, wo er plötzlich mit schlotternden Knien zu taumeln begann.

»Er fiel in Ohnmacht und ist nicht mehr daraus erwacht«, sagte Paul eine Stunde später zu Jack.

»Aber warum, verdammt noch mal?«, jammerte Jack. »Er war bloß eine Minute unten. Er konnte keine dieser Taucherkrankheiten haben. Und dann all das Blut, das dem armen Kerl aus dem Munde floß! Was zum Teufel ist passiert?«

Sie sollten es nie genau wissen. Nach langem Grübeln hatte Paul nur eine Erklärung: dass der junge Mann, als er so schnell an die Oberfläche schoß, aus irgendeinem Grunde die Luft in seinen Lungen nicht ausstoßen konnte, und so explodierten sie ihm förmlich in der Brust. Aber warum das nicht passiert war, wenn einer der anderen Taucher schnell hochkam, konnte er nicht sagen.

Es schien, dass in diesem Tauchunterfangen jeder Triumph seinen Tribut an Schmerzen oder Tod forderte. Raels tödlicher Unfall bekümmerte Jack tief, denn im Laufe der Wochen verspürte er eine immer größere Zuneigung zu den Belauren, besonders zu den jungen Männern, die mit ihm auf Tauchabenteuer gingen. Warum Rael? Stark, mit leuchtenden Augen, ein junger Krieger, immer lachend und zu jedem Wagnis bereit. Welch eine Vergeudung. Jack hoffte von Herzen, dass die Gewinne ihrer Unterwasser-Plackerei solch einen tragischen Verlust rechtfertigten.

Auge um Auge

Jack verstand Yatoos Bedürfnis, Rache an dem Stamm zu nehmen, der sein Dorf angegriffen hatte. Nachdem eine weitere Woche verstrichen war, fühlte Jack sich erholt genug, als zweiter Kriegsherr neben Jawa an der Attacke teilzunehmen. Nachdem Rael mit gebührender Zeremonie begraben war, übernahm Jack seinen ersten militärischen Auftrag. Fünf der zwanzig Gewehre waren einsatzbereit, und mit dem, was er an Sachkenntnis besaß, hatte Jack vier Matrosen beigebracht, mit ihnen umzugehen. Der Ruf zum Kampf gegen einen würdigen Gegner rührte an die Quelle tief in seinem Innern, und er spürte, wie seine Aufregung bei dem Gedanken an die bevorstehende Auseinandersetzung wuchs.

Mit leichter Befriedigung sah er, wie sich der braune Rücken vor ihm mit Schweiß überzog, und er beschleunigte seinen Schritt ein wenig, gerade so viel, um seinen Vordermann anzutreiben. Bald war der starke junge Krieger Jack selbst schweißbedeckt, aber er behielt sein Tempo bei, bis sie den Morast erreichten. Von hier aus würden sie sich in Kanus fortbewegen, von denen mehrere durch die Lagune hergebracht worden waren. Am Rande des Morasts wartete bereits ein weiterer Trupp auf sie, zusammengesetzt aus Männern von den nahe gelegenen Dörfern, die Yatoo ihre Gefolgschaft schuldeten.

Plötzlich unwillig, Jack allein das ganze Risiko tragen zu lassen, hatte Quince beschlossen, selbst einen Trupp anzuführen. Als seine Männer mit Jacks zusammenstießen, machten sie gemeinsam ein Feuer und rösteten Schweinefleisch auf der heißen Glut. Wortlos saßen sie da und bereiteten ihr Lager. Der Geruch verfaulter Schlingpflanzen drang vom Morast her zu ihnen. Jack fühlte sich voller Energie und Tatendrang. Seine Selbstzweifel, Niedergeschlagenheit, Unsicherheiten ... angesichts des bevorstehenden Kampfes schien das alles wie weggefegt.

Langsam wickelte Jack eins der Kentucky-Longrifles aus der Hülle und rieb den Lauf sorgfältig mit dem übrig gebliebenen Schweinefett ein. Die Männer um ihn herum murmelten leise; dunkel oder weiß, sie alle gingen mit ihren Ängsten auf mehr oder weniger dieselbe Weise um: liefen mit vorgestreckter Brust herum und gaben sich zuversichtlich; und doch bemerkte Jack, wie sie länger als gewöhnlich in die Feuerglut starrten. Sie gehörten verschiedenen Rassen an, kamen aus unterschiedlichen Welten, aber sie alle wussten, dass der Tod ein Handlanger des Krieges ist. Sie waren entschlossen zum Sieg, aber ihnen war auch klar, dass dies der letzte Rauch sein konnte, der ihnen je in den Augen brennen würde. Jack polierte den Gewehrlauf noch eine Weile weiter, dann streckte er sich aus und fiel sofort in Schlaf. Aber ehe er ganz wegdämmerte, hörte er noch Quince durch das Dunkel flüstern: »Bei Gott, O'Reilly. Du liebst ihn, den Tanz mit dem Teufel. Aber es bleibt noch abzuwarten, ob du am Ende ein Segen für uns andere bist oder ein Fluch.«

Beim ersten Morgenlicht bestiegen sie die Kanus. Maril war im Bug von Jacks Boot, und Jack schien, als spräche der Ozean in gedämpftem Ton zu dem Eingeborenen, spülte seine aus Wind und Ferne geborenen Wellen in Rhythmen an den Rumpf des Boots, in die Marils Paddel so einstimmte, dass es völlig lautlos war.

Eine Insel mit Steilküste lag zu ihrer Linken. Sie näherten sich einem langen, flachen Riff, wo Haie dicht unter der Wasseroberfläche schwammen. Hier mussten sie die Paddel tief schlagen und hart nach rechts steuern, um nicht von der Gegenströmung behindert und zur untergehenden Sonne hingetrieben zu werden.

Von den dunkelhäutigen Männern gab es viel zu lernen, und in vieler Hinsicht bewunderte Jack sie. Von seinem Platz hinten im Kanu aus beobachtete er sie schweigend und ließ sich von ihnen belehren. Als sie am Morgen aufbrachen, hatte er sich ungeschickt angestellt wie ein Kind, aber jetzt spürte er, wie sein Paddel immer mehr in Einklang mit dem Wasser kam, sein Rhythmus in Harmonie mit den Bewegungen seines Nebenmanns und dem Puls des Meeres war.

Ein fliegender Fisch schoß vor ihrem Bug her, kurz darauf der Nächste. Dann landete einer im Boot, und ohne aus seinem Paddelrhythmus zu kommen, warf Maril ihn über Bord.

Weit vor ihnen bewegte sich plötzlich etwas auf dem Meer und schreckte Jack aus seinen Träumereien auf. Etwas schwankte dort auf den Wellen … ein Kanu, vielleicht. Maril duckte sich und warnte Jack, es ihm gleichzutun. Niemand sprach ein Wort. Maril ließ das Kanu von der Stömung auf den Mangrovenhain einer kleinen Insel zutreiben, damit ihr Kanu von fern wie ein gefallener Baumstamm aussähe, falls man sie erspähte.

Nach vielen Minuten schabte der Bootsrumpf über sandigen Grund, und Maril hob den Kopf über den Kanurand und gab Jack ein Zeichen, ebenfalls zu gucken. Jetzt war deutlich ein Kriegskanu zu sehen, aber dessen

Insassen hatten sie nicht entdeckt, denn im Schatten der Mangroven waren sie nicht zu erkennen.

Die belaurischen Kanus, die gerade um die vorgelagerte Insel bogen, verlangsamten ihre Fahrt, als sie Marils Manöver bemerkten. Einer nach dem anderen duckten sich die Männer tief in ihre geschmeidigen Boote. Ihnen war klar, dass Maril etwas entdeckt haben musste, und eilig paddelten sie zu ihm hin. In dem Moment, als sie die kleine Bucht erreichten, sah Jack, wie die beiden Kundschafterboote Jawas, die seewärts zur Hauptflottille gefahren waren, ebenfalls vorsichtig Kurs auf den Mangrovenhain nahmen.

Zwischen den Führern flogen mehrere Minuten lang belaurische Worte hin und her. Dann wies Jawa seinen Übersetzer an, dass er Jack durch Brown alles Wichtige vermitteln lasse.

»Sie sind ziemlich beunruhigt über das Kanu, das ihr seewärts erspäht habt.«

»Wie das?«

»Es gefällt ihnen nicht, dass es mit großer Geschwindigkeit südwärts aufs offene Meer fährt. Papaloische Krieger wären viel zu vorsichtig, so etwas zu tun.« Noch sonderbarer sei, fuhr Brown fort, dass man neben den Männern auch Frauen in dem Kanu gesehen hätte. Außerdem wären in der Ferne noch mehrere andere kleine Boote gesichtet worden – und man habe Rauch aus dem papaloischen Dorf aufsteigen sehen.«

»Frag Jawa, ob wir weiterfahren sollen.«

»Er hat bereits gesagt, dass er durch die Binnengewässer in Richtung Dorf steuern, die Kanus verstecken und zu Fuß weitergehen will. Auf dem offenen Meer dort draußen ist zu viel im Gange, und er meint, dort würden wir von den Papaloen entdeckt.«

Jack blickte die Matrosen an, die dem Wortwechsel gelauscht hatten. »Sag Jawa, ich bin einverstanden. Aber zwei von unseren Männern haben immer noch keine Schuhe, und ich möchte, dass sie bei den Booten bleiben und sie bewachen.«

»Das ist nur recht und billig.« Nach ein paar hastig gewechselten Worten reckte Jawa das Kinn in Jacks Richtung und signalisierte ihm sein Einverständnis.

Einen Moment später glitten sie durch den Mangroven-Sumpf. Kein Wort wurde gesprochen. Nur Belauren saßen an den Paddeln, was die Garantie für völlige Lautlosigkeit war. Jack lauschte auf das Summen der Moskitos und das Trippeln und Platschen der Sumpftiere – und den fernen Donner. Ein sich zusammenbrauendes Gewitter, dachte er.

Nach dreißig Minuten mühsamer und feuchter Fahrt hielt die Flottille an einem steilen Ufer. Spuren deuteten darauf hin, dass andere hier an Land und wieder zurückgegangen waren, doch es gab nichts, was auf einen Hinterhalt hinwies. Als sie das Ufer betraten und die Wachen, darunter Jacks Soldaten, ihren Platz neben den Booten einnahmen, meinte Jack von irgendwo Stimmen zu hören. Dann bemerkte er, wie Quince ihn heftig zur Seite winkte.

Jack ging verwundert zu ihm hin. Quince fasste ihn an der Schulter und sah ihm mit einer Eindringlichkeit in die Augen, für die Jack keine Erklärung hatte. »Hörst du's?«

»Was? Das Gewitter?«

»Es ist kein verdammtes Gewitter! Wir haben uns die letzte Viertelstunde lang angesehen und hatten Angst auszusprechen, was wir wissen. Junge, das sind Kanonen. Was du da hörst, sind Kanonen. Ich habe weiß Gott genug davon in meinem Leben gehört.«

»Kanonen? Sind Sie sicher?«

Außer bei dem Scharmützel, dessen Zeuge er vor Kap Hatteras gewesen war, hatte Jack noch nie in seinem Leben Kanonen gehört. Was zum Teufel ging hier vor?

Er hatte keine Zeit, über die Tragweite von Quince's Enthüllung nachzudenken, denn er wurde abberufen, mit Jawa zusammen den Vormarsch anzuführen. Jacob und Paul gingen in den vorderen Reihen des Trupps. Paul trug die Pistole, da es für die anderen jetzt genug Gewehre im Arsenal der Amerikaner gab. Außer Jack, Jacob, Red Dog, Brown und Hansumbob hatte man zwei Eingeborene an den Gewehren ausgebildet. Jack wollte, dass zwei Schützen mehr als Gewehre da waren – damit sie für den Fall, dass es zu irgendwelchen Verlusten kam, Ersatzmänner hatten, die die Waffen bedienen konnten. Die beiden Eingeborenen trugen die Gewehre so behutsam auf der Schulter, als seien sie sich des Wertes dieser Waffen des neunzehnten Jahrhunderts in einer Steinzeit-Armee voll bewusst. Coop und Mentor hatte man im belaurischen Dorf zurückgelassen, damit sie an den restlichen fünfzehn Gewehren die Schlosse anbrachten.

Vom Dickicht her drangen die Schreie der Eingeborenen zu Paul. Angstschweiß kam zu dem hinzu, der ihm vor Hitze übers Gesicht strömte. Selbst die Insektenstiche konnten ihn nicht von seinen Gedanken daran ablenken, dass ein gewalttätiges Drama bevorstand. Das Morden bei dem Gemetzel vor mehreren Monaten war das erste, das er je in seinem Leben mit angesehen hatte – und war zutiefst erschüttert davon gewesen. Um sich herum sah er die Männer durch die tiefe Schlucht rennen und hörte ihr Keuchen. Auch sie hatten Angst, jedenfalls verstand Paul ihr hastiges Atmen so.

Plötzlich stürzte ein Stück von ihm entfernt eine eingeborene Frau, jung und nackt, aus dem Dickicht und fiel zu Boden. Sie trug ein Bündel im Arm. Einen Säugling. Ein papaloischer Mann, dem Blut von der Schulter rann, folgte ihr und wollte ihr helfen. Ein Schuss hallte durch die Luft, und der Mann stürzte aufs Gesicht. Der entgeisterte Paul wollte gerade seinen Kameraden zurufen und sie beschimpfen, dass zu solcher Grausamkeit keine Notwendigkeit bestand, als er merkte, dass keiner von ihnen abgefeuert hatte. Der Schuss hatte den Mann von hinten getroffen, und die Amerikaner und Belauren hatten sich nicht von ihren Plätzen im Dickicht gerührt.

Ein Mann in europäischer Kleidung trat auf die Lichtung, ging, ohne zu der Frau hinzublicken, an ihr vorbei und drehte den Papaloen mit dem Fuß auf den Rücken. Zufrieden, dass er tot war, wandte er sich zu der Frau um.

»Steh auf, du Kafferhure.« Der Mann begann, seine Muskete neu zu laden. Er war ganz in Schwarz gekleidet: langärmeliges Hemd und Kniehosen, deren Bund in schwarzen Stiefeln verschwand.

Ein zweiter Mann erschien, ein Araber vielleicht, und zerrte die Frau vom Boden hoch. Er war halb westlich, halb orientalisch gekleidet, mit roter Schärpe über weißem Kasack und Stirnband. Er riss der Frau ihr Baby aus dem Arm und sagte etwas zu dem Europäer, das Paul nicht verstand. Letzterer schüttelte den Kopf, worauf der Orientale das Baby wie einen Maiskolben aus seinen Hüllen schälte und den Schädel des Kindes gegen einen Baumstamm schlug.

Paul schrie auf. Die Männer auf der Lichtung blickten in seine Richtung, achteten nicht auf das verzweifelte Schreien der Frau.

»Ihr Schufte! Ihr Mörder!«, schrie Paul.

Der erste wandte den Kopf, legte seine Muskete an, und als er Paul erspähte, schien er verdutzt über so eine Erscheinung. Paul zückte seine Pistole, und ohne jeden Versuch zu zielen, drückte er ab. Die Kugel fegte über den Kopf des Mannes hinweg, der verächtlich schniefte, wieder seine Waffe anlegte, auf Paul zielte und abfeuerte. Der Knall war ohrenbetäubend. Paul spürte keinen Schmerz, aber als ihm im nächsten Moment die Knie versagten, wusste er, dass er gleich das Bewusstsein verlieren würde. Das letzte, war er noch sah, war das Auge des Europäers, das sonderbar groß und rot geworden war. Als er zu Boden sackte, hörte Paul immer noch das Klagegeschrei der Frau.

Jack sah der Szene mit wachsendem Entsetzen zu. Er blickte zu dem zweiten Mann auf der Lichtung, der sich langsam wieder zurück ins Dickicht verzog, wobei er immer wieder zu seinem Führer blickte, der ausgestreckt auf dem Rücken lag, nachdem ihm zwei aus verschiedenen Richtungen kommende Kugeln Auge und Kehle zerfetzt hatten.

Der zweite Mann warf die Hände hoch und ergab sich – und war dann völlig perplex, als ein Eingeborener aus seinem Versteck trat, der nur mit einer Keule bewaffnet war. Dann erschienen drei weitere braune Gesichter aus dem Gebüsch. Ohne sich von der Stelle zu rühren, von der er abgefeuert hatte, beobachtete Jack das Geschehen und hielt den Atem an, während Jacob und einer der Belauren Paul untersuchten. Jack betete zu Gott, dass sein Freund unverletzt war.

»Paul fehlt nichts. Bloß ohnmächtig ist er – hat aber keinen Kratzer abbekommen«, sagte Jacob.

Jack stieß einen Seufzer der Erleichterung aus, dann ging er auf den Fremden zu. »Dein Glück, du Bestie.

Denn so lebst du vielleicht noch lange genug, um dein Bein entlang in Ruhe zu Ende zu pinkeln.«

Mit rotem Kopf guckte der Mann an sich herunter. »Wer zum Teufel bist du?«

»Der Todesengel, Kindermörder! Sag uns, was du hier machst, und zwar schneller, als du Luft holen kannst. Wenn du lügst, merk ich es, und wir schneiden dir die Zunge aus dem Maul.«

»Mein Gott. Wir gehen hier nur unseren Geschäften nach. Du – du hast gerade einen Vertreter der -- jawohl, einen Vertreter der Krone getötet.«

»Welcher Krone? Vom Königreich der Mörder?« schaltete Quince sich ein, der auf die Lichtung getreten war.

»Wir sind rechtmäßige Kaufleute, die im Auftrag der britischen und holländischen East India Handelsgesellschaft auf der Suche nach Fracht sind.«

Jetzt trat Jawa zu der Gruppe, starrte auf die Frau, die sich durch nichts von ihrem Schmerz ablenken ließ. Er legte dem »rechtmäßigen Kaufmann« die Hand auf die Brust und schob ihn sanft ein paar Schritte zurück. Dann schwang er seine Keule hoch, wobei er den Mann am Kiefer traf und ihn zerschmetterte. Ein zweiter, von oben ausgeführter Streich vollendete das Werk.

»Damit wäre die Befragung wohl beendet«, murmelte Quince Jack zu.

Jawa sprach schnell. In Browns Übersetzung lief es auf folgendes hinaus: »Diese Leute sind schlecht, und sie haben Feuerstöcke. Sie dürfen nie erfahren, wer zwei von den Ihren getötet hat. Wir müssen nach Belaur zurückkehren. Wir werden erst gegen die Papaloen anstürmen, wenn wir uns mit Yatoo beraten haben.«

Dann blickte Jawa wieder auf die Frau. Jack wusste, dass er sich verpflichtet fühlte, sie zu töten, damit sie ihrem Stamm nichts von den belaurischen Eindringlingen verriet. Aber schließlich winkte er seine Männer einfach zu den Kanus zurück. Erleichtert gab Jack seinem amerikanischen Trupp das Zeichen, den Belauren zu folgen. Paul, zwar noch schwach und benommen, war wieder auf den Beinen und ging neben Jack zurück zu der kleinen Bucht.

Ein unerwarteter Verbündeter

Es war ein ernüchterter Haufen, der nach Belaur zurückkehrte. Jawa machte sich auf den Weg, um Yatoo von der unerwarteten Wendung zu berichten, die die Expedition genommen hatte, und Quince rief seine Männer, eingeschlossen Quen-Li, in seiner großen Häuptlingshütte zusammen, um Rat abzuhalten. Er forderte Jack auf, die Einzelheiten des Zusammenstoßes zu schildern. Erst jetzt verstand Paul, was während des Schusswechsels passiert war. Der Europäer war nicht mehr dazu gekommen, einen gezielten Schuss abzufeuern. Jack hatte sein Auge mit einer Gewehrkugel aufgerissen, die dann sein Hirn durchdrang und beim Austritt ein beträchtliches Loch hinterließ. Die Muskete des Mannes feuerte in die Luft. Gleichzeitig hatte Jacob den Mann von der anderen Seite der Lichtung im Visier und drückte ab, ehe er merkte, dass Jack bereits geschossen hatte. Jacobs Halsschuß hätte den Mann getötet, wenn er nicht schon tot gewesen wäre, bevor er den Boden berührt hätte. Paul war einfach vor Angst und Schrecken ohnmächtig geworden.

Jack entspannte sich. Selbst die gerade eingetroffene Neuigkeit, dass ein belaurisches, das Außenriff von Papalo auskundschaftendes Kanu die Spitze eines großen weißen Segels gesehen hatte, beunruhigte ihn nicht.

»Sklavenhändler«, erklärte Quince. »Im Auftrag der

Engländer und Holländer überfallen sie die Inseln. Sie nehmen nicht gern die Schiffe der Gesellschaft, weil ihr Geschäft auf dem Kontinent in Verruf geraten ist. Sie fahren mit ›Landesschiffen‹, wie sie es nennen. Vertreter der Gesellschaft und ihre Helfershelfer machen die Schmutzarbeit, und die Profite gehen in die Kassen der East India Company. Mit dem Opiumhandel verfahren sie genauso. Diese Schufte haben wahrscheinlich schwarze Fracht geladen und weißen Staub für den Handel mit China. Das Teuflische an dem Ganzen ist – auch wenn sie der Abschaum der Welt sind, was sie tun, ist legal.«

»Legal! Es ist das Erbärmlichste, was ich je erlebt habe.« Pauls Stimme zitterte. Er nahm einen tiefen Schluck Rum.

»Aye, das sehen wir andern genauso, aber wir können trotzdem nicht rumlaufen und Händler erschießen, die ihren rechtmäßigen Geschäften nachgehen, und wenn es noch so schmutzige sind – wenigstens nicht, ohne selbst in den Ruf von Banditen zu kommen. Das Kind hätte ihre Gewinne geschmälert – ein bisschen älter, und sie hätten es behalten, auch eine schwangere Frau wäre ihnen recht gewesen – aber das Baby war genau im falschen Alter für eine Meer … na, jedenfalls sahen sie das Kind als überflüssige Bürde.«

»Zur Hölle damit, als was sie es sahen. Sie haben einen Säugling umgebracht!«

Quince' Stimme wurde härter. »Jetzt hör mal gut zu: Niemand widerspricht dir in dem Punkt. Aus dem Grund haben Jack und Jacob den Mistkerl getötet, abgesehen davon, dass sie deinen verdammten Hals retten wollten. Übrigens, mein Kleiner: Mit dem Knall und Feuerblitz einer Pistole bringst du niemand um, du musst ihn mit der verdammten Kugel treffen. Ich weiß ja, du warst aufgeregt, aber irgendwie hattest du dort draußen schlechte Karten. Und jetzt merk dir, was ich sage, du und all die andern – solange wir in einen Kampf verwickelt sind, macht niemand einen Schritt, ohne dass ich das Kommando dazu gebe oder mein rechtmäßig ernannter Kriegsherr. Kapiert?«

Die Männer nickten stumm.

»Er hat recht«, sagte Paul. »Ich entschuldige mich dafür, dass ich uns alle in Gefahr gebracht habe. Außerdem danke ich euch allen, dass ihr mich vor diesem elenden Abschaum gerettet habt.«

Jack dachte schweigend über das Gespräch nach. Es kam ihm sonderbar vor, dass ihn jetzt, nachdem er den Holländer erschossen hatte, keiner der Zweifel beschlich wie vor Monaten, als er den Papaloen getötet hatte. Vielleicht lag es daran, dass er keine andere Wahl gehabt hatte, es eine reine Reflexhandlung gewesen war, um Pauls Leben zu retten.

»Ich finde es schrecklich, was sie getan haben«, warf Mentor ein und hielt der Wirkung halber inne. »Aber lasst uns eins nicht vergessen: Diese Sklavenhändler sind vielleicht unsere einzige Chance, nach Hause zu kommen. In diese Gegend hier verirrt sich niemand außer hin und wieder ein Walfänger oder die Schiffe der East India Company, und die halten nicht für nichts und wieder nichts hier an – sondern nur, wenn sie von den Missionsgesellschaften und dergleichen fürstlich bezahlt werden. Teufel, wenn diese Kerle dahinter kommen, was wir getan haben, kommen sie zurück, aber nicht, um uns zu helfen, sondern um uns das Fell über die Ohren zu ziehen!«

»Das stimmt. Aber ich glaube nicht, dass sie es erfahren. Das könnten sie nur von der Frau, und die wird ihnen bestimmt nicht helfen wollen.«

»Teufel, Käpt'n. Um die Frau mach ich mir keine Sorgen. Die Schüsse wurden zwar übertönt, weil sowieso viel herumgeballert wurde. Aber sie sind nicht so dämlich, Einschußlöcher nicht zu erkennen, wenn sie sie im Kopf und Hals ihres Mannes entdecken.«

»Ahhm, Männer. Jack hat mir gesagt, dass er für diese Eventualität Vorsorge getroffen hat. Auf dem Rückweg erinnerte er Jawa daran, dass zu unseren Bedingungen nicht gehört, dass die Belauren auf Trophäen verzichten. Der, ahhm, Kopf des fraglichen Herrn, zusammen mit einem beträchtlichen Stück seines Halses, ist gegenwärtig in Yatoos Hütte.«

Die anderen brauchten eine Weile, diese Neuigkeit zu verdauen. »Ich will verdammt sein!«, brummte Coop.

Jack fügte hinzu: »Von ihren papaloischen Gefangenen wissen die Holländer, dass wir hier sind, aber sie haben keinen Beweis, dass wir ihren Mann umgebracht haben.«

Mentor räusperte sich. »Wisst ihr, ich habe diese tätowierten Schwarzen und die Chinesen nie als Menschen gesehen, ehe wir sie kennen gelernt haben – nichts für ungut, Quen-Li!«

Der Chinese zuckte die Achseln.

»Aber was sollen wir machen?«, fuhr Mentor fort. »Diese Schufte von der East India Company ... sie sind trotzdem Weiße, so wie wir. Wollen wir unseresgleichen töten, um die Eingeborenen zu verteidigen? Und wenn sie Papalo überfallen haben, dann werden sie auch bald hier einfallen ... Was sollen wir tun?«

Halb träumend, mit den Gedanken auf einer Empore in Neuengland und die Stimme seines Vaters im Ohr, sagte Jack: »Unseresgleichen, Mentor? Glaubst du wirklich, sie sind unsere eigene Art?«

»Aye, Jack hat recht«, schaltete Dawkins sich ein. »Sie könnten uns zwar helfen heimzukommen – und ich habe oft Heimweh –, aber ich will verdammt sein, wenn es mir hier inzwischen nicht auch gut gefällt. Die Leute hier,

Wilde oder nicht, haben uns das Leben gerettet und unsere Betten gewärmt.« Er senkte den Kopf, denn sein Gesicht war dunkelrot angelaufen. »Ich glaube, ich habe vielleicht sogar ein Kind mit Mele gezeugt, die mir die letzten Monate Gesellschaft geleistet hat. Ich finde nicht, dass sie uns weniger nahe stehen als diese Mörder.«

Quince wandte sich an Jack. »Und was sagt unser Kriegsherr dazu?«

Jack hatte das Gefühl, er müsse seine Karten behutsam ausspielen. Er wollte nicht, dass die anderen etwas von seiner Aufregung spürten; denn gerade war ihm eine Idee gekommen, die ihm wild im Kopf herumwirbelte. Außerdem war er von Dawkins' Worten sonderbar berührt; die Erwähnung seiner Intimität mit dem Eingeborenenmädchen hatte ein tiefes Gefühl von Einsamkeit in Jack ausgelöst und seinen Wunsch gedämpft, sich lebhaft an dem Gespräch zu beteiligen. Bilder von Wyalum und eine grünäugige Phantasie, die an einem Kai in Salem stand, verschmolzen zu einem verwirrenden Kaleidoskop. Er brauchte Zeit nachzudenken. Der Plan, der gerade in seinem Kopf Gestalt annahm, musste erst noch ausreifen, ehe er darüber sprach. Nein, er würde sich zurückhalten. Sein Instinkt sagte ihm, dass es vorläufig das Beste war, den anderen die ungewohnte Rolle zuzuteilen, ihn zur Aktion zu drängen.

»Ich weiß nicht ... ich achte die Wilden mehr als den Abschaum, mit dem wir heute zu tun hatten. Aber sich gegen die ganze zivilisierte Welt auf ihre Seite zu stellen – dann würden wir als Banditen beschimpft, genau wie Sie gesagt haben, Käpt'n. Teufel, man wird uns wahrscheinlich für Piraten halten.«

In den Augen der anderen sah Jack, wie sehr sie ihn inzwischen respektierten. Gegen seinen Willen war er so etwas wie ihr Führer geworden.

»Wilden?«, schaltete Paul sich wieder ein. »Glaubst du etwa, einer dieser Wilden wäre so schändlich grausam gewesen, dir dein Land zu stehlen und dich und deine Familie umzubringen, um für sich selbst Macht und Vorteile zu gewinnen, Jack?«

Jack verzog keine Miene, aber seine Augen verwandelten sich in zwei kalte graue Seen. Den anderen wurde mulmig zumute.

»Sachte, Junge«, sagte Quince zu Paul. »Du betrittst gefährliches Terrain.«

Aber Paul wollte etwas klarstellen, und wie es seine Art war, ließ er nicht locker, bis es ihm gelang.

»Warum hast du dieses Beispiel gewählt?«, fragte Jack leise.

»Weil es manchmal der einzige Weg ist, zu dir vorzudringen. Verdammt, diese vornehmen, Perücken tragenden Pinkel von Europäern sind fraglos von unserer eigenen Art. Und deshalb weiß ich, dass sie diesen Leuten hier auf die gebildetste und vornehmste Weise grausamen Schaden zufügen werden. Sie werden ihr Land stehlen, ihre Würde mit Füßen treten und sie als Sklaven verkaufen. Das nennt man Zivilisation! Das ist die verdammte britische, holländische, spanische und amerikanische zivilisierte Art! Und ich verachte sie!«

Jack fuhr nachdenklich mit dem Finger über den Rand einer Kokosnußschale. »Wie's scheint, finden diese Wilden hier auch ohne unsere Hilfe genug Gründe, sich gegenseitig abzuschlachten. Hat dein Freund Rob Pierre dazu irgendwas zu sagen?«

»Aye, Paul, jetzt hat er dich!« Coop hob sein Glas, einige der anderen folgten ihm, denn Jacks Einwand hatte sie beeindruckt, und außerdem wollten sie die Stimmung lockern. Aber Paul gab sich nicht geschlagen.

»Verfluchte Pest! Tu meine Worte nicht mit zynischen

Bemerkungen ab, Jack. Du weißt verdammt gut, dass ich recht habe. Und welche schlauen Worte willst du Maril und Yatoo sagen, wenn Wyalum in den Laderaum eines Sklavenschiffs verfrachtet wird, weil sie dir vertraut haben? Übrigens, es ist Robespierre, du Idiot – Rob Pierre, also wirklich …«

Jack legte Paul die Hand auf die Schulter. »Ich weiß selbst, dass dein Herz aus dir spricht und nicht bloß der Rum. Aber ich will jetzt nicht mit dir streiten. Du bist müde und fast betrunken.« An Quince und die anderen gewandt, fuhr er fort. »Lasst uns austrinken und morgen früh weiterreden. Was meinen Sie, Käpt'n?«

»Also gut, Männer. Überschlaft die Sache und morgen früh entscheiden wir.«

Am Morgen rief Quince die Männer wieder zusammen.

»Männer, ihr hattet eine Nacht zum Nachdenken. Yatoo weiß, dass wir wegen des Vorfalls gestern in der Klemme sind, und er wird wissen wollen, wie wir uns entscheiden. Wir sind es diesen Leuten schuldig, dass wir offen zu ihnen sind, meint ihr nicht? Wollen wir versuchen, mit einem der Sklavenhändler in Kontakt zu treten und um Hilfe bitten, in der Hoffnung, dass sie nicht dahinter gekommen sind, wer zwei ihrer Männer umgemäht hat? Oder stellen wir uns auf die Seite der Belauren, bekämpfen die Sklavenhändler und hoffen, dass irgendwann von anderswoher Rettung kommt?«

»Moment, Käpt'n, wir haben Ihre Meinung noch gar nicht gehört – ich würd sie gern kennen, ehe ich meine Stimme abgebe«, sagte Hansumbob, ein komisches Grinsen im Gesicht.

»Also gut. Ich habe die ganze Nacht wach gelegen und nachgedacht, und ich sag euch meinen Entschluss, auch wenn er mir nicht leicht gefallen ist.«

»Wie sieht er aus, Quince?«, fragte Coop.

»Nun, was mir am widerwärtigsten ist, das sind Leute mit der Nase voll Schnupftabak und Blut in den Augen. Leute mit gepuderter Perücke auf dem Kopf, die aus Gewinnsucht quälen und Leben zerstören und es sich dann zu Hause gemütlich machen und den ganzen Abend in der Bibel lesen. Mehr sag ich nicht. Dawkins, was meinst du?«

»Zur Hölle mit den Sklavenhändlern. Ich stehe zu den Eingeborenen.«

»Mentor?«

»Ich mag keine Kindermörder«, spuckte er aus und begann, an einem Stück Holz zu schnitzen.

»Bob?«

»Ich bin mit Ihnen, Käpt'n, hee, hee.«

»Jacob?«

»Ich würde lieber heimschwimmen, als diese Mörder um irgendwas bitten. Ich ... ich glaube, bei mir kommt auch Nachwuchs.« Mehrere seiner Kameraden lächelten bei dieser Enthüllung.

»Red Dog?«

»Ich halte zu den Belauren, sie waren verdammt gut zu mir. Ja, das waren sie.«

Brown wartete nicht erst, bis er gefragt wurde. »Zur Hölle mit den Holländern. Ich schließe mich meinen Kameraden an.«

»Ich auch«, meldete sich Peters.

»Und ich erst recht«, verkündete Paul.

»Smithers?«, fragte Quince.

Smithers schwieg.

»Bist du mit uns oder nicht, Smithers?« Quince konnte es nicht verhindern, dass eine wachsende Verachtung für den Mann aus seiner Stimme klang.

»Mir ist es ziemlich egal, was diese Schwarzen sich gegenseitig antun, aber diese Holländer, die sind nicht blöd. Sie werden bald dahinter kommen, was vor sich gegangen ist. Also haben wir keine andere Wahl. Wir müssen gegen die einzigen Mistkerle kämpfen, die uns von diesen verdammten Inseln hätten fortbringen können.«

»Cheatum?«

»Ich glaube, ihr seid alle verrückt. Unsere lieben Eingeborenen würden uns für 'nen Apfel und 'en Ei an die Holländer verkaufen. Aber da unser junger Kriegsherr hier und der grüne Jacob die Dinge unbedingt selbst in die Hand nehmen und die Schufte umblasen mussten, bleibt uns nichts anderes übrig.«

Quince sah den Mann finster an; die anderen senkten den Blick – alle wussten, dass dies eine ungerechte Einschätzung des Vorfalls war.

»Ihre Stimme, Cheat.«

»Zum Teufel mit Ihnen, Quince, ich stimme nicht ab.«

Quince erwiderte nichts, sondern drehte sich zu Jack um.

»Jack?«

»Wir brauchen ihr Schiff, um heimzukommen.« Alle verstummten. Paul machte ein bitter enttäuschtes Gesicht und wandte den Kopf ab. Dann lächelte Jack. »Ich habe noch etwas zu erledigen am anderen Ende der Welt. Ich sagte, wir brauchen ihr Schiff, Paul – dass wir die Schufte zum Fortsegeln brauchen, habe ich nie behauptet.«

Paul sperrte den Mund auf.

»Sprichst du von offener Piraterie?«

»Ich spreche davon, dass wir uns verteidigen werden und uns für ein Weilchen eins der Schiffe dieser Mörderbande ausleihen ... und zwar so lange, bis wir in Kuba sind.«

Mit dieser Erklärung Jacks war die Sache entschieden. Die Männer jubelten, außer Cheatum, der verdrossen fortstapfte. Quince erklärte die Abstimmung für beendet.

»Das Leben hat sich für uns alle verändert, als die *Star* unterging. Ich habe nichts dagegen, wenn wir uns ein paar Freiheiten gegenüber einem Schiff der Krone herausnehmen. Hab die Holländer noch nie sehr gemocht und die John Company noch viel weniger. Soweit haben wir uns also darauf geeinigt, uns die Mittel für die Heimfahrt zu verschaffen – für die, die heimwollen.«

»Ayes« kamen von allen Seiten.

Erst jetzt schien Quince einzufallen, dass ja auch Quen-Li da war. »Was hältst du von dem Ganzen? Hast du verstehen können, worum's ging?«

»Quen-Li gut verstehen. Ich gemeinsame Sache mach mit meinen Schiffskameraden. Sklaveneinfangen sehr schlecht. Diese Schiffe mit Opium, fahren sie nach China hin?«

»Ja. Willst wohl eine Erste-Klasse-Passage buchen?«, spottete Mentor, worauf die anderen in lautes Gelächter ausbrachen. Quen-Li kicherte mit, obwohl der Witz auf seine Kosten ging.

Über das allgemeine Lachen und Prusten hinweg erklärte Quince: »Dann sind wir uns ja einig. Wir kapern ein Schiff – und segeln unter der schwarzen Flagge!«

Die Männer stimmten lauthals und ausgelassen zu.

Jack spürte, wie ihn ein tiefer Friede überkam wegen des Beschlusses der Versammlung. Schon in der Nacht hatte er den Plan gefasst, aber vorher kein Wort darüber verloren, um die Männer nicht zu beeinflussen. Sie unternahmen einen folgenschweren Schritt, der Auswirkungen auf den Rest ihres Lebens haben würde.

Quince' Erwähnung der schwarzen Flagge hatte die Sache besiegelt. Die Tatsache, dass niemand – außer dem

Maulhelden Cheatum, den Jack im Grunde für einen Feigling hielt – bei diesen Worten mit der Wimper gezuckt hatte, bedeutete, dass allen klar war, worum es ging. Jeder Seemann kannte die Bedeutung dieses Tuchfetzens. So kann es also passieren, dachte Jack. Er hatte sich immer gefragt, ob Piraten und Banditen von Natur aus Mörder waren oder durch die Umstände dazu getrieben wurden. Zumindest in ihrem Fall wusste er es jetzt.

Quen-Li rührte in dem Suppentopf mit Meeresfrüchten und Fleischstücken von Inselschweinen, die schnell zur Hauptnahrung für die schiffbrüchigen Seemänner geworden waren. Quen-Lis Löffel kratzte über den Kupferboden des Topfes, in dem Schellfisch und rosa Fleisch um die Gunst des Geruchssinns wetteiferten. Sonnenstrahlen bahnten sich ihren Weg durch das Palmwedeldach und tanzten auf dem Tisch, wo Pauls Zeichnungen und Notizen in wildem Durcheinander lagen. Die beiden waren allein.

»Du bist bereit zu töten, Paul, aber du bist kein Mörder«, sagte Quen-Li. »Und Jack – er tötet sehr geschickt und ohne zu zögern, aber auch er ist kein Mörder. Er ist ein zorniger junger Mann, der Ungerechtigkeit hasst.«

Worte drängten Pauls Kehle hoch. Er wollte sie zurückhalten, aber bei ihm ließen sie sich nie lange gefangen halten, sondern drängten hinaus in die Welt. »Das sind interessante Beobachtungen, Quen-Li, sehr scharfsinnig ... und gut formuliert.« Er lehnte sich in seinem Stuhl zurück, »vor allem, wenn man bedenkt, dass sie von einem Mann kommen, der kocht, aber kein Koch ist ... n'est-ce pas? Oui ou non?«

Zum ersten Mal während des Gesprächs trafen sich ihre Blicke. Das Rühren hörte kurz auf, dann fing es wieder an. »Warum Paul sagen so was, schmeckt ihm meine Fisch-Schweine-Suppe nicht?«

Paul steckte die Schreibfeder in seinen Lederbeutel und räumte den Rindenpapyrus fort. Dann verschränkte er die Arme vor der Brust und guckte eine Weile schweigend in Richtung des Topfes. Dann schnappte er sich eine Mango vom Tisch und schleuderte sie aus heiterem Himmel nach Quen-Lis Gesicht. Quen-Lis linke Hand, die nicht mit dem Rühren beschäftigt war, schoß wie von allein hoch und schnappte sie lässig aus der Luft. Eine winzige Sekunde blitzte ein Funken in den Augen des Kochs, dann trat wieder die alte Gelassenheit in seinen Blick.

»Wenn du dich durchringst, hinter deiner Maske hervorzukommen, wird es mir eine Freude sein, deine Bekanntschaft zu machen. Aber mach dich nicht mit hohlen Worten über meine oder Jacks Freundschaft lustig. Ich glaube, ich weiß, wer du bist und was du bist, aber Jack muss es auch erfahren – aus deinem Mund, nicht meinem. Verspiel sein Vertrauen nicht: Es ist eine sehr kostbare Sache; so wie für manch andere der Samen der Mohnblume.«

An jenem Abend verließ Quen-Li sein selbst auferlegtes Exil und gesellte sich zu Paul und Jack auf ihre Eßmatte aus Palmwedeln. Die beiden Freunde legten sie immer so, dass sie die rote Abendsonne am westlichen Horizont sehen konnten. Mit einem unauffälligen Blick vergewisserte sich Quen-Li, dass sonst niemand in der Nähe war, und sagte dann mit leiser Stimme wie vor sich hin: »Qu'est-ce qui se passe ici?«

Jack riss die Augen auf, welch perfektes Französisch Quen-Li von den Lippen kam; es war, als hätte ein Wilder eine Zeile von Shakespeare zitiert.

Paul antwortete, ohne zu zögern: »Rien, seulement trois assassins qui regardent le soleil. Zwei von ihnen Amateure und einer ein Profi.«

Ein Lächeln spielte um die Lippen des Chinesen. »Dann weißt du also Bescheid. Unter anderen Umständen könnte dieses Wissen tödlich sein. Aber du bist mein Freund, so wie Jack, und wir haben andere Zeiten.« Alle Spuren von gebrochenem Englisch waren aus Quen-Lis Sprache verschwunden.

»Was zum Teufel geht hier vor?«, fragte Jack.

Paul zuckte die Achseln. »Ich glaube, Quen-Li hat uns was zu erzählen.«

Noch nie hatte die Geschichte eines Menschen Jack so überrascht und fasziniert wie die, die er während der nächsten Stunden aus Quen-Lis Mund hörte. Stunden, in denen er und Paul von Lord Li Sen Quanjo ins Vertrauen gezogen wurden, einem Mann, der gewiss nicht daran gewöhnt war, irgend etwas von seinem Innenleben preiszugeben; ein Mann, der seit vielen Jahren ein kunstvoll aufgebautes Doppelleben führte; ein Mann, dem es sichtlich das Herz erleichterte, sich ausnahmsweise einmal mitzuteilen.

Quen-Li erzählte von seinem Kampf gegen die Lieferanten der teerartigen Rückstände des Schlafmohns in Nanking, Kanton und ganz Ost-China. Jack erfuhr, dass der Kaiser von China es nicht mehr ertragen konnte, mit anzusehen, wie sein Volk zu trübäugigen lebendigen Leichen verkam und seine Untertanen riesige Summen dafür zahlten, eine Opiumsucht zu stillen, die von den weißen Teufeln aus Britannien, Holland, Spanien und Amerika emsig geschürt wurde. Sein Erlass gegen die überhand nehmende Einfuhr der Droge aus der Türkei und Indien wurde offen missachtet, und im Jahr 1800 erklärte der Kaiser jeden Besitz des weißen Todes zu einem Kapitalverbrechen. Aber die Gewinne waren so riesig, dass der Handel kaum abflaute. Zusammen mit den Holländern und Spaniern verstießen die Schiffe der Honourable East India Company of Gentlemen of Britain, bekannt als die John Company, am gröbsten gegen den Erlass. Die holländische Vereenigde Oost-Indische Compagnie, VOC genannt, hatte zwar vor ungefähr zehn Jahren bankrott gemacht, aber ihre Schiffe fielen einfach an die holländische Regierung. Und jetzt operierten sie unbehinderter als je zuvor, da die straffe Organisation der ehrwürdigen Gesellschaft nicht mehr da war, die schlimmsten Exzesse zu verhindern.

Verschiedene chinesische Edelleute hatten ihre zweiten und dritten Söhne auf Geheimschulen in die westlichen Provinzen geschickt. Dort lernten die Klügsten und Widerstandsfähigsten nur einem Ruf zu folgen. Jeden Tag wurden sie stundenlang von den weißen Teufeln, die die Getreuen des Kaisers gefangen genommen hatten, in deren Sprachen unterrichtet. Von ihren eigenen Landsmännern und Spezialisten aus Japan und Korea erlernten sie die Kriegskunst, insbesondere die Kunst des Tötens. Quen-Li wurde von der Wiege auf trainiert, schnell, leidenschaftslos und mit großer Geschicklichkeit Leben zu nehmen. Nicht mit dem Zorn Jacks oder dem idealistischen Eifer Pauls, sondern mit der präzisen Kunstfertigkeit eines Meistermörders.

Seine Zielscheiben waren die Profiteure des Opiumhandels. Paul erklärte, dass die Gerüchte von dem Geheimbund sich durch den Pazifik und bis zur Karibik verbreitet hatten, aber kaum jemand diesen phantastischen Geschichten Glauben schenkte. Doch nur wenige Köche bewegten sich wie Quen-Li und noch weniger holten zielsicher Salz und Zucker aus geborgenen Behältern, die Paul absichtlich auf französisch beschriftet hatte. »Und niemand, mein Freund«, fuhr Paul fort und zeigte auf Jack, »nicht einmal jemand mit den Reflexen dieses Panthers hier, hätte die Mango so aus der Luft geschnappt wie du, Meister Quen-Li.«

»Ahh, wollt mich auf die Probe stellen, Paulee, hee, hee.«

Jack und Paul fiel das Kinn herunter. Quen-Li hatte haargenau wie Hansumbob geklungen. Wären die Worte von hinten gekommen, hätten sie darauf schwören können, dass der alte Bob aus dem Nichts aufgetaucht war.

»Dann scheint es ja so, als hätten wir ungefähr die gleichen Ziele in unserem Leben«, sagte Paul.

»Sieht ganz so aus«, bemerkte der Edelmann.

»Wirst du uns helfen?«, fragte Jack leise.

»Ja«, erwiderte Quen-Li feierlich.

Pläne und Vorbereitungen

Da sie zur *Star*-Insel zurückgekehrt waren, um an dem Wrack zu arbeiten, sahen die Amerikaner nicht, wie die holländische Pinasse in die Hafenbucht von Belaur glitt. Wie die Belauren ihnen später erzählten, waren mehrere mit Gewehren bewaffnete Männer und ein papaloischer Gefangener als Übersetzer an Bord. Der Anführer der Holländer, ein Mann namens De Vries, hatte um ein Gespräch mit Yatoo gebeten. Der Häuptling zögerte die Begegnung so lange hinaus, bis ein schnelles Kanu zur kleinen Insel gepaddelt war und Quince informiert hatte.

»Jesus, sie rücken uns schneller auf den Pelz, als ich erwartet hätte.«

Mit besorgten Gesichtern versammelten sich die Männer um Quince, um ihr Vorgehen zu besprechen.

»Hansumbob sagt, sie sind vom Osten hergekommen«, begann Quince. »Wir haben verdammtes Glück, dass der allergrößte Teil der *Star* unter Wasser liegt, sonst hätten sie sie bestimmt über die Mangroven hinweg gesehen. Yatoo lässt uns sagen, dass er den Burschen erst empfangen will, wenn wir uns durch den Sumpf nach Belaur geschlichen haben und er mit uns gesprochen hat. Er meint, er kann das Treffen so arrangieren, dass wir mithören können, was vor sich geht. Aber wenn die Schufte holländisch sprechen, nutzt uns das natürlich nicht viel, weil keiner von uns es versteht ...« Er sah Paul an. »Es sei denn, Lord Le Maire ...«

Paul zuckte die Achseln. »Ich kann es nicht sprechen, aber ziemlich gut verstehen – hängt davon ab, wie schnell einer redet.«

»Das wär's also. Du und ich verstecken uns hinter dem Rindenvorhang in Yatoos Hütte und lauschen, was diese Herren zu sagen haben. Jack, Hansumbob, Coop und Cheatum suchen sich mit geladenen Gewehren einen Hinterhalt, für den Fall, dass die Holländer beschließen, ihre Schießeisen sprechen zu lassen.«

Heinrich de Vries wurde mit großem Brimborium in Yatoos Hütte geführt. Er sprach durch einen dunkelhäutigen Mann, der etwas papaloisch konnte, aber kein belaurisch; Yatoo ließ Graman, seinen Übersetzer, der malaiisch und papaloisch sprach, herbeiholen und zu seinen Füßen sitzen. Durch die beiden Übersetzer gelang es dem Holländer und dem Häuptling, sich zu verständigen.

Quince und Paul waren in einem engen Raum hinter dem Rindenvorhang zusammengepfercht, wo Yatoos Frauen Körbe flochten, während ihr Mann hofhielt. Von dort konnte Quince durch einen Spalt die Unterredung beobachten. Nachdem er den Holländer eine Weile gemustert hatte, »um Maß zu nehmen«, wie der Erste Maat sich ausdrückte, räumte er seinen Platz, damit Paul durch den Spalt sehen und den Mund des Mannes beim Sprechen beobachten konnte.

Quince hatte im letzten Moment beschlossen, dass Brown sich mit in den engen Raum hineinquetschen sollte. Da vor ihnen ein »verdammter Turmbau zu Babel« vonstatten ging, musste er alle sprachlichen Streitkräfte versammeln, die er mobilisieren konnte. Er trat zurück, um seinen Übersetzern den besseren Platz zu überlassen, glitt nach einer Weile leise zum Hinterausgang der Hütte hinaus und schlich sich zu seinen Scharfschützen. Das Treffen dauerte gut eine Stunde und schien ohne Zwischenfälle zu enden. Die Pinassen-Besatzung hielt sich die ganze Zeit in der Nähe des Schiffs auf, um auf die Rückkehr ihrer Anführer zu warten. Die Eingeborenenkinder beobachteten sie aus sicherer Distanz und zeigten nichts von der fröhlichen Unbefangenheit und Neugierde wie bei der Ankunft der Amerikaner.

»Diese Kerle sind ein grober Haufen«, bemerkte Coop zu den anderen im Versteck.

»Sklavenhändler sind auch nicht für ihre Freundlichkeit bekannt«, erwiderte Quince.

Jack musterte die Waffen der Holländer und die Art, wie sie sie handhabten. Eine Muskete war französisch, andere waren britischer Herkunft, so genannte Indien-Musketen – fabrikgefertigte Kopien der traditionellen Schulterwaffen der East India Company, die, wie Jack wusste, eiligst hergestellt wurden, um den Waffenmangel während der napoleonischen Kriege zu beheben. Wie sein Vater über solche Pfuscharbeit die Nase gerümpft hätte! Sie ließen sich schneller laden als eine Kentucky-Longrifle, besaßen aber nicht annähernd dessen Präzision und Ausgefeiltheit.

Nur einer von den drei Holländern mit Gewehren in der Hand schien vertraut mit Feuerwaffen. Die anderen waren einfach Matrosen mit Gewehren – keine ausgebildeten Soldaten, schätzte Jack. Der Mann jedoch, der geübt im Umgang mit Schusswaffen schien, machte Jack ein wenig Sorgen, denn ein zweiter, der in dem Boot döste, war ähnlich wie er mit einer roten und grünen Uniform bekleidet. Waren es Dragoner? Ausgebildete Soldaten würden bei einer Kraftprobe natürlich eine besondere Herausforderung darstellen. Jedenfalls Jacks Einschätzung nach. Manchmal kam es ihm sonderbar vor, dass man sich bei Entscheidungen von großer Tragweite auf sein Urteil verließ. War er noch derselbe Jack O'Reilly, der unschuldige junge Mann, der vor weniger als einem Jahr mit seinen Eltern in Neuengland lebte?

Noch verwunderlicher für ihn war, wie wohl er sich in seiner neuen Rolle fühlte. Dass ältere Männer sich seinem Urteil beugten, wenn es sich ums Kämpfen handelte, war auf eine Art aber auch beunruhigend. Stimmte etwas nicht mit ihm, dass sich jedes Mal bei der Aussicht auf eine Schlacht seine Stimmung hob? War es der Kampf an sich, der ihn beflügelte, oder war es der Kampf gegen grausame Widersacher, gegen Leute, die keine Reue beim Töten zeigten? Leute, die ehrliche, wenn auch ungebildete Menschen ausbeuteten und Säuglinge töteten ... oder die weiche Haut einer Mutterkehle aufschlitzten.

»Jack! Duck dich, Junge, sie kommen aus der Hütte!«, zischte Quince ihm zu und fragte dann verwundert: »Was ist mit dir? Du bist weiß wie ein Marssegel.«

Der Bericht von Paul und Brown war lückenlos. De Vries war mit einem scheinbar vernünftigen Angebot an Yatoo herangetreten. Sie würden ihm seine Unbesonnenheit verzeihen, dass er mordende Banditen auf seiner Insel beherbergte, die friedliche Händler angegriffen hätten, wenn Yatoo helfen würde, sie auszuschalten. Wenn Yatoo, mit anderen Worten, den kleinen Haufen Weißer, die unter seinem Schutz lebten, an die Holländer auslieferte, würden sie ihm nicht nur vergeben, sondern seine Verbündeten werden. Sie wollten Yatoo sogar helfen, die Nachbarinseln zu unterwerfen, die ihm schon seit langem Kummer machten, als Gegenleistung dafür, dass sie die Gefangenen behalten dürften. Dann erklärte De

Vries, dass sie keineswegs Sklavenhändler seien, sondern Einkäufer von Arbeitern – Arbeitern, die sich, nachdem sie die vielen Segnungen eines üppigen Plantagenlebens genossen hätten, freikaufen könnten. Die Holländer hatten die Nationalität der weißen Männer richtig erraten, nachdem sie sich den Bericht der in das Gemetzel vor einer Woche verwickelten papaloischen Krieger angehört hatten und außerdem die Beschreibung eines anderen Papaloen von der Flagge, die die Fremden über ihrem behelfsmäßigen Lager auf der *Star*-Insel wehen ließen. Von dem Schiffbruch schienen die Holländer jedoch keine Ahnung zu haben, und genauso wenig wussten sie offenbar, dass die Insel den Amerikanern als Bergungslager für die *Star* diente. Sie nahmen offensichtlich an, sie seien eine Gruppe von Gestrandeten, die von irgendeinem Schiff hier abgesetzt worden waren.

Yatoo brauche nichts weiter tun, als eine Unterredung mit den Yanks auf dem offenen Strand nahe dem Dorf zu arrangieren. Von heute gerechnet in zwei Wochen würde die *Peter Stuyvesant*, das holländische Schiff, direkt am Strand Anker werfen, und eine Abordnung von unbewaffneten Männern würde an Land gehen, um mit den Amerikanern zu sprechen. Letztere könnten ihre Gewehre mitbringen, denn selbst wenn die Holländer ohne Waffen kämen, so gewähre ihnen die Nähe ihres bewaffneten Schiffs sicheres Geleit. Auf dem Weg zu dem Besuch bei Yatoo hätten sie die Wassertiefe geprüft und seien zu dem Schluss gekommen, dass Belaur einen hervorragenden Hafen besitze. Sie könnten ihr Schiff viel näher am Strand ankern als auf Papalo, was es ihnen sehr erleichtere, Handelsgüter aufzunehmen.

Wegen des kürzlichen unerfreulichen Vorfalls brauche Yatoo sich keine Sorgen mehr zu machen. Sie würden sich schon um die amerikanischen Abtrünnigen kümmern und dem Häuptling von Belaur nicht nur seine Verwicklung in den Mord an zweien ihrer Männer verzeihen, sondern ihm auch noch zehn papaloische Sklaven als Geschenk übergeben.

Der Häuptling wog bedächtig das Haupt hin und her, so als würde er ernstlich über das holländische Angebot nachdenken, und stimmte ihm schließlich zu – aber nur, wenn die Anzahl der Papaloen auf fünfzehn erhöht würde und man ihm zwei Musketen überreiche mit Pulver, Kugeln und allem, was nötig sei, sie zu benutzen. Brown berichtete später, ihm sei es kalt den Rücken hinuntergelaufen, als Yatoo so feierlich zustimmte. »Ich musste mir sagen, dass wir uns nicht auf seinen Wunsch hin hier verstecken würden, wenn er wirklich vorhätte, uns zu hintergehen«, sagte er zu Jack.

Den Amerikanern war sofort klar, was die Absicht der Holländer war: ihre Gefangennahme war zwar die treibende Kraft des Besuchs, aber mit ein wenig List konnten sie auch Yatoo ausschalten. Er war der einzige eingeborene Häuptling, der die Kühnheit und Macht besaß, ernsthaften Widerstand zu leisten. Wenn sie ihn vernichteten, wäre das für alle Insulaner auf dem Archipel eine bittere Lektion.

Keine Frage, die Holländer wussten nichts von der Existenz des *Star*-Wracks in leicht zugänglichen Gewässern. Anscheinend hatten sie auch keine Vorstellung davon, um wie viele Amerikaner es sich handelte oder wie gut sie bewaffnet waren. Klugerweise hatte Yatoo sie in diesem Punkt im unklaren gelassen; er sprach von den Yankees wie von einer Hand voll Gestrandeter mit ein oder zwei Gewehren, über die man sich weiter keine Sorgen machen brauche. An diesem Punkt konnte sich Paul eine Nebenbemerkung nicht verkneifen. »Der Unterschied zwischen dem, was diese Sklavenhändler tun, und

Sklaverei muss ein sehr feiner sein. Ich kann ihn überhaupt nicht sehen.«

Mehrere Männer murmelten zustimmend, aber Cheatum zappelte unruhig herum.

»Vielleicht. Aber immerhin stehen sie unter dem Schutz des Gesetzes, und deine klugen Bemerkungen werden dir schnell genug im Halse stecken bleiben, wenn du erst die Schlinge darum spürst. Jedes Gericht – sogar ein amerikanisches – bringt uns an den Galgen. Und diese Wilden hier, sie hätten ihren Vorteil davon, wenn sie uns verraten.«

»Cheatum!« Es war Quince' Stimme. »Wir haben bereits darüber abgestimmt, aber du hast immer noch Zeit auszuscheren. Sei nicht so ein verdammter Narr – Yatoo ist auf das Geschwätz nicht hereingefallen.«

»Nach dem, was Brown sagt, ist er bereit, uns alle im Handumdrehen zu verkaufen«, gab Cheatum zurück. »Zum Teufel, er ist so wild auf papaloische Sklaven wie der Papst auf Presbyterianer.«

»Yatoo ist kein Heiliger, aber er ist auch kein Narr. Hältst du es nicht für unwahrscheinlich, dass er es darauf anlegt, uns zu verraten, wo unsere Männer alles belauscht haben?«

»Er könnte trotzdem einen Betrug planen: das Angebot muss eine schreckliche Verlockung für ihn sein. Und welche Loyalität sollte er schon einem Haufen gestrandeter Weißhäute schulden!«

»Nein. Wenn ihm der Gedanke je in den Sinn kam, so verging er ihm bei dem Gespräch. Yatoo wollte bloß herausfinden, welch ein großer Lügner der Holländer ist. Der Häuptling wusste, dass die Forderungen, die er stellte, lächerlich waren – Teufel, die Holländer haben schon mit ihrem ersten Angebot so maßlos übertrieben, dass es unglaubwürdig war. Sie halten Yatoo für einen ahnungslosen Wilden. Und er wollte einfach wissen, wie weit sie gehen.« Quince steckte seine Pfeife an. »Außerdem, kommt es dir nicht komisch vor, dass er bei dieser wichtigen Unterredung mit den Holländern noch nicht mal seinen Kriegsherrn dabeihatte?«

»Na und?« Cheatum blieb störrisch, aber sein Tonfall verriet eindeutig, dass er neugierig war.

»Jawa hat sich mit einigen papaloischen Flüchtlingen getroffen, als die Wache der Holländer unter Deck war und die Gefangenenzellen inspizierte – Teufel, er ging sogar an Bord des gottverdammten Schiffs, um sich umzugucken, tat so, als wär er ein papaloischer Kuli. Ich komme gerade von einem Treffen mit ihm, und genau das hat er mir erzählt.«

Jack lächelte. Die Holländer hatten die Klugheit und Kühnheit der »Wilden« von Belaur mächtig unterschätzt.

»Jedenfalls – Ruhe jetzt und hört ohne Gejammer dem ganzen Verlauf des Treffens zu, so gut wie Paul und Brown sich erinnern können. Ihr alle.« Er sah Paul und Cheatum scharf an. »Dann können wir beim Abendessen darüber nachdenken, und jeder kann seine Meinung sagen.«

Paul brachte den vollständigen Bericht von allem, was sie gehört hatten, ohne weitere Unterbrechung zu Ende.

Als sich die Ehrenwerte Bruderschaft mit vollem Magen wieder versammelte, teilte Quince jedem eine Ration Grog zu und sagte, für heute abend sollten sie die Finger von allem weiteren Rum oder Sakau lassen. Jack bewunderte Quince' Instinkt in solchen Dingen. Statt zuzulassen, dass ein allgemeines wildes Drauflosplappern vom Stapel brach, ließ er seine Männer essen, ihre Gedanken sammeln und nachdenken und dann die Lage ernsthaft erörtern.

Mentor sprach als erster. Jack fiel auf, dass er die komische Angewohnheit hatte, mit den Händen vor sich hin und her zu wedeln, ehe er sprach, so als wolle er Raum für die Schlagkraft seiner Worte schaffen.

»Diese schlaffkinnigen holländischen Schweinehunde mit ihren qualmenden Tonpfeifen im Maul! Wenn sie in der Bucht vor dem Dorf anlegen, brauchen sie nichts weiter tun, als den Heckanker lichten, und die *Stuyvesant* schwingt breitseits zum Strand, wo die Holländer mit uns reden. Und wenn sie in Stellung ist, haben sie eine Reihe von Kanonen direkt auf uns gerichtet.«

»Ja«, sagte Coop. »Sie brauchen ihre Männer am Strand nicht bewaffnen, wenn sie mit einem Dutzend Kanonen voller Eisenschrott auf uns zielen.«

Quince nickte. »Genau das haben sie vor, Jungs. Ich weiß zwar nicht, wie sie ihre eigenen Leute aus dem Weg schaffen wollen, aber von der Entfernung aus können sie alles, was lebt, vom Strand fegen. Und dann würden sie jeden Eingeborenen töten, ob Mann, Frau oder Kind, und das Dorf in einen Haufen rauchender Palmwedel verwandeln. Damit hätten sie uns aus dem Weg und außerdem eine Lektion erteilt, die jedes Dorf und jeder Stamm auf der Inselkette ohne die geringsten Schwierigkeiten versteht.«

Jack hörte aufmerksam zu, aber in seinem Hinterkopf arbeitete es fieberhaft. Die Holländer hatten vielleicht vierzig oder fünfzig Europäer, die mit Feuerwaffen umzugehen wussten, und ein Schiff, das eine vernichtendc Breitseite abfeuern konnte. Je mehr er darüber nachdachte, schien die einzige Lösung zu sein, sie zu überraschen und Kapital aus ihrer Selbstsicherheit und Arroganz zu schlagen. Auf irgendeine Art musste man sie übertölpeln, sie dazu bringen, dass sie überstürzt und kopflos handelten.

Am besten wäre, Quince und Yatoo versuchten, die Papaloen auf ihre Seite zu ziehen. Jack erinnerte sich an den Ausdruck im Gesicht jener Frau auf der Lichtung; wahrscheinlich gab es viele Leute auf Papalo, die bereit waren, ihre Streitigkeiten mit Yatoo zu vergessen. In der Tat, in Anbetracht der neuesten Nachrichten von Quince musste auch Jawa eine Verbrüderung mit den Papaloen im Sinn haben. Denn ohne deren Hilfe hätte er nicht an Bord des holländischen Schiffes gelangen können. Und, zum Teufel, es war ein schönes Schiff. Ein Dreimaster, ein wenig größer als die *Star*. Wenn bloß …

»Jack, was meinst du? Ich weiß, dein Topf ist am Sieden, und am besten du lässt Dampf ab, ehe du überkochst«, sagte Quince.

»Wie wär's, wenn wir ihnen einen Grund geben, mit ihren Gefühlen statt ihrem Hirn gegen uns anzutreten? Warum überfallen wir nicht einfach diese verdammte Pinasse, in der sie zu dem Treffen mit Yatoo gekommen sind, und lassen uns dabei von den Papaloen helfen?«

Jack wusste, dass die Papaloen ihn bereits kannten; sein Ruhm als Dyak, einer von Yatoos fremdländischen Kriegern, war bereits legendär. Die Papaloen hatten Achtung vor einem Mann, der gegen eine ganze Schiffsladung ihrer Krieger angegangen war und geschickt und wie ein Berserker gekämpft hatte.

Quince lehnte sich gegen seine Rückenstütze.

»Allen ist klar, dass es das Ziel der Holländer ist, uns und Yatoo zu erledigen«, fuhr Jack fort. »Sie brauchen seine Hilfe nicht, um an Sklaven zu kommen. Wir sind nicht in Afrika – von hier kann niemand fliehen – und sie haben genug Hilfe von den Eingeborenen anderer Inseln. Zum Teil dank uns ist Yatoo der erste, der ihre Profite ernstlich gefährden kann, und sie gedenken nicht, das hinzunehmen.«

»Fahr fort, Junge«, sagte Mentor.

»Wir müssen sicherstellen, dass sie keine Chance bekommen, ihre Kanonen auf das Dorf zu richten – und wir müssen das verdammte Schiff kapern.«

»Du bist verrückt«, brauste Smithers auf. »Sowie wir ...«

»Hör mich zu Ende an.« Jacks Ton klang höflich, aber in seinen Augen brannte ein so wütendes Feuer, dass Smithers mitten im Satz verstummte. »Wir haben schließlich davon gesprochen, ein Schiff zu kapern. Warum nicht gleich dies hier? Es ist eine Schönheit – schnell, gut gebaut ...«

»Das wissen wir. Aber außerdem ist es bewaffnet«, wandte Quince ein. »Wenn wir überlegt haben, ein Schiff zu kapern, dachten wir eher daran, ein Lamm zu entführen, als einen Löwen anzugreifen.«

»Stimmt, Käpt'n. Aber diese Männer wollen uns ans Leben – nicht nur, weil wir zwei ihrer Männer umgebracht haben, sondern auch, wie Paul angedeutet hat, weil wir zuviel wissen. Ich glaube nicht, dass die Holländer Augenzeugen für ihr Treiben hier haben wollen – sie kämen in ganz Europa in Verruf. Entweder wir verdrücken uns, überlassen die Belauren dem Zorn der Holländer, verlieren die Überreste unseres Schiffs und riskieren, dass man uns trotzdem gefangen nimmt – oder wir drehen den Spieß um. Nach allem, was ich gehört habe, scheint es, dass sie sowohl uns wie die Belauren weit unterschätzen.«

Jack verbrachte den Abend damit, den Rat von seinem Plan zu überzeugen. Die Sache war gewagt, das gab er zu, aber ohne etwas zu riskieren, würden sie sich nie aus ihrer misslichen Lage befreien.

»Was haltet ihr davon, wenn wir darauf bestehen, dass die Unterredung an der gekrümmten Spitze der Sandbank stattfindet, direkt südlich vom Dorf?« fragte Jack. »Dann könnten sie das Dorf nicht unter Beschuss nehmen.«

»Sie würden uns in Stücke schneiden ...«, unterbrach Smithers, aber Quince brachte ihn mit einer Handbewegung zum Schweigen.

»Worauf willst du hinaus, Jack?«

»Wir müssen sie reizen. Sie wütend machen – sie so in Rage versetzen, dass sie uns unbedingt schnappen wollen und sich nicht darum scheren, dass sie uns auf der Sandbank antreffen, wo sie es schwer haben, ihr Schiff zu manövrieren und von wo aus sie nicht auf das Dorf zielen können. Und wenn sie breitseits wenden wollen, stellen wir ihnen eine Falle und schneiden ihre Leinen durch, so dass sie auf Grund gehen. Dann werden ihnen ihre Kanonen nichts mehr nutzen; und was noch wichtiger ist, wir haben die Chance, ihr Schiff in die Hand zu bekommen.«

»Wie zum Teufel willst du ihre Heckleinen durchschneiden?« fragte Smithers. »Glaubst du etwa, sie hätten nicht ein halbdutzend Musketen und eine Schwenkkanone an Bord, die jedes Boot oder jeden Schwimmer durchlöchert, die sich nähern?«

»Und wenn sie uns nicht sehen können?«

»Hast du vor, uns unsichtbar zu machen, Jack?«

»Was, wenn wir bereits unter Wasser Stellung bezogen haben, direkt dort, wo das Heck wenden muss?«

»Die Glocke? Aber gegen den weißen Grund würde sie sogar einem Blinden auffallen«, äußerte Paul seine Bedenken.

»Ich hab mir gedacht, wir könnten sie mit einem Tuch bedecken, das wir vorher in eine klebrige Flüssigkeit tauchen, damit Sand und Korallen daran haften.«

»Teer wäre gut«, sagte Coop. »Wir haben mindestens ein Fass davon.«

Die Versammlung dauerte bis tief in die Nacht. Die Seeleute waren abgehärtet gegen eine Welt voller Gefahren, und sie hatten Stürme und Schiffbruch überlebt, weil sie, sowie eine Entscheidung gefallen war, nicht mehr zauderten. Jetzt standen sie der bisher größten Gefahr ihres Lebens gegenüber, aber als sie erst einmal beschlossen hatten, Jacks Plan zu folgen, wurde kein Hin und Her mehr geduldet.

Das nachfolgende Treffen zwischen Quince, Yatoo und Jawa und Jack verlief ebenfalls erfreulich. Über Jawas normalerweise unbewegtes Gesicht zuckte ein kurzes Freudenflackern, als ihm dämmerte, was der springende Punkt des Plans war. Jawa seinerseits erklärte Yatoo: »Die Holländer halten uns für Tiere. Sie glauben, dass wir und die Amerikaner, wenn's ums Kämpfen geht, das Herz von Frauen haben.« Yatoo sagte nichts, aber unter seiner Haut spannten sich seine Kiefermuskeln an.

»Außerdem«, fuhr Jawa fort, »lebt Gan Roba von Papalo noch.«

Yatoo schien überrascht über die Nachricht, dass der papaloische Kriegsherr noch lebte und nicht gefangen war. »Er bietet sich dir als Verbündeter an und schwört, bis zum Tode an unserer Seite zu kämpfen. Er hat noch ungefähr dreißig kriegstüchtige Männer übrig.«

Während der nächsten Woche machten zwanzig Männer – zwölf Amerikaner und acht Belauren – von Sonnenaufgang bis Mittag Schießübungen mit den von der *Star* geborgenen Gewehren. Sie hatten sich eine kleine Insel südlich von Belaur dafür ausgesucht, wo keine Gefahr bestand, dass der Lärm bis zu den Holländern drang. Jack staunte darüber, wie schnell die Gruppe Fortschritte machte. Anders als selbst die bestausgerüsteten europäischen Armeen hatten die gestrandeten Amerikaner einen praktisch unbegrenzten Vorrat an Schießpulver und Kugeln, um sich mit den Waffen vertraut zu machen, und ihrem Eifer wurden nur durch die Müdigkeit ihrer Augen und den Krach Grenzen gesetzt – selbst wenn sie sich die Ohren zustopften, war das scharfe, laute Geknalle nach einer Weile unerträglich.

Jack wies die anderen an, die Gewehrläufe auf gegabelte Stöcke zu legen, so wie sein Vater es ihm gezeigt hatte, wenn sie Waffen ausprobierten. Er half jedem dabei, sein Visier einzurichten und auf unterschiedlich weit entfernte Objekte zu zielen. Am Ende der Woche trafen die Männer ausnahmslos aus dreihundert Meter Entfernung auf mannshohe Zielscheiben. Als der Tag der Unterredung mit den Holländern immer näher rückte, legte Jack das Hauptgewicht auf bewegliche Ziele, zeigte den anderen Tricks, die er von seinen jungen Jagdgefährten daheim in Neuengland gelernt hatte. Die Eingeborenenkinder zogen Binsen und hölzerne Zielscheiben für die Schützen hin und her und schoben sogar Kanus vorbei mit darin aufgerichteten Kugelfängern.

Jeden Tag verband Jack den Schützen die Augen und ließ sie üben, ihre Waffen zu laden und abzufeuern. Der junge Amerikaner war unermüdlich und sein Enthusiasmus ansteckend. Unter den Belauren gab es einige Männer in Jacks Alter; sie behandelten Jack wie ihren eigenen Kriegsherrn, mit Ergebenheit und Ehrfurcht. Yanoo und Matoo, Stiefsöhne von Yatoo, waren besonders eifrig und lernten schnell.

Jawa seinerseits betrachtete Jack als Ebenbürtigen und übte sich sogar selbst an den Gewehren, wollte sich aber nicht unter die Scharfschützen einreihen, weil er die Zeit zum Üben nicht hatte. Er brauchte jede Stunde, die er erübrigen konnte, um mit seinen eigenen Männern das holländische Lager auszuspähen. Er verbrachte lange Abende mit Jack, und Brown als Übersetzer, am Feuer, um die bestmögliche Strategie auszutüfteln.

Jack wurde leichter zumute. Taten rückten in greifbare

Nähe. Die Verteidigung seiner neuen Familie gegen einen abscheulichen Feind beruhigte ihn auf sonderbare Weise. An den Abenden machten Jack und Paul im Seichtgewässer Tauchspiele mit den belaurischen Kindern, die auf ihre Rücken kletterten und durch hohles Schilfrohr atmeten. Auch mit Wyalum verbrachte er eine schönere Zeit. Sie hatten sich nicht geliebt, aber eines Abends war sie in seine Hütte gekommen und hatte seinen Kopf in ihren Schoß gelegt; während sie sein Haar und seine Wange streichelte, war er in einen traumlosen Schlaf gesunken. Aber all das waren nur kurze Atempausen zwischen seinen Gedanken an den bevorstehenden Kampf – und den Gedanken an seine wichtigste Mission. Jack O'Reilly hatte auf der anderen Seite der Erdkugel noch etwas zu erledigen, das ihn immer noch verzehrte.

Showdown

Paul, der glaubte, er müsse auf irgendeine Weise sein Betragen bei der Schießerei auf Papalo wieder gutmachen, bestand darauf, die belaurischen Spähtrupps zu begleiten, die unter großen Risiken das Treiben der Holländer an Land auskundschafteten und die Routen des Segelboots beobachteten, mit dem die Sklavenhändler täglich hin- und herfuhren. Das von Jack geplante Störmanöver, um den Feind zu provozieren, konnte nur erfolgreich sein, wenn sie zuverlässige Kenntnisse von der täglichen Routine der Holländer hatten.

Jack fürchtete, Paul könne sich in Gefahr bringen, weil er so erpicht darauf war, sich zu beweisen. Am Tage vor dem geplanten Überfall auf die Holländer wurden seine Befürchtungen bestätigt. Zwei Belauren, die Paul auf einem Erkundungsgang begleitet hatten, kehrten ohne ihn zurück. Die Männer waren außer sich vor Sorge und erklärten, dass sie in einem Versteck auf der Lauer lagen und die Verschläge mit den Gefangenen beobachteten, als sie plötzlich von einem holländischen Trupp überrascht wurden, der von einem Raubzug durch den Sumpf hinter ihnen zurückkam. Als kein Zweifel mehr bestand, dass sie entdeckt würden, war Paul aufgesprungen und auf den Trupp zugerannt. Die Belauren konnten nicht verstehen, was er sagte, aber er verhielt sich sonderbar.

Die bewaffneten Männer nahmen ihn gefangen, machten sich aber nicht auf die Suche nach weiteren Spähern, was die Kundschafter sehr verwunderte. Als die Holländer außer Sicht waren, blieben die Belauren noch eine Weile in ihrem Versteck, ehe sie sich vorsichtig auf den Rückweg machten.

Jack hörte angespannt zu, wie Brown übersetzte, und versuchte, die volle Bedeutung des Vorfalls einzuschätzen. Er unterdrückte seine Angst um Pauls Sicherheit und analysierte die Situation. Paul hatte sich offenkundig geopfert, um seine eingeborenen Kameraden zu retten, was die Männer, wie Jack sah, zutiefst rührte. Aber wie die Belauren hatte er keine Erklärung dafür, warum die Holländer nicht Großalarm geschlagen und nach anderen Spionen gesucht hatten – in dieser Situation hätten sie einfach davon ausgehen müssen, dass nicht nur ein Mann als Späher unterwegs war.

Keiner der Bruderschaft sagte ein Wort, während Jack lange in Gedanken versunken dasaß. Plötzlich sprang er auf und verkündete mit grimmig entschlossenem Blick, dass sie ihren Plan weiterverfolgen würden – trotz der Möglichkeit, dass Paul gefoltert würde, damit er verriet, was er wusste. »Denn von dem Moment an«, erklärte Jack, »als ich wusste, dass Paul unbedingt mit dem Spähtrupp losziehen will, habe ich ihm keine Einzelheiten mehr von unserem Plan erzählt.« Jack mühte sich um einen nüchternen Ton, aber das Herz war ihm so schwer, als sei es mit Blei gefüllt.

Der abgerissene Trupp Sklavenhändler führte Paul direkt zum Aufseher des Lagers. Die Männer hier schienen Paul eine Mischung aus Holländern und Engländern zu sein mit ein paar versprengten französischen Verbrechern darunter – aber die Anführer waren offenbar alle Holländer.

»Dieser Kerl kam aus dem Busch gerannt und lief uns schreiend entgegen, als wären wir seine lang vermissten Cousins, Sergeant. Sagt, er heißt Monsieur La Merde oder sowas ...«

Paul schrie dem Mann ins Gesicht: »Le Maire, du verdammter Idiot! Graf Le Maire, und ich verlange, dass man mich einem der Kommandeure vorführt, damit ich ihm meinen Dank aussprechen kann. Ich verbitte mir ...«

»Jetzt halt den Rand, Bürschchen, oder ich hau dir deine königlichen Zähne aus 'm Maul«, schnauzte ihn einer der Männer an, die ihn gefangen genommen hatten.

Der Kommandeur der Dragoner brachte den Kerl mit einer Handbewegung zum Schweigen. Mit gleichmütiger Miene musterte er Paul. »Du sprechen englisch, amerikanisch?«

»Ein bisschen«, antwortete Paul. »Ich bin Franzose und wurde von den Amerikanern gefangen gehalten und gezwungen, ihnen bei ihren ruchlosen Plänen zu helfen. Parlez-vous français?«

»Er lügt bis an seine dreckigen Ohren, der Scheißkerl«, sagte jemand hinter den Dragonern. Für Pauls Ohren klang das nach einem Engländer. »Er steckt unter einer Decke mit denen. Am besten, wir knüpfen ihn am Rahnock der *Stuyvesant* auf, damit die Spähtrupps der verdammten Yanks ihn schon von weitem sehen.«

Der Kommandeur wandte sich an den Haufen, der Paul hergebracht hatte. »Habt ihr nach den anderen gesucht?«

»Ahhmm, wir ... welchen anderen?«

»Vielleicht stimmt es, was er behauptet. Vielleicht nicht. Geht zurück und durchkämmt die Gegend, wo ihr ihn gefunden habt, guckt, ob ihr irgendwelche Spuren findet, dass noch mehr da sind.« Dann, an einen anderen Dragoner gewandt: »Bring ihn zu Arloon und De Vries.«

Erstaunlich, wie fließend englisch der Kommandeur plötzlich spricht, dachte Paul. Schlauer Kerl.

Paul betete, dass er seinen Bluff lang genug aufrechterhalten konnte, bis seine Freunde Zeit hatten zu fliehen. Er hätte nie geglaubt, dass er seinem Vater einmal dankbar für seine adelige Herkunft wäre, aber jetzt würde es ihm vielleicht das Leben retten, dass er ein feiner Pinkel war. Die Sklavenhändler waren misstrauisch, aber Paul sah, dass sie gleichzeitig unsicher waren: dass ein französischer Adliger aus dem Busch sprang und ihnen vor Dankbarkeit förmlich um den Hals fiel, war nicht gerade das, was man von einem Verbündeten der belaurischen Krieger erwartete.

De Vries nippte an einer Tasse dampfender Schokolade und, einen Arm auf die Achterdeckreling gestützt, musterte Paul. Der Tag hatte heiß und schwül begonnen, aber jetzt brauten sich dichte Regenwolken am Himmel zusammen. Kapitän Arloon hatte eine Tasse Tee in der Hand. Die Männer begannen, sich auf englisch zu unterhalten, was Paul als bedeutungsvolles Zeichen nahm. Zumindest einen Teil seiner Geschichte kauften sie ihm ab, den, dass er ein Adliger war, und behandelten ihn entsprechend: Paul hatte hochmütig einen Hocker verlangt, und De Vries ließ durch einen Diener einen holen. Aber dass sie englisch sprachen, bedeutete auch, dass sie sich nicht darum scherten, wieviel er mitbekam. Paul hoffte nur, dass das kein Hinweis auf ihre Absicht war, ihn aus dem Weg zu räumen.

Kapitän Arloon sprach kein Französisch, aber einigermaßen gutes Englisch. De Vries schien es geradezu darauf anzulegen, dass Paul die Unterhaltung mithörte. Es war fast, als fühlte der Mann eine besondere Verbundenheit mit der einzigen anderen Person weit und breit, die von hoher Geburt war. Paul hatte verschwenderisch mit dem Namen seines Vaters um sich geworfen und all die Affektiertheiten jener Klasse an den Tag gelegt, die er seit langem verachtete. Er hatte den Eindruck, dass De Vries seinen Vater dem Namen nach kannte und überlegte, welche Belohnungen oder Gefälligkeiten es ihm einbringen würde, wenn er einen jungen Mann solcher Herkunft rettete.

Pauls Gefühl nach war keiner der Holländer, eingeschlossen De Vries, davon überzeugt, dass er nicht mit den Amerikanern zusammenarbeitete; aber das spielte jetzt kaum eine Rolle. Dass Paul Kenntnis von den Plänen der Holländer hatte, bedeutete keine Bedrohung, die eine Pistolenkugel nicht aus der Welt zu schaffen vermochte, und vielleicht konnte er ihnen sogar von Nutzen sein. Paul zu foltern, um Informationen aus ihm herauszupressen, erübrigte sich, denn wie sie bald merkten, war es sowieso kaum möglich, den jungen Mann dazu zu bringen, den Mund zu halten. Ob sie es hören wollten oder nicht, hatte er alle auf der *Stuyvesant* mit Geschichten von den Grausamkeiten überschüttet, die die Amerikaner begingen, insbesondere ein gewisser skrupelloser Jack O'Reilly.

Pauls Einschätzung nach stand Arloon De Vries' geplantem Angriff ablehnend gegenüber. Ihm gefiel der Gedanke nicht, sein Schiff so nah am Riff zu manövrieren, und die Aussicht von noch mehr Blutvergießen schreckte ihn ab. Männer vom Schlage De Vries' gingen ihm gegen den Strich. Das passte gut zu dem, was Paul Quince' Erzählungen über die holländische East India Company entnommen hatte. Seit die Gesellschaft ihre Konkursmasse an die Regierung übergeben hatte, waren rücksichtslose Männer ans Ruder gelangt, an deren skrupellosem Vorgehen sich viele von der alten Garde störten.

Plötzlich richtete De Vries das Wort fast ausschließlich an Paul. Er erklärte, welch kostbare Fracht die Schwarzen wären, die im Südpazifik anständige Preise einbrächten und hervorragende in jedem Festlandhafen auf dem Weg zurück nach Europa. Sie seien sogar halb gesetzliche Fracht, weil sie ja keine Sklaven wären, sondern bloß gedungene Arbeitskräfte. Sie seien ein Handelsgut, das sich von ganz allein in und aus dem Laderaum befördere, ohne dass man tagelang im Hafen liegen und Dockgebühren bezahlen müsse. Es sei übrigens unklar, ob für solche Fracht überhaupt Zoll zu zahlen wäre. Paul nickte und schüttelte den Kopf, je nachdem wie es ihm angemessen erschien. Danke für die Lektion in schmutzigen Geschäftspraktiken, du unglaubliches Schwein.

De Vries schwadronierte weiter: »Und das Beste von allem: ein Schiff mit menschlicher Fracht ist angesichts der Freiheitswinde und Kriege in Europa politisch ein so heißes Eisen, dass es niemand anfassen will.«

»Vraiment, vous avez raison«, stimme Paul ihm zu.

Mit einem verschlagenen Ausdruck im Gesicht erklärte De Vries weiter, dass in diesen Zeiten ein Schiff mit menschlicher Fracht für so viel Bestürzung und Ablenkung bei den Hafenbehörden sorgen würde, dass sie kaum Zeit darauf verschwendeten, nach Opium zu suchen. Auch wenn die Holländer nicht wagten, die Binnengewässer Chinas zu befahren – wo immer die Gefahr bestand, mit dem Weißen Tod an Bord von den Patrouillen des Kaisers geschnappt zu werden –, so gäbe es doch genügend chinesische Schmuggelboote, die das Risiko für sie übernähmen.

Jesus, dachte Paul, für wen hält er mich – seinen gottverdammten Lehrling!

»Schiff in Sicht!«

Wahrscheinlich kam die Pinasse von ihrer Erkundungsfahrt zurück, dachte Paul. Am Strand herrschte plötzlich hektisches Treiben. Im ersten Moment erkannte Paul nicht, was vor sich ging, aber dann sah er mehrere Kanus ins Wasser stechen. Von seinen Späh-Streifzügen wusste er, dass die ganze Kanu-Flottille nur bei Ebbe ausfuhr, um Fracht zu transportieren. Bei Flut waren lediglich ein oder zwei Kanus nötig, um die Pinasse um die Korallenriffs zu führen.

Im Augenblick war Flut, und so verwunderte es Paul, dass so viele Kanus dem Schiff entgegenfuhren. Arloon beobachtete das Geschehen ebenfalls interessiert, doch De Vries schenkte ihm weiter keine Aufmerksamkeit, sondern berichtete Paul jetzt, wie weit die Vorbereitungen für die bevorstehende Abfahrt nach Kanton und dann weiter nach Kapstadt gediehen seien. Womit er Pauls wachsenden Verdacht bestärkte, dass auf der letzten Etappe tief unten im Laderaum des Schiffs Opium wäre.

Plötzlich hallten vom Strand her Schüsse durch die Luft. Als die Holländer zur Insel zurückblickten und die über Papalo aufsteigenden Rauchwolken sahen, trat ein alarmierter Ausdruck in ihre Gesichter. Wie Paul wusste, hatten die Holländer das Dorf in ein vorübergehendes Gefangenenlager für ihre »Arbeiter« verwandelt. De Vries schrie nach einem Fernrohr, das im nächsten Moment aus der Uniform des Wachoffiziers zum Vorschein kam. Matrosen drängten sich an der Backbordreling, um zu sehen, was vor sich ging; einer, der sein eigenes Fernrohr besaß, wurde von seinen Kameraden mit Fragen bestürmt.

Paul versuchte, sich nichts anmerken zu lassen. Er wusste, was vor sich ging, aber nur in groben Zügen, weil Jack darauf bestanden hatte, dass keiner der Kundschafter in irgendwelche Einzelheiten der geplanten Attacke eingeweiht wurde.

Ehe der Matrose mit dem Fernrohr zu einer Beschreibung der Ereignisse am Strand ausholen konnte, zerrissen hinter ihnen Schüsse die Luft ... vom Meer her. Sie konnten nur von der Pinasse kommen. Irgend etwas stimmte hier offensichtlich nicht – aber was genau, war auch Paul ein Rätsel. Er merkte, wie Arloon ihn beobachtete, und war froh, dass sein Gesicht bestimmt verriet, wie perplex er war.

De Vries hatte sein Fernrohr immer noch auf den Strand gerichtet, wo seine kostbare menschliche Fracht zusammengepfercht war; das Geschehen auf der Pinasse schien er gar nicht zu bemerken. Die Matrosen und Arloon dagegen waren hin- und hergerissen, in welche Richtung sie gucken sollten. Alle Kanus waren jetzt nah an der Pinasse; es schien zu einer heftigen Auseinandersetzung zu kommen, bei der Schüsse fielen, die kurz darauf verstummten.

Die Pinasse hatte sich wieder in Bewegung gesetzt, steuerte jetzt aber auf die *Stuyvesant* zu; mehrere Kanus folgten in ihrem Kielwasser. Arloon wartete ungeduldig darauf, von den Männern des schnellen Seglers zu hören, was geschehen war.

Die meisten starrten wie gebannt ins Inselinnere, wo das Feuer sich weiter auszubreiten schien und wieder Schusswechsel zu hören waren. Paul wusste, das musste Jacks Werk sein, nahm aber an, dass es irgendein Ablenkungsmanöver war. Ein Schlag gegen das Schiff selbst würde die Holländer am meisten provozieren, aber wie wollte er das bewerkstelligen? Paul konnte es sich nicht vorstellen. Es war helllichter Tag – ein Vorstoß mit Kanus wäre selbstmörderisch.

Paul wurde plötzlich klar, dass De Vries zu ihm gesprochen hatte wie zu einem Verbündeten in schweren Zeiten. De Vries sah jetzt, was auf dem Strand vor sich ging, konnte sich aber immer noch keinen Reim darauf machen. Zur Rechten war ein Trupp Dragoner zu sehen, die anscheinend mit dem Rücken zum Meer in die Enge getrieben worden waren. Zwei andere grüne und rote Farbflecke lagen ausgestreckt auf dem Sand, offensichtlich Gefallene. Die Schiffsbesatzung, zusammen mit den malaiischen und chinesischen Helfershelfern, umstellten wieder die gefangenen Eingeborenen. Es sah aus, als hielten sie sich in sicherer Distanz von etwas fern – aber wovon?

»Wie kann eine Kompanie bewaffneter Soldaten von einer Horde Wilder und ein paar versprengten Amerikanern in Schach gehalten werden?«, platzte De Vries heraus. Soweit zu erkennen war, schossen jetzt als einzige die Dragoner, die mit ihren Musketen in den dichten Dschungel feuerten.

Die Pinasse der Holländer kam jetzt mit vollem Segel auf die *Stuyvesant* zu. Als sie kurz vor ihr war, begannen die Männer in der Pinasse wild zu winken. Ein großer wuchtiger Mann stand am Bug und wedelte mit einem dunklen Tuch. De Vries und die Männer auf der *Stuyvesant* waren völlig verwirrt, Paul dagegen nicht. Seine Augen wurden groß vor Freude, als er den Bären von Mann erkannte.

Mitten in diesem anscheinenden Chaos halste die Pinasse plötzlich. Ihr Baum schwang wie ein Pendel in einem breiten, ausholenden Bogen; das Schiff hatte geschickt 90 Grad nach Steuerbord gewendet. Als das Heck herumschwang, konnte Paul einen Haufen Stauholz vor dem Spiegel sehen. Zwei Männer kauerten sich dahinter, als wollten sie vor einem Gewehrfeuer in Deckung gehen. Paul, der sich ebenfalls geduckt hatte, sah, wie sich die Augen von De Vries verengten. Offenbar dämmerte es dem Mann langsam, dass er in Gefahr war – zu spät. Aus dem

Augenwinkel sah Paul zwei schnell aufeinander folgende Feuerblitze und hörte fast im gleichen Moment den Aufschrei des Holländers. Den Bruchteil einer Sekunde später erreichte der Hall der Schüsse die *Stuyvesant*. De Vries wirbelte herum, glaubte, er sei von einer Kugel oder einem Splitter gestreift worden, und begann, sich nach Verletzungen abzusuchen.

Die Dragoner an Bord erwiderten sofort das Feuer mit einer Salve aus ihren Musketen, von denen einige zwar die Pinasse trafen, aber nicht die Angreifer. Die Mannschaft des Seglers hatte sich hinter gefüllten Säcken und Ersatz-Segeln verschanzt und ließ das Schiff von einem günstigen Wind treiben, der es in schnittigem Tempo auf Steuerbordbug seewärts trug. Die Krängung brachte die Männer schnell außer Reichweite der Musketen und zur Hafenbucht hinaus. Paul wünschte sich von Herzen, er wäre bei seinen Kameraden.

Die Männer auf De Vries' Schiff waren sprachlos. Zwei kümmerten sich um einen Dragoner, der tödlich verletzt zu sein schien, und die anderen starrten De Vries unentwegt mit sonderbaren Blicken an. Er wischte sich über die Stirn, weil er dort etwas Klebriges fühlte, und brüllte wütend: »Warum glotzt ihr verdammten Idioten mich an, statt diese dreckigen Hunde zu verfolgen? Wie zum Teufel sind sie bloß an unsere Pinasse gekommen und ... Gott steh mir bei.«

De Vries wurde aschfahl, denn jetzt merkte er, warum die Männer ihn so anstarrten. Das war kein nasses Segeltuch, das auf seiner Stirn klebte – es war ein ansehnliches Stück von seiner Schädelhaut, was er hatte fortwischen wollen. Der Mann tat Paul fast leid. Sein rechtes Ohr war so zerfetzt, dass kaum noch etwas davon übrig war, und der saubere weiße Streifen, den ihm die Kugel vom Kopf geschält hatte wie von einer Kartoffel, hing ihm jetzt als blutiger Lappen übers Gesicht. Der Knochen seines Schädels war wundersamerweise unverletzt. De Vries verlor für kurze Zeit das Bewusstsein, dann rappelte er sich zitternd auf die Knie hoch, um zuzusehen, wie die Kanoniere der *Stuyvesant* ihr Buggeschütz auf die sich immer weiter entfernende Pinasse richteten. Jeder wusste, dass sie kaum eine Chance hatten, sie zu treffen.

In seinem immer schlimmer werdenden Schock beugte sich De Vries nach vorn und erbrach sich über das Schanzdeck, ehe er zum zweiten Mal in Ohnmacht fiel. Paul wusste, welches Bild sich De Vries und der *Stuyvesant*-Besatzung in den Kopf gegraben hatte: das Bild eines Bären von Mann in dem näher kommenden kleinen Segelboot, der ihnen mit einem schwarzen Tuch zuwedelte – einer schwarzen Flagge mit einem grinsenden weißen Totenschädel und darunter zwei überkreuzten Knochen. Als die Pinasse fortsegelte, hatte ihr hoch aufgerichteter Großmast die Botschaft schrecklicher Rache übers Meer gesandt.

Der Schiffsarzt tat für De Vries, was er konnte. Das meiste von seiner Schädelhaut war wieder an seinem Platz, aber für sein Ohr konnte der Arzt nicht viel mehr tun, als das zerfetzte Fleisch zu entfernen – es war eine hässliche Wunde, die den Mann für den Rest seines Lebens auf die Suche nach sehr sorgfältig gefertigten Perücken schicken würde. Die meisten Männer mochten die geckenhaften, herrischen Repräsentanten der Gesellschaft nicht, und Paul spürte, dass sie ihre Freude an De Vries' neuem Aussehen hatten. Der jedoch teilte ihre fröhliche Sicht der Dinge nicht und zog sich in seine Kajüte zurück, wo er in dumpfes, wütendes Brüten verfiel. Als er schließlich an Deck zurückkehrte, rief er nach dem Kapitän, und Paul hörte ihn herumkrakeelen, dass keine Mühe gescheut werden sollte, die Amerikaner zu fassen und ihnen das Lebenslicht auszublasen und an allen gottverdammten Wilden, die mit ihnen unter einer Decke steckten, ein Exempel zu statuieren.

Paul schloss aus Arloons Verhalten, dass er im Prinzip damit einverstanden war, sein Instinkt ihm aber sagte, die Verluste so gering wie möglich zu halten, die noch im Lager gefangenen Schwarzen an Bord zu verfrachten und diese Gewässer schnellstens zu verlassen. Für Paul stand fest, dass der Überfall durch die Amerikaner und die verteufelten Eingeborenen, die sich auf ihre Seite geschlagen hatten, ihn und seine Männer völlig aus der Fassung gebracht hatte.

Paul fragte sich, warum die Piratenflagge die Seemänner dermaßen erschütterte; De Vries und die Offiziere waren eher erzürnt, aber ihre Männer hatten sichtlich Angst. Hastig beschrieben sie, wie die von den Piraten gekaperte Pinasse sich an einem Punkt direkt durch das Schussfeld der *Stuyvesant*-Kanonen bewegt habe. Die Amerikaner hätten die Pinasse mit Hilfe eines Trios von belaurischen Kanus überwältigt, die aus einem Versteck gepaddelt kamen, um die Pinasse vor den Papaloen in Empfang zu nehmen. Drei bewaffnete Amerikaner hätten in den Kanus auf dem Bauch auf der Lauer gelegen. Der eine namens Dyak schrie dem erschrockenen Steuermann des holländischen Boots zu: »Schwimm oder stirb.« Der Mann schwamm.

Die Schüsse, die sie gehört hatten, kamen von einem Holländer in einem der papaloischen Kanus, die sich auf Verfolgungsjagd gemacht hatten. Der Schuss, den die Amerikaner vom Deck der Pinasse erwiderten, hatte den Bootsführer des papaloischen Kanus niedergestreckt, und es war gekentert.

Die gefangenen Papaloen hätten etwas von »Dyak« gemurmelt und den Holländer gewarnt, er sei ein verwegener junger Krieger, der die Amerikaner anführe. Und dieser Dyak wäre auch der Urheber des Schusses, der De Vries um sein Ohr erleichtert hatte. Paul sah den Holländer an, als wolle er sagen: »Hab ich's dir nicht gesagt!«, dann flüsterte er, »Dyak, bei Gott!«

»Was hast du gesagt?«

»Das ist Jack – Black Jack O'Reilly. Ich dachte, Sie wüssten es.«

»Wüßte was?«

»Dass er der gerissenste und verruchteste Pirat ist, der je die Karibik durchstreifte, und jetzt macht er diese Gegend unsicher. Jesus, der Mann ist der leibhaftige Teufel. Er ist mit seiner Räuberbande hier und lebt wie der König aller Huren.« Paul wusste, dass die Holländer misstrauisch gegenüber seinen Worten waren, aber bei vielen stieg er allmählich im Kurs. Außerdem gingen sie wohl davon aus, dass er die Wahrheit sagte, wenn ihm daran lag, am Leben zu bleiben.

»Erzähl uns mehr von diesem Black Jack«, brummte einer der Dragoner.

»Was gibt's da viel zu erzählen? Er tötet alles, was sich ihm in den Weg stellt, und frisst die Köpfe seiner Opfer auf, nur um Angst und Schrecken zu verbreiten.«

»Du hältst uns wohl für Kinder, die eine Gutenachtgeschichte brauchen?« Arloon klang verärgert.

»Er frisst sie, ich schwör's euch«, beharrte Paul. »Ihr wisst doch von diesen Männern, die vor einigen Wochen getötet wurden?«

»Was ist mit ihnen?«, kam eine Stimme aus der Menge.

»Es war O'Reilly, der sie erledigt hat. Ich sah ihn, wie er lachend ins Lager zurückkam und den Kopf von einem der armen Teufel hin und her schwenkte. Black Jack warf ihn einer seiner Huren zu und sagte, sie solle ihn halb gar kochen und aufpassen, dass nichts von den Säften verloren ginge.« Die holländischen Matrosen blickten sich jetzt alarmiert an; vielleicht war dieser Gefangene gewillt, alles zu erzählen, was er wusste.

»Und was ist mit dem anderen getöteten Mann? Sein Kopf wurde nicht abgetrennt.«

»Das kann ich mir nicht erklären, er nimmt sich immer … aber vielleicht war der Kopf irgendwie verdorben und ungenießbar«, mutmaßte Paul.

»Ja, das stimmt«, murmelte einer der Engländer De Vries zu. »Als Faroon gefunden wurde, waren sein Kiefer und Schädel ein einziger Brei.«

»Also – dachte ich's mir doch!«, rief Paul. »Der Kopf war hinüber.«

»Dyak, die Amerikaner und die ganzen gottverdammten Eingeborenen, sie sollen zur Hölle fahren«, schrie De Vries. »Setzt die Segel, und auf zu dieser Bucht!«

»Ruhe!« gebot Arloon. »Ruft alle Offiziere, Maate und Dragoner zusammen.«

Paul trat beiseite, während Arloon sich anschickte, sich mit allen Ranghöheren an Bord zu beraten. Niemand achtete mehr auf den jungen Gefangenen.

»Die Männer sind nervös, und mit gutem Grund. Mit der Piratenflagge wollten diese Yanks sagen, dass sie sich einen Dreck vor uns, unseren Dragonern und unserem Schiff mit seiner Breitseite von zwölf Kanonen fürchten. Sie wollen uns damit klar machen, dass sie diese Inseln als die ihren betrachten und in uns die Beute sehen, nicht die Jäger«, sagte der erste Offizier der *Stuyvesant*.

»Abgesehen davon, dass sie Verbrecher sind, müssen sie verrückt sein. Und lebensmüde!«

»Vielleicht darf ich Sie daran erinnern, Mr. De Vries, Sir, dass wir bei unseren Handeln mit ihnen bisher fünf weiße Männer verloren haben und zwei von unserer asiatischen Besatzung – ganz zu schweigen davon, wie sie Sie zugerichtet haben. Und wir? Nach all unseren Anstrengungen haben wir nur diesen einen Gefangenen aufzuweisen – diesen Überläufer, oder was immer er ist.«

»Das liegt daran, dass sie sich keinem ehrlichen Kampf stellen. Also müssen wir sie in die Enge treiben und sie zwingen, wie Männer zu kämpfen. Sie haben nicht den Mumm, eine Kraftprobe mit uns zu bestehen.«

»Sir, mit Verlaub, wenn ich meine Meinung dazu sagen darf.« Der Kommandant der Dragoner wandte sich an den Kapitän. Es war ein grauhaariger Mann, der Pauls Eindruck nach keinen Sinn für Flausen hatte und dem die Erfahrung der vielen blutigen Zusammenstöße in seinem Leben tief ins Gesicht eingegraben war. Und für Jüngelchen aus reichem Elternhaus wie den Ersten Offizier, die schwatzten, wenn sie lieber zuhören sollten, hatte er offenbar nicht viel übrig.

»Ihre Meinung ist immer hoch geschätzt, Kommandant«, sagte Arloon freundlich.

»Ich habe keinen Zweifel, dass wir diese Männer bei einem geordneten Kampf, Mann gegen Mann, besiegen können. Aber es ist meine Pflicht, Ihnen meine Sicht der Lage mitzuteilen.«

Arloon forderte ihn mit einem Nicken auf fortzufahren. Paul hatte das Gefühl, der Dragonerkommandeur verstand sein Geschäft.

»Uns ist bekannt, dass sie mindestens fünf Gewehre und eine Pistole besitzen.«

»Aye.«

»Ich und meine Dragoner haben nachgerechnet und sind zu dem Ergebnis gekommen, dass sie diese Waffen insgesamt neunmal abgefeuert haben.« Er sah die Offiziere an, als warte er darauf, dass ihnen klar wurde, worauf er hinauswollte. »Mit jenen neun Schüssen haben sie uns neun Gefallene beigebracht. Diese Männer sind vielleicht keine Soldaten, aber sie gehorchen Befehlen – vielleicht gehörten sie zu einer Schiffsbesatzung; jedenfalls sind sie alle sehr diszipliniert – und der kleine Dreckskerl kann schießen.«

»Ja, aber …«, wollte De Vries einwenden, aber der Kommandant, der nur den Kapitän als seinen Vorgesetzten anerkannte, sprach weiter.

»Sie haben sich mit den Eingeborenen verbrüdert, besonders denen von Belaur. Und wir sind uns ganz sicher, dass mindestens ein Eingeborener – möglicherweise auch mehr – an dem Überfall auf das Gefangenenlager beteiligt war und ein Gewehr bediente.«

»Was!«, rief De Vries überrascht aus.

»Meine Herren, dieser Wilde schoß aus über hundert Metern Entfernung einem meiner Männer ins Herz.«

Paul, der von seinem Platz neben einer Deckkanone aus das Gespräch verfolgte, wäre am liebsten im Boden versunken. Die Information, dass die Eingeborenen an den Gewehren ausgebildet worden waren, hätte er den Holländern fraglos nicht verschweigen dürfen, wenn sie es ihm abnehmen sollten, dass er alles preisgab, was er wusste.

Rund um den Tisch brach Gemurmel aus, bis Arloon dem Kommandanten mit einer Handbewegung signalisierte fortzufahren. »Außerdem war es nicht irgendeine Muskete; dieser Kaffer schoß mit einer Kentucky-Longrifle. Herrliche Waffe – die Amerikaner setzen sie an der Grenze zum Wilden Westen ein. Wie die Kerle hier an diese Art Waffen gekommen sind, kann ich mir beim besten Willen nicht erklären. Ich weiß nicht, was ich von dem Ganzen halten soll, Sir, aber meinen weißen Backenbart und die Narben in meiner hässlichen Visage habe ich mir nicht dadurch verdient, dass ich meine Feinde unterschätzt hätte. Bringen Sie uns bitte nicht in eine Lage, wo uns nichts anderes übrig bleibt, als uns auf die Eingeborenen zu verlassen, und halten Sie diese Amerikaner nicht für ein paar gestrandete Saufbolde mit Gewehren. Diese Kerle sind offenbar der Ansicht, dass wir uns auf ihrem Terrain befinden und dass wir die einzigen Ausländer hier sind. Und dem da«, er zeigte auf Paul, »glaube ich kein Wort. Er ist entweder einer von ihnen oder erst kürzlich übergelaufen, um seine Haut zu retten. So, nun habe ich meinen Vers aufgesagt und warte respektvoll auf Ihre Befehle, Kapitän.«

De Vries stand steif da und sah dem Kapitän in die Augen. »Ich habe genug gehört«, sagte er. »Natürlich haben wir es mit verzweifelten Männern und vielleicht sogar Piraten zu tun, aber ich hätte es nie für möglich gehalten, dass ich je mit ansehen müsste, wie holländische Soldaten vor ihrer Pflicht kneifen.« Die meisten waren empört über diese ungerechte Einschätzung des Muts der Dragoner, sagten aber nichts. »Zum Teufel, mit der Morgenflut laufen wir nach Belaur aus, oder man macht uns in Holland die Hölle heiß.«

»Sie wollen uns jetzt nicht mehr im Dorf gegenübertreten«, sagte der Kommandant.

»Was!«

»Sie bestehen auf der Sandbank südlich vom Dorf. Dort ist auch eine tiefe Bucht, in die wir hineinmanövrieren können. Sie sagen, dass sie nur dort über die Bedingungen der Kapitulation verhandeln wollen.«

»Dann bringen Sie uns dorthin.«

Arloon blickte De Vries an und sagte sehr ruhig: »Ich werde es tun, Sir, aber merken Sie sich eins, Mann, wenn wir in dieser Bucht manövrieren, erteilen Sie meinen Männern keinen – ich wiederhole, keinen einzigen – Befehl.« Arloon war so rot angelaufen wie die untergehende Sonne. »Zum Teufel mit Ihrer Handelsgesellschaft und Ihrem königlichem Dekret! Wenn Sie sich im geringsten einmischen, werde ich Sie persönlich erschießen.«

Er wandte sich an Paul. »Ich traue dir auch nicht, aber das spielt keine Rolle. Hör mir gut zu.« Paul stand wie erstarrt da. »Du bist kein Narr. Gleich, auf wessen Seite du wirklich stehst, inzwischen wird dir klar sein, dass wir in zwei Tagen diese Inseln in Besitz genommen haben werden und du nirgendwohin fliehen kannst. Wenn wir dich freilassen und feststellen, dass du diesen Häuptling ... Yatoo, wie hieß er noch?«

»Ja, Yatoo«, antwortete Paul.

»Wenn du diesen Yatoo dazu überredest, dass er uns hilft, und wir keinen Anhaltspunkt dafür finden, dass du sie beim Widerstand unterstützt, dann werden wir dich nicht nur *nicht* hängen, sondern dafür sorgen, dass du von diesen Inseln fort zu einem zivilisierten Hafen kommst.«

»Sehr großzügig von ...«

»Halt den Mund. Wenn Yatoo sich jedoch den Amerikanern anschließt, wie ich den Verdacht habe, dass er es entgegen all seiner Versprechen tut, steht dir ein erbärmlicher Tod bevor. Habe ich mich klar ausgedrückt?«

Paul wollte sein Glück nicht glauben.

»Oui, je comp ... ja, ich habe vollkommen verstanden.«

»Und wenn ich dich gehen lasse, will ich die Gewissheit haben, dass du nicht einmal im Traum daran denkst, gegen einen meiner Männer abzudrücken.«

»Natürlich, nie würde ich ...«

»Nein, spar dir deine Worte, ich verschaff mir Gewissheit auf meine Weise.« Er wandte sich an einen boshaft aussehenden Maat. »Carsten, führ ihn an die Reling und brech ihm seinen rechten Zeigefinger. Dann bring ihn in der Barkasse an eine Stelle, wo er am Morgen von den belaurischen Spähtrupps gefunden wird.«

Paul erstarrte innerlich zu Eis. Noch nie war seine Menschenwürde so mit Füßen getreten worden. Das einzige, was verhinderte, dass er sich vor Panik völlig auflöste, war die Tatsache, dass alles so schnell geschah.

Wie vorausgesagt, wurde er am späten Morgen gefunden und von den schwer bewaffneten Spähern eiligst nach Belaur gebracht, innerlich beinahe so zerschmettert wie sein Finger.

»Sie kommen – über den Palmen im Osten ist die Spitze ihres Fockmasts zu sehen. Sie umsegeln gerade das Außenriff.« Pauls Stimme klang gepresst vor Aufregung, als er aus dem ersten der drei belaurischen Spähkanus stieg, die an der Sandbank anlegten. Jack musterte den Ausdruck im Gesicht seines Freundes und die Art, wie er an Land ging. Selbst jetzt, wo der Kampf unmittelbar bevorstand, musste Jack dauernd daran denken, was Paul erlitten hatte, der noch immer entsetzlich mitgenommen aussah. Seine rechte Hand war inzwischen geschient, aber seit die belaurischen Späher ihn gefunden und gestern abend zurückgebracht hatten, zitterte er in einem fort, und soweit Jack wusste, hatte er auch nicht geschlafen. Die brutale, eiskalte Art, mit der ihm sein Finger gebrochen wurde, hatte ihn tief verstört – noch mehr als die Schmach seiner Gefangenschaft. Er konnte nicht darüber sprechen. Das einzige, was er sagte, war: »Völlig gefühllos haben sie mir das angetan, Jack. Keine Wut, nichts, genau wie bei dem Kind, dem sie auf der Lichtung den Schädel zerschmettert haben. Ich bin vor Angst und Schmerzen in Ohnmacht gefallen und …«

Jack hatte ihn beruhigen wollen, aber ohne Erfolg. Sobald Hansum seine Hand geschient hatte, bestand Paul darauf, wieder mit den Booten auszufahren. Ehe er lospaddelte, lief er zurück zu Jack, zog ihn beiseite, damit die andern ihn nicht hören konnten, und flüsterte: »Ich hab mir in die Hose gepinkelt, als sie es taten – ehe ich umkippte – und sie haben gelacht.«

Jack fragte sich, ob Paul, zum ersten Mal in seinem Leben, jemanden umbringen wollte. Er unterdrückte den Zorn, der in ihm aufstieg, wenn er an den körperlichen und seelischen Schmerz dachte, der seinem Freund zugefügt worden war – er musste einen kühlen, klaren Kopf bewahren. Was ihnen jetzt bevorstand, forderte seine ganze Aufmerksamkeit.

Jawa und zwei Dutzend seiner besten Krieger standen im Kreis um Jack und Quince und besprachen noch einmal die Einzelheiten ihrer Strategie. Bisher liefe alles nach Plan, bestätigte Jack, und Jawa brauchte keine weitere Erklärung. Quince fragte Jack, ob die kleine Taucherglocke an Ort und Stelle sei. Ja, das war sie; von oben gesehen vermischte sie sich bruchlos mit dem Meeresgrund. Und die Bäume – wenn jemand genau hinguckte, konnte er wahrscheinlich die kunstvolle Tarnung aus Palmwedeln und Pfählen erkennen. Von hinten war auf den ersten Blick zu sehen, dass es sich um erhöhte Schießstände für die Scharfschützen handelte.

Jack und Quince hatten gerade ihre Inspektion der Schützengräben beendet, die man auf der anderen Seite in die Sandbank gegraben hatte und wo sich Jawa und seine vierundzwanzig Krieger verbergen sollten. Keiner seiner Männer hatte Feuerwaffen, aber die sechs Amerikaner, die bei ihnen waren, hatten die Pistole und fünf der Gewehre dabei. Acht von Jawas frisch ausgebildeten Scharfschützen würden mit Kentucky-Longrifles in den als Bäume getarnten Schießständen auf der Lauer liegen. Yatoo und jeder Mann im Dorf, der kämpfen konnte – insgesamt ungefähr hundertfünfzig, plus dreißig Papaloen – hatten ihre Waffen in den Kanus versteckt. Wenn die

Holländer alle Hände voll mit den Kämpfern vor ihnen am Strand zu tun hatten, würde die Falle zuschnappen und Yatoo mit seinen Kriegern von hinten in die Bucht einfahren – ein glorreicher Tag für alle auf dem Archipel! Ob Yatoo fiel oder am Leben blieb, sein Name würde für ewig in Ehren gehalten.

Quince und Jack standen am Strand, umgeben von ungefähr einem Dutzend Eingeborener in vollem Kriegsputz mitsamt ihren Keulen, aber keiner außer den beiden Amerikanern hatte Feuerwaffen. Die *Stuyvesant* warf einen Hacken vom Bug aus auf die Sandbank, ehe die Mannschaft geschickt den Heckanker festmachte. Die Abdeckungen der Geschützpforten waren bereits hochgeklappt, und Sekunden später schoben sich die hässlichen Mündungen von zwölf Kanonen durch die offenen Luken.

»Große Überraschung«, murmelte Jack. Fast wollte er es nicht glauben, wie berechenbar das Verhalten des Feindes war. Ehe die Holländer Paul fortschickten, hatten sie keine Einzelheiten ihres Plans ausgeplaudert, aber das war auch nicht nötig. Seit die Männer der *Star* vor Wochen die Unterredung zwischen De Vries und Yatoo belauscht hatten, war ihnen klar gewesen, wie die Holländer vorzugehen gedachten. Nur eins hatten sie nicht vorhergesehen: dass man sie so provozieren würde, dass sie ihr wertvollstes Gut, ihr Schiff, aufs Spiel setzen würden, und zwar zu Bedingungen, die die Amerikaner diktierten. Gott, ihr seid längst nicht so schlau, wie ihr grausam seid, dachte Jack.

»Tja, was wir tun, das nennt man aus einer Position der Stärke verhandeln«, schrie De Vries von seinem Sitz auf dem Achterdeck den Gestalten auf dem Strand zu. Selbstgefälliger Mistkerl, dachte Jack, war aber froh, dass die Holländer sie, wie beabsichtigt, für einen hilflosen Haufen hielten. Als leichte Beute mussten sie ihnen erscheinen, der amerikanische Führer und die verbündeten Eingeborenen auf dem schmalen Sandstreifen versammelt, von dem es keine Fluchtmöglichkeit gab. Sie würden zerfetzt, wenn sie versuchten, zurück zur Hauptinsel zu gelangen. Die weißen Männer auf beiden Seiten wussten, dass die Kanoniere sich mit den ersten Salven nur einschießen würden und dann die mörderischen Karronaden mit Kettenteilen und Schrotteisen laden, die alles, was lebte, vom Strand fegen würden.

Als die Holländer am Dorf vorbeisegelten, musste es friedlich auf sie gewirkt haben, schätzte Jack – das übliche Treiben und viele am Strand liegende Kanus. Jack war sich sicher, dass er aus Pauls Beschreibungen die Hauptakteure der Holländer wieder erkennen würde. Kapitän Arloon und der Dragonerkommandeur waren leicht an ihrem Verhalten und ihren Uniformen zu erkennen, De Vries an seinen Verbänden und seinem großen Maul. Wenn sie die Amerikaner auf der Sandbank erledigt hatten, würden sie die Dragoner wahrscheinlich über Land zum Dorf schicken, mit den restlichen Männern an Bord zurückstechen und mit den schweren Schiffskanonen das ganze Gelände in Trümmer schießen.

Der Dragonerkommandant wirkte eigenartig ruhig, genau wie Kapitän Arloon. De Vries hielt sich an die Mahnung, keinem der Matrosen oder Soldaten Befehle zu geben. Was er dem Feind am Strand zuschrie, kümmerte die zwei Veteranen nicht, die offenbar beide den Verdacht hatten, dass hier etwas nicht stimmte; sorgfältig beobachteten sie die Bucht nach einer Falle.

Schließlich spottete De Vries. »Was, keine Tricks von dir, Fettwanst, oder dem jungen aufgeplusterten Hahn da? Wenn ihr uns anfleht, sind wir vielleicht gnädig mit euch und hängen nur eure Freunde. Euch schneiden wir bloß die Zunge oder andere wichtige Teile ab und lassen euch am Leben, damit man euch in Amsterdam aufknüpfen kann – oder wir liefern euch an die englische Krone aus.« De Vries sprach viel besser englisch, als Jack erwartet hätte.

Als keine Antwort kam, fuhr der Mann fort. »Unsere Forderungen sind einfach: bedingungslose Kapitulation oder ihr sterbt wie die Hunde.«

»Wir sind einverstanden«, sagte Quince ruhig.

Nach kurzem, überraschtem Schweigen plärrte De Vries: »Endlich kommt ihr zur Vernunft.«

»Ja«, wiederholte Quince. »Wir sind einverstanden. Wenn Sie jetzt Ihren Männern sagen, sie sollen ihre Waffen über Bord werfen, die Geschützpforten schließen und die weiße Flagge hissen, dann lassen wir mit uns reden und die meisten von euch leben.«

Der Hohn war zuviel für De Vries. Er drehte sich zum Kapitän um und schrie ihm zu, er solle die Angeber töten.

Jack trat nach vorn.

»Wir werden dir zeigen, was sterben heißt, Holländer.« Jack gab seinen Männern ein Zeichen, sich gleichmäßig am Rand der sanften Brandung zu verteilen.

Die Stimme eines holländischen Offiziers drang schneidend übers Wasser. »Du hast keine Zeit mehr zu beten, ergib dich oder stirb.«

»Ehe wir uns ergeben, wollen wir noch wissen, ob euer Pulver trocken ist«, schrie Jack dem Kapitän der *Stuyvesant* zu.

»Du bist völlig verrückt, Pirat«, kam es vom Schiff. »Schluss jetzt mit dem Unsinn. Dies ist eure letzte Chance. Wenn ihr jetzt eure Waffen niederlegt, werden wir euch alle verschonen – außer euren Führern, und die werden vor ein ordentliches Gericht gestellt.«

Als Antwort legte Jack blitzschnell sein Gewehr an die Schulter, und ohne lange zu zielen, feuerte er auf den Kapitän. Der Schuss verfehlte ihn und riss vom Deckshaus ein Stück Holz ab, das sich einem der holländischen Offiziere neben dem Kapitän ins Gesicht bohrte. Im nächsten Moment antwortete das Schiff mit einer Breitseite, deren Rückstoß es seitlich schob. Zwei Eingeborene fielen verwundet zu Boden, aber das meiste der tödlichen Feuerwalze verfehlte den schmalen Sandstreifen, die Mehrheit der Geschosse landete im Wasser oder sauste, ohne Schaden anzurichten, über die Köpfe der Männer hinweg. Aber für die erfahrenen Matrosen auf beiden Seiten bedeutete das weiter nichts. Jack wusste, dass sich die Kanoniere erst einschossen und die nächste Runde ihrer Salven viel verheerender sein würde. Das ist der Punkt, an dem sich alles entscheidet, dachte Jack. Bleibt nur zu hoffen, Maril und die Jungs in der Glocke haben ihren Job getan.

»Kapitän, wir treiben. Wir gleiten auf den Strand zu!« schrie der Erste Offizier der *Stuyvesant*.

»Aber wie – hat sich der Anker gelöst?«

»Verdammt, nein, Kapitän. Die Hunde haben die Leine durchgeschnitten.«

»Gott sei gedankt«, sagte Jack laut, während Quince vor Erleichterung einen langen, tiefen Seufzer ausstieß. Die Männer auf dem Schiff sahen verdutzt zu ihnen hin. Jetzt hatten sie die Erklärung dafür, warum ihre Feinde auf dem Strand sich nicht von der Stelle rührten, weder fortrannten noch das Feuer erwiderten. Nur ein oder zwei hatten die Reihen aufgebrochen und kümmerten sich um ihre verwundeten Kameraden.

Während das Schiff immer weiter strandwärts trieb, regnete es plötzlich Blei von oben aus der Luft. Ein vernichtender Feuerhagel aus unsichtbaren Gewehren. Von hoch oben aus diesen verdammten Palmen kam er her und fegte das Deck leer, wo sich die Offiziere zusammendrängten. Sie standen völlig schutzlos da. Der dumpfe Schlag war zu hören, wenn Blei einen Körper traf, Männer stürzten reihenweise auf Deck, manche stöhnend, die meisten stumm.

Unterhalb schoben sich die Kanonenrohre wieder durch die Geschützpforten, aber die *Stuyvesant* war schon ganz nahe am Strand, und die Mündungen zeigten hoffnungslos nach oben. Als das Schiff auf Grund lief, kippte die Backbordseite nach unten und dann, beim Scharren des Kiels über den unebenen Grund, wieder hoch.

»Jetzt!« schrie Jack. »Feuer! Zeigt's den Hunden!«

Er sah, wie Arloon die Kinnlade herunterfiel und Panik über sein Gesicht fegte. Wie aus dem Nichts waren direkt vor seiner Nase Dutzende von Kriegern aus der Sandbank aufgetaucht, die jetzt wie wild durch das seichte Gewässer zu dem auf Grund gelaufenen Schiff stürmten. Auch einige Amerikaner kamen aus dem Sandgraben hervor, knieten am Wasserrand nieder und feuerten tödliche Salven durch die offenen Geschützpforten. Der Kapitän gab jeden Gedanken an eine Breitseite auf und rief seinen Kanonieren zu: »An die Gewehre. Eröffnet das Feuer!«

Eine solche Explosion hätte Jack nie für möglich gehalten. Sie war ohrenbetäubend. Die schnittige *Stuyvesant* hob sich mehrere Fuß in die Luft, und im gleichen Moment löste sich das meiste ihres oberen Hecks in einem Ball aus Feuer und Rauch auf. Durch die Druckwelle wurden der Kapitän und die meisten Männer auf dem Heck ins Meer gefegt. Die Amerikaner und Eingeborenen warfen sich auf den Strand und bedeckten ihre Köpfe mit den Armen, während ihnen Holz- und Eisenstücke und Körperteile um die Ohren flogen.

Als der Knall der Explosion verebbte, lag eine gespenstische Stille über der Lagune. Die Krieger der Kanu-Flottille, die von Yatoo angeführt gerade um die Sandbank kam, hörten wie zu Stein erstarrt zu paddeln auf. Die Männer, die das Schiff beschossen hatten, standen oder knieten auf dem Boden, die Arme übers Gesicht geworfen. Jack, der neben Quince auf dem Strand lag, war sprachlos.

Lieber Gott! Madre de Dios, was zum Teufel war passiert? Beide Seiten schienen gleichermaßen verwirrt. Die ersten, die ihre Fassung zurück gewannen, waren die kampferprobten holländischen Dragoner, von denen die meisten, da sie sich vorn auf dem Schiff befanden, von der Hauptwucht der Explosion verschont geblieben waren. Jack, der es immer noch nicht fassen wollte, dass das sehnlichst begehrte Schiff in tausend Stücke gegangen war, hörte, wie der Dragonerkommandant befahl, die Beiboote zu Wasser zu lassen, um die Offiziere aufzulesen, von denen die meisten bei der Explosion getötet oder schwer verwundet waren. Er hieß seine Männer, das Feuer einzustellen, während die Retter die in der leichten Brandung treibenden Überlebenden auflasen. Ohne dass irgend jemand den Befehl dazu gegeben hätte, war auch das Feuer der Amerikaner verstummt. Die amerikanischen Matrosen, zusammen mit ihren belaurischen Verbündeten, waren plötzlich die fassungslosen Zuschauer bei einem merkwürdigen Drama, in dem sie noch vor wenigen Momenten selbst die Hauptrolle gespielt hatten.

Als die Offiziere in eines der Beiboote gezogen wurden, konnte Jack deutlich erkennen, dass der Kapitän und De Vries zwar verwundet waren, aber noch lebten. Sowie sie sicher im Boot waren, ruderte die Besatzung aufs andere Ende der Sandbank zu, um sich fern von Feind und Schiff neu zu sammeln. Quince und Jack, die entschlossen und wild gekämpft hatten, waren eigenartig gelähmt angesichts dieser überraschenden Wendung der Dinge. Wieder und wieder wirbelte Jack nur ein Satz durch den Kopf: Mein Schiff! Meine Passage nach Kuba!

Von der anderen Seite der Bucht paddelte plötzlich ein belaurisches Kanu in Richtung des holländischen Boots mit dem Kapitän und De Vries, dessen Besatzung damit beschäftigt war, weitere Überlebende aus dem Wasser zu ziehen. Paul saß im Heck des Kanus und hielt ein Gewehr in der Hand, das er sich von einem gefallenen Belauren genommen hatte. Zwei Eingeborene paddelten, aber den Kurs schien Quen-Li anzugeben. Noch ein merkwürdiger Vorfall in dieser Szenerie, die Jack sowieso schon ganz und gar unwirklich vorkam. Er und die anderen starrten wie gebannt auf das Geschehen, verwundert über diese neue, unerklärliche Wendung der Ereignisse.

Der Kapitän stand schlotternd am Heck des Beiboots, während das belaurische Kanu näher kam. Wie Paul sehen konnte, lag De Vries ausgestreckt auf dem Boden des Boots und blutete heftig aus der Nase und dem unverletzten Ohr. Das Kanu holte das Beiboot in dem Moment ein, als es den Vordersteven der *Stuyvesant* umrundete, außerhalb des Feuerschutzes der Dragoner entlang der Reling und außer Reichweite der meisten amerikanischen Scharfschützen.

»Kapitän Arloon?« Die Frage Quen-Lis kam in perfektem Englisch, seine Stimme drang klar und deutlich über das stille Wasser.

»Ja … ja, das bin ich. Was …?«

»Ich habe eine Nachricht für Sie vom Kaiser von China.« Mit diesen Worten stieß er Arloon einen belaurischen Speer in die Kehle. Ein verwundeter Dragoner im Boot hob seine Waffe und richtete sie auf Quen-Li, aber da knallte ein Schuss vom Kanu her, und der Mann stürzte rückwärts ins Wasser. Eine Rauchfahne drang aus Pauls Waffe.

Während der zusammengesackte Kapitän mit leerem Blick vor sich hin starrte und ihm das Blut aus dem Hals strömte, hörte Jack seinen Freund mit einer Stimme verkünden, die nicht zu dem Paul Le Maire zu gehören schien, den er kannte: »Oh, Kapitän, möchten Sie was Interessantes hören? Etwas, über das Sie in der Hölle nachdenken können? Ich bin Linkshänder.« Ohne dass es zu weiteren Handeln zwischen den beiden Booten kam, wendete das Kanu und paddelte schnell davon.

Mit aufgesperrtem Mund sank Quince auf die Knie und wiederholte: »Was zur verdammten Tiefseehölle geht hier vor? Was zur ...?«

Jack sah ihn an: »Käpt'n, ahhm, es gibt ... nun, es gibt da eine Geschichte, von der Sie wissen sollten.« Jack kannte zwar selbst nicht alle Einzelheiten, aber nach dem, was er gerade gesehen und gehört hatte, konnte er es sich ziemlich gut zusammenreimen.

Da die meisten Offiziere getötet oder verwundet waren, übernahm der Dragonerkommandant die Führung, womit offenbar alle auf dem Schiff einverstanden waren. Jack hörte, wie der alte Krieger vom Bug der *Stuyvesant* aus eine kurze Rede hielt. Offenbar hätte sich ein Gott des Chaos in das Gemetzel eingemischt. Das Werkzeug dieses göttlichen Eingreifens sei eine einfache papaloische Frau gewesen. Der Kommandeur erklärte das Rätsel der Explosion in einfachem, wenn auch gebrochenem Englisch. »Diese papaloische Schlampe hat es getan. Sie rannte mit einer Fackel ins Pulvermagazin, als die Kanonenwärter es öffneten, um die Geschütze nachzuladen.«

»Papaloisch?« fragte eine Stimme.

»Ja, sie kam vor einigen Wochen an Bord. Diese hellhäutige Kafferin, die den Offizieren zu Diensten war.

Schien es zu genießen, legte sich zu allen Männern, wann immer sie es wollten ... Sie hatte fast überall freien Zutritt auf dem Schiff. Ihr Sohn und ihr Mann wurden bei jenem ersten Zwischenfall mit euch Amerikanern getötet, mit dem der ganze Schlamassel anfing.«

Das Bild vom Gesicht der Frau trat Jack vor Augen, ein Bild, das ihm für den Rest seines Lebens nicht mehr aus dem Kopf gehen würde. Das schöne, verzweifelte braune Gesicht eines papaloischen Mädchens, das ein Bündel an sich presst, auf den Knien vor und zurück schaukelt, von so tiefem Schmerz erfüllt, für den es keinen Ausdruck gibt.

»Quince, das Mädchen auf der Lichtung.«

»Ich weiß, Junge, ich weiß.«

Die Lage war schnell besprochen. Wenn zu einem verzweifelten Schlag gezwungen, konnten die Dragoner und die übrig gebliebenen holländischen Matrosen immer noch beträchtliches Blutvergießen anrichten. Im Augenblick schien keinem von ihnen der Sinn danach zu stehen. Yatoo hatte vorgeschlagen, diesen Vorteil auszunutzen, aber Quince konnte ihn davon überzeugen, dass die *Stuyvesant* eine großartige Siegesbeute sei – zum Kampf gezwungen, könnten die zwei Dutzend Dragoner ihnen schreckliche Verluste beibringen. Ihr Kapitän und die meisten ihrer Führer seien tot, und sie wären bestimmt glücklich, schnellstens so viel Abstand wie möglich zwischen sich und diese Inselkette zu legen. Neues Blutvergießen lohne die Mühe nicht. Wenn es sich um Briten oder Franzosen handelte, oder die Holländer von vor zwanzig Jahren, müsste man Vergeltungsmaßnahmen fürchten; aber in diesen Zeiten suchten die Holländer vor starken Gegnern wie ihnen lieber das Weite, auch auf die Gefahr hin, dass die Nachricht ihrer Niederlage die Heimat erreichte.

Der Kommandant sollte nie genau wissen, was in dem Boot mit Arloon vorgegangen war, und er stellte keine Fragen. Er war ein praktischer Mann. Und was Quince betraf – auch nachdem Jack und Paul ihm von Quen-Lis Hintergrund erzählt hatten, gelang es dem Ersten Maat nicht, sich das merkwürdige Geschehen zusammenzureimen. Er kam zu dem Schluss, dass es lediglich ein weiterer Vorfall jenes Tages war, den er nie ganz verstehen würde, und fragte nicht weiter nach.

Als die Häuptlinge und Männer die Lage besprachen, beobachtete Paul, wie einige eingeborene Jungen herrenlose Arme und Köpfe durch das Seichtgewässer zogen. Sie waren fasziniert von dem grässlichen Zeugnis, welche Macht der Zauber der weißen Männer besaß – ein Zauber, den sie, wie es schien, selbst nicht immer in der Hand hatten. Paul hatte zum ersten Mal einen Menschen getötet und fühlte sich benommen. Es war so einfach gewesen: mit der Mündung zielen, einen Finger abknicken – ja, mehr nicht –, und man hat eine Seele ins Jenseits befördert.

Was sagten sie da gerade? Ah, die Schwerverwundeten sollten getötet werden, beschloss man – noch mehr abgeknickte Finger. Der Rest der Holländer sollte Kanus und Essen bekommen und in Richtung Süden geschickt werden. Wenn sie es ein paar hundert Meilen die Inselkette hinunter schafften, würden sie zu einer Meerenge kommen, wo hin und wieder ein weißes Segel gesichtet würde und sie vielleicht ihre Heimfahrt fänden. Fünf Tage lang würde ein Kriegstrupp aus Belauren und Amerikanern ihre Spur verfolgen. Wenn sie irgendwelche Versprengte fänden, würden sie getötet. Wenn sie bis zum Morgen nicht alle verschwunden seien, würden sie getötet. Wenn sie je zurückkehrten, würden sie getötet. Alles in allem ein klares, wenn auch nicht sehr freundliches Angebot.

Quen-Li kam vorbei und setzte sich zu Paul. Im Gegensatz zu Paul zuckte er nicht einmal mit der Wimper beim Geräusch der Schüsse. Als alles vorüber war, blickte er in Pauls Augen und lächelte.

»Das Leben ist manchmal hart, mein junger Freund, und Siege schal. Du hast mir mein Leben für eine Weile zurückgegeben, die ich gut nutzen werde. Ich danke dir. Heute nacht fühlt sich die Luft in meiner Brust gut an, und ich bin froh, dass ich nicht den Staub atme.«

»Quen-Li ... Arloon war auf deiner Liste?«

»Ja.«

»Steht noch jemand darauf, den wir kennen? Was ist mit De Vries?«

»Nein. De Vries nicht.«

»Aber jemand anderer? Wer?«

»Vielleicht noch einer, ja.«

»Wer verdammt, wer?«

»Kapitän Deploy.«

»Gütiger Gott.«

»Bonne nuit, mon ami.«

Rückgewinnung

Jack stand am Strand und blickte zur brennenden Hulk des holländischen Schiffes hin, das vor kurzem noch so stolz in der Lagune gelegen hatte. Es spuckte ein ätzendes Gemisch aus Schießpulver und brennendem Spantenwerk aus, und bei den Rauchwolken, die aus seinem Inneren quollen, war bestimmt bald nichts mehr übrig von ihm. Auch wenn der Feind besiegt war, konnte Jack sich am Untergang des Schiffs nicht freuen.

Sonnenstrahlen tanzten auf der Fockrahe und warfen ein Leuchten durch den Rauchschleier. Quince durchbrach das Schweigen.

»Sie war ein schönes Schiff, Jungs. Ein Jammer, dass der Kapitän so ein Esel war. Ich habe Schiffe oft tagelang schwelen und brennen sehen. Bis zum Morgen wird sie mit der Reling unter Wasser sein.« Er drehte sich um und ging fort, der Rest der Männer folgte allein oder zu zweit, halb erleichtert und triumphierend, halb traurig gestimmt durch die Ereignisse des Tages.

Jack ließ sich gegen eine Palme sinken und starrte weiter zu dem Scheiterhaufen.

»Was denkst du?«, fragte Paul

»Ach, ich weiß nicht recht. Ich frage mich nur, wozu das alles. Du weißt schon, die Toten, all die Zerstörung. Und was es für mich und meinen Wunsch, in die Karibik zurückzukehren, bedeutet.« Die beiden Freunde saßen stumm da und betrachteten, wie die Sonne ihren Zauber auf dem kobaltblauen Meer vollführte. »Ich dachte gerade, was für ein Jammer es ist, ein so herrliches Schiff wie die *Peter Stuyvesant* dort zu verlieren.«

»Er war ein verhasster Mann«, bemerkte Paul eifrig und sah hinaus auf die ruhige Lagune. »Ein Mann, den die Briten zu Fall brachten und …«

»Woher weißt du das alles über den Kapitän?«, unterbrach Jack ihn.

»Ich rede nicht vom Kapitän, Dummkopf. Ich meine Peter Stuyvesant, den Mann, der New Amsterdam gründete.«

Jack sah ihn verständnislos an.

»Für dich New York, o du Ungebildeter«, antwortete Paul. »Er war ein umstrittener Führer – aber andererseits liegt es wohl in der Natur von Führern, dass sie umstritten sind.«

Jack starrte weiter auf das Schiff und hörte Paul nur halb zu. Plötzlich sprang er auf. »Komm, wir gehen zu Quince und den anderen. Ich habe eine Idee, die vielleicht unsere Rettung ist – oder uns noch größere Probleme macht.«

Sie gingen schnell den Strand entlang und fanden die restliche *Star*-Mannschaft um ein kleines Holzfeuer versammelt.

»Ich hatte gerade eine zündende Idee«, verkündete Jack. »Aber wir müssen schnell handeln.«

»Es ist zu spät für ein Freudenfeuer, Junge. Und davon hatten wir heute außerdem schon genug«, sagte Hansumbob vom Rand des Lagers. Die müden Matrosen lachten halbherzig.

»Ich schlage vor, wir löschen das Feuer auf dem Holländer und retten ihn.«

»Ja, damit wir morgen das Ganze noch mal von vorn machen können, was, Jack?«, gab Red Dog zurück.

Jack überhörte ihn und fuhr fort. »Wir könnten retten, was von der *Stuyvesant* noch übrig ist, und es mit der *Star* zusammenbauen. Es sieht so aus, als ob alles, was dem holländischen Schiff fehlt, von unserem noch vorhanden ist. Wir könnten den Besanmast des Holländers durch den unbeschädigten Mast der *Star* ersetzen, dann alles außer dem Fockmast mit Schrattakelung versehen. Damit hätten wir eine Schonerbark mit einer Takelage, für die wir genug Matrosen hätten, sie zu bemannen.« Die Männer schwiegen und ließen die Worte des jungen Mannes auf sich wirken, der sich auch bei dem heutigen Kampf wieder tapfer geschlagen hatte.

»Während wir hier sitzen und schwadronieren, bekommt sie steuerbord schon Schlagseite«, sagte Quince.

Jack drehte sich zur Lagune um, wo in der Tat bereits eine Schräglage des Schiffs zu erkennen war.

Quince erhob sich vom Strand: »Jetzt hört alle Mann zu: ob wir die *Stuyvesant* für uns retten wollen oder nicht, wenn wir bis morgen damit warten, wird es ganz bestimmt zu spät sein. Also: alle Mann an Bord, und wir wollen versuchen, das Feuer zu löschen! Wenn es uns zu gefährlich wird, suchen wir das Weite und lassen das Schiff sinken – aber wenn wir einen Rettungsversuch wagen wollen, müssen wir blitzschnell handeln.«

Alle Männer sprangen auf. Das Beiboot wurde von Coop und Mentor wieder ins Wasser gestoßen. Die anderen stiegen in Kanus und paddelten auf das halb gesunkene Schiff zu.

Die *Stuyvesant* hatte vom Heck bis zum Großmast einen tiefen Riss. Der Besanmast war zerbrochen und rückwärts über das klaffende Loch im Deck gestürzt. Auf dem Achterdeck waren alle Decksbalken zerstört, vom Eingang zu den Offiziers-Quartieren bis zum Ruder. Die zersplitterten Überreste des Spantenwerks ragten gespenstisch in den Abendhimmel. Der Hauptfeuerherd schien im unteren Teil des Laderaums zu sein, aber bisher hatten die Flammen die Bodenplanken des Decks noch nicht erreicht.

Quince ließ die Männer eine Eimerkette bilden; eine Hälfte versuchte, das Feuer zu löschen, die andere schöpfte wie wild Wasser aus und betätigte die Bilgenpumpen, damit das Schiff weiter auf dem Wasser trieb. Trotz ihrer Erschöpfung von den Anstrengungen des Tages legten die Männer sich mächtig ins Zeug und arbeiteten die ganze Nacht durch.

Bis zur Morgendämmerung war das Feuer gelöscht und das Schiff außer Gefahr. Mit rauchgeschwärzten Gesichtern lagen oder saßen die Matrosen jetzt auf Deck. Es war eine gefährliche Arbeit gewesen, und Quince war am Ende seiner Kraft, eine dicke Schicht von Ruß und getrocknetem Schweiß bedeckte sein Gesicht. »Wenn diese Idee von dir nicht funktioniert, Sir Jack, dann geht es dir an deinen königlichen Arsch. Merk dir, was ich sage.« Dann sank der Erste Maat auf das versengte Deck und schlief auf der Stelle ein.

Stolz blickte Jack auf ihre rußige Beute. Seine Plan war aufgegangen – zumindest der erste Teil, und mit ein bisschen Glück war der Rest lediglich eine Frage von harter Arbeit. Und davor hatte er weiß Gott keine Angst.

Die nächsten Tage verbrachten die Männer mit Aufräumarbeiten auf dem Schiff, um genau zu sehen, wie groß der Schaden war. Das Achterdeck war ein Dschungel aus zersplitterten Masten, Leinen, Segeln und verkohlten hölzernen Spanten. Quince teilte verschiedene Arbeitstrupps ein, um soviel wie möglich an Metall- und Eisenteilen, Leinen und Blöcken zu retten, die sie später gut gebrauchen konnten. Jack und Paul bekamen die Aufgabe zugeteilt, die oben auf dem vorderen Deckshaus liegende Pinasse herunterzuholen. Und erfreut stellten sie fest, dass auch die Gig und die Jolle in gutem Zustand waren.

Die Belauren tauchten in den Kielraum nahe der Großmastspur ab, um die Ballaststeine heraufzubefördern, damit das Schiff über Wasser blieb. Mentor führte den Trupp von Eingeborenen an, die die gewaltigen Steine unter Mühen aus dem Laderaum schleppten und dann über Bord hievten. Zum Glück waren die Männer und Frauen aus dem Dorf kräftig, aber es war trotzdem Schwerstarbeit. Quince wies ein paar Männer an, das restliche Schießpulver in ein Segeltuch zu kippen und dann die leeren Fässer zu verschließen, damit sie schwämmen. Es gab über fünfzig Fässer mit dem kostbaren Pulver; ein Teil davon war zwar nass, konnte aber später getrocknet werden. Ein normaler Wetterumschlag würde keine Gefahr für das Schiff bedeuten; sollte jedoch ein Sturm aufkommen, würde es sehr schnell an den Strand geschleudert.

Mehrere Wochen vergingen, ehe Quince es wagen wollte, die *Stuyvesant* zu bewegen. Die Eingeborenen halfen tüchtig bei den Bergungsarbeiten. Abends, nach getaner Arbeit, sprangen viele der jungen Leute übermütig von der Reling und durchschnitten mit ihren Körpern das kristallklare Wasser. Andere kletterten in die Takelage hoch, und ihre Freudenschreie hallten durch die Nacht.

Quince beschloss, die Männer um sich zu versammeln, um ihr weiteres Vorgehen zu besprechen.

»Es wird ein hartes Stück Arbeit für uns alle werden, wenn wir diesen Kahn runter zur kleinen Insel und nah an die *Star* bringen wollen«, sagte er.

»Und wozu das Ganze?« tönte Smithers von hinten. »Meiner Meinung nach ist es bloß Schinderei, die uns nichts einbringt. Es wird fast ein halbes Jahr dauern, dieses Wrack zur *Star* runterzubringen, Maste und Gerät auszutauschen und ein seetüchtiges Schiff zu bauen. Was hab ich davon, frage ich. Was meint ihr andern dazu?«

Der Rest der Männer schwieg. Ob aus Erschöpfung oder Ablehnung, konnte Jack nicht beurteilen. Smithers und Cheatum lagen ausgestreckt neben Quince auf dem Sand und stierten in den Nachthimmel hoch.

»Halt deine dreckige Klappe, Smithers«, sagte Quince, »oder ich ramm dir eine Brechstange zwischen deine Stummel.«

Die andern lachten angespannt.

»Tun Sie das lieber nicht, Käpt'n – sonst hat er tagelang ein Grinsen im Gesicht«, rief jemand aus der Mitte der Männer.

»Wer war das?«, schrie Smithers und sprang auf. »Ich will seine Zunge auf einem Teller haben. Wer hat das gesagt?« Smithers' Stimme war schrill, und plötzlich blitzte ein Messer in seiner Hand auf.

Quince wartete einen Moment, damit sein Zorn sich abkühlte.

»Smithers, setzt dich auf deinen Arsch. Es wird kein halbes Jahr dauern. Eher ein Jahr! Und keiner wollte dir was Böses. Wir sind alle müde – steck dein Messer weg und setz dich hin.«

Quince hielt die kleine Ansprache mit ruhiger Stimme. Jack hielt den Atem an, bis Smithers sich, zwar brummend und immer noch aufgebracht, tatsächlich wieder setzte.

»Wie gesagt«, fuhr Quince fort, »wir sind nur wenige, und wenn wir mit der Arbeit vorankommen und ein seetüchtiges Schiff haben wollen, werden wir jeden Mann dafür brauchen. Ich schlage folgendes vor: In zehn Tagen, am zwanzigsten des Monats, haben wir meiner Berechnung nach um vier Uhr morgens Flut. Dann lassen wir die *Stuyvesant* auslaufen, und mit ein bisschen Glück treiben uns die Morgenwinde, die in letzter Zeit von Süden kamen, aus der Lagune hinaus. Wir können es nicht wagen, Segel zu setzen, weil wir ohne Ruder und Besanmast sind und das meiste vom Steuerbord-Heckausleger weggebrannt ist ... und mit so wenig Talje würde das Achterstag sicher nachgeben und uns den Großmast um die Ohren hauen. Also fahren wir mit nackten Rahen.«

»Und wie wollen wir uns von den Klippen fern halten, Kapitän?« fragte Cheatum.

»Wie Sie sehr wohl wissen, Mr. Cheatum, bin ich nicht der Kapitän – nicht einmal euer ordnungsgemäß gewählter Anführer –, aber solange niemand eine bessere Idee hat, werden wir folgendes tun: Wir binden die Pinasse achtern dicht an der Steuerbordreling oder dem, was davon übrig ist, an. Vorher haben wir die Fässer in ihr festgebunden, die Coop so gemacht hat, dass sie schwimmen. An dem Morgen, an dem wir losfahren, werden wir jeden verfügbaren Mann und all die Belauren an der Backbordreling versammeln. Wenn das Schiff in der Brandung nach Backbord krängt, ziehen wir mit aller Kraft an der Leine zur Pinasse, damit die Steuerbordseite sich wieder sicher über die Wasserlinie hebt. Wenn das geglückt ist, werde ich am Bugspriet sein und helfen, das Schiff zu steuern und aus der Lagune zu leiten. Sowie wir auf dem offenen Meer sind, werden wir versuchen, den Ostrand der Insel zu umrunden. Und mit Gottes Hilfe treiben wir dann südwärts zu unserer Insel der zerbrochenen Träume ... irgendwelche Fragen?«

Schweigen war die einzige Antwort, während die Männer über dieses nächste Abenteuer nachdachten, das ihnen bevorstand. Langsam wanderten sie den Strand entlang zu ihren jeweiligen Unterkünften.

Dann begann Hansumbob zu singen:

Nackte Spieren, sagte er, anders wär's mir lieber.
Herrisch sagt er's, wahr ist jedes Wort.
Doch die Pete lebt noch, sie segelt wieder,
mit 'ner feinen Mannschaft, die nicht gehorcht,
so segelten sie gut vierzig Jahr,
will's die Legende, durchstreiften die Meere,
die Nase hoch ein jeder an Bord.
Bis Gott einen Wind schickte,
der war ihre Schicksalswende.

Hansumbob summte noch ein paar Noten, zog sich die Decke über den Kopf und schlief ein.

Nachdem sie die ganze Nacht auf den Beinen gewesen war, erreichte die Besatzung am Morgen des zwanzigsten das ramponierte Schiff. Die Belauren hatten ihnen Körbe voller Früchte und gebratenem Fisch gebracht, und um Mitternacht war der Trupp aufgebrochen. In den letzten Tagen hatte Quince den Männern eine Ruhepause gegönnt, denn obwohl die meisten der Besatzung großes Vertrauen in den Ersten Maat hatten, war ihnen mulmig bei der Aussicht, die seeuntüchtige *Peter Stuyvesant* ohne Ruder und Segel aufs offene Meer zu bringen.

»Mr. Cheatum, ich möchte, dass Sie auf der Backbordseite in der Jolle Stellung beziehen«, befahl Quince. »Halten Sie sich zehn Yards querschiffs und ungefähr dreißig oder vierzig Yards vor dem Bug, also in einer Art Y vor der Backbordseite. Nehmen Sie fünf Männer mit sich. Mr. Dawkins, Sie werden in der Gig gegenüber Cheatum sein; dort bilden Sie Ihr Y, und halten Sie die Leine gespannt. Auf meinen Befehl ziehen Sie dann entweder hart nach Steuerbord oder Backbord, denn mit diesem unseligen Koloss zu manövrieren, wird nicht leicht sein. Viel Glück.«

Die Matrosen bemannten die kleinen Boote und zurrten die Leinen auf beiden Seiten zwanzig Fuß hinter der Bugspitze fest. Dann, als es ihrer Einschätzung nach vier Uhr sein musste, machten sie die langen Muringleinen los, und das riesige Schiff begann, langsam aus der winzigen Lagune zu treiben. Die Belauren hatten die Pinasse schon vorher an der Achterdecksteuerbord-Reling festgemacht. Mit rauhem Gelächter feuerten sie die Besatzung jetzt vom Strand her an. Aber die Matrosen waren ganz in ihre Arbeit vertieft.

»Cheatum, ziehen Sie etwas mehr nach Backbord.« Quince sprach mit Zuversicht. »Wir rutschen zu weit nach Steuerbord.«

Cheatums Mannschaft steuerte die Jolle weiter westlich, während die Gig an der Steuerbordseite ihrer Leine mehr Spiel ließ. Wie es aussah, konnten sie die *Peter Stuyvesant* mit nur geringen Kursänderungen unbeschadet durch die schmale Bucht treiben lassen. Die Korallenriffe auf der Backbordseite waren direkt querab, und die beiden in gleicher Formation neben dem Schiff fahrenden kleinen Boote steuerten direkt aufs offene Meer. Cheatum unterhielt sich lebhaft mit Smithers, den er für seine Mannschaft ausgewählt hatte. Die beiden waren ganz in ihr privates Geplänkel vertieft, als ihr Boot auf einen unter der Wasseroberfläche liegenden Korallenkopf stieß. Cheatum, der am Bug hätte stehen sollen und nach genau solchen Vorkommnissen Ausschau halten, fluchte laut, schnappte ein Ruder und versuchte, seine Jolle von dem nur einen Fuß unter Wasser liegenden Riff wegzustoßen. Die gigantische Masse der *Stuyvesant* trieb weiter zur Bucht hinaus; die Gig auf der Steuerbordseite zog mit aller Kraft und brachte das große Schiff weiter nach rechts.

»Zurück, Mister! Hart Steuerbord zurück!«, schrie Quince vom Deck der *Stuyvesant* der Gig zu. Als der Bug langsam nach Backbord drehte, rutschte die schlaffe Leine von Cheatums Jolle unter die *Stuyvesant* querab vom Ruder, wo sie sich in dessen beschädigten Eisenteilen verfing. Quince rannte zu der fest geklemmten Leine und schrie beiden Booten gleichzeitig Befehle zu. Als die Jolle von ihrer verfangenen Leine immer näher an die *Stuyvesant* gezogen wurde, schnappte Quince eine neue, die ordentlich auf einem Belegnagel aufgeschossen war, und warf sie Cheatum zu. »Machen Sie die hier fest! Ich schneide die alte durch. Und Mr. Cheatum, wenn wir das Ganze hier überstanden haben, habe ich ein Wörtchen mit Ihnen zu reden. Verlassen Sie sich drauf!«

Cheatum zurrte die neue Leine fest. Er befahl seinen Männern, die abgeschnittene einzuholen und hart nach rechts zu ziehen, um die *Stuyvesant* wieder aufzurichten. Jack, der in der Gig saß, schreckte auf, denn plötzlich drang Lärm von Bord. Er sah, wie Quince mit einem der Männer stritt und nicht merkte, wie eine losgerissene Leine sich an Deck verhedderte, sich um seinen linken Fuß wickelte und sich mit ihrem losen Ende um einen Korallenkopf schlang. Mit der Geschwindigkeit einer Musketenkugel wurde Quince von Deck ins Meer gefegt. In seinem Ärger hatte Cheatum nicht gesehen, wie Quince über Bord ging. Aber Jack und die Männer in der Gig ruderten schnell zu der Stelle, wo Quince gesunken war. Jack sprang ins Wasser und brachte ihn an die Oberfläche.

Als Jack sich das Meerwasser aus den Augen gewischt hatte, sah er, dass Quince' rechte Hand ein blutiger Brei war.

Jack brachte ihn schnell zurück auf die *Stuyvesant* und wickelte ihn in Decken ein. Glücklicherweise hatte das Schiff die Bucht und das gefährliche Riff hinter sich gelassen, trieb von der Insel fort und war für den Augenblick außer Gefahr, was von Quince nicht behauptet werden konnte.

Hansumbob, Jack, Paul und Quen-Li trugen Quince hinunter in eine kleine Koje, direkt neben dem Niedergang. Sie wickelten ihn in noch mehr Decken ein und gaben ihm einen Schluck Rum, den er prompt wieder ausspuckte.

»Lasst mich, Jungs, kümmert euch um das Schiff«, flüsterte er durch zusammengebissene Zähne. »Seht zu, dass ihr es mindestens eine halbe Meile von der Küste weghaltet, für den Fall, dass der Wind dreht.« Jack nickte und starrte wie versteinert auf Quince' zerfleischten Unterarm.

»Los jetzt, hoch mit euch! Einer von euch soll Cheatum in der Jolle ablösen und ihn zu mir schicken.«

Mit aufgesperrtem Mund machte sich Dawkins bereitwillig auf den Weg. Quince' Gesicht war schweißnass, seine Augen geweitet, die Pupillen unruhig. Als Jack die blutigen Fleischlappen von seinem Arm löste, fluchte Quince leise. Seine Haut war vom Unterarm bis zum Daumen abgerissen und wie ein Stück Pergament um seine Finger gewickelt. Der schmale Streifen verklebter Haut, der von seinem Ellbogen bis zum kleinen Finger reichte, schien das einzige zu sein, was Quince' Arm noch zusammenhielt. Knochen und Muskel lagen bloß da, gespenstisch weiß; der ganze Arm sah aus wie eine geschälte Frucht.

Jack gab Paul ein Zeichen, und sie gingen außer Hörweite von Quince. »Ich habe ein ungutes Gefühl wegen der Vorfälle in der letzten Stunde«, sagte Paul. »Es ist kein gutes Omen für unsere kurze Reise hinunter zur *Star*.«

»Da gebe ich dir völlig recht«, sagte Jack. »Aber wenn

wir auf der Hut sind, werden wir es schaffen. Warum gehst du nicht nach oben?«

Jack hörte, wie Cheatum oben auf Deck nach Quince schrie.

Mentor, der das Backbord-Schlepptau handhabte, wies die Kajütstreppe hinunter. »Er ist unten in einer Koje!«

Cheatum kam die steile Treppe hinuntergepoltert. »Beim Teufel! Was zur Hölle denkt er sich dabei, sich jetzt aufs Ohr zu legen!«

Jack nickte Paul zu, damit er ging.

»Für wen zum Teufel halten Sie sich, dass Sie mich herumkommandieren, Sie Möchtegern-Kapitän? Wenn ich ...« Da fiel sein Blick auf Quince' zerschmetterten Arm. »Heilige Mutter Gottes. Was haben Sie denn angestellt, Käpt'n? Jesus Christus!«

»Achten Sie nicht auf das Blut und die Knochen. Hören Sie mir lieber genau zu.« Quince stützte sich auf seinen linken Ellbogen und sah Cheatum scharf in sein verblüfftes Gesicht. »Für den Augenblick wollen wir unsere Differenzen vergessen und versuchen, diesen Koloss sicher zu unserer Bucht hinunterzubekommen.«

Jack beobachtete den Wortwechsel der beiden alten Seebären.

»Ja, sicher ... ich kann bloß die Augen nicht von diesem Arm da abwenden. Lieber Gott, Mann. Wie ist das passiert?«

»Als mein Fuß sich in der Leine verfing, riss sie mich über Bord, aber erst, nachdem sich mein Arm zwischen Reling und dem Rüsteisen der Kette eingeklemmt hatte. Ich war plötzlich bloß noch ein Glied in der Kette, und irgendwas musste nachgeben. Es war meine Haut, die den Kampf verlor.« Quince holte schnell Luft. »Wenn Sie und Ihr Busenfreund Smithers aufgepasst hätten, wäre das nicht passiert.« Cheatum schürzte die Lippen und senkte den Kopf.

»Wie gesagt, damit befasse ich mich später. Sie sind im Augenblick der erfahrenste Seemann an Bord und werden dafür sorgen, dass dieser Riesenkahn sicher nah an der *Star* vor Anker geht.«

»Ich habe Sie nie leiden können«, sagte Cheatum, bei dem plötzlich nichts mehr von seiner Besorgnis zu spüren war. »Ich schätze, das wissen Sie – und wie Sie sagen, über unsere Differenzen reden wir später. Trotzdem sollen Sie wissen, dass ich von Anfang an gegen diesen unsinnigen Plan war. Warum zum Teufel Sie auf diese rotznasige Landratte Jack O'Reilly hören, weiß ich nicht. Wo wir gerade von ihm sprechen – ich hätte nicht schlecht Lust, ihn zu verprügeln.«

Jack atmete tief ein und wieder aus und ließ sich gegen eine Koje sinken.

»Nichts dergleichen werden Sie tun, Sie Esel«, entgegnete Quince. »Das Schiff ist in Gefahr, kapieren Sie das nicht? Ob unser Entschluss richtig war oder nicht, darum geht es jetzt nicht. Wir haben die Sache angefangen und müssen sie zu Ende bringen, und das müsste selbst einem Dummkopf wie Ihnen klar sein.«

Cheatum schien zu überlegen, mit den Fäusten auf Quince loszugehen; wahrscheinlich hätte er es getan, wäre Jack nicht in der Nähe gewesen. Quince warf Cheatum einen vernichtenden Blick zu, und schließlich siegte dessen Vernunft; er stand gefasst da und wartete.

»Vergessen Sie nicht, Mann. Das Schiff kommt zuerst.« Quince sah aus, als fiele er gleich in Ohnmacht.

»Richtig. Was soll ich tun?« Cheatum hatte die Hände hinter dem Rücken verschränkt und sein Kinn vorgeschoben. Er sah aus wie ein gescholtener Schuljunge, dachte Jack.

»Halten Sie das Schiff so lang wie möglich östlich, und geben Sie ihm genügend Seeraum von der nördlichen Küste.« Schwer atmend sank Quince auf die Koje zurück. »Versuchen Sie nicht, zu nahe an der Inselspitze vorbei zu manövrieren. Sowie Sie um die Spitze herum sind, können Sie die kleine Insel und den Mast der *Star* sehen. Wenn irgend möglich, sehen Sie zu, dass Sie vor Einbruch der Dunkelheit an Land gehen. Nachts zwischen diesen vielen kleinen Inseln herumzuirren wäre außerordentlich gefährlich.«

»Wir kommen vielleicht einen Knoten voran«, erklärte Cheatum. »Wie soll ich Ihrer Meinung nach diesen Wal von Schiff um die Inselspitze bekommen und dann in die südlichen Winde kreuzen? Ohne gesetzte Segel werden wir mit dem Heck nach Norden getrieben.«

»Nutzen Sie Ihre Seemannserfahrung, Mann. Nutzen Sie jedes kleine bisschen Wissen, dass Sie in Ihrem Holzkopf gehortet haben. Denken Sie nach, Mann! Ich bin nicht mehr zu gebrauchen. Denken Sie nach.«

»Ich weiß beim besten Willen nicht, wie dieses Schiff ohne Segel gegen den Wind steuern soll. Die Ruderer in der Jolle und der Gig können diesen Koloss nicht schleppen. Wir brauchen Segel.«

Quince stützte sich wieder auf seinen linken Ellbogen. »Bei der Explosion wurden der Besanmast und das Achterstag für Groß- und Fockmast zerstört. Versuchen Sie erst gar nicht, den Großmast zu stützen. Konzentrieren Sie sich darauf, den Fockmast zu verstreben, ziehen Sie mehrere Leinen vom Fockmast, direkt von der Vorbramsegel-Rah, und befestigen Sie sie achtern an den Rüsteisen von Backbord und Steuerbord. Das sollte den Fockmast genug stützen, dass er als Arbeitsfock zu gebrauchen ist. Benutzen sie die Fock nur, um den Bug rumzuschwingen und bei ausgesprochenem Leichtwetter zum Wenden. So müssten Sie genug Vorausfahrt zum Manövrieren haben. Und wenn dazu die Jolle und die Gig schleppen, müsste es klappen.«

Jack lächelte. Sogar halb ohnmächtig war Quince ein besserer Seemann als der kraftstrotzende Cheatum.

Cheatum verzog den Mund. »Jeder Schiffsjunge hätte mir das sagen können. Ich dachte, Sie hätten eine Idee.«

»Was immer Sie tun, benutzen Sie nicht mehr als eine kleine Fock, oder Sie haben den Mast im Wasser. Und Splitter im Arsch«, fuhr Quince, ohne auf Cheatums Bemerkung zu achten, fort.

Jack bemerkte, wie Cheatum auf Quince' zerschmetterten Arm glotzte, und glaubte schon, der Zweite Maat wollte seinen dreckigen Zeigefinger in die Wunde stoßen. Stattdessen ging Cheatum ohne ein weiteres Wort langsam aus dem schummrigen Mannschaftsquartier.

Jack kletterte in die Takelage und sicherte die Leinen, die von Paul und mehreren anderen Matrosen die Webeleinen hinaufgezogen wurden. Die Arbeit am Verstreben des Fockmasts ging langsam voran. Cheatum war es gewohnt, dass alle Mann auf seine Befehle hin sprangen; da aber neun Männer die Beiboote ruderten, gab es nur wenige für die schwere Arbeit, die doppelt und dreifach geflochtenen Taue den Mast hoch zu ziehen und sie mit Block und Haken an den Rüsteisen zu befestigen. Bis zum späten Nachmittag hatten sie eine Arbeitsfock errichtet, und zumindest was die Richtung betraf, waren sie in der Lage, das Schiff zu führen, ohne dass die Beiboote allzu viel Arbeit hatten.

Für Jack war es jedoch klar, dass die Mannschaft es an diesem Tag nicht zur kleinen Insel schaffen würde. Aber sie waren nahe genug an der Küste, um Wurfanker fallen zu lassen und die Beiboote festzumachen. Kaum waren sie wieder an Bord der *Stuyvesant*, klappten die Männer, die den ganzen Tag gerudert hatten, auf dem Deck zusammen.

»Es muss einen besseren Weg geben, diesen Koloss fortzubewegen«, erhob sich eine müde Stimme aus der Gruppe.

»Ja, den gibt es«, sagte Cheatum und starrte den Fockmast hinauf. »Morgen lasse ich ein Stagsegel ausbringen, und, wenn es sein muss, ein gerefftes Vorstagsegel.«

»Wird es halten?«, fragte Mentor. »Diese Leinen, die Sie heute gezogen haben, sehen ziemlich dünn aus.«

»Es wird halten, und kümmern Sie sich lieber um Ihren eigenen Kram und überlassen die Führung des Schiffs mir.«

»Ich weiß nicht, wer Ihnen das Kommando übertragen hat. Ich jedenfalls werde froh sein, wenn Mr. Quince wieder auf den Beinen ist.«

»Hören Sie mir gut zu, Sie miserables Exemplar von einem Bootsmann.« Cheatum schnappte Mentor am Kragen und zerrte ihn hoch. »Es spielt keine Rolle, wer mir das Kommando gegeben hat, aber ich schlag jedem das letzte Fünkchen Leben aus dem Leib, der Streit mit mir anfängt. So wie der Arm von Ihrem Mr. Quince aussieht, brauchen Sie nicht mehr auf ihn zu warten. Also Schluss jetzt mit dem Gequatsche.« Cheatum ließ Mentor los und stolzierte zur Backbordreling. Smithers gesellte sich zu ihm, und sie unterhielten sich leise.

Jack, der mit dem Rücken gegen die Steuerbordreling gelehnt dasaß, fragte sich, wie lange es dauern würde, bis es ernstlichen Ärger auf der *Stuyvesant* gab. Ohne Quince kam es ihm hoffnungslos vor, all die Arbeit zu verrichten, die auf sie wartete. Aber Jack war fest entschlossen, die *Peter Stuyvesant* und die *Star* zu einem Schiff zusammenzubauen, und wenn er Cheatum und Smithers auf ihren Platz verweisen musste, würde er es tun.

Quince litt Qualen. Hansumbob hatte es übernommen, sich um ihn zu kümmern, aber viel konnte er nicht tun. Er legte die abgeschälte Haut behutsam wieder über Quince' Arm und säuberte die Wunde, so gut er konnte. Da der Arm außerdem gebrochen war, stachen auch noch die offen liegenden Knochensplitter durch das so schon geschundene Fleisch.

»Hansum, sag Peters, er soll mich vernähen, damit die Wunde heilen kann.« Quince' Lippen waren ausgetrocknet, seine Haut kalt.

»Es ist noch genug Zeit, Sie zu vernähen, Mr. Quince. Die Wunde muss sich erst selbst säubern. Es wird Teer und wer weiß was sonst noch in Ihrem Arm sein. Hören Sie einfach auf den alten Bob, das Vernähen hat noch Zeit.«

Fast zwanzig Stunden waren seit dem Unfall verstrichen, und Jack wusste, dass der Erste Maat die ganze Zeit Höllenqualen erlitt. Schwach und verzweifelt lag er auf der Koje niedergestreckt.

Bis zum Nachmittag des folgenden Tags hatte die *Stuyvesant* drei Viertel des Wegs über die Bucht zur kleinen Insel zurückgelegt. Aber dann kam ein widriger Wind auf, und das große Schiff kam kaum voran. Smithers und Cheatum standen am Bug und blickten sehnsüchtig zum weniger als eine halbe Meile entfernten Strand der kleinen Insel. Jack und ein paar andere rastlose Seelen standen in der Nähe.

»Cheat, du musst bald eine Entscheidung treffen. Wir können nicht die Nacht hier draußen herumtreiben«, sagte Smithers. »Weiß der Teufel, wohin wir mit den paar armseligen Segeln abgleiten. Am Morgen sind wir vielleicht an den Klippen gestrandet. Und bei unserem jetzigen Tempo dauert es wahrscheinlich noch sechs Stunden, bis wir nah genug sind, dass wir ankern können.«

»Also, Männer, hört zu«, sagte Cheatum. »Wir müssen die Beiboote wieder bemannen. Wir kommen zu langsam voran. Und wenn wir heute nacht hier draußen rumschaukeln und ein Sturm kommt auf, dann gehen wir in Fetzen.«

Die Männer murrten, ließen sich aber in die Beiboote hinab. Um Mitternacht erreichten sie die kleine Insel und ließen den Anker fallen. Es sollte immer noch einen weiteren halben Tag dauern, bis sie das Schiff sicher um die Südseite der Insel zu der kleinen geschützten Bucht gebracht hatten, wo die *Star* lag. Seit Quince sie nicht mehr führte, waren die Männer lustlos und mürrisch, stritten herum und gaben sich gegenseitig die Schuld an ihrer Lage. Sie rührten kaum einen Finger, und mal feuerte Cheatum sie an, mal drohte er ihnen. Hin und wieder stapfte er wütend los oder beschwerte sich bei Smithers.

Jack begann, Hansumbob bei der Betreuung von Quince zu helfen, der immer wieder ins Delirium fiel und nur kurz daraus erwachte. Ständig musste jemand bei ihm sein.

»Es steht schlecht um ihn«, sagte Hansum. »Ja. Sehr schlecht. Wär nicht überrascht, wenn er ins Jenseits reist. Nein. Kein bisschen überrrascht.«

»Er ist furchtbar heiß und muss hohes Fieber haben, Hansum. Was können wir tun, damit es sinkt?«

»Ihm kühle Wickel auflegen. Mehr nicht. Ja, mehr nicht.«

Jack ging an Deck und wanderte auf und ab; die meisten Matrosen waren an Land gegangen und hatten sich im Schatten der Kokospalmen auf dem Sand ausgestreckt. Es war heiß, und niemand schien in Stimmung zu sein, sich auf der *Stuyvesant* abzuplagen, um alles, was von ihr zu gebrauchen war, zu retten.

Am anderen Ende des Schiffs hatten Cheatum und

Smithers ein paar Männer um sich versammelt. Cheatum stolzierte an die Reling und rief den Matrosen am Strand zu: »Ahoi, ihr Landratten, bewegt eure faulen Ärsche an Deck. In zehn Minuten seid ihr alle hier – wir halten eine Versammlung ab. Beeilung also, verstanden?«

»Was hat er vor?«, sagte Paul zu Jack. »Will er uns endlich an die Arbeit schicken?«

»Ich weiß nicht … so wie ich Cheatum kenne, bezweifle ich das.«

»Meinst du, er ruft uns zusammen, damit wir sehen, was für einen männlichen Gang er hat?«

Cheatum, der Pauls Worte gehört hatte, wirbelte zu ihm herum.

»Da ich der älteste und erfahrenste Seemann hier bin, habe ich euch folgendes zu sagen.« Seine Augen huschten von Mann zu Mann, abwechselnd herausfordernd und Beifall heischend. »Einige der Männer und ich haben beschlossen, dass wir uns nicht an der Idiotie beteiligen, diesen Koloss hier mit der *Star* zusammenzubauen. Erstens ist es viel zuviel Arbeit, und zweitens habe ich meine Zweifel, ob es überhaupt gelingt.« Cheatum hielt inne. »Ein paar von uns werden die Pinasse nehmen, Proviant einladen und unser Glück versuchen. Mit den Passatwinden wollen wir südwärts zu den Philippinen steuern, wo wir versuchen werden, ein Schiff zurück in die Staaten zu finden.«

Tiefes Schweigen senkte sich über die Männer; die meisten waren ratlos, wie sie sich zu dieser Neuigkeit verhalten sollten. Jack hatte befürchtet, dass es Ärger gäbe. Die Tatsache, dass er von Cheatum kam, war keine Überraschung.

»Wer will gehen?«, kam eine schwache Stimme.

»Das haben wir noch nicht beschlossen, aber es werden eindeutig ich, Smithers und drei andere sein, denn mehr haben in der Pinasse nicht Platz, neben all den Essens- und Trinkvorräten, die wir brauchen.« Cheatums Blick blieb auf Jack und Paul haften. »Aber es gibt einige, von denen ich genau weiß, dass sie nicht mitkommen.«

»Sie werden weder mit der Pinasse noch der Jolle noch der Gig irgendwohin fahren, ehe wir alle abgestimmt haben, wie wir die Sache sehen«, entgegnete Jack. »Außerdem ist da noch Quince. Er ist todkrank. Ich hätte gedacht, ein Seemann Ihres Alters würde es sich zweimal überlegen, einen Schiffskameraden im Stich zu lassen.«

»Pass auf deine Worte auf, du Würstchen. Oder ich setz dir mein Messer an die Kehle.« Cheatums Art beunruhigte die Männer allmählich.

»Nun, dass hier einer auf seine Worte aufpassen sollte, damit haben Sie recht«, sagte Jack lächelnd. »Wir stimmen ab, und die Mehrheit entscheidet. Und wenn Sie mir nach der Abstimmung immer noch an die Kehle wollen, ich bin nicht schwer zu finden.« Jack sah dem Mann direkt ins Gesicht und sprach mit ruhiger Stimme. »Alle, die dafür sind, dass Cheatum und vier andere Männer die Pinasse nehmen dürfen, heben die Hand.« Nur zwei stimmten dafür – Smithers und Cheatum. »Sieht so aus, als würden Sie hier bei unserer glücklichen kleinen Familie bleiben, Zweiter Maat.«

Jack wandte sich an die anderen. »Es steht schlecht um Quince, Männer. Wir müssen bald etwas unternehmen, wenn er durchkommen soll.« Mit einem Augenblinzeln ging Jack an Cheatum und Smithers vorbei und spürte dann ihren Blick auf seinem Rücken, als er den Niedergang hinunterstieg.

Paul stellte sich neben Jack und blickte auf Quince hinab. »Du bist verdammt mutig. Was zum Teufel hast du dir dabei gedacht, so mit Cheatum zu reden?«

»Er ist ein elender Feigling – und außerdem hatten wir

keine andere Wahl. Wenn wir fünf Männer verlieren, können wir dieses Schiff nie retten.«

Hansumbob hatte ein fleckiges Stück Segeltuch von Quince' Arm genommen und machte einen neuen kalten Umschlag, damit die Schwellung zurückging.

»Jack, da bilden sich Blasen unter der Haut. Ich glaube nicht, dass der Hautlappen anwächst, den ich wieder an Ort und Stelle gelegt habe.«

In der engen Kajüte breitete sich ein stechender Gestank aus – bräunlicher Eiter sickerte unter der Haut hervor, wo Hansum sie über den zerschmetterten Arm gezogen hatte. Quince' Augen waren geschlossen; er glühte vor Fieber.

»Was sollen wir tun, Jack?«, fragte Paul.

»So etwas habe ich noch nie gesehen«, sagte Jack bestürzt. »Vielleicht weiß jemand von der Besatzung, was zu tun ist. Komm, wir wollen fragen.«

Jack hastete die Treppe hinauf. Die Männer standen immer noch herum und redeten über die Abstimmung von vorhin. »Ich möchte, dass jeder von euch an Quince vorbeigeht und sich seinen Arm anguckt. Dann treffen wir uns wieder hier und sehen, ob jemand von euch eine Idee hat.«

Die Männer machten sich schnell auf den Weg und versammelten sich dann wieder auf dem Achterdeck. Jack wartete auf eine Antwort. Die meisten wandten den Blick ab.

»Was ist? Heraus damit! Wer hat eine Idee? Was sollen wir tun?«

Die Männer setzten sich und schwiegen.

Schließlich sagte Quen-Li: »Arm sehr schlecht. Muss schnell ab. Sonst Quince bald sterben – heute nacht, glaube ich. Besser einarmig als tot.«

Jack wandte sich an die anderen Männer. Red Dog

meldete sich zu Wort. »Sowas habe ich schon mal gesehen. Diese Blasen unter der Haut. Das ist Fäule, die von der Wunde kommt, und der Gestank ... der Arm ist abgestorben, jawohl. Und unser Mr. Quince wird auch bald sterben. Da gibt's keinen Zweifel.« Trotz seiner ruppigen Worte klang Mitleid aus der Stimme des Matrosen.

»Warum stimmen wir nicht ab?«, schniefte Cheatum. »Das scheint doch für heute auf der Tagesordnung zu stehen. Wenn es hier schon so demokratisch zugehen soll, lasst uns alle darüber abstimmen, wie wir Quince retten wollen. Ein Ja, wenn das kranke Glied abgeschnitten werden soll, ein Nein, wenn er daliegen und verfaulen soll.« Cheatum lachte sich ins Fäustchen über seinen schlechten Witz. Einige der Männer verzogen den Mund zu einem Grinsen. Aber da Jack keinen dritten Ausweg sah, sagte er sich, dass der widerspenstige Seemann vielleicht nicht so unrecht hatte. Er selbst hatte schließlich auf einer Abstimmung bestanden, ob Cheatum fortsegeln durfte oder nicht; jetzt ging es um eine Entscheidung, von der das Leben eines Menschen abhing.

Wie zuvor entschied die Mehrheit: »Also gut. Wir nehmen ihm den Arm ab«, erklärte Jack. »Wer will es machen?«

»Du!«, schoß es rachelüstern aus Cheatums hässlichem Mund. »Du, Dr. Jack. Du, mein Bürschchen, der du doch so stolz auf deine Entscheidungsfreudigkeit bist. Du mit deiner großen Erfahrung! Du und dein sicheres Gespür, was richtig ist. Ja, du, und kein anderer.«

Jack blickte die Männer an. Keine Hilfe kam von dort. Alle hatten Angst davor, dass vielleicht einer ihrer Schiffskameraden starb, aber niemand wagte sich an Quince' Arm heran.

»Also gut. Ich fange sofort an. Wer will mir helfen?« Jack fragte sich, warum er mehr von diesen erwachsenen

Männern erwartet hätte. Es verwirrte ihn, dass die meisten sich nur rührten, wenn es ihnen einer befahl.

»Ich bin zur Stelle«, sagte Paul und trat nach vorn.

»Wir müssen uns beeilen«, fügte Quen-Li hinzu.

Als sie zu Quince zurückkamen, hatte er das Bewusstsein verloren, und all ihre Anstrengungen, ihn aus der Ohnmacht zu wecken, schlugen fehl. Einen Moment lang fürchtete Jack, er wäre schon tot.

»Quen-Li, hol Coops Säge«, sagte Jack. »Ich brauche sie, um den Knochen durchzuschneiden. Paul, besorg mir ein scharfes Messer und starken Faden und Nadel aus dem Segeltuchschrank. Versuch außerdem, etwas Rum aufzutreiben. Hansum, hol ein langes Stück Eisen und lass es von ein paar Männern über dem Schmiedeherd erhitzen – es muss glühend heiß sein. Macht schnell.« Die beiden Männer machten sich auf den Weg, um alles nötige zu holen, und ließen Jack mit Quince allein. »Ich will für Sie tun, was ich kann, Käpt'n. Weder ich noch sonst einer an Bord hat sowas schon mal gemacht. Aber ich will mein Bestes versuchen und beten.«

Quince antwortete nicht. Sein Atem war flach. Als Paul und Quen-Li zurückkamen, sagte Jack: »Ich durchschneide den Muskel und lasse ein Stück Haut übrig, um es über die Wunde zu stülpen: dann vernähen wir alles. Klingt ganz einfach, was?«

Keine Antwort.

»Paul, du hältst Quince' Arm über dem Ellbogen fest. Hansum, stell die Rumflasche neben dich und halt seinen Kopf. Wenn er aufwacht, gib ihm einen ordentlichen Schluck Rum, und halt ihn um Gottes willen fest. Quen-Li, fass ihn an die Beine. Ich kann mir nicht vorstellen, dass er das Ganze verschlafen wird. Fertig?«

Alle nickten. Jack nahm das scharfe Messer und zog die Klinge schnell um den Arm herum; an einer Stelle am oberen Unterarm machte er einen Bogen für den Hautlappen. Blut quoll aus dem flachen Schnitt, und Quince stöhnte. Jack zögerte keine Sekunde, sondern durchtrennte schnell den Muskel, und dabei hörte er Hansum leise ein Lied singen, das wie ein Kirchenchoral klang. Als ihm im nächsten Moment aus Quince' Arterie das Blut den Arm hinauf bis zum Ellbogen schoß, nahm Jack nichts mehr von dem Gesang wahr. Unbeirrt griff er nach der Säge. Nachdem sie ein paar Mal in dem Blut abgerutscht war, zog er sie dreimal hin und her, und er war durch den harten Knochen hindurch, womit er einen plötzlichen Aufschrei des Patienten auslöste. Der abgetrennte Arm prallte dumpf auf dem blutigen Boden auf. Quen-Li murmelte etwas in seiner Muttersprache vor sich hin, und Jack rief nach Nadel und Faden.

Aus den Adern strömte Blut, aber nicht so heftig, wie Jack erwartet hatte. Die Blutgefäße in den pulsierenden Muskeln des Stumpfs schienen zu erstarren, so als hätte der Körper seine eigene Strategie, den Blutstrom zu stillen. Woher er es wusste, war Jack nicht recht klar, aber sein Instinkt sagte ihm, dass es getan werden musste: und so bog er die Arterien um und klemmte sie ab. Während seine Hände kaum zu sehen waren in dem geronnenen Blut der Wunde, machte er drei Stiche in eine Arterie, um das Bluten zu stoppen. Eine andere Schlagader unterhalb des Muskels war nicht so groß wie die erste, blutete aber auch. Jack klemmte sie ebenfalls ab und vernähte sie sauber. Er hielt einen Moment inne, um nachzudenken, und nahm dann den großen Muskelstrang an der Spitze des Armstumpfs und legte ihn über den Knochen. Quince kam zu Bewusstsein und schrie. Über das qualvolle Schreien hinweg brüllte ihm Jack ins Ohr: »Ich bin's, Jack. Ihr Arm ist verfault. Es gibt keinen anderen Weg, als ihn zu amputieren.«

Quince schlug die Augen auf, und einen Moment lang schien er völlig klar zu sein. »Du wirst mir nicht meinen Arm nehmen, Junge! Oder ich reiß dir das Herz aus dem Leib. Lass ihn dran – bitte.«

»Hören Sie, wir haben ihn schon abgenommen. Nur noch ein paar Stiche und alles ist vorbei. Und jetzt müssen Sie stillhalten und Ihren Mumm zeigen.«

Der Erste Maat schien sich etwas zu beruhigen, aber trotzdem hatten die Männer ihre Mühe, ihn auf der Koje zu halten.

Jack betupfte die Wunde und bat um das Ausbrenneisen. Paul reichte es ihm. Jack legte es schnell auf das rohe Fleisch und verödete den Arm. Bei Quince' Schreien stellten sich die Haare auf Jacks Armen zu Berge. Nach dem Ausbrennen legte Jack den Muskel wieder über den Knochen, bedeckte ihn mit dem Hautlappen und begann mit dem Vernähen. Er spürte es eher als dass er es hörte, wie Paul umkippte.

Inzwischen lag der Erste Maat verhältnismäßig still da und zitterte leicht. Hansum hatte Quince fast einen halben Liter Rum eingeflößt, der allmählich zu wirken begann. Jack konnte kaum noch atmen, wusste aber, dass seine Arbeit noch nicht zu Ende war. Als er den Hautlappen schließlich fertig vernäht hatte, schnitt er den restlichen Faden ab und betrachtete sein Werk. Nicht schlecht, dachte er, nahm einen tiefen Schluck aus der Rumflasche und reichte sie weiter an Quen-Li und Hansum. Dann kam ihm die Idee, mit dem restlichen Rum die Naht zu säubern; das getan, wickelte er den Arm in ein Matrosenunterhemd, das von der oberen Koje herabhing.

Dann hob Jack Paul von dem klebrigen Boden auf, zog ihn den Niedergang hoch und lehnte ihn gegen die Backbordreling. Eine frische Brise kam vom Strand, und Jack sog die klare Luft ein. Er hob seine blutige Hand, starrte darauf und wunderte sich, dass sie nicht zitterte. Wie hatte er die Amputation bloß geschafft, fragte er sich. Seine Brust schwoll vor Stolz an, den er schnell zu unterdrücken versuchte.

»Ist es vorbei?« Paul war sehr blass.

»Es ist entweder vorbei oder es geht erst richtig los. Wir werden es bald wissen.«

Am nächsten Morgen war die Pinasse verschwunden – zusammen mit Cheatum, Smithers und fast zweihundert Pfund an Essensvorräten aus der Kombüse der *Stuyvesant*. Wütend versammelte sich die Besatzung auf dem Vorderdeck.

»Die feigen Hurensöhne haben die Hälfte der frischen Vorräte mitgenommen«, empörte sich Dawkins und stapfte wütend auf und ab.

»Na, ich finde, wir sollten uns nicht über was aufregen, das nicht mehr zu ändern ist. Wir wollen lieber unsere ganze Geschicklichkeit und Kraft dazu nutzen, diesem Schiff zu seiner Wiederauferstehung zu verhelfen«, sagte Jack. »Was meint ihr dazu?« Das Geflüster der Männer klang zustimmend. »Wie ich sehe, seid ihr einverstanden. Wo wollen wir anfangen?«

Coop sagte: »Das Achterdeck, die Reling und das Steuerruder der *Star* müssen abgebaut und geborgen werden. Währenddessen sollte ein anderer Trupp die Spanten der *Stuyvesant* aufräumen und ordnen, damit sie mit denen von der *Star* gepaart werden können.«

Niemand sagte ein Wort. Es gab viele geschickte Burschen an Bord, aber keiner schien vorpreschen zu wollen. Zögernd sagte Jack: »Ich kenne mich ziemlich gut mit Eisenarbeiten aus. Vor allem mit dem Schmiedeherd.« Immer noch meldete sich niemand zu Wort, und Jack fuhr fort. »Coop, wo willst du arbeiten – auf der *Star* oder der *Pete*?«

»Ich fange auf der *Star* an. Ich brauche zwei Helfer.« Wieder Schweigen.

Jack sah einen nach dem andern an. »Quince wird noch ein paar Tage außer Gefecht sein, und wenn es keine Einwände dagegen gibt, stelle ich einen Dienstplan auf. Ist das allen recht?«

Endlich schien die Mannschaft munter zu werden. Alle sprangen auf und sahen Jack erwartungsvoll an.

»Wenn Quince wieder auf den Beinen ist, hat er ganz bestimmt einen großartigen Plan, wie wir am besten vorgehen, aber bis dahin wollen wir schon mal so viel tun, wie wir können.«

Die Männer wirkten plötzlich voller Energie, offensichtlich froh darüber, dass sie jetzt ein Ziel hatten.

Jack ging hinunter, um nach Quince zu sehen. »Wie fühlen Sie sich, Käpt'n?«

»Besser. Viel besser.« Er war gerade aufgewacht und immer noch blass, aber seine Haut fühlte sich kühl an. »Ich habe einen fürchterlichen Brummschädel, so als hätt' ich ordentlich über den Durst getrunken.« Er rang sich ein leichtes Lächeln ab. »Was gibt's Neues an Deck?«

»Die Männer drucksten herum. Fanden keinen rechten Anfang. Nicht, dass sie unwillig gewesen wären – einfach ziellos. Da habe ich ihnen gesagt, ich stelle einen Arbeitsplan auf, und damit schienen sie zufrieden zu sein.«

»Ja, das kann ich mir vorstellen. Sie wollen geführt werden. Ich wundere mich nur, dass Cheatum es sich gefallen ließ, dass du die Sache in die Hand nimmst.«

»Er ist verschwunden.«

»Verschwunden? Wie meinst du das?«

»Er und Smithers haben sich mit der Pinasse und der

Hälfte der Essensvorräte auf und davon gemacht. Wahrscheinlich beim ersten Morgenlicht.«

»Dieser Hurensohn. Dem geh ich an den Kragen, jawohl! Aber bei einem verdammten Narr wie Cheatum war mit sowas wohl zu rechnen. Als er damals anheuerte, habe ich gleich zu dem Kapitän gesagt, dass er uns Ärger machen wird. Was meinst du, wohin er sich absetzen will?«

»Gestern sagte er, er wollte zu den Philippinen. Wir haben ihn alle niedergestimmt, aber das hat ihn nicht abgehalten.«

»Wenn mir der Fettwanst je wieder unter die Augen kommt, dann geh ich ihm an die Gurgel!« Quince war so aufgebracht, dass er sich nur mit Mühe wieder beruhigen konnte. »Ich darf mich nicht so aufregen, das reizt die Nerven in meiner Hand. Ich muss daran denken, sie heilen zu lassen. Meine Finger tun immer noch schrecklich weh.«

Jack wagte nicht, etwas dazu zu sagen.

»Warum guckst du denn so komisch, Junge. Was ist?«

»Ihre Hand … erinnern Sie sich nicht? Wir mussten sie abnehmen.«

»Was sagst du da?« Quince richtete sich auf und hob seinen rechten Arm auf Augenhöhe. »Heilige Mutter Gottes, was habt ihr getan, Jack?«

»Wir hatten keine andere Wahl. Sie haben gedampft vor Fieber. Ihr Arm war schon halb verfault, und der Eiter lief raus wie … da sind wir alle zu dem Schluss gekommen, dass es sein musste.« Jack sank gegen die Koje am anderen Ende der Kajüte.

»Wer hat es gemacht?« Quince hatte einen finsteren Ausdruck im Gesicht.

Jack konnte ihm nicht in die Augen sehen. »Ich.«

Quince sank wieder auf die Koje zurück und starrte mit leerem Blick an die Decke. Dann, nach einer Weile, begann er zu lachen. »Du? Du hast es gemacht?« Jetzt konnte er sich nicht mehr halten vor Lachen. »Ich wette, du hast dir vor Angst in die Hosen gemacht, was, Junge?«

Jack sah den Riesen von Mann auf seiner schmuddeligen Koje an. Wie konnte Quince, dem gerade klar geworden war, dass er seinen Arm verloren hatte, daliegen und lachen?

»Das war nicht das Schlimmste – ich dachte dauernd, ich kriege keine Luft mehr. Paul fiel in Ohnmacht, Hansum sang Kirchenlieder und Quen-Li brabbelte auf chinesisch vor sich hin. Es war die reinste Hölle.« Jetzt musste Jack selber lachen.

Quinces Gesicht war rot angelaufen. »Helf mir aus diesem Stinkloch hier raus.« Er stützte sich auf seinen linken Ellbogen und blickte durch Tränen auf seinen verstümmelten rechten Arm. Jack half ihm auf die Beine, fasste ihn fest um die Taille und führte den keuchenden und schwankenden wuchtigen Mann zum Niedergang.

»Zur Hölle. Ich werde es dir beibringen, mit Messern herumzuspielen, mein Junge. Ich werd' aufpassen wie ein Luchs, sonst gehst du mir noch an mein Bein.«

Was für ein sonderbares Paar mussten sie abgeben, dachte Jack, als er den rechten Arm um den Riesen schlang und ihn zur Backbordreling führte.

»Dann haben sie es also dir überlassen, Jackson?«

Jack nickte.

»Das erforderte Mumm, dass weiß ich – aus dir wird noch was, Junge. Ganz bestimmt.« Jack fragte sich, ob er zu der Operation in der Lage gewesen wäre, wenn er sich nicht so danach sehnen würde, nach Kuba zurückzukommen; oder ob er wirklich wie ein Mann gehandelt hatte, der Vertrauen in sich und seine Fähigkeiten hat.

Während der nächsten vierzehn Tage wechselte das Wetter fast stündlich, einmal wehte ein starker Wind, dann zogen bedrohliche Wolken auf, und es goss in Strömen; als nächstes blies wieder der Wind. Aber das hielt die Männer nicht von ihrer Arbeit ab, und sie kämpften gegen Wind und Wetter.

Von hoch oben in der Takelage der Star schrie Paul den Männern unterhalb zu, von Norden her kämen Kriegskanus mit schneller Fahrt direkt auf sie zu. Jack griff sich eine der Kentucky-Longrifles und sprang hinunter auf das auseinander genommene Achterdeck. Er konnte vier Eingeborene in jedem Boot erkennen; in dem vorderen kauerten außerdem zwei barhäuptige weiße Männer. Cheatum und Smithers.

Die Kanus glitten in die stille Lagune und setzten die beiden Passagiere im hüfthohen Wasser ab. Ohne ein Wort kehrten die Krieger um und paddelten zur Insel zurück.

Cheatum und Smithers standen in den Wellen, die ihnen gegen den Rücken schwappten. Alle Mann auf beiden Schiffen sahen zu ihnen herunter. Die Gesichter der beiden waren von der tropischen Sonne verbrannt, und ihre Kleider hingen ihnen in Fetzen am Leib.

»Gebt uns zu essen und zu trinken.« Cheatum sprach als erster.

Keine Antwort.

»Um Gottes willen. Unser Boot war zehn Tage mit Wasser voll gelaufen. Wir haben es ausgeschöpft, aber unsere Vorräte waren hinüber.« Er schaukelte vor und zurück und streckte flehend die Arme aus. »Wir mussten umkehren und schafften es bis zur großen Insel zurück, aber wir konnten im Dschungel nicht überleben, deshalb haben wir die Belauren gebeten, uns herzubringen. Sie waren nicht gerade gastfreundlich, das könnt ihr mir glauben.«

Immer noch Schweigen. Zitternd standen die beiden Männer in den sanften Wellen der Lagune.

»Mein Gott, könnt ihr nicht das Komische an dem Ganzen sehen? Na gut, wir haben uns die Pinasse und ein paar Vorräte stibitzt. Und Boot und Essen sind jetzt hin. Aber was wollt ihr dagegen tun?«

Nichts.

»Diese verdammte Insel gehört euch nicht! Ich finde, wir verdienen eine zweite Chance!« Cheatum wagte sich paar Schritte in Richtung Strand vor. Smithers trottete unsicher hinterher. »Lasst uns abstimmen. Was, Jack?«, sagte Cheatum. »Bist wohl jetzt der Boss hier?«

»Wir hatten bereits abgestimmt, weißt du nicht mehr?« Jack lächelte.

»Verdammt, sei nicht so hart. Schenk uns ein Lächeln, gib uns einen Schluck Wasser und ein Stück Zwieback, und wir vergessen die Sache. Was meinst du?«

»Ich sage dir, was ich meine, du Kröte: Wenn du und dein Freund auf dieser Insel bleiben wollt, dann schlaft ihr weit ab von den anderen in den Bäumen und arbeitet den ganzen Tag lang, haltet Wache wie alle anderen – aber ihr kriegt keinen Tropfen Rum, ehe wir abgestimmt haben, ob ihr ihn verdient oder nicht. Und ihr werdet euch bei jedem Mann, der hier vor euch steht, entschuldigen. Und zwar sofort.«

Cheatum stotterte einen Moment herum, während Smithers sich umdrehte und den sich immer weiter entfernenden Kanus nachsah. »Ihr gönnt einem nicht viel …«

»Das klingt für mich nicht wie der Anfang einer Entschuldigung«, fiel ihm Jack ins Wort.

»Was hätte es denn für Folgen, wenn wir einfach auf den Strand spazieren, uns Wasser aus dem Fass holen und ein Stück von dem Fisch auf dem Bratspieß dort nehmen und dich zur Hölle schicken, Master Jack?«, dröhnte Cheatum trotzig zurück.

»Ich sage dir nur eins: Wer zuerst den Fuß auf den

Strand setzt, bekommt eine Kugel in den Kopf. Und es ist mir wirklich egal, wen von euch beiden sie trifft.«

Jack legte das Gewehr an und spannte den Hahn. In der stillen Lagune klang das Klicken wie ein Donnerschlag. Jack wusste, den beiden war klar, dass sie nur einen kurzen Schritt vom Tod entfernt waren.

Dann kam die Entschuldigung schnell. Cheatum flehte förmlich um Verzeihung. Smithers war weniger theatralisch, sagte aber auch seinen Spruch auf. Mit gesenktem Kopf wateten die beiden Männer zum Strand.

Quince, der den Wortwechsel vom Achterdeck aus verfolgt hatte, blinzelte Jack zu. »Du hast dir keine Freunde gemacht, Junge. Ich schätze, du weißt, dass einer oder beide von den Dreckskerlen früher oder später auf dich losgehen werden.«

»Sollen sie nur kommen!«

Die Arbeit schleppte sich monatelang dahin. Jack schien sowohl an Körper wie Geist zu wachsen, während die beiden Schiffe langsam zu einem zusammenwuchsen. Die Besatzung ergänzte sich gut, die Fertigkeiten eines jeden wurden an ihrem besten Platz eingesetzt.

Coop leitete den eigentlichen Wiederaufbau der *Stuyvesant*, ließ das Achterdeck Bohle um Bohle auseinander nehmen, das Steuerrad-Gehäuse, die Kajüte unter dem Achterdeck, all die vielen Spanten und so viele Relingstützen wie geborgen werden konnten. Er lagerte alles am Strand oder am Vorderdeck des Schiffs. Das schwierigste Stück Arbeit war, den Besanmast der *Star* abzumontieren und ihn in die Halterung des holländischen Schiffs einzusetzen. Cheatum brachte die unzähligen Leinen an, die von den Rüsteisen hoch in die Takelage führten. Unter Jacks misstrauischem Blick gab er sich Mühe, sich einzufügen.

Quince verbrachte die meisten seiner wachen Stunden damit, über die *Stuyvesant* zu wandern und die einzelnen Schritte zu koordinieren. Jack arbeitete an seiner Seite und lernte viel darüber, was es heißt, ein Schiff zu führen.

»Es wird Zeit, dass ihr euch Gedanken über das Ruder macht«, sagte Quince zu ihm.

»Das Ruder? Wie meinen Sie das?« Jacks Kopf war hinter einem Querbalken verborgen.

»Wir brauchen eins – oder hast du etwa geglaubt, es ginge ohne?«

»Na ja, natürlich. Aber ich dachte, wenn all die andere Arbeit getan ist, kann Coop einfach eins aus dem übrig gebliebenen Holz anfertigen.«

»So einfach ist das nicht, Junge. Es ist sehr kompliziert, ein Ruder zu fertigen, das gut funktioniert. Außerdem, vergiss nicht die Eisenteile. Die Fingerlinge vom Ruder der *Stuyvesant* sind abgekracht, und es ist unmöglich, sie zu reparieren. Wir müssen sie vom Steuerruder der *Star* nehmen.«

»Aber das Ruder der *Star* wurde abgerissen, als der Sturm uns in die Lagune fegte«, sagte Jack. »Weiß Gott, wie tief das Wasser dort ist, wo es sank.«

»Egal wie, wir brauchen das Ruder. Kümmer dich drum, ja?«

Also wieder von vorn, dachte Jack. Sie würden die *Stuyvesant* fünfzig Yards näher zum Eingang in die Lagune bewegen müssen, um sie als Stützpunkt für die Taucher zu benutzen, und dann brauchten sie eine Menge Hilfe. Sie würden tief tauchen müssen. Sehr tief.

Jack schätze, dass unzählige Leinen vonnöten waren, um die Trosse um die Fingerlinge zu führen, außerdem mehrere dicke Messingstifte, die durch die Löcher in dem Zapfen passten, einer am Achtersteven angebrachten Bronzevorrichtung, die so ähnlich wie ein Türscharnier war. Das vom Rad gesteuerte Ruder war der kritischste bewegliche Teil eines Segelschiffs – selbst winzige Abweichungen im Winkel des an ihm vorbeiflutenden Wassers konnten die Richtung des Schiffs verändern. Angenommen, es gelänge ihm, die schwere Trosse am Ruder zu befestigen, wären alle Mann vonnöten, es mit der Ankerwinde nach oben zu ziehen.

Jack, der sich sonderbar euphorisch fühlte, beobachtete Klett im Schein der Kerze. Der Bär von Mann, der gerade tief Luft holte in der engen Glocke, erwiderte seinen Blick, wobei Jack den schwachen Widerschein der Kerzenflamme in seinen Augen sah. Nach dem langen Tauchen atmeten sie beide tief durch. Der Abstieg war ohne Vorfälle verlaufen – auf halbem Wege in die Tiefe hatten die Eingeborenen ein umgedrehtes Weinfass angebracht, wo sie kurz verschnaufen konnten, und diesmal hatten sie auch keine Probleme mit dem Druck in den Ohren. Im Gegenteil, je tiefer sie tauchten, desto weniger machten ihnen Ohrenschmerzen zu schaffen.

Vielleicht lag es dran, dass Klett eine so imposante Gestalt war und mit seiner nackten Brust aussah wie eine nordische Gottheit, dass Jack lachen musste, als Klett schließlich zu sprechen begann. Er klang wie eine quakende Ente. Jack schüttelte sich so vor Lachen, dass ihm die Tränen kamen und er einen Moment außer Gefecht gesetzt war – fast fünfundzwanzig Faden unter Wasser riskierte er sein Leben in der Gesellschaft eines Mannes, der quakte.

Die kleineren Stimmveränderungen in der Glocke, die sie früher in geringerer Tiefe beobachtet hatten, waren jetzt ins Groteske verzerrt. Als Jack einen Kommentar dazu machen wollte, merkte er, dass seine Stimme nicht viel besser klang. Bei seinen ersten Worten setzte Klett zu einem Lächeln an, machte dann aber ein so ernstes Gesicht wie ein Schuljunge vor einer schwierigen Mathematikaufgabe, worauf Jack von neuem vor Lachen losprustete. »Jesus Christus, Klett, fang bloß nicht an nachzudenken, das wäre unser sicherer Tod!«

Genug. Er musste seine Gedanken sammeln. Jack zwang sich, an die Glockenwand zu starren und langsamer zu atmen. Na gut, dachte er. Im Grunde ist es nicht anders, als wäre man betrunken. Er merkte, dass das Schwindelgefühl, das sie auch vom Arbeiten in geringerer Tiefe her kannten, sich hier schon einstellte, wenn sie sich nicht im geringsten anstrengten. Bereits beim Hinuntertauchen war es ziemlich schlimm gewesen, obwohl Jack jetzt ein wenig klarer im Kopf war. Körperliche Anstrengung in diesen Tiefen verschlimmerte den Schwindel jedoch beträchtlich. Die Luft schien sauerstoffreicher zu sein – und reichte ihnen länger –, aber gleichzeitig fühlten sie sich, als hätten sie mehrere Gläser Rum gekippt.

Jack spürte eine Welle von Zuversicht, was erstaunlich war, wenn man bedachte, wo sie sich befanden. Vielleicht zu erstaunlich. Irgendwo in seinem Hinterkopf erklang eine Warnung. Hier war weiß Gott nicht der Ort, übermütig zu werden. Hey, Freund, der kleinste Fehler befördert dich in die Ewigkeit. Werd nicht unvorsichtig. Glücklicherweise war die Aufgabe, die sie zu erledigen hatten, einfach; schwierig war nur die Tiefe. Klett sollte das Fass verlassen und eine dünne Leitleine von der Glocke zum Ruder führen, von dem sie wussten, das es in der Nähe war. Das Ruder war an einer Stelle gesunken, wo es leicht zu erkennen gewesen war. Als mehrere Eingeborene von der Oberfläche aus tauchten, um nach ihm zu suchen, hatte es Matoo nur wenige Minuten später in der Tiefe liegen sehen. Sowie die Leitleine angebracht war, sollte Jack das lose Ende eines dickeren Taus nehmen, das bis hoch zur Oberfläche reichte, an der Leitleine entlang zum Ruder tauchen und das schwere Tau an den Messingfingerlingen befestigen – »dann rumwickeln und einen Palstek machen«, hatte Quince gesagt. Ganz einfach.

Klett quakte, er schwämme jetzt los. Jack sah zu, wie der Hüne von Mann seine Lungen aufpumpte und hinunterglitt, um die Leitleine um einen Korallenkopf direkt unterhalb der Glockenöffnung zu wickeln. Dann kam Klett wieder in die Glocke hoch, holte mehrmals tief Luft und machte sich auf den Weg zum Ruder, in dessen Nähe er sich etwas suchen würde, um die Leitleine daran zu befestigen. Jack kam es wie eine kleine Ewigkeit vor, bis er zurückkam und mit nasaler Stimme piepste, er hätte das Ruder gefunden und alles sei bereit. Dann sagte er, hier unten käme er mit einem Atemzug länger aus als je zuvor.

Okay, denk nach! Jack bekämpfte sein Schwindelgefühl und ging seine Aufgabe noch ein letztes Mal durch. Ich schnappe mir das Hebetau von dem Haken außen am Fass. Wenn sie oben merken, dass es sich bewegt, werden sie mir genug Spiel geben. Dann schwimme ich Kletts Leitleine entlang, die direkt neben dem Ruder befestigt ist. Ich mache einen Palstek um die Fingerlinge und schwimme die Leitleine entlang zurück zur Glocke. Ganz einfach.

Jack holte ein paar Mal tief Luft und machte sich auf, das Tau festzumachen, das bis hoch zur Ankerwinde auf der *Stuyvesant* reichte. Er fand das Ruder sofort und wickelte das Tau einmal ganz herum, dann um die Fingerlinge und begann einen festen Palstek zu binden. Palstek? Jack spürte plötzlich, dass sein Hirn außer Stande war, diese einfache Aufgabe zu lösen. An Bord des Schiffes hatte er gelernt, diesen Knoten wie im Schlaf zu machen.

Jetzt merkte er zu seiner Verzweiflung, dass er zu dem Vers Zuflucht nahm, mit dem sie in Neuengland den Schulkindern diesen nützlichsten aller Knoten beibrachten. Mit der rechten Hand machte er eine Schlinge in das Tau und begann, das Tauende hindurchzuziehen, aber führte man es von unten oder von oben durch die Schlinge? Ging das Kaninchen runter ins Loch … und dann um den Baum? Jack kam plötzlich außer Atem.

Er schwamm zurück zum Fass, schoß in die Luftkammer hoch und keuchte und lachte wie ein Verrückter. »Geht das verdammte Kaninchen runter ins Loch und dann um den Baum? Oder vielleicht erst um den Baum und dann runter ins Loch?«

Klett sah ihn dermaßen verdutzt an, dass Jack sich wieder vor Lachen nicht halten konnte. Von fern dämmerte ihm, dass sie schon über zwanzig Minuten hier unten waren und sich lieber wieder auf den Weg nach oben machen sollten.

Ohne ein Wort zu sagen, pumpte Klett wieder die Lungen auf und zog sich unter den Glockenrand. Jack kam es vor, als bliebe er Stunden dort unten, und sein Kopf wurde allmählich wieder so klar, dass er schon begann, sich Sorgen zu machen, aber da schoß der Kopf des Skandinaviers plötzlich zurück in die Luftblase. Klett sah ihn todernst an und erklärte dann feierlich: »Zuerst ins verflixte Loch, Jack.«

Gott sei gedankt, dachte Jack, ich habe es richtig gemacht. Es war höchste Zeit, dass sie an die Oberfläche kamen, denn noch einmal den langen Weg zum Steuerruder zu schwimmen hätte er bestimmt nicht ohne böse Zwischenfälle geschafft. Liebevoll klopfte er dem Riesen auf die Schulter und wies nach oben. Klett nickte, und im Gleichklang machten die beiden mehrere tiefe Atemzüge. Wie gewöhnlich war der Weg nach oben leichter als der hinunter. Sie hielten nicht einmal an dem Weinfass an, um Luft zu schnappen, und das nicht nur, weil die Mannschaft oben auf der *Stuyvesant* sie an der Aufleine, wie sie sie nannten, hochzog; die Luft in ihren Lungen schien ewig zu reichen. Es fühlte sich an, als würden sie beim Auftauchen mehr Luft ausatmen als sie in der Glocke eingeatmet hatten. Fast eine halbe Stunde nach ihrem Abstieg durchstießen die beiden die Wasseroberfläche. Probleme mit Rheuma erwarteten sie nicht, da sie nur einen Bruchteil der Zeit unten gewesen waren, die sie normalerweise auf dem Meeresgrund verbrachten.

Sie berichteten Paul von der sonderbaren Benebeltheit, die sie gespürt hatten, und halfen dann den anderen, das Ruder aus der Tiefe hochzuwinden. Zwei Stunden später hatte Klett schlimme Schmerzen in seinem rechten Ellbogen und linken Knie, aber Jack fühlte sich gut. Das Herumstöbern in der Meerestiefe konnte so rätselhafte Folgen haben, dass sie sie wohl nie ganz verstehen würden.

Verglichen mit dem Tauchen war das Anbringen des Ruders eine wenig aufregende Angelegenheit. Mehrere Tage von Ausmessen und Einpassen waren nötig, um es an der *Stuyvesant* anzubringen, aber sowie das bewerkstelligt war, funktionierte es recht gut.

Die Schmerzen in Kletts Ellbogen und Knie – und das starke Kribbeln in seinem Unterarm und Bein – flauten allmählich ab, verschwanden aber nie ganz. Weder Jack noch Paul hatten eine befriedigende Erklärung dafür.

Schließlich waren die Arbeiten an der *Stuyvesant* beendet. Die Segel waren geflickt und repariert und bereit für die Weiterfahrt. Quen-Li hatte die Kombüse wieder völlig instand gesetzt; die Takelage hatte man entweder aus den Vorräten ersetzt oder repariert. Die Decks waren tagelang geschrubbt worden, und obwohl sie an ein paar

Stellen verkohlt aussahen, waren sie tauglich. Nach mehreren Probeläufen aufs offene Meer hinaus und ein paar Nachbesserungen an der Takelage und am Ruder rief Quince die Männer am Schiffsbug zusammen.

»Es ist eine lange Plackerei gewesen. Ihr alle habt euer Bestes gegeben, und ich für mein Teil weiß eure Mühe zu schätzen.« Er hielt inne und sah in die Runde. »Wie ich gehört habe, will einer von euch auf der großen Insel bleiben.«

Ein Nicken von Dawkins, dessen Geliebte, das Eingeborenenmädchen Mele, Jack am Strand stehen und geduldig warten sah.

»Wir setzen dich in der Holländischen Bucht der großen Insel ab. Dort nehmen wir die drei belaurischen Jungen auf, die es sich in den Kopf gesetzt haben, mit uns zu kommen.« Quince blickte sich grinsend um. »Warum sie das wollen, werde ich allerdings nie verstehen.«

Die Mannschaft brach in Gelächter aus.

»Meiner Meinung nach ist Manila von hier aus der nächste Ort, wo wir die Reparaturen beenden lassen können und die Vorräte für unsere Heimreise auffüllen. Ich denke, die Schiffswerft wird die Fracht und Vorräte der *Pete* als Bezahlung annehmen – jedenfalls wenn der Hafen offen ist. Denn woher wollen wir wissen, wer inzwischen mit wem Krieg führt.«

Allgemeines Nicken in der Runde. Ja, Manila war der Hafen ihrer Wahl. Jack hatte seine eigenen Vorstellungen davon, wohin die Fahrt als nächstes ging. Wenn der Zeitpunkt gekommen war, musste er nur noch die Mannschaft davon überzeugen.

»Die nächsten beiden Tage beladen wir das Schiff mit Vorräten und frischem Wasser, frischem Fisch und dem Trockenfisch, den Quen-Li vorbereitet hat, mit Kokosnüssen und so viel Gemüse, wie wir unterbringen können. Wir haben nur eine zerfledderte Karte, um zu den Philippinen zu gelangen, aber sie wird genügen.«

»Entschuldigen Sie, Käpt'n«, kam von Paul. »Ob ich wohl noch einen Punkt in die Tagesordnung einbringen kann?«

»Ja, natürlich, Paul, worum geht's?« Quince gab sich heute sehr großmütig.

»Ich habe gerade über den Namen des Schiffs nachgedacht.«

»Es ist die *Peter Stuyvesant*. Was sonst?«

»Gewiss. Ich dachte nur, da es ja in Wirklichkeit zwei Schiffe in einem sind, wäre es nur recht und billig, es neu zu taufen.«

»Hattest du einen bestimmten Namen im Sinn?«

»Ja, Sir. In der Tat.«

»Das überrascht mich nicht. Also, leg los!«

»Wie wär's mit *Etoile Pierre*. Das ist die Zusammensetzung von *Star* und *Peter*. Ich glaube, das wäre gut, oder?«

Paul wartete auf Zustimmung, hörte aber nur tiefes Schweigen. Er sah Jack Hilfe suchend an. Sein Freund zuckte aber bloß die Schultern und grinste.

»Ich hab's! *L'Etoile du Pacifique*, das ist doch einleuchtend, oder? ›Stern des Pazifik.‹« Noch tieferes Schweigen war die Antwort. »Na gut, und wie wäre *Etoile Brillante*, ›Leuchtender Stern‹ … na ja …«

Jetzt brachen die Männer in Gelächter aus; die Vorstellung gefiel ihnen offenbar.

Paul schwieg eine Weile und wünschte, er wäre anderswo. Wie zu sich selbst murmelte er dann, »*L'Etoile Chercher chez-nous*, ›sie bringt uns heim‹. Ich wünschte, ich wäre schon dort.«

Dann hatte er die zündende Idee: »*Etoile Trouvée*.« Er hielt inne und blickte zum Himmel auf. »›Der gefundene

Stern‹.« Er wölbte seine Hände, als hielte er einen kleinen Stern darin. »Ihr versteht schon, die *Perdido Star* ist verloren, folglich ist das neue Schiff der gefundene Stern.«

Hansumbob, der auf dem Deck saß und dem seine unangezündete Pfeife aus dem Mundwinkel hing, sagte: »Erklär das Ganze nochmal.«

»›Etoile Trouvée‹ heißt ›der gefundene Stern‹.«

»Na, Paul, mir scheint, genauso sollten wir sie nennen. *Found Star.*«

Und so geschah es. Offiziell sollte das Schiff das Namensschild *Etoile Trouvée* tragen, was dazu angetan war, die Hafenbehörden zu täuschen, die wahrscheinlich misstrauisch gegen das Treiben eines Schiffes mit einem amerikanischen Namen wären. Denn die Mannschaft fürchtete, dass ihnen ihr Ruf vorausgeeilt war. Für alle anderen Zwecke war sie die *Found Star*, oder *Star*, wie die Männer sie einfach nannten.

»Noch ein Punkt zur Tagesordnung«, sagte Quince, der in Hochstimmung war. »Ich finde, es steht noch eine Abstimmung aus. Wir sollten darüber abstimmen, ob Cheatum und Smithers endlich einen Schluck Rum verdienen.«

Der Bann war gebrochen. Die ganze Mannschaft lachte und klopfte Cheatum und Smithers auf den Rücken. Bester Laune teilten sich die Männer dann in verschiedene Gruppen auf, um die letzten Arbeiten zu erledigen. Cheatum und Smithers warfen Jack verstohlene Blicke zu und zogen sich die Reling hoch. Ihre Blicke waren dem jungen Mann nicht entgangen.

Drittes Buch

121 Grad Ost, 8 Grad Süd

Vier Tagesreisen von der kleinen Insel entfernt, die beinahe anderthalb Jahre ihre Heimat gewesen war, sah Jack die letzten Inselvögel zum Bug herabstoßen, wo sie die spärlichen Reste aufpickten, die Quen-Li über Bord geworfen hatte. Seit sie wieder unterwegs waren, wuchs Jacks Entschlossenheit, was de Silva betraf. Endlich sah es so aus, als bekäme er seine Chance zur »Wiedergutmachung«, wie Quince es ausgedrückt hatte. Eine Woge der Erregung durchströmte seinen Körper, als er mit Paul zusammen zur Spitze des Großmasts hinaufkletterte, um die Segel zu reffen. Sie konnten meilenweit sehen. Kein einziger Wolkenstreifen trübte ihre Sicht auf das riesige blaue Meer.

»Ein Pferd, ein Pferd. Ein Königreich für ein Pferd«, sagte Paul.

Jack grinste. »Was faselst du da?«

»Ach nichts. Ich habe mich bloß gefragt, ob ich je die Wiesen und Wälder von Virginia wieder sehen werde.«

»Nicht, wenn gewisse Leute hier an Bord ein Wort dabei mitzureden haben.«

»Ja, ich habe mir angewöhnt, mit einem offenen Auge zu schlafen.«

»Keine schlechte Idee, mein weiser Freund.«

Als Jack den Mast hinunterblickte, sah er, wie Cheatum hoch in die Takelage guckte.

Der Zweite Maat hatte sich im Mittschiff postiert und schrie niemand besonderem, aber allen in Hörweite zu: »Mir gehört ein Teil von diesem Leichter, und ich verlange Vorrechte!«

Die sechs oder sieben Matrosen, die ihn hören konnten, ignorierten ihn; machten mit ihrer Arbeit weiter und hatten keine Lust auf Augenkontakt mit ihm.

»Habt ihr mich gehört, ihr Haufen Landratten? Ich verlange Respekt!«

»Muss man sich den nicht erst verdienen?«, flüsterte Paul. »Oder habe ich bloß altmodische Vorstellungen?«

»Der einzige Respekt, den Cheatum versteht, ist ein Schlag in die Magengrube«, erwiderte Jack.

Jack begann, die Webeleine hinunterzusteigen. Bis er und Paul nach unten gelangten, war Quince an Deck gekommen.

»Was höre ich da von Respekt?«, fragte Quince.

»Ich hab mehr als meinen Teil auf diesem Kahn gerackert, und bei meiner Erfahrung und den vielen Jahren, die ich zur See fahre, habe ich ihn meiner Meinung nach verdient.«

»Sie verdienen ihn nicht mehr und nicht weniger als alle anderen Matrosen auf diesem Schiff. Und lassen Sie mich nicht noch mal hören, dass Sie davon anfangen.« Quince kehrte ihm den Rücken und ging zur Reling an der Backbordseite. Cheatum begann eine erhitzte Diskussion mit Smithers und einigen anderen von der Mannschaft. Quince drehte sich zu ihm um.

»Cheat – was machen Sie da? Anscheinend geben Sie sich erst zufrieden, wenn Sie Unruhe stiften können.«

»Keine Spur! Ich will bloß, was mir zusteht.«

Quince rückte seinen leeren rechten Jackenärmel zurecht und ging langsam auf ihn zu. »Und was steht Ihnen Ihrer Meinung nach zu?«

Cheatum warf sich in die Brust und sprach nicht nur zu Quince, sondern auch zu der restlichen Mannschaft. »Ich will fünfundzwanzig Prozent von diesem Schiff.«

Jack lehnte sich gegen die Backbordreling und überlegte, womit man diesem Rüpel das Maul stopfen konnte.

»Jawohl!«, machte Cheatum weiter. »Ich finde, das ist nur recht und billig. Quince, Sie und ich sind die erfahrensten Seemänner an Bord. Ich bin dafür, wir teilen uns die eine Hälfte auf, die andere geht an die Mannschaft. Was meinen Sie?«

»Ich meine, Sie sind ein Narr. Alle Mann an Bord haben sich bis auf die Knochen geschunden, um dieses Schiff zusammenzubauen. Also Schluss jetzt mit den Flausen, und machen Sie sich an die Arbeit, Mann.«

»Wer hat Ihnen das Kommando gegeben?« Die beiden rauhen Seebären blitzten sich gegenseitig an, Cheatum mit einem frechen Grinsen im Gesicht, Quince mit einem eher resignierten Ausdruck. Sekunden verstrichen wie Minuten. Die gesamte Mannschaft war an Deck versammelt und wartete gespannt, wer siegreich aus diesem Zweikampf hervorgehen würde, der in der Luft gehangen hatte, seit die *Star* Schiffbruch erlitten hatte.

»Nach dem Tod von Mr. Mancy war ich der Schiffsälteste«, sagte Quince. »Niemand hat mir das Kommando übertragen. Es war einfach der natürliche Lauf der Dinge.«

»Na, das sehe ich aber anders. Meiner Meinung nach hatten Sie die Verantwortung, solange es um die *Star* ging. Aber dieses Schiff hier ist eine andere Sache.«

»Wieso anders?«

»Es ist ein vollständig neues Schiff. Ich finde, wir fangen noch mal vom Punkt Null an und wählen den Mann, den wir als Kapitän haben wollen. Was meint ihr, Jungs?« Schweigen. »Alle, die dafür sind, einen neuen

Kapitän zu wählen, heben die rechte Hand.« Cheatum guckte hämisch auf Quince' leeren Ärmel.

Die Männer blieben weiter stumm.

»Zum Teufel mit euch! Sagt eure Meinung, ihr elenden Landratten. Ihr wisst, dass ihr diesen einarmigen Weichling nicht als Führer wollt. Also, raus mit der Sprache!«

Mit ausdruckslosen Gesichtern standen die Männer wie versteinert da.

»Ich habe das Kommando, wenigstens bis wir in Manila sind«, sagte Quince mit ruhiger Stimme.

Jack wusste, dass der Erste Maat wegen seines verlorenen Arms in einer schwachen Position war, und es brannte ihm auf der Zunge, etwas zu seinen Gunsten zu sagen, aber er hielt es zurück, weil er fürchtete, damit würde er mehr Schaden anrichten als nutzen.

»Dabei fällt mir gerade ein«, beharrte Cheatum. »Warum wurde überhaupt beschlossen, dass wir nach Manila fahren? Wer hat die Entscheidung getroffen?«

Quince starrte den Zweiten Maat mit eisigen Augen an. »Vor meinem Unfall hätten Sie es nie gewagt, so mit mir zu sprechen ...« Seine Stimme verebbte, und er zuckte die Achseln. »Na gut, du Hurensohn! Zieh dein Messer. Ich mach dich mit meiner Linken fertig.«

Ein Grinsen verzerrte Cheatums hässliches Gesicht; Jack wusste, genau das hatte er gewollt.

Die Matrosen machten den beiden Platz und stellten sich im Kreis auf, gespannt und erregt, wie der Kampf wohl ausging. Mit ihren Messern in der Hand umkreisten Quince und Cheatum sich eine Weile und holten mehrmals aus, aber ohne wirklich zuzustoßen.

»Ich schlitz dich von oben bis unten auf, du aufgeblähtes Schwein«, knurrte Cheatum.

Jack wusste, dass er handeln musste, wenn das Schiff

überleben sollte. Kampfbereit trat er zwischen die beiden und sah Cheatum ins Gesicht.

»Cheat, du bist ein elender Feigling. Weiß Gott!« Jack hörte Quince hinter sich keuchen.

»Aus dem Weg, Jack. Um dich kümmere ich mich später.« Cheatum sah ihn grimmig an.

»Nein. So wie ich die Sache sehe, bist du in einem ungerechten Vorteil. Du hast einen geschwächten Mann zum Kampf angestachelt, von dem du genau weißt, dass er ihn nicht gewinnen kann. Ich werde nicht zulassen, dass ihr aufeinander losgeht.«

»Lass gut sein, Jack«, sagte Quince. »Es ist unvermeidlich. Ich schaff ihn. Geh zur Seite.«

»Mit allem gebührenden Respekt, Mr. Quince«, fuhr Jack fort, »wenn er Sie erledigt hat, bin ich als nächster dran. Wahrscheinlich fällt er im Schlaf über mich her, so wie ich den Zweiten Maat kenne – und ich glaube, ich kenne ihn gut.«

Keuchend brach Quince zusammen.

»Da siehst du's, Cheat, dein Widersacher geht ohne den kleinsten Kratzer zu Boden. Wärst du nicht stolz darauf, dem hilflosen Mann jetzt das Messer in den Rücken zu stoßen?«

Mit einem krächzigen Schrei sprang Cheatum auf Jack zu, der verächtlich zur Seite sprang und Cheatum am rechten Handgelenk schnappte, es hochzerrte und verdrehte. In Jacks Augen stand jener dämonische Blick, den die Mannschaft schon kannte. Das scharfe Messer fiel Cheatum aus der Hand, blieb mit der Spitze in den Decksbohlen stecken und bebte einen Moment. Cheatums Schmerzensschreie wurden erstickt, als Jack seinen Hals mit dem linken Arm in die Zange nahm und den schweren Mann in die Knie zwang.

»Wenn du dich auch nur einen Millimeter rührst, bring

ich dich mit deinem eigenen Messer um!«, fauchte Jack ihm ins Ohr.

Keuchend gab Cheatum auf. Jack zog das Messer aus den Bohlen und warf es über Bord. Sein Blick blieb auf Smithers haften, dem nicht ganz wohl dabei zu sein schien, wie Quen-Li, Hansumbob und Paul ihn umkreisten.

»Ich schäme mich für euch alle«, sagte Jack und sah zum ersten Mal in die Runde. Er schritt den Kreis der Matrosen ab, blieb vor jedem einzelnen stehen und starrte ihm so lange in die Augen, bis er den Blick senkte. Stille breitete sich über das Schiff; das bisschen Wind, das es gab, schaukelte das Schiff sanft hin und her. »Ihr wollt erwachsene Männer sein und freut euch wie Schuljungen auf eine Rauferei! Es ist mir egal, wie lange ihr schon zur See fahrt oder wie alt ihr seid oder für wie hart gesotten ihr euch haltet.«

Smithers trat vor und richtete sich an die Gruppe: »Dieses kleine Würstchen hat den Mumm von 'nem wütenden Stier, das muss man ihm lassen. Aber hört zu, ihr alle. Quince kann dieses Schiff nicht führen, soviel ist klar. Wir sind eine Bande von Banditen, und sowie wir an Land gehen, sind wir gebrandmarkt. Ich sage, wir nehmen Kurs auf die Sunda-Straße, schleichen uns nach Djakarta hinein und segeln dann zum Kap der Guten Hoffnung weiter. Was meint ihr alle?«

Leise Ja- und Neinrufe, aber das Pendel schlug weder eindeutig zur einen noch zur andern Seite aus. Quince, der wieder zu Kräften gelangt war, stand auf und fasste sich an den leeren rechten Jackenärmel.

»Ich bin vielleicht nicht in der Lage, dieses Schiff mit der eisernen Faust zu führen«, sagte er, worauf Gelächter ausbrach und Quince selbst über sein unbeabsichtigtes Wortspiel lächeln musste. »Aber hört zu – wir können nicht direkt auf die Straße zusteuern. Wir brauchen frischen Proviant. Wir müssen auf lange Sicht denken, nicht von heut auf morgen.« Dies schien den verstimmten Männern einzuleuchten. Wieder einmal staunte Jack über Quince' Willensstärke. Er wirkte immer gerecht und entschlossen, aber das Schiff stand immer an allererster Stelle in seinem Kopf. »Ich schlage folgendes vor: Das Schiff wird zu gleichen Teilen unter allen Männern an Bord aufgeteilt, außer den belaurischen Jungs, mit denen vereinbart ist, dass sie für Lohn arbeiten. Was meint ihr?« Alle waren einverstanden.

Jack dachte einen Moment nach. »Ich möchte noch etwas dazu sagen: Mein Anteil am Schiff soll unter euch allen aufgeteilt werden, wenn wir nach dem Zwischenaufenthalt in Südafrika nach Kuba fahren, wo ich euch alle reich zu machen gedenke. Wie einige von euch wissen, wurden meine Eltern in Kuba ermordet, und ich bin sicher, ihre Plantage wurde beschlagnahmt. Ich habe vor, sie zurückzugewinnen, und gebe euch allen mein Versprechen, dass ihr zu großem Reichtum gelangt. Darauf habt ihr mein Wort.«

»Sehr großzügig von dir, aber wir wären sowieso mit dir gekommen, du Dummkopf«, sagte Hansumbob ruhig.

Paul schaltete sich ein. »Um das Angebot meines Freundes noch verlockender zu machen, werde auch ich auf meinen Anteil an diesem Schiff verzichten, wenn wir nach Manila Kurs auf Havanna nehmen.« Er verbeugte sich vor den Matrosen, als wäre er bei Hof, und machte einen großen Schwenker mit dem Arm, während er sich rückwärts entfernte. Dabei stolperte er über ein Lukensüll und landete mit dem Hintern auf zusammengerollten Tauen. Jack fand es brillant, wie Paul diesen bedeutenden Moment mit genau der richtigen Portion Spaßhaftigkeit untermalte.

Man einigte sich darauf, wie geplant für kurze Zeit in

Manila anzulegen, um die Instandsetzungs- und Reparaturarbeiten zu beenden, die Vorräte aufzufüllen und Fracht für die Weiterfahrt nach Südafrika zu laden. Dann ginge es weiter nach Kuba.

Nachdem alle Beschlüsse gefasst waren, sah Jack Paul an der Reling stehen und hinaus auf den endlosen Ozean blicken. Er legte seinem Freund die Hand auf den Arm.

»Danke für deinen Vertrauensbeweis. Ich glaube, zusammen mit deiner Vorführung, wie sich ein Herr zum Narren macht, hat das die Mannschaft auf unsere Seite schwenken lassen.«

»Ach, nicht der Rede wert, o du Ungebildeter. Ich habe einfach jenen eine helfende Hand ausgestreckt, die weniger glücklich sind als ich. Ich glaube an das Sprichwort …«

»Spar dir den Rest, Le Maire; aber trotzdem danke.«

»Übrigens, Käpt'n, wie sieht denn dein Plan aus, mit dem du all die Männer reich machen willst, wenn wir erst in Kuba sind?«

Jack sah Paul mit einer Zuversicht an, die nur der Jugend vergönnt ist. »Ich weiß es noch nicht genau. Aber ich werde mein Versprechen gegenüber den Männern halten. Oder bei dem Versuch sterben.«

Manila

Die *Found Star* stieß auf überraschend wenig behördliches Brimborium bei ihrer Ankunft im Hafen von Manila. Da sie unter der Flagge Amerikas segelte, das nicht an den über Europa hinwegfegenden Kriegen beteiligt war, und außerdem ihre Fracht aus harmlosen Handelsgütern von den Inseln bestand, erregte das Schiff wenig Aufmerksamkeit. Manila war ein buntes Rassengemisch, und niemand schien sich darüber zu wundern, dass es unter der Besatzung einige Eingeborene gab. Die tätowierten Männer erwiderten einfach die neugierigen Blicke der spanischen Hafenbeamten, die schließlich die Anlegeerlaubnis für die *Found Star* unterzeichneten. Die Zollbehörden verlangten lediglich, die Kanonen während des Aufenthalts im Hafen im Kielraum des Schiffs zu verstauen; insbesondere wollten sie die Buggeschütze vom Deck haben, wo sie weithin sichtbar waren. Mehrere holländische Silberstücke und einige kunstvolle Holzschnitzereien von den Inseln beschleunigten die Prozedur.

Jack ging mit Quince los, um ihm bei der Suche nach einem Haken für seinen Arm zu helfen. Alle paar Minuten trat der Erste Maat dann aus einem Kaufladen im Hafengebiet und zeigte dem jungen Mann seine Wahl. Jack legte bei jeder sein Veto ein, bis Quince schließlich mit einem Haken aus solidem Messing und mit Einlegearbeiten aus Elfenbein erschien, den Jack für einen Mann von Quince' Format für angemessen befand. Der wurde also gekauft, und die beiden zogen zu den Hafenkneipen los, in denen ihre Schiffskameraden zechten.

Die Männer der *Star* ließen den lärmenden Trubel um sie herum in Boar's Taverne auf sich wirken, wo sie ihre Kehlen befeuchteten. Es war ihre Wiederkehr in Wirtshäuser voller europäischer Seefahrer, und sie waren überrascht, wie sehr sie das Geplapper und Seemannsgarn von Matrosen auf Landgang vermisst hatten. Sie waren in ihre eigene Welt zurückgekehrt. Gerade noch hatten die Seeleute über die Schlacht von Trafalgar geredet, aber als Jack und Paul sich an den Rand der Menge vor dem Tresen drängten, hörten sie hoch interessiert der Geschichte eines Matrosen von Schiffbruch und Piraterie zu, die sich offenbar auf den Inseln im Westpazifik zugetragen hatte, nicht weit von dort, von wo die *Star* vor kurzem fortgesegelt war.

»Ja, die Speigatts waren rot vor Blut – ich habe es mit eigenen Augen gesehen. Mit ausgestochenen Augen hing der Kopf des Holländers von der unteren Rah des Großsegels herab. Wenn es je ein Schiff gab, auf dem der Teufel seine blutige Melodie spielte, dann war es die arme *Mary Lee*.« Jack hatte von der *Mary Lee* gehört. Es war ein Frachtschiff, das, soweit er wusste, bei einer britischen Missionsgesellschaft unter Vertrag stand; bisher hatte er jedoch noch nichts davon gehört, dass es unter holländischer Flagge segelte oder Seeräubern in die Hand gefallen war.

»Und die Frauen waren ein Anblick zum Gotterbarmen! Zum Weinen war es! Über die Kanone gebunden hatte man sie, nackt, mit ihren Hinterteilen zum Himmel gereckt, während die Barbaren sich bis in die Nacht hinein an ihnen vergnügten. Dann setzten sie das Schiff in Brand, und man konnte die Schreie der armen geschändeten Mädchen hören, als sie lebendigen Leibes verbrannten.«

Jack fragte sich, wer so etwas fertig brächte.

»Glaubt's mir, Jungs. Blaubart war ein Heiliger, verglichen mit diesen Lumpen – die auch noch die Köpfe ihrer Opfer aufessen. Wenn ihr je die Chance habt, euch mit einem stumpfen Messer zu töten, ergreift sie – ergreift sie, sag ich euch, ehe ihr Black Jack O'Reilly in die Hände fallt.«

Jack glitt fast der Bierkrug aus der Hand. Mit offenem Mund starrte er Paul an.

Paul lächelte. »Verflixt, Jack, diese Damen hast du nie mit uns andern geteilt.«

»Mir ist nicht nach Witzen ... ich meine – verdammt, der Mann ist verrückt.«

Am Tresen wurde es plötzlich still; Jacks letzte Bemerkung war lauter herausgekommen als beabsichtigt, und der Geschichtenerzähler hatte sie gehört.

»Verrückt – ja? Du lahmarschiger Grünschnabel! Ich zeig's dir – verrückt!«

Der Mann ging auf Jack zu, tastete täppisch nach dem Dolch unter seiner Jacke. Seine Kameraden taxierten Jack, Paul und den Kreis sonnenverbrannter Männer an dem Tisch in der Ecke, an dem es bedrohlich ruhig geworden war. »Sachte, sachte, Duncan«, sagte ein Matrose. »Reg dich nicht auf. Der Bursche hat es nicht so gemeint.«

Jack gewann seine Fassung wieder. »Entschuldige, Freund, ich wollte dich nicht beleidigen – es war der Kerl, über den du geredet hast, den ich meinte. Er muss verrückt sein – und obendrein ein Mörder.«

Der Geschichtenerzähler ließ sich besänftigen und von seinen Kameraden zurück an seinen Platz am Tresen führen, murmelte zum Abschied bloß noch ein paar Worte über die Unverschämtheit der jungen Matrosen heutzutage vor sich hin. Jack entschuldigte sich noch mal und spendierte dem Mann und den anderen eine Runde, und bald hatte der Alkohol alle Zornesflammen gelöscht.

Jack kehrte an seinen eigenen Tisch zurück und gab Quince und den anderen die Geschichte des Betrunkenen wieder.

»Warum zum Teufel sollte er solche Lügen erzählen? Beim Blute Jesu, es gibt genug Schrecken in der Welt, ohne dass man noch neue dazuerfindet. Es sind diese verdammten Überlebenden von der *Stuyvesant*, die dieses niederträchtige Märchen verbreitet haben. Anscheinend haben sie's wirklich an Land geschafft.«

»Kann sein«, sagte Paul. »Aber vielleicht ist es gar nicht so schlecht, den Ruf eines Teufels zu haben, wenn man vorhat, einen Überfall auf die Hölle zu machen. Und Kuba kommt der Hölle so nah wie sonst nichts auf dieser Welt.«

»Ja. Manchmal kann die Angst vor Piraten mehr zustande bringen als ein Seeräuber aus Fleisch und Blut«, sagte Quince. Die anderen nickten, aber Jack war immer noch verstört darüber, welchen Namen er sich gemacht hatte. Als die Männer am Tresen der Geschichte des Matrosen lauschten, hatte wirkliche Angst in ihren Augen gestanden.

Als es ein wenig leerer am Ausschank wurde, fragte Jack den Wirt, einen Mann offenbar englischen Ursprungs, ob er noch mehr über diese O'Reilly-Figur wisse.

Der Mann sagte ihm, er brauche sich keine Sorgen machen. »Wie ich höre, ist er tatsächlich in der Gegend hier und hat irgendeinen schmutzigen Handel gemacht, damit sein Schiff überholt wird. Er hat eins von den Holländern gekapert, aber die erzählen nicht viel darüber – wahrscheinlich führten sie selber nichts Gutes im Schilde, als er sie aufstöberte. Deshalb ist er ein solches Gesprächsthema hier – in dieser Gegend gibt's nicht oft berühmte Piraten. Aber unter zivilisierten Menschen lässt er sich nicht blicken. Außerdem sind seine Tage sowieso gezählt. Einer der Kriegsherrn seiner Majestät wurde alarmiert und müsste jetzt jeden Tag im Hafen einlaufen. Jaah, auf Seiner Majestät Schiff; *Respite* heißt es, wenn ich es richtig verstanden habe.«

»Danke, Wirt, jetzt ist mir schon wohler. Ich habe selbst ein Schiff, dessen Ladung im Hafen gelöscht werden soll. Nicht auszudenken, was solch einem Kerl alles einfallen könnte.«

»Keine Sorge, mein Freund. O'Reilly müsste ja verrückt sein, sich längere Zeit in dieser Gegend aufzuhalten. Alle Eingeborenen in der Südsee sind hinter ihm her. Und die Engländer machen sich teuflische Sorgen. Sie fürchten, er taucht vielleicht auf und bekommt von den Amerikanern einen Kaperbrief.«

»Den Amerikanern?«

Der Wirt starrte ihn an.

»Du warst lange fort, Junge. Amerika und die Briten schaukeln sich gegenseitig zu einem neuen Gefecht hoch.«

»Heiliger Bimbam, es ist wirklich eine Menge passiert in unserer Abwesenheit«, bemerkte Paul.

Er und Jack hatten ihre Hängematten auf Deck neben dem Ruder aufgehängt, ein stiller, luftiger Platz, wenn das Schiff vor Anker lag. Da Jack nicht antwortete, fuhr Paul fort: »Scheint so, als hätte die Welt sich weitergedreht, während wir unsere Abenteuer erlebt haben. Man hätte doch denken sollen, dass Gott so mit unserem Treiben beschäftigt war, dass er keine Zeit hatte für die Händel irgendwelcher läppischer Nationalstaaten.«

»Jaah, wahrscheinlich ...« Dann: »Verflucht! Ich will es einfach nicht glauben!«

»Was, Eure Majestät?«

»Köpfe essen! Hältst du es für möglich? Wer kann sich nur solche Schauermärchen ausdenken!«

»Ach Unsinn, was zählen ein paar aufgegessene Köpfe schon unter Piraten?« Paul drehte sich in seiner Hängematte um und fiel in einen ernsteren Ton. »Es ist die Sache mit den Engländern, die mich viel mehr interessiert.«

»Das ist keine große Überraschung«, sagte Jack. »Die Briten haben unseren Zwist von vor ein paar Jahren nie verwunden und alles mögliche angestellt, um uns zu provozieren. Na ja, und jetzt haben sie Angst, dass die Amerikaner jedem Bürger den Freibrief dafür ausstellen, ihren Handelsschiffen den Garaus zu machen.«

»Zum Arsch, Jack! Bürger! Sie werden den gemeinsten Mördern und Gewalttätern Briefe ausstellen, igitt! Den Morgans, dem Black Jack ...«

Ein dumpfes Poltern war zu hören, als Paul, dank einem Fußtritt von Jack, aus der Hängematte fiel und auf Deck plumpste.

»Siehst du! Da siehst du's ja, O'Reilly. Welcher zivilisierte Mensch hätte sowas wohl getan?«

»Schlaf!«, murmelte Jack, als Paul zurück in die Maschen kletterte. »Gute Nacht!«

»Dir auch eine gute Nacht, Menschenfresser.«

Aus der anderen Hängematte kam keine Antwort.

Orchidee

Die Mannschaften der meisten Schiffe blieben gern beieinander, wenn sie in fremden Häfen waren, und dies traf besonders für die Männer der *Star* zu. Schließlich hatten sie zusammen Stürme, Schiffbruch, Rettung und ein Leben unter den Wilden durchgestanden und dazu eine Reihe gewalttätiger Auseinandersetzungen, die damit geendet hatten, dass sie als Piraten gebrandmarkt waren. Aus ihrem halb scherzhaften Zusammenschluss zur Bruderschaft der schiffbrüchigen Männer der *Star* war unverhofft bitterer Ernst geworden.

Die Belauren, die für europäische Augen finster und wild aussahen, waren diesem sonderbaren Haufen Amerikaner Blutsbrüder geworden, und wenn irgendein Dahergelaufener einen aus der Bruderschaft beleidigte, zog er sich damit sogar den Zorn von Cheatum und Smithers zu, die selbst Jack bis zum letzten verteidigen würden, auch wenn sie selbst manchmal mit dem Gedanken spielten, ihn umzubringen. Aber das war eine andere Sache, sozusagen ein Familienzwist, und das wusste auch Jack. Bei Bedrohungen von außen waren sie auf seiner Seite.

In Dreier- oder Vierergruppen, die sich nach den jeweiligen Vorlieben zusammenfanden, was Rum oder Frauen oder beides betraf, hatten die Männer die Vergnügungen von Manila ausgekostet. Quince sagte zu Jack, allmählich werde es Zeit, die Mannschaft wieder zur Ordnung zu rufen und an die Zukunft zu denken. So geschah es, dass sich die ganze Besatzung am Ende der zweiten Woche in Manila zu einem letzten Zechgelage in der *Pink Orchid* traf, einer vornehmen Taverne, die Paul ausgewählt hatte und in der reiche ausländische Handelsherrn und Kaufleute verkehrten.

Selbst in ihren besten Kleidern stachen die Männer der *Star* krass von der Klasse ab, die üblicherweise in der Orchidee anzutreffen war, wo es genauso viel Alkohol und Prostitution gab wie in den Tavernen im Hafengebiet, die Klientel jedoch vor Überheblichkeit und Standesdünkel strotzte.

Der Abend nahm einen unheilvollen Beginn, weil man Quen-Li den Zutritt zur Taverne verwehren wollte. Glücklicherweise hatten die Belauren beschlossen, den Abend an Bord zu verbringen, ansonsten wäre ihr Empfang wohl noch kühler gewesen.

Quince, der sich in einen blauen, von der *Stuyvesant* gestohlenen Offiziersrock geworfen hatte, war bester Laune. Er legte dem Portier leutselig seinen massigen linken Arm um den Hals, zeigte ihm den funkelnden neuen Haken an seiner rechten Hand und erklärte todernst, dass Quen-Li sein Zwillingsbruder und ein englischer Edelmann sei. Und wenn der Portier sich noch weiter ziere, so sagte Quince ihm, würde er ihm seinen glänzenden neuen Haken in den After rammen, ihm die Eingeweide rausholen und sie ihm um sein Halstuch schlingen. Er und sein kleiner Bruder könnten Gedärme lesen wie andere Leute Teeblätter. Sie würden dem Türsteher die Zukunft voraussagen, und zwar kostenlos, weil sie nur noch kurz wäre.

Ein Blick auf die Mannschaft der *Star*, die sich im Foyer drängte, überzeugte den Mann von der Lückenlosigkeit von Quince' Logik, und während der nächsten beiden Stunden verlief alles ohne nennenswerte Zwischenfälle, obwohl einige der Gäste darum baten, dass ihre Tische von der Bruderschaft fortgerückt wurden.

Jack sollte später die Meinung vertreten, dass Charlene die eigentliche Ursache des ganzen Ärgers war. Sie war eine Frau von zweifelhaftem Ruf, aber zweifelsfrei niederträchtigem Charakter, die sich an einem der am dichtesten bevölkerten Spieltische niedergelassen hatte. Klett, der gutmütige, aber nicht sonderlich gewitzte Riese der *Star*, war auf der Stelle von ihrer Schönheit und Lebhaftigkeit betört; und sie war sofort von der Aussicht hingerissen, welch großartige Zielscheibe der riesige Mann für Spott und Sticheleien bot. Ihr grünes und purpurnes Kleid mit dem freizügigen Mieder grenzte ans Hurenhafte, genau wie ihr Gehabe. Ihr Haar war von einem Goldreif zurückgehalten, aus dem sich einige Locken gelöst hatten und ihr mit gewollter Unabsichtlichkeit ums Gesicht spielten. Sie besaß einige Bildung und stellte sie zum Entzücken verschiedener Herren in ihrer Begleitung freizügig zur Schau. Alle von Kletts unbeholfenen Versuchen, ins Gespräch mit ihr zu kommen, erwiderte sie mit Spitzen, die ihre Gefährten zum Lachen brachten.

Doch wenn sich in Kletts behäbigem Kopf eine Idee erst einmal festgesetzt hatte, dann hielt er ihr zäh die Treue. Jack hatte das schon oft erlebt. Die Welt war ein Ort, in der es genug Verwirrung gab, und Klett hatte einen Groll auf Leute, die Dinge sagten, die die allgemein gültigen Wahrheiten erschütterten. Außerdem hatte der mächtige Skandinavier einen an Ehrfurcht grenzenden Respekt vor der Klugheit von Paul Le Maire. Auch wenn er in Kleinigkeiten ab und zu mit dem jungen Mann stritt – und gelegentlich der Kugelfang von dessen Ironie war –, waren Pauls Erklärungen in wissenschaftlichen und metaphysischen Fragen wie das Evangelium für Klett. Paul seinerseits hatte eine Schwäche für den Giganten und stand ihm immer bei, wenn er das Gefühl hatte, sein Freund würde schikaniert.

Der Streit brach aus, als einer von Charlenes männlichen Freunden von China als dem Fernen Osten sprach, was unter normalen Umständen eine völlig harmlose Behauptung gewesen wäre. Aber sie verwirrte und verärgerte Klett, denn Paul hatte bei mehreren Gelegenheiten gesagt, sie würden sich von den Inseln westwärts nach China wenden.

Klett fuhr den Geck an: »Sir, Sie müssen sich irren. Ich fahre seit vielen Jahren zur See, und ich versichere Ihnen, China liegt westlich von hier, weshalb man es nicht als den Fernen Osten bezeichnen kann.«

»Charlene«, schnaubte der Mann. »Hast du das gehört! Wie kann ein Mensch nur ein solcher Dummkopf sein!«

Während des folgenden Wortgefechts zitierte Charlene einen Vers aus einem der bekannteren Werke Shakespeares, von dem Paul die Schlusszeilen mitbekam. Als er sah, wie Klett immer betröppelter guckte, und als nächstes bemerkte, dass Jack während des ganzen Wortwechsels sonderbar ruhig in der Ecke stand, fand er es an der Zeit, den Zwist zu entschärfen. Jack war ein Sturmbarometer, auf das man besser achtete; während der letzten Sekunden war das Lächeln in seinem Gesicht jenem dunklen, angespannten Ausdruck gewichen, der schon so oft der Vorbote von Unheil gewesen war.

Paul schob sich an Charlenes Bewunderern vorbei und legte Klett den Arm um die Schulter.

»Komm, mein Freund, es gibt genügend lustige Leute hier, die deine Gesellschaft besser verdienen. Ärger dich nicht über das schauderhafte Gequake dieser geckenhaften Frösche und auch nicht über das lose Maul des dummen Frauenzimmers dort, das aus dem gleichen Sumpf kommt. Sie behält sich Dichterverse so schlecht, wie ihr Hüftgürtel ihre Beine zusammenhält. Ich will nicht, dass du in Zukunft vielleicht ihre falschen Verse wiederholst und deinen Ruf als in der Literatur bewanderter Mann verlierst.«

»Na, was sagt man dazu!«, keuchte einer der Stutzer mit gepuderter Perücke. »Du unerzogener junger Naseweis!«

»Vielleicht bin ich ein Naseweis, aber wenigstens mache ich mich nicht über wohlmeinende Fremde lustig. Ihr habt euren Spaß gehabt, und jetzt könnt ihr euch auf Kosten von jemand anderem amüsieren. Was euch nicht allzu schwer fallen dürfte, weil Flegel wie ihr immer einen Grund zum Lachen abgebt.«

Ein großer, schwer gebauter Mann, der am Rande der Gruppe gestanden hatte, schob sich nach vorn. »Und was, wenn ich dir die Faust auf dein unverschämtes Maul haue?«

Als würde er einem Kind etwas auseinandersetzen, sagte Paul: »Ja, in der Tat – was? Ich nehme an, eine Sekunde, nachdem du mir mein unverschämtes Maul gestopft hast, wird mein Freund Klett dich zu einem Haufen hochnäsiger englischer Hundescheiße mit blutroten Farbtupfern zermalmen. Oder noch schlimmer, der junge Mann in der Ecke dort würde den Kampf verlieren, den er schon seit mindestens fünfzehn Minuten gegen seine mörderischen Anlagen führt, und dich und deinen Perückenfreund in Stücke zerteilen wie eine Weihnachtsgans.«

Der massive Mann und der Stutzer blickten gleichzeitig zu Jack in der Ecke, und im nächsten Moment stand ihnen ein friedfertiger Ausdruck im Gesicht. Sogar Paul war überrascht, welch dämpfenden Effekt Jack auf die flammenden Gemüter der Männer hatte. Ihm selbst war, als hätte er noch nie einen so gefährlich aussehenden Kerl gesehen, dabei war Jack erst neunzehn. Sein Freund hatte sich in der Tat verändert. Die feinen Kleider konnten seine sonnengebräunte, kräftige Gestalt nicht verbergen, die inzwischen zu einer Größe von gut einem Meter fünfundachtzig aufgeschossen war.

Geschmeidig und auf dem Sprung wie eine Katze stand Jack da, und seine Augen durchbohrten den Feind, als lauere er einer dem Tode geweihten Beute auf. Die beiden Männer wandten sich um, schlichen davon und murmelten zum Abschied, dass man sich bei dem Besitzer beschweren müsse, welch ungehobeltes Pack er in das Etablissement hereinließe.

Wenige, die nicht in unmittelbarer Nähe der Spieltische waren, hatten den Vorfall bemerkt, und jene, die ihn verfolgt hatten, wandten sich wieder ihren jeweiligen Vergnügungen zu. Paul führte Klett zu dem Tisch, wo die Männer von der *Star* tüchtig zechten und sich ausgelassen vergnügten. Er schob Klett ans Tischende und fragte Hansum und Coop, ob sie nicht eine Partie Backgammon mit ihm spielen könnten. Bei Gott, er wollte, dass Jack diese seltene Gelegenheit zu zivilisierter Gesellschaft genoss, ohne dass die Gefahr bestand, dass es zu Gewalttätigkeiten kam. Aber als Paul sich an einen kleinen Tisch zu Quince und Mentor setzte, kam ein zorniger Jack auf ihn zu.

»Zum Teufel mit dir, Le Maire, ich bin kein Mörder«, zischte sein Freund.

»Na gut, und wenn ich sowas noch mal sage, bringst du mich um.« Quince und Mentor lachten in sich hinein, aber Jack war verstimmt und setzte eine grimmige Miene auf.

»Jetzt guck dich nur an!«

Paul war jetzt seinerseits wütend geworden. Er stieß seine Gabel in Jacks Richtung. »Blöder Kerl, es war nur so dahingesagt – trotzdem entspricht es auch meinen Beobachtungen.«

Quince und Mentor lauschten ernst, denn sie ahnten schon, dass jetzt einer von Pauls Monologen kam. »Ich liebe dich wie einen Bruder, aber du musst zugeben, dass du dir die Angewohnheit zugelegt hast, einen beängstigend hohen Prozentsatz der Leute zusammenzuschlagen, mit denen du zusammenstößt.«

Jack war erregt und unsicher, was er sagen sollte. Hilfesuchend sah er die beiden anderen Seemänner an, aber die studierten angestrengt die Holzmaserung der Tischplatte.

Paul fuhr fort: »Zugegeben, dein Temperament hat sich in vielen Situationen als nützlich für uns erwiesen. Und es stimmt auch, dass du einen ausgeprägten Gerechtigkeitssinn hast und ein gutes Urteil, wie und gegen wen du kämpfst. Aber verdammt noch mal, Jack, du bist ein regelrechter Raufbold geworden. Wenn du kämpfst, bist du erst richtig in deinem Element. Ich weiß, inzwischen hast du wieder mehr Spaß am Leben als vor unseren Abenteuern auf Belaur – zum Teufel, manchmal bist du regelrecht lustig. Aber Mann, Kuba verzehrt dich in deinem Innern wie eine heiße Glut.«

Das alles hatte sich offenbar schon lange in Paul aufgestaut, und jetzt gab es kein Halten mehr. »Du musst die Schlacke aus deinen Eingeweiden bringen. Um ein Haar hättest du die beiden Männer mit deinem Dolch durchbohrt. Warum? Weil sie sich über Klett lustig gemacht und mich bedroht haben. Mit Worten! Du wirst allmählich wirklich Black Jack O'Reilly. Die Leute haben guten Grund, sich zu fürchten.«

Jack starrte verlegen auf den Tisch, während Paul

sprach. Die Worte seines Freundes verwirrten ihn. Paul hatte übertrieben, aber nicht sehr. Er hätte die Männer nicht einfach mir nichts, dir nichts aufgespießt, wie Paul andeutete, aber in einem hatte Paul recht: er musste darum kämpfen, sich in Schach zu halten. Dass jemand seinen Freund Klett schikanierte und zum Narren hielt und dann Paul bedrohte, als der ihm beistehen wollte, hatte ihn auf eine Weise aufgebracht, die jedes vernünftige Maß überstieg. Offenbar sah er zu schnell in Gewalt die einzige Lösung – und das verwirrte und ängstigte ihn.

»Es gibt anderes, für das es sich zu leben lohnt«, fuhr Paul fort. »Quen-Li hat einmal gesagt, dass du tötest, aber kein Mörder bist – ich bin mir nicht sicher, ob das immer noch stimmt. Früher gab es noch einen unbeschwerten, glücklichen Teil in dir, der die andere Seite bändigte und im Gleichgewicht hielt. Nun, egal wie, wir müssen die Sache in Havanna zu Ende bringen, weil die schwelende Glut in dir dich sonst eines Tages noch ganz zerfrißt.«

Jack stand auf und lief in Richtung Tür.

Paul folgte ihm. »Siehst du die junge chamorrische Kellnerin dort? Sie guckt dich schon den ganzen Abend an. Wenn du bei Sinnen wärst, hättest du mehr Freude daran, sie zu verführen, mit dir unter die Laken zu steigen, als irgendeinem Hanswurst deinen Dolch in die Eingeweide zu stoßen.«

Jack stürmte ins Freie, aber Paul folgte ihm.

»Hör zu, Jack. Diese Männer sind deine Brüder – sie riskieren sogar diese verrückte Reise, nur um dir zu helfen, dass du am andern Ende der Welt eine Rechnung begleichen kannst – aber du musst mit dir selbst ins Reine kommen ...« Paul hielt abrupt inne, denn plötzlich dämmerte ihm etwas, und er legte seinem Freund den Arm um die Schulter.

»Darum geht's, nicht wahr? Dass es deine Brüder

sind – du verwandelst dich in einen Todesengel, wenn deine neue Familie, deine Schiffskameraden in Gefahr sind, stimmt's? Und du fürchtest, du hast nicht genug getan, deine erste Familie zu verteidigen?«

Jack hatte sich so fest auf die Lippe gebissen, dass ein Blutrinnsal sein Kinn hinunterlief und auf seine weiße Weste tröpfelte. Er sackte in sich zusammen und kauerte sich auf den Boden. Seine Schultern zitterten. Einige Leute, die auf dem Weg in die Orchidee waren, blieben neugierig stehen, aber im nächsten Moment hatten sich zwei riesige, Furcht erregende Seemänner mit dem Rücken zu Paul und Jack gestellt, pafften an ihren Pfeifen und gaben den Gaffern mit ihrer ganzen Haltung zu verstehen, lieber woandershin zu gucken.

Als Jack sich wieder gefangen hatte, machte er sich auf den Rückweg zur *Star*.

Quince rief ihm nach: »Es gibt Wiedergutmachung auf dieser Welt, Junge, und ich glaube, es ist an der Zeit, sie einzufordern. Und vergiss nicht, du bist nicht allein, Junge, wir alle sind bereit, unsere Seesäcke zu packen und mit dir zur Hölle zu fahren. Sogar Black Jack O'Reilly, der leibhaftige Teufel, braucht in Havanna Hilfe.«

Als Paul Mentor und Quince zurück in die Orchidee folgte, waren seine Gedanken immer noch bei Jack. Frische Wunden. Aus irgendeinem Grund spukten ihm diese Worte dauernd durch den Kopf. Völlig in Gedanken versunken ging er an einer Gruppe von Männern vorbei, die sich um einen Tisch drängten, wo sich jemand ernsthaft und mit leiser, krächzender Stimme über irgendein Thema ausließ. Wie erstarrrt blieb Paul stehen – er erkannte die Stimme sofort.

»Ich sag's euch, das war er. Der, den die Eingeborenen Dyak nennen. Dieser Schurke, mit dem du beinahe in ein Handgemenge geraten wärst, ist Jack O'Reilly.«

»Black Jack O'Reilly! Aber er war noch ganz jung. Sind Sie sicher?« Der Mann, der die ängstliche Frage stellte, war der, der Paul bedroht hatte.

»Natürlich bin ich sicher – ich vergesse niemanden, der auf mich geschossen hat. Wenn wir in einem zivilisierten Teil der Welt wären, würde ich den Schuft verhaften und hängen lassen.« Heinrich De Vries sah sehr viel angeschlagener aus als damals, als Paul an Bord der *Stuyvesant* mit ihm zu tun hatte. Er war noch genauso aufgeblasen, aber seine geröteten Augen und das Zucken seiner Oberlippe verrieten, was er hinter sich hatte –dass ihm beinahe der Kopf weggeblasen worden wäre, er ein Schiff verloren hatte, für das er die Mitverantwortung trug, die Strapazen, die es bedeutet haben musste, sich auf irgendeine Weise auf die Inseln zu retten.

De Vries fuhr fort: »Dieser riesige Schurke an seiner Seite ist ihr Führer. Ich habe ihn im ersten Moment nicht erkannt, weil er jetzt statt seiner Hand diesen Haken hat.« Paul hatte sich durch die Menge um De Vries gedrängt und sah ihm ins Gesicht; er spürte, wie er vor Zorn zitterte, als er noch einmal mit aller Vehemenz die Gewalt und Schmach durchlebte, die die Holländer ihm angetan hatten. De Vries hatte nur mit den Achseln gezuckt, als Arloon befahl, ihm den Finger zu brechen, so als wolle er mit solchen Kleinigkeiten nicht behelligt werden.

»Also, Heinrich, wer soll es sein?« Die Menge teilte sich, als Paul mit lauter Stimme das Wort an De Vries richtete.

De Vries zuerst verärgerter Blick verwandelte sich in einen erstaunten und erschrockenen. »Was? Du! Was hast du gesagt?«

»Ich sagte, wer soll es sein? Sie wissen schon … Freunde, Römer oder Landsleute? Ich finde, irgend jemand muss Ihnen unbedingt ein Ohr leihen – so hängt Ihr Kopf ja völlig schief, alter Knabe.«

Die umstehenden Männer waren wie vom Donner gerührt, aber Quince und Mentor, die Paul inzwischen aufgespürt hatten, steuerten gern etwas zu der Unterhaltung bei.

»Heiliger Bimbam!«, stieß Quince aus. »Da ist ja die hässliche Made von Holländer. Kommen Sie, Lord Le Maire, wir verlassen dieses Etablissement. Ein Ort, wo Sklavenhändler bewirtet werden, ist unter unserer Würde.« Er schnappte Paul, schleppte ihn zurück zu dem Tisch, an dem die Bruderschaft saß, und überließ De Vries seinem fassungslosen Stottern und Stammeln.

»Paul, eines Tages dreh ich dir noch den Hals um. Wir brauchen unsere Anwesenheit hier nicht noch mehr an die große Glocke hängen, als wir es bereits getan haben.« Dann zum Rest der Schiffskameraden: »Unser Krähhahn hier wird noch dafür sorgen, dass man uns aus der Stadt wirft oder uns gefangen nimmt. Ich schätze, jetzt dauert es nicht mehr lange, bis die Behörden hier alarmiert sind. Also trinkt aus, und zurück zum Schiff!« Er blickte in Richtung von De Vries' Tisch. Er war leer. Der Mann musste durch die Hintertür verschwunden sein.

Triumphale Abfahrt

Schon halb eingenickt auf der Koje in Quince' Kajüte, sah Jack, wie der Erste Maat seinen Stumpf am rechten Arm betrachtete und dann kurzerhand die Hakenspitze am Reif einer vom Deckenbalken in seiner Kajüte herunterhängenden Öllampe aufhing. Beim Schaukeln des Schiffs warf die Prothese bizarre Schatten, so als würde ein fledermausartiges Wesen durch den Raum huschen ... Jack stellte sich vor, wie die Kreatur sich auf Quinces Kopf niederließ.

Dank der Tatkraft der philippinischen Handwerker war die *Found Star* jetzt gündlich überholt. Jack hatte über das Können und die Schnelligkeit der Arbeiter gestaunt. Viele Reparaturen, die die Amerikaner auf der Insel so gut es ging durchgeführt hatten, wurden von den einheimischen Handwerkern in weniger als einer Woche vervollständigt oder nachgebessert. Und nach kurz darauf erfolgter Inspektion wurden die Kiele, das Kielschwein und das ganze Spantwerk des unteren Rumpfs für seetüchtig befunden. Die Hauptwucht der Explosion hatte sich ihr Ventil nach oben gesucht, denn unten, erklärte man ihnen, habe das Wasser eindämmend gewirkt. Die Instandsetzung der Decksaufbauten am Heck und des Hauptspants war in knapp einem Monat beendet.

Die alte *Star* war ein schöner Segler gewesen, und da, wo Holz und Wasser aufeinander trafen, hatte die wiedergeborene *Found Star* fraglos die gleiche schnittige Eleganz. Sie war frisch kielgeholt, unterhalb der Wasserlinie mit Kupfer beschlagen und überall mit Mahagoniholz versehen. Das dunkle Holz, zusammen mit dem nicht so betonten Schnabel wie bei der alten *Star*, verlieh dem wiederauferstandenen Schiff ein schmuckes, aber geheimnisvolles Aussehen, was schließlich zu seinen Unternehmungen passte. Mit seiner neuen Takelage, den Pockholz-Blöcken und dem dunklen Hanftauwerk war das Schiff eine wahre Schönheit.

Aber komischerweise sah es, wie Coop sich ausdrückte, »verdammt noch mal zu sehr nach dem aus, was es war«. Man sah ihm sein seeräuberisches Wesen sozusagen an der Nasenspitze an, woran der Besatzung, solange sie sich in zivilisierten Häfen befand, nicht gerade gelegen war. Durch die Macht der Umstände waren die Männer der *Star* zu Haien in einem bedrohlichen Meer geworden, wie der beschwipste Paul gesagt hatte, »Haie, die lieber einem Meer von Gefahren die Zähne zeigten, statt die Schleudern und Pfeile eines grausamen Schicksals hinzunehmen«. Zur großen Erleichterung und Freude der Bruderschaft war Paul umgekippt, ehe er weiter schwadronieren konnte.

Quince schob müde die Papiere beiseite, die er früher am Abend geprüft hatte. Er erzählte Jack, manchmal würden ihm immer noch die Finger wehtun. Es schien wirklich ungerecht, dass ein Mann seinen Arm verlieren sollte und trotzdem noch mit Schmerzen in seinen amputierten Gliedmaßen gestraft war. Als Jack sah, wie Quince sich durch die Rechnungen und Quittungen für die geleisteten und bezahlten Arbeiten kämpfte, versprach er ihm, sie zu Ende durchzusehen.

Der letzte Rest ihrer Siegesbeute von den alten holländischen Schiffsbesitzern war für Reparaturen, Neuausrüstung und frischen Proviant für die *Star* draufgegangen. Smithers hatte beschlossen, sich seinen Anteil zu schnappen und in die turbulente Hafenwelt Manilas unterzutauchen. Er war so feindselig zu seinen Schiffskameraden gewesen, dass keiner ihm nachtrauerte, außer vielleicht Cheatum. Mehr als Smithers Verschwinden wunderte Jack, dass Cheatum blieb.

Ob sie wirklich in Kuba zu Reichtümern kommen würden, war, wie alle Männer wussten, ungewiss. Und dass sie sich entschieden, mit der *Star* weiterzusegeln, war eher ein Akt der Treue zu ihren Schiffskameraden – oder auch zu dem neuen Lebensweg, den sie eher unfreiwillig als freiwillig eingeschlagen hatten. Für Seefahrer war der Westpazifik ein Ort voller Gefahren und Risiken. Neuigkeiten verbreiteten sich langsam, und Monate konnten verstreichen, ohne dass man auf den Schiffen erfuhr, wer gerade mit wem im Krieg lag und welche Flagge womöglich die eines Feindes war. Matrosen wurden behandelt wie Leibeigene; doch für die Besatzung der *Star* galten andere Gesetze. Ob zum Guten oder Schlechten – sie alle waren jetzt Teileigentümer eines Schiffs und theoretisch reicher, als sie sich je hätten träumen lassen.

Sie hatten keine rechtliche Stellung, doch die meisten erfolgreichen Handelsunternehmungen im Pazifik brachen routinemäßig das Gesetz. In Manila hatte der *Star*-Besatzung bisher niemand wegen ihres Piratenstreichs Schwierigkeiten gemacht; im Gegenteil, seit sich herumgesprochen hatte, dass sie die Männer der *Star* waren, spürten sie einen gewissen Respekt im Umgang mit anderen. Jacks Name wurde hinter vorgehaltener Hand ausgesprochen, jedoch eher ehrfürchtig als feindselig.

Da das Schiff jetzt fast abfahrtbereit war, jedoch allem

Anschein nach keine Fracht geladen hatte, wurden die Hafenbehörden ein wenig wachsamer. Während der letzten Woche hatten sie Quince zweimal wegen seiner Abreisepläne befragt, worauf er Jack gegenüber sinnierte, wie zweischneidig seine Karriere verlaufen sei – einst ein ehrlicher Seemann, stehe er plötzlich im Ruf eines so gerissenen Kaufmanns und Anführers dunkler Geschäfte, dass er ausländische Patrouille-Schaluppen in Hochalarm versetze und alle Handelsschiffe in der Nähe ihre Nachtwache verdoppelten. Und das in einem so rauhen Hafen wie Manila.

Aber bald würden sie wieder in See stechen. Sie sollten ihre Abreise lieber nicht ankündigen, meinte Quince; trotzdem wisse er, dass alle Flaggschiffe, nicht nur die holländischen, sie ganz genau im Auge hätten und ihnen immer noch in die Quere kommen konnten, ehe sie das offene Meer erreichten. Eine schwer bewaffnete, schnelle Schonerbark, die in Ballast auf die Reise ging, war in der Tat sehr verdächtig. Zwar segelten auch die Handelsschiffe der East India Company hin und wieder lange Strecken ohne Fracht, aber die *Star* war kein Handelsschiff, und sie stand in dem Ruf, unter dem Kommando von Black Jack O'Reilly zu stehen. Deshalb, meinte Quince, sollten sie lieber ohne jedes Tamtam lossegeln; Manila würde einfach die Augen aufschlagen, und die *Star* wäre fort.

Nach Fertigstellung aller Reparaturen hatten sich die Männer wieder auf dem Schiff eingerichtet, aber die letzte Nacht, beschlossen sie, wollten sie in der Stadt verbringen. Jack hatte sich immer noch nicht ganz von dem Vorfall in der Orchidee erholt und lehnte ab, mit den anderen zu feiern. Und so blieben er, Quince und Hansumbob an Bord, während die anderen in zwei Beibooten an Land fuhren.

Jack stand an der Backbordseite, während seine Schiffskameraden mit viel Lärm in ein an der Steuerbordseite heruntergelassenes Boot stiegen. Ein Kleinboot mit mehreren chinesischen Herren war lautlos an die *Star* herangeglitten. Jack winkte Quince zu sich, damit er es sich ansehe.

Die Besatzung des chinesischen Kahns war still, vornehm gekleidet und höflich. Einer der älteren Männer holte sich die Leiter heran, kletterte an Bord der *Star* und umarmte Quen-Li. Dann standen die vier Ruderer im Boot auf und verbeugten sich der Reihe nach vor dem geheimnisvollen Koch der *Star*, der seinerseits jedem mit einer Verbeugung antwortete, so wie ein Admiral das Salutieren rangniederer Offiziere entgegennimmt.

Es schien, je näher sie China kamen, desto dichter zog sich das Netz des Kaisers zusammen. Wahrscheinlich stimmte sich Quen-Li mit seinen Landsleuten ab, dachte Jack und fragte sich, ob es irgendwelche neuen Namen auf Quen-Lis Liste gab.

Quince drehte sich zu den Männern um, die das Schiff für die nächtliche Zecherei verließen, und rief Mentor nach: »Pass auf, dass diese Grogschlucker und hurenden Seehunde sich von allem Ärger fern halten, dem sie nicht gewachsen sind.«

»Aye, Käpt'n«, beruhigte ihn Mentor, schon halb die Jakobsleiter hinunter.

Jack, der sich neben Quince an die Reling gestellt hatte, rief den Männern nach, sie sollten Paul vielleicht lieber knebeln – das würde ihre Chancen erhöhen, lebendig zurückzukommen. Die in den Abend hinausrudernden Männer johlten und klopften Paul auf die Schulter, der Jack eine Grimasse schnitt.

Jack musste sofort eingeschlafen sein; aber dann weckte ihn ein dumpfer Schlag. Quince saß mit schweren Lidern noch auf seinem Stuhl und bewegte den Kopf zu den Kreisen der Schattenfledermaus in seiner Kajüte. Zum zweiten Mal hörte Jack den Knall auf der Steuerbordseite und dann etwas, das wie gedämpftes Fluchen klang. Offenbar hatte auch Quince es jetzt gehört. Quen-Li musste in der Kombüse sein, Hansum weiter vorn im Mannschaftsquartier. Und für die Rückkehr der Jungs war es viel zu früh. Also was zum Teufel war es?

»Bob, bist du's?« Quince schnappte sich seinen von der Lampe baumelnden Haken und begann, ihn sich anzuschnallen. Er rechnete damit, dass gleich der Schiffspoet an die Tür pochte. Statt dessen wurde sie wild aufgestoßen und krachte gegen die Ecke des Schranks.

Zwei brutale Kerle in gestreiften Hemden stürmten herein, einer sprach Quince mit schwerem Cockney-Akzent an: »Kommen'se friedlich und ohne Zicken mit, Kommandant!«

»Zum Teufel und zur Hölle! Auf meinem eigenen Schiff willst du mich zu was zwingen! Ich bin hier der Kapitän!«

Die beiden hatten Jack nicht bemerkt, denn in dem Moment, als die Tür aufflog, hatte er sich von seiner Koje unter den Tisch gerollt. »Machen bloß unsern Job, Kommandant, und wenn 'se weiter keine Sperenzchen machen, passiert Ihnen nix.« Jetzt hörte Jack von draußen Gepolter, an dem offenbar Hansumbob beteiligt war.

»Ihr Drecksengländer, ihr Hafenabschaum, ihr Hurensöhne! Ihr habt einen meiner Männer verletzt und …«, stieß Quince zwischen gefletschten Zähnen aus.

Aber die beiden hatten ihn geschnappt, eher er sich seine Armprothese richtig anlegen konnte, so dass er nur dem zweiten Mann eine wirkungslose Linke versetzen konnte. Damit begnügte er sich, befreite sich aber aus dem Griff der Männer, damit er die Kajüte mit Würde verlassen konnte. Die Riesenkerle waren zwar brutal, aber nicht dumm; wenn sie einen Mann von Quince' Statur nicht auf Deck schleppen mussten, weil er von allein den Niedergang hinaufging, hatten sie nichts dagegen. Außerdem hatten sie Respekt vor Autoritäten, und ihnen war nicht ganz wohl dabei, Hand an einen Mann zu legen, der allem Anschein nach ein Kapitän war. Als der Kerl, der hinter den beiden stand, zur Kajüte hinaus wollte, schnappte Jack ihn an beiden Füßen und zog mit aller Kraft. Der Mann ging zu Boden, aber sein Sturz wurde abgebremst, weil er gegen den Rücken seines Partners fiel. »Was zum Teufel soll das?«, schrie der andere.

Er wirbelte herum und blickte unter den Tisch, ohne Jack im Dämmerlicht dort zu erkennen. Und ehe das geschah, sauste Jacks Faust auf sein Auge. Aber Jack war enttäuscht, dass der andere Mann nicht härter auf den Boden aufgeschlagen war. All seine Kräfte sammelnd, schoß er jetzt unter dem Tisch hervor und versetzte dem Kerl, der die Hände über sein verletztes Auge hielt, einen gut gezielten Kinnhaken. Dann wirbelte er zu der Stelle herum, wo der andere hätte sein sollen, sah aber nur Quince, der ihm gerade zuschreien wollte, nach hinten zu sehen. Zu spät – etwas krachte auf Jacks Kopf, und er war sofort bewusstlos.

Als er wieder zu sich kam, merkte Jack, wie er den Niedergang hinaufgezerrt und neben das Kompaßhaus geschleudert wurde. Er sah, wie Hansumbob sich mit aller Kraft wehrte, aber die beiden Verbrecher waren zuviel für ihn. Von Natur aus weder gewalttätig noch sonderlich stark, wunderte es Jack, dass Hansumbob so hart auf den Mann einschlug, dass dem der Holzknüppel aus der Hand fiel und durch ein Speigatt ins Hafenbecken sauste.

Nachdem er selbst die Wirkung des Knüppels gespürt hatte, war Jack froh, dass er Bob jetzt nichts mehr anhaben konnte. Hilflos sah er zu, wie einer der stämmigen Männer Hansum seinen gewaltigen Arm um den Hals schlang und ihn zur Steuerbordreling zerrte.

»Na gut, Yank, gehst du freiwillig die Leiter runter, oder willst du mit eingeschlag'ner Birne aufwachen?«

»Ich geh schon«, brummte Hansumbob, der sich mehr Sorgen um Quince als um sich selbst machte. »Hört zu, Freunde, lasst den Käpt'n in Frieden. Der arme Mann hat nur einen ...« Die Faust, die ihn auf die Backe traf, gehörte zu einem dritten Mann, der wie aus dem Nichts aufgetaucht war. Der Schlag schien sogar den Galgenvogel zu überraschen, der Hansumbob festhielt.

»Halt's Maul, verdammter Trottel.«

Smithers' Stimme. Die Männer waren offenbar ein gedungenes Überfallkommando, aber in einem ausländischen Hafen ein Schiff zu entern und einen Schiffskapitän zu überwältigen war eine so aberwitzige Idee, dass sie nur auf Smithers' Mist gewachsen sein konnte. Vor rechtschaffenem Zorn sprangen Hansum fast die Augen aus dem Kopf.

»Smithers, du bist ein elender Verräter und Feigling!«

Aber für Smithers gab es kein Zurück mehr. Er ließ Quince an die Reling führen; seinen Haken hatte er immer noch nicht richtig angelegt, und er wirkte düster und resigniert. Ein schiefes Grinsen verzerrte Smithers' Gesicht, als er sah, dass Quince ihn erkannte.

»Ganz recht, ich bin's, du einflügeliger, zerrupfter Hahn.«

Quince sagte kein Wort, sah ihn nur kurz an, so wie man ein Kind anguckt, das einen bitter enttäuscht hat.

Noch immer benommen von dem Schlag bemerkte Jack etwas, das ihn daran zweifeln ließ, ob er wirklich wieder bei Sinnen war – eine katzenartige Gestalt kauerte in den Schatten hinter Smithers, nur ein paar Fuß hinter ihm, aber niemand schien sie zu bemerken, auch die Männer nicht, die Quince jetzt auf die Jakobsleiter hinunterließen.

»Setzt eure Ärsche in Bewegung. Wir müssen weg von hier«, kam ein Schrei aus der Barkasse. »Vom Kai aus kommt ein Boot direkt auf uns zu.«

Der Bandenführer klang verschreckt und alarmiert. Wahrscheinlich hatten sie noch nie den Auftrag bekommen, ein Schiff wie dieses hier zu überfallen. Und in diesem Fall, wettete Jack, hatte ein einohriger Holländer sie gut bezahlt und ein Verräter der Besatzung ihnen versichert, es wäre sowieso ein gestohlenes Schiff – nun, das Ganze gefiel ihm nicht. »Was treibt ihr Trottel so lange da oben?«

Hansumbob schrie Smithers wieder an: »Das wird dir noch leid tun, du glatzköpfiger Dreckskerl. Wart nur, bis Jack und die Jungs dich in die Finger kriegen.«

Quince war inzwischen mit seinen Bezwingern die Jakobsleiter hinunter, und nur noch Smithers und der Mann, der Hansumbob festhielt, waren an Deck. Eine schwere Segellatte schwingend, stürmte Smithers auf Hansum los. »Eh ich dir dein Lebenslicht ausblase, merk dir eins: Sie werden uns nicht kriegen, du Hanswurst, weil wir nicht an Land gehen, sondern auf ein Schiff vierter Klasse Seiner Majestät«, er reckte das Kinn in Richtung der *Respite*, einem britischen Kriegsschiff. Dann holte er mit der Segellatte aus. »Halt ihn so, dass ich ihm seinen Dickschädel zerspalten kann.«

Dann verstummte Smithers, denn plötzlich bemerkte er, wer neben dem Kompaßhaus lag. »Ihr ahnungslosen Trottel, das ist er, das ist Jack O'Reilly!«

Doch da sprang die Katze – eine irgendwie chinesisch

aussehende Katze, aber von so vagen Umrissen wie in einem Traum, fand Jack – aus dem Schatten hervor und fuhr Smithers von hinten mit der Tatze über die Schulter und strich sanft über seine Brust, wie die Liebkosung einer Frau.

Smithers guckte verdutzt an sich hinunter. Er hatte kaum Zeit, den Schreck in sein Gesicht treten zu lassen, denn plötzlich fuhr die Hand blitzschnell wie eine zustoßende Schlange nach oben, und sein Adamsapfel wurde ihm in die Kehle gedrückt. Dann fassten zwei Hände um seinen Kopf und drehten ihn gewaltsam nach hinten über seine Schulter zurück. Jack hörte, wie Smithers Genick brach und sein verrenktes Gesicht direkt in das von Quen-Li guckte, in dem sich nicht die geringste Regung zeigte. Mein Gott, dachte Jack. Smithers, oder das, was noch von ihm übrig war, tat ihm fast leid. Er hatte keine Chance gehabt.

Der Mann, der Hansumbob gegen die Reling presste, hatte Quen-Li nicht gesehen. Er wollte gerade seinem Anführer in der Barkasse zurufen, dass er so schnell wie möglich runterkäme, aber da hörte er das Knacken von Smithers' Genick, drehte sich um und sah ihn zuckend auf Deck stürzen. »Gütiger Gott ...« Dann sah er aus dem Augenwinkel, wie sich hinter ihm ein Schatten bewegte, und unwillkürlich ließ er Hansum los, der ausholte und ihm mit aller Kraft in die Leisten trat. Der Aufschrei des Mannes wurde durch die von hinten auf seinen Mund gepresste Hand erstickt, und im nächsten Moment bohrte sich ein tödlicher Dolchstoß in seine Rippen.

»Komm, Bob«, sagte Quen-Li zu Hansum und winkte ihn heran, damit er ihm half, den schweren Körper des Mannes hochzuheben. Jack rappelte sich mühsam auf. Helfen konnte er den beiden nicht, aber weil er mitbekommen wollte, was vor sich ging, wankte er zur Reling, während Quen-Li und Bob den Mann hochhievten.

Der Bandenanführer im Boot, der den Kopf seines Mannes über der Reling auftauchen sah, schrie wie wild: »Verdammt, Johnson, beeil dich!« Er stierte die Jakobsleiter hoch, und in dem Moment sauste Johnson als Totgewicht auf ihn nieder und riss ihn mit sich über Bord.

»Jesus«, stammelte der Anführer, als sein Kopf wieder über Wasser kam. Seine Männer zogen ihn schnell wieder ins Boot. »Was zum Teufel ist mit Johnson los?«

»Er ist tot, Boss. Aufgeschlitzt wie ein Schwein.«

Ehe die Bande den Schock verdaut hatte, sauste der nächste Mann von oben mitten in die Barkasse. »Was zum Teufel ...«

»Verdammt. Das ist Smithers!«

Jetzt wurde es der Bande wirklich mulmig. Ängstlich blickten sie zum Schanzdeck der *Star* hinauf, wendeten ihr Boot und ruderten davon.

Als der Anführer sich von dem ersten Schreck erholt hatte, schrie er seine Männer an, sich wie der Teufel in die Riemen zu legen. »Schnell! Auf zur *Respite*! Die Boote da kommen immer schneller auf uns zu!«

Die Männer von der *Star*, die gemächlich zurückgerudert waren, hatten schließlich bemerkt, dass etwas nicht stimmte, und sich sofort mit aller Kraft ins Zeug gelegt. Das fremde Boot neben ihrem Schiff konnte nur bedeuten, dass Unheil im Schwange war.

Die Bande in dem Überfallboot mit dem Kapitän der *Star* in ihrer Gewalt ruderte was sie konnte auf das britische Schiff zu. Jack konnte gerade noch erkennen, wie sie auf Smithers hinunterstarrten, dessen lila angelaufenes, verdrehtes Gesicht mit den aus den Sockeln getretenen Augen zu ihnen hochglotzte.

Sie waren schon außer Sicht, aber Quince' Stimme hallte über das stille Wasser zurück bis zur *Star*: »Habt ihr Jungs je die Bibel gelesen?«

»Was?«

»Ich werde den Sturm ernten. Warum erspart ihr euch nicht den Kummer? Glaubt ihr wirklich, dass Black Jack O'Reilly euch am Leben lässt, nachdem ihr sein Schiff überfallen habt?«

»Halt's Maul, alter Narr«, gellte der Anführer.

»Ja, ich muss wirklich ein Narr sein – weil ich zu toten Männern spreche.«

Quen-Li und Hansumbob, die Quince auch gehört hatten, fassten Jack unter die Arme, führten ihn zu einer Pritsche an Deck und setzten ihn darauf. Er war immer noch benommen von dem Schlag auf den Kopf, aber seine Verzweiflung über Quince' Entführung brachte ihn langsam wieder zu sich.

Mit grimmigem Gesicht stand Jack an Deck der *Star* und hörte schweigend zu, wie Hansumbob und Quen-Li den anderen Quince' Entführung schilderten. Die Männer waren außer sich. Was konnten sie nur unternehmen, um ihren Schiffskameraden und Kapitän aus den Fängen eines britischen Kriegsschiffes zu befreien?

Sie sahen Jack fragend an, so als erwarteten sie von ihm die rettende Idee. Noch nicht zwanzig Jahre alt, und die erfahrenen Männer der *Star* behandelten ihn wie ihren unumstrittenen Führer. Sogar Cheatum war ausnahmsweise still, wohl weil der Verräter sein engster Kumpel gewesen war. Mentor, der fast so alt wie Quince war, wirkte am meisten erschüttert.

»Jack, was sollen wir tun? Wir müssen ihn zurückholen.«

»Und diesen verdammten De Vries zu seinem Schöpfer schicken«, fügte Jacob hinzu, »damit er direkt neben Smithers in der Hölle schmoren kann.«

»Eins nach dem anderen«, sagte Jack ruhig.

Coop, der in Richtung Kriegsschiff starrte, bemerkte: »Selbst wenn fast die ganze reguläre Truppe Landgang hat, ist die Besatzung immer noch fünfmal so groß wie unsere. Und es ist ausgeschlossen, dass wir uns dem Schiff nähern und es entern, wo sie doch weiter Seewache halten!«

Jack blickte zu dem unbezwingbaren Kriegsschiff, das vor Kanonen strotzte. Hölzernes Strandgut trieb gegen den Rumpf, wie bei allen Schiffen im Hafen. Er sah die Wachen in mehreren kleinen, von Laternen erleuchteten Vorposten-Booten, die aufpassten, dass niemand Unbefugtes sich dem Schiff näherte.

»Ich glaube, ich habe eine Idee, wie wir an Bord gelangen. Wie wir mit der Besatzung fertig werden sollen, weiß ich allerdings nicht. Es sind so viel mehr Männer als wir.« Er beobachtete, wie gerade ein dicker Holzstamm zu dem anderen Müll und Abfall trieb, der sich bei der gerade einsetzenden Ebbe am Rumpf der *Respite* sammelte. Das Schiff war ein Furcht erregender Anblick; das Treibgut sah aus, als seien Blätter und Zweige an die Mauern einer riesigen Zitadelle geweht.

Paul sagte: »Ich weiß zwar nicht, wie du es anstellen willst, an Bord eines englischen Kriegsschiffes zu gelangen, aber wenn du dir den direktesten Weg zum Kapitän suchst, brauchtest du dich nicht mit der Besatzung abzugeben.« Die Männer warteten schweigend, was Jack dazu sagte.

»Vielleicht ist das die Lösung.« Jack hatte sich inzwischen ganz von dem Schlag auf den Kopf erholt. Während er zu dem imposanten Kriegsschiff schaute, nahm ein Plan Gestalt in seinem Kopf an.

»Jaah, aber da wäre immer noch die Kleinigkeit, dass die Wachsoldaten der Britischen Kriegsmarine vielleicht etwas dagegen haben, dass wir an Bord kommen und uns ihren Kapitän vorknöpfen«, sagte Jacob.

»Dann sollten wir sie gar nicht erst fragen«, erwiderte Jack. »Während wir hier stehen und herumquasseln, haben sich viele mannsgroße Gegenstände dem Schiff genähert, ohne Alarm auszulösen.«

»Dieser Unrat auf dem Wasser?«

Paul, der ahnte, worauf Jack hinauswollte, bemerkte: »Falls du vorhast, dich an einem dieser Baumstämme festzuhalten und zum Schiff hinzutreiben, so glaube ich nicht, dass es funktioniert. Wenn du in die Nähe der Wachboote kommst, würden sie deine Arme oder deinen Kopf herausragen sehen und dich an einer Schlinge um den Hals aus dem Wasser ziehen – direkt bis aufs Rahnock hoch – und dich dort baumeln lassen.«

»Ja«, stimmte Mentor zu. »Sie würden uns bestimmt entdecken, Jack.«

»Wartet«, fuhr Jack mit funkelnden Augen fort. »Erinnert ihr euch, wie wir in Belaur mit den Kindern im Seichtgewässer herumtollten? Wie sie uns gezeigt haben, unter Wasser durch Schilfrohr zu atmen?«

Einige der Männer griffen zu ihren Tabakpfeifen und rieben sich über Kinn und Hals, so wie sie es oft taten, wenn sie sich von Jacks Plänen überzeugen ließen.

»Coop, meinst du, du kannst ein paar Löcher in zwei alte Rahen bohren, wenn wir ausprobiert haben, wie sie auf dem Wasser liegen?« fragte Jack.

Coop nickte.

»Und Paul, hol ein Bündel von den Bambusröhren, die die Arbeiter im Laderaum gelassen haben.« Paul, der wusste, dass es jetzt kein Halten mehr gab, machte sich auf den Weg.

Bald trieben zwei Rahen auf dem Wasser, die aussahen wie irgendein beliebiges Treibgut. Die in die Bohrlöcher eingesetzten Bambusröhren ragten nicht aus der Rahenoberseite heraus; unterhalb reichten sie mehrere Zentimeter ins Wasser, und direkt daneben hatte Coop zwei Schrankgriffe angebracht, an denen sich die Taucher beim Atmen festhalten konnten. Sie hatten Röhren mit besonders großem Durchmesser ausgewählt, damit genug Luft in die Lungen der Männer kam und sie nicht die Puste verloren.

Ehe Jack sich mit Quen-Li, Matoo und Yanoo auf den Weg machte, sah er die zurückbleibenden Männer eindringlich an. »Macht die *Star* segelklar und haltet Äxte bereit, die Festmacherleinen durchzuschneiden. Denn ich fürchte, wenn wir losfahren, werden wir nicht die Zeit haben, die Anker mit der Winde einzuholen.«

»Gott steh euch bei, Jungs«, sagte Mentor. »Holt Quince zurück von diesen Dreckskerlen und passt auf euch auf. Wir sind da, wenn ihr uns braucht.«

Paul, der schrecklich aufgeregt war, umarmte einen nach dem anderen, Jack zuletzt. »Ich glaube, das hier ist die allerwahnwitzigste Idee, zu der du uns je überredet hast.«

Das Atmen war kein Problem, aber die Richtung zu halten erwies sich als eins. Die Taucher hatten keine Orientierung, wenn sie nicht ab und zu den Kopf aus dem Wasser streckten und guckten, wo sie hintrieben. Ironischerweise waren es die Laternen auf den Wachbooten im Umkreis der *Respite*, die ihnen am besten die Richtung wiesen. Jack konzentrierte schließlich seine ganze Aufmerksamkeit aufs Steuern, und Quen-Li sorgte fürs Vorankommen.

Jacks Puls begann zu rasen, als er in dem trübe beleuchteten Wasser plötzlich eine andere unverhoffte Gefahr entdeckte: Seeschlangen. Offenbar vom Licht der Laternen angezogen, stießen sie auf seine Hände zu, mit denen er sich an der Unterseite der Rahe festhielt. Aus Erfahrung wusste er, dass das Getier zu langsam war, um gefährlich zu sein. Man musste bloß auf der Hut sein und sie rechtzeitig fortstoßen. Aber in diesem Moment hatte Jack auf tausend andere Dinge zu achten, und wenn es einer Schlange gelang, ihn zu beißen, konnte das sehr gefährlich und wahrscheinlich tödlich sein. Großartig, einfach großartig! Jacks erster Impuls war, so schnell er konnte fortzuschwimmen, aber damit würde er womöglich die Aufmerksamkeit der Wachboote auf sich ziehen – was genauso verhängnisvoll wäre.

Allen war klar, dass sie sich nicht zu schnell fortbewegen durften, sonst würden sie entdeckt. Und sowie sie wussten, dass sie auf dem richtigen Kurs waren, trieben sie langsam voran. Schließlich hatten sie es an den Wachbooten vorbei geschafft, und über ihnen ragte gewaltig die hell erleuchtete HMS *Respite* auf. Jack trieb die Rahe auf das Heck zu, bis er ein weiteres Licht, ein orangefarbenes, erblickte. Er wusste, dies waren die Buntglasfenster vom Achterkastell des Schiffes, was bedeutete, dass sie direkt unterhalb des Heckspiegels waren, wo sie vom Deck aus nicht erspäht werden konnten. Als sein Fuß gegen die Spitze des Ruders der *Respite* schlug, hielt Jack an.

Er hob den Kopf aus dem Wasser, blickte sich um und kam zu dem Schluss, dass niemand sie gesehen hatte. Die Männer in den Wachbooten waren halb eingeschlafen und achteten auf nichts im näheren Umkreis. Stückchen für Stückchen hangelte Jack sich die lange Rahe entlang, um Quen-Li auf den Kopf zu tippen, aber der hatte ihn bereits aus dem Wasser gereckt. Bis auf die um Taille und

Schulter geschlungenen Gürtel für die Waffen – darunter die in eingeöltes Segeltuch eingewickelte Pistole – waren beide Männer nackt. Dazu hatten sie ihre Gesichter mit Lampenruß geschwärzt, und Jack kam in den Sinn, dass sie wirklich abenteuerliche Gestalten abgeben mussten. Dann spürten sie einen dumpfen Aufprall; die zweite Rahe hatte sich zu ihrer gesellt, und die beiden belaurischen Krieger tauchten unter ihrer Tarnung hervor. Abenteuerlich, in der Tat.

Wie vermutet, waren oberhalb der Wasserlinie am Schiffsheck Handgriffe angebracht, um Ausbesserungsarbeiten am Schiffsholz und Ruder zu erleichtern. Jack fasste an den ersten Eisengriff und zog sich zur gebogenen Unterseite des Heckschnabels hoch. Er hatte die beiden Belauren wegen ihrer Stärke und Behändigkeit ausgewählt. Sie verstanden inzwischen genug Englisch, um Befehlen zu folgen, aber meistens waren gar keine Worte nötig, sie folgten Dyak einfach. Die Augen der jungen Krieger glühten vor Eifer, das gewagte Abenteuer siegreich zu bestehen. Jack wusste, Männer, die aufgewachsen waren wie sie, fürchteten weder Gefahr noch Tod.

Ausnahmsweise hatten sie Glück. Obwohl Britannien die Meere regierte, war es allem Anschein nach gegen diese Form von Attacke auf ihre berühmten Kriegsschiffe nicht gewappnet: darauf, dass in einem friedlichen Hafen nackte Verrückte an Bord kletterten. Die Wachen waren diszipliniert und auf der Hut, aber nur auf Hauptdeck, Krähennest und die Wachboote verteilt. Und sie hielten nach Schiffen Ausschau, nicht nach Schwimmern.

Nachdem der Trupp der *Star* den Kimmknick überwunden hatte, war der Rest ein Kinderspiel. Innerhalb weniger Augenblicke waren sie im Kapitänsgang, wo ihnen nur ein einziger gelangweilter Wachposten im Wege war. Obwohl es so spät war, hörte Jack Stimmen und Gelächter aus der Kapitänskajüte. Er gab einem der Belauren ein Zeichen und wies auf den Wachposten. Sekunden später war der Engländer in einer Ecke zusammengesackt, bewusstlos vom Schlag der belaurischen Kriegskeule.

Alles war so leicht gegangen, dass Jack verdutzt war, so schnell vor der Kapitänskajüte zu stehen. Da ihm nichts Besseres einfiel, klopfte er höflich an die Tür.

Er hörte Stühlerücken und Gemurmel. »Wer zum Teufel kann das sein, Leutnant?«

»Keine Ahnung, Sir. Vielleicht will eine Wache etwas melden.«

Die Tür öffnete sich. Ein Offizier in blauem Rock erschien und sah Jack perplex ins Gesicht, ließ die Augen seinen nackten Körper hinunterwandern, und dann musterte er Jacks Gefährten. Dem Offizier fiel die Kinnlade herunter. Er wollte die Tür gerade wieder zuknallen, als Jack ihm einen Kinnhaken versetzte. Der Mann strauchelte zurück in die Kajüte und landete direkt auf einem rot gepolsterten Stuhl.

Der Kapitän, ein Mann von ansehnlicher Statur, stand ohne Furcht vor Jack. Jack hielt ihm die Pistole auf die Brust. »Mit Verlaub, Sir, wir sind gekommen, um unseren Kapitän zu befreien, der entführt und gegen seinen Willen an Bord dieses Schiffs gebracht wurde – was eine gesetzeswidrige Tat war – ja, ein Piratenstreich war es, gleich, von wem er ausgeführt wurde und auf wessen Befehl hin er geschah, und sei es auf den vom König …«

»Und wer zur roten, grünen und blutigen Höllenglut bist du?« Die Fassung des Manns war bewundernswert angesichts der Umstände.

»Ich, Sir, bin Jack O'Reilly, Kriegsherr, Erster Maat –

der *Etoile Trouvée* – der *Found Star* – und bin hier, meinen Kapitän zu befreien.«

»*Etoile Trouvée*? Ein französisches Schiff? Aber du bist Amerikaner – kein Zweifel bei dem Kauderwelsch, das du sprichst – sogar die Franzosen können besser Englisch als ihr in den Kolonien.«

Jack war fassungslos. War dem Mann nicht klar, dass er einen Fingerzug vom Tod entfernt war? Dann sagte er sich, dass das wohl für sie alle galt, denn gerade sah er, wie der Offizier, den er umgestoßen hatte, sich hochrappelte und sein Schwert zog. Einer der Belauren stürmte auf ihn los, aber Quen-Li kam dem Eingeborenen zuvor, indem er mit dem Fuß ausholte und gegen die stumpfe Seite des Schwerts trat, das klirrend zu Boden fiel.

Jack heftete den Blick wieder auf den Kapitän. Zorn flammte in ihm auf, und er sagte mit fester Stimme: »Vielleicht erinnern Sie sich daran, dass wir schon längst keine Kolonien mehr von euch verdammten Engländern sind. Wir haben euch mit einem Arschtritt aus unserem Land vertrieben. Und jetzt fordere ich Sie noch einmal auf … was zum Teufel gibt's da zu lachen?«

»Bei allen Eiern, Schwänzen und Hurenböcken! Ihr verrückten Kerle habt eure nackten Yankee-, Schlitzaugen- und Negerärsche einen britischen Viertklasser hochgeschafft, um euren Kapitän zu befreien, den wir, wenn ich's recht versteh, irrtümlicherweise in unsere Gewalt gebracht haben.«

»Nun – ja – ein Irrtum war es wohl nicht gerade … «

»Sebastian, geh und hol diesen Burschen, wie hieß er noch?«

»Quince, er …«

»Also, hol diesen Quince her, Sebastian«, wiederholte der Kapitän und zeigte zur Tür.

»Beim heiligen Georg – was für eine Geschichte!«,

sagte der Kapitän. »Hätt ich's nicht mit eigenen Augen gesehen, würd ich's nicht glauben.« Er schlug mit der Faust auf den Tisch und brach in schallendes Gelächter aus. »Guck sich das einer an! Wie eure Schwänze in der tropischen Brise schwingen! Und wo hast du diese Wilden und das Schlitzauge her?«

»Es sind meine Schiffskameraden und Verbündete«, gab Jack zurück.

»Verb …« Jetzt wurde der Kapitän von Lachkrämpfen geschüttelt. Plötzlich war draußen Gepolter zu hören; der Niedergang hatte sich mit bewaffneten Männern gefüllt.

Jack hielt seine Pistole hoch. »Sir, geben Sie uns unseren Kapitän heraus. Sonst werden wir, und koste es unser eigenes Leben, dafür sorgen, dass Ihrs nicht mehr lang genug ist, diese lustige Geschichte zu erzählen.«

Jetzt richtete sich der Kapitän zu voller Höhe auf. »Für dich bin ich Kapitän Nesmith, mein Sohn. Wo bleiben deine Manieren? Aber vielleicht lass ich dich, deinen Kapitän und deine Verbündeten mit heilen Eiern von Bord.« Er steckte seinen Finger in Jacks Pistolenlauf. »Steck das Ding weg, Junge, ehe ich es dir in den Arsch ramme.« Jetzt war es an Jack, dass ihm die Kinnlade runterfiel.

Nesmith wandte sich an die Wachen draußen vor der Kajüte. »Sebastian, hast du diesen Quince hergeholt?«

»Ja, Sir.«

»Dann schick ihn rein und treib alle bewaffneten Männer vom Deck. Wenn ich mich auf sie verließe, wäre mein Leben einen Pfifferling wert und ich längst eine hübsche Erinnerung. Dann bring mir meine Offiziere her.«

Völlig unvorbereitet auf diese Wendung der Dinge, steckte Jack seine Pistole wieder in den Gürtel, trat zur Seite und gab seinen Männern ein Zeichen, es ihm gleichzutun, um den englischen Offizieren und Quince Platz zu machen.

Jack spürte eine Welle von Erleichterung, als er Quince erblickte, der zwar zornig guckte, aber sonst ohne Kratzer war. Erst als er den Riesen in so guter Verfassung sah, merkte Jack, wie sehr er sich um ihn gesorgt hatte.

Der Kapitän lächelte. »Mr. Quince, wenn ich recht verstehe, haben irgendwelche Narren, die mir unterstehen, Sie von Ihrem Schiff entführt und gegen Ihren Willen in den Dienst Seiner Majestät gezwungen.«

»So ist es, Sir.«

»Ich habe nichts davon gewusst und versichere Ihnen, dass die Schuldigen mein Missfallen zu spüren bekommen werden. Ich entschuldige mich – ich glaube, ich weiß, wer hinter dem Ganzen steckt. Ein jämmerlicher holländischer Handelsherr, der sich zu knapp über seinem Ohr rasiert hat. Ah! Natürlich! Ihr seid also die Piraten, die ihm solchen Kummer machen.«

Quince wollte protestieren, aber Nesmith schnitt ihm das Wort ab.

»Spielt keine Rolle; er ist sowieso ein Gauner. Trotzdem haben Ihre nackten Verrückten hier ein Schiff der königlichen Kriegsmarine überfallen, sind in die Kapitänskajüte eingedrungen …« Hier wurde der Kapitän wieder von der Komik des Ganzen besiegt, und er schüttelte sich vor Lachen. »Aber wenn keiner meiner Männer getötet oder ernstlich verletzt wurde, lasse ich euch alle in einer Stunde mit heiler Haut davonkommen.«

Sebastian teilte ihm mit, dass ein Wachposten niedergeschlagen wurde, inzwischen aber wieder bei Bewusstsein sei und nicht ernstlich verwundet.

Nesmith streckte sich, grinste und blinzelte Jack zu. »Ihr alle seid frei, zu gehen; aber ich bestehe darauf, dass ihr mir vorher noch eure Geschichte erzählt. Mich dünkt, eine solche werden wir nie wieder zu hören bekommen.«

Am Mittag des nächsten Tages, einem heiligen Sonntag, lichtete die *Star* hastig die Anker und segelte zum Hafen Manilas hinaus. Zoll, Hafenbehörden und eine Anzahl von Händlern jubelten wahrscheinlich vor Erleichterung. Jack sah, wie ihnen De Vries vom Achterdeck des Flaggschiffs *Bauxter* nachsah. Neben ihm stand der Anführer der Bande, die zusammen mit den englischen Helfershelfern die *Star* überfallen hatte.

Vierzehn Stunden später, um 2.30 Uhr Montagnacht, lief die *Star* wieder in den Außenhafen von Manila ein; alle Schiffslichter waren gelöscht, und eine schwarze Fahne wehte von ihrem Großbramsegel. Lautlos glitt sie an der *Bauxter* und mehreren anderen Schiffen vorbei in den Innenhafen.

Um 4.30 Uhr, kurz vor Sonnenaufgang, blähten sich die Segel der *Star* in der üblichen ablandigen Morgenbrise. Mit gekürzten Segeln glitt sie langsam an den Handelsschiffen im Innenhafen vorbei, und dann, alle Segel gerefft, an die *Bauxter* heran. »Ahoi, Wache der *Bauxter*!«, schrie Quince vom Achterdeck, Jack stand neben ihm.

»Sagt, was ihr wollt«, kam die verdutzte Antwort.

»Eine Botschaft von der Bruderschaft – für Heinrich De Vries.« Die Wache der *Bauxter* rief den Kapitän und De Vries an Deck. Letzterer rieb sich den Schlaf aus den Augen und verfluchte die verdammten spanischen Zollbehörden, die er für die Übeltäter hielt, ihn aus dem Schlaf gescheucht zu haben.

»Die Männer sagen, sie hätten eine Botschaft für Sie, Sir.«

De Vries wölbte die Hand über sein heiles Ohr und wandte es dem nur fünfzig Yards entfernten Schiff zu. Dann wanderten seine Augen den Großmast hinauf. Im gleichen Moment, als er die schwarze Flagge dort erblickte, hörte er den Schuss aus einer Kentucky-Longrifle. Ungläubig starrte er auf seine Hand. Sein Mittelfinger fehlte, und ein beträchtlicher Teil von seinem linken Ohr klebte zwischen seinen verbliebenen Fingern.

»Konnten's einfach nicht übers Herz bringen, dass der Kopf eines Manns so aus dem Gleichgewicht ist«, schrie Quince ihm zu. »Jetzt können Sie Ihre Perücken und Hüte eine Nummer kleiner kaufen. Trotzdem, irgendwie werden Sie aussehen wie ein wandelnder Schwanz mit 'ner Haube obendrauf. Bon voyage.«

Die *Star* feuerte eine Breitseite von sechs Kanonen auf die Wasserlinie der *Bauxter* ab, die alle Segel eingeholt hatte, und segelte volle Fahrt voraus zum Hafen hinaus. Um 6.30 Uhr morgens befahl der Kapitän der *Bauxter*: Alle Mann von Bord! Um 6.55 Uhr morgens sank die *Bauxter*, ohne dass jemand sein Leben verlor.

Die Erinnerung an ihre halsbrecherische Abfahrt aus dem philippinischen Hafen und das Kanonenfeuer, das alle weit und breit aus dem Schlaf riss, sollte Jack ein Leben lang im Gedächtnis bleiben. Quince, der auf dem Achterdeck stand, hatte noch nie so glücklich und stolz ausgesehen. In Ehrerbietung vor der HMS *Respite* holten sie die schwarze Flagge ein, als sie an ihr vorbeifuhren, und hissten die *Stars and Stripes*. Die englischen Matrosen drängten sich an der Reling und staunten über diese frechen Yanks, die holländischen Handelsschiffen den Garaus machten.

Quince befahl, Salutschüsse für das britische Schiff abzufeuern. Sie wurden von einer der sechsundreißig Kanonen an der Backbordseite erwidert. Hansumbob oben im Krähennest schwor später, vom Achterdeck der *Respite* her hätte er lautes Gelächter gehört. Auch wenn die Amerikaner vielleicht bald wieder mit den Engländern in Krieg lägen, so hatte dieser Kapitän sie fair behandelt, und sie wünschten ihm alles Gute.

Erst nach vielen Tagen auf See legte sich die Aufregung der Männer allmählich. Die Bruderschaft war so munter und ausgelassen wie nie. Und wie Mentor sagte: »Ich schätze, wir sind auf einer irrwitzigen Mission unterwegs, aber der Teufel soll uns holen, wenn wir nicht ein großartiger Haufen von Irren sind.«

Kurs auf die Karibik

Wohin geht die Zeit auf See? sinnierte Paul, während er seine Schicht in der Steuerbordwache absolvierte. Zu allen Seiten hin erstreckte sich das Meer. Riesige blaugraue Brecher hoben das Schiff und stießen es nach vorn, halfen dem Wind bei seiner Arbeit. Als das Deck sich unter Pauls Füßen hob, spürte er eine Schwere und kurz darauf wieder Leichtigkeit, als es in ein Wellental eintauchte. Das endlose Gleiten des hölzernen Schiffsrumpfs übers Wasser hatte eine hypnotische Wirkung auf ihn und weckte Erinnerungen an sein Land und seine Familie.

Seit ihrer triumphalen Abfahrt waren sie eine Woche auf See, und die Bruderschaft wirkte zufrieden; die Männer kehrten freudig zu der vertrauten Routine zurück, die ihnen ein Gefühl von Sicherheit gab. Fern von Häfen und Städten, war das Meer wie ein Zufluchtsort. In diesem Teil des Südpazifik konnte ein Schiff monatelang kreuzen, ohne je ein anderes Segel zu sehen. Keine Menschenmengen, keine Verbrecherbanden, keine Holländer, die auf blutige Rache sannen; bloß der Puls von Wind und Wellen. Selbst das Kommen und Gehen der Sonne verlor in der Seemannswelt mit ihren im Vierstundentakt wechselnden Wachen an Bedeutung, denn Nacht und Tag verschmolzen.

Auf ihrem südlichen Kurs und in Erwartung der Passatwinde, die sie an Ceylon vorbei und weiter zum Kap der Guten Hoffnung bringen würden, fühlten sie sich zwischen zwei Welten – Manila war nur noch ein in ihrem Kielwasser entschwindender Traum, und Kuba lag in weiter Ferne vor ihnen. Während die Männer ihren Pflichten nachgingen, fand jeder zu seinem eigenen Rhythmus mit dem Meer – sie alle hatten viel Vergangenes zu verdauen und viele Hoffnungen, oder Befürchtungen, für die Zukunft. Der Drill war ihre Hauptabwechslung. Jack ließ die Männer stundenlang an den Gewehren und Kanonen üben, sie sogar gelegentlich auf ihre eigene Spur zielen, die sie im Wasser zogen, auf über Bord geworfene Kisten und andere behelfsmäßige Zielscheiben. Sie machten ein Spiel daraus, aber Paul wusste, dass es Jack Ernst damit war, die Treffsicherheit des kleinen Haufens zu vervollkommnen.

Er wunderte sich, was Jack aus der *Star*-Besatzung herausholte. Vielleicht hatten alle Männer etwas von einem Krieger in sich, und Jack sorgte dafür, dass jeder den anderen das Kriegshandwerk zeigte, worauf er sich am besten verstand. Die Belauren wiesen die andern in die Kunst des Ringens und Keulenschwingens ein. Quince und Mentor waren eine erstaunliche Wissensquelle, was den Gebrauch von Entermessern betraf. Nur Quen-Li hielt sich abseits. Aber sein gelegentliches Lächeln machte deutlich, dass er das Exerzieren befürwortete; es verhielt sich nur so, dass der chinesische Koch ein Sonderfall war, ein Mann, für den, wie Paul wusste, Leben nehmen sozusagen seine Lebensart war.

Wochen zerflossen zu Monaten, während die *Star* sich ihren Weg nach Süden bahnte. Ein kurzer, ereignisloser Zwischenaufenthalt in Kapstadt ging der fünfwöchigen Fahrt nach Kuba voraus.

Paul rechnete damit, dass Jack auf dieser letzten Etappe der Reise immer angespannter, aufgeregter und mürrischer würde. Das Gegenteil war der Fall. Sein Freund wirkte sonderbar ruhig und gelassen. Er erzählte von seiner Kindheit und der schicksalhaften Entscheidung seiner Familie, ihr Land zu verlassen; sogar von den Vorfällen in Kuba sprach er, aber eher nachdenklich als hitzköpfig. Paul verstand allmählich, dass es seinem Freund schon Erleichterung verschaffte, endlich unterwegs zu seiner Mission zu sein. Es befreite ihn von seiner quälenden Ungeduld.

Paul beobachtete, wie sich an der *Star*-Besatzung die Verwandlung vollendete, die damals mit ihrem Schiffbruch in der Südsee begonnen hatte; »das Meer verzaubert sie in starke, sonderbare Wesen, und im Osten geht ein schwarzer Stern auf«, sinnierte er.

Innerlich war Jack in stillem Aufruhr; äußerlich war ihm von seiner früheren Unruhe und Aufgewühltheit nichts mehr anzumerken – das Warten und die Unentschiedenheit hatten ein Ende. Der Bug der *Star* führte ihn seinem Schicksal entgegen, wie es auch aussehen mochte. Er segelte auf den Geburtsort seiner Albträume zu. Wie hieß noch die Zeile aus Shakespeare, die Paul oft zitierte? »Die Waffen gegen ein Meer voll Unheil erheben« – ja, so ähnlich. »Es herausfordern und bezwingen.«

Das Gesicht seiner Mutter; manchmal konnte er es sich nicht mehr in Erinnerung rufen. Ihren Blick ja, aber nicht ihr Gesicht. Aber das Gesicht von de Silva stand ihm immer vor Augen. Im Schlaf sah er manchmal den Hals seiner Mutter, das daraus hervorschießende Blut, aber nicht, wenn er wach war. Doch de Silvas Gesicht sah er am helllichten Tag vor sich. Genau wie das von Sergeant Matros. Und die Hände seines Vaters – ja, die konnte er auch sehen. Und jenen Dolch konnte er sehen – und dann den tief und kalt in ihm rinnenden Hass fühlen.

Neunzig Meilen vor Kuba

»Wo zum Teufel sind wir hier bloß gelandet?«, brummte der alte Hansumbob Paul an, der prompt antwortete: »In den Dry Tortugas. Sie wurden 1513 von Ponce de León entdeckt. Er nannte die Bucht Las Tortugas, die Schildkröten, weil's hier vor Schildkröten wimmelte, die 'ne gute Mahlzeit abgaben.«

»Kommt mir aber mächtig nass vor hier.«

»Na ja, er war es ja auch nicht, der es die ›trockenen Schildkröten‹ nannte. Den Namen haben die Kartographen erfunden, um die Seeleute zu warnen, dass es hier kein frisches Wasser gibt.«

Ein Anker war festgemacht, und das Schiff schwang in den Wind hinein; auf Quince' Zeichen sollte ein anderer Anker von Mentor heruntergelassen werden, der neben dem Kranbalken an der Backbordseite stand. Wie üblich hielt er als Vorsichtsmaßnahme eine Axt in der Hand, um die Trosse durchzuschneiden, falls die Verholwinde klemmte.

»Hier gibt's weit und breit nichts außer sandigem Sand und noch mal Sand, und ab und zu 'nen Flecken Sandbuschwerk mit kreischenden Vögeln«, beschwerte sich Hansumbob.

»Aber es ist eine ruhige Bucht«, erwiderte Paul. »Und ein guter Ankerplatz, wo wir ein paar Nächte verbringen und Vogeleier sammeln können und uns dann vom Norden her Havanna nähern. Von hier aus sind es noch neunzig Meilen, und für die Spanier wird es aussehen, als wären wir von den Vereinigten Staaten kommende Kaufleute. Wenn ein Schiff ein paar hundert Meilen in Ballast fährt, um Fracht aufzunehmen, wundert das niemand, Bob. Aber sie würden sich wie die Fliegen auf uns stürzen, wenn sie wüssten, dass wir die ganze Strecke von den Philippinen ohne Fracht gefahren sind. Jedenfalls sehen Quince und Jack das so.«

»Na, Paulee, dann will ich mich zufrieden geben, hee, hee.«

Während Hansumbob hinüber zum Kranbalken ging, um mit dem Ankergeschirr zu helfen, brummte er vor sich hin. »Jaah, die meisten von uns sind wohl zufrieden mit dem Plan, nur Cheatum, der wird bestimmt noch was zu meckern finden.«

Doch wie sich herausstellte, hielt Cheatum den Mund, so als wäre er insgeheim zu dem Entschluss gekommen, abzuwarten, bis der rechte Augenblick gekommen war. Paul war jedenfalls immer auf der Hut vor ihm.

Eiersammler hatten sich auf den Sandbänken niedergelassen; zumeist waren es arme Leute aus Kuba oder den Floridas, die dort den Teil des Jahres verbrachten, wenn vom Festland her die Vögel in großen Schwärmen ankamen. Die Leute hatten frisches Wasser aus den Regenauffangbecken, die sie angelegt hatten, und sie verkauften es zu einem nicht allzu überhöhten Preis an die *Star*, zusammen mit frischen Eiern. Sie gaben sogar einen Teil von ihrem Früchtevorrat ab, als sie merkten, dass die Matrosen von der Schonerbark sie gut dafür bezahlten.

Am dritten Morgen ihrer Ruhepause in den Tortugas schrie Coop, der im Krähennest auf Wache war, zum

Deck hinab: »Zwei Segel, mit Schiffstakelung. Ja, es ist eine Brigg – sieht nach Kriegsmarine aus und kommt direkt auf unsere Bucht zu.«

Quince rief die Männer auf ihre Posten. Damit hatte er nicht gerechnet. Dieser kleine Fleck von Sandbänken und Seichtgewässer war nicht dazu angetan, Besuch von größeren Schiffen zu bekommen – dergleichen vermieden sie lieber. Nach Ansicht der Spanier gehörte Florida immer noch zu ihrem Herrschaftsbereich in den Amerikas; die Vereinigten Staaten dagegen behaupteten, es sei stillschweigend in den *Louisiana Purchase* miteinbegriffen – ein Streitpunkt zwischen beiden Ländern. Quince befahl, die amerikanische Flagge zu hissen, und alle Männer sollten in Stellung gehen, so wie sie es während der vergangenen Monate oft geübt hatten. Diejenigen, deren Platz in der Takelage war, konnten entweder von einem guten Aussichtspunkt aus schießen oder die Segel setzen, je nachdem, was Quince befahl – Kampf oder Flucht.

Die Brigg manövrierte vorsichtig durch die Korallenriffe, um dann in die Lagune hineinzusegeln. Quince wusste, dass es bei den gerade vorherrschenden Winden nur eine Richtung gab, die sie gefahrlos einschlagen konnte, also ließ er die Anker der *Star* nicht lichten, wies seine Männer aber an, sich bereitzuhalten, wenn nötig die Trossen zu kappen. Stumm beobachtete die *Star*-Besatzung, wie das Schiff, das jetzt eindeutig als amerikanische Kriegs-Brigg zu erkennen war, in die Bucht einfuhr. Die Brigg wurde gut geführt und hatte zweifellos vor, bis auf Rufweite an die *Star* heranzukommen. Als die Brigg Anker warf, schwang sie hart zur Backbordseite herum und lag direkt der *Star* gegenüber.

Jack, der neben Quince stand, konnte die Gesichter der Offiziere auf dem erhöhten Achterdeck sehen.

»Ich wette, die sind neugierig«, sagte Jack. »Stellen Sie sich vor, ein Schiff mit einem französischen Namen und der amerikanischen Flagge – und zum Kampf gerüstet.«

Ein Maat mit Sprachrohr und kräftiger Stimme übermittelte die Befehle des Kapitäns: »Seemänner vom Schiff *Etoile Trouvée*: ihr werdet angehalten, damit die Kriegs-Brigg der Vereinigten Staaten *Adams* euch überprüfen kann.«

»Anhalten?!« Quince brauchte keinen Lautsprecher. »Wir sind ja nirgends hin unterwegs, wie wollt ihr uns dann anhalten?!«

Ein Moment herrschte Stille auf der Brigg, ehe die laute Stimme des Mannes wieder herüberhallte. »Wie wär's, wenn ihr eure Kanonenrohre zurückzieht und die Abdeckungen der Geschützpforten wieder runterklappt – hübsch brav, wie sich's gehört.«

»Wie wär's, wenn ihr meinen runden roten Arsch küsst – ganz zärtlich, wie sich's gehört?«

Ein weiteres, längeres Schweigen setzte von der Brigg her ein, während der Kapitän offenbar seine Möglichkeiten abwägte. Jack stellte sich vor, er wäre auf Deck der *Adams* – etwas, das er immer öfter in Kampfsituationen tat und wobei er versuchte, sich selbst durch die Augen seines Gegners zu sehen.

Obwohl insgesamt ein wenig länger als die *Adams*, hatte die *Star* eine viel kleinere Truppe, aber Jack wusste, dass es die Marineoffiziere ärgerte, wie strategisch klug die Männer auf dem dunklen, schnittigen Schiff verteilt waren. Wer nicht an den Kanonen stand, war in der Takelage oder auf dem Schanzdeck postiert ... und jeder hatte ein Gewehr. Gewehre. Teufel. Bei genauerem Hinsehen würde es jedem erfahrenen Soldaten sofort auffallen, dass es die berühmten Kentucky-Longrifles waren.

»Wahrscheinlich sagen sie sich, dass sie die Kraftprobe mit uns bestimmt gewinnen, aber dass es auch sie Verluste kosten würde«, sagte Quince zu Jack. »Und verflixt, die amerikanische Kriegsmarine ist so klein, dass sie eigentlich besseres zu tun haben sollte, als ihre eigenen Bürger zu belästigen – die halten uns bestimmt für ein französisches Piratenschiff, das unter falscher Flagge fährt.«

Jack hoffte fieberhaft, die Brigg würde sie in Frieden lassen – jetzt, wo er so nah am Ziel war, lag ihm weiß Gott nichts an einem Kampf mit einem amerikanischen Kriegsschiff.

Wieder dröhnte die Stimme von der Brigg: »Wenn ihr's so haben wollt, na gut – dann könnt ihr bald das Feuer auf eurem Schiff löschen und eure Toten über Bord werfen. Seien Sie vernünftig, Maat, oder Sie werden gleich heißes Blei schmecken.«

»Vielleicht«, schrie Quince. »Aber ich hab nicht meine Jugend damit verbracht, gegen die Briten zu kämpfen, um mich von ein paar aufgeblasenen Schiffsuniformen aus meinem eigenen Land schikanieren zu lassen. Und du darfst mich als ›Kapitän‹ anreden oder überhaupt nicht, junger Mann.«

Unruhe entstand auf der *Adams*. Ein Mann trat aus den Schatten. Hansum, der durch ein Fernrohr guckte, rief aufgeregt: »Sieht aus, als ob jetzt ein wirklich hohes Tier das Reden übernimmt.«

Mentor, der sich gut mit den Uniformen der Kriegsmarine auskannte, nahm Bob das Fernglas aus der Hand und stieß dann einen leisen Pfiff aus. »Mr. Quince, da tritt ein Admiral der amerikanischen Kriegsmarine an die Reling. Ich glaube, der übernimmt jetzt die Sache – so einen wie den da sieht man normalerweise nicht auf einer Brigg!«

Der Mann, von dem die Rede war, trat an die Reling und sprach mit tragender Stimme, die ohne Hilfe eines Sprachrohrs auskam.

»Hören Sie zu, Kapitän. Ehe wir uns womöglich wegen eines Missverständnisses gegenseitig unsere Schiffe zerfetzen, lohnt es sich vielleicht, zu überprüfen, ob wirklich Grund dazu besteht.«

»Aye. Da haben Sie vielleicht recht«, erwiderte Quince.

»Wenn Sie mit dem Beiboot Ihres Schiffs zu uns kommen, gebe ich Ihnen mein Wort, dass wir Ihnen nichts anhaben. Und wenn sich herausstellt, dass ein Kampf nicht zu umgehen ist, lassen wir Sie auf Ihr Schiff zurückkehren und das Kommando übernehmen, ehe es losgeht.«

Jetzt war es an der *Star*, zu zögern. Quince sah Jack an, der die Achseln zuckte und dann zustimmend nickte. Quince wölbte die Hände über den Mund. »Habe ich Ihr Wort als Gentleman und Offizier der Kriegsmarine der Vereinigten Staaten?«

»Das haben Sie.«

»Gut, wir kommen rüber, ein Ruderer, mein Kriegs … – ahhhmmm – mein stellvertretender Kommandeur und ich.«

Schnell wurde am Heck der *Star* ein Boot zu Wasser gelassen.

Als Quince und Jack von Bord gingen, achteten sie darauf, dass sie nicht die Kanonenmündungen ihres eigenen Schiffs versperrten – Jack war überzeugt, dass dies den Offizieren auf der Brigg nicht entging.

Sie halten uns entweder für irgendwelche abgehärteten, kampferprobten Veteranen oder für verdammt disziplinierte Seeräuber, dachte Jack. Er lächelte, weil Quince ihn seinen stellvertretenden Kommandeur genannt hatte. Sie hatten zu lange wie Krieger und nicht wie Kaufleute gedacht – Handelsschiffe hatten keinen stellvertretenden Kommandeur – ganz zu schweigen von einem Kriegsherrn.

Als sie an das andere Schiff herangerudert waren, wurde eine Leiter heruntergelassen, und mehrere Matrosen halfen Quince und Jack über das Schanzdeck; dann machten sie respektvoll ihren Offizieren Platz.

»Kapitän«, sagte der vornehm aussehende Mann höflich zu Quince, »erlauben Sie, dass ich mich vorstelle. Ich bin Admiral Bowdoin, und dies ist Leutnant Feller, der befehlshabende Offizier dieses Schiffs. Er hat mir erlaubt, an seiner Statt diese Unterredung zu führen. Sir, Sie sollten einsehen, dass wir nur unsere Pflicht tun. Wir sind für die Sicherheit aller Schiffe unserer neuen Nation verantwortlich und für die Rechtmäßigkeit ihres Tuns auf hoher See. Warum wollen Sie auf unsere rechtmäßigen Anfragen mit Kampf antworten?«

Quince, ein wenig erleichtert über den höflichen Ton des Admirals, antwortete mit der gleichen Höflichkeit. »Sir, wir haben eine lange Reise hinter uns, auf der wir Schiffbruch erlitten und oft mit ansehen mussten, wie im Namen von Recht und Gesetz grausame Taten begangen wurden – einige davon an uns selbst. Deshalb haben wir uns angewöhnt, nur dann der Obrigkeit unseren Respekt zu zollen, wenn wir sicher sind, dass sie nicht aus Willkürherrschaft geboren ist.«

Lieber Gott, dachte Jack. Quince hatte Pauls philosophischen Ergüssen mehr Aufmerksamkeit geschenkt, als er geglaubt hätte. Der amerikanische Kapitän und der Leutnant waren sichtlich beeindruckt von dieser Antwort.

»Dem mag so sein, Kapitän. Aber trotzdem müssen wir Sie fragen, ob Sie die erforderliche Besitzurkunde für dieses Schiff vorzeigen können. Auf Ihrem Heckspiegel ist kein Hinweis auf einen Heimathafen zu erkennen.«

»Das liegt daran, dass dieses Schiff eine Geburt des Meeres ist. Zur einen Hälfte ist es die *Perdido Star* aus Salem, die mit uns an Bord in der Südsee Schiffbruch erlitt, und zur anderen ist es der Rumpf eines holländischen Sklavenhändlerschiffs.«

»Hochinteressant. Aber haben Sie die Besitzurkunde des holländischen Kapitäns? Mir scheint, es ist ein seetüchtiges, und wenn ich das sagen darf, elegant hergerichtetes Schiff.«

»Wir haben keine Papiere, Sir. Der Kapitän der *Peter Stuyvesant* starb an einer plötzlichen Attacke von Bleivergiftung. Er war ein Lump aus einem ganzen Verbrechernest, und als Fischfutter erweist er der Welt einen besseren Dienst.«

Bei dieser Anspielung, die allzu deutlich auf einen Piratenstreich hinwies, straffte der Leutnant die Schultern, schwieg aber in Gegenwart seines vorgesetzten Offiziers. Jack, den Dolch in seinem Gürtel und die Hände hinter dem Rücken verschränkt, stand einen Schritt hinter Quince und blickte sich ziemlich nervös um. Er ließ auf sich wirken, was auch dem Leutnant klar war, nämlich, wie gut bewaffnet und verteilt die Männer auf der *Adams* waren.

Admiral Bowdoin wandte seine ganze Aufmerksamkeit plötzlich Jack zu, so als hätte sich in seinem Kopf plötzlich ein Puzzle zusammengefügt. »Sie sind nicht zufällig Jack O'Reilly?«

Obwohl die Frage so unverhofft kam und ihn förmlich überrumpelte, antwortete Jack ruhig: »Ja, Sir, der bin ich.«

Bowdoin stemmte die Hände auf die Hüften. »Black Jack O'Reilly, der Schrecken des Westpazifik?«

Jack sah dem Mann fest in die Augen. »Sir, ich bin wahrscheinlich die Person hinter diesen albernen Lügengeschichten, aber ein Schrecken bin ich nicht, höchstens für Leute, die meine Schiffskameraden angreifen.«

Bowdoin wandte sich wieder an Quince. »Verstehen Sie es bitte nicht als Unhöflichkeit, Kapitän, wenn ich so lange mit Ihrem, ahhm, stellvertretenden Kommandeur plaudere. Darf ich damit fortfahren?«

»Selbstverständlich.«

»Zugegeben, Mr. O'Reilly, in diesen Gegenden wird oft der blühendste Unsinn erzählt«, sagte Bowdoin. »Und vielleicht haben Sie wirklich Ihre Gründe gehabt, ein holländisches Schiff zu versenken und den ganzen Weg vom Pazifik bis zur Straße von Florida in Ballast zu segeln.« Er wies auf die Wasserlinie der *Star*, an deren Höhe eindeutig zu erkennen war, dass das Schiff ohne Fracht fuhr. »Ich wette, Sie haben keine Besitzurkunde für dieses Schiff und werden von mehreren souveränen Staaten als Piraten gesucht.«

Jack sank das Herz. Er stimmte ihn sonderbar traurig, dass man ihn in seinem eigenen Land inzwischen als Verbrecher sah. Zum ersten Mal wurde ihm klar, dass er, trotz der Probleme seiner Familie in Hamden, ein patriotischer Amerikaner war.

»Was die Urkunden betrifft, haben Sie recht, aber was andere Staaten von mir glauben, das weiß ich nicht.«

Verdammt, dachte er und blickte auf die amerikanische Flagge, die am Großmast flatterte. Mein Vater hat für dieses Land gekämpft. Dort bin ich aufgewachsen. Es ist meine Heimat.

»Nun, ich kann Ihnen sagen, was man von Ihnen hält. Die Admiralität hat Beschwerdebriefe über Ihr Treiben von den Holländern und Briten erhalten.«

Jack und Quince erstarrten. Wie es schien, nahm das Gespräch einen immer unerfreulicheren Verlauf.

»Nun, Sir«, antwortete Quince. »Wenn Sie sich die

Beschwerden von holländischen Sklavenhändlern mehr zu Herzen nehmen als die Anliegen Ihrer eigenen Landsleute, denen in der Fremde Unrecht zugefügt wurde, dann fürchte ich, dass es nicht mehr viel zu bereden gibt.«

»Da bin ich anderer Meinung, Kapitän.« Bowdoin sah den beiden abwechselnd in die Augen. »Zufällig hasse ich die gottverdammten Holländer, und es kümmert mich nicht, was Sie und Black Jack mit ihnen angestellt haben, obwohl ich glaube, dass es sich genauso verhält, wie Sie sagen.« Er begann, auf und ab zu schreiten. »Außerdem sollen Sie wissen, dass wir es verdammt satt und überdrüssig sind, uns von den Briten und Franzosen und allen andern hergelaufenen Habenichtsen schikanieren zu lassen, die sich auf unseren Gewässern breit machen – sogar die Spanier treiben uns ab und zu zur Weißglut.«

Jack wusste nicht, wohin das Gespräch noch führen sollte, sah aber einen schwachen Hoffnungsschimmer, denn ihm fiel ein, was der Schankwirt in Manila ihm erzählt hatte – dass es Probleme zwischen den Engländern und Amerikanern gäbe.

»Was halten Sie davon, wenn ich Ihnen einen von mir unterzeichneten Brief für sicheres Geleit mitgebe?«

Die Überraschung musste Jack an den Augen anzusehen sein; er jedenfalls las sie in den Gesichtern von Quince und Leutnant Feller.

»Unsere Kriegsmarine ist jämmerlich klein, meine Herren. Und wie es aussieht, stehen wir kurz vor erneuten Gefechten mit den Briten und womöglich sogar mit den Franzosen. Auf einen Kampf Schiff gegen Schiff können wir uns unmöglich einlassen, aber gute patriotische Seemänner, die unsere Freibeuter bemannen, können wir verdammt gut gebrauchen.« Er sah die beiden prüfend an. »Ich halte mir zugute, dass ich einen Mann einschätzen kann, und mir ist klar, dass Sie beide, Piraten oder Heilige oder was immer Sie sein mögen, Männer sind, die zu ihrem Wort stehen.«

»Das sind wir, Sir«, erwiderte Quince.

»Meine Herren, wenn Sie eine Erklärung unterschreiben, dass Sie und Ihre Besatzung einen Kaperbrief von der Kriegsmarine der Vereinigten Staaten annehmen und ihrem Einberufungsbefehl folgen, wenn es zu Gefechten mit unseren Gegnern kommt, werde ich den vorhin erwähnten Geleitbrief unterschreiben.«

Fast eine ganze Minute lang starrte Quince auf Deck. »Sir, wir sind Männer bescheidener Herkunft; wir halten uns gegenseitig die Treue, aber wir haben uns verzweifelt nach einem Ort gesehnt, an den wir zurückkehren können.« Quince brach beinahe die Stimme, als er fortfuhr.

»Sie haben uns unsere Heimat zurückgeschenkt. Wir haben noch eine Aufgabe zu erledigen, aber nicht mit jemand, zu dessen Schutz Sie verpflichtet sind – und danach stehen wir zu Ihren Diensten, wenn sie uns rufen.«

Jack spürte Bowdoins Augen auf sich. Die umstehenden Offiziere und Matrosen waren in ehrfürchtiges Schweigen gefallen, das einzige Geräusch war das Knarren des Schiffsholzes in den sanften Wellen. Jack konnte sich nicht erklären, warum Quince' Worte ihn so bewegt hatten, aber irgendwas sagte ihm, dass sie auf Bowdoin und sogar die Schiffsmannschaft eine ähnliche Wirkung hatten.

Jack streckte Bowdoin die Hand hin. Der Admiral ergriff sie.

»Ich schließe mich Mr. Quince' Wort an. Wenn unser Land uns ruft, dann steht ein schnelles Schiff mit einer

Mannschaft bereit, die wie der Teufel kämpft, wenn sie Jagd auf den Feind macht.«

»Daran zweifle ich nicht, Mr. O'Reilly.« Er hörte, wie Bowdoin Leutnant Feller anwies: »Setzen Sie bitte den Geleitbrief auf, und ich unterschreibe ihn dann.«

Auf dem Achterdeck wurde ein Tisch aufgestellt, und als der Leutnant eine einfache Erklärung geschrieben hatte, das Schiff sei inspiziert worden und solle sicheres Geleit für jeden Hafen in der Neuen Republik haben, wurde er von Bowdoin unterzeichnet, und Quince nahm ihn entgegen.

Als die Matrosen ihnen über die Reling halfen, spürte Jack eine feste Hand auf seiner Schulter. Er hob den Kopf und begegnete Bowdoins nachdenklichem Blick. So leise, dass nur Jack es hören konnte, flüsterte er ernst: »Sohn, tu, was du tun musst in diesem Rattennest, aber dann schüttel es ab, was immer dich verzehrt – schüttel es ab! Bring deine Freunde heim und lebe dein Leben.«

Jack dachte später lange über diese Wendung der Dinge nach und wollte es immer noch nicht glauben. Sie waren jetzt wenige Meilen vor Kuba und hatten einen offiziellen, von einem hochrangigen Offizier der amerikanischen Kriegsmarine unterzeichneten Brief bei sich, der ihnen die Gewähr gab, dass sie, wenn sie ihre Angelegenheiten in Havanna erledigt hatten, tatsächlich ohne Angst vor dem Galgen nach Hause gehen konnten. Der Zwischenaufenthalt in den Tortugas war ein gewaltiger Glücksfall gewesen.

Es war jedoch schwer, in diesem Augenblick an Glück zu denken. Gerade lichtete sich der Morgennebel, und Jack stellte fest, dass er sich Havanna aus fast genau der gleichen Richtung näherte wie vor so vielen Jahren. Das Licht auf den Hügeln, der Geruch in der Luft; er hatte sich in mehrerer Hinsicht im Kreis gedreht. Er starrte in die Richtung, in der die Provinz Matanzas lag, und spürte einen wilden Aufruhr in seinem Herzen, zugleich tiefe Trauer und heißen Zorn. Vielleicht hatte Bowdoin recht: Er musste heimkehren und leben, aber vorher würde jemand sterben.

Vergeltung

Jack stand fröstelnd und triefend nass da und starrte auf die Villa des Grafen de Silva. Er hatte die ganze Nacht nicht schlafen können und war stundenlang an Deck auf und ab gegangen. Aus einem Impuls heraus hatte er sich plötzlich die Matrosenjacke vom Leib gerissen und die Schuhe abgestreift, sich ein Messer in den Gürtel gesteckt, war über die Reling gesprungen und die hundert Yards an Land geschwommen.

Die *Star* lag seit drei Tagen vor Anker und wartete, dass die Quarantäne aufgehoben wurde. Die Männer waren voller Ungeduld. »Welchen Plan hast du, Jack?« »Wie willst du vorgehen, Kumpel?«

Auf Quince' Anregung hin hatten sich alle versammelt und Jack zum neuen Kapitän der *Star* ernannt. Quince sollte der Erste Maat bleiben. Wenn der Verkauf der Finca und die bei dem Überfall auf de Silvas Villa ergatterte Beute genug einbrachten, würde Jack den anderen ihre Anteile am Schiff ausbezahlen und alleiniger Besitzer und Kapitän sein.

Doch jetzt stand er mitten in der Nacht halb nackt vor dem Haus seines Feindes und bibberte vor Kälte. Jack hatte viele Pläne, aber keiner war richtig durchdacht. Jedesmal, wenn er eine Idee ausheckte, merkte er, wie ihn Zorn übermannte und er außer Stande war, einen klaren

Gedanken zu fassen. Er hatte sich ausgemalt, wie er dem Grafen in aller Öffentlichkeit gegenübertrat und ihm seine Verbrechen an den Kopf schleuderte, ihn vor den Augen seiner Freunde erniedrigte und ihn dann in einem Duell tötete. Ein andermal hatte er daran gedacht, sich nachts leise in sein Schlafzimmer zu stehlen und ihm die Kehle durchzuschneiden. Oder noch besser, ihn am Rahnock der *Star* aufzuknüpfen, wenn sie langsam und majestätisch zum Hafen Havannas hinaussegelte. Insgeheim wusste Jack jedoch, dass keiner dieser Pläne je Wirklichkeit würde. Sein unvermindert lodernder Hass führte ihn an der Nase herum, und Jack war klar, dass er nicht überstürzt handeln durfte.

Zuerst musste er sich um seinen Besitz kümmern; sein Anrecht auf die Finca seiner Mutter musste geklärt werden. Und dann war da noch eine Sache: In der ersten Nacht, als sie vor Anker lagen, war Quen-Li verschwunden. Erst wenn ersteres geklärt und letzterer gefunden war, würde er sich mit dem Grafen befassen. Niemand hatte den zierlichen Chinesen das Schiff verlassen sehen. Er war einfach wie vom Erdboden verschluckt. Jack hatte Quen-Li sehr gern, und es bekümmerte ihn, dass er die beiden Male, die er an Land geschwommen war, um nach dem geheimnisvollen Edelmann zu suchen, keine Spur von ihm entdeckt hatte.

Dass er von der *Star* zum Kai geschwommen war, kam ihm inzwischen ziemlich albern vor, aber als er jetzt der Villa gegenüberstand, hatte er das Gefühl, dass all seine wilden Phantasien über den Grafen sich auflösten und er mit kühlem Kopf vor sich sah, wie seine Rache aussehen würde. Er machte sich auf den Rückweg zum Schiff. »Ein Schritt nach dem anderen, mein Junge«, murmelte er vor sich hin. »Eins nach dem anderen.«

Am nächsten Morgen wurde die Quarantäne aufgehoben, und nach dem Festmachen am Kai schlüpfte Jack vom Schiff und erreichte schnell die Hauptstraße Havannas. Er fragte einen Ortskundigen, wo das amerikanische Konsulat sei, und bekam als Antwort eine ausgestreckte Hand in Richtung der Calle Juan Carlos.

Als Jack das Vorzimmer zum Büro des Konsuls betrat, traf er einen Angestellten an, einen wichtigtuerischen jungen Mann, der von seiner Zeitung aufblickte. »Ja, was ist?«

Seinem Akzent nach musste er aus den Südstaaten kommen, schätzte Jack. Der Bursche verschanzte sich wieder hinter der einen Monat alten Zeitung.

»Ich würde gerne mit jemandem über Ländereien sprechen, die mir gehören.«

Ohne aufzusehen, sagte der junge Mann: »Und was genau haben Sie vorzubringen?«

Jack streckte seinen Zeigefinger über den oberen Zeitungsrand und knickte ihn so weit herunter, dass er den Mann sehen konnte. »Das erkläre ich dem Betreffenden, wenn ich ihn sehe, oder nicht?« In Jacks Stimme lag etwas, das den jungen Mann veranlasste, ihn nicht weiter hinzuhalten.

»Ich will sehen, ob der Vizekonsul Sie empfangen kann. Nehmen Sie Platz.«

Nach fast einer halben Stunde winkte ein schlaffer älterer Mann ihn in ein kleines Büro, in dem es außer dem Schreibtisch nur einen Stuhl gab. Mit dem Hut in der Hand stand Jack vor dem Mann, der ihn weder anblickte noch ein Wort sagte. Jack fragte sich, ob das zur diplomatischen Etikette gehörte, schließlich ergriff er selbst das Wort und stellte sich vor: »Ich heiße Jackson Alexander O'Reilly. Ich war …« Jack hielt inne, überlegte, wieviel er sagen sollte. »Nun, um ganz offen zu sein, ich war während der vergangenen drei Jahre auf Reisen und konnte mich deshalb nicht darum kümmern, dass die Besitzurkunde für die Ländereien meiner Mutter in Matanzas auf meinen Namen überschrieben wird. Ich …«

»Haben Sie die Grundsteuer für besagten Besitz bezahlt, Mr. Jackson?« Augen und Stimme des Manns waren völlig ausdruckslos.

»O'Reilly, Sir. Nein, das habe ich nicht. Ich ging davon aus, solange der Besitz nicht urkundlich an mich übergegangen ist, wäre das kein Problem.«

»Nun, O'Reilly oder wie Sie heißen, da irren Sie sich. Ihr Anwesen wurde höchstwahrscheinlich von der Steuerbehörde konfisziert. Außerdem kommen Sie mir auch nicht wie ein Großgrundbesitzer vor, ein Latifundista, wie man hier sagt.«

Jack blitzte den aufgeblasenen Diplomaten an. »Entschuldigen Sie, mein Herr, wie immer Ihr Name lauten mag. Ich möchte mit jemandem sprechen, der mir helfen kann. Sie sind offensichtlich nicht geneigt, und meine Zeit ist genauso kostbar wie Ihre.«

»Aha, ich verstehe.« Jetzt sah der Mann Jack zum ersten Mal an, allerdings höhnisch. »Das hätten Sie mir gleich sagen sollen, dass Ihre Zeit begrenzt ist. Dann ist es wohl das Beste, ich verweise Sie an den Generalkonsul. Darf ich für Sie einen Termin mit ihm vereinbaren, Mr. Jackson?« Jack starrte den Narr an und nickte, verkniff sich lieber die Worte, die ihm auf der Zunge lagen. »Wie würde Ihnen vier Uhr heute nachmittag passen, Mr. Jackson O'Reilly, Sir?« Nachdem er die nötigen Angaben über die Ländereien gemacht hatte, verließ Jack das Büro und trat hinaus auf die Avenida, wo er in tiefen Zügen die frische Luft einsog und versuchte, sich zu beruhigen.

Er wanderte zurück zum Schiff. Seit drei Tagen lagen sie in Havanna vor Anker, und es waren keine erfreulichen Tage gewesen. Was war mit Quen-Li geschehen?

Die persönliche Habe des Chinesen befand sich noch an Bord, aber ihn selbst hatte niemand gesehen. Auch Cheatum war verschwunden, aber der hatte seine Sachen gepackt – zusammen mit denen, die ihm nicht gehörten – und war mitten in der Nacht vom Schiff geschlichen. Jack ging den Landgangssteg hinauf, um mit Quince zu sprechen. »Irgendein Zeichen von Quen-Li?«

Der einarmige Erste Maat schüttelte den Kopf. »Nicht die kleinste Spur. Aber Hansumbob sagt, er hätte Cheatum gesehen, wie er mit jemand von der Besatzung der großen Galeone sprach, die hinter dem spanischen Dreimaster vertäut ist.«

Jack guckte über den kleinen Hafen hinweg zu dem Schiff. Er konnte gerade noch den Namen erkennen – *Agresor*. »Na, wenn er sich anheuern lassen will, hat er sich ein Schiff mit dem richtigen Namen ausgesucht.« Beide lachten.

»Jack, wenn du deine Rachepläne schmiedest, vergiss nicht, dass wir aus diesem Hafen herauskommen müssen. Er ist klein. Hier zu manövrieren ist nicht leicht.«

Jack blickte hinaus auf das offene karibische Meer. »Ich muss noch einmal zum amerikanischen Konsul gehen. Wir sehen uns heute abend.«

»Irgendwelche gute Nachrichten über die Ländereien?«

»Noch nicht.« Jack lief den Landgangssteg hinunter. Quince' Anspielung auf seine Pläne stimmte ihn nachdenklich. Als er in Richtung Konsulat ging, kam er an der Villa des Grafen vorbei. War es das Schicksal, das ihn diesen Weg geführt hatte? Er blickte auf das Haus, das der Ursprung seines ganzen Unglücks war. Aus einem Impuls heraus lieh er sich Schreibfeder und Papier von einem Ladenbesitzer und schrieb eine Botschaft an den Grafen – eine, von der er das Gefühl hatte, sie würde nicht ignoriert. Er steckte den Zettel unter den Türklopfer und setzte seinen Weg fort.

Der Konsul selbst saß hinter einem großen Schreibtisch in seinem vornehm eingerichteten Amtszimmer; amerikanische und kubanische Flaggen umgaben ein Gemälde von Thomas Jefferson. Jack saß dem Konsul gegenüber.

»Ihr Anspruch auf den Besitz der Ländereien bei Meilenstein siebenundzwanzig in der Provinz Matanzas ist völlig unbegründet«, sagte der Konsul. »Offen gesagt bin ich verblüfft, dass Sie hier hereingeschneit kommen und meinen Sekretär und den Vizekonsul mit Ihren haltlosen Forderungen belästigen – ja sogar bedrohen.«

Jack biss sich auf die Lippe und kämpfte um seine Beherrschung. »Ich hatte – vielleicht fälschlicherweise – den Eindruck, Sir, dass man mich abwimmeln will und niemand sich für mein Problem interessiert.«

»Junger Mann, Ihr Problem ist, dass Ihnen jeglicher Respekt für die richtige Vorgehensweise fehlt.« Der Konsul schob einige Papiere auf seinem Schreibtisch hin und her. »Nun, ich kann Ihnen folgendes mitteilen: Die Ländereien, von denen Sie sprechen, die Hacienda de la Roja, oder Finca Meilenstein siebenundzwanzig, wurde am fünften Tag des Dezembers 1805 zum Betrag der rückständigen Steuern an einen gewissen Alfonso de Silva verkauft.« Der Konsul sah mit einem Lächeln auf. »Sie sehen also, junger Mann, Sie kommen fast auf den Tag genau drei Jahre zu spät. Und was Ihr Benehmen betrifft, so sollten Sie sich schämen. Mit Ihrer Unbotmäßigkeit werfen Sie ein schlechtes Licht auf die geachteten Bürger unseres Landes.«

Das kleine Büro schien auf Jack einzustürzen. De Silva hatte das Land! Jack fühlte, wie es ihm kalt den Rücken hinunterlief, und er begann zu zittern. Seine Knie fühlten sich wie Pudding an, und er fragte sich, ob der Konsul es bemerkte.

»Ich habe meinen Sekretär angewiesen, dafür zu sorgen, dass drei Soldaten der Guardia Civil Sie zu Ihrer Unterkunft zurückbegleiten.« Der Konsul hielt feierlich inne. »Lassen Sie sich das eine Lehre sein, Mr. O'Reilly.« Der Diplomat lehnte sich in seinem Stuhl zurück. »Und jetzt gehen Sie bitte.«

Jack war außer sich vor Wut. Er blitzte den Diplomaten an, rang sich aber ein Lächeln ab. Langsam erhob er sich und verließ das Büro. Im Vorzimmer wurde er von drei Soldaten der Guardia Civil empfangen.

Sowie er draußen war, schlug Jack die Richtung zum Kai ein, hatte aber nicht die Absicht, seine Eskorte dorthin zu führen. Er vermied es, die Männer anzusehen und war entschlossen, diese Narren schnellstens abzuhängen, ehe sie merkten, wohin er wollte. Die Guardias begnügten sich damit, einfach hinter ihm her zu trotten und miteinander zu schwatzen. Jack zuckte zusammen, als er hörte, wie einer von ihnen als Sargento Matros angesprochen wurde. Er drehte sich schnell um und sah Matros an. Ihre letzte Begegnung lag drei Jahre zurück, und offensichtlich erkannte der Mann Jack nicht wieder. Der Sergeant war so erpicht darauf gewesen, seine Mutter und seinen Vater zu ermorden, dass er keine Notiz von einem Siebzehnjährigen genommen hatte, sagte sich Jack.

Jack bog rechts in die Calle Juan Carlos ein, die vom Kai fortführte. Als sie an einer kleinen Taverne vorüberkamen, schoß er hinein, rannte die Treppe hinauf, stellte sich in eine Fensternische im dritten Stock und sah, wie die Guardias im Innenhof herumwanderten und ihn suchten. Aber bald verloren sie die Lust und verzogen sich.

Jack sauste die Stufen hinunter und folgte den Soldaten. Sie hielten vor einer Taverne an, in der anscheinend die halbe Guardia von Havanna versammelt war. Von der anderen Straßenseite her beobachtete er, wie Matros seine Flucht die Treppe hinauf nachmachte. Der Sergeant hatte sich wenig verändert in den drei Jahren. Jack hatte seine Schweineaugen und den gezwirbelten Schnurrbart nicht vergessen.

Da er jetzt wusste, wo Matros abends zu finden war, bekämpfte Jack den Drang, über die Avenida zu schießen und einen Dolch in das schlagende schwarze Herz seines Feindes zu stoßen. Statt dessen ging er langsam weiter. Plötzlich wurde ihm schwindelig, und er lehnte sich gegen einen Laternenpfahl; für die Passanten sah er aus wie einer der vielen Betrunkenen. Nach einer Weile machte er sich auf den Rückweg zur *Star*, sein Herz von Gewalt erfüllt.

Am nächsten Morgen verließen Paul und Jack das Schiff und brachen nach Matanzas auf. Jack hatte Paul gebeten, mit ihm zu kommen; sie wollten herausfinden, wo Jacks Eltern begraben waren. Sie sprangen auf die Hinterklappe eines leeren Holzfuhrwerks und duckten sich auf die Ladefläche. Doch der Kutscher des Vierspänners hatte sie gesehen und rieb Daumen und Zeigefinger aneinander, das universell gültige Zeichen für Geld. Jack lächelte, warf dem Kutscher eine Münze zu, und sie fuhren los.

Nicht lang, und Jack und Paul standen auf einer kleinen Anhöhe und blickten hinaus auf die Meilen um Meilen geplünderter Felder. Sie waren am Meilenstein 27. Nichts sah noch so aus wie damals. Als Jack das letzte Mal hier gewesen war, hatte das Zuckerrohr in vollem Saft gestanden; jetzt war es geschnitten. Kurze Halme sprossen in Furchen, die aussahen wie Gräberreihen. Doch von dem Massaker war nichts mehr zu erkennen.

Paul beobachtete, wie Jack über die rote Erde schritt. Als er schließlich einsehen mußte, daß seine Eltern nicht hier waren, blickte Jack seinen Freund an und kehrte um. Zusammen gingen sie die Straße nach Havanna zurück.

Nach mehreren Meilen kehrten sie in dem Dorf Soñar in einer Taverne ein. Als sie sich gestärkt hatten, sprach Paul mit dem Besitzer, während Jack auf der Straße wartete. Wieder wandten sie sich nach Westen, und Paul führte seinen Freund einen gewundenen Pfad bis eine halbe Meile oberhalb des Dorfes hinauf. Auf einem Acker dort war ein kleiner Friedhof. Sie brauchten nur Momente und fanden dann das bescheidene Holzkreuz mit der Aufschrift: »Zwei unbekannte Seelen ruhen in Frieden. Der Himmel stehe ihnen bei. Dezember 1805«. Offensichtlich hatten die Dorfbewohner diesen Mann und diese Frau gefunden und begraben. In stummem Gebet fiel Jack auf die Knie.

Nach einigen Minuten erhob er sich und ließ den Blick über die liebevoll gepflegten Gräber wandern. Seine Stimme klang dumpf.

»Komm, wir gehen zurück. Ich habe was zu erledigen in Havanna.«

Jack lehnte gegen das Steingebäude und beobachtete, wie die Guardia das Ende eines weiteren Arbeitstages begoss. Matros und ein paar andere Soldaten waren als erste gekommen und hatten bereits einiges hinter die Binde gekippt. Als sie Jacks Einschätzung nach schon ziemlich betrunken sein mussten, überquerte er die Straße, betrat die Taverne und bestellte sich ein Glas Bier. Er hatte nie Geschmack an Bier gefunden, kam sich aber mit einem Glas in der Hand weniger verdächtig vor. Der durchdringende Klang einer Gitarre vermischte sich mit dem Lärm der Soldaten. Zwischen einem uniformierten Guardia Civil und einer Frau mit zu viel Schminke und zu wenig Verstand war ein Streit ausgebrochen. Sie verfluchte die Soldaten, womit sie sich aber nur eine deftige Ohrfeige einhandelte. Schluchzend verzog sie sich in ein Hinterzimmer. Die Atmosphäre barst vor Niedertracht. Jack wartete den rechten Augenblick ab. Er war sich sicher, dass Matros ihn früher oder später erkennen würde.

Gegen Mitternacht, als sich die Soldaten allmählich auf den Rückweg zur Kaserne machten, stellte sich Matros direkt neben Jack an den Tresen. Mit verschwommenem Blick glotzte er den Amerikaner an. »Cómo se llama Usted?«

Jack war erleichtert. Seine Geduld war am Ende. Für einen Augenblick wanderten seine Gedanken zu seiner Mutter zurück, wie sie mit dem Gesicht auf der Straße lag, ihre Augen brachen und ihre Lippen sich lautlos bewegten. »No hablo español, señor.«

Der Sergeant drängte sich noch näher an Jack heran und blies ihm seinen Atem ins Gesicht.

Jack lächelte ihn an. »Sprechen Sie englisch?«

Der Sergeant verstand offenbar ein paar Brocken. »Inglés, no! Español solamente.«

Jack rückte von ihm ab. »Ehe die Nacht zu Ende ist, werd ich diesen Haarbüschel, der dir aus dem Gesicht sprießt, in meiner Faust halten, du Hurensohn«, sagte er. Sein Lächeln war so breit, dass nur ein wirklich abgefeimter Mann den Zorn hinter seinen Worten erkannt hätte.

Der Sergeant schien ihn weder zu verstehen, noch erinnerte er sich an Jacks Gesicht. Matros bestellte sich noch einen Drink und gab dem Wirt ein Zeichen, Jacks Glas nachzufüllen.

Jack rührte das geschenkte Bier nicht an, sondern

guckte mit starrem Gesicht geradeaus und beobachtete den Sergeanten in dem breiten Spiegel hinter der Bar.

Der Mann versuchte, Jacks Blick aufzufangen. »Su nombre, su nombre?«

»El hijo de Pilar.«

Jack schnappte sein Bier, verschüttete die bernsteinfarbene Flüssigkeit über den Tresen und ließ den Sergeanten keinen Moment aus dem Auge. Dann warf er Matros das Glas vor die Füße und ging zur Tür. Der Sergeant stand wie vom Donner gerührt da. In der Taverne war es plötzlich totenstill. Ausgeschlossen, dass eine solche Beleidigung hingenommen würde. Ein herrlich wohliges Gefühl durchströmte Jack, als er langsam zur Taverne hinausging. Es war fast wie in einem Traum.

»Cabrón!« brüllte der Sergeant und rannte ihm nach auf die Straße. Kurz vor der nächsten Ecke holte er Jack ein und wirbelte ihn mit einer Hand so groß wie eine Brotfrucht herum. Als Jack über die Schulter blickte, sah er ein halbes Dutzend Guardias hinter ihm herkommen. Er schätzte, daß es zu viele waren, um gegen sie zu kämpfen, also blickte er wieder nach vorn, sich sicher, daß der Sergeant ihm folgen würde. Der Jack um Kopfeslänge überragende Matros bedrängte ihn, sich als Mann zu zeigen und seine Ehre zu verteidigen. Jack ging weiter, schließlich blickte er hinter sich. Nur noch er und Sergeant Matros waren jetzt da. Der Rest war verschwunden.

Jack sah den Mann an. »Me recuerda? Erinnern Sie sich? Sie sind mir neulich vom amerikanischen Konsulat gefolgt.«

Der Sergeant dachte angestrengt nach. »Your español good, cabrón.« Dann explodierte er auf spanisch: »Warum beleidigst du mich, nur weil ich meine Pflicht tue? Du ausländischer Hurensohn.«

»War es auch deine Pflicht, meine Mutter zu ermorden, Sergeant Matros?« fragte Jack auf spanisch. Der Mann zwinkerte ungläubig mit den Augen, dann erinnerte er sich und stieß hervor. »Du solltest tot sein, wie deine Hure von Mutter. Aber macht nichts, das haben wir gleich.« Ein Dolch blitzte in der Hand des Sergeanten auf. Er machte einen langsamen, ungeschickten Stoß; Jack wich aus und trat dem Mann ans Knie.

Matros ging zu Boden, war aber noch nicht geschlagen. Jack schnappte die Hand, die den Dolch hielt. Der Sergeant war stark, aber Jacks Schnelligkeit und Entschlossenheit nicht gewachsen. Mit beiden Händen bog Jack das Handgelenk des Sergeanten um, bis es brach. Matros' Schrei zerriss die Nacht. Er wollte sich fortrollen, aber Jack drosch erbarmungslos mit den Fäusten auf ihn ein. Keuchend saß er auf Matros und schnappte mit der linken Hand nach seinem Schnurrbart. Dann riss er ihm den Kopf zurück, wobei der dicke Hals des Mannes sich vorwölbte, und mit einem dumpfen Zischen bohrte sich der Dolch in das weiche Fleisch. Während ihm das Leben aus der Kehle aufs Straßenpflaster sickerte, wurden Matros' Schweineaugen so groß wie Dublonen.

Innerhalb von Minuten war Jack zurück auf dem Schiff und hatte Paul und fünf andere rekrutiert, die ihre Waffen nahmen und ihm wortlos durch die verlassenen Straßen zur Villa des Grafen de Silva folgten, wo Jack befahl, die Tür einzuschlagen. Niemand schien zu Hause zu sein. Die Männer verwüsteten die Villa, rissen die schweren Vorhänge herab, zerbrachen Geschirr und Kristall. Zwei verschreckte Diener kauerten in einer Ecke der Eingangshalle. Jack schrie ihnen zu: »Vámonos!«, und sie hasteten zur zerschlagenen Vordertür hinaus. Die Männer der *Star* nahmen schwere Silberkelche, Goldteller und alles, was Wert hatte, und stopften es in Säcke. Jack blieb vor einem kleinen Tisch nahe dem Eingang stehen. Die Botschaft, die er dem Grafen am Vormittag geschrieben hatte, lag darauf. Sie war geöffnet und wahrscheinlich gelesen worden.

Jack stand an der Vordertür und schrie seinen Männern zu, alles niederzubrennen. Und überall wurden Feuer gelegt.

Paul stand da und sah zu. »Ich glaube nicht, dass wir noch einmal eingeladen werden.«

Mit einem wilden Funkeln in den Augen nahm Jack einen Feuerblock aus dem Kamin und schleuderte ihn durch das Glas einer schönen alten Standuhr.

»Ich glaube, du hast deinen Sinn für Humor verloren, Jackson«, sagte Paul.

»Los, zurück zum Schiff, Jungs«, rief Jack. »Wir haben ein hübsches Feuerwerk für unsere Abfahrt.«

Vorsichtig legte die *Star* vom Kai ab. Eine gespenstische Stille lag über dem Schiff, so ganz anders als das sonst übliche Geschrei von Kommandos; in dieser Nacht wusste jeder, was er zu tun hatte. Die einzigen Geräusche waren das Knarren des aus seinem zweiwöchigen Schlaf erwachenden Schiffsholzes und das gelegentliche Knallen eines Segels, das von den Matrosen in der Takelage ausgelassen wurde.

Am Ruder flüsterte Quince Jack zu, sie hätten Glück, dass der Wind von der Küste her käme. »Er wird uns aus der Hafenbucht tragen, und dann können wir wenden. Aber ich sag dir, ich hab einen dicken Kloß im Hals, weil wir ohne unseren kleinen Chinesen lossegeln. Ich vermisse das Schlitzauge. Was sind deine Pläne, Jackson?«

Einen Moment dachte auch Jack an Quen-Li. Es gefiel ihm überhaupt nicht, dass er zur Vollendung seiner Mission aufbrach, ohne etwas über den Verbleib des Kochs zu wissen, aber er konnte die Abfahrt nicht länger verschieben. »Mein Plan ist, dem Grafen von und zu de Silva eine solche Beleuchtung zu verschaffen, dass er seine Lagerhäuser niederbrennen sehen kann. Ich habe ihm ein prächtiges Feuerwerk versprochen, und so wahr mir Gott helfe, ich stehe zu meinem Wort.«

»Was ist im Konsulat vorgefallen?«

Jack stieß einen Fluch aus, sprang an die Reling und schrie zu Mentor hoch, der anmutig im Besansegel schaukelte. »Ahoi, da oben! Beeilung! Mach das Segeltuch fest, ehe es die ganze gottverdammte Stadt aufweckt!« Mentor hangelte sich zu der losen Leine, und Jack wandte sich wieder an Quince.

»Das Konsulat war alles andere als entgegenkommend. Man hätte meinen können, ich wäre ein Verbrecher, so wie sie mich behandelt haben ... Ich habe die Hoffnung aufgegeben, die Ländereien zurückzugewinnen. Sie wurden verkauft.« Er hielt inne, und ein boshaftes Lächeln spielte über sein Gesicht. »Ich habe vor, eine andere Art von Gütern zu ernten.«

»Jack, was immer du tust, es wird dir am besten gelingen, wenn du Ruhe bewahrst. Ein kühler Kopf hat schon immer zu den besten Resultaten geführt.«

Jack zwinkerte Quince zu. »Trauen Sie sich zu, das Ruder zu führen?«

»Aye, aye, Käpt'n«, antwortete Quince.

Jack sprang vom Achterdeck aufs Mittschiff und pfiff den Männern oben in der Takelage leise zu, herunterzukommen.

»Ladet die Backbord- und Steuerbordkanonen. Bleibt vorerst auf der Steuerbordseite. Wir feuern eine Salve aus jeder Luke, um die Reichweite zu prüfen, und dann schießen wir eine ganze Breitseite mit Brandgeschossen ab. Paul, wickel sie in Öllappen ein. Dann nimm das Fernrohr, hüpf hoch ins Krähennest und sag uns, wie weit wir mit der Einschießrunde reichen. Ihr anderen hört jetzt gut zu! Sowie wir abgefeuert haben, beginnen wir mit dem Wendemanöver und versuchen, uns volle hundertachtzig Grad zu drehen. Das Ganze muss sehr schnell passieren. Und jetzt los, seht zu, dass ihr die Dinger geladet kriegt.«

Jack lief zu Quince auf dem Achterdeck zurück.

»Ich hoffe, der Wind hält sich. Wir kommen in Teufels Küche, wenn wir am Ende der Bucht festliegen.«

»Ich werde so viel absetzen, wie ich riskieren kann, damit wir hinauskommen. Aber es wird knapp.«

Paul und Jack hatten vorher über die Angriffsziele gesprochen, zwei Lagerhäuser und ein offener langer Schuppen, die vor Waren barsten. Im grellen Schein der von de Silvas Villa aufsteigenden Flammen zeichneten sich die Lagerhäuser entlang des Kais gespenstisch ab.

Hoch oben vom Krähennest rief Paul dem Steuermann zu, das Steuerrad fünf Strich nach Backbord zu drehen. Quince folgte der Anweisung mit einem einzigen geschickten Handgriff. Der nächste Ruf Pauls bestätigte, jetzt seien sie in Richtung des Angriffsziels.

Jack wölbte die Hände vor dem Mund. »Wie weit ist es genau, Paul?«

»Dreihundert Yards seitlich vorm Bug.«

»Und wie weit ist es, wenn wir auf rechten Winkel drehen?«

»Zweihundert Yards.«

Jack sah Hansumbob an, der von einem Fuß auf den andern sprang und auf Befehle wartete. »Bob, auf welche Entfernung ist deine Kanone eingerichtet?«

»Zweihunnert Yards. Genau wie der Junge gesagt hat. Genau wie er gesagt hat. Er sagte ›zweihunnert‹, also hab ich sie drauf eingerichtet, ganz bestimmt, ja, Sir. Haargenau auf hunnert und noch mal hunnert. Hab sie selbst hochgekurbelt, sie war auf null eingestellt, Jack, also bracht ich sie vier volle Drehungen hoch, und jetzt ist sie auf zweihunnert, das wolltest du doch?«

»Ganz genau«, sagte Jack grinsend.

Unmittelbar bevor sie parallel zu den Lagerhäusern lagen, wollte Jack eine Runde feuern lassen, um die Reichweite zu prüfen. Danach hätten sie nur Momente Zeit, die Kanonen für die Breitseite zu richten. Jack rannte zurück zum Achterdeck und starrte angestrengt in die Nacht. Mit leiser Stimme rief er Hansum zu, »Auf die Plätze, Bob, ... fertig ... los ... Feuer!«

Hansumbob legte den glühenden Docht auf das Zündloch am Ende des Kanonenrohrs. Dem kurzen Feuerblitz folgte ein gewaltiger Donner, der die Nacht zerriss. Oben vom Masttopp schrie Paul, die Kugel wäre fünfzig Yards vor dem Ziel eingeschlagen.

Jack drehte sich zu Mentor um und wies ihn an, sein Kanonenrohr eine halbe Drehung hochzukurbeln und zu feuern. Nach Mentors Salve folgten in Sekundenschnelle die der nächsten vier Kanoniere. Paul rief, wenigstens eine hätte das westlich gelegene Lagerhaus getroffen. Es begänne schon zu brennen.

Jack sprang wieder hinunter aufs Kanonendeck. »Nachladen! Nachladen! Wir haben nur zwei Minuten, ehe wir wenden.«

Die Männer hatten bereits begonnen, die schweren Kanonen aus den Geschützpforten zurückzuziehen und die heißen Rohre zu schwabben. Sie stopften die Pulverladung in die langen Zylinder, rollten die in Öllappen eingewickelten schweren Eisenkugeln in die Rohre und stopften sie mit dem flachen Ende des Schwabbers zu. Hansumbob lud als erster nach, weil er zuerst gefeuert hatte. »Feuer!« Wie im Chor sandten die Steuerbordkanonen das nächste Salvenfeuer auf das westliche Lagerhaus.

Jack schrie Hansumbob zu, die Kanoniere auf der Backbordseite antreten zu lassen. Während Jack zurück zu Quince am Ruder rannte, hörte er, wie die Männer die gerade abgefeuerten Kanonen sicherten und über das Schiff zu den Backbordkanonen hasteten. »Wenn wir jetzt hart wenden, wie liegen wir dann?«, fragte Jack Quince.

»Besser wir warten eine Minute, Jack – bis unsere Kanonen lotrecht zum Strand sind.«

»Aye, sagen Sie mir Bescheid.« Jack starrte auf die brennende Villa, zu unruhig, stillzustehen. Dichte Rauchwolken stiegen auf und schwärzten den frühen Morgenhimmel. Leute hasteten hin und her und versuchten vergeblich, die Flammen einzudämmen. Selbst in diesem Moment ließ Jack die Sorge um Quen-Li nicht los. Sie mussten ihn unbedingt finden. Ihr Triumph wäre unvollständig, wenn er nicht dabei war.

Die Backbordkanonen waren geladen, und die Besatzung hatte die Backbordschote losgemacht. Sie hielten die Steuerbordleinen, warteten auf Befehle und grinsten bei dem Anblick der wütenden Flammen, die aus dem westlichen Lagerhaus loderten. Quince schrie: »Alle Mann klar zum Wenden!« Eine gewaltige Anspannung herrschte an Bord, denn der ganzen Mannschaft war klar, wenn sie bei diesem Manöver nicht schnell genug waren, würden sie am Ende der Bucht festliegen und extrem verwundbar sein bei der leichten Brise.

Quince trieb die Männer zur Eile an. Er drehte das schwere Steuerrad nach rechts, und die *Star* schien einen Moment zu erbeben, dann schwang ihr Bug über das Blickfeld des brennenden Lagerhauses. Die Mannschaft arbeitete in wunderbarem Einklang mit Quince, wendete das Schiff in dem gleichen Bogen wie zuvor, brachte es jedoch fünfzig Yards näher an den Kai.

»Gut gemacht, Junge. Aus dir wird noch mal ein richtiger Seemann!«, rief Jack Quince zu, worauf der ältere Mann lachte.

»Pass auf deine Kanonen auf, Kerlchen, und lass mich das Schiff steuern.«

Jack sah Hansumbob an. »Was schätzt du, wie nah wir jetzt am Kai sind?«

»Ich glaube, vierzig bis sechzig Yards sind's bis dahin, Jack. Ja, das schätze ich. Ich glaube vierzig ...«

»Gut.«

Paul rief, sie seien jetzt fast parallel, und Jack ließ die Männer die Kanonenrohre eine halbe Drehung herunterkurbeln. Hansum feuerte als erster seine Kanone ab, und Jack konnte erkennen, wie das Brandgeschoß in der Mitte der Lagerhäuser explodierte. Der Rest der Kanonen zog nach, und alle Lagerhäuser standen in Flammen.

Jack wandte sich an den Ersten Maat. »Mr. Quince, Sir, ich glaube, jetzt sehen wir lieber zu, dass wir aufs offene Meer kommen.«

»Aye, Käpt'n. Hinaus aufs offene Meer!«

Quince drehte das Steuerrad 20 Grad nach Norden und steuerte die Hafenbucht hinaus. An die Reling gelehnt, stand Jack am Heck und starrte wie gebannt auf das Flammenmeer. Die brennenden Lagerhäuser versperrten ihm den Blick auf Graf de Silvas Villa. Jack wünschte, er könnte noch lang genug bleiben, um das Heim des Grafen bis auf die Grundmauern niederbrennen zu sehen.

Quince übergab Mentor das Steuerrad und wuchtete seine Masse neben Jack.

»Ich würd gern ein Wort mit dir reden.«

Jack nickte.

»Die letzten paar Stunden hast du dich gut gehalten; aber hör mir zu, Junge: Lass dir von deinem Zorn nicht den Verstand rauben.«

Jack antwortete nicht.

»Schon seit fünf Minuten stehst du hier, führst Selbstgespräche und spuckst Gift und Galle zu der brennenden Stadt hin. Du musst dich um deine Mannschaft kümmern und die Kanonen nachladen lassen. Komm, an die Arbeit!«

Jack blickte über die Bucht zurück. »Das Feuer ist nicht genug. Ich dachte, es würde mir Genugtuung verschaffen, aber so ist es nicht. Ich muss den Mann kriegen, Quince.«

»Alles zu seiner Zeit, Junge. Wenn er Mittel sieht, sich zu rächen, wird er es tun. Wenn nicht, verhalten wir uns eine Weile still und machen uns dann auf den Weg nach Norden in kühlere Gefilde.«

Jack drehte sich um, und während das Schiff unter dem glutroten Himmel den Hafen verließ, half er der Mannschaft, die Kanonen nachzuladen.

Die *Star* hob und senkte sich, schaukelte auf den sanften Wellen von Havannas Außenhafen; die Sonne lugte gerade über den Horizont. Soweit Jack sehen konnte, waren die Flammen entlang des Kais verlöscht, aber eine dichte Rauchwolke lag über der ganzen Stadt. Der Schaden war fast ganz auf de Silvas Besitztümer beschränkt geblieben, aber Händler und Würdenträger der Stadt mischten sich unter das Hafengesindel, um herauszufinden, was vor sich gegangen war. Keine Flotte war mit ihren Kanonen gegen die Stadt gezogen, nein, ein einzelnes Schiff hatte gegen den Besitz eines bestimmten Herrn gewütet. Jack wusste, dass die Spanier sich auf Blutrache verstanden.

Menschenmengen hatten sich auf den Anhöhen versammelt und auf einer unbewohnten Landzunge, die bei Ebbe breit genug für die Schifffahrt war. Kutschen fuhren am Kai vor, und ihre Insassen sahen gebannt zu dem schnittigen dunklen Schiff, das so viel Verwüstung angerichtet hatte.

Jack stand an der Achterdeckreling, neben ihm Quince, Mentor und Paul. »Sie wissen nicht, was sie von dem Ganzen halten sollen«, sagte Paul. »Sie ahnen nur, dass jemand aus ihrer Mitte gerade ein Flüstern aus der Hölle gehört hat, aber sie sind sich nicht sicher, ob er es vielleicht verdient hat.«

»Ja«, sagte Quince. »Die Dreckskerle fragen sich, ob wir ein Werkzeug Gottes oder des Teufels sind.«

Seine Bemerkung wurde von dem Donner einer Kanone aus dem Castillo untermalt, der gleich die Nächste folgte. In regelmäßigen Abständen feuerte die Festung ihre Geschosse mit der größten Reichweite ab, von denen jedoch keins bis zur *Star* gelangte.

»Sie haben wohl das Gefühl, dass sie irgendwas unternehmen müssen«, sagte Jack.

Einige der Handelsschiffe in der Nähe der *Star* holten den Anker ein und flüchteten in den Schutz der städtischen Kanonen. Sie hissten ihre weißen Flaggen als Zeichen, dass sie neutral waren in dem verteufelten Gemetzel, das die Stille der Nacht zerrissen hatte. Dass so viele Handelsschiffe im Hafen lagen, passte gut zu den Plänen der Bruderschaft. Quince und Jack lagen richtig mit ihrer Einschätzung, dass die Festungskanonen machtlos gegen ein einzelnes Schurkenschiff wären, das sich schnell seinen Weg durch einen Hafen voller Handelsschiffe bahnte, besonders in der Nacht.

Als die *Star* in Reichweite der Festungskanonen kam, achteten die Männer darauf, dass sie die gesetzestreuen Handelsschiffe – beladen mit Gütern aus Spanien und wertvoller menschlicher Fracht aus Afrika – als Schutzschild zwischen sich und der Festung hatten. Keine einzige der auf sie gerichteten Kugeln versetzte Holz oder Segeln ihres Schiffs den kleinsten Kratzer.

Jack kam es wie in einem Traum vor, diese angespannte, aber stumme Fahrt zum Innenhafen hinaus. Die *Star* glitt an einem Schiff nach dem andern vorbei, deren Offiziere und Kapitäne ihren Männern befahlen, sich von den Deckkanonen fern zu halten und keinerlei feindliche Absichten zu zeigen, während das dunkle Schiff mit der noch dunkleren Flagge an ihnen vorüberzog.

»Die meisten dieser Schiffe hätten uns mit ihren Kanonen erledigen können«, sinnierte Quince. »Aber bei ihrer Denkungsart haben sie nur etwas zu verlieren bei einem Kampf, der nicht der ihre ist.«

»Das ist nicht der einzige Grund«, sagte Paul, der aus seiner Selbstversunkenheit erwachte und einen Blick hinauf zu dem dunklen Tuchfetzen warf, der am Großmast der *Star* flatterte. »Eins wird mich immer wieder aufs Neue erstaunen: sowie man sich als Wolf zu erkennen gibt, weichen die Schafe und Kühe zurück, gleich, wie sehr sie in der Überzahl sind.«

»Was? Was salbaderst du da, Paul?« Quince stand jene schicksalsergebene Miene im Gesicht, wie immer, wenn Le Maire zu einem seiner Monologe ansetzte.

»Genau so ist es doch – ich meine, guckt euch unseren Jack hier an. Er geht hin und bittet all die zuständigen Behörden um Gerechtigkeit, und sie verhöhnen ihn nur. Und jetzt, wo wir ihren Gesetzen trotzen, ihnen ihre Ärsche versengen und ihnen allen in die Augen spucken, Teufel, da haben sie plötzlich Repekt vor uns. Seht sie euch doch an! Jetzt sind sie plötzlich nicht mehr hochmütig.«

»Mich wundert's trotzdem, dass sie nicht hinter uns her sind«, sagte Quince. »Ich dachte, die Dons hätten mindestens zwei Wachschiffe um den Hafen herum …

ich meine, ich hätte einen Fünftklasser und eine Brigg gesehen. Wir würden ihnen zwar die Hölle bereiten, wenn sie sich uns nähern, aber ihren Kanonen wären wir nicht gewachsen.«

»Mich wundert es auch«, bemerkte Jack. »Aber vielleicht sind sie ja der Meinung, dass schon genug Blut wegen dieses mordenden de Silva vergossen wurde. So lange sie sich ihre verdammten Sklaven halten können und genug dreckiges Geld verdienen, um ihre Frauen bei Laune zu halten, scheren sich diese rechtschaffenen Handelsherrn einen Pfifferling um des Grafen Pech.«

Die gesamte Mannschaft der *Star* hatte ihre Posten verlassen und stand entlang der Steuerbordreling aufgereiht, um den Moment zu genießen.

»Du denkst doch nicht etwa daran, umzukehren und dir de Silva vorzuknöpfen, oder, Jack?«, sagte Mentor in seinem üblichen gemessenen Ton.

»Nein. Wir können nicht zurückkehren, ohne im nächsten Moment am Galgen zu baumeln … Wir haben de Silvas Villa niedergebrannt und sein Geschäft zerstört – wir müssen abwarten, bis sich die Dinge beruhigt haben, ehe wir uns wieder blicken lassen können.«

»Ich finde, wir haben Schlimmeres getan, als diesen Mann zu töten, dem sein Besitz sein ein und alles ist«, fügte Paul hinzu.

»Aber ich mache mir wirklich Sorgen um Quen-Li. Das beschäftigt mich im Augenblick mehr, als dass de Silva der Kopf noch auf dem Halse sitzt. Ich dachte, wir würden Quen-Li mit dem ganzen Tohuwabohu, das wir veranstaltet haben, aus seinem Versteck locken. Jetzt sorge ich mich, dass ihm etwas zugestoßen ist – ich weiß, wenn er gekonnt hätte, wäre er bei dem Getöse heute Nacht zurückgekommen.«

Die anderen gaben ihm recht, vor allem Hansumbob,

der tief bekümmert war, dass sein »Chinee-Freund, der ihm das Leben gerettet hatte«, nicht aufzufinden war.

Paul holte tief Luft. »Ich wünschte wirklich …«, hob er an, als plötzlich das Schanzkleid an der Backbordseite der *Star* in tausend Stücke zu bersten schien.

»Was zum Teufel!«

Der Knall der Kanone erreichte sie nur einen winzigen Augenblick nach dem Geschoss selbst. Jack wirbelte herum und sah gerade noch, wie die nächste Rauchfahne von einem Schiff ausgespuckt wurde, das von Osten her geradewegs auf sie zufuhr. Die Sonne im Rücken, tauchte die spanische Kriegsbrigg mit bauchigen Segeln aus dem grellen Himmelsleuchten auf.

»Alle Mann in Stellung«, schrie Quince. Dann zu Jack: »Haben uns mitten im Plauderstündchen erwischt, aus heiterem Himmel! Diese Spanier sind schlau.«

Jack schnitt eine Grimasse. Er konnte sich nicht erinnern, wann er zum letzten Mal nicht auf der Hut gewesen war, und schwor sich, dass es noch länger dauern würde, bis ihm das wieder passierte. Dann gewannen seine Instinkte die Oberhand.

Da er sah, dass sie in einer eindeutig benachteiligten Position waren – und den Kanonen der Brigg nicht gewachsen – schrie Jack Red Dog zu: »Ruder hart Backbord. Alle Segel in den Wind!«

Quince sah ihn skeptisch an. »Dann kommen wir direkt unter ihre Kanonen.«

»Genau darauf zähle ich.«

Eine zweite Kugel vom Buggeschütz der Brigg zischte, ohne Schaden anzurichten, unter einem Segel hindurch über Bord, wo sie ins Wasser klatschte und ein paar Mal auf und ab hüpfte, ehe sie versank.

Die Segel der *Star* blähten sich, und das Schiff verwandelte sich von einer träge dahintreibenden Masse in einen geschmeidigen Seewolf. Obwohl es von einem größeren Schiff überrumpelt worden war, bewegte es sich nicht wie eine Beute fort, sondern wie ein Raubtier. Und bei Gott, es würde wie eins kämpfen.

»Direkt auf den Spanier zu! Geht auf Kollisionskurs!«

Alle Blicke waren auf die schnell näher kommende Brigg fixiert. Mit einem Lächeln schrie Jack zu Quince hin: »Sie halten mich für dumm, was?«

»Ja, wie einen Fuchs.«

Jack wusste, dass Quince inzwischen verstand, dass sie mit diesem gewagten Schritt dem angreifenden Schiff seinen Vorteil nahmen, denn jetzt waren beide Parteien dem gleichen Risiko ausgesetzt. Mit einem einzigen waghalsigen Befehl hatte der junge Kapitän für gleiche Chancen gesorgt.

Mit Befriedigung beobachtete Jack, wie der spanische Kapitän zögerte. Das überraschende Manöver schien ihn völlig aus der Fassung zu bringen. Die Brigg krängte nach Steuerbord, um einen Zusammenstoß zu vermeiden, was dazu führte, dass ihre Breitseite an Schlagkraft verlor. Obwohl die *Star* keine Zeit hatte, das Feuer zu erwidern, traf kein einziges Geschoss der Brigg ihr Ziel.

»Sie haben den Wind aus den Segeln genommen«, schrie Jack. »Schnell, setzt jeden Streifen Segeltuch!«

»Beim Schwanz des Papstes, denen haben wir's gezeigt!«, konnte Coop sich nicht verkneifen.

Die *Star* glitt schnell durchs Wasser, während das spanische Schiff, das jegliche Fahrt verloren hatte, erst wenden musste, ehe es die Verfolgung aufnahm.

»Erinnern Sie sich an diese westlich gelegene Bucht?«, fragte Jack.

»Aye«, antwortete Quince.

»Dann nichts wie hin. Sie ist vom Hafen aus nicht zu sehen, und dort knöpfen wir uns den Spanier vor.«

»Die Brigg reißt uns in Fetzen mit ihren Kanonen!«, rief Paul. »Und selbst wenn wir sie bezwängen, würden wir schwere Verluste erleiden. Warum segeln wir nicht aufs offene Meer?«

»Die Bucht. Auf zur Bucht!« Jack nahm Paul beiseite und flüsterte ihm zu: »Ich hab nicht die Absicht, mich auf einen Kampf mit dem Spanier einzulassen. Seine Besatzung ist viermal so groß wie unsere, und mir liegt nichts dran, durch die Hand irgendwelcher armer Hunde zu sterben, die bloß ihre Pflicht tun. Aber ich habe auch keine Lust, auf der Flucht vor den Kerlen auf dem Ozean herumzukreuzen.« Dann zu Coop: »Nimm dir Jacob und die Belauren und macht unsere längsten Ketten an allen Fässern fest, die groß genug sind, dass sie daran treiben.«

Die Brigg fuhr mit gerefften Segeln in die Bucht ein. Der Kapitän hatte offensichtlich inzwischen etwas mehr Respekt vor seinem Widersacher und war auf der Hut, der Leeseite des Strands nicht zu nahe zu kommen. Jack versetzte sich in den Mann hinein und zweifelte nicht, dass der sich wunderte, warum das schnittige Piratenschiff sich so schnell in die Enge treiben ließ. Die *Star* guckte luvwärts aus der Bucht heraus, hatte aber die Segel gerefft und allem Anschein nach den Heckanker fallen lassen. Jack wusste, dass die Männer auf der Brigg durch ihre Fernrohre die schwere Trosse sehen konnten, die sich hinter der *Star* durchs Wasser zog bis zu dem Punkt, wo sie achtern durch eine Klampe führte und an schweren Pollern festgemacht war und so dafür sorgte, dass die *Star* ruhig lag.

»Ich würde eine wirklich fürstliche Summe dafür zahlen, das Gesicht des Kapitäns dort zu sehen, wenn er wüsste, dass diese Ankertrosse, die wir hinter uns her schleppen, über die ganze Bucht bis hin zu den Fässern führt, auf die seine Männer leewärts zusteuern«, sagte Quince.

Es stimmte, das Piratenschiff lag jetzt in einem Winkel zum Wind, der es ihm ermöglichte, mit einer scharfen Wende aus der Bucht herauszugleiten, wobei es jedoch sehr nahe an der Breitseite der Brigg vorüberkäme, die sich gerade zum Angriff rüstete.

»Der Kerl ahnt, dass etwas nicht stimmt«, sagte Peters.

Jack hatte alle Kanonen auf der Backbordseite zum Abfeuern bereitmachen lassen, zog dann aber alle Männer außer Mentor von den Kanonen ab, damit sie sich um die Leinen kümmerten und mit den Kentucky-Longrifles im Krähennest Stellung bezogen. Yanoo und Matoo beförderten zwei in Meerwasser getränkte Wolldecken in die Takelage und hängt sie über das Krähennest, das auf diese Weise getarnt und geschützt zu einer uneinnehmbaren Festung für die Scharfschützen wurde.

Mit Red Dog am Ruder, den beiden Meisterschützen im Ausguck und Mentor mit seinem Zünder an den sechs geladenen Kanonen, schickte Jack den Rest der Männer an die Leinen und Segel, die sie auf Quince' Order schnell und sicher bedienten. Er wartete, bis die Brigg zwei Drittel des Weges in die Bucht zurückgelegt hatte und auf Höhe der Fässer war, die am anderen Ende der Bucht auf und ab hüpften. Dann schrie er: »Jetzt!«

Die *Star* erwachte plötzlich zum Leben. Die Segel nicht mehr gerefft, die Schot dicht geholt, blähten sich die Segel im Wind. Die spanische Brigg schwang herum und richtete ihre Steuerbordkanonen, um eine Breitseite über die Bucht zu feuern. Nach zwei Minuten war die *Star* in Reichweite, doch plötzlich schwang sie nach Steuerbord herum, so als wolle sie kampflos aufs offene Meer hinaus. Als sie wendete und alle ihre Kanonen einen kurzen Moment auf das feindliche Schiff gerichtet waren, feuerte die *Star* eine nach der andern ab. Mentor ging einfach von einer geladenen Kanone zur nächsten. Ein gewaltiger Schwall von Schrotteisen und Nägeln sauste genau aufs Deck der Brigg, so dass den Männern nichts anderes übrig blieb, als eiligst in Deckung zu gehen. Gleichzeitig schossen die Scharfschützen im Krähennest der *Star* ihre Gewehre ab, zielten aber nur auf das erhöhte Achterdeck und zwangen den Kapitän und die Offiziere, sich aufs untere Deck zu stürzen.

Jack sah, welches Tohuwabohu die *Star* an Bord der Brigg verursacht hatte, wusste aber, dass keine noch so schlaue Taktik der *Star* dem feindlichen Schiff ernsthaften Schaden zufügen konnte. Als der Kapitän den Befehl für die erste Breitseite gab, musste er frohlockt haben bei der Aussicht, wie seine Geschosse das amerikanische Piratenschiff in tausend Stücke reißen würden. Aber seine Freude sollte von kurzer Dauer sein. Jack hörte, wie dem Kapitän der Befehl zum Nachladen im Halse stecken blieb. Die Brigg rutschte plötzlich quer. Und da der Kapitän wusste, dass er nicht auf Grund gelaufen sein konnte, rannte er zu seinem Rudergänger, dessen von Panik erfüllte Stimme übers Wasser drang: »Madre de Dios, Capitán …«

Jack hörte das Quietschen und Rasseln, mit dem die Ketten über das Ruder der Brigg scheuerten. Die Trosse war jetzt von der *Star* bis zu den Fässern am anderen Ende wie ein Hochseil übers Wasser gespannt, und mit einem Knall wie von einem Kanonenschuss rissen die Ketten die treibenden Fässer aufs Ruder der Brigg. Jack gab dem mit der Axt bereitstehenden Hansum ein Zeichen, damit der durch die fest gespannte Trosse schlug, ehe sie das Heck der *Star* aufriss.

Während das spanische Schiff wild nach Backbord schwang, brach die Mannschaft der *Star* in Jubel aus.

Klett und die anderen auf dem Vorderdeck ließen die Hosen runter und wedelten den Wächtern der spanischen Kolonie ihre nackten Hinterteile zu, während Quince einen Eisenarm-Flamenco vollführte.

»Und jetzt nach Norden!«, rief Jack, als sie zur Bucht hinausfuhren und an Geschwindigkeit zulegten. Er wollte sich gerade die Einschlaglöcher von der Breitseite des Feinds ansehen, die Mentors Worten nach »ein bisschen Holz zersplittert, aber keinen wirklichen Schaden angerichtet hatten«, als er aus dem Augenwinkel die Segel eines großen Schiffes erblickte, das gerade aus Havannas Hafen herausgefahren kam. Es war ein imposantes spanisches Handelsschiff, dass Quince' Einschätzung nach ein umgebauter Fünftklasser war, was ihm zu einem stattlichen Aufgebot an Kanonen verhalf und ihm erlaubte, das eigentliche Kanonendeck zum Verstauen von Gütern zu nutzen.

Das Schiff fuhr eindeutig nicht in Richtung *Star*, sondern schien auf den Golfstrom zuzusteuern, die Standardroute für die Rückfahrt nach Europa. Der Golfstrom würde es eine gute Strecke nach Norden auf dem Heimweg in die alte Welt tragen. Jacks erster Impuls war, weiter keine Notiz von dem Handelsschiff zu nehmen, was Kapitän und Mannschaft nur recht sein konnte, da ein nach Spanien heimkehrendes Schiff, wie Quince sagte, »viel zu verlieren« hätte. Höchstwahrscheinlich Silber aus der Potosí-Mine, Porzellan und Seiden, die von Manila ihren Weg nach Acapulco gemacht hatten und dann über Land nach … »Heiliger Bimbam, Jacob, was zum Teufel hat dieses Schiff für einen Stander gehisst?«

Jacob, der vom Krähennest mit dem Fernrohr guckte, schrie zurück. »Es ist dasselbe verdammte Wappen, das wir auf de Silvas Villa gesehen haben … Zum Teufel,

Jack, das ist die verdammte *Cubano Agresor*, de Silvas Schiff!«

Niemand brauchte Befehle von Jack. Red Dog stellte das Ruder auf Auffangkurs und klemmte es mit den Festmacherleinen fest. Jetzt hatte er beide Hände frei, nach den zwei Pistolen in seinem Wams zu greifen, sich zu vergewissern, dass das Pulver trocken war und der Glücksbringer-Hühnerfuß, den er in einem sonderbaren dunklen Laden in Havanna erstanden hatte, sicher um seinen Hals hing. Keine Frage, der Bruderschaft stand die nächste Kraftprobe bevor.

Die *Agresor* reffte die Segel, wendete und fuhr dem schnell näher kommenden Dreimaster entgegen. Quince, der die ganze Zeit angestrengt aufs Wasser gestarrt hatte, drehte sich zu Jack um. »Geh auf T-Kurs!«

»Was? Ich kann doch nicht …«

»Tu es einfach, Jack. Bitte.«

Da Jack wusste, dass Quince nie ohne guten Grund auf etwas bestand, fügte er sich und begann das klassische Seefahrtsmanöver, direkt vor dem Bug des feindlichen Schiffs entlangzusteuern, so dass er seine Breitseite abfeuern konnte, während der Gegner nur seine Buggeschütze auf die *Star* richten konnte. Einer solchen Strategie konnte das andere Schiff jedoch begegnen, indem es nach Steuerbord wendete und seine eigene, viel größere Breitseite in Anschlag brachte. Doch da sah auch Jack den Streifen hellgrünen Wassers. »Lieber Gott, Quince, dort ist ein Riff … Ich hatte keine Ahnung.«

»Die hat der da drüben auch nicht, Junge.«

Obwohl fast alle auf dem größeren Schiff durch das Manöver der *Star* abgelenkt waren, hatte der Ausguck auf dem *Agresor* die Gefahr offenbar erkannt. Jack hörte, wie er seinem Kapitän zuschrie. Bis hin zur *Star* war Sekunden später ein Scharren zu hören – und dann ein gewaltiges Knirschen. Der Spanier war auf das Felsenriff aufgelaufen, das wahrscheinlich seinen unteren Rumpf aufgerissen hatte. Schreie hallten übers Wasser – einige hörten sich englisch an. Die *Star* halste, so dass sie außer Reichweite der meisten Kanonen des anderen Schiffes war, und feuerte ihre eigene Breitseite ab.

Das größere Schiff erwiderte das Feuer aus den Geschützen, die es noch einsetzen konnte, dann hörte der Kanonendonner plötzlich auf. Jack sah, wie eine weiße Flagge den Großmast hochgezogen wurde. »Zum Teufel«, sagte er laut. »So schnell geben die auf!«

Dann wurde das ganze Ausmaß des Schadens der Kollision mit dem Riff sichtbar. Die Backbordseite der *Agresor* neigte sich langsam auf ihre Reling. Die Männer auf der *Star* waren gebannt von dem Anblick; dank Quince' taktischem Genie war alles Schießen zu Ende. Männer kletterten schon in die Rettungsboote oder sprangen vom Schiff. Jack hörte, wie der Kapitän der *Agresor* seinen Offizieren befahl, die Deserteure zu erschießen, aber die Offiziere schienen nicht gewillt zu gehorchen.

Als es aussah, als könne das Drama nicht größer sein, ächzte das große Schiff plötzlich wieder und tauchte mit der Backbordseite in die Wellen ein.

»Jesus, es sinkt«, murmelte Red Dog. Dann drang wieder ein Knarren und Poltern übers Wasser, und die Männer der *Star* hörten, wie der Ballast im Rumpf verrutschte. Das meiste davon krachte zur versenkten Backbordseite heraus, zusammen mit den Waren und Gütern. Die Schiffskanone riss sich los und klatschte ins Meer. Fünf Minuten später neigte sich die *Agresor* mit dem Bug nach unten, der dann auf dem langen, abfallenden Riff stecken blieb, worauf ein Teil des Hecks in bizarrem Winkel aus dem Wasser ragte.

Eine gespenstische Stille lag über der Bucht. Vollbesetzte Rettungsboote ruderten in Richtung der ungefähr ein Dutzend Meilen entfernten kubanischen Küste, und zwischen dem gesunkenen Schiff und der *Star* hüpften mehrere Köpfe auf dem Treibgut im Wasser auf und ab.

»Sammelt die Überlebenden auf!«, schrie Jack.

Als Jack sich umwandte, um sich mit Quince zu beraten, hörte er einen Tumult von den Rettungsbooten her.

»Hey, Jack, du wirst es nicht glauben, was für eine Sorte menschlichen Unrat wir hier gefunden haben.«

Jack schlug das Herz bis zum Hals, während er betete, dass es de Silva war. Aber als er zur Backbordseite rannte, sah er seine Hoffnung enttäuscht. Der Schandfleck der Menschheit, den man in die Barkasse der *Star* gezogen hatte, war Cheatum. Minuten später war er an Deck, stammelte einen Moment vor schierem Schreck vor sich hin und stieß dann wilde Flüche aus.

Jack stand über ihm. »Männer, für jede Minute, die er uns nicht erzählt, was wir über dieses Schiff wissen wollen, schneidet ihr ihm einen Finger ab«, sagte er. »Dann werft seine Eier den Haien hinunter.«

Cheatum wurde blass.

»Nein, wartet, ich weiß was besseres. Werft seinen Sack nicht den Haien vor. Ich habe ganz vergessen, wie gern unsere Freunde Yanoo und Matoo die Nüsse ihrer Feinde zum Nachtisch verspeisen.«

»Das – das wagst du nicht …«

Jack explodierte. Er trat Cheatum mit voller Wucht ins Gesicht und gab den belaurischen Eingeborenen ein Zeichen, ihn mit gespreizten Beinen auf Deck festzuhalten.

»Du verräterisches Schwein, du glaubst wohl, ich mache Spaß.«

Jack zog ein dickes, scharfes Abhäutmesser aus der Scheide und stieß es ins Deck zwischen Cheatums Beine, direkt vor seinen Schritt. Der Mann schrie, obwohl die

Klinge ihn nicht berührt hatte. Jack zog das Messer aus den Bohlen und bohrte es seitlich in Cheatums Leiste, zog es dann wie eine Säge hin und her, worauf im nächsten Moment die Segeltuchhose zerriss. Paul lehnte gegen die Reling, fast so blass wie Cheatum, und murmelte leise: »Jack, uhh ...« Dann, als er Quince' Blick auffing, verstummte er. Der Erste Maat befahl Paul, sich über die Reling zu schwingen und Hansum beim Auflesen der Überlebenden in die Barkassen zu helfen.

Sowie er die kalte Klinge auf der Haut spürte, verging Cheatum aller Trotz; er begann zu wimmern und jammern und erzählte alles, was er wusste. Jack zog das Messer langsam nach oben und ritzte Cheatum die Haut auf. »Schneller, du Schwein. Ich will alles wissen.« Cheatum keuchte und schnaufte und bat um Vergebung. Jack verringerte den Druck der Klinge leicht. »Unser größtes Geschenk für dich wird ein schneller Tod sein, nachdem wir dich zerteilt haben.«

Cheatum, der alles tat, um Jack gnädig zu stimmen, erzählte, wie er sich als Schiffsführer von dem Grafen habe anheuern lassen, von dessen Reichtümern auf dem Schiff, und dass de Silva selbst jetzt unten im Damenkämmerchen sei. Jack riss die Augen auf. Da er witterte, was Jack hören wollte, beschrieb Cheatum schnell, wie der Graf die ganze Zeit an Deck gewesen sei, aber einen Moment, ehe das Schiff sank, wäre er hinuntergegangen, um nach seiner kostbaren Schatztruhe zu sehen.

»Und nicht nur das, Jack – und bitte, stich mich nicht ab – der Chinese, Quen-Li, ist auch da unten.«

Diese Neuigkeit war für alle ein Schock. Die Männer standen wie angewurzelt da und lauschten gespannt.

»Hat er fliehen können?«, Die meisten Männer blickten unwillkürlich zu den in Richtung Küste rudernden Rettungsbooten.

»Nein, Jack – er konnte nicht. Bitte, bring mich nicht um.«

»Was konnte er nicht?«

Jetzt hatte Cheatum wirklich Todesangst. Alle merkten, wie er aufs Deck schiss und aussah, als fiele er jede Sekunde in Ohnmacht.

Jack setzte die Klinge direkt an Cheatums Gemächt. »Ich geb dir zehn Sekunden, alles zu erzählen, was du weißt. Dann kannst du vielleicht weiterleben, ohne dass du einem Kastratenchor beitreten musst.«

»Der Chinese war im hinteren Frachtraum angekettet. Direkt über dem Damenkämmerchen, wo de Silva seine persönliche Stahlkassette aufbewahrte. Als er herausfand, wer Quen-Li ist, ließ de Silva ihn auspeitschen und wollte ihn als Gefangenen für die Krone mit nach Spanien nehmen.«

»Ich wette, du hast alles getan, um ihn zu retten, was, Cheats? Irgendeine Chance, dass einer von beiden noch am Leben ist?«

»Nein – nein – ich glaube nicht …«

Als Jack klar war, dass Cheatum jetzt alles erzählt hatte, was er wusste, wandte er sich ab und steckte sein Messer in die Scheide, während Cheatum sich zusammenrollte und kotzte.

Jack und alle andern starrten zu dem spanischen Wrack und beteten um eine Idee, wie sie Quen-Lis Leben retten konnten. »Wo zum Teufel liegt dieses Damenkämmerchen?«, fragte Jack Quince. Er hatte den Ausdruck schon gehört, mit dem ein verborgener Bereich tief im Schiffsinnern gemeint war, wo manchmal Frauen und Wertgegenstände versteckt wurden, aber er hatte nie eines gesehen.

»Dort!«, antwortete Quince prompt und wies auf den Teil des Schiffs, der noch nicht unter Wasser war. »Mein

Gott, Jack, die Damenkammer ist tief unten im Heck und so, wie das Schiff hochkant liegt, ist Quen-Li vielleicht nicht ertrunken!«

Jack rannte zur Reling, aber die Barkassen waren weit fortgerudert. Nur Paul und Hansum waren noch in Rufweite, und so schrie er ihnen zu anzuhalten. Er wollte sie zu sich zurückrufen, aber er wusste, damit vergeudeten sie vielleicht den entscheidenden Moment Zeit. Das spanische Schiff balancierte bedenklich in seiner jetzigen Position und konnte jede Sekunde das Riff hinuntergleiten.

»Paul, um Gottes willen! Quen-Li ist vielleicht dort im Heck!«

Paul und Hansum winkten Jack kurz zu, wendeten und ruderten auf das Heck der *Agresor* zu. Jack wollte ihnen zurufen, die andere Barkasse zu ihm zurückzuschicken, aber Hansum und Paul ruderten schon wie verrückt und konnten ihn nicht hören.

»Himmelherrgott, Quince, ich brauch ein Boot!«, schrie Jack. »Paul und Hansum werden ihr Leben riskieren, um Quen-Li zu finden. Mein Gott, und wenn der Koloss dort untergeht, sitzen sie in ihm fest.«

»Du hast recht, die beiden haben mehr Herz als Verstand, und sie lieben diesen Chinesen ... da, das Beiboot unter den Teertüchern. Das können wir nehmen. Brown! Red Dog! Matoo! Kommt her und helft uns, das Ding ins Wasser zu lassen.«

Während er hinunter in das Beiboot stieg, befahl Jack den zurückbleibenden Matrosen: »Sowie die andern in der Barkasse zurückkommen, seht zu, dass ihr die *Star* wendet und ankert, so dass ihr Heck parallel zum Liegeplatz des Wracks herumschwingt.«

Als Jack, Quince und Matoo auf die *Agresor* zuruderten, konnten sie sehen und hören, wie sie sich wieder bewegte. »Schnell, Matoo«, schrie Jack. Der Eingeborene, der zwar ein Kanupaddel zum Singen bringen konnte, hatte wenig Erfahrung mit Rudern. So kräftig er auch war, konnte er mit Jacks wildem Tempo nicht Schritt halten.

Kurz darauf stieß ihr Boot zu der Barkasse, die Bob und Paul hergerudert und an der Backbordreling des Schiffs festgebunden hatten. Die Barkasse war leer. Außer sich vor Angst schrie Jack einen der achtern gelegenen Niedergänge hinunter. »Paul, Bob, wo zum Teufel seid ihr?«

Hansumbobs Stimme drang von irgendwo aus dem Schiffsinnern herauf.

»Wir sind hier unten, Jack. Wir haben die Stahlkassette gefunden, aber Quen-Li ist nirgends zu sehen. Paulee will versuchen, durch die nächste Luke in die Bilge runterzusteigen.«

Genau in dem Moment rutschte die *Agresor*.

»Gottverdammt, kommt sofort da raus, alle beide. Das Schiff sinkt!«

Jack war wie von Sinnen. Er war dabei, drei gute Freunde zu verlieren, darunter den jungen Mann, der fast wie ein Teil von ihm war. Quince gab Matoo ein Zeichen, die Barkasse und ihr eigenes Boot von der *Agresor* loszubinden; denn wenn sie unterging, würde sie die Boote mit sich reißen. Von unten drang nur Stille herauf.

»Heiliger Jesus!« Jack sprang aufs Schiff, hangelte sich den Niedergang hinunter und schrie: »Bob! Paul! Zum Teufel mit euch beiden!« Er war gerade ein Deck tiefer gelangt, als er Bob sah, der sich in dem steigenden Wasser verzweifelt mühte, die Hand nach unten durch eine Luke zu strecken, wo er Paul vermutete. »Bob!«

»Oh, Jackee, Paul ist durch die Luke nicht wieder hochgekommen.« Hansum keuchte und war triefnass.

Jack wurde klar, dass er nicht auf sein Rufen geantwortet hatte, weil er seinen Kopf unter Wasser hatte, um Paul die Hand hinzustrecken.

»Lieber Gott, nein, nein, nein.« Das Schiff rutschte wieder ein Stück tiefer. Jack schrie Hansumbob zu, sich an seiner Hand festzuhalten. Hansum versuchte es zweimal und sie entglitt ihm, dann, ohne jede Vorwarnung, kippte das Schiff mit einem gewaltigen Ruck um; Hansum wurde auf Jack geschleudert, und beide hasteten wie wild den Niedergang wieder hinauf. Das Schiff war umgekippt. Plötzlich war Jacks Kopf unter Wasser, aber er hielt Bob weiter fest umklammert, und im nächsten Moment wurden sie vom Schiff gespült und landeten im Meer. Die *Agresor* war verschwunden.

Jetzt trieben beide Barkassen und das Beiboot zwischen Wrackteilen des Schiffes. Mit Matoos Hilfe kletterten sie in die Boote. Sprachlos vergrub Jack den Kopf in den Händen. Er konnte es nicht fassen – hätte er die beiden doch nur zurückbefohlen, damit sie ihn holten. Hätte er doch überhaupt nichts gesagt. Jetzt war es nicht bloß Quen-Li, jetzt hatte er auch Paul verloren. »O Gott, es ist meine Schuld.«

Hansumbob, der gleichermaßen erschüttert in der anderen Barkasse saß, sagte einfach, »Nein Jackee, du kannst dir nicht die Schuld geben. Gott weiß, du hast alles versucht.«

Inzwischen war die Entfernung zwischen der *Agresor* und der *Star* nur noch klein. Der Besatzung war es gelungen zu ankern, und von zwei Bughaken schwang das Heck der *Star* jetzt nur ein paar Dutzend Yards von der Stelle entfernt, wo das spanische Schiff gesunken war.

Wie hohl mein Sieg ist, dachte Jack. Er hatte gerade den Mann versenkt, den zu töten er um die halbe Welt gesegelt war; aber er konnte nur an Paul denken, der in dem vergeblichen Versuch, Quen-Li zu retten, sein Leben geopfert hatte. »Zur Hölle mit dir, Paul! Weil du so ein Narr bist!«, schrie Jack übers Wasser.

Quince blickte traurig zur Reling der *Star* hoch und fragte Coop, der von seinem höheren Standpunkt aus besser durch die Oberflächenspiegelung sehen konnte, »Wie tief liegt das Wrack? Irgendeine Chance, die Körper zu bergen?«

»Ich weiß nicht«, antwortete Coop ernst. »Das Heck steht immer noch hochkant auf dem Grund. Und das Schiff schwankt, so als hätte es immer noch ein bisschen Schwimmfähigkeit.«

Jack starrte hinunter in die grüne Düsternis. »Was hast du gesagt? Es kann noch schwimmen?«

»Jaah, Jack.« Coop wiederholte seine Beschreibung.

»Um Gottes willen, Mann. Gib mir eine lange Eisenstange!«

»Was?«

»Eine Eisenstange, Coop, und mach schnell.« Sekunden später fing er die Stange auf, die an einer Leine vom Deck der *Star* heruntergelassen wurde. Dann sprang er ins Wasser.

»Werf mir eine Leine zu«, befahl er seinem verblüfften Schiffskameraden. »Dann sollen Yanoo und Matoo sich jeder ein Rohr schnappen, schnell runtertauchen und das Heck des Spaniers abklopfen.«

»Eine Luftblase!« rief Quince den anderen zu. »Jack glaubt, in dem Schiff da unten muss eine Luftblase sein, sonst wäre es das ganze Riff runtergerutscht.«

Jack holte tief Luft und schwamm auf den Schiffsrumpf zu. Als er ihn erreichte, klopfte er wie wild dagegen, bis seine berstenden Lungen ihn an die Oberfläche zwangen. Beim Auftauchen sah er die beiden Belauren herunterkommen, um seinen Anweisungen zu folgen.

Solange er sich an der Leine festhielt und seinen Kopf aus dem Wasser hielt, hörte er keinen Ton. Aber sonderbar, wenn er die Ohren nur einen Zentimeter unter die Oberfläche hielt, konnte er deutlich hören, wie die Belauren auf den Rumpf klopften.

Diesmal machte Jack längere, tiefere Atemzüge, ehe er wieder tauchte. Kaum war er unter Wasser, hörte er wieder das Klopfen der Belauren. Dann begann sein Herz plötzlich zu rasen. Es waren nicht die Belauren. Aus dem Augenwinkel sah er, wie die beiden Eingeborenen wieder an die Oberfläche strampelten. Das Klopfen kam vom Wrack. Jack schwamm zu der Stelle, von der das Klopfen seiner Meinung nach gekommen war, und begann, wie ein Verrückter mit der Eisenstange auf den Rumpf einzuhauen. Das Geräusch, das er zur Antwort bekam, schien von überall her zu ihm zu hallen … er konnte nicht sagen, aus welcher Richtung es kam, aber, bei Gott, dort drinnen war jemand noch am Leben … es mussten Paul oder Quen-Li sein. Lieber Gott, lass sie es sein.

Als Jack mit dem Kopf durchs Wasser stieß und den anderen seine Entdeckung zukeuchte, geriet die Bruderschaft in wilden Aufruhr, alle sprachen und schrien durcheinander und jeder hatte eine andere Idee.

»Lasst uns wieder eine Glocke machen«, rief Red Dog.

»Ich werd nach den beiden tauchen«, sagte Klett. »Lasst mich ins Wasser. Ich und Jack schaffen es so weit runter. Gebt mir eine Axt.«

»Ja. Holt auch den Belauren welche«, gellte Coop.

Mit gedämpfter Stimme gebot Quince Ruhe. »Jungs, ich weiß, dass ihr aufgeregt seid, aber strengt lieber euren Kopf an als eure Mäuler.«

Jack, der sich immer noch keuchend an der Leine im Wasser festhielt, rief: »Wir können uns nicht einfach unseren Weg durch den Rumpf hacken. Wenn wir die Luftkammer einschlagen, dann lassen wir die Luft raus, und das bedeutet ihren sicheren Tod. Wir müssen uns dem Rumpf von unten nähern. Ich schätze, es sind ungefähr zehn Faden bis unterhalb des Schiffs.«

»Ich könnte ganz fix wieder eine Glocke machen«, sagte Coop.

»Nicht fix genug«, entgegnete Quince.

»Wie wär's mit einer, die schon fertig ist?«, schlug Mentor vor. »Welches ist dein größtes Fass, Coop?«

»Das Brandy-Fass schätze ich.« Er zeigte auf eines, das gut einen Meter achtzig hoch war und einen Durchmesser von etwa einem Meter dreißig hatte.

»Das müsste gehen!«, keuchte Jack, während seine Schiffskameraden ihm an Deck halfen. »Wir müssen schnell machen. Yanoo soll ein Tau hinunter bis zum Rand der umgekippten Reling führen und es festmachen, dann das Fass umkippen und beschweren, damit es an dem Tau runtergleitet. Ich kann es bis zum Fass schaffen, solange Luft darin ist, wenn ich unten ankomme.«

»Ich verstaue eine Leine im Fass, die man als Leitleine benutzen kann«, fiel Klett ein.

»Genau.«

Nachdem er ein paar Minuten auf dem Rücken gelegen und tief und ruhig durchgeatmet hatte, war Jack wieder bei Kräften. Derweil hatten sich seine Schiffskameraden hektisch an die Vorbereitungen gemacht. Dann hörte Jack einen Jubelschrei: Yanoo tauchte auf und verkündete, das Tau sei sicher am Schiff festgemacht. Die Männer brachten das beschwerte Fass in Position, dann ließen sie es los, worauf gespannte Stille folgte. Es wollte nicht recht sinken, und Quince überzeugte die anderen davon, das Beste wäre, die Belauren und Klett versuchten, es die ersten paar Fuß hinunterzuzwingen. Wenn erst die Luft im Fass durch den Druck des Meerwassers komprimiert würde, ginge es von allein in die Tiefe. Quince hatte recht; kurz darauf hörte man den Freudenschrei.

»Okay, Jack, wir sind bereit. Glaubst du, du schaffst es, Junge?« Quince' Sorge spiegelte sich in den Gesichtern der anderen Männer wider.

»Ich muss«, war die einzige Antwort, die Jack einfiel. »Zum Teufel, zwar nicht aus freien Stücken – aber wir sind wahrscheinlich zu den größten Tauchexperten in der ganzen verdammten Karibik geworden. Da können wir unser Wissen auch nutzen, um unsere Brüder zu retten.«

Jack wollte nicht glauben, dass er wieder tauchte. Während der letzten beiden Tage hatten sich die Ereignisse so überstürzt, dass sie ihm unwirklich erschienen. Nach den Jahren des Wartens hatte er jetzt plötzlich das Gefühl, dass ihm keine Sekunde vergönnt wurde, sich vorzubereiten. Zeit bedeutete nichts; er hatte keine Ahnung, wann er zum letzten Mal geschlafen hatte. Er fühlte, wie sich nach der Ruhe der langen Schiffsreise in seiner Seele jetzt die Wogen eines großen Sturms austobten, er im einen Moment in die Tiefen von Trauer und Verzweiflung stürzte und sich im nächsten voller Triumph und Rachedurst in die Lüfte erhob, ehe er wieder untertauchte. Und nun waren Paul, der Mensch, dem er sich am nächsten auf der Welt fühlte, und Quen-Li, der zu seiner sonderbaren neuen Familie gehörte, vielleicht noch am Leben dort unten in dem hölzernen Grab.

Jack nahm den Ballaststein entgegen, den Klett ihm reichte, damit er leichter in die Tiefe kam. Er holte mehrmals tief Luft und tauchte unter, wobei er aus seiner Erfahrung im Pazifik wusste, dass er nicht zu schnell sein durfte. Eine Hand am Tau, glitt er nach unten und ließ das Gewicht des Ballaststeins die Hauptarbeit tun. Jeglichen Atemdrang schob er aus seinem Kopf und tat so, als wäre die Zeit grenzenlos, die er dort unten mit einer einzigen Lunge voll Luft auskäme. Und sofort stellte es sich wieder ein – dieses drückende Gefühl in den Luftkammern seines Kopfes, besonders in seinen Ohren.

Er musste seine Ohren frei machen, ehe der Schmerz zu groß wurde. Er presste die Nasenflügel zusammen und blies. Es wirkte – ein Plop-Geräusch, und der Druck ließ nach. Dann wiederholte er das Ganze, blies jetzt ein wenig schwächer, und dann noch einmal. Wie ihm schien, dauerte es nicht mal eine Minute, bis er an dem umgedrehten Fass war.

Erstaunlicherweise fühlte er sich kaum außer Atem. Mit einer einzigen Armbewegung hatte er den Rand der Glocke umfasst und zog sich hinein. Wie erwartet war weniger als die Hälfte des Fasses voller Wasser, und Jack sog gierig die Luft von der Welt oben ein. Klett hatte ein Ende der dünnen aufgespulten Leitleine an einem Augbolzen befestigt, und Jack brauchte nichts weiter tun, als sie zu nehmen und sich auf die Suche machen.

In dem hochkant liegenden Schiff war es nicht so dunkel, wie Jack vermutet hatte. Durch die Risse im Rumpf fiel Licht herein, trotzdem war Jack durch die verschwommene Sicht behindert. Es war das gleiche Problem, das sie auch in der Südsee nie hatten lösen können. Trotzdem fühlte er sich stark und zuversichtlich, und wie er schon früher festgestellt hatte, konnte er in dieser Tiefe länger mit der Luft in seiner Lunge auskommen. Während er die Leine hinter sich abrollen ließ, schwamm er in die Richtung, wo er die Luftkammer vermutete. Im nächsten Moment prallte er gegen etwas und wich erschrocken zurück, als er merkte, dass es die Leiche eines spanischen Matrosen war.

Nachdem er seinem Gefühl nach bis zur richtigen Höhe aufgestiegen war, sah Jack sich einem hoffnungslosen

Gewirr von Trümmern gegenüber. Er spürte den Drang, etwas von der kostbaren Luft in seinen Lungen auszustoßen – sie war ihm schon auf seinem Weg den Schiffsrumpf hoch aus Mund und Nase entwichen – und er fragte sich, ob es daran lag, weil er jetzt in flacheres Gewässer vordrang, nachdem er die »dicke Luft«, wie Paul sie nannte, aus der Glocke eingeatmet hatte. Er befestigte die Leine an einem Holzpfosten und hangelte sich an ihr entlang zurück zur provisorischen Glocke. Diesmal konnte er sich nicht den Luxus leisten, Fehler oder Experimente zu machen; er musste die Überlebenden so schnell wie möglich finden.

Während er seine Lungen auffüllte, hielt Jack sich noch einmal vor Augen, was er am höchsten Punkt des Schiffsrumpfs gesehen hatte. Der dunkle Bereich zur Rechten war der wahrscheinlichste Ort für eine Luftkammer. Denn wenn dort eine Höhlung war, in der sich die Luft halten sollte, konnte sie natürlich keine Löcher haben, durch die Licht hereinfiel. Ja, dort wollte er es versuchen.

In dem Moment, als er wieder losschwimmen wollte, kamen Yanoo und Matoo am Fass an. Unter hohem Risiko hatten sie sich in die Tiefe gekämpft und brachten schon die beiden ersten kleinen Behälter mit Luft, um die Blase in Jacks Glocke aufzufüllen. Jack war von tiefer Dankbarkeit ergriffen, die ihn selbst überraschte. Jack O'Reilly mochte ein gefährliches und besessenes Leben führen, aber er tat es nicht ohne Freunde. Er fühlte sich gestärkt und ermutigt, weil er wusste, dass dort oben Männer waren, die zu ihm standen.

Wieder folgte er der Leitleine bis zu dem Punkt, wo er sie befestigt hatte, stieß von da hoch in das Dunkel über ihm und fand schnell den Weg zu dem Punkt, an dem er bei seinem ersten Tauchen gewesen war. Plötzlich stieß sein Kopf in Luft hinein und prallte gegen ein hartes Hindernis. Jack keuchte, fluchte und holte ein paar Mal tief Luft.

Wie in einem Traum kam eine vertraute Stimme aus dem Dunkel. »Bonjour, mon ami. Sei so freundlich und atme nicht so heftig, es wird schon ziemlich stickig hier.«

»Quen-Li. Du verdammter, verrückter Chinese! Du bist es!« Jack jubelte.

»Ja, mein ungestümer junger Freund. Ich bin es – hast du Konfuzius erwartet?«

»Jesus, ich komm nicht zu dir hin. Holzpfähle versperren mir den Weg. Bist du in Ordnung?«

»Er ist ein bisschen übler zugerichtet als ich, Jack«, antwortete Paul.

»Paul!« Jack traute seinen Ohren nicht. Selbst in der komprimierten Luft hier war Pauls Stimme deutlich zu erkennen. »Du Hurensohn, ich dachte, du wärst ertrunken.« Der Groll in seiner Stimme überraschte Jack selbst. Trotz der Welle von Erleichterung, die ihn durchströmte, merkte Jack jetzt, wie wütend er auf seinen Freund gewesen war.

»Freut mich auch, dich zu hören«, krächzte Paul und hörte sich beinahe an, als sei er bereits ertrunken.

Dann sprach Quen-Li wieder, seine Stimme klang angestrengt, obwohl er die gleiche Fassung wahrte wie immer. »Wir sind in einer komplizierten Lage, Jack.«

»Kompliziert! Beim Sack des Papstes! Wir sind unter einem gottverdammten Schiff und … hätte ich euch nicht klopfen gehört, wärt ihr jetzt eine bloße Erinnerung und …«

»Jack, beruhig dich und hör zu.«

»Gut, mein Freund, sprich. Du hast recht, die Zeit ist nicht auf unserer Seite.«

»Mein rechter Arm ist am Handgelenk angekettet, und

die Kette reicht bis unterhalb der Wasserlinie, wo sie an einem Eisenring befestigt ist.«

Jack atmete geräuschvoll aus, sagte aber nichts.

»Mein linker Arm ist gebrochen – a – uh – eine Sicherheitsmaßnahme des Grafen, damit er mich ohne weiteren Verschleiß an seinen Männern nach Spanien bringen konnte … Aber die Geschichte erzähle ich ein andermal.«

»Er hat dir deinen Arm gebrochen! Zum Teufel und zur Hölle mit ihm. Wenn ich diesem ekelhaften Schwein meine Klauen in die Kehle bohre …«

»Jack!«

»Schon gut, sprich weiter.«

»Eine weitere Komplikation ist … nun, da mein einer Arm gebrochen ist und der andere unter mir angekettet, hätte es dir eigentlich in den Sinn kommen müssen, dass es schwierig für mich gewesen wäre, auf dein Klopfen an den Rumpf zu antworten.«

Völlig perplex starrte Jack zu dem verschwommenen Umriss seines Freundes hin. »Was?« Und nach einem Moment: »Aber Paul …«

»Nein, der war zu dem Zeitpunkt bewusstlos.«

»Dann ist also noch jemand hier drin?«

»Nicht direkt hier drin, aber auf der anderen Seite dieses zerbrochenen Schotts – er ist ein bisschen schüchtern. Ahnte nicht mal, dass ich hier bin, ehe du ankamst und wir miteinander redeten.« Quen-Li fiel in einen Plauderton: »Komm, sprich mit uns, mein Gefährte in dieser winzigen Welt. Ich hörte dich wimmern und schreien, als du klopftest, damit man dich rettet … deine Rettung ist hier … sprich.«

»Ich … ich zahle ein Vermögen! Bitte rette mich aus diesem Grab«, stammelte eine Stimme mit spanischem Akzent.

Jack war wie gelähmt. Die verzerrte Stimme war eine, die er nie vergessen würde. Kalt antwortete er: »Du bist es also, de Silva.«

»Hör mir zu, O'Reilly. Ich habe Reichtümer, die du dir nie träumen lassen würdest. Ich ...«

»Das einzige, was ich von dir will, ist dein Kopf. Ich würde es hassen, dich ertrinken zu sehen, ehe ich deine Kehle mit einer scharfen Klinge liebkost habe.« Jack machte einen wilden Satz nach vorn, aber all seine Kraft reichte nicht, seine große Gestalt durch das kreuz und quer liegende Holz zu befördern.

»Jack«, sagte Quen-Li bestimmt. »Du musst jetzt Ruhe bewahren wie nie zuvor und Entscheidungen treffen, mit denen du dein restliches Leben fertigwerden musst.«

Jack hörte schweigend zu.

»Auch ohne dass du hier drin bist und schnaubst wie ein Walross, fürchte ich, dass wir keine Stunde mehr hier durchhalten, höchstens die Hälfte der Zeit.« Er hielt einen Moment inne, um Atem zu schöpfen. »De Silvas Stahlkassette mit dem größten Teil seines Reichtums – nachdem du seinen ganzen anderen Besitz niedergebrannt hast – ist bei ihm in der Kammer dort, wo er die Kassette zusammen mit mir in Sicherheitsverwahrung genommen hatte.«

»Aber ...«

»Unterbrich mich nicht. Wenn du die Mannschaft dazu bringst, dass sie sich durch den Rumpf über uns kämpft, ehe dieses Schiff weiter das Riff hinabrutscht, auf dem wir meiner Meinung nach liegen, kannst du dir seine Reichtümer schnappen und ihm den Kopf abschneiden, wenn er an die Oberfläche ploppt.«

»Nein!«, heulte Jack.

»Hör zu, Jack.«

»Nein, du hörst mir verdammt noch mal zu, du säuselnde chinesische Eidechse. Ich bin der Kapitän der *Star*, und ich fälle die Entscheidungen. Bei dem Plan würden du und Paul wie die Ratten absaufen, und das lasse ich nicht zu.«

»Jack, Paul wird es bestimmt durch das Loch hinaus schaffen, das unsere Männer in den Rumpf schlagen.«

»Nerv mich nicht. Du hast bereits viel zuviel von meiner Zeit vergeudet. Die Bruderschaft lässt keinen der ihren im Stich. Ich habe einen viel besseren Plan – wir schlagen uns unterhalb der Luftkammer von außen mit Äxten durch den Rumpf und brechen deinen Kettenring auf. Sowie du frei bist und wir dich und Paul an die Oberfläche geschafft haben, kümmere ich mich um den Grafen und seine Reichtümer. Und wenn das Schiff vorher das Riff runterrutscht, dann soll es.«

»O'Reilly, warte!«

»Halt's Maul, de Silva! Ich bringe eine Brechstange mit hinunter. Ich glaube, damit komme ich durch diesen Holztrümmerhaufen hindurch. Dann kann Paul von innen an den Rumpf klopfen, während wir uns von oben mit der Axt zu ihm durcharbeiten – Paul, schaffst du das?«

»Ja, Jack.« Seine Stimme klang schon ein wenig stärker. »Aber warte.«

»Was ist? Die Zeit verrinnt.«

»Bring eine Weinflasche mit.«

Jack starrte ins Dunkel. »Bist du verrückt? Was meinst du, was das hier ist, eine verdammte Geburtstagsfeier?«

»Jack, ich meine es ernst. Entkork eine Weinflasche und bring sie mit, halt sie verkehrt herum und press deinen Daumen in den Flaschenhals, wenn du wieder runterkommst – ich habe eine Idee.« So verrückt die Bitte erschien, Jack wusste, es hatte keinen Sinn, mit Paul zu streiten.

Er holte gerade so viel Luft, wie unbedingt nötig, und schwamm zurück zum Fass. Der Wasserstand darin war etwas niedriger – was nur daran liegen konnte, dass die Belauren kräftig Luft nachgefüllt hatten. Von der Glocke aus hangelte er sich an dem Tau nach oben.

Die Mannschaft sah ihn gespannt an. Hansumbob klatschte in die Hände und johlte mit den anderen vor Freude bei der Nachricht, dass sowohl Paul als auch Quen-Li noch lebten. Doch fast aller Augen verengten sich, als sie von de Silvas Überleben hörten.

»Er hat dem Chinesen den Arm gebrochen?«, fragte Hansum mit entsetztem Blick.

An dem Punkt beschloss der immer noch um sein Leben fürchtende Cheatum, noch mehr auszuplaudern. »Jungs, als die Männer des Grafen herausfanden, dass Quen-Li ein … ihr wisst schon …«

»Na und?«

»Na, da haben sich alle sieben auf ihn gestürzt. Aber sie hätten gradsogut gegen einen Löwen antreten können. Und ihr seid nur deshalb auf so wenig Widerstand gestoßen, als ihr de Silvas Villa überfallen habt, weil vier seiner Wachmänner auf der Beerdigung der drei anderen waren.«

Die Männer grinsten. Quince klopfte Bob auf den Rücken. »Wie's scheint, hat Bruder Quen seine Kunstfertigkeit nicht verloren.«

»Ich wusste, dass er auf sich aufpasst«, sagte Bob mit einem stolzen Strahlen in den Augen. »Aber Paul und – wie wollen wir sie da herausholen?«

»Wir haben nicht viel Zeit«, unterbrach Jack. »Hier ist mein Plan: Paul soll von innen in einem fort klopfen; dann wird es zwar immer noch schwierig sein, genau die Stelle zu finden, an der wir uns von außen durchschlagen müssen. Zu niedrig, und wir verfehlen die Stelle, wo

Quen-Lis Eisenkette festgemacht ist. Zu hoch, und wir lassen die Luft raus, und er ertrinkt – genau wie Paul, wenn wir nicht sehr vorsichtig sind. So, und jetzt kein Wort mehr, es sei denn, einer hat was Wichtiges zu sagen. Red Dog, Jacob, Mentor, lasst noch eine Brechstange zur Glocke hinunter. Klett, du und die Belauren, bereitet euch auf ein hartes Stück Arbeit vor. Sobald ihr genau wisst, woher das Geräusch kommt, schlagt ihr mit euren Äxten ein Loch in den Rumpf. Ihr anderen bindet den Tauchern Leinen um die Taille und zieht sie hoch, wenn sie müde werden, damit sie keine Energie mit Schwimmen vergeuden.«

»Mach dir um den Teil keine Sorgen, Jack«, rief Quince. »Find nur genau die Stelle, die wir durchschlagen müssen, und wir ziehen Paul und unseren Chinesen zum Teufel noch mal raus.«

»Oh, das hätte ich fast vergessen«, fügte Jack hinzu. »Ich brauche eine entkorkte Weinflasche – fragt mich nicht warum, eine von Le Maires Ideen.«

Quince verdrehte die Augen, während Jack und Coop nach einer Flasche losrannten.

Mit der entkorkten und umgedrehten Flasche in der Hand glitt Jack wieder am Tau hinunter. Als er unten ankam, schob er sich, die Weinflasche immer noch fest im Griff, in das große Fass und stieß ohne Zwischenfälle in die Luftblase hoch.

Das Wasser war um gut sieben bis neun Zentimeter gestiegen, seit er an die Oberfläche geschwommen war. Jack sagte sich bloß, »keine Zeit vergeuden«, bohrte die Eisenstange durch das Hindernis der Holztrümmer und reichte dann die Weinflasche hoch.

»Wie geht es Quen-Li, Paul?« Jack war wieder in die Luftkammer aufgestiegen, befand sich aber immer noch unterhalb des Hindernisses.

»Nicht besonders, Jack. Das Wasser reicht ihm fast bis zur Brust, und er ist ziemlich zerschlagen und erschöpft.«

»O'Reilly, hör zu, ich habe etwas, an dem dir sehr viel liegt.« Es war wieder de Silva.

»Ich weiß – deinen Kopf. Sieh einfach zu, dass du ihn an die Oberfläche schaffst, damit ich mich daran vergnügen kann.«

»O'Reilly, ich habe den Schlüssel für die Kette des Chinesen.«

Das einzige Geräusch in der dunklen Kammer war jetzt der schwere Atem von vier verzweifelten Männern.

»Wirklich, ich habe ihn, und ich könnte mich durch das Schott zwängen und deinem Freund den Schlüssel reichen«, sagte der Graf. »Das einzige, was ich als Gegenleistung will, ist dein Wort. Dein Wort, dass du und deine Männer mich nicht umbringt, wenn wir die Oberfläche erreichen.«

Jack drehte sich der Magen um. Er konnte sich nicht zu einer Antwort durchringen.

»Zum Teufel, Jack! Wenn er die verdammten Schlüssel hat, ist das unsere einzige Chance. Ich glaube, Quen-Li macht es nicht mehr lange«, drängte Paul.

Wieder Schweigen.

Schließlich sagte Jack: »De Silva, du hast vielleicht wirklich die einzige Sache auf dieser Welt, die dich vor mir retten kann. Und jetzt hör genau zu: Reich meinem Freund die Schlüssel, und dann zwängst du dich mit seiner Hilfe durch das Schott. Wenn die Männer von außen den Rumpf einschlagen, wird es hektisch werden. Paul ist kein guter Schwimmer. Wenn du ihm hilfst, Quen-Li ans Tageslicht zu bringen, und wenn sie beide lebendig und mit heiler Haut unser Schiff erreichen – dann – dann schwöre ich, dass ich dich nicht töte.«

»Und auch keiner deiner Männer …«

»Halt den Mund. Wag es nicht, mit mir zu feilschen oder meine Zeit zu vergeuden!« Jacks Geschrei hallte durch die hohle Kammer. »Du hast die Bedingungen gehört. Jetzt rück den Schlüssel raus, oder was von jetzt an geschieht, wird keine Rolle mehr für dich spielen.«

Jack lauschte in das Dunkel, während Paul und de Silva sich durch die Holzbalken und Trümmer kämpften, von denen Jack nur vage Umrisse erkennen konnte. Nach einigen Minuten war Paul nah an Jack herangekommen und hob Quen-Lis heilen Arm hoch. Hier unten in dem Wassergrab hörte sich das Klappern der Eisenschlüssel an wie Glockengeläut. Plötzlich durchschnitt de Silvas Stimme die Stille, er war jetzt bei den anderen in der Kammer. »Einen Moment, Moment noch … der Chinese, er muss es mir auch versprechen.«

Mit leiser Stimme, aber in einem Ton so kalt wie ein Rapier sagte Quen-Li: »Der Kaiser von China lässt sich auf keine Händel ein.«

»Seht ihr, ich wusste es. Verrat! Der da ist ein Tier. Er hat meine Männer getötet, als wären sie …«

»Zum letzten Mal, de Silva: schweig, wenn dir dein Leben lieb ist«, knurrte Jack, und wandte sich dann an Quen-Li. »Hör mir gut zu: Jetzt geht es nicht nur um dein Leben, sondern auch um Pauls. Lass uns die Sache hier hinter uns bringen. Versprich es dem Schwein.«

Nach langem Zögern sagte Quen-Li schließlich: »De Silva, aus Respekt von meinen Freunden – und meinem jungen Kapitän, für den es ein noch viel größeres Opfer ist als für mich, wenn er dir nicht dein elendes Leben auspustet, verspreche ich … dich nicht zu töten – vorerst jedenfalls nicht.«

»Vorerst?«

»Wenn du uns an die Oberfläche hilfst, dann schenke

ich dir dreißig Monde lang dein Leben. Das ist mein letztes Wort.«

»Einverstanden, einverstanden.« Der Graf reichte Paul die Schlüssel. »Los, schließ seine Kette auf.«

Das Rasseln von Eisen war zu hören, dann ein dumpfes Klatschen, als die lose Kette in das Wasser unterhalb fiel. »Er ist frei!«, stieß Paul hervor.

»Gott sei gedankt! Aber jetzt musst du schnell anfangen zu klopfen. Ich glaube, das Schiff rutscht – während wir hier rumgeredet haben, ist das Wasser noch mal um gut sieben Zentimeter gestiegen. Jetzt klopf, verdammt noch mal. Es ist mehr als wichtig, dass sie an genau dem richtigen Punkt durchstoßen, ansonsten könnte es immer noch passieren, dass die Luft entweicht und wir euch nicht rechtzeitig befreien können.«

Paul hob Quen-Li höher in eine bequemere Position. »Und jetzt zu dem Wein«, sagte er zu Jack.

»Du bist verrückt«, war Jacks Antwort.

Paul griff nach der Flasche und goss das obere Viertel Flüssigkeit aus. »Wahrscheinlich Meerwasser«, erklärte er. Er setzte die Flasche an die Lippen und nahm einen großen Schluck, dann hielt er sie Quen-Li hin. Der Chinese hatte inzwischen gelernt, sich über Pauls Schrullen nicht zu wundern, und trank ebenfalls.

»Paul, um Gottes willen!«

Paul bot dem Grafen die Flasche an. »De Silva?« Der Graf winkte unwirsch ab, worauf Paul sie an Jack weiterreichte.

»Was soll's!«, rief der und nahm einen tiefen Schluck. »Bist du jetzt zufrieden?«

»Fast. Und jetzt hör zu.« Paul goss den restlichen Wein auf die Wasseroberfläche, wie ein segnender Priester. »Diese Weinflasche ist vielleicht unsere Rettung.«

Paul stieß die umgedrehte leere Flasche ins Wasser neben Jack. »Unten an der Flasche ist ein Name in das Glas geblasen, Jack – Sobrett, glaube ich. Sag mir genau, bis zu welcher Stelle das Wasser in die Flasche drang, als ich sie runterstieß.«

Allmählich dämmerte Jack, was Paul im Sinn hatte. Nachdem er eine Weile gebraucht hatte, unter Wasser etwas zu erkennen, tauchte er wieder auf und sagte: »Es reicht bis an den unteren Rand des R. Ja. Genau dort ist eine Blase.«

»Ganz sicher bin ich mir nicht, alter Freund, aber meiner Einschätzung nach müsste es so sein: wenn du wieder runtergehst, dabei aufpasst, dass du die Flasche keinen Moment umdrehst und dann wieder außen am Rumpf hochgleitest ... dann wirst du eine Stelle am Rumpf finden, wo die Blase genau bis an den unteren Rand des R reicht. Und die, mein Freund, müsste auf der gleichen Höhe sein wie diese Kammer. Sowie du den Punkt gefunden hast, kann es nur eine schmale Linie entlang des Rumpfes geben, die in Frage kommt. Geh diese Linie mit dem Ohr entlang, bis du das Klopfen am lautesten hörst, und das ist die Stelle, wo ihr durchbrechen müsst.«

Verwundert sog Jack die Worte seines Freundes ein. Er hatte keine Ahnung, welche physikalischen Gesetze hier am Werk waren, aber irgendwie leuchtete die Sache ihm ein.

»Und hör zu«, schloss Paul. »Wenn du ein paar Fuß nach rechts oder links abweichst, spielt das keine Rolle, solange das Loch auf der richtigen Höhe wie die Luftkammer ist. Und wenn du den Punkt an der Blase in der Flasche erkennst, dann los – dann schwingt die Äxte!«

Einen Moment später schwamm Jack mit aller Kraft zurück zum Fass, wobei er darauf achtete, dass die Flasche immer umgedreht blieb und fern von der Luft war, die er in der Glocke einatmete. Dann strampelte er so schnell hoch zur Oberfläche, dass ihm die Blasen nur so aus der Nase blubberten.

Schon halb oben, sah und hörte Jack, wie Klett und die Belauren seitlich von ihm wie wild mit ihren Äxten und Spitzhacken auf den Rumpf des spanischen Schiffs einschlugen. Er unterbrach seinen Weg nach oben und schwamm zu ihnen hin.

Als er den Rettungstrupp erreichte, hörte er zwar deutlich das Klopfen vom Innern des Rumpfs, aber als er auf die Blase in der Flasche blickte, sah er, dass sie an dem R vorbeigeglitten war. Die Männer waren zwar auf der richtigen horizontalen Linie, aber in der Vertikalen waren sie gut fünf Fuß zu hoch. Jack hielt die Flasche direkt an den Rumpf und glitt ihn so weit hinunter, bis die Blase wieder genau da war, wo sie im Wasser unterhalb der Luftkammer gewesen war.

Seine Lungen zerbarsten schon fast, als er die Flasche an genau der Stelle am Rumpf zerschmetterte. Als sie zerschellte, hinterließ sie eine deutliche weiße Kerbe am Unterwasserbewuchs des Rumpfs. Inzwischen hatten die anderen ihn gesehen und folgten ihm, als er mit dem allerletzten Rest Luft an die Oberfläche schoß.

»Habt ihr gesehen, wo ich die Flasche zerschlagen habe?«, fragte Jack keuchend. »An der Stelle konzentriert all eure Kraft!« Ohne sich mit einer Antwort aufzuhalten, machte sich Klett mit den Belauren wieder in die Tiefe. Jack war am Ende seiner Kraft, ließ sich auf den Boden einer der Barkassen fallen und sparte sich seinen letzten Rest Energie dafür auf, die Überlebenden aus dem Wasser zu ziehen.

Ihm war, als seien kaum zehn Minuten vergangen, ehe ein Aufschrei zu ihm drang und ein Sprudel von Luftblasen um die Boote herum zu sehen war. »Sie sind durch!«, schrie Quince. Jack warf sich über den Bootsrand und tauchte so schnell er konnte zum Wrack.

Klett riss gerade eine Planke ab, als er ankam. Das Loch war an genau der richtigen Stelle. Etwas Luft war entwichen, aber Jack gelangte ohne Schwierigkeiten ins Schiffsinnere und tauchte noch einmal in die Luftkammer ein, diesmal oberhalb der Holztrümmer. Das Wasser war erheblich gestiegen, so dass die Eingeschlossenen jetzt schwimmen mussten. De Silva hielt eine Hand unter Quen-Lis heile Schulter und klammerte sich mit der anderen an einem zerbrochenen Schott über ihm fest. Das Loch, das der Rettungstrupp geschlagen hatte, war jetzt direkt unterhalb des Wasserstands in der Kammer. Davon abgesehen, dass es einen Fluchtweg bot, ließ es auch genügend Licht herein, um deutlich zu sehen.

Jack schnappte sich zuerst Paul, tauchte zwei Fuß tief unter Wasser und schob seinen Freund durch die in den Rumpf geschlagene Öffnung, wo Matoo ihn entgegennahm und an die Oberfläche brachte. Jack kehrte um und starrte in die Augen von de Silva, der Quen-Li immer noch mit seiner einen Hand über Wasser hielt. Die Kammer war jetzt in ein flackerndes, gespenstisches Licht getaucht. Misstrauisch begegnete der Spanier seinem Blick.

»Geh du als erster durchs Loch und warte, bis ich Quen-Li von innen durchschiebe. Zieh ihn vorsichtig heraus, Graf, und bete, dass er es lebendig bis nach oben schafft«, sagte Jack ruhig.

»Ich … ich bin kein guter Schwimmer.«

»Dann lern es schnell, du Schwein!«

Diesmal hatte de Silva nicht gelogen. Wie ein Wilder strampelte er im Wasser herum und hatte alle Mühe, dass Quen-Li ihm nicht aus den Händen glitt. Jack schwamm hinter ihm her, umklammerte seinen Feind und seinen Freund, und mit all seiner Kraft zog er beide an die Welt oberhalb.

Am Abend saßen alle Männer der *Star*, de Silva und Cheatum auf dem Mittschiffsdeck. Die Münztruhe des Grafen war geöffnet, stand aber unbeachtet in einer Ecke. Die Ehrenwerte Bruderschaft der schiffbrüchigen Männer der *Star* hatte Rat gehalten und ihre Entscheidung getroffen.

Cheatum und der Graf wurden zu einer der Jollen des Schiffes geführt und über die Reling befördert. Man befahl ihnen, sich nebeneinander zu hocken, direkt gegenüber Jack, der sie mit versteinertem Gesicht ansah. Jack band beiden Männern eine Hand an den Riemengabeln fest, so dass sie damit zwar rudern konnten, aber nicht über die Bootsmitte reichten. Als alles bereit war, kniete Jack sich vor die beiden hin. Cheatum war kreideweiß; Graf de Silvas Augen schossen wild hin und her.

Jack hielt den Dolch des Grafen in der Hand und ließ ihn wieder und wieder kreisen. Langsam zog er ihn aus der Scheide und steckte ihn ein Dutzend Male wieder hinein. Die Männer der *Star* hatten sich an der Reling versammelt und beobachteten stumm das Schauspiel – ihnen war klar, dass ihr junger Führer sein geistiges Auge durch Raum und Zeit wandern ließ.

Jack tauchte von irgendwo tief in seinem Inneren auf und sprach mit deutlicher und gespenstisch ruhiger Stimme: »Cheatum, leg deine Hand auf den Sitz zwischen dich und de Silva. Graf, leg deine Hand oben auf Cheatums.« De Silva folgte sofort, als wolle er durch seinen Gehorsam Jack bewegen, sein Wort zu halten – der Graf konnte offensichtlich immer noch nicht glauben, dass er mit dem Leben davonkäme.

Jack blickte zum Himmel auf und sagte nüchtern: »Mamacita, sieh her – der Mann, der dich krank vor Angst gemacht hat, dein Mörder – siehst du, wie erbärmlich er jetzt aussieht? Mir fällt auf, dass seinem einen Auge noch anzumerken ist, dass du hineingestochen hast, um mich zu retten.«

De Silva wurde blass. »O'Reilly, du hast mir versprochen … du hast dein Wort gegeben.«

»Ja, das habe ich. Vater, was meinst du?«, schrie Jack zum Himmel. »Soll ich diesem Mann gegenüber mein Wort halten? Hat er dir und Mamá gegenüber seine Versprechen eingelöst?« Mit einem schnellen Ruck zog er den Dolch des Grafen aus der Scheide und stieß ihn durch die Hände der beiden Männer bis tief in das Holz des Sitzes. Jack achtete nicht auf die gequälten Schreie, sondern beugte sich vor und murmelte dem Grafen ins Ohr: »Mein Vater sagte: ›Ja, halt sogar diesem Mann gegenüber dein Wort. Lass das Schwein davonkommen.‹ Du hast Glück, dass er ein solch ehrenhafter Mann war!«

Jack erhob sich, setzte einen Fuß auf die Jakobsleiter, und mit dem anderen stieß er die Jolle ab. Bald schienen die beiden Ausgestoßenen sich wieder so weit gefangen zu haben, dass sie im Gleichtakt zum fernen Schimmer von Havannas Nachtlichtern hinruderten.

Jack und die anderen sahen den beiden nach, wie sie im Dunkel verschwanden. Quen-Li, dessen Arm so gut es ging von Red Dog und Quince geschient worden war, saß in Wolldecken eingehüllt auf einem Stuhl, den Hansumbob für ihn hergerichtet hatte.

»Ich wette, ich weiß, was du gerade denkst, mein aufrichtiger Freund«, sagte Paul zu Quen-Li.

»Und das wäre?«

Paul wies auf den Vollmond am Himmel. »Neunundzwanzig. Du zählst den dort oben und rechnest dir gerade aus, dass der Mann jetzt noch neunundzwanzig Monde zu leben hat.«

»Vielleicht. Aber das Leben ist voller Rätsel. So wie ich es sehe, lebe ich vielleicht selbst nicht mehr neunundzwanzig Monde. Aber keine Frage, der Graf hat eine Menge zum Nachdenken mit auf den Heimweg genommen.«

»In der Tat«, erwiderte Paul. »Doch sobald er zurück in Havanna ist und anfangen will, die Scherben seines verbrannten und verwüsteten Lebens aufzusammeln, wird er die Zeit mit neuen Augen sehen – und ich glaube, dass er der Obsession anheim fallen wird, von dreißig rückwärts zu zählen.«

Paul sah Jack an und sagte: »Und du, Compadre. Ich weiß, mein überstürztes Handeln war schuld, dass du dich nicht von dem Fluch befreien konntest, der dich drei Jahre lang gequält hat – aber als du dort unten deine Entscheidung trafst, hast du unser Leben gerettet. Ich hoffe, du wirst es nie bereuen.«

Jack lehnte sich gegen die Reling und dachte einen Moment über Pauls Worte nach.

»Ich werde es nie bedauern. Auf eine sonderbare Art habt ihr beide, du und Quen-Li, mich vor mir selbst gerettet. Diesen elenden Hund ins Mondlicht fortpaddeln zu sehen, hat mich irgendwie von dem Gift in meinen Eingeweiden befreit. Diesen Mann zu töten, wäre ein armseliger Tausch für das Leben meines Vaters und meiner Mutter gewesen, und – ich weiß nicht – vielleicht hätte es meinem ganzen zukünftigen Leben eine Richtung gegeben, in die ich wirklich nicht segeln will.«

»Jack«, begann Quen-Li mit leisem, beschwichtigendem Ton.

»Ja?«

»Deine Weisheit hält allmählich mit deiner Stärke und

deinem Mut Schritt – bemerkenswert bei einem Jüngling wie dir. Mein junger Freund, du bist ein Krieger, kein Mörder. Du hast alles an dem Mann getötet, das vernichtet werden musste. Und du hast das Andenken deiner Eltern geehrt, indem du dich für das Leben deiner Freunde entschieden hast und auf die Genugtuung der Rache verzichtet. Atme tief durch, Jack, und denk an dein Leben. Hier hält dich jetzt nichts mehr. Es ist Zeit für dich, heimzukehren.«

Quince legte Jack die Hand auf die Schulter. »Wenn du meine Meinung hören willst, Junge, ich finde, Bruder Li hat recht; es ist Zeit, dass du mit erhobenem Kopf heimkehrst. Du bist ein reicher Mann, und dein ganzes Leben liegt noch vor dir, und was hier zu erledigen war, hast du getan. Ja, lass uns heimsegeln.«

»Jaah, er hat Rassong, Jackee.« Alle drehten sich zu Hansum um und sahen ihn fragend an, außer Klett, der ihm mit einem feierlichen Nicken zustimmte.

»Was hast du gesagt, Bob?«, fragte Jack und zog eine Braue hoch.

»Du und Paul, ihr sagt doch dauernd dieses Franzosenwort.« Hansum hatte wirklich eine Art, jedem vernünftigen Gespräch ein abruptes Ende zu setzen.

»Die Heiligen stehen uns bei!«, murmelte Paul. »Unser Schiffsbarde wollte Quince sagen, dass er recht hat. Il a raison, non? Und wer sonst sollte ihn verstehen, wenn nicht Klett, unser wortkarger Schiffsphilosoph.«

Jack legte Hansum liebevoll den Arm um die Schulter. »Jaah, Quince hat zweifellos Rassong, genau wie du und Klett.« Er drehte sich um und sah allen Männern in die Augen. »Und was den Rest von euch betrifft – der Rat ist zusammengetreten, und ihr alle habt beschlossen, mit mir nach Salem zu segeln. Euch allen gehört der gleiche Anteil an diesem Geld dort, und wenn ihr in Salem ankommt, könnt ihr damit tun, was ihr wollt, aber eins sollt ihr wissen: Es wäre mir eine Ehre, wenn ihr danach noch, so lange wie ihr wollt, in meiner Gesellschaft bleibt.«

Quince stand da und schüttelte seinen Schiffskameraden die Hand. »Ich sage dreimal Hoch für Black Jack O'Reilly, und der Teufel soll sich zur Hölle scheren!« Der Jubel der Männer hallte übers ganze Deck.

Jack rief über die Schulter zurück: »Löscht die Positionslichter, bis wir von der Küste fort sind.« Dann brach seine Stimme, und er konnte seine Tränen nicht mehr verbergen. »Hol die schwarze Flagge ein und hiß die *Stars and Stripes*, Erster Maat! Und dann nimm Kurs auf Salem.«

Epilog

Die beiden Gestalten, die aus der Summer Street auftauchten, bogen links in die North Street ein. Eine Glocke schlug zwölf und verkündete, dass der Gottesdienst in der Episkopalkirche zu Ende war. Die beiden Männer gingen ein kurzes Stück weiter und blieben vor der Kirche stehen, wo die Gemeinde schon die Treppe hinunterkam.

»Das machen wir jetzt schon fast eine Woche«, sagte Paul. »Wann willst du endlich aufgeben?«

»Nicht, ehe ich sie gefunden habe. Wenn du sie siehst, wirst du mich verstehen.«

»Mein Gott, Mann! Du bist zwanzig Jahre alt. Besitzer und Kapitän deines eigenen Schiffes und für aller Welt Begriffe ein reicher Mann. Mit einem Lächeln und Fingerschnippen könntest du die Hälfte aller Frauen in Salem haben. Warum also unbedingt diese eine?«

»Stör mich nicht, wenn ich mich konzentriere.«

Jack spähte zu den wenigen Nachzüglern, die jetzt die Kirche verließen. Ein paar von ihnen blieben auf dem Bürgersteig stehen und unterhielten sich mit dem Küster. Dann stieg eine letzte Gruppe die steilen Stufen hinunter, darunter der Priester. Und dort war sie.

Jack schnappte nach Luft, als er sie sah. Sein Traum nahm Gestalt an, wurde zu einem Wesen aus Fleisch und

Blut. Sie plauderte mit den anderen und beschrieb dem alten Priester lebhaft irgend etwas, das alle um sie herum entzückte. Als sie sich von dem Prediger verabschiedete, stieß Jack Paul in die Rippen.

»Komm – wir folgen ihr.«

»Wenn das deine lang verlorene Liebe ist, o du Träumer, dann hat sie sich eindeutig nicht vor Liebeskummer verzehrt.«

»Halt dein Schandmaul. Ich überlege gerade, was ich tun soll.«

An der Ecke der Front und Market Street teilte sich die Gruppe, vier gingen in die eine Richtung, Colleen und ein anderes Mädchen die Market Street hoch.

Jack beobachtete ihren Gang. Sie hatte sich verändert. War irgendwie voller, fraulicher geworden. Sie schien die Straße entlang zu schweben. Jacks Herz raste, dass es ins Stolpern kam. Er erinnerte sich daran, wie die Sonne auf ihrem Haar geglänzt hatte. Gott hilf mir, dachte er, jetzt funkelt das Mädchen förmlich.

Er holte tief Luft und zog Paul am Arm. »Jetzt oder nie, Pauley.« Jetzt oder nie! Er folgte ihr die Market Street hinauf. »Bleib in der Nähe. Vielleicht brauche ich deine Hilfe.«

Dann waren sie fünf Schritt hinter Colleen und ihrer Freundin.

»Entschuldigen Sie, Miss. Können Sie uns vielleicht sagen, wie's zum India-Kai geht?«

Die beiden Mädchen blieben stehen und drehten sich um. Die Rothaarige in dem grünen Taftkleid lächelte strahlend. »Wie bitte?«, sagte sie.

Mit zittrigen Knien und leiser Stimme antwortete Jack: »Zum India-Kai. Wir haben uns verlaufen, und dort müssen wir hin.«

Das Lächeln wich aus dem Gesicht des Mädchens. Sie

musterte Jack eine Minute lang, wie ihm schien. Eine ganze Minute. »Ja, natürlich. Es ist ein bisschen knifflig von hier aus.«

Sie blickte sich keine Sekunde um oder zeigte in eine Richtung, so wie man es normalerweise tut, sondern sah Jack einfach direkt in die Augen.

»Zuerst halten Sie Ausschau nach dem Fisch – der Fish Street meine ich. Sie schwimmt um die Ecke und wird zum Kai.« Ihr grünes Kleid flatterte im Wind, während sie sprach. Jack konnte Apfelblüten riechen. Er sehnte sich verzweifelt danach, die Hand auszustrecken und ihre sommersprossige Haut zu berühren. Er hörte kein einziges Wort, es war, als wären seine Ohren verstopft und als schlüge die ganze Welt in seiner Brust.

Je länger sie sprach, desto langsamer kamen ihre Worte heraus. Jack verzog keine Miene.

»Norris-Kai«, fuhr sie fort. »Dann die Hodges Street, und die wird zur Derby …«

»Und an deren Ende«, sagte er, »ist die Becketsche Schiffswerft, und dort ist dann der India-Kai.«

Schließlich verstummte das Mädchen ganz – eine lange Weile.

»Dir ist ein bisschen Flaum um die Lippen und ums Kinn herum gewachsen, und du stehst ein bisschen aufrechter da, aber nach drei Jahren hast du immer noch nicht herausgefunden, wo der India-Kai ist. Jack – stimmt's?«

»Colleen, stimmt's?«

»Ja, Colleen, so ist es. Und es sind genau drei Jahre, vier Monate und sechzehn Tage her. Falls du nachgezählt hast.«

Jack wollte sprechen, brach aber in schallendes Lachen aus. »Ich habe wirklich nichts anderes getan, als die Tage zu zählen, aber mir schienen es eher zehn Jahre zu sein.«

Die Ballade von der Star

Die mutigen Männer der Star,
die machten ihr Schiff segelklar
zu ihrer Reise um die Welt,
wo sie das Horn umrundeten,
zerschunden, aber ohne einen Verwundeten
ging's weiter in die Ferne.

In die tiefe blaue See tauchten Sie unter
wie die Fische so munter,
denn ihr Schiff, das war zerschellt,
sie bargen Schuhe und Gewehre, aber kein Geld.
Die Männer riskierten ihr Leben,
um soviel sie konnten zu heben.

Der spanische Don will nicht mehr ins Bett,
weil die Star ihn aus dem Schlafe schreckt.
Die dicken Lords von den britischen Inseln
fangen an zu winseln.
Und den Banditen aus dem Chinareich
werden die Knie weich.

Doch erst die Angst der Holländer vor der Star,
so was war noch nie da,
halten sich für gerissen und schlau,
aber beim Anblick von Black Jack wird ihnen flau.
Er entlockt ihnen saure Mienen,
und sie rutschen aus auf ihren Holzpantinen.

Jetzt ist ihre Reise zu Ende,
viele Schurken fielen in ihre Hände.
Doch gingen sie wieder an Bord,
denn sie gaben ihr Wort,
nach Dover in See zu stechen,
um die englische Blockade zu brechen.

Das Vorangegangene ist der dichterische Bericht über die erstaunlichen Abenteuer der Männer des guten Schiffs *Star* auf ihrer Weltumsegelung. Aufgezeichnet nach den Erinnerungen von Hansumbob Burton, einem Vollmatrosen und dem offiziellen Dichter der Reise, der, da er selbst kein Meister der Feder ist, in der Abenddämmerung im Jahre des Herren 1810 seinem Freund und Schiffskameraden Paul Le Maire, Mitglied der Ehrenwerten Bruderschaft der Schiffbrüchigen Männer der *Star*, die Niederschrift überließ.